CHRIS WARNAT

FÜNFZEHN SEKUNDEN

THRILLER

 PENGUIN VERLAG

Penguin Random House Verlagsgruppe FSC® N001967

2. Auflage
Copyright © 2025 by Penguin Verlag
in der Penguin Random House Verlagsgruppe GmbH,
Neumarkter Straße 28, 81673 München
produktsicherheit@penguinrandomhouse.de
(Vorstehende Angaben sind zugleich
Pflichtinformationen nach GPSR.)

Redaktion: Lisa Wolf
Umschlaggestaltung: bürosüd
Umschlagabbildung: Arcangel Images (Andrei Cosma,
Nic Skerten), www.buerosued.de
Satz: Uhl + Massopust GmbH, Aalen
Druck und Bindung: GGP Media GmbH, Pößneck
Printed in Germany
ISBN 978-3-328-11275-4
www.penguin-verlag.de

Für Gretchen.
Kalte Hände, warmes Herz.

PROLOG

Die Nacht ist gefräßig. Sie schluckt alle Lichter, jedes noch so sanfte Schimmern. Selbst die Sterne haben Schutz hinter Wolkentürmen gesucht, als würden sie das Böse wittern, das hier draußen auf mich lauert. Ein leiser Windhauch im Nacken. Mein ganzer Körper zittert.

Ich kauere in einer Senke, klemme zwei Finger zwischen die Zähne, damit sie nicht aufeinanderschlagen und mein Versteck verraten. Warum nur habe ich heute Morgen nicht den verfluchten Wollpullover angezogen?

Ich will unsichtbar sein, mit der Umgebung verschmelzen. So fest es geht, schließe ich die Augen. Wie früher als Kind, wenn die Schatten in den Winkeln meines Zimmers zum Leben erwachten und ihr Unwesen trieben, bis der Morgen kam. Ob ich den nächsten Sonnenaufgang erlebe? Oder werden Pilzsammler meinen Körper finden, bis zur Unkenntlichkeit verstümmelt von den Kreaturen, die diesen Ort bevölkern? Endet es so? Allein im Wald?

Quello che voi siete noi eravamo;
Quello che noi siamo voi sarete.

Schon verrückt, wie das Hirn funktioniert. Wie es diese Worte ausspuckt, die ich vor langer Zeit in Rom gelesen habe. An einem glutheißen Sommertag im Beinhaus einer Kirche, wo Tausende Wirbel, Beckenknochen und Schulterblätter die Wände zierten und sich Skelette in Mönchskutten in den Nischen duckten.

Was ihr seid, sind wir gewesen;

Was wir sind, werdet ihr sein.

Ein Heulen steigt in meinem Hals auf und entweicht als Schluchzen, das viel zu laut durch das Prasseln des Regens tönt. Ich schlucke, zwinge meinen Verstand, sich auf das Hier und Jetzt zu konzentrieren, um nicht die Fassung zu verlieren. Nass bis auf die Unterhose lausche ich dem Regen. Ich rieche Moder, feuchte Erde und Laub, das bereits verrottet. Vertrautes Winteraroma, für immer hiermit verbunden. Mit Angst und Schmerzen.

Ein Knacken. Ganz nah. Wie zum Hohn. Mein Mund ist wie ausgedörrt, jeder Muskel in mir wird zu Stein. Ich ducke mich so tief, dass die rechte Gesichtshälfte fast bis zum Nasenbein im Matsch versinkt. Brackwasser in meinem Mund. Ich spucke es nicht aus. Eine unbedachte Bewegung, ein verräterisches Rascheln, und es ist vorbei. Noch immer spüre ich die kalte Klinge ihres Messers an meiner Kehle, sehe den gehörnten Totenkopf, der mich aus leeren Höhlen anstarrt. Nein, ich bin noch nicht bereit zu sterben. Nicht heute. Nicht so.

Ich beiße zu. Beiße mir fest auf die Finger, bis ich Blut schmecke. Befreie mich aus der Lethargie. Einmal noch atme ich tief ein. Ich ziehe einen Fuß nach vorne, setze ihn behutsam neben der Schulter ab, schiebe den hinteren in den Morast und drücke so lange, bis er auf festen Grund trifft. Wie ein Sprinter am Startpunkt presse ich meine Handflächen gegen den Boden – und stoße mich ab.

Ich sehe nichts, dennoch haste ich weiter, selbst erstaunt darüber, dass mich meine Beine tragen. Die Arme strecke ich aus wie Fühler, damit mein Gesicht nicht an einem Baumstamm zerschmettert. Ich kann sie hören.

Das Schmatzen ihrer Schritte, die Flüche, die Stimme, die meinen Namen brüllt. Sie hat nichts Menschliches mehr an sich. Es ist mehr ein Jaulen und Winseln. Mehr ein Tosen und Grollen. Es ist laut gewordener Hass.

1. KAPITEL

Das Klirren von Kristallgläsern. Farah Rosendahl fängt das selbst-gefällige Grinsen ihrer Chefin auf, die ihr über die Köpfe hin-weg zuprostet. Kommentarlos dreht sie sich um und verlässt die Feier. Das hätte sie besser gleich während der Ansprache von Mo-nique Durant-Biedenkopf getan, in der sie sich ausgiebig mit den Forschungsgeldern rühmte, die die Rechtsmedizin der Unikli-nik Hamburg-Eppendorf akquirieren konnte. Doch Farah war-tete darauf, ihren Namen zu hören. Zumindest beiläufig in einem hingenuschelten Nebensatz. Wie ein Kind, das nach der Aner-kennung seiner Mutter lechzt. »Hey, warte mal!«

Farah ist schon fast am Auto, als ihr Kollege Lars Kerkhoff sie einholt.

»Sei mir nicht böse, aber ich will nur noch heim. Die Egoshow war einfach zu viel.«

Lars überholt sie. »Jetzt warte doch mal!«

Er will ihr den Weg abschneiden, doch sie geht einfach weiter, treibt ihn rückwärts vor sich her, bis er abrupt stehen bleibt und sie auflaufen lässt. Farah entfährt ein dumpfer Laut, als sie gegen seinen Oberkörper prallt, sein Aftershave wahrnimmt. Citrus, leicht herb. Nicht zu aufdringlich. Wie gut er riecht. Ein zutiefst irritierender Gedanke in diesem unpassenden Moment. Benom-men tritt sie einen Schritt zurück, hebt die Hände und lässt sie wieder sinken, als ihr aufgeht, wie das wirken muss. Falls Lars sich wundert, lässt er es sich zumindest nicht anmerken.

9

»Ich versteh dich ja.« Er lächelt, seine Stimme klingt heiser. »Aber Hauptsache ist doch, was wir mit der Kohle alles anfangen können, die du an Land gezogen hast, oder?«

»Ich werde nicht gerne ausgenutzt.« Farah marschiert an ihm vorbei, bringt Abstand zwischen sie beide, um diese seltsame Verbindung zu unterbrechen, die ihre Sinne vernebelt. Noch immer konfus reißt sie die Tür des Wagens auf und pfeffert ihre Handtasche hinein. »Sie will Karriere machen, und zwar um jeden Preis. Ich weiß jetzt schon, wie die Presse Monique morgen wieder hochjubelt.«

Lars hat die Hände in die Manteltaschen geschoben und lehnt sich gegen ihr Auto. Viel zu nah. Warum kommt er ihr so nah? Erst als sie mit dem Rücken gegen die offene Wagentür stößt, merkt Farah, dass sie instinktiv zurückgewichen ist. Kein Wunder, dass viele sie für distanziert oder gar arrogant halten.

»Die Chefin hat in der Aufregung sicher nur vergessen, dich zu erwähnen.«

»Vergessen?« Ungläubig schnauft Farah. »Das war pure Berechnung, und das weißt du genau.«

Dass Monique eben die durchgemachten Nächte unterschlagen hat, in denen Farah über Anträgen gebrütet hat, die so lang wie ihre Dissertation waren, ist nur einer von vielen Nadelstichen. Jeder einzelne zu klein, um dahinter eine böse Absicht zu vermuten, und doch in Summe zu schmerzhaft, als dass sie sie weiter ignorieren kann.

»Willst du das Auto nicht lieber stehen lassen?«

»Ich habe doch nur ein kleines Glas getrunken«, protestiert Farah, obwohl sie weiß, dass er recht hat.

»Kann schon sein, aber du bist aufgewühlt. Dazu noch dieses Schietwetter.« Lars schlägt den Mantelkragen hoch, um dem heulenden Wind etwas entgegenzusetzen, der über den Parkplatz fegt. Dann sieht er sie an, durchdringend, ernst, nimmt ihre

Hand. Sein Daumen streicht über ihre Haut und hinterlässt eine unsichtbare Spur der Wärme, die kribbelt, als sei sie elektrisch aufgeladen.

Perplex starrt Farah auf ihre Hände, dann auf seinen Mund, der sich zu einem Lächeln verzogen hat. Ein ausgesprochen hübscher Mund. Für einen waghalsigen Moment stellt sich Farah vor, dass er sich vorbeugen und sie küssen könnte. Doch Lars steht nur da, den Blick unverwandt auf sie gerichtet.

»Komm, ich fahr dich nach Hause. Ich bin eh nicht scharf auf die lahme Veranstaltung da drinnen.«

Es wäre nur vernünftig, sein nettes Angebot anzunehmen. Farah ist müde, wütend, und in den Nachrichten haben sie vor überfrierender Nässe gewarnt. Aber etwas hält sie davon ab, mit ihm zu fahren. Jemand.

Frederik. Und seine Eifersucht, die ihr so lange geschmeichelt hat, bis sie sich gegen Lars richtete. Inzwischen traut sich Farah kaum noch, in Freddys Gegenwart über ihn zu sprechen, dabei schätzt sie ihn sehr. Als Freund und Kollegen. Auch wenn Freddy ihr permanent einzureden versucht, dass da mehr ist zwischen ihnen.

»Danke, aber ich brauche ein bisschen Zeit für mich. Wir sehen uns Montag.«

»Fahr vorsichtig.«

Farah gleitet auf den Fahrersitz und startet den Motor. Schnell, um es hinter sich zu bringen. Ihre Entschlossenheit ist brüchig. Es dauert erstaunlich lange, bis der Impuls abebbt, die Bremse durchzutreten. Als sie es endlich wagt, in den Rückspiegel zu schauen, ist Lars verschwunden. Natürlich.

Sie packt das Lenkrad fester. Gleich Montag wird sie ihn zum Essen einladen und sich dafür entschuldigen, dass sie ihn hat stehen lassen. Auch wenn das zwangsläufig Diskussionen mit Freddy nach sich ziehen wird.

Die Straße wird enger, sodass die Bäume bedrohlich näher rücken. Farah bremst ab, schaltet einen Gang runter. Allmählich verraucht der Ärger und macht Platz für Grübeleien. Weshalb hat Moniques Rede sie dermaßen aus der Fassung gebracht? Steckt gekränkte Eitelkeit dahinter, ist es das? Geht es hier nur um alberne Befindlichkeiten, den Applaus, der ausgeblieben ist? Nein, die Sache reicht tiefer.

Farah muss der Wahrheit ins Auge sehen. Es lässt sich ohnehin nicht länger leugnen. Monique kann sie nicht ausstehen. Punkt. Seit Professorin Durant-Biedenkopf vor zwei Jahren den Posten der stellvertretenden Institutsleiterin übernommen hat, lässt sie Farah ihre Antipathie spüren. Sieht Monique eine Konkurrentin in ihr? Hat sie Angst, dass sie ihr den Posten streitig machen könnte? Das wäre lächerlich. Farah hat keinerlei Ambitionen in diese Richtung. Im Gegenteil.

Für sie gibt es kaum etwas Erfüllenderes als die Detektivarbeit der Rechtsmedizin mit ihren tröstlich rationalen Lösungen. Ihr Platz ist am Sektionstisch, nicht in der Verwaltung. Tatsächlich wurde ihr der Posten bereits mehrmals angeboten, bevor Monique den Zuschlag erhalten hat. Womöglich reicht allein das schon aus, um ihr Misstrauen gegen sie zu schüren.

Die Lichtkegel ihres Autos streifen über Baumstämme neben der Landstraße, die sich durch das Gelände windet. Obwohl die Strecke eng ist und Schilder aus der Erde ragen, die vor Wildunfällen warnen, ist Tempo siebzig erlaubt. Die Einheimischen interessiert das nicht. Sie fahren hundert, manchmal schneller. Genau wie der Wagen, der in dieser Sekunde um die Kurve schießt.

Das Fernlicht blendet Farah im Rückspiegel, sodass sie blinzeln muss und instinktiv abbremst, bis die Scheinwerfer verschwinden, weil ihr der Idiot auf der Stoßstange hängt. Sicher irgendein Nachtschwärmer auf dem Weg zum nächsten Club, mit reichlich Alkohol im Blut. Sie atmet tief ein, um ihr Herz zu beruhigen, das schneller wummert als die Bässe, die der Wind zu ihr trägt.

Ein sachtes Tippen aufs Gaspedal, und dieser Proll würde ihre Rücklichter am Horizont verschwinden sehen. Doch der Tempomat hält die Tachonadel bei Strich siebzig. Zu derartigen Manövern lässt sie sich nicht hinreißen. Weder beabsichtigt Farah, ihr eigenes Leben zu riskieren, noch will sie falsche Signale senden und diesen Typen zu einem Rennen provozieren. Dass es ein Typ ist, der sie bedrängt, daran besteht für Farah kein Zweifel, obwohl die Fahrerkabine außerhalb ihres Sichtfeldes liegt.

Es sind meist Männer, die zu riskanten Fahrmanövern neigen und sich und andere in Unfälle verwickeln. In der Rechtsmedizin sieht sie fast täglich, was Stahl und Beton mit dem menschlichen Körper anrichten. Diese Bilder von zermalmten Knochen und Fleisch sollte man zur Abschreckung auf Plakatwände ziehen. Wie die Fotos von Raucherlungen auf Zigarettenschachteln.

»Was zur …?«

Hinter ihr blendet der Fahrer auf, hupt, schert abwechselnd rechts und links aus, bis er offenbar die Geduld verliert und aus dem Windschatten taucht. Das Auto schließt zu Farah auf. Ein roter Golf, zwei Insassen, die trotz des Regens die Fenster heruntergekurbelt haben. Der Beifahrer beugt sich heraus, legt Zeige- und Mittelfinger vor den Mund und lässt seine Zunge dazwischen zappeln, woraufhin sein Kumpel grölt und wie wild hupt. Farah verdreht die Augen, weicht keinen Millimeter zur Seite. Auch nicht, als der Golf über die durchgezogene weiße Linie fährt, die die beiden Fahrbahnen trennt.

Der Wagen kommt so nah, dass sie schon das Kreischen von Stahl auf Stahl zu hören meint. Noch eine Handbreit näher, und er wird an ihrem zwei Tonnen schweren Kokon zerschellen. In ihrem klapprigen Polo aus Studienzeiten wäre Farah jetzt der

Angstschweiß aus jeder Pore gedrungen. Die Assistenzsysteme und Airbags ihres neuen Range Rovers hingegen vermitteln ihr ein Gefühl der Kontrolle. Obwohl sie nicht beeinflussen kann, welche hirnrissige Aktion die Kerle als Nächstes aushecken. Oder was geschieht, wenn ihnen jemand entgegenkommt.

Farah schaltet die Dashcam ein. Ein Geschenk von Frederik, als ihre Beziehung noch frisch war. Sein Plädoyer für das Teil hätte auch vor Gericht Bestand gehabt. *Die Aufnahmen sind als Beweismittel zulässig, Urteil vom BGH, Aktenzeichen soundso, in den USA hat die fast jeder, und so weiter und sofort.* Schließlich ließ Farah sich breitschlagen, die Kamera zu installieren. Rechtsanwälte können ziemlich überzeugend sein. Außerdem wollte sie nicht mit ihm streiten. Leider ist die Dashcam nicht nur peinlich, sondern auch noch nutzlos, wie sich jetzt herausstellt. Zwar ist die Straße auf dem Display gestochen scharf, doch was der Golf neben ihr veranstaltet, entgeht der Kameralinse.

Okay, einen Versuch ist es wert. Die Bahn hinter ihr ist frei. Farah steigt auf die Bremse, lässt sich zurückfallen, bringt Abstand zwischen sich und diese Kerle. Zehn, zwanzig, dreißig, vierzig Meter, der erste Leitpfosten rauscht an ihr vorbei, der zweite. Es scheint, als sei der Plan aufgegangen.

Farah atmet aus, erlaubt sich, die Augen zu schließen. Als sie sie wieder öffnet, flammen vor ihr rote Bremsleuchten auf. Weißes Rückfahrlicht am Heck. Ach du … Diese Idioten fahren rückwärts auf sie zu! Schon ist der Golf wieder auf ihrer Höhe. Reifen quietschen, als er beschleunigt. Die Männer lachen, Müll fliegt aus dem Seitenfenster.

Immerhin hat die Kamera das Kennzeichen aufgenommen. Wobei das kaum etwas nutzen dürfte. Wer sich die Aufnahmen später ansieht, wird nur einen bremsenden Wagen erkennen. Warum hat Farah bloß gedacht, es sei eine gute Idee, die Abkürzung über Land zu nehmen? Immer wieder huscht ihr Blick von der Straße zum angrenzenden Wald, aus dem jederzeit ein Hirsch brechen könnte. Ein Fingerschnippen, ein Blinzeln, und das war's. Wenn ihr Beruf sie eins gelehrt hat, dann, wie erschütternd zerbrechlich das Leben ist.

»Sie haben die 110 gewählt?« Im Gegensatz zum Freizeichen plärrt die Stimme unangenehm laut aus der Freisprecheinrichtung. Farah fährt zusammen. Hastig tippt sie auf der Tastatur herum, regelt den Ton herunter.

»Farah Rosendahl hier. Ich bin auf einer Landstraße unterwegs und werde von einem anderen Wagen bedrängt.« Sie gibt das Kennzeichen und den Standort durch, ohne ernsthaft zu glauben, dass die Typen der Polizei ins Netz gehen. Nachdem das Gespräch beendet ist, schlingert der Golf noch immer hupend neben ihr her. Als ob ihm schwant, dass Unheil in Form einer Streife naht, gibt der Fahrer Gas und braust davon. Es würde Farah nicht überraschen, das Auto in der nächsten Kurve wiederzusehen. Als Blechschal um einen Baum gewickelt.

Aus dem Radio sickert die angenehm samtene Stimme dieser Psychologin, der Farah normalerweise ewig zuhören kann. Mona Winter. Obwohl sie ehrenamtlich bei der Krisenintervention in Hamburg arbeitet, haben sich ihre Wege erst ein paar Mal bei Einsätzen gekreuzt. Farah schaltet ihre Sendung ab, und die einsetzende Ruhe ist eine Wohltat für ihre Nerven, die nach diesem verkorksten Samstagabend sowieso schon angespannt sind.

Der Wagen fährt auf freies Feld, weite Sicht, durchatmen, ehe er von einem schwarzen Loch geschluckt wird, das aussieht wie der Eingang zu einer Geisterbahn. Baumkronen berühren sich über dem Mittelstreifen und bilden eine Art Tunnel. Das Scheinwerferlicht fällt auf rot-weiße Richtungstafeln, die eine scharfe Rechtskurve markieren. Farah schlägt das Lenkrad ein. Wie unsichtbare Schnüre zerren die Fliehkräfte an ihr.

Einen Herzschlag lang, zwei, drei.

Dann setzt er aus.

Die Welt bleibt stehen.

Zerspringt in tausend Stücke.

Eine Abfolge von Szenen spult sich in Zeitlupe ab. Das Licht, die Straße, zwei Augen, weit aufgerissen, genau wie der Mund. Drei perfekte Kreise. Farah bremst. Reifen quietschen. Zu spät.

Sein Körper zerschlägt die Windschutzscheibe. Mit einem ohrenbetäubend lauten Knall explodieren die Airbags und schleudern Farah in den Sitz. Blind vom Talkumpulver, das durch die Luft wirbelt, umklammert sie das Steuer. Der Range Rover schlittert über den Asphalt, bis das Notbremssystem greift und das Auto schräg zwischen zwei Eichen zum Stehen kommt.

Mechanisch geht Farahs Hand zur Mittelkonsole, aktiviert den Warnblinker. Ihre Atmung ist flach und klingt gedämpft. Genau wie ihr Schreien. Sie hört es kaum und weiß doch, dass sie brüllt, weil ihre Stimmbänder schmerzen. Ein verkohlter Geruch beißt ihr in die Nase.

Verdammt, brennt es etwa? Nein, nein, nein.

Langsam schüttelt sie den Kopf. Das kommt von den Airbags. Genau wie dieser Staub. Das Zeug hat sich überall abgesetzt, in ihrem Mund, den Nasenlöchern und Augen. Farah bewegt den Unterkiefer hin und her und presst die Handflächen auf die Ohren, um das Klingeln auszusperren, das den Innenraum des Wagens ausfüllt. Doch es wird nicht leiser. Endlich begreift sie. Der Ton kommt geradewegs aus ihrem Schädel. Höchstwahrscheinlich ein Knalltrauma.

Telefonieren, Hilfe, ich brauche Hilfe.

Im Dunkeln tastet sie nach ihrer Handtasche, die durch die Kollision in den Fußraum gerutscht sein muss. Farah fühlt das Handy im Futter der Seitentasche. Sie greift danach und erstarrt mitten in der Bewegung.

Die Kollision.

Um Gottes willen.

Ohne einen weiteren Gedanken zu verschwenden, reißt sie die Autotür auf und stolpert in die Schwärze der Nacht. Keine Laternen, keine Sterne, kein Mond, nirgends ein Fixpunkt, der Orientierung bietet. Trotzdem sieht sie ihn sofort. Sein helles Hemd leuchtet schwach im Takt der Warnblinker. Der Mann liegt etwa fünfzig Meter entfernt rücklings auf dem Asphalt. Farah rennt, hört schon von Weitem ein Rasseln, das in seiner Lunge brodelt. Ein Geräusch, das sie in ihrer Assistenzarztzeit zu fürchten gelernt hat.

Doch halt, was …

Abrupt bleibt Farah stehen, verharrt reglos, wagt nicht einmal zu atmen. Ihr Verstand weigert sich zu begreifen, was sich vor ihr abspielt. Sie reibt sich heftig über die Augen, doch das Bild ist unverändert. Ein Stakkato albtraumhafter Sequenzen eröffnet sich ihr, zerhackt vom Blinken der Scheinwerfer.

Mit ruckartigen Bewegungen wuchtet sich der Mann auf die Seite.

Dunkelheit.

Er spuckt aus.

Dunkelheit.

Er kommt auf die Knie …

Dunkelheit.

… steht, stotternd und schwankend wie ein gefällter Baum, der zu kippen droht.

Dunkelheit.

Die tropfnasse Hose hängt in Fetzen an ihm herab, Regen spült sein Blut von der Straße.

Ein Zombie.

Ein lebender Toter.

Plötzlich überkommt sie die irrationale Panik, er könnte im nächsten Lichtblitz direkt vor ihr auftauchen. Aschfahl, wutverzerrt, die Zähne gebleckt.

Das Herz drängt ihr aus der Kehle. Passiert das wirklich? Es ist, als sei sie in einen postapokalyptischen Film geraten. Der Mann wirkt desorientiert, wahrscheinlich hat er einen Schock erlitten. Farah muss Erste Hilfe leisten, sie ist Ärztin, verdammt! Doch sie ist wie in Trance, ihre Beine rühren sich nicht von der Stelle, immerhin hat das Fiepen in ihrem Kopf aufgehört. Sie kann nur zusehen, wie die zerrissene Gestalt davonhumpelt. Er hat einen Turnschuh verloren, der andere hängt lose an seinem Fuß und schleift über den Asphalt und dann über das Gras, als er im Wald verschwindet.

Farah späht ins Geäst, lauscht auf seine raschelnden Schritte, die mit jedem Herzschlag vom Prasseln des Regens getilgt werden, bis schließlich nur noch ein gespenstisches Rauschen zu hören ist.

Und jetzt? Hektisch sieht Farah nach links und rechts. Niemand da. Soll sie den Krankenwagen rufen, dem verstörten Mann nachlaufen? Sie kann sich ja selbst nur mit Not auf den Beinen halten. Andererseits ist der Mann schwer verletzt und braucht dringend Hilfe.

Widerstrebend setzen sich ihre Füße in Bewegung. Erst wackelig und unsicher, dann streift sie immer schneller durchs Unterholz, arbeitet sich vorwärts. Nur wegen des schwächer werdenden Lichts der Warnblinker findet sie sich halbwegs zurecht. Farah spürt Angst in sich aufsteigen. Sie ist nicht allein hier draußen. Außerdem fürchtete sie sich schon als Kind vor der Dunkelheit, konnte bis ins Teenageralter nur einschlafen, wenn die Jalousie ein Stückchen offen, das Nachtlicht angeknipst war. An schlechten Tagen muss es sie noch heute in den Schlaf leuchten.

Das Handy fällt ihr ein. Ungläubig stellt sie fest, dass sie es umklammert. Irgendwie muss das Teil in ihre Hand gelangt sein. Nur, dass sie sich nicht daran erinnern kann, wie. Gerade, als sie die Taschenlampenfunktion aktivieren will, flammt das Licht der

Warnblinker erneut auf. Farah stockt. Aus dem Augenwinkel hat sie etwas ausgemacht. Jemanden.

Sie betrachtet den Körper, der am Boden liegt. Es macht den Anschein, als sei er steif wie ein Brett vornübergekippt. Und zwar so abrupt, dass der Mann offenbar nicht einmal mehr seine Arme vor den Kopf reißen konnte. Höchstwahrscheinlich waren sämtliche Schutzreflexe außer Kraft gesetzt, als er das Bewusstsein verloren hat.

Farah hockt sich neben den Mann und dreht ihn behutsam auf die Seite. Als sie in sein zerschmettertes Antlitz starrt, muss sie sich zwingen, nicht sofort wieder wegzusehen. Die Arbeit in der Rechtsmedizin härtet ab, auf diesen Anblick war sie dennoch nicht vorbereitet. Er ist grün und blau, die Augen so stark zugeschwollen, dass sie nicht sagen kann, ob sie offen oder geschlossen sind. Die Nase ist mehrfach gebrochen, auf der rechte Seite klafft rohes Fleisch, als sei jemand mit einer Schleifmaschine darübergefahren. Vermutlich hat er sich die Wange aufgeschürft, als er nach dem Crash über den Asphalt geschrammt ist.

»Alles wird gut, alles wird gut, Hilfe ist unterwegs«, hört Farah sich sagen. Satzschleifen, die ihn beruhigen sollen. Vor allem aber sie selbst. »Alles wird gut.«

Der Mann wimmert, hustet, hebt flehend den Kopf, soweit ihm das in seinem Zustand möglich ist. Die geplatzten Lippen öffnen und schließen sich. Farah muss das Ohr nah davorhalten, um zu verstehen.

»Hilfe …«, raunt er heiser. »Gefährlich … Sie … kommt …«

Noch einmal atmet er aus und hustet. Rasch weicht Farah zurück, kann jedoch nicht verhindern, dass ihr sein Blut ins Gesicht spritzt, ehe er in sich zusammensackt. Ein scheußliches Röcheln, ein letztes Aufbäumen, und sein Körper wird schlaff. Das Rasseln hört auf.

Farah schaut auf ihn herab. Innerlich brüllt sie:

Schnell, du musst ihn wiederbeleben, sonst stirbt er! Na los, worauf wartest du?

Aber statt zu handeln, ist ihr Körper wie paralysiert, die Festplatte gelöscht. Wie führt man eine Herzdruckmassage durch? Stabile Seitenlage? Keine Ahnung, sie weiß es nicht mehr. Sogar die Nummer vom Notruf ist weg. Da ist nur der garstige Wind, der in Wogen unter ihren Mantel weht. Ihre Knie, die im Matsch versinken und vor Kälte schon halb taub sind. Und dieser scheußliche Regen, der sich mit seinem Blut auf ihrer Wange mischt und in den Kragen rinnt. Eiskalt.

Ein Zucken erfasst sämtliche Glieder. Vielleicht ist es auch dieses Zucken, das den Schalter umlegt. Etwas rastet ein. Wie auf ein stilles Kommando hin übernimmt ihr Verstand die Führung.

Farah überstreckt den Hals des Mannes, legt ihn in den Nacken, sodass sich der Mund weit öffnet. Die Atmung hat ausgesetzt. Mit zittrigen Fingern friemelt sie ihren Schlüsselbund aus der Innenseite des Mantels. Daran baumelt eine quadratische Tasche aus Nylon etwa im Format eines Eiswürfels. Sie reißt den Klettverschluss auf und zieht ein in Folie verpacktes Tuch mit Beatmungsventil heraus, das sie auf Mund und Nase des Mannes platziert. Routinierte Handgriffe, alles geht blitzschnell, dabei ist es Jahre her, dass sie zuletzt einen Menschen reanimieren musste. Mit einer Hand umfasst sie sein Kinn, mit der anderen verschließt sie durch das Plastik, was noch von der Nase übrig ist, presst ihre Lippen auf das Ventil und atmet kräftig aus.

Sein Brustkorb hebt und senkt sich.

Noch zweimal bläst Farah Luft in seine Lungen, ehe sie ihre Handballen energisch auf den Thorax presst, die Finger ineinander verschränkt, die Arme durchdrückt und pumpt.

Jetzt bin ich dein Herz. Komm schon, halte durch, nur noch ein bisschen!, fleht sie den Fremden lautlos an, der sie nie zuvor gesehen hat und dennoch darauf hoffen muss, dass sie nicht aufgibt. Dass sie kämpft mit ihm.

Farah stemmt sich auf seine Brust, erstaunt, wie stark sie nachgibt. Mehrmals schon hat sie das Knacken gespürt, als unter ihrem Gewicht Rippen gebrochen sind. Und noch etwas spürt sie. Ein seltsames Prickeln im Rücken. Die Worte des Mannes kommen ihr wieder in den Sinn.

Gefährlich … Sie … kommt.

Was hatte das zu bedeuten? Wer kommt? Mit einem Mal ist das Gefühl, beobachtet zu werden, übermächtig. Farahs Kopf ruckt hoch, fliegt so hastig hin und her, dass ihr nasse Haarsträhnen in die Augen peitschen. Sie wischt sie nicht beiseite, pumpt stoisch weiter, sondiert die Gegend. Der Lichtpuls ist schwach, aber die Helligkeit genügt, um Umrisse von Stämmen sichtbar zu machen. Wuchtige Rotbuchen, dazwischen junge Birken und dicht verflochtenes Astwerk.

Sonst nichts. Niemand. Sie ist allein mit ihm.

Du siehst Gespenster!, ermahnt sie sich und richtet ihren Fokus wieder auf den Mann. Er liegt reglos da und gibt keinen Mucks von sich. Alles dreht sich, Sternchen schießen an ihr vorbei und verglühen. Farah blinzelt gegen den aufkeimenden Schwindel an und atmet tief ein und aus, bis sich ihr Kreislauf wieder gefangen hat. Sie zieht das Beatmungstuch weg, lehnt sich über seinen Mund und lauscht.

Nichts.

Das kann nicht sein! Farah schließt die Augen, um ihre Sinne zu schärfen. Angestrengt horcht sie gegen das Rauschen ihres eigenen Blutes an. Sie hat sich nicht getäuscht. Der Mann atmet nicht. Kein noch so leiser Luftstrom streift ihre Wange. Seine Haut ist blass, die Lippen bläulich verfärbt, auch sonst sind keine Vitalzeichen erkennbar. Farah schluchzt auf, so grenzenlos ist die Verzweiflung, die sie ergreift.

»Halte durch! Nur noch ein bisschen«, beschwört sie den Mann, und es klingt fast wütend. »Wir schaffen das!«

Mechanisch pumpt sie weiter, hundertmal pro Minute, besser öfter, um die Sauerstoffversorgung des Gehirns aufrechtzuerhalten. Zwischendurch beatmen. Trotz der Kälte bricht ihr der Schweiß aus, am liebsten würde sie sich auf der Stelle den Mantel vom Leib reißen, was bei diesen winterlichen Temperaturen keine gute Idee wäre. Außerdem müsste sie die Reanimation unterbrechen, und das geht nicht. Das geht auf keinen Fall.

Ha ha ha ha, stayin' alive, stayin' alive. Ha ha ha ha, stayin' alive …

Ihr Schädel glüht, die Arme zittern vor Anstrengung. Farah ist so verbissen damit beschäftigt, den Kerl am Leben zu halten, dass sie ihr Kommen zunächst nicht bemerkt.

2. KAPITEL

»Es ist vorbei.«

Eine Stimme. Undeutlich und verzerrt schafft sie es durch den Nebel ihres Bewusstseins. Jemand berührt Farahs Arm. Die Empfindung ist wie ein Stromschlag. Sie fährt herum, starrt mit weit aufgerissenen Augen zu einem Mann empor, der sich zu ihr herunterbeugt. Als sie das vertraute Gesicht ihres Freundes erkennt, steigen ihr Tränen in die Augen, die sie nur mühsam zurückhält.

»Wase«, wispert sie, nimmt das Blaulicht wahr, das in kreisenden Rauten den Wald durchschneidet. Das Heulen des Martinshorns in der Ferne.

»Die Notärztin übernimmt, du kannst aufhören.« Kriminalhauptkommissar Wase Rahimi reicht ihr eine Hand. »Komm, komm mit. Ich bring dich hier weg.«

Ein Sanitäter eilt herbei, noch einer drängt Farah beiseite. Sie steckt ihr Handy ein, das achtlos neben ihr im Matsch lag, und lässt sich von Wase auf die Füße ziehen. Ihre Beine zittern so sehr, dass sie sich ohne seine Hilfe kaum aufrecht halten kann. Er stützt sie und führt sie fort von dem, was sich nun hinter ihnen abspielt. Knappe Befehle hallen durch die Dunkelheit, das Reißen von Verpackungen und Stoff. Wase zieht sie weiter. Farah bemerkt, dass er ihr immer wieder besorgte Seitenblicke zuwirft.

»Was machst du hier?«, stammelt sie.

»Du hast mich angerufen.« Er zieht die Brauen zusammen, taxiert sie. »Weißt du das nicht mehr?«

Farah schüttelt nur den Kopf und guckt auf die Uhr an ihrem Handgelenk. Nichts zu erkennen. Das Ziffernblatt ist blutverschmiert. Nachlässig wischt sie es am Hosenbein sauber, stellt verblüfft fest, dass es bereits halb zwölf ist. Wie kann das sein? Sie hat die Feier doch eben erst verlassen.

Unvermittelt treffen ihre Schuhsohlen auf harten Untergrund. Farah bleibt stehen und schaut an sich herab. Asphalt. Fast schwarz glänzt er im Regen und reflektiert die Festbeleuchtung der beiden Krankenwagen, die blinkend hintereinanderstehen und die rechte Fahrbahn blockieren. Merkwürdig, sie hätte schwören können, dass sie viel weiter in den Wald hineingerannt ist. Offenbar ist gerade weder Farahs Gedächtnis noch ihrer zeitlichen oder räumlichen Wahrnehmung zu trauen.

Behutsam bugsiert Wase sie weiter zu seinem Auto, das quer vor ihrem Range Rover parkt. Über die Windschutzscheibe zieht sich ein Netz aus Rissen. Dort, wo der Körper des Mannes aufgeschlagen ist, bevor er übers Dach und auf die Straße geschleudert wurde, ist die Motorhaube eingedrückt. Am Kühlergrill klebt etwas, das wie Blut aussieht.

O Gott. Was, wenn der Mann stirbt? Wegen ihr. Weil sie ihn überfahren hat.

Kraftlos sackt Farah in sich zusammen. Es ist, als habe sich auf einen Schlag alle Spannung entladen, die ihren Körper bislang zusammengehalten hat. Allein Wases resoluter Griff verhindert, dass sie zu Boden stürzt. Er hält sie fest, während Farahs Adrenalinspiegel absinkt, sich ihr Herzschlag normalisiert und ihr allmählich dämmert, was soeben geschehen ist.

Sie windet sich aus Wases Arm, lässt ihn stehen, taumelt weiter. Ihre Gedanken rasen. Sie malt sich aus, was später im OP-Bericht stehen wird. Vorausgesetzt natürlich, der Mann schafft es in ein Krankenhaus. Polytrauma. Massiver Blutverlust. Milzriss, Leberkapselriss, Subarachnoidalblutung, Schädelbruch. Die inneren Verletzungen nach einem Crash bei dieser Geschwindigkeit sind meist fatal. Im Lauf ihrer Karriere hatte sie genug Unfallopfer auf dem Tisch, um zu wissen, dass die Überlebenschancen des Mannes gering sind.

Direkt vor ihr materialisiert sich jemand. Eine Sanitäterin, so viel begreift Farah, doch ihren Namen hat sie sofort wieder vergessen. Die Frau ergreift ihre schlaffe Linke, und bei der Berührung merkt Farah, wie eiskalt und nass sie ist.

»Professorin Rosendahl?«

Farahs Kiefer klappen mechanisch auf und zu, aber aus irgendeinem Grund ist sie unfähig, auch nur einen Laut der Bestätigung zu produzieren. Immerhin gelingt ihr ein Nicken, ehe ihre Aufmerksamkeit in eine andere Richtung gezerrt wird. Stimmen dröhnen aus dem Wald, nehmen sekündlich mehr Raum ein, bis sie einzelne Bruchstücke herausfiltern kann.

»Vorsichtig, ganz vorsichtig«, kommandiert jemand. »Achtung, da liegt ein Fels, ihr müsst rechts ausweichen … Langsam! … Gut so.«

Eine Frau stapft mit grimmiger Miene ins Freie. Vermutlich die Notärztin. Sie schleppt einen Koffer, dessen Riemen ihr tief in die Schulter schneidet. Mit zackigen Bewegungen dirigiert sie einen Trupp Sanitäter hinter sich her, der über den unwegsamen Grund eine Trage balanciert.

Der Mann ist mit Gurten fixiert, sein Hemd zerschnitten. Es teilt sich in der Mitte und hängt triefnass herab. Auf der behaarten Brust kleben noch die Defibrillationselektroden, Schläuche führen aus Handrücken zu Infusionsbeuteln, die eine Rettungskraft zusammen mit einem Monitor zum Krankenwagen schleppt.

Das Fiepen in ihren Ohren kehrt zurück.

Lauter, schneidender diesmal, als wolle der Tinnitus den Regen übertönen. Das Klappern der Trage, die einrastet und auf Schienen ins Innere des RTW gleitet, hört sie nicht. Genau wie das Knallen der Türen, die hinter dem Mann zuschlagen. Wases Mund bewegt sich, richtet Worte an sie, die sie nicht versteht. Farah kann nicht einmal sagen, ob das Martinshorn heult, als der Rettungswagen davonbraust und das rotierende Blaulicht hinter der nächsten Biegung verschwindet.

3. KAPITEL

Der Mann ist ein Phantom. Er hatte nichts bei sich, was Rückschlüsse darauf zulässt, wer er war, woher er kam oder wohin er wollte. Kein Portemonnaie, kein Handy, nichts. Das hat Wase Rahimi von der Sanitäterin erfahren. Falls der Mann die Fahrt zur Klinik überstanden hat, kämpfen die Ärztinnen und Ärzte gerade im OP um sein Leben. Und falls nicht …

Wase mag gar nicht an diesen Worst Case denken, aber sein Hirn neigt dazu, vom Schlechtesten auszugehen. Wenn der Mann gestorben ist, haben sie ihn vermutlich in die Rechtsmedizin nach Kiel überführt. Gut möglich, dass er schon in einem Kühlfach liegt und auf seine Obduktion wartet. Zettel mit Juteschnur am Zeh:

> Todesursache: Verkehrsunfall.
> Todesart: nicht natürlicher Tod.
> Personalien: unbekannt.

Standardmäßig wäre eigentlich die Uniklinik Hamburg-Eppendorf für die Sektion zuständig. Doch das ist Farahs Refugium, ihr Habitat – und somit keine Option. Sollte es zum Prozess kommen, würden die Ankläger diesen Punkt gnadenlos gegen sie verwenden, ihren Kolleginnen und Kollegen Befangenheit unterstellen, eventuell sogar andeuten, dass Beweise manipuliert worden seien, um sie zu schützen. Falls es hart auf hart kommt, steht

Farah zum Glück eine unparteiische Zeugin zur Seite. Sie ist unbestechlich und objektiv und könnte ihr damit den Hintern retten, was eine gewisse Ironie in sich birgt, wenn man weiß, wie sehr Farah die Dashcam verabscheut.

Ob ihr ähnliche Gedanken durch den Kopf gehen? Wase beobachtet sie verstohlen. Mit zusammengepressten Lippen starrt sie aus dem Beifahrerfenster, in dem sich ihr Gesicht spiegelt. Ein bleiches Oval auf Glas, durchzogen von Regenschlieren, die tränengleich darüberlaufen. Farahs Ausdruck ist unergründlich. Ihre rechte Hand umklammert den Türgriff, als rechne sie jederzeit mit einer erneuten Kollision.

Seit sie vom Parkplatz der Notfallambulanz gerollt sind, hat sie nicht ein Wort gesprochen, sich keinen Millimeter vom Fleck gerührt. Der Arzt hat ihr Blut abgenommen, um im Auftrag der Verkehrsunfallpolizei den Alkoholgehalt zu bestimmen. Außerdem hat er ihr eine leichte Gehirnerschütterung attestiert und Bettruhe verordnet. Sofern Farah Schmerzen hat, kann sie sie gut kaschieren. Alles an ihr ist Beherrschung, Kontrolle.

Doch Wase spürt das Brodeln unter der reglosen Oberfläche, sieht das Talkumpulver, das ihr dunkles Haar stumpf und grau macht. An einer Wange klebt Blut. Das Blut des verunglückten Mannes? Aus einem Impuls heraus streckt er den Arm nach Farah aus, berührt ihre Hand, wie um sich zu vergewissern, dass sie wirklich da ist. Sie schnappt nach Luft und sieht ihn an, als wäre sie überrascht, ihn hier zu sehen. Dasselbe ungläubige Staunen, mit dem sie ihn vorhin am Unfallort bedacht hat. Dabei war sie es doch, die ihn angerufen hat.

Noch immer hört er ihre Stimme. Dieses von Panik verzerrte Wispern am Telefon, weit entfernt, als habe sie den Lautsprecher aktiviert und das Handy beiseitegelegt. Wortfragmente, die keinen Sinn ergaben, aber von einer solchen Dringlichkeit waren, dass Wase alles stehen und liegen ließ und zu der Straße raste, deren Namen er in dem Kauderwelsch verstehen konnte. Sie liegt nur ein paar Autominuten von Farahs Haus in Hamburg-Bergstedt entfernt.

Farah dreht den Kopf weg und schaut wieder hinaus in die Nacht. Ihre Hand entzieht sie Wase nicht. Auch nicht, als er sie in seine nimmt, zurückhaltend, weil es ihm vorkommt, als ob er eine unsichtbare Linie überschreitet. Er will sie so viel fragen, doch er denkt an die Rettungssanitäterin und daran, wie Farah sie stehen ließ und wortlos im Auto verschwand. Eine klare Botschaft. Wase muss sich gedulden. Gerade gibt es nichts zu sagen, nichts zu tun, außer den Wunsch seiner Freundin nach Rückzug zu respektieren.

Aus Farahs Befragung hat er zumindest ein paar Details zum Unfallhergang aufgeschnappt. Dass sie die vorgeschriebenen siebzig Stundenkilometer eingehalten und in der Kurve abgebremst hat. Dass der Mann einfach so aus dem Wald und auf die Straße gerannt ist, ohne sich umzusehen, als habe er es darauf angelegt, draufzugehen. Und dass er aufgestanden und weitergerannt ist, vermutlich im Schock. Weniger plausibel ist hingegen, dass er bei dem Wetter nachts allein unterwegs war, ohne Jacke, ohne Handy oder Portemonnaie.

In der Ferne taucht Farahs Reetdachkate auf. Obwohl Wase darin kaum von A nach B gehen kann, ohne sich den Schädel anzuhauen, ist sie, und er findet keine Worte, die es treffender beschreiben, ein echtes Zuhause. Besonders verglichen mit seiner Junggesellenbude in Billstedt.

Über fünf Monate wohnt er nun schon dort, und noch immer sind Wände und Fenster nackt. Neulich hat er sich fast das Genick gebrochen, als er schlaftrunken über einen der Umzugskartons gestolpert ist. Etwas in ihm sträubt sich dagegen, sie endlich auszuräumen. Oder die Gardinen aufzuhängen, die zerknittert im Schrank liegen. Sich hier häuslich einzurichten, wäre gleichbedeutend mit dem Eingeständnis, dass die ranzige Dachgeschosswohnung doch mehr ist als das, wofür er sie gehalten hat: eine Übergangslösung. Ein Lager, um kurzzeitig seinen Kram unterzustellen. Eine Strafe, die Wase ertragen muss, bis sich die Trennung als dummes Missverständnis entpuppt und er wieder in ihre gemeinsame Atelierwohnung kann, wo der Wind nicht aus den Steckdosen pfeift, sobald es draußen auffrischt. Verflucht.

Allein der Gedanke daran, später in diese Absteige zurückkehren zu müssen, in der es nach Schimmel und Nikotin mufft, bereitet ihm schlechte Laune. Wohl auch, weil er insgeheim ahnt, dass er noch länger mit ihr vorliebnehmen muss.

»Ernsthaft? Du gehst? Das kannst du mir doch nicht antun!« Ihre harschen Worte tönen noch immer in seinen Ohren. »Dann hau halt ab! Geh!«

Die Brücken sind abgebrochen und verbrannt. Irreversibel zerstört. Kein Zurück mehr. Nur Bedauern. Sie sind einen langen Weg gegangen und haben sich unterwegs verloren. Womöglich hat Wase einen unverzeihlichen Fehler begangen und eine Katastrophe eingeleitet, über deren Ausgang er nicht nachdenken will. Er kann es nicht ändern, muss die Konsequenzen seines Handelns ertragen. Alles, was jetzt kommt, liegt nicht mehr in seinen Händen.

Wase überlegt, sein Nachtquartier im Büro aufzuschlagen. Immer noch besser, als mit stur verschränkten Armen in seinem Dienstwagen zu kampieren. Zweimal ist es jetzt schon vorgekommen, dass er im Sitzen wegdämmerte und morgens von den Nackenschmerzen seines Lebens geweckt wurde, weil er sich nicht aufraffen konnte, die siebte Etage des Mehrfamilienbunkers zu erklimmen.

Wase umrundet die Trockenmauer aus Findlingen, die Farahs Grundstück umfriedet, setzt den Blinker und lenkt den Wagen auf den Hof. Er hält auf seinem Stammplatz neben einer Pappel und dreht den Zündschlüssel. Das Dröhnen des Motors verhallt.

Als er die Holzbalken und das windschiefe Gemäuer betrachtet, überkommt ihn wie jedes Mal ein wohliges Gefühl. Aber etwas ist anders.

Farahs Haus liegt dunkel da, obwohl im Erdgeschoss normalerweise Licht brennt. Auch das Gebell, das sonst zuverlässig über den Platz schallt, sobald ein Auto vorfährt, fehlt.

»Ist Noa gar nicht da?«

Farah sieht ihn mit großen Augen an, sie blinzelt nicht, scheint nicht einmal zu atmen. Ein lang gezogenes Seufzen.

»Alles gut. Er ist bei Irma. Richtig, alles gut.« Mit geschlossenen Augen lässt sie sich gegen die Lehne fallen. »Hab ich mich jetzt erschreckt. Wenn ich spät nach Hause komme, übernachtet er doch immer drüben.«

»Okay.« Wase löst seinen Gurt. »Wenn du magst, koche ich uns jetzt erst mal eine Kanne Tee.«

»Schnaps wäre mir lieber.« Farah schnallt sich ebenfalls ab und öffnet die Tür. Sie will schon aussteigen, hält jedoch in der Bewegung inne, als sei ihr noch etwas eingefallen. »Wann ist Freddy da?«

Verdammt.

Wase zwingt sich zu einem Lächeln, das in seinen Mundwinkeln zwickt. »Er müsste gleich hier sein. Geh schon mal vor, ich komm nach.«

Farah taxiert ihn unter zusammengezogenen Brauen. Sie ahnt, dass etwas nicht stimmt. Trotzdem schafft er es irgendwie, ihrem bohrenden Blick standzuhalten, bis sie nickt, sich abwendet und über das nasse Kopfsteinpflaster eilt. Bewegungsmelder erfassen sie, Spots flammen auf, schicken Lichtsäulen an der weiß getünchten Fassade empor. Sobald die Haustür hinter Farah ins Schloss gefallen ist, kramt Wase in der Innentasche seines Parkas, findet, wonach er gesucht hat.

Das grelle Handydisplay blendet ihn. Er kneift die Augen zusammen, klickt sich in die Anrufliste und tippt seinen Namen an.

Zum elften Mal, wie die in Klammern gesetzte Ziffer dahinter anzeigt. Es klingelt, doch genau wie bei den vorherigen Versuchen landet er nur auf Frederiks Mailbox. Bildet sich Wase das ein, oder hat seine Ansage tatsächlich einen leicht spöttischen Unterton angenommen?

Ich bin gerade leiiider nicht zu erreichen. Wie schade für dich. Versuch es doch später noch mal …

Wase boxt gegen das Lenkrad. Fest. Einmal, zweimal trifft seine Faust auf Kunstleder. Der dritte Schlag gerät etwas zu weit links. Er landet auf der Hupe, woraufhin sein Auto ein erschreckend lautes Quäken absondert. Mist, das hat er nicht gewollt. Die Schultern bis an die Ohren gezogen, schielt Wase zum Haus. Aus der Küche fällt Licht in den in den Hof. Es flimmert, als Farahs Schatten am Fenster entlanghuscht. Doch sie schaut nicht nach, was das Gehupe zu bedeuten hat.

Wase packt sein Handy, öffnet WhatsApp, um seiner Wut anderweitig Ausdruck zu verleihen.

Wo zur Hölle steckst du?!, tackert er ins Chatfenster. *Farah braucht dich jetzt!! Schwing gefälligst deinen Arsch hierher.*

Mit einem Zischen verschwindet die Nachricht im Äther, erreicht ihr Ziel, was die hellgrauen Doppelhaken signalisieren. Freddys Handy ist an. Natürlich ist es das. Als Top-Strafverteidiger wird er nicht selten auch am Wochenende aus dem Bett geklingelt, etwa, wenn einer seiner umtriebigen Mandanten aus der Arrestzelle anruft und anwaltlichen Beistand verlangt. Sein Bürotelefon leitet er nach Feierabend aufs Handy um. Er will sich in der neuen Kanzlei beweisen, in der er vor knapp einem Jahr angeheuert hat. Voller Einsatz rund um die Uhr, der Mann ist Farah zufolge zum Workaholic mutiert. Das und die permanente Rufbereitschaft treiben sie zur Weißglut. Sie konnte ihm nicht einmal den Kompromiss abringen, von *Kill Bills* martialischem »Bang Bang« auf Vibrationsalarm zu switchen.

Wase fixiert Freddys Namen, bis ihm die Augen tränen, als könnte er ihn per Telepathie dazu bringen, online zu gehen. Vergeblich. Weshalb ignoriert er seine Kontaktversuche? Wie soll er Farah bloß beibringen, dass ihr Lebensgefährte zwar für jeden Schwerverbrecher 24/7 ins Auto hüpft, für sie jedoch *leiiider* nicht erreichbar ist?

Wieder einmal.

Atmen. In den Bauch, auf drei Zeiten ein, auf fünf Zeiten aus. Loslassen, die Kopfhaut, den Punkt zwischen den Brauen, Zunge, Unterkiefer, alles wird weich. Wase lehnt sich zurück und macht, was er immer macht, wenn heftige Gefühle aufwallen. Er hat die Technik so oft trainiert, dass sich sein Puls bald auf einem annehmbaren Level eingepegelt hat.

Scheiß auf Frederik.

Die Luft abseits der Stadt ist klar und riecht nach Kaminfeuer und Tannennadeln. Wase inhaliert tief. Heute wird er Wache halten. Er wird da sein, wenn Farah bereit ist zu reden. Egal, wie lange das dauern mag. Zu Hause wartet ohnehin niemand auf ihn.

Und das Unfallopfer? Wandert gerade jetzt in dieser Minute irgendwo da draußen jemand durch seine Wohnung, horcht sorgenvoll auf jedes Geräusch, jedes vorbeifahrende Auto, in der bangen Hoffnung, dass er endlich heimkehrt? Oder gibt es niemanden, der ihn vermisst? Wem würde es auffallen, wenn Wase etwas zustößt? Den Nachbarn in seiner anonymen Bettenburg wohl kaum.

Er schüttelt den Gedanken ab und späht in den wolkenverhangenen Himmel. Kein Stern weit und breit. Immerhin hat der Regen aufgehört.

4. KAPITEL

Illusion eines normalen Morgens. Der Wecker auf dem Nachttisch tickt, Frostluft weht durch das gekippte Fenster herein und spielt mit den Gardinen, lässt sie flattern wie Geister. Einen Herzschlag noch hängt Farah in der Parallelwelt zwischen Träumen und Denken, seligem Vergessen und Realität. Dann kehrt das Chaos zurück. Es schwappt über sie hinweg und reißt sie fort.

Der Knall, der Mann, wie er daliegt in seinem Blut, sie ansieht, anfleht, wie seine Rippen nachgeben. Knack, knack. Die Rufe der Sanitäter, der RTW in blauem Licht, Reifen, die durch Pfützen pflügen.

Jede Sequenz ist wie ein brutaler Hieb, der Farah niederstreckt und in die Kissen zwingt. Ein Schluchzen bricht sich Bahn, von dem sie nicht wusste, dass es in ihr war. Schwerfällig rollt sie sich auf die Seite und macht sich klein. Sie will verschwinden, sich wenigstens zurück in den Schlaf retten, doch der Muskelkater hält sie davon ab. Arme, Rücken und Schultern brennen von der Reanimation. Dazu die hämmernden Kopfschmerzen. Nachwehen des Unfalls, der abgesehen von der leichten Gehirnerschütterung spurlos an ihr vorbeigegangen ist.

Farah hat letzte Nacht jeden Quadratzentimeter ihres Körpers unter der heißen Dusche abgesucht, bis ihre Haut krebsrot war und juckte. Nichts. Nicht die kleinste Schramme. Sein Blut ist gurgelnd im Abfluss versickert, genau wie das Talkumpulver. Der Tinnitus ist fast weg, und auch die Kopfschmerzen werden bald abgeklungen sein. Der Mann dagegen …

Menschen sind endlos fragil. Die meisten begreifen das erst, wenn sie mit ihrer eigenen Sterblichkeit konfrontiert sind. Ein Gewicht senkt sich auf Farahs Brust, presst alle Luft aus ihrer Lunge, nimmt ihr den Atem.

Bitte, mach, dass er das überlebt, verhandelt sie mit einer höheren Instanz. *Mach, dass er sich wieder erholt und bald nach Hause kann.*

Sie tastet nach ihrem Handy, schielt auf den Bildschirm, der sich zeitverzögert scharf stellt. Keine verpassten Anrufe, keine SMS, kein Funkloch. Seufzend legt Farah es wieder weg und blinzelt ins grauende Tageslicht, das zwischen Kirschbaumzweigen ins Zimmer strömt. Nicht einmal die Jalousie hat sie gestern heruntergelassen. Ein weiteres Indiz dafür, wie fertig sie war. Direkt über ihr verläuft ein einzelner Strahl, in dem Staubfäden flirren, silbern und wild. Sie hebt eine Hand und spürt die Novembersonne auf ihrer Haut.

Aarian.

Sein Name, ganz unvermittelt.

Farah neigt nicht zu spirituellen Gefühlen, dafür ist sie als Wissenschaftlerin zu fest in der Welt der Fakten verhaftet. Im letzten Jahr jedoch hat sie gelernt, dass der Glaube an diese kleinen Zeichen einen gewissen Trost in sich birgt. Etwa das eine Mal, als sie an ihn dachte und der Schmerz so groß war, dass er sie fast zerriss und ein Getöse losging, das sie nicht verorten konnte, bis sie erkannte, dass sich eine Wolkenwand wenige Meter vor ihr ins Roggenfeld ergoss. Der Feldweg, auf dem sie stand, blieb trocken. Und da war ja auch noch die Sache mit dem Hirsch.

Neulich ist er im Garten aus den Schatten der Pappeln getaucht. Sekundenlang haben sie einander durch die Fensterscheibe des Wohnzimmers angesehen, in staunendem Erkennen, eher er sich beinahe würdevoll abgewandt hat und davonstolziert ist. Ohne Eile, raumgreifend, genau wie *er* früher.

Früher. Das ist elf Monate und sieben Tage her. Eine halbe

Ewigkeit, die Aarian nun schon fort und sie zurück in sein Haus gezogen ist. Freddy hat noch immer daran zu knabbern. Immerhin hat sie sich für die »runtergekommene Bruchbude am Arsch der Heide« und gegen sein Eppendorfer Architektenhaus entschieden. Ein riesiger Betonklotz im Brutalismus-Stil mit Fenstern, die in Farah unangenehme Assoziationen an Schießscharten wecken. Abweisend wie eine Festung. Oder ein Bunker. Jedenfalls kein Ort, an dem sie bedenkenlos die Schuhe abstreifen und sich mit einem Glas Rotwein auf die Couch fläzen würde.

Sicher, Aarians Kate war baufällig, und sie musste ungezählte Stunden Arbeit investieren, um sie wieder in Schuss zu bringen. Aber sie liebt die Abgeschiedenheit. Der nächste Hof liegt ein paar Hundert Meter Luftlinie entfernt, und im Juni, wenn sie vor dem Haus sitzt, kann sie die Hummeln in den Rhododendronkelchen rascheln hören. Außerdem verzeihen die alten Holzdielen verschütteten Primitivo, und in jedem Winkel hängt die Erinnerung, hängt sein Duft, auch wenn er sich allmählich verflüchtigt. Hier kann sie endlich friedlich einschlafen, statt mit rasendem Puls in die Dunkelheit zu lauschen, bis sie irgendwann das Bewusstsein verliert, so wie sie es als Kind getan hat. Farah hätte es nicht übers Herz gebracht, das Haus zu verkaufen, in dem er sie großgezogen und vor Übergriffen ihrer Mutter abgeschirmt hat.

Sie strampelt die Beine frei und schwingt sie aus dem Bett, ihre nackten Sohlen treffen auf blanke Holzdielen. Fröstelnd schlüpft sie in ihre Hausschuhe, zieht sich an und schleppt sich die Treppe hinunter ins Erdgeschoss. Langsam und vorsichtig, weil sich jede Erschütterung anfühlt, als würde ihr Hirn gegen die Schädeldecke schwappen. Es dauert eine Weile, bis sie die Veränderungen wahrnimmt.

Auf halbem Weg bleibt Farah stehen. Sie reckt die Nase in die Luft, versucht zu ergründen, was sie stört, und riecht das würzige

Aroma frisch gebrühten Kaffees. Sieht die Jacke an der Garderobe, die nicht ihr gehört.

»Freddy?«

Ein Kopf mit Silberdutt schiebt sich leicht gebeugt aus der Tür, gefolgt von einem Körper, der den gesamten Rahmen ausfüllt. Wase, wie konnte sie ihn vergessen? Er ist noch hier. Dabei wäre sie jetzt lieber allein. Sofort nagt das schlechte Gewissen an Farah.

»Guten Morgen!« Er lächelt schief. »Wie geht es dir?«

»Frag nicht. Etwas gegen Kopfweh wäre gut.«

Farah lacht auf, weil ihr bewusst wird, welch absurden Anblick sie mit ihrem zerzausten Haar und den verquollenen Augen bieten muss. Ein Fehler. Mitten durch ihre Stirn schießt ein Schmerzblitz. Sie stöhnt und legt instinktiv eine Hand darauf.

»Ibuprofen liegt bereit«, sagt Wase und mustert sie besorgt.

»Klasse, danke«, presst Farah mühsam hervor und nimmt die letzten Stufen in Angriff.

»Nich' dafür.«

Unten angekommen bleibt sie vor Wase stehen, starrt zu ihm auf, weil sie es nicht fertigbringt, die Frage zu formulieren, die ihr seit dem Aufwachen auf der Seele brennt. Er versteht auch so.

»Ich habe vorhin ein bisschen rumtelefoniert.« Das Zögern in seiner Stimme verstärkt Farahs Angst. Ihr Herz trommelt, das Gesichtsfeld verengt sich, alles in ihr zieht sich zusammen. Sie rechnet mit dem Schlimmsten. Die Wahrscheinlichkeit, dass der Mann es nicht geschafft hat, ist hoch. Doch Wase sagt etwas, bei dem Farah vor Erleichterung ganz schwindelig wird.

»Er ist durchgekommen.«

Sie stützt sich am Geländer ab, um nicht das Gleichgewicht zu verlieren.

»Komm, wir setzen uns erst mal. Ich erzähl dir alles in Ruhe.« Wase reicht ihr eine Hand. Farah rührt sich nicht, sieht ihn nur an.

»Nein, ich muss es jetzt wissen«, beharrt sie. »Bitte. Wie steht es um ihn?«

Wieder dieses Zögern, das nicht zu Wase passt. Normalerweise poltert er ungefiltert drauflos, direkt und unverblümt. Dass er sich nun Zeit nimmt, seine Worte richtig zu wählen, hat etwas Unheilvolles an sich. Als würde sich vor ihren Augen eine Schlechtwetterfront zusammenbrauen. Unweigerlich richtet sich Farah auf und strafft die Schultern.

»Es war wohl sehr knapp.« Wase seufzt. »Sie haben ihn die ganze Nacht operiert und mussten ihn in ein künstliches Koma versetzen.«

Farah lässt den Kopf hängen. Obwohl es schon länger brachliegt, ist das Wissen zu dem Thema erstaunlich schnell wieder präsent. Ein medikamentös induziertes Koma. Der Körper des Mannes ist durch das Trauma und den Eingriff offenbar so sehr geschwächt, dass man ihn gewissermaßen stilllegen musste. Stoffwechsel, Blutdruck, Körpertemperatur, alles fährt runter. Das Gehirn braucht weniger Sauerstoff. Das System läuft im Energiesparmodus, damit es sich voll auf die Heilung konzentrieren kann. Die Organe arbeiten weiter, der Patient muss jedoch künstlich beatmet und durch eine Sonde ernährt werden. Bestenfalls nicht lange. Mit jedem Tag, der verstreicht, wächst das Risiko für Komplikationen. Lungenentzündung, Thrombosen, Wachkoma. Die achtundvierzig Stunden nach der OP sind am kritischsten. Wenn er die übersteht, ist die akute Gefahr gebannt, was nicht bedeutet, dass keine Folgeschäden zurückbleiben. Oder dass aus dem künstlichen Koma kein dauerhafter Zustand wird.

In der Küche flackert ein Feuer im Ofen. Wase muss Brennholz gehackt haben. Auf dem Tisch hat er, wie es scheint, den gesamten Kühlschrankinhalt um zwei Becher, Gläser, Besteck und Teller arrangiert.

»Ich war beim Bauernmarkt«, sagt Wase, dem wie immer nichts

entgeht. »Hab Croissants, Ingwer, frische Minze und Zitronen besorgt.«

»Und was ist das?« Farah deutet auf ein flaches Weinglas, das neben der spärlich bestückten Obstschale steht.

»Altes Hausmittel. Saft mit Essig vermischt und ein Spritzer Spülmittel.«

»Lecker.« Farah verzieht das Gesicht.

»Also den Fruchtfliegen bekommt das Zeug nicht so gut«, kontert Wase. »Keine Ahnung, wie du das im Winter fertiggebracht hast, aber in deiner Küche hat sich ein ganzer Schwarm einquartiert.«

»Ich war in letzter Zeit eben viel unterwegs«, entgegnet sie leicht verschämt.

»Ist dir mal aufgefallen, dass hier überall Lippenstifte rumfliegen?«

»Ein Spleen von mir.« Farah lächelt und sieht zur Spüle, in der sich gestern noch dreckiges Geschirr gestapelt hat. Jetzt ist sie leer und blitzblank sauber. »Wann hast du das alles gemacht?«

»Ich konnte nicht mehr schlafen. Dein Sofa muss geschrumpft sein.«

Es ist ihr schleierhaft, wie dieser riesige Kerl auf dem Teil ein Auge zubekommen hat. Die Couch misst knapp einen Meter achtzig, Armlehnen mit eingerechnet.

»Wenn du wieder hier übernachtest, kannst du mein neues Gästebett einweihen.«

»Ach ja? Und wo wird das stehen?«, fragt Wase, obwohl er sich die Antwort denken kann.

»Ich habe Aarians Zimmer ausgeräumt.«

»Das war sicher hart.«

Farah unterdrückt ein Seufzen. Wase macht sich andauernd Sorgen, es könnte ihr nicht gut gehen. Das war schon vor Aarians Tod so, und manchmal, an schlechten Tagen, argwöhnt sie, dass er damit bloß von seinen eigenen Problemen ablenken will. In Wirklichkeit ist sie genervt, weil er meistens richtigliegt. Ja, es war hart, verdammt hart sogar. Sie kam sich vor wie eine Verräterin. Als hätte sie mit dem Staub auch Aarian aus ihrem Leben gekehrt und die letzten Spuren seiner Existenz ausgelöscht.

»War schon okay«, gibt Farah kurz angebunden zurück. Der Wanduhr zufolge ist es schon weit nach zehn. Sie stutzt. Ist die Batterie leer, das Uhrwerk stehen geblieben? Nein, jetzt hört sie das monotone Ticken. So lange hat sie ewig nicht mehr geschlafen, selbst am Wochenende ist sie meist schon vor sieben wach. Ausgeruht fühlt sie sich trotzdem nicht. Im Gegenteil. Sie sinkt zwischen die Polster der Ofenbank, froh, sich nach dem kräftezehrenden Abstieg ins Erdgeschoss wieder ausruhen zu können. Keine Faser in ihr, die nicht rebelliert. Sie fühlt sich uralt. Jedenfalls deutlich älter als ihre einundvierzig Jahre.

Alles zu seiner Zeit, immer mit der Ruhe.

Aarians Stimme.

Sie drückt eine Tablette aus dem Blister und schluckt sie mit etwas Orangensaft. Dummerweise ist ihre Kehle so staubtrocken, dass sie auf halbem Weg kleben bleibt und sich in der Speiseröhre verkantet. Farah trinkt gegen den Schmerz, muss das ganze Glas exen, ehe sich die Tablette endlich löst und den Hals passiert.

»Alles gut bei dir?« Wase sieht aus, als stünde er kurz davor, sie in den Heimlich-Griff zu nehmen.

Farah hustet und winkt ab, was so viel wie »geht schon wieder« heißen soll. Mit einer Serviette wischt sie sich über die Augen. Nachdem sie sich einigermaßen beruhigt hat, deutet sie auf Wases Tasse, in die er gerade einen Löffel Honig rührt.

»Darf ich auch einen?«

»Du und Ingwertee?«

»Mein Magen ist noch nicht bereit für Kaffee.«

Er zieht die Brauen hoch, verkneift sich aber einen Kommentar, der ihm zweifellos auf der Zunge liegt, und schenkt ihr ein. Farah wärmt ihre Hände am Becher. Das Holz knackt im Ofen, die Balken arbeiten in der Wärme, Wind rüttelt an den Fensterläden. Ewiger Dreiklang eines in die Jahre gekommenen Hauses. Melodie ihrer Kindheit.

Verstohlen betrachtet sie Wase von der Seite. Das lange Haar sitzt zu einem Knoten gebunden auf der Krone seines Kopfes. Als sie sich vor zehn Jahren bei Ermittlungen kennenlernten, war es schwarz, nun ist es vollständig weiß. Wase bevorzugt silberfarben, auf Weiß reagiert er allergisch. Ein eitler Zug, den Farah auf alberne Weise rührend findet. Seine Augen sind so dunkel wie der Vollbart. Ob er ihn heimlich färbt? Und wie er wohl mit weißem Bart aussähe? Sicher komisch. Anders. Dampf legt sich wie ein Weichzeichner über sein Gesicht. Dennoch fällt ihr auf, dass die Linien um seine Augen tiefer geworden sind. Er wirkt abgekämpft, die Trennung hat ihre Spuren hinterlassen.

Sie alle haben Wunden davongetragen. Farah, Wase und auch Lennart Bär, der Dritte im Bunde. Ihn erwischte es am härtesten. Der Hauptkommissar ist Wases Kollege. Die beiden kennen sich seit Wases Kindheit, Bär ist sein bester Freund, eine Art Vaterfigur. Zumindest war er das einmal. Die Suche nach seinem verschollenen Sohn Paul brachte sie auseinander.

Wie immer, wenn sie an den lebensfrohen Mann von früher denkt, dessen Augen sich zu zwei Mondsicheln verzogen, wenn ihn etwas amüsierte, versetzt es ihr einen Stich. Denn dieser Mensch ist fort, und sie trauert noch immer um ihn. Depressive Resignation erstickte Bärs Wut und den Feuereifer, die ihn anfangs noch vorantrieben. Ihre unverbrüchliche Freundschaft ist im Begriff, sich vor Farahs Augen aufzulösen. Wase zerpflückt sein Croissant und schiebt sich ein Fitzelchen Blätterteig in den Mund. Bald sind nur noch sie zwei übrig, und es gibt nichts, was sie tun könnte, um es zu verhindern.

Bislang hat Wase den Unfall mit keiner Silbe erwähnt. Farah ahnt, wie viel Beherrschung ihn das kostet, immerhin kennt sie niemanden, der auch nur annähernd so neugierig ist wie er. Sie nippt am Tee, spürt der Schärfe nach, die sich warm in ihrem Magen ausbreitet. Als er sie ansieht, fühlt sich Farah seltsam ertappt. Sie räuspert sich.

»Mir will einfach nicht in den Kopf, dass wir hier sitzen und frühstücken, während der Mann gerade um sein Leben kämpft. Hoffentlich«, fügt sie leiser hinzu. Ihre Stimme ist brüchig, hält aber. »Ausgerechnet heute.«

»Heute?«

»Am Totensonntag«, erklärt sie. »Wenn er stirbt, ist es meine Schuld.«

Wase hat das Kauen eingestellt. Sein Blick ruht auf ihr. Hellwach und durchdringend. Womöglich derselbe Blick, mit dem er Verdächtige im Verhörraum taxiert und sie zwingt zu beichten. Heute werden keine Psychospielchen vonnöten sein. Vor ihm sitzt eine geständige Täterin, die ihr Gewissen erleichtern will.

Sie hat hin- und herüberlegt, die Sache aus jedem erdenklichen Winkel betrachtet und kommt doch immer wieder zu demselben Schluss. Ihre Entscheidungen haben dazu geführt, dass sie zu exakt der falschen Uhrzeit am falschen Ort war. Daran gibt es nichts zu rütteln.

»Der Mann wäre jetzt zu Hause, würde Cappuccino trinken oder Gott weiß was machen, wenn ich meinem Bauchgefühl gefolgt und früher losgefahren wäre.« Sie sieht Wase an, spürt Verzweiflung in sich aufsteigen. »Wenn Lars mich nach Hause gefahren hätte. Wenn ich die Abkürzung nicht genommen hätte. Wenn ich auf dieses eine Glas Sekt verzichtet hätte. Wenn ich einmal im Leben nicht so eine Prinzipienreiterin gewesen wäre und aufs Gas gedrückt hätte!«

Farah stockt, atmet durch. Kurz befürchtet sie, Wase könnte

etwas in die einsetzende Pause erwidern. Dass er protestiert oder zumindest die Nase darüber rümpft, dass sie Alkohol getrunken hat. Sie beide kennen die Zahlen, wissen, dass schon 0,3 Promille – ein Glas Bier – Sehvermögen und Bewegungskoordination einschränken. Doch er sieht sie nur an und hört zu. Genau wie damals, als Aarian gestorben ist. Es ist seine Art, ihr Raum zu geben. Womöglich auch eine Verhörmethode. *Let the silence suck out the truth*, oder wie war das noch gleich?

Das Bild hinter dem beschlagenen Küchenfenster spiegelt Farahs Gemütszustand. Im Garten hängt trübes Zwielicht, als würde der neue Tag bereits wieder in die Nacht kippen. Wolken künden von Regen und schirmen die Wintersonne ab. In einer der Pappeln, der höchsten, hockt ein Vogel. Kurz ist es ihr, als schaue er geradewegs herein. Dann breitet er seine Schwingen aus und gleitet davon. Etwas streift Farahs Bewusstsein, sacht wie Federspitzen. Es hat mit dem Vogel zu tun. Mit der Art, wie er fliegt, sich entfernt, bis er nur noch ein winziger Punkt ist.

Natürlich. Das hatte sie fast vergessen. Nun drängen die verschütteten Bilder ans Licht. Der Golf, die beiden Männer, ihr Grölen und Hupen. Atemlos stolpert Farah durch die Chronologie, verhaspelt sich immer wieder, als sie Wase von der Begegnung erzählt. Er unterbricht sie nicht, obwohl Farah bezweifelt, dass er dem Gestammel folgen kann. Sie schafft es ja selbst kaum.

»Nur weil sie im Vollrausch wie die Henker gerast sind, haben sie die Stelle kurz vor mir passiert. Ihr asoziales Verhalten hat sie davor bewahrt, den Mann zu überfahren«, schließt sie und schüttelt den Kopf.

Ein warmer Druck an ihrer Hand. Überrascht sieht sie in Wases Gesicht. Vor lauter Sorgenfalten ist es fast so zerknittert wie sein kariertes Hemd nach der unruhigen Nacht auf ihrer Couch. Farah schiebt den Teller mit dem Croissant von sich. Sie hat es nicht einmal angerührt. Übelkeit drängt ihren Hals empor.

Gedanken fliegen wie Flipperkugeln kreuz und quer durch ihren Kopf. Einen bekommt sie zu fassen.

»Weiß man schon irgendwas über ihn? Wie er heißt, wo er wohnt, ob er Familie hat?«

Wase schüttelt den Kopf. »Ich habe vorhin kurz mit einer Kollegin vom Verkehrsunfalldienst gesprochen. Der Mann hatte keine Papiere bei sich, oder sonst etwas, das Rückschlüsse auf seine Identität zulässt. Er passt auch auf keine der laufenden Vermisstenanzeigen. Sie suchen gerade im Umkreis von zwanzig Kilometern nach einem abgestellten Auto. Bislang haben sie wohl keins gefunden.«

»Seltsam. Ich meine, irgendwie muss er ja dahingekommen sein.«

»Sie fragen gerade sämtliche Taxiunternehmen und Fahrservices an.« Wase zuckt mit den Schultern. »Sag mal, dass er nach dem Unfall weggelaufen ist, lag vermutlich am Schock, richtig?«

»Vermutlich, ja.« Sofort sieht sie ihn wieder vor sich. Diesen lebenden Toten. Wie er aufgestanden und davongehumpelt ist. »O Gott, das war so schrecklich.«

»Du hast mir das zwar schon mindestens hundertmal erklärt, aber …«

»Du bist ein Goldfisch, ich weiß«, beendet Farah den Satz und lächelt schwach. »Also im Grunde ist ein Schock ein Überlebensmechanismus, den der Organismus in Notsituationen fährt und der diesen Fluchtreflex auslösen kann. Die Blutbahnen werden mit Adrenalin und Noradrenalin geflutet, was wie ein körpereigenes Schmerzmittel wirkt. Dazu kommt Cortisol in rauen Mengen. Schweiß bricht aus, die Herzfrequenz schnellt in die Höhe, und Blut fließt zu den lebenswichtigen Organen«, rattert sie ihr Wissen zu dem Thema herunter. Gerade öffnet sie den Mund, um weiterzusprechen, als es an der Tür schellt.

Fragend schaut sie Wase an, der jedoch ebenso ratlos wirkt,

aufsteht und im Flur verschwindet. Ein Klimpern ertönt, gefolgt von mühsam unterdrückten Zischlauten auf feindseligem Grundrauschen. Ein vertrautes Hecheln und Klicken. Farah hebt den Kopf. Ihr Herz wird ganz weich. Noa! Schwanzwedelnd flitzt er auf sie zu, wirft sich gegen sie und schleckt sie gleichzeitig ab, was Farah gegen ihren Willen ein Lachen entlockt.

»Hallo, mein Kleiner.«

Eigentlich mag sie es gar nicht, wenn er sie so stürmisch begrüßt. Heute aber lässt sie ihn gewähren und steckt ihre Nase in sein seidiges Fell. In letzter Zeit musste sie ihn viel zu oft bei der Nachbarin lassen. Irma hat einen Narren an Noa gefressen und freut sich jedes Mal einen Ast ab, wenn er ihr Gesellschaft leistet. Eine Sympathie, die auf Gegenseitigkeit beruht. Noa ist schon völlig aus dem Häuschen, wenn sie nur auf den Hof der alten Dame biegen. Dennoch nagt das schlechte Gewissen an Farah. Eigentlich sollte sie es doch sein, die den Großteil der Zeit mit ihm verbringt.

Allein wäre sie niemals auf die Idee gekommen, sich ein Haustier anzuschaffen. Dazu ist ihr Job viel zu zeitintensiv und anstrengend. Wegen der Bereitschaftsdienste hätte sie der Verantwortung gar nicht gerecht werden können. Doch als Aarian starb, musste sich eben jemand um ihn kümmern. Diesen quirligen Maltesermischling mit den cremeweißen Löckchen und den karamellbraunen Ohren, den er in einem Rumänienurlaub vor nunmehr sechs Jahren aus einer Tötungsstation rettete. Seinen treuen Gefährten, der ihm zum Dank bis zum Schluss die Treue hielt. Der dicht an ihn geschmiegt in seinem Bett lag, als sich seine Brust ein letztes Mal senkte.

Noch Monate nach dem Tod ihres Großvaters beobachtete Farah ihn dabei, wie er ziellos schnüffelnd zwischen den Buchsbaumhecken des Bauerngartens umherstreifte, als sei er auf der Suche nach seinem Herrchen. Und jedes Mal erfasst sie eine so überwältigende Liebe für diesen kleinen Kerl, dass es ihr fast die Tränen in die Augen treibt.

Dass Noa in ihr Leben getreten ist, hat sich als absoluter Glücksfall entpuppt. Stück für Stück hat er ihr dabei geholfen, den Verlust ihres engsten Vertrauten zu verarbeiten. Er scheucht sie vor die Tür, wo sie sonst allein zu Hause versumpft wäre. Er bringt sie zum Lachen, hält sie auf Trab, kuschelt sich in ihren Schoß, wenn sie traurig ist. So auch jetzt. Noa hat sich neben Farah auf der Bank eingerollt, sein Kopf ruht auf ihrem Bein.

»Dachte mir schon, dass du ihn gerne bei dir hättest.« Frederik betritt die Küche. »Irma wollte ihn gar nicht gehen lassen.«

Er trägt noch seinen Anzug vom Vortag, dazu ein Paar kapitaler Augenringe. Vor Gericht würde er damit keinen sonderlich seriösen Eindruck erwecken.

»Ich hoffe, es war in Ordnung, dass ich ihn abgeholt habe.«

Nachlässig wirft er seinen Mantel auf einen Stuhl und nimmt neben Farah Platz. Er lehnt sich zu ihr, will sie an sich ziehen, doch sie rückt ab und verschränkt demonstrativ die Arme vor der Brust. Kurz schwebt seine Hand unschlüssig in der Luft. Langsam lässt er sie sinken.

»Schatz, es tut mir leid«, murmelt Freddy. »Mein Handy lag zu Hause, und ich musste in der Kanzlei eine Nachtschicht einlegen. Du weißt, dieser Mandant vom Hafen, der …« Er seufzt, macht eine wegwerfende Handbewegung. »Egal, das spielt jetzt keine Rolle. Jedenfalls hab ich eben erst die ganzen Anrufe gesehen und bin sofort ins Auto gesprungen.«

Frederik wirkt ehrlich zerknirscht, was er sagt, klingt plausibel. Er scheint zu spüren, dass Farahs Widerstand bröckelt. Zögernd wagt er einen neuen Vorstoß und greift nach ihrer Hand. Dieses Mal lässt sie seine Nähe zu.

»Verzeihst du mir?«

Ein mattes Nicken. Ihr fehlt die Kraft, länger wütend zu sein.

Sie atmet aus, und mit der Luft scheint auch der Ärger zu entweichen, den sie bis vor zwei Sekunden gegen ihn gehegt hat. Abwesend krault sie Noas Köpfchen und spürt, wie sich die Ruhe des Tieres auf sie überträgt.

»Ich bin dann mal weg.« Wase tritt in Mantel und Schuhen durch die Küchentür und hebt die Hand. »Mein Yogakurs fängt gleich an. Wir telefonieren, ja?«

»Warte!« Farah schiebt Noa von sich und steht auf. »Ich begleite dich nach draußen.«

Über Nacht ist es merklich kälter geworden. Farah schlägt eine eisige Bö entgegen, als sie ins Freie tritt. Nicht mehr lange, bis der erste Frost in den Boden kriecht. Wase entriegelt sein Auto, sieht sie an. Die Sorge in seinem Blick, diese Anteilnahme darin, ist mehr, als Farah ertragen kann.

»Pass auf dich auf, okay? Und ruf an, wenn was ist.«

Er tritt einen Schritt auf sie zu, zögert, als sei er unsicher, und nimmt sie in den Arm. Ihr Körper reagiert sofort, jeder Muskel in ihr versteift sich. Unweigerlich muss sie an Lars denken. An seine Nähe gestern. Ihre intuitive Abwehr. Bestimmt hält er sie inzwischen für total verklemmt. Aber sie kann das weder willentlich steuern noch begreifen, es passiert ganz automatisch. Sobald ihr jemand zu nahe kommt, schreckt Farah zurück. Eine Reaktion, die andere in der Regel davon abhält, in ihre Distanzzone vorzudringen. So auch Wase.

Er kennt ihre Vita, bleibt für gewöhnlich auf Abstand. Heute nicht. Er hält sie fest, ganz fest bei sich. Ihr Herz krümmt sich zusammen, als sie kapituliert und den Kopf erschöpft gegen seine Brust lehnt. Selbst durch den dicken Parka hindurch kann sie seine Wärme spüren, das Gewicht seiner Arme, die sie umfangen. Gehalten werden, denkt Farah, und es kommt ihr so vor, als würde sie jetzt und hier auseinanderfallen.

5. KAPITEL

Die Baumkronen sind kahl und bieten keinen Schutz mehr vor den Wassermassen, die seit dem frühen Nachmittag vom Himmel prasseln. Wind reißt an Farahs Kapuze und ihrem Schirm, den sie nur mühsam daran hindern kann, davonzusegeln. Noa hingegen scheint die Witterung nichts auszumachen. Stoisch trottet er voran, schnuppert hier und da und markiert sein Revier. Ein bisschen wie Freddy.

Der steht auch unter Strom, ist immer in Bewegung, unfähig, fünf Minuten still zu sitzen. Gestern wirbelte er wie angeknipst durchs Haus, räumte auf und drückte Farah zum Abschied die Visitenkarte einer Anwältin namens Vega Lopes in die Hand.

»Die boxt dich da raus, ich habe sie schon gebrieft, mach dir keine Sorgen!«

Dass Frederik überhaupt zwei Stunden erübrigen konnte, grenzt an ein Wunder. Seit Monaten arbeiten er und sein Team an diesem Fall, der in den Medien ein gewaltiges Echo ausgelöst hat, weil der Hauptangeklagte Berufspolitiker ist. Und zwar einer von der überheblichen Sorte. Viele wollen den Mann fallen sehen, was sich in der Berichterstattung niederschlägt, die wenig wohlwollend ausfällt, um es vorsichtig zu formulieren. Morgen stehen die Abschlussplädoyers am Landgericht Hamburg an, vermutlich wird sogar das Urteil fallen. Entsprechend geht es in der Kanzlei zu wie in einem Bienenstock. Dieselbe nervöse, geschäftige Energie, die Frederik in ihr Haus getragen hat. Nachdem die Tür hinter ihm zuknallte, atmete Farah erleichtert durch und verbrachte den Rest des Tages mit Kopfschmerztabletten und schlechter Tiefkühlpizza auf dem Sofa. Doch selbst die miesen Realityshows konnten sie nicht ablenken.

Der Montag war bisher nicht sonderlich produktiver. Farah machte spontan früher Schluss und holte Noa von der HuTa ab. Am Institut war es ruhig und Monique ohnehin nicht da, um sie davon abzuhalten. Pressetermine, hieß es. Sofort macht sich der bohrende Schmerz wieder bemerkbar, der seit dem Unfall in ihrem Schädel wütet. Mehrmals musste sie am Sektionstisch innehalten und die Augen schließen, wenn eine neue Welle über ihr zusammenbrach.

Bei einer Obduktion heute, der ersten, kamen ihr sofort wieder die Szenen der Nacht in Erinnerung. Ein Unfalltoter, zerschmetterte Hülle auf Metall, ringsherum die Abflusslöcher. Jeder Makel, jede Verletzung gnadenlos exponiert durch das grelle Licht der Neonröhren. Die Verletzungsmuster dürften denen des Mannes aus dem Wald ziemlich ähnlich sein.

Wer ist er? Wo kam er her, und was hatte er mitten in der Nacht im Wald zu suchen? Ohne Handy, Portemonnaie und Jacke? Die Fragen drangsalieren sie jeden wachen Moment. Kein Wunder, dass sie nicht bei der Sache war. Dass ihr ein Fehler unterlief, der ihr sonst nie passiert wäre. Sie sieht noch genau vor sich, wie Lars den Leichenzettel in die Hand nahm, wie sich seine Brauen zusammenzogen.

»Bist du sicher, dass das hier die richtigen Knochen sind? Ist das nicht das Skelett aus dem Wald bei Itzehoe? Ich mein nur, weil hier überall Moos dran ist.«

Farah blinzelte irritiert. »Das kann nicht sein.«

»Guck lieber noch mal nach, nicht dass am Ende der Falsche rausgeht.«

Sie griff nach dem Leichenzettel, ihr Blick huschte zwischen den mumifizierten Gliedmaßen vor ihr auf dem Seziertisch und den Daten hin und her. Lars hatte recht. Bei dem Fund aus der Brache war ein Schienbein mit einem alten Bruch dokumentiert. Der fehlte hier. Sie musste die Zettel vertauscht haben. Farahs Wange glühte an der Stelle, an der Lars' Augen sie durchbohrten. Die ganze Zeit über spürte sie, wie er sie durch den Raum verfolgte. Sie hätte sich nicht dazu hinreißen lassen sollen, ihm von dem Unfall zu erzählen.

Es laut auszusprechen, machte sie noch fahriger und unkonzentrierter. Sie war nicht bei der Sache, mit den Gedanken woanders. Ganz weit weg. Immer wieder ist sie abgedriftet. Hierher, in den Wald. Zu dem Mann, der Wase zufolge am UKE noch immer um sein Leben kämpft, während sie mit einer läppischen Gehirnerschütterung davongekommen ist.

Wüsste Lars von der AU, die ihr der Arzt in der Notaufnahme ausgestellt hat, hätte er sie vermutlich eigenhändig nach Hause kutschiert und gezwungen, für den Rest der Woche dort zu bleiben. Ein Graus. Allein bei der Vorstellung bekommt sie schwitzige Hände. Die Stille wäre Farahs Untergang. Sie würde sie auf all die quälenden Fragen zurückwerfen, auf die sie ohnehin keine Antworten weiß. Die tröstliche Routine gibt ihr Halt. Farah braucht den Alltag, um nicht verrückt zu werden.

An der Kreuzung, die ungefähr die Hälfte ihrer Gassiroute markiert, bleibt Farah stehen und sieht Noa hinterher, der wie gewohnt rechts abgebogen ist und gerade hektisch in der Erde buddelt. Sie wendet sich ab, schaut in die entgegengesetzte Richtung. Dort hinten, ein paar Kilometer Luftlinie entfernt, müsste er liegen. Der Ort, an dem sich Farahs Weg auf fatale Weise mit dem dieses Fremden kreuzte.

Wieso ist er weggelaufen? Welcher normale Mensch, der derart schwere Verletzungen erlitten hat, würde so etwas tun? War es wirklich nur der Schock, der diesen Fluchtreflex ausgelöst hat?

Das Adrenalin? Oder steckte mehr dahinter? Farah überläuft ein jähes Frösteln. Womöglich war es leichtsinnig von ihr, ihm ganz allein in den Wald zu folgen. Nach dem Crash war sie wie auf Autopilot, doch jetzt, mit etwas Abstand, erscheint es ihr geradezu fahrlässig, dass sie zu keinem Zeitpunkt an ihre eigene Sicherheit gedacht hat, sondern nur daran, diesem traumatisierten Menschen zu helfen. Schließlich ist sie schuld an seinem Zustand.

Ein forsches Stupsen gegen ihre Hand. Schwarz glänzende Knopfaugen. Noa winselt und legt den Kopf schief, offensichtlich irritiert darüber, dass sie nicht weiterläuft.

»Heute nehmen wir mal eine andere Strecke, okay?« Farah geht los, dreht sich um, als Noa nicht folgt. »Na komm!«

Schon nach wenigen Minuten Fußmarsch verjüngt sich der Forstweg zu einem Trampelpfad, der sich durchs Dickicht schlängelt und unvermittelt zwischen jungen Birken und eng wuchernden Haselnusssträuchern endet. Ein innerer Kompass lotst sie weiter bis zu einem künstlich angelegten Wall, den sie erklimmt. Halb auf dem Hintern rutschend, schlittert sie hinunter und kommt an der zweispurigen Landstraße zum Stehen. Bei Tageslicht bestätigt sich, was ihr kurz vor dem Unfall durch den Kopf gegangen ist. Viel zu eng, viel zu unübersichtlich, als dass man hier die erlaubten siebzig Stundenkilometer ausfahren könnte. Erst recht nicht nachts.

Mit klopfendem Herzen stapft Farah an den Leitpfosten vorbei durch den Morast, wobei sie in den Pfützen versackt, die sich hier gebildet haben. Von dem Wasser, das in ihre Stiefel schwappt, nimmt sie kaum Notiz. Unbeirrt bahnt sie sich ihren Weg und klammert sich an ihrem Regenschirm fest, den sie zusammengeklappt hat und wie einen Wanderstab in die Erde rammt. Noa trabt dicht neben ihr her, guckt immer mal wieder winselnd zu ihr auf, als versuche er zu ergründen, was wohl in sein Frauchen gefahren ist. Ob er registriert, dass ihr Atem flacher geht? Dass ihre Knie zittern, als sie die Biegung umrundet, die sich genauso eng um die rot-weiß schraffierte Leitplanke zieht, wie sie es in Erinnerung hat?

Regen verschleiert die Sicht, trommelt ohrenbetäubend laut auf ihre Kapuze ein. Erst als Farah davorsteht und sich über den Asphalt beugt, erkennt sie, dass die Wassermassen das Blut längst weggespült haben. Nichts zeugt mehr von den Schrecken, die sich hier ereignet haben.

Kein Echo des Grauens, kein Kreuz, keine Blumen.

Nur die schwarze Straße, flankiert von Bäumen, so austauschbar und ungerührt, dass es ihr die Kehle zuschnürt. Die Einsatzkräfte haben den Unfallort makellos sauber hinterlassen, der anhaltende Regen hat sein Übriges getan. Doch halt, das stimmt nicht ganz.

Ein Stück neben ihr im Gras schimmert ein heller Fleck. Neugierig tritt sie näher und bückt sich. Zwischen ihren Fingern fühlt sich der Latexhandschuh glitschig an. Jemand muss in der Hektik vergessen haben, ihn einzusammeln.

»Ein tragisches Unglück, dich trifft keine Schuld«, erklärte Wase vorhin am Telefon und schlug dabei einen forschen Ton an, als müsste er nicht nur Farah, sondern auch sich selbst überzeugen. »Das geht aus dem Bericht klar hervor, hörst du? Und zu demselben Schluss wird auch der Gutachter kommen, da bin ich mir sicher.«

Farah erwiderte nichts darauf, schüttelte nur still den Kopf, auch wenn er das nicht sehen konnte. Mit einem Mal furchtbar müde hockt sie sich in den Dreck und betrachtet die nasse Straße. Hier ist es geschehen. An genau dieser Stelle ist er vor ihr Auto gelaufen. Woher kam der Mann? Womöglich war er ja mit einem Hund unterwegs. Aber um diese Zeit, in dieser Kleidung? Folgerichtiger erscheint ihr, dass er rechts rangefahren ist, um zu pinkeln oder sich kurz die Beine zu vertreten. Aber hätte sie in diesem Fall nicht irgendwo sein Auto sehen müssen? Andererseits war sie ziemlich aufgewühlt, die Straße ist kaum beleuchtet. Kann sein, dass die Polizei doch einen Wagen gefunden und sie nur noch nicht davon erfahren hat.

Seine Augen verfolgen Farah. Sobald sie ihre schließt, sind sie da und starren ins Leere. Gebrochen.

Sie will heulen, will ein Ventil öffnen, um den Druck abzulassen, der unaufhörlich anschwillt, Herz und Lunge zerdrückt, doch es geht nicht. Geht schon so lange nicht mehr, dass sie nicht weiß, wann sie zuletzt geweint hat. Nicht einmal, als Aarian eingeschlafen ist, hat sie eine Träne vergossen. Dieser überlebensgroße Mann, der unter der Bettwäsche mit den aufgestickten Veilchenblüten mit einem Mal klitzeklein wirkte.

Reiß dich zusammen, es nutzt niemandem etwas, wenn du jetzt die Nerven verlierst, beschwört sie sich mit einer Stimme, die verdächtig nach der einer anderen klingt.

Dröhnendes Hupen reißt Farah aus ihren Grübeleien, gefolgt von einem heftigen Luftstoß, als ein Sattelschlepper mit spritzenden Reifen an ihr vorbeidonnert. Verdattert glotzt sie ihm nach, wischt sich mit dem Ärmel über die Nase. Noa winselt. Er kauert neben ihr und bibbert am ganzen Leib. Auch Farah sitzt das Frostwetter in den Knochen, die feuchte Kälte hat sich in jeder Zelle breitgemacht.

»Na komm, mein Guter.« Zärtlich streichelt sie ihm den Kopf. Sein Fell ist klatschnass. »Wir gehen heim.«

Heim, das Wort kennt Noa gut. Sogleich kommt Leben in ihn. Er hechelt, seine Ohren richten sich auf, und der Schwanz fegt wild durchs nasse Gras. Farah erhebt sich und beschließt, dass sie wiederkommen wird. Schon bald. Mit ein paar Blumen, einer Vase und Windlichtern, um diesem Ort seine Gleichgültigkeit zu entreißen.

Schwer schnaufend kraxelt sie den Erdwall hoch, erreicht die Krone, wo Noa bereits auf sie wartet. Farah schwitzt, die Muskeln brennen, und trotz der zwei Ibuprofen wummert ihr Schädel. Die Aussicht auf ein heißes Bad, trockene Kleidung und ein prasselndes Ofenfeuer treibt sie voran. Zielstrebig steuert sie auf den Punkt zu, an dem sich der Trampelpfad im Nichts verloren hat. Der Rückweg kommt ihr viel länger vor. Komisch, dass Noa noch gar nicht an ihr vorbeigeprescht ist. Sie dreht sich um und runzelt die Stirn. Irgendetwas stimmt nicht.

Rund zwanzig Meter entfernt macht sie ihn aus. Er steht wie angewurzelt da. Eine Vorderpfote in der Luft, späht er ins Unterholz. Doch außer Gestrüpp, nassem Laub und einer Schonung mit dicht gedrängten weißen Birken ist nichts auszumachen, was Noas Verhalten erklärt.

»Noa, komm!«

Der Mischling reagiert nicht. Alles geht ganz schnell. Farah kann nicht einmal mehr rufen. Mit offenem Mund starrt sie auf die Stelle, an der Noa soeben verschwunden ist. Sein aufgepeitschtes Kläffen hallt durch den Wald, wird leiser.

Mist!

So schnell sie kann, stürzt Farah hinter ihm her. Ausgerechnet in jenen abweisenden Teil des Waldes, der ihr fremd ist, weil dort keine Wege verlaufen und der Bewuchs nahezu undurchdringlich ist. Sie folgt dem Gebell, dem Rascheln, versucht, die Tatsache zu ignorieren, dass es längst dämmert und bald dunkel sein wird. Hier draußen kommt die Nacht, als würde jemand das Licht ausknipsen.

»Noa!«, brüllt Farah zum wiederholten Mal, obwohl ihr klar ist, dass es nichts nutzt. Der Jagdtrieb ist mächtiger als ihr Rufen. »Noa, bei Fuß!«

Mit steifen Fingern zieht sie ihr Handy aus der Regenjacke und schaltet die Taschenlampenfunktion ein. Ein leuchtender Kreis fällt auf ihre Füße, alles außerhalb verliert sich in Schatten. Das Licht ist verhältnismäßig schwach, doch es bewahrt sie immerhin davor, sich in einer Wurzelschlinge zu verhaken und sich den Hals zu brechen. Farah hastet weiter. Wind treibt spitze Regentropfen in ihre Augen. Immer wieder rutscht sie auf dem schlammigen Untergrund aus. Etwas irritiert sie. Farah drosselt das Tempo, bleibt schließlich ganz stehen. Bildet sie sich das nur ein, oder …?

Sie schaltet die Taschenlampe aus, um sich ganz auf ihr Gehör zu fokussieren. Ja, jetzt ist sie sicher. Das Bellen ist lauter geworden, und obwohl sie nicht mehr rennt, bleibt der Lärmpegel unverändert. Das kann nur eins bedeuten: Noa ist ganz nah, er muss angehalten haben. Offenbar hat er sein Ziel erreicht.

Und da ist noch etwas.

Farah schnuppert. In der Tat. Maggi-Odeur. Sellerie und Liebstöckel. Die unverkennbar süßliche Ausdünstung von Wildschweinen. Trotz des Regens kann sie sie riechen. Bestimmt treibt sich irgendwo eine Rotte auf der Suche nach Nahrung herum. Eine Erklärung für Noas ungewöhnliches Benehmen.

Das Handylicht flammt wieder auf, macht die Wurzeln sichtbar, die sich über dem Erdreich winden. Bloß nicht auf den letzten Metern stürzen. Mit klopfendem Herzen schleicht Farah auf das Kläffen zu, das von verzweifeltem Winseln durchbrochen wird. Hat Noa die Tiere aufgespürt? Ist er verletzt? Ein weiteres Geräusch dringt an ihr Ohr, fast überlagert vom Gebell. Ein Schaben oder Kratzen, als ob Krallen über Holz schrammen.

Die Angst um Noa schnürt ihr die Luft ab. Keuchend taucht Farah unter Ästen hinweg. Das Licht zuckt über dornenbewehrte Brombeerzweige, die ihr das Gesicht zerkratzen. Mit dem Arm schirmt sie die Augen ab und schiebt sich wie ein Bulldozer krachend und knackend durch das engmaschige Gestrüpp.

Stopp, was war das?

Farah bremst so hart ab, dass sie fast vornüberkippt und in gefährliche Schräglage gerät. Sie fängt sich, nimmt ein Flimmern an

der Peripherie ihres Sichtfeldes wahr. Sie schwenkt ihre Taschenlampe, der Lichtstrahl trifft auf Fell.

»Noa! Komm her, bei Fuß!«

Noa reagiert mit aggressivem Bellen. Zitternd schiebt Farah
einige Äste beiseite und keucht auf. Was sie sieht, verschlägt ihr
den Atem.

Schwarze Bretter, eine Türklinke, Glassplitter. Ein unheimli-
cher Verschlag inmitten dieses Dickichts. Noa flitzt wie von Sinnen um die Hütte herum, kratzt daran und jault. Dermaßen aufgelöst hat sie ihn erst einmal erlebt. Damals hat er ein totes Kitz
auf der Weide hinterm Haus entdeckt, niedergemäht vom Bauern. Die feinen Härchen an Farahs Armen richten sich auf, ihre
Beine schlottern so stark, dass sie befürchtet, sie könnten unter
ihr nachgeben, als sie näher tritt.

Die Witterung hat das Holz mürbe gemacht und verfärbt,
allein das Vorhängeschloss an der Tür wirkt, als sei es dort erst
kürzlich angebracht worden. Vom hiesigen Jäger? Womöglich
ist dies ja sein Unterstand. War er es auch, der das Fenster von
innen notdürftig mit Panzertape geflickt hat? Ein schmaler Spalt
ist frei.

»Hallo? Ist da wer?«

Noa hat das Kläffen eingestellt. Winselnd drückt er seine Flanke
gegen sie, als wolle er Farah aufhalten. Doch sie kann nicht anders.
Ihre Neugier drängt sie weiterzugehen. Sie muss wissen, womit
sie es hier zu tun hat.

Mit flatterndem Herzen leuchtet sie durch den Schlitz ins Innere der Hütte. Ihre Augen haben Mühe, etwas in dem Bildaus-
schnitt zu erkennen. Sie registriert ein Fenster direkt gegenüber,
das ebenfalls mit schwarzem Tape zugeklebt wurde. Gründlich,
in mehreren Schichten, wie es scheint. Von der Decke baumelt
eine Glühbirne. Was sich links und rechts befindet, bleibt im Verborgenen. Farah will sich gerade wieder abwenden, als der Wind

dreht. Säuselnd fegt er durch den Spalt, zirkuliert und trägt etwas heraus.

Einen Geruch.

Ganz schwach nur, dennoch identifiziert sie ihn sofort. Das hat Noa also angestachelt. Es waren gar nicht die nachtaktiven Wesen, die durchs Unterholz streifen. Er hat Blut gewittert. Sie ist sich sicher. Seit zehn Jahren riecht sie es jeden Tag im Sektionssaal.

Nervös sieht sich Farah nach allen Seiten um. Hat sich da hinten nicht eben etwas bewegt? Die Nacht schreitet voran, die Welt um sie herum versinkt in Dunkelheit. Sie zwingt sich, tiefer zu atmen, sich nicht von ihrer Furcht übermannen zu lassen und ihrer Fantasie Einhalt zu gebieten, die drauf und dran ist, aus dem Ruder zu laufen.

Denk nach, bestimmt hat der Jäger in der Hütte Kadaver zerteilt, kein Grund zur Sorge, es gibt sicher eine harmlose Erklärung.

Der Strahl der Handylampe reicht kaum zwei Meter weit, er wandert umher, wird blitzend reflektiert. Ein Dreieck aus Licht. Farah sieht genauer hin. Im Fensterrahmen hat sich ein Rest Scheibe verkeilt. An dem Glas klebt eine dunkle Masse. Farah schnuppert. Geronnenes Blut.

Ihre Finger wollen ihr nicht gehorchen. Doch irgendwie schafft sie es schließlich, die Kurzwahltaste ihres Handys zu aktivieren. Farah presst es ans Ohr. Eine gefühlte Ewigkeit passiert gar nichts. Ein erlösendes Klingeln. Unglaublich, dass sie hier draußen Netz hat, zu Hause gibt es nur im Obergeschoss guten Empfang. Es läutet. Zum vierten Mal, zum fünften Mal. Die Mailbox schaltet sich ein.

So ein Mist!

Frustriert legt Farah auf. Gerade will sie die Wahlwiederholung drücken, als ihr Blick auf Noa fällt. Er hat sich vor ihr aufgebaut. Oberkörper und Kopf gesenkt, fletscht er die Zähne und stößt ein tiefes, bedrohliches Knurren aus, das sie noch nie von ihm gehört hat. Kälte rieselt ihr über den Rücken. Er scheint etwas gewittert zu haben. *Oder jemanden.*

Farah reißt die Augen weit auf, als könnte sie so die Schwärze durchdringen, die sie umgibt. Aber da ist nichts. Zumindest nichts, was der menschliche Geist zu fassen imstande ist.

Von Noa geht eine Nervosität aus, die das Gegenteil bezeugt. Jede Sehne ist zum Zerreißen gespannt. Ihren Hund so zu erleben, treibt Farahs Puls in die Höhe. Sie nimmt ihn an die kurze Leine, muss ihn fast mit Gewalt enger zu sich ziehen.

Ein Knacken.

Ganz in der Nähe.

Und ein Geräusch, bei dem ihr Herzschlag aussetzt.

Rascheln.

Immer leiser. Etwas bewegt sich von ihnen weg. Etwas Großes. Noa fletscht die Zähne, springt und reißt wie ein Wahnsinniger an der Leine. Farah muss sich mit ihrem ganzen Gewicht dagegenstemmen, um zu verhindern, dass er die Verfolgung aufnimmt.

»Hallo?«, brüllt sie die Furcht aus ihrem System. »Wer ist da?«

Doch die Finsternis schweigt.

6. KAPITEL

Der Boden wankt, als stünde ich an Deck eines in Seenot geratenen Schiffes. Die Maschine stottert, Gischt weht in meine Augen und nimmt mir die Sicht. Mir ist nach Heulen zumute, doch ich muss schweigen. Ich kann nicht fassen, dass das hier wirklich passiert.

Bibbernd ziehe ich mich zurück in den Schutz der Bäume, sprinte so lange davon, bis meine Lunge brennt und das Gekläffe nur noch ein entferntes Hallen ist. Es hat nicht viel gefehlt und der Hund hätte sich losgerissen und mich angefallen. Japsend gehe ich in die Knie, stelle den schweren Benzinkanister auf die Erde, die Flüssigkeit schwappt hin und her. Ich hätte damals auf meinen Instinkt hören und die Hütte direkt niederbrennen sollen. Allerspätestens nach der Sache mit dem Jungen.

Um die Panik zurückzudrängen, versuche ich, meine Atmung zu kontrollieren und mein Hirn in den Griff zu bekommen. Es läuft auf Anschlag, produziert unentwegt Gedankenfetzen.

Geh zurück und bring es zu Ende, jetzt, schnell, schreit es. *Fackel sie ab! Du hast nichts zu verlieren!*

Ich kenne sie. Diese Frau. Ich hätte sie überall wiedererkannt. Sie war es, die ihn über den Haufen gefahren hat. Kreischende Reifen, ein dumpfer Schlag, das Splittern von Glas. Der makabre Beat hallt in Endlosschleife durch meinen Kopf. Wie eingefroren blieb ich stehen, weil der Körper noch vor meinem Verstand begriffen hatte, was das bedeutet.

Die Frau kniete über ihm, als ich sie erreichte. Sie schien vollkommen auf ihn fokussiert zu sein, aber ich registrierte, wie ihre Blicke nervös nach links und rechts flackerten. Sie war alarmiert. Wachsam. Scannte die Umgebung. Das Vibrieren ihrer Furcht war deutlich zu spüren.

Irgendwann schien sie sie abzuschütteln, offenbar in der Annahme, sich getäuscht zu haben. Dass da draußen doch keine Gefahr auf sie lauerte. Irrtum. Ich war ganz nah. Konnte zusehen, wie sie ihn mit erstaunlicher Kraft reanimierte, wie sie flehte und auf ihn einredete. Sie war wie im Tunnel. Arglos.

Mir war klar, dass der Unfall Fragen aufwerfen könnte. Womit ich nicht gerechnet habe, ist, dass die Hütte so schnell entdeckt wird. Ausgerechnet von ihr. Zorn überrollt mich. Wenn ich sofort gehandelt hätte, sofort die Verfolgung aufgenommen hätte, wäre alles anders ausgegangen. Ich hätte die Hütte abfackeln sollen, als ich die Gelegenheit dazu hatte. Vor Monaten schon.

Automatisch geht meine Hand zu der filigranen Goldkette. Das Amulett baumelt in meinem Ausschnitt, ich ziehe es heraus, befühle es. Ich war zu schwach, zu weich, zu hysterisch und zimperlich. Es ist nicht schön, mir das eingestehen zu müssen, aber die Situation überfordert mich. Ich bin unfähig, ihr Ausmaß zu erfassen, geschweige denn einzuschätzen, was passiert, wenn ich eingreife, um die Eskalation zu stoppen. Was, wenn mein Handeln alles schlimmer macht? Wenn ich mich nur noch tiefer ins Unglück reite?

Eine unbedachte Entscheidung genügt, ein Blinzeln, um eine fatale Kettenreaktion in Gang zu setzen. Das haben der Unfall und alles, was davor geschehen ist, bewiesen. Die Bilder verfolgen mich. Genau wie diese Frau.

Sie ist meine Nemesis. Wie ein Poltergeist, der mich heimsucht, über mein Leben herfällt und alles bedroht, was ich mir aufgebaut habe. Die Quittung für mein ewiges Zweifeln und

Zögern. In wenigen Minuten wird es hier vor Polizei wimmeln. Sie hat telefoniert, das konnte ich von meiner Warte aus sehen. Dennoch gehe ich weiter, zurück zu ihr. Etwas an der Hütte muss ihren Argwohn geweckt haben. Das Schloss? Andere Spuren? Oder – und bei der Vorstellung wird mir speiübel – habe ich bei meiner überstürzten Flucht etwas vergessen?

Ich balle die freie Hand zur Faust und umrunde einen Baum. Ein Stück ist es noch. Ich kann sie sehen. Das Kläffen ist verhallt, und noch etwas hat sich verändert. Wie vom Donner gerührt halte ich inne. Jemand ist bei ihr. Sie ist nicht mehr allein.

Game over. Ich war zu langsam. Schon wieder.

Ich stecke das Amulett in den Kragen, nehme den Benzinkanister in die andere Hand. Einmal noch schaue ich zurück. Lichtstreifen zucken wild umher, kreuzen sich, umreißen ihre Silhouetten. Ich muss weg von hier, schnell, mir bleibt keine Wahl. Ich werde sie suchen, finden und es beenden. Rache nehmen. Das ist das Mindeste, was ich tun kann, um meinen Fehler zu korrigieren.

Das Schiff sinkt, unaufhaltsam gleitet es in die Tiefe. Aber ich weiß jetzt, was zu tun ist.

Ich werde nicht untergehen.

Ich werde schwimmen.

7. KAPITEL

»Ihr holt euch hier draußen noch den Tod.«

Wase leuchtet die beiden mit seiner Maglite an. Farah ist vollkommen durchnässt, genau wie Noa, der freudig erregt sein Bein bespringt.

»Wow, das ging schnell«, stößt Farah aus. »Ich bin so froh, dass du da bist.«

»Zufall, ich war gerade schon auf dem Weg zur Kate.« Wase geht in die Hocke und streichelt Noa, der die Zuwendung mit fröhlichem Schwanzwedeln quittiert. »Du bist weiß wie eine Wand«, sagt er und sieht Farah an. »Liegt das an der Hütte, oder ist da noch mehr?«

»Nichts, doch. Ich weiß nicht.« Sie legt eine Hand auf Noas Rücken, bewegt sie mechanisch hin und her. Ihre Finger zittern. »Wir sind sonst nie im Dunkeln draußen, und Noa war eben etwas überfordert, befürchte ich.«

»Was meinst du?«

»Ach, vermutlich nur irgendein Tier, das hier herumgeschlichen ist. Wildschweine. Er hat mir eben einfach einen ziemlichen Schreck eingejagt mit seinem Gebell. Und dann habe ich das hier entdeckt.« Sie dreht den Kopf in Richtung des Verschlags.

Der Strahl seiner Taschenlampe gleitet über dürre Birken, bis er auf eine Wand aus Brettern trifft. Die Hütte duckt sich in einer Senke hinter zwei Nadelbäumen und reichlich Gestrüpp. Wase überkommt ein mulmiges Gefühl. Dieser Ort strahlt etwas Böses aus, eine Art dunkle Energie, die aus jeder Ritze wabert, hinaus, in die aufkeimende Nacht. Vorsichtig bewegt er sich darauf zu, leuchtet durch ein Fenster ins Innere.

»Hallo? Ist da jemand?«

Bis auf eine Glühbirne und ein weiteres Fenster ist nichts zu erkennen. Doch die empfindlichen Geruchsrezeptoren seiner Nase nehmen das Aroma geronnenen Blutes auf. Unverkennbar.

»Ich glaube, die steht leer.« Farahs Stimme direkt neben ihm. Wase zuckt zusammen. Er hat gar nicht bemerkt, dass sie an ihn herangetreten ist. »Vielleicht wurde da drinnen Wild zerlegt.« Farah wischt sich eine Strähne aus der Stirn und schüttelt den Kopf. »O verdammt, meine Nerven, ich drehe noch durch hier. Dieser Unfall … Ich hätte dich gar nicht anrufen sollen, es tut mir leid.«

Unruhig tapst sie von einem Fuß auf den anderen, reibt pausenlos mit den Händen über ihre Oberarme. Man muss kein C. G. Jung sein, um zu bemerken, dass sie noch unter dem Eindruck des Crashs steht.

Sicher gibt es eine harmlose Erklärung für das Blut in der Hütte. Vielleicht hat sich der Jäger verletzt, hatte Nasenbluten, was auch immer. Falscher Alarm. Hoffentlich, immerhin ist heute Wases erster freier Tag, und er hat nicht vor, den Urlaub vorzeitig abzubrechen. Die Wahrscheinlichkeit, dass sie zufällig über den Tatort eines Verbrechens gestolpert ist, tendiert gegen null. Fast glaubt er seinen Beschwichtigungen, als sein Blick an einer Scherbe im Fensterrahmen hängen bleibt. Die Taschenlampe macht zwei Schmierspuren sichtbar, die sich durch den dünnen Film ziehen, als habe sich jemand an dem scharfkantigen Glas geschnitten und sei mit den Fingern von innen durchs Blut gerutscht.

Ohne sich abzuwenden, kramt Wase eine Plastiktüte hervor, in der sich ein Teströhrchen mit Transportflüssigkeit und das

Testgerät befinden, das ein wenig an einen Schwangerschaftstest erinnert. Die Kolleginnen und Kollegen ziehen ihn damit auf, dass er in seinem Kofferraum stets einen Vorrat mit praktischem Equipment spazieren fährt. Gummistiefel, Einweghandschuhe, Überzieher für die Schuhe, das Übliche. Heute hat er zusätzlich noch eine Packung Schnelltests zum Nachweis von menschlichem Hämoglobin eingepackt, nachdem Farah am Telefon den Blutgeruch erwähnt hat. Er wird schnell eine Probe nehmen. Sicher ist sicher. Danach können sie hier hoffentlich wieder einpacken.

»Die Tür ist verriegelt, legal kommen wir nicht rein.« Farah deutet auf ein massives Schloss. Es weist nicht die geringste Spur von Rost auf. Interessant. Wase runzelt die Stirn, streift Handschuhe über, reicht auch Farah ein Paar und geht in die Hocke. Keinerlei Einbruchspuren oder Schwachstellen am Rahmen.

»Hier.« Ihre Handytaschenlampe beleuchtet einen Fleck, der sich unter der Tür gebildet hat. Farah drückt einen Finger hinein, reibt die braune Substanz zwischen Daumen und Zeigefinger, hält sie vor ihre Nase.

»Blut.«

Tatsächlich sieht es so aus, als wäre es aus dem Inneren der Hütte und über die Schwelle gesickert. Nicht viel, nur ein Hauch, der vergleichsweise frisch wirkt. Dass es noch nicht weggespült worden ist, ist allein dem konstanten Ostwind zu verdanken, der gegen die Rückseite der Hütte peitscht.

Wase zieht ein steriles Wattestäbchen aus der Jacke, packt es aus und nimmt eine Probe ab. Fünfhundert rote Blutkörperchen reichen aus, zu viel kann das Ergebnis verfälschen. Er dreht das Röhrchen zu, schwenkt es leicht, bis sich das Blut in der Transportflüssigkeit aufgelöst hat und er einige Tropfen auf den Teststreifen geben kann.

»Dann heißt es jetzt warten.« Wase legt den Test wieder in die Tüte.

Farah nickt. Sie zittert, und ihre Lippen haben eine bedenkliche Farbe angenommen. Wase legt ihr eine aluminiumbeschichtete Rettungsdecke über die Schultern, die er in weiser Voraussicht eingepackt hat. Ihr verblüfftes Gesicht entlockt ihm ein Lächeln.

»Hat auch seine Vorteile, ein Prepper zu sein.«

»Nicht schlecht«, sagt Farah anerkennend und wickelt die Decke eng um ihren Körper. Noa flüchtet sich unter das silberne Zelt.

»Wie hast du diese Hütte überhaupt gefunden?«

»Nicht ich, er.« Sie stupst Noas feuchte Nase an, die schnüffelnd unter der Decke hervorlugt. »Wir waren spazieren, und auf einmal hat er angeschlagen.«

»Falls er noch einen Minijob braucht, gute Spürhunde sind bei uns im Kommissariat immer willkommen.«

Wases Lächeln ist flüchtig. In seinem Inneren fechten zwei Kräfte einen Kampf aus. Ihm wurde eine Information zugespielt, und nun weiß er nicht, ob er Farah einweihen soll. Seit Stunden zerbricht er sich schon den Kopf darüber, ohne zu einer Erkenntnis gelangt zu sein.

»Okay, was verheimlichst du mir?«

Na klasse. Farah beobachtet ihn abschätzend. Natürlich ist ihr längst aufgefallen, dass ihn etwas beschäftigt. Wases Mimik führt ein Eigenleben. Nicht ohne Grund haben ihn seine beiden Nichten neulich in drei Runden *Werwölfe* vernichtend geschlagen, einem Kartenspiel, bei dem es der Anleitung zufolge um »Bluffen, Tricksen, Vertuschen und Täuschen« geht.

»Also schön. Es hat sich etwas ergeben.« Wase räuspert sich. Besser, sie erfährt es von ihm. »Sie haben das Unfallopfer identifiziert.«

Farah blinzelt. Ein gehauchtes »Wie?« ist alles, was ihr über die Lippen kommt.

»Wie er heißt? Tadaeus Wagner.«

»Tadaeus«, murmelt Farah, als versuche sie, ein Gespür für den Menschen hinter dem Namen zu bekommen. »Ich meinte eigentlich, wie sie ihn identifiziert haben.«

Mist. Warum muss er auch immer so impulsiv vorpreschen?

»Seine Frau hat ihn identifiziert.«

»Er ist also verheiratet. Die arme Frau, was hab ich da bloß angerichtet?«

Wase stellt sich dieselbe Frage, als er den Kummer in ihrem Blick sieht. Ein anonymes Opfer lässt sich besser auf Distanz halten, das hat er oft vor Gericht erlebt. Nicht wenige Verteidiger nennen bewusst keine Namen und sprechen von »der Zeugin«, »dem Nebenkläger« oder eben »dem Opfer«, um zu entmenschlichen und Leid zu abstrahieren. Wase hat sich angewöhnt, es im Zeugenstand anders zu halten. Ein Prinzip, an dem sich gerade leise Zweifel regen.

»Hätte ich besser die Klappe halten sollen?«

»Nein, danke, dass du es mir gesagt hast. Ich hätte es ja ohnehin erfahren.« Farah lächelt traurig. »Spätestens, wenn sich die Staatsanwaltschaft meldet.«

Sie hockt sich hin und breitet die Silberdecke weiter über Noa aus, sodass ihm der Regen nichts anhaben kann, der aus allen Richtungen gleichzeitig zu kommen scheint. Wase unterdrückt ein Gähnen. Die Aussicht, es sich gleich bei Farah gemütlich zu machen, Tee zu trinken und die Füße auszustrecken, ist verlockend. Sein Körper verlangt nach Ruhe. Er widersteht dem Impuls, sich gegen das wettergegerbte Holz zu lehnen. Das Letzte, was er will, ist, einen Tatort zu kontaminieren. Diese Hütte atmet etwas, das einen stillen Alarm in ihm zum Schrillen bringt. Wie aufs Stichwort piept seine Armbanduhr.

Die Wartezeit ist vorbei.

Mit der Taschenlampe leuchtet er auf das kleine Sichtfenster, in dem sich zwei rote Striche gebildet haben.

»Positiv«, sagt Farah matt.

Wase zückt sein Diensthandy. Zeit für das große Besteck.

8. KAPITEL

Wase hört die Teams der Forensik, lange bevor er sie sehen kann. Das Echo ihrer Flüche hallt durch den Wald. Schwer beladen mit Scheinwerfern und Equipment müssen sie sich zu Fuß einen Weg durch das zugewucherte Gelände bahnen.

»Fuck, Achtung Leute, eine Wurzel.«

Ein gedämpfter Schrei. »Die Warnung kam zu spät.«

»Wo zur Hölle ist denn jetzt diese Scheißhütte?«

»Laut Navi ist es nicht mehr weit.« Ein Platschen, jemand kreischt. »Ich hasse die Natur!«

»Falsch, die Natur hasst uns.«

Wase und Farah können sich ein Schmunzeln nicht verkneifen. Fast gleichzeitig machen sie sich auf den Weg, schlagen sich durchs Dickicht und gehen den Stimmen entgegen, die merkwürdigerweise aus einer ganz anderen Richtung kommen, als Wase erwartet hat. Schon nach wenigen Minuten taucht Park Ju-hee endlich auf. Ihre Miene ist finster.

»Hi, Ju, soll ich den tragen?« Wase deutet auf einen Alukoffer über ihrer Schulter, der die Leiterin der Kriminaltechnik mit seinem Gewicht regelrecht nach unten zu ziehen scheint.

»Noch lieber wäre es mir, du hättest uns nicht in diese gottverlassene Wildnis geschickt.« Sie lässt den Koffer langsam von der Schulter gleiten, was vermutlich so viel bedeuten soll wie: *ja, gerne, danke, sehr freundlich.* Wase nimmt ihn an sich und begrüßt den Rest der Truppe. Ein Streifenbeamter, der Farah nach Hause bringen soll, tippt sich an die Mütze. Seine Kollegin Hauptkommissarin Emma Paulsen, Hajo Sander und Geerke Bauer nicken ihm knapp zu. Die beiden Kriminaltechniker haben sicher mehr Jahre bei der Forensik auf dem Buckel als Wase bei der Kripo. Ein jüngerer Kollege, den er nicht kennt, reicht ihm die Hand, was sich, voll beladen wie er ist, äußerst schwierig gestaltet.

»Hamza Yilmaz, ich bin neu bei der SpuSi, freut mich sehr.«

»Mich auch, Wase Rahimi, Kripo Hamburg.« Er nimmt Yilmaz zwei Stative ab, die der sich unter den Arm geklemmt hat. Der Neue lächelt dankbar.

»Und ihr zwei«, wendet sich Park nun an Farah und Noa, deutlich freundlicher, wie Wase auffällt. »Ab ins Trockene mit euch, wir haben euren Chauffeur mitgebracht.«

»Großartig«, entgegnet Farah tonlos. In dem Wort schwingt so viel Frust mit, dass es Wase einen Stich versetzt. Diese sture Person. Er kann sie ja verstehen, sehr gut sogar. An ihrer Stelle würde er auch bleiben wollen. Aber Farah ist jetzt schon völlig durchgeweicht, und die Aktion hier wird sicher noch einige Stunden dauern.

»Ich melde mich später, okay?«

»Das will ich dir auch geraten haben!«, ruft Farah über die Schulter und folgt dem Streifenbeamten, raus aus dem Wald.

»Wo steht ihr?«, fragt Wase an Ju-hee und Emma gewandt und übernimmt die Führung, der Rest trottet hinterher.

»Auf einem Parkplatz, etwa fünfhundert Meter Luftlinie von hier«, sagt Paulsen. »Die Fläche muss erst kürzlich angelegt worden sein, bei Google Maps war sie jedenfalls noch nicht drin.«

Was erklärt, warum Wase sein Auto ewig weit weg am Straßenrand abstellen musste.

»Zum Glück habe ich mir unterwegs Satellitenaufnahmen angesehen«, setzt Ju-hee nach. »Sonst hätten wir die Ausrüstung noch länger durch die Pampa tragen müssen.«

»Diesen Parkplatz sollten wir genauer unter die Lupe nehmen«, sagt Wase und überhört ihren vorwurfsvollen Ton. Im Gegensatz zu vielen seiner Kolleginnen und Kollegen kann er ihrer schroffen Art durchaus etwas abgewinnen. Bei ihr weiß er zumindest immer, woran er ist. »Ist euch da was aufgefallen?«

»Negativ, wie ausgestorben. Wir haben den Platz natürlich vorsorglich abgeriegelt, falls sich hier was ergibt. Ich schalte das Navi mal ab.«

»Mach das, die letzten Meter sollten wir ohne hinkriegen.«

Das klang zuversichtlicher, als Wase sich fühlt. Sie sind jetzt schon ein ganzes Stück gelaufen, und allmählich kommt ihm die Sache nicht mehr koscher vor. So weit hat er sich doch gar nicht von der Hütte wegbewegt. Müssten sie nicht längst wieder da sein?

»Wem gehört eigentlich dieser Dschungel?«, unterbricht Ju-hee seine Gedanken. »Vorhin stand da was von wegen *Warenfelswald, Privat, Betreten auf eigene Gefahr, kein Winterdienst.*«

»Constanze von Warenfels, sie …« Wases Schuh ist an etwas hängen geblieben. Eine Kletterpflanze, die über den Boden kriecht. Er befreit sich aus der Schlinge, hebt einen Arm zum Zeichen. »Achtung, Stolperfalle! Jedenfalls habe ich eben mit ihr telefoniert«, nimmt er den Gesprächsfaden wieder auf. »Sie kennt die Hütte und ist einverstanden, dass wir uns Zutritt verschaffen. Apropos, habt ihr den Bolzenschneider dabei?«

Ein genervtes Seufzen hinter ihm. »Ist Regen nass?«

Wase schenkt Ju-hee einen Daumen hoch. Wie passend. Schweigend setzt die seltsame Kolonne ihren Weg durch den Morast fort. Der Wind hat aufgefrischt und heult durchs Gestrüpp. Nirgends sind Trampelpfade auszumachen, bloß hermetisch dicht verflochtene Zweige zwischen Birken, Buchen und Nadelhölzern. Mit Sicherheit ist hier noch nie ein Wanderer durchgekommen. Oder Pilzsammler. Vorhin hat er ein Schild entdeckt, das den Teil des Waldes als Naturschutzgebiet ausweist.

Pilze mitnehmen strengstens untersagt. Falls doch jemand hier war, hat der tagelange Sturzregen die Fußspuren ohnehin getilgt. Verdammt, wo zur Hölle sind sie?

Nervös leuchtet er ins Unterholz und sondiert diskret die Gegend, aber der Wald sieht überall gleich aus. Erst recht, wenn das Sichtfeld auf den Lichtkegel einer Taschenlampe beschränkt ist.

»Stopp!« Ein gellender Pfiff. »Wir sind zu weit gegangen!«

Wase rotiert herum. Park, die mit gesenktem Kopf hinter ihm hertrottet, prallt frontal gegen ihn. Durch den schweren Koffer und die Stative hat Wase ohnehin Schlagseite und nun Mühe, nicht rücklings in den Matsch zu kippen. Park scheint es ähnlich zu gehen. Eng umklammert taumeln die beiden, als würden sie einen ungelenken Tanz vollführen. Der Kriminaltechnikerin entfährt ein spitzer Laut. Sie erlangt das Gleichgewicht wieder, macht sich gereizt von ihm los und klopft ihre Jacke ab, als müsste sie eine hartnäckige Staubschicht entfernen. Eine Art Übersprunghandlung, das ist Wase schon bei früheren Gelegenheiten aufgefallen, wenn ihr etwas peinlich war.

»Pass doch auf«, schnauzt sie. Die Kollegen feixen, nur Hamza nicht. Der steht etwas abseits, mit dem Rücken zu ihnen.

»Die Hütte ist hier! Kommt zurück!«, ruft er und marschiert los. Er hält auf eine Reihe riesiger Eiben zu und wird unversehens vom immergrünen Nadelgewirr verschluckt.

Ju-hee, Wase, Hajo, Emma und Geerke werfen sich einen raschen Blick zu und laufen ihm nach, schieben sich zwischen den Sträuchern und Brombeerzweigen hindurch, die den Weg versperren wie ein schulterhoher Wall aus Stacheldraht. Sobald das Dickicht sie auf der anderen Seite ausgespuckt hat, bleibt der Trupp stehen.

»Kein Wunder, dass wir die übersehen haben«, raunt Emma und betrachtet die Hütte mit offenem Mund. »So zugewuchert, wie die ist.«

»Wohl eher getarnt.« Demonstrativ hebt Ju-hee einige Zweige an, die lose daran lehnen. »Da wollte offenbar jemand nicht, dass der Unterschlupf entdeckt wird.«

»Sieht ganz danach aus.« Wase, der dem Gesträuch zuvor keine Beachtung geschenkt hat, tritt näher.

»Wir knipsen mal das Licht an und gehen rein.«

Sander und Bauer machen sich daran, vier akkubetriebene LED-Scheinwerfer auf Stativen rund um die Hütte zu platzieren, einen pro Himmelsrichtung. Zum Schluss fotografiert Hajo sie aus jedem Winkel. Wase hebt den Bolzenschneider.

»Können wir?«

»Nicht so schnell.« Ju-hee schiebt ihn energisch beiseite und nimmt Fingerabdrücke und Abstriche von dem Vorhängeschloss. »Okay, und jetzt her damit.«

Wase reicht ihr das Werkzeug, zieht seine Waffen aus dem Holster und geht in Stellung. Das Gewicht des kühlen Metalls in seiner Hand gibt ihm Sicherheit. Er glaubt zwar nicht, dass jemand in der Hütte ist, doch im Lauf seiner Karriere musste er schmerzlich lernen, dass glauben und wissen rein gar nichts miteinander gemein haben.

»Alle zur Seite treten!«, kommandiert er. »Ich sichere die Hütte.«

Park nickt, presst die Lippen zusammen und drückt zu. Nach einigem Ruckeln und Drücken fällt das Schloss endlich in eine Tüte, die Hamza bereitgehalten hat. Die Anwesenden holen vernehmlich Luft, und auch er selbst macht sich bereit. Ein letztes Mal durchatmen. Mit einer Taschenlampe und der Walther im Anschlag, drückt er die Klinke hinunter.

Die Tür öffnet sich überraschend leichtgängig. Kein Knarzen oder Quietschen. Der Raum ist winzig. Ruckartig leuchtet Wase in jede Ecke, über den Boden, zur Decke. Etwas reflektiert das Licht. Funkelnde Augen, die ihn anglotzen. Er prallt zurück, packt den Griff seiner Waffe fester. Was zur … Über ihm schwebt ein riesenhaftes Wesen. Ein ausgestopfter Hirschkopf, dessen Geweih so ausladend ist, dass es fast die Außenwände berührt.

Wase legt eine Hand auf seine Brust. Das Vieh hat ihn fast zu Tode erschreckt. Er steckt die Walther wieder weg und macht den anderen Platz.

»Ihr könnt kommen, keiner da.«

»Nur gucken, nicht reingehen, nichts anfassen«, mahnt Ju-hee.

Hajo hält sich im Hintergrund, während sich Geerke, Emma und Wase zwischen den Türzargen drängen und Hamza über ihre Schultern ins Innere des Verschlags späht, der maximal vier mal vier Meter misst.

»Frisch geölt«, bemerkt Emma und zeigt auf die beiden Scharniere. Wase sieht nur kurz hin. Der Geruch nimmt seine ganze Aufmerksamkeit in Beschlag. Eine Mischung aus verrottendem Holz und Metall. Blut, wobei augenscheinlich keines zu erkennen ist. Die Bretter, aus denen die Bude gezimmert ist, sind dunkel verfärbt, doch das kann genauso gut von einer Behandlung mit Lasur oder Öl herrühren. Dasselbe gilt für den massiven Tisch, dessen Platte abgewetzt wirkt. Der tiefbraunen Farbe nach zu urteilen möglicherweise aus Nuss- oder Kirschholz gefertigt. Kein billiges Teil jedenfalls.

»Gibt es hier Strom?«

»Nicht nötig.« Ju-hee verschränkt die Arme. »Das da oben ist eine Campingleuchte mit USB-Anschluss. Ich kenne die Dinger, mein Mann steht auf dieses Outdoorzeug.« Ein lang gezogenes Seufzen. Die Leidenschaft fürs Campen scheinen die beiden nicht zu teilen. »Einfach eine Powerbank einstöpseln, und es werde Licht. Brennen erstaunlich lange.«

»Shit, habt ihr das schon gesehen, Leute?«

Hajos Kaffeeatem steigt Wase in die Nase. Er hat sich neben ihn gequetscht und den Kopf in den Nacken gelegt. Sein Blick ist auf einen Punkt oberhalb der Tür geheftet. Er hat den Hirsch entdeckt.

»Ist das creepy! Als würde das tote Vieh über den Raum wachen«, spricht Hamza aus, was offenbar alle denken. Sogar Ju-hee nickt, ihr Mund ist leicht geöffnet. Abwechselnd sieht sie Emma und Wase an.

»Sollen wir?«

»Legt los.«

9. KAPITEL

Wie erwartet hat der Regen der letzten Tage den Boden aufgeweicht und Spuren vernichtet. Brauchbare Fußabdrücke gibt es keine, der Parkplatz und die möglichen Streckenabschnitte dorthin sind unauffällig. Wase und Emma haben die letzte Stunde damit verbracht, sie abzulaufen und Zigarettenstummel einzusammeln.

Er entfernt sich ein paar Schritte von der Hütte, um der SpuSi das Feld zu überlassen. Für ihn gibt es hier ohnehin nichts zu tun, außer möglichst zu versuchen, keine Beweise platt zu trampeln oder den anderen im Weg zu stehen.

Wase lehnt sich an einen Baum, zieht das Handy aus der Tasche und wählt Kate O'Haras Nummer. Kein Klingeln, stattdessen schaltet sich direkt die Mailbox ein. Schon wieder. Was ist nur los bei ihr? Er muss dringend ein ernstes Wörtchen mit der Hospitantin sprechen. Wäre sie nicht eine Nichte des stellvertretenden LKA-Leiters, er hätte sie längst beiseitegenommen. Bislang hat sie keine besonders glänzende Vorstellung abgeliefert. Gedanklich macht sich Wase eine Notiz und schreibt Farah eine Nachricht.

Bist du gut nach Hause gekommen? Ich melde mich später noch mal.

Er drückt auf Senden, will sein Telefon wieder in die Tasche stecken, überlegt es sich anders. Jetzt oder nie. Wase navigiert sich ins Kontaktverzeichnis, spürt einen inneren Widerwillen, der neu ist, und tippt auf den grünen Hörerbutton. Es klingelt, immerhin.

Zu seiner großen Überraschung ertönt ein Knacken in der Leitung.

»Hallo?« Lennart Bärs heisere Stimme. Er hustet.

»Bär, alles klar?« Wase ist dermaßen erleichtert, seinen besten Freund zu hören, dass er fast laut auflacht. »Sei froh, dass ich keine Streife zu dir geschickt hab! Ich konnte dich nicht erreichen.«

»Ich hab geschlafen und das Telefon lautlos geschaltet.«

Wase weiß nicht, was ihn mehr beunruhigt. Dass Bär so gar nicht auf seinen Witz reagiert oder die Tatsache, dass es fast halb acht Uhr abends und Lennart offenbar eben erst aufgestanden ist.

»Krankgeschrieben müsste man sein«, witzelt Wase in dem kläglichen Versuch, seine Anspannung zu überspielen. Er beißt sich auf die Zunge. *Was rede ich hier für einen Stuss?* »Sag bloß, du hast den kompletten Tag verpennt?«

»Ist gestern ziemlich spät geworden.« Ein ausgiebiges Gähnen, das Schmatzen der Kühlschranktür, Gläserklimpern. »Was wolltest du denn eigentlich?«

»Ach, nichts Besonderes. Bisschen Small Talk machen, hören, ob du noch lebst.« Es sollte locker und unbeschwert klingen, doch Wase bemerkt selbst die Nervosität zwischen den Zeilen. Mit der Schuhspitze schabt er eine Furche in die Erde. »Ich komme nach Feierabend bei dir vorbei. Keine Widerrede, klar? Wehe, du machst die Tür nicht auf.«

»Als würde das was bringen, Herr Dietrich«, kontert Lennart. Eine Anspielung auf Wases beachtliche Dietrich-Kollektion, mit der er noch jedes Schloss geknackt hat. Er kann hören, dass Bär lächelt, und stellt schockiert fest, dass er den Tränen nahe ist. Rasch blinzelt er sie weg. Verdammt, es ist so lange her, seit er Bär zuletzt hat lächeln sehen.

Ein charakteristisches Klacken und Zischen. Lennart hat sich offenbar ein Pils aufgemacht. Bevor er weitersprechen kann, muss Wase mehrmals husten.

»Ich klingel durch, sobald ich mich auf den Weg mache. Noch ist nicht abzusehen, wie lange das hier dauert.«

»Wo bist du? Ich kann dich ganz schlecht verstehen.«

»Im Wald, der Empfang ist mies.« Er geht ein Stück, bis das Knistern zumindest ein bisschen nachlässt. »Farah hat einen neuen Fall aufgetan.«

»Farah? Was hat die denn damit zu tun?«, will Lennart mit neu erwachtem Interesse wissen. Er hängt noch immer an Farah, wobei Wase bezweifelt, dass er sich seit dem Vorfall im Mai bei ihr gemeldet, geschweige denn Zeit mit ihr verbracht hat. Würde sich Wase nicht so penetrant an ihn zecken, wäre der Kontakt zu Bär sicherlich ebenfalls längst eingeschlafen. Eine Wahrheit, die so bitter ist, dass er sie nicht einmal denken mag.

»Erkläre ich dir später. So hast du wenigstens einen Grund, mich reinzulassen.«

Gestalten in weißen Overalls wuseln im gleißend hellen Licht hin und her. Sie sehen aus wie Astronauten, die soeben zwischen den Bäumen gelandet sind. Einer von ihnen winkt Wase zu.

»Ich glaube, hier geht's weiter. Wir sehen uns später, ja?«

Er verabschiedet sich, legt auf und geht zurück zur Hütte, über die inzwischen eine Plane als Regenschutz gespannt ist. Davor wartet der Hirschkopf in Plastik gewickelt auf den Abtransport. Außerdem eine Kiste mit unzähligen Zellglasfenstertütchen. Der Tisch wurde von der SpuSi auseinandergeschraubt, die Beine einzeln eingetütet und nummeriert. Selbst das Panzertape haben sie vom Fenster entfernt, auf Spezialfolie geklebt und in Beweismittelbeuteln verstaut. Gründliche Arbeit, die dem Labor reichlich Überstunden bescheren wird.

»In der Kiste da sind Atemmasken und Schutzbrillen, kann nicht schaden, wenn wir das Zeug gleich in der kleinen Hütte versprühen«, sagt Park Ju-hee.

»Du willst mit Luminol rein? Reicht nicht erst mal Infrarot?«

»Längst geschehen, da sind definitiv eine Menge Spuren. Eindeutige Spuren. Sonst würden wir hier nicht so einen Aufriss veranstalten. Aber wer auch immer dort gewütet hat, hat versucht, sie zu beseitigen.« Ju-hee tröpfelt mit einer Pipette Wasserstoffperoxid in das fertig angemischte Luminol, um die Lösung zu aktivieren. »Wir haben alles dokumentiert und sind bereit.«

Wase nickt. Luminol ist eine Chemikalie, die Blut sichtbar macht. Um zu verhindern, dass bei dem Einsatz aus Versehen Beweise vernichtet werden, haben Park Ju-hee und ihre Kollegen den Raum 360 Grad via 3D-Laserscanner fotografiert, glatte Oberflächen abgefasert, auf Fingerabdrücke überprüft, mit der Crime-lite abgeleuchtet und Leerkontrollproben genommen. Auch in einem Radius von zwei Metern um die Hütte.

Wase steigt in einen Einwegoverall und zieht Kapuze, Schuhüberzieher sowie zwei Paar Gummihandschuhe übereinander an, die er mit Panzertape an den Ärmeln befestigt. Obwohl er die größte Größe gewählt hat, liegt das Latex so eng an, dass es die Blutzufuhr spürbar abschneidet. Sei's drum, nach unzähligen Tatorten ist er das Taubheitsgefühl in den Fingern gewöhnt. Emma, bereits in voller Montur, gesellt sich zu ihnen.

»Wo starten wir?« Park Ju-hee verschließt die Sprühflasche, die Wase immer ein wenig an ein Utensil aus dem Gartenbedarf erinnert.

»Ich würde vorschlagen, ab der Wand rechts neben dem Eingang, gegen den Uhrzeigersinn«, sagt die Oberkommissarin. »Boden und Decke zum Schluss.«

»Roger! Am besten, ihr stellt euch vorne in die Ecke und rührt euch nicht vom Fleck. Nicht, dass wir uns im Dunkeln die Beine brechen.«

Sie betreten den Verschlag. Hajo Sander befestigt einen Maßstab neben der Tür und bezieht Posten hinter der Kamera. Park Ju-hee hält sich mit erhobener Sprühflasche bereit.

»Ist im Kasten«, verkündet Sander, nachdem er ein Referenzfoto von der Wand gemacht hat.

»Gebt mir ein Zeichen, wenn ich das Licht ausknipsen soll«, sagt Hamza und eilt hinaus. An seiner Stelle erscheint ein weiterer Astronaut in der Tür.

»Hey, ihr wollt doch wohl nicht ohne mich loslegen, oder?«

Kate O'Haras Unverfrorenheit lässt Wases Blutdruck in die Höhe schnellen.

»Wo hast du gesteckt?«, fährt er sie vor versammelter Mannschaft an. Nicht seine Art, aber er kann nicht an sich halten. »Wir sind hier schon seit fast drei Stunden zugange! Ich habe zigmal versucht, dich zu erreichen.«

»Stau«, gibt sie leichthin zurück und zuppelt an dem Schutzanzug, der ihr viel zu groß ist. Wases Missmut scheint sie nicht weiter zu stören. Oder aber, sie nimmt ihn schlicht nicht wahr, was ihn bei ihrer doch eher ich-zentrierten Persönlichkeitsstruktur nicht weiter wundern würde. »Zumindest wart ihr nicht schwer zu finden, so hell wie das hier ist. Ich bin total aufgeregt, das ist mein erstes Mal, Leute.«

Ju-hee, Geerke und Hajo sehen sich ratlos an. Sie kennen die junge Polizeianwärterin noch nicht, die erst seit einigen Wochen in seinem Team arbeitet. O'Hara schiebt sich neben ihn. »Und ihr verteilt jetzt dieses Zeug und bringt den Laden zum Leuchten, ja?«

»So ungefähr. Kommt drauf an, was es hier zu sehen gibt«, sagt Geerke hörbar reserviert. »Das ist eine Lösung, die mit dem Eisenkomplex des Blutfarbstoffes Hämoglobin reagiert und dann blau fluoresziert. Sind alle da, oder erwarten wir noch jemanden?«

»Vollzählig.«

»Alles klar, Hajo?«

Als auch er den Daumen hebt, ruft Ju-hee: »Licht aus!«

Die Finsternis ist so allumfassend, dass Wase kurz schwindelig wird. In die Stille setzt das Zischen der Düse ein. Park Ju-hee beginnt, das Luminol in einem feinen Nebel zu versprühen. Es dauert nicht lange, bis die gegenüberliegende Wand anfängt zu schimmern. Bläuliche Chemolumineszenzen.

»Scheiße, was zur Hölle ist das?« Wase ist nicht der Einzige, den die Szenerie verstört. Hajo keucht unter der Maske, und Kate neben ihm flüstert etwas, das wie »O mein Gott« klingt.

Luminol reagiert mit einer Reihe von Stoffen. Blut, aber eben auch Rost, Kupfer, Emaille oder Bleiche. Doch hier haben sie es eindeutig nicht mit harmlosen Metalloxiden im Holz zu tun, die sich als punktuelles Glühen zeigen. Das grausame Bild, das die Chemikalie sichtbar macht, erzählt eine ganz andere Geschichte. Wase erkennt es sofort, das charakteristische Leuchten von Blut, das länger anhält, als es bei anderen Stoffen der Fall ist.

Große Teile der Wand irisieren flächig, doch an mehreren Stellen setzen sich unscharf umrissene Muster ab. Etwa ab Hüfthöhe ziehen sich Schlieren bis hoch zur Decke. Wie Kometenschweife, die ans Holz geklatscht und in Rinnsalen herabgeflossen sind. Darunter schlängeln sich zwei Linien.

»Das Äquivalent zu einer Sinuskurve auf dem EKG-Monitor.« Geerkes Stimme. Sachlich, beinahe unheimlich ruhig angesichts der verstörenden Zeichen, die losgelöst im Nichts zu schweben scheinen. »Ein sterbendes Herz.«

Die Forensikerin ist auch Sachverständige für Blutspuren und hat anhand von Spritzmustern schon so manchen Tathergang rekonstruiert. »Das Wellenmuster entsteht, wenn ein arterielles Gefäß verletzt wird und das Herz noch pumpt. Mit jedem Schlag spritzt Blut aus dem Körper, bis zu einem halben Meter weit, so hoch ist der Druck. Wenn die Wunde nicht versorgt wird, tritt binnen weniger Minuten ein hämorrhagischer Schock ein. Herzstillstand, Atemstillstand, Tod. Und seht ihr das hier?«

Sie deutet auf ein Oval, von dem Hajo gerade Dunkelaufnahmen anfertigt. Im Gegensatz zur umliegenden Fläche schimmert die Stelle kaum.

»Ein Spritzschatten.«

»Ein was?«, entfährt es Kate.

»Der Täter oder die Täterin hat unfreiwillig einen Abdruck von sich hinterlassen. Die Person hat dort gestanden, als das Blut spritzte, und die Wand hinter sich mit dem Körper abgeschirmt, wie eine menschliche Schablone.«

»O Gott«, haucht Kate, dieses Mal deutlich hörbar. Von ihrer anfänglichen Begeisterung ist nichts mehr übrig.

»Scheiße, das ist ja das reinste Schlachthaus«, keucht Sander.

»Ich muss …« Kate bringt den Satz nicht zu Ende. Hastig drängt sie sich an Wase vorbei und stürzt zur Tür hinaus.

»Licht an!«

Sofort ist es wieder taghell.

»Ich könnte auch kotzen«, kommentiert Ju-hee trocken. »Alles im Kasten, Hajo?«

»Ja, hab alles.«

Wie der Rest des Teams starrt Wase die Wand an. Bei Licht betrachtet, zeugt nichts mehr von den Schrecken, die sich innerhalb dieser vier Wände abgespielt haben. Auf der Oberfläche finden sich kaum Ablagerungen. Der Täter muss die dunklen Bretter abgewischt haben. Doch er konnte nicht alle Spuren tilgen. Ein Teil ist eingezogen, das Holz hat sie absorbiert und gebannt. Wase meint noch immer das gespenstisch blaue Leuchten zu sehen. Es hat sich als eine Art Negativ in seine Netzhäute geprägt.

Ju-hee lässt die Sprühflasche sinken und sieht Wase an. »Ich fürchte, dein Urlaub ist vorbei, mein Lieber.«

10. KAPITEL

Diese verfluchte Lampe! Warum hat Lennart die nicht längst repariert? Feindselig taxiert Wase die Außenbeleuchtung, als könnte er sie so zwingen, mit dem elenden Geflacker aufzuhören. Das Licht flimmert wie in einem grottenschlechten Horrorfilm. Ansonsten rührt sich nichts.

In den Fenstern brennt kein Licht. Weder bei Lennart noch in den anderen Häusern in der Sackgasse. Es ist weit nach Mitternacht, höchstwahrscheinlich schlafen sie alle längst. Besser so. Wenn einer der Nachbarn mitbekommt, dass ein Mann mit »südländischem Aussehen« in einem Auto hockt, die Scheiben beschlagen, nur ein Ausguck auf der Fahrerseite freigewischt, durch den er das Gebäude mit der Hausnummer elf beobachtet, würde vermutlich die Polizei aufkreuzen. Mal wieder.

Wase checkt seine Nachrichten. Bär hat ihm nicht geantwortet. Dafür geht eine WhatsApp von Farah ein.

Wenn du Zeit hast, ruf mich bitte kurz an.

Sie ist online und sofort am Apparat.

»Erzähl.«

Keine Begrüßungsfloskel. Nur das. Ihre Stimme ist leise, als fürchte sie seine Antwort.

»Irgendetwas ist dort geschehen. Etwas Schlimmes, mehr weiß ich derzeit noch nicht. Der ganze Verschlag hat geleuchtet, an den Wänden, der Decke, überall war Blut. Nur der Boden war merkwürdigerweise bis auf ein paar vereinzelte Tropfen clean.«

»Dann hat der Täter vermutlich eine Plane ausgelegt«, sagt Farah.

Er fährt sich durchs Haar. »Sieht danach aus.«

»Habt ihr eigentlich sonst noch was in der Hütte gefunden?«

»Nein, nichts Spannendes.«

»Was heißt das konkret?«

»Die SpuSi hat einen Tisch, eine Lampe und einen Hirschkopf ins Labor geschickt, abgesehen davon war der Raum leer.«

»Einen Hirschkopf?«

»Der hing über der Tür, ich hab fast 'nen Herzinfarkt bekommen, als ich ihn zum ersten Mal gesehen habe.«

»Und das war wirklich alles?«

»Worauf willst du hinaus?«

»Seit ich zu Hause bin, muss ich die ganze Zeit darüber nachdenken, dass der Mann trotz der Kälte ohne Jacke unterwegs war, und ich habe mich einfach gefragt, ob …«, sie zögert, doch er weiß, was als Nächstes kommt, »… ob da ein Zusammenhang besteht. Es kann doch kein Zufall sein, dass wir nach dem Crash ganz in der Nähe einen potenziellen Tatort entdecken.«

»Möglich.« Wase dreht die Heizung höher und hält eine Hand vor das Gebläse. »Wir müssen uns noch ein bisschen gedulden, bis die Spurenanalyse durch ist«, weicht er der Frage aus. Farah ist auch so schon völlig durch den Wind, er will sie nicht weiter beunruhigen. Dabei kreisen seine Gedanken in ähnlichen Sphären. Was er in der Hütte gesehen hat, ist selbst für erfahrene Mordermittler nicht alltäglich. Und den Glauben an so etwas wie Zufälle hat er sich schon vor langer Zeit abgewöhnt.

»War noch ein Heli draußen?«

»Klar, wir haben die unmittelbare Umgebung mit Wärmebildkamera abfliegen lassen. Ohne Ergebnis. Morgen früh werden wir eine Hundertschaft samt Hunden und Drohne durch das Gebiet schicken. Eine Kollegin fragt währenddessen die Leitstellen und umliegende Krankenhäuser und Praxen ab, nur für den Fall …«

Nur für den Fall.

Die Worte hängen zwischen ihnen. Beide machen den Job lange genug, um ihre Bedeutung zu erfassen. Nur für den unwahrscheinlichen Fall, dass jemand überlebt und es irgendwie geschafft hat, sich aus der Einöde in eine Notfallambulanz zu schleppen oder den Rettungswagen zu alarmieren. Wase seufzt. Ohne ärztliche Versorgung hatte das Opfer da draußen keine Chance.

»Ihr geht also von einem Tötungsdelikt aus.«

»Die Spuren deuten darauf hin, die Menge an Blut war vermutlich letal.«

»Gab es nur ein Opfer oder mehrere?«

»Mein Instinkt sagt mir, dass wir es mit mehr als einem zu tun haben. Aber das muss das Labor klären.«

Einen Moment ist es still in der Leitung. »Ich fasse es nicht. Erst dieser grauenhafte Unfall, und jetzt stolpere ich beim Gassigehen auch noch über einen Tatort. Wie viel Pech kann ein Mensch eigentlich haben?« Eine nachdenkliche Pause tritt ein. »Am besten, ich verlasse mein Haus gar nicht mehr. Wer weiß, was mir als Nächstes passiert. Bist du noch im Wald?«

»Nein, ich bin …«, er hält inne, unschlüssig, wie er den Satz weiterführen soll. Farah weiß, was vorgefallen ist, sie würde es verstehen. Dennoch kommt er sich vor wie ein Stalker. »Ich bin woanders.«

Schweigen.

»Du bist bei ihm«, sagt Farah, leise und weich und deshalb umso eindringlicher.

Er schließt die Augen, die fürchterlich brennen. Der Tag war lang und beschwerlich, in seinen Schuhen steht Wasser, und obwohl das Gebläse auf höchster Stufe läuft, kann es die Kälte nicht vertreiben, die ihm in den Knochen hängt. Er sollte nach Hause fahren, duschen, etwas essen und sich eine Mütze voll Schlaf gönnen. Stattdessen steht er hier in diesem gottverlassenen Kaff und … Ja, was eigentlich. Passt auf?

»Komm zu mir«, sagt Farah sanft. »Ich habe Kürbissuppe gekocht. Sie schmeckt scheußlich, ist aber schön warm. Du musst doch komplett durchgefroren sein.«

»Ich habe schon gegessen, danke.«

»Hast du nicht.«

Erneutes Seufzen. Wem will er eigentlich etwas vormachen? »Ich fahre gleich heim, versprochen.«

»Soll ich zu dir kommen?«

Auf keinen Fall. Farah kennt die Absteige noch nicht, die er seit Kurzem sein Zuhause nennt. Und das soll auch so bleiben.

»Wie denn?«, weicht er aus. »Du hast kein Auto mehr.«

»Ach ja, stimmt«, murmelt sie. »Hol mich doch einfach ab.«

»Du lässt nicht locker, oder?«

Farah antwortet nicht, und das ist auch nicht nötig. Es eint sie ein Starrsinn, der ihre Mitmenschen regelmäßig zur Weißglut treibt. »Ich schaue morgen im Lauf des Tages bei dir vorbei. Ich brauche gerade dringend etwas Ruhe.«

»Gut.« Farah atmet kaum vernehmlich und holt Luft, als habe sie noch etwas auf dem Herzen. »Wirst du klingeln?«

Automatisch späht Wase durch den Ausguck zum Haus und dem Flackerlicht, das ihn in den Wahnsinn treiben will. Da ist er sicher. Genau wie vor sechs Monaten, als er darauf zugestürmt ist, die durchgeladene Waffe gezückt, vollgepumpt mit Adrenalin.

Finster, Blitz, Blitz, Nacht. Schwarz. Gleißend hell.

Wase spürt denselben Impuls wie damals. Die Pistole heben und die Drecksglühbirne aus der Fassung ballern. Seine Nerven sind zum Zerreißen gespannt, als er ins Innere horcht und ihm das Blut dermaßen laut in den Ohren rauscht, dass er nichts hören kann. Und nichts sehen. Dieses Flackern gibt ihm den

Rest, kurz befürchtet er durchzudrehen, dass ihm eine Sicherung durchbrennt. Es katapultiert ihn zurück in den Hochsommer. Zu Bärs Haus. Und sofort ist die Panik wieder da, als stünde er noch immer vor seiner Tür.

Scheiße, wo bleibt die Verstärkung? Wie lange soll ich denn noch warten?

Etwas nahm ihm die Entscheidung ab. Ein Schrei. Lennart.

Wase entsperrte die Tür mit seinem Ersatzschlüssel, stürmte in den Flur. Keine Deckung, kein Netz. Nur kaltes Wasser. Volles Risiko. Weiter, immer weiter. Küche rechts, leer, Gästebad links, ebenfalls leer. Weiter.

In der Tür zum Wohnzimmer blieb Wase wie angewurzelt stehen. Eine Gestalt kauerte am Boden, die Mantelschöße ausgebreitet wie Flügel. Darunter ragte etwas hervor. Beine, steif ausgestreckt und wild zuckend.

»Polizei, Hände hoch!«

Das Monster nahm keinerlei Notiz von ihm.

»Hände hoch hab ich gesagt!«

Wase umrundete es, sah das Messer in seinen Händen, Lennart, der unter ihm lag und den Griff umklammerte. Verzweifelt versuchte er, die Klinge davon abzuhalten, sich in seinen Oberkörper zu bohren. Schweiß stand ihm auf der Stirn, er keuchte.

»Hände hoch, oder ich schieße!«

Keine Reaktion.

Kein Zögern mehr.

Wase packte den Griff seiner Waffe fester, um das heftige Zittern unter Kontrolle zu bekommen, zielte und drückte ab.

Der Schuss knallte so markerschütternd laut in dem kleinen Raum, dass Wase meint, das Klingeln in seinen Ohren noch zu hören. In seiner Erinnerung spulen sich die darauffolgenden Sequenzen in Zeitlupe ab. Wie die Gestalt getroffen zusammen-

bricht, wie Wase sie von Lennart herunterzerrt – und gelähmt vor
Entsetzen den Schaft des Messers fixiert, der in der Brust seines
besten Freundes steckt.

Nein, nein, bitte nicht. Bär, nein, nein …

»Hallo? Bist du noch dran?«

Farahs Frage holt Wase unsanft zurück in die Gegenwart. Ein
Kribbeln an seiner Wange. Er berührt sie und betrachtet seine
Fingerspitzen, die im Schein der Straßenlaterne glitzern.

»Ja, ja.« Wase räuspert sich. »Ich bin noch dran.«

»Und? Wirst du klingeln?«

Er richtet sich auf, startet den Motor.

»Dafür ist es zu spät.«

Ob er die Uhrzeit meint oder etwas ganz anderes, weiß er
selbst nicht so genau. Er legt den ersten Gang ein und braust davon.

11. KAPITEL

Etwas stimmt nicht. Die Vorhänge sind zugezogen, einzig die Ziffern des Digitalweckers schimmern bläulich: 03.12 Uhr. Farah sitzt kerzengerade, die Augen weit aufgesperrt, im Bett. Ohne zu blinzeln, starrt sie in die Schwärze ihres Schlafzimmers, das Herz schlägt ihr bis zum Hals. Das alte Warnsystem in ihrem Inneren, das sie früher so zuverlässig aus dem Schlaf gerissen und vor drohendem Unheil bewahrt hat, es ist noch immer aktiv. Was hat sie geweckt? Ein Albtraum, dessen Schatten sich mit den ersten wachen Atemzügen verflüchtigt haben?

Nein. Das ist nicht der Grund für diese lähmende Furcht, die sie schon im Wald befiel, als Noa wie irre die Finsternis ankläffte. Sie hält die Luft an, horcht angestrengt, erwartet fast, das Schlurfen von Schritten zu hören, die sich zu ihr ins Obergeschoss vorarbeiten. Doch bis auf Noas Schnarchen, der ausnahmsweise neben ihrem Bett schlummert, liegt das Haus still da. Vermutlich haben Farahs Nerven ihr nach den Strapazen der letzten Tage einen Streich gespielt. Ja, so wird es sein. Kein Grund zur Sorge.

Sie widersteht dem Impuls, aufzustehen, sinkt zurück in die Kissen und lässt sich einlullen von den gleichförmigen Schlafgeräuschen ihres Hundes, dessen Pfötchen zucken, als würde er im Traum über eine Wiese hüpfen. Weiter und weiter driftet Farah davon, ihr schwinden die Sinne, bis etwas ihre Wahrnehmung streift. Ein Widerhaken, der sich verfängt und sie zurückzerrt in die wache Welt.

Farah schlägt die Augen auf, wagt nicht, sich zu rühren. Zunächst begreift sie nicht, was sie da hört. Es kommt aus dem Parterre. Fröhliches Zwitschern vom Band. Ein Geräusch, das mitten in der Nacht nicht deplatzierter sein könnte.

»Ein bisschen Waldfeeling für zu Hause.« Das waren Wases Worte, als er ihr das Päckchen mit der Box zum Geburtstag überreichte. Seither steht sie im Flur, direkt bei der Eingangstür. Sobald jemand daran vorbeigeht, ertönt das Tschilpen und Singen einheimischer Vögel.

Die Erkenntnis schockt Farah wie Strom.

Sie fährt hoch, fällt fast aus dem Bett. Die Box reagiert über einen Bewegungsmelder. Etwas muss das Zwitschern ausgelöst haben. Auch Noa rührt sich. Unruhig wälzt er sich auf die andere Seite und stimmt wieder in sein Schnarchkonzert ein. Farahs Gedanken rasen, während sie ohne Licht zu machen und auf Zehenspitzen Richtung Flur huscht. Sie erschaudert, als das muntere Tirilieren erneut nach oben dringt und sich ein Gedanke formt: Es ist jemand im Haus.

Nein, das ist ausgemachter Unsinn! Die Nachbarschaft ist sicher, und bis auf ein in die Jahre gekommenes Notebook und ein bisschen Schmuck gibt es bei ihr nichts zu holen. Außerdem sind sämtliche Türen und Fenster mit Sicherheitsschlössern ausgestattet, die Haustür hat sie hinter sich abgesperrt, nachdem der Streifenpolizist sie hier abgesetzt hat. Oder nicht?

Leise Zweifel regen sich. Sobald Farah das Haus betritt, schließt sie ab, legt die Kette vor. Automatisierte Handgriffe, die sie reflexhaft und ohne nachzudenken ausführt. Womöglich kann sie sich gerade deshalb nicht daran erinnern. Wie dem auch sei, rational betrachtet ist ein technischer Defekt realistischer als ein Einbruch.

Die Klinke in der Hand, steht Farah da, ihr Atem geht flach, sie ist jetzt hellwach. Was, wenn schon jemand hinter der Tür wartet? Kurz erwägt sie, Noa zu wecken, verwirft die Idee jedoch wieder.

Nach dem Fressen ist er wie bewusstlos in sein Körbchen gesunken und auf der Stelle eingeschlafen. Der arme Kerl hat wegen ihr schon genug durchgemacht.

Farah packt die Klinke fester, spürt Entschlossenheit in sich aufsteigen, wie damals im Studium, als sie sich zum ersten Mal überwunden hat, mit einem Ruck die Kühlfächer zu öffnen und in ihr Inneres zu spähen. Zwei Paar nackte Füße, ein weißer Leichensack, ein Platz noch leer.

Der Flur liegt im Halbdunkel. Mit trommelndem Herzen scannt Farah den Gang, jedes potenzielle Versteck. Sie atmet aus, als sie sicher ist, dass sie allein ist. Zumindest in dem Bereich, den sie einsehen kann. Noch immer zittrig, setzt sie einen Fuß vor den anderen, erstaunt darüber, wie laut sie sich fortbewegt, obwohl sie sich so sehr bemüht, keinen Mucks von sich zu geben. Ihre Sohlen kleben am Parkett, lösen sich schmatzend, das Holz knarzt. Falls jemand im Erdgeschoss ist, kann die Person Farahs Bewegungen über sich genau lokalisieren.

Endlich erreicht sie die Treppe, die nach unten führt. Langsam schiebt sie den Kopf um die Ecke, späht in den Flur. Der Eingangsbereich sieht aus wie immer. Die Box steht auf der Regalborte, und es macht den Anschein, als ob … Farah zieht die Brauen zusammen, steigt einige Stufen hinab, um sich zu vergewissern. Tatsächlich. Ihre Schultern lösen sich von den Ohren. Die Kette an der Haustür ist vorgelegt.

Sicherheitshalber überprüft sie noch die Terrassentür und die Fenster. Alles ist fest verschlossen und verriegelt, nirgends sind Spuren, die davon zeugen, dass sich jemand daran zu schaffen gemacht hat. Die Batterien der Box sind voll, der Bewegungsmelder funktioniert einwandfrei. Dennoch verbringt Farah die nächsten zehn Minuten damit, alles abzusuchen und quietschend Mäntel und Jacken auf der Kleiderschrankstange hin und her zu schieben. Als sie die Türen wieder schließt, lacht Farah auf.

Was hat sie erwartet? Dass jemand zwischen den Sachen hockt und sie anfällt? Vielleicht hat ihr präfrontaler Cortex bei dem Unfall einen Dämpfer abbekommen, sodass sie kurzfristig nicht mehr ganz zurechnungsfähig ist. Wenn Freddy das mitbekommen hätte, hätte er sie persönlich zur Abklärung ins Krankenhaus befördert. Farah fährt sich mit beiden Händen übers Gesicht und durchs Haar. Das Gefühl der Bedrohung war ein Produkt ihrer Fantasie. Reine Paranoia. An Schlaf ist dennoch nicht mehr zu denken.

Das Gemäuer und der Boden sind ausgekühlt, weil die Heizung ab einundzwanzig Uhr nur im Sparbetrieb läuft. Das Außenthermometer an der Fensterscheibe zeigt zwei Grad über null an. Ein Tick kälter als in der Unfallnacht. Farah brüht eine Kanne Tee auf und macht sich eine Kleinigkeit zu essen. Während die Kräuter ziehen und der Teller Kürbissuppe in der Mikrowelle rotiert, schaut sie hinaus in den Hof und zu den Pappeln. Kahle Kronen, die aufgereiht wie Speerspitzen Spalier stehen. Ihr Geist wandert zurück in den Wald. Zu ihm.

Wenn Farah das Opfer eines Verbrechens auf dem Tisch hat, passiert es ständig, dass sich aus den Verletzungen und Spurmustern allmählich eine erschreckend reale Tagtraumsequenz formt und sie hautnah durchlebt, was dieser gepeinigten Seele zugestoßen ist. So auch jetzt.

Sie sieht den Mann vor sich, wie er rennt, als sei der Leibhaftige hinter ihm her. Denn genauso ist es ihr vorgekommen, als er ohne nach links und rechts zu sehen auf die Straße gestürzt ist. Musste er seine Jacke zurücklassen? Das würde zu ihrer These einer überstürzten Flucht passen. Andererseits … Wase hätte sicherlich erwähnt, wenn sie seine Sachen in dem Verschlag entdeckt hätten.

Farah schnappt sich eine Strickjacke, die über der Stuhllehne hängt, und wickelt sie fest um sich. Dieser seltsame Unfall ganz in der Nähe der Hütte war kein Zufall. Wase teilt ihre Befürchtungen, das war deutlich, als sie ihn direkt auf eine mögliche Verbindung angesprochen hat. Andererseits fallen ihr aus dem Stand ein Dutzend weitere Gründe dafür ein, weshalb der Mann trotz der Kälte ohne vernünftige Kleidung unterwegs war.

Er könnte nach einer Party sturzbetrunken zu Fuß losgetorkelt sein und sich verlaufen haben. Oder er hat sich mit seiner Frau gezofft, die ihn kurzerhand aus dem Auto geschmissen hat. Völlig harmlose Erklärungen, jede für sich genommen schlüssig. Anders steht es um die Hütte.

Jemand hat dort gewütet, hat diesen Ort gezeichnet. Die blutige Schrift der Gewalt ist tief in die Fasern der Bretter eingedrungen. Eingeweihte wie Geerke Bauer können ihre Botschaft lesen, die sich in den Lachen, Schlieren und Spritzern manifestiert. Auch Farah hat oft zwischen den Zeilen gelesen und Dinge erfahren, die jemand mit Chlorbleiche oder Rohrreiniger zu tilgen versucht hat. Jemand, der Böses im Schilde führte und die Zeichen für immer ausradieren wollte. Doch es gibt Spuren, die bleiben. Sie fressen sich in ihren Wirt und höhlen ihn aus.

Ein lautes Bimmeln.

Ihre Eieruhr signalisiert, dass der Tee fertig ist. Achtlos fliegt der Filter in die Spüle, ähnlich verfährt Farah mit ihren Hypothesen. Sie schiebt sie weit von sich. Solche Hirngespinste führen zu nichts. Sie werden sich in Geduld üben müssen, bis das Labor valide Erkenntnisse liefert. Außerdem ist das etwas, woran sie hier, in ihrem behaglichen Heim mit den alten Holzdielen und Spitzengardinen, nicht denken will.

Der Tee verströmt ein herrliches Aroma nach Lavendelblüten, Kamille und Baldrian. Farah schenkt sich einen großen Becher ein, wärmt ihre klammen Hände am Porzellan und stöpselt ihr Handy vom Netz, das wie immer über Nacht auf der Anrichte lädt. Zwei Nachrichten, keine Antwort von Lennart.

Nach dem Gespräch mit Wase hat sie sich ein Herz gefasst und ihm noch einmal geschrieben. Je länger sie wartet, umso schwieriger wird es, sagte sie sich, atmete aus und drückte auf Senden. Farah scrollt durch den Chatverlauf, schluckt, als sie das Datum ihrer letzten Konversation sieht. Das war im Sommer, etwa zwei Monate nachdem Drache in Bärs Haus eingebrochen ist und ihn um ein Haar ausgelöscht hätte.

Der Dialog beschränkte sich auf nichtssagende Floskeln und Höflichkeitsformeln. Farah wollte Lennart auf einen Kaffee einladen, er gab vor, keine Zeit zu haben. Reha. Arzttermine. Eine Menge Ausreden. Es folgte ein wenig Geplänkel, und das war's. Ein paar kurze Nachrichten von Farah, die unbeantwortet blieben. Im September war sie dann mit Frederik auf Kreta, das weiß sie noch. Und die darauffolgenden Wochen waren gefüllt mit Kongressen, Fachtagungen und Schichten am UKE. Die Zeit flog nur so dahin. Immer wieder dachte sie an Bär, kam jedoch nicht dazu, Kontakt zu ihm aufzunehmen. Sie kam nicht dazu oder – ehrlicher formuliert – vermied es bewusst. Farahs Wangen brennen, und sie hat einen Kloß im Hals. Ihr Freund macht eine furchtbare Zeit durch, wie konnte sie ihn dermaßen hängen lassen?

Einer Eingebung folgend geht sie zur Abstellkammer, durchsucht das Regal und wird ganz unten fündig. Sie hatte das Geschenk vollkommen vergessen. Nun wiegt sie es in den Händen, betrachtet das geblümte Papier und die viel zu große lilafarbene Schleife, die Lennart sicher schrecklich findet. Genau deshalb hat sie sie ja ausgewählt.

Damals, im August, hat sie extra früher Schluss gemacht und ist zu seinem Haus marschiert. Ängstlich, wie er ihren unangekündigten Besuch aufnehmen würde. Doch dazu kam es gar nicht. Bär reagierte nicht auf ihr Klingeln, Klopfen und Rufen, dabei war Farah sicher, dass er da war. Das Herz tut ihr weh bei der Erinnerung.

Seine steten Zurückweisungen haben sie zermürbt, und im Gegensatz zu Wase hat sie irgendwann aufgegeben. Das ist die ungeschönte Wahrheit, der sie sich hier, nachts in ihrer Küche, stellen muss. Wie schafft es Wase nur, Bärs Ausflüchte und sein Desinteresse zu ertragen? Die beiden sind beste Freunde. Zumindest waren sie das einmal. Doch seit Lennarts Frau Clara im Hospiz liegt und die Suche nach ihrem verschollenen Sohn Paul immer aussichtsloser erscheint, lässt er niemanden mehr an sich heran.

Wer kann es ihm verübeln? Die meisten Menschen, Farah eingeschlossen, wären an einem solchen Schicksal zerbrochen. Es grenzt an ein Wunder, dass er noch da ist. Sein Pflichtgefühl hält Bär am Leben. Bei aller Verzweiflung würde er Clara nie so feige im Stich lassen. Oder Paul. Viele Jahre nach seinem Verschwinden trägt er noch immer die sture Hoffnung in sich, ihn zu finden und heimzubringen. Das hat er Clara versprochen, und zu seinen Versprechen steht er. So ein Mensch ist Lennart. Aufrecht, loyal, immer da, wenn ihn jemand braucht.

Qualitäten, die ihr selbst offenbar abgehen.

Sie stellt das Paket auf die Anrichte und betrachtet mit zunehmendem Abscheu das schrille Papier, das sie früher lustig fand und das ihr jetzt nur noch hohl und geschmacklos vorkommt. Aus einem Impuls heraus reißt sie es ab, zerrt die Schleife herunter und schmeißt sie auf den Boden, wiegt ergriffen das Fotobuch in ihren Händen, das sie extra für Bär angefertigt hat. Aufnahmen von Farah, Bär, Wase und weiteren Kolleginnen und Kollegen, die ausgelassen in die Kamera prosten. Bär winkend am Grill, auf einem Fahrrad sitzend, mit einer Tasse Kaffee in Farahs Büro. Erinnerungen an bessere Tage. Farah schlendert ins angrenzende Wohnzimmer, um in Ruhe darin zu schwelgen, doch es kommt anders. Ehe sie die Couch erreicht hat, geht das Zwitschern los.

Ohne nachzudenken, hastet sie in den Flur. Etwas blendet sie. Wie zur Salzsäule erstarrt bleibt Farah stehen. Ihr Herz setzt aus, schlägt hektisch weiter. Der Becher rutscht ihr aus den Händen und zerbricht in zwei Hälften. Sein Inhalt ergießt sich über den Teppichläufer, doch Farah achtet gar nicht darauf. Wie hypnotisiert steigt sie über die Scherben hinweg, den Blick auf das Gussglas der Tür geheftet. Es sieht aus wie diese Eisplatten, die sich an kalten Tagen auf Pfützen bilden. Als Kind hat sie sie gerne aus dem Wasser gehoben und wie einen Filter vor die Augen gehalten, fasziniert davon, wie das wellige Mosaik die Welt dahinter bricht. Genau wie den Schatten eben.

Sie hat sich das nicht eingebildet. Abgesehen von dem Lichtstrahl, der ihr in die Augen gefallen ist, war da noch etwas. Ein Schemen, der zuckte und ein Blinzeln später wieder verschwunden war.

Jemand schleicht mit einer Taschenlampe um mein Haus.

Farah schnappt sich das Erstbeste, was sie in die Finger bekommt. Einen Regenschirm mit Holzgriff. Sie entriegelt die Haustür und stürmt hinaus, rasend vor Zorn.

»Hallo? Wer ist da?«

Ihr Brüllen verhallt. Farahs Blick schießt in alle Richtungen gleichzeitig. Die Luft ist rein, der Himmel sternenklar. Vollmond. Niemand zu sehen. Kein Einbrecher weit und breit. Hat sie halluziniert? Farah scannt die Umgebung. Hinter dem Schuppen könnte jemand kauern. Oder bei den Pappeln. Je länger sie sucht, desto mehr dieser düsteren Winkel scheinen sich aufzutun.

Intuitiv packt sie den Regenschirm fester, als eine Erkenntnis Gestalt annimmt. Auch wenn *sie* nicht sehen kann, wer sich hier herumdrückt – umgekehrt gilt das nicht. Im Hof vor der erleuchteten Reetdachkate ist Farah ein einfaches Ziel. Kalter Schweiß bricht ihr aus.

Was habe ich mir bei dieser hirnrissigen Aktion gedacht? Einfach rauszurennen, ohne Plan, nur mit einem lächerlichen Schirm bewaffnet.

Ihr Atem geht stoßweise, während sie langsam zurückweicht,

ohne den Hof aus den Augen zu lassen. Keine hektischen Bewegungen. Die Strecke bis zum Haus fühlt sich endlos an. Sie muss sich zwingen, die letzten Meter nicht zu rennen. Mit einer tastenden Hand stößt sie an Holz. Endlich. Farah schiebt sich durch den Türspalt und legt den Riegel vor. In Sicherheit, denkt sie, und sofort darauf: Warum geht die Angst nicht weg? Sie wirbelt herum, blinzelt in den Flur, zur offenen Wohnzimmertür, aus der Feuerknacken und warmes Licht rinnt. Es ist, als sei mit der Kälte noch etwas anderes in ihr Haus geschlüpft. Eine Gefahr, die sie weder sehen noch greifen kann. Und die ihr doch das Atmen schwer macht.

12. KAPITEL

Es wäre fahrlässig, jetzt auf Enter zu drücken. Ganz und gar nicht klug. In diesen Abgrund zu schauen, bedeutet zu fallen, und es würde keinen Boden geben, keinen Aufschlag. Bloß das Fallen. Endlos.

Draußen ist es noch dunkel. In Farahs Büro spendet der Computerbildschirm ein wenig Licht. Der Cursor blinkt hinter seinem Namen. Tadaeus Wagner. Dreizehn Buchstaben im Eingabefeld der Suchmaschine. Sie sind wie ein geheimer Code, den Farah eintippen muss, und – zack – dechiffriert die KI sein Leben. Sie spuckt eine Liste aus, auf der steht, wo er lebt und arbeitet, mit wem er befreundet ist, welche Träume und Ängste er hat. Wen er liebt. Gesetzt den Fall natürlich, Wagner ist keines von jenen seltenen Gewächsen, die weder auf Social Media noch in Jobnetzwerken aktiv sind und nur einen schwachen digitalen Footprint hinterlassen.

Automatisch denkt Farah an seine Frau. Wie groß muss der Schock für sie gewesen sein, als sie ihren Mann vermisst gemeldet hat, nur um zu erfahren, dass er schwer verletzt im Koma liegt. Dass er womöglich nie wieder aufwachen wird. Keine letzten Worte, kein letzter Kuss. Keine Chance mehr auf Versöhnung.

Und das ausgerechnet jetzt, in der Adventszeit. Überall in den Straßen funkeln Lichterketten, und die Schaufenster sind festlich dekoriert. Zuckerstangen, Nussknacker, Stechpalmenblätter und Christbaumkugeln, so weit das Auge reicht. Dazu der Duft von gebrannten Mandeln und Zimt, den die Weihnachtsmärkte verströmen, die bereits ihre Pforten geöffnet haben.

Mit dem Bürostuhl rollt Farah ein Stück vor und kippt den Rest Kaffee runter, den sie sich in der Kantine gezogen hat. Die dritte Tasse für heute, höllisch stark, mit einem Extrashot Espresso. Das Resultat ist wenig zufriedenstellend. Farah ist zittrig und fühlt sich gleichzeitig bleischwer, bereit für ein Nickerchen. Dabei ist es nicht einmal acht. Die letzten Stunden fordern ihren Tribut.

Statt wieder ins Bett zu gehen, hat sie sich mit Noa auf die Couch gekuschelt und sich von einer Netflix-Serie berieseln lassen, der Beschreibung zufolge angeblich aus dem Comedygenre. Sie hat kein einziges Mal gelacht. Rückblickend kommt Farah ihre Schreckhaftigkeit albern vor, und sie ist froh, Wase nicht angerufen zu haben, auch wenn ihr Daumen kurz über der grünen Wahltaste schwebte. Er hätte sie für verrückt erklärt. Und was hätte sie ihm auch sagen sollen?

Ich habe Angst, bitte komm! Da draußen ist jemand!

Okay, wie sieht die Person aus?

Keine Ahnung.

Ein Mann?

Ich weiß nicht.

Hast du die Person nicht gesehen?

Nein. Das heißt, doch. Vielleicht.

Wie jetzt?

Da war ein Schatten. Glaube ich.

Okay. Sonst etwas Verdächtiges? Fußspuren oder Geräusche?

Nichts, nur dieser Schatten und ein Licht bei der Haustür. Oh, und die Box, die du mir geschenkt hast, die hat gezwitschert.

Selbst in ihren Ohren klingt das paranoid. Ist es nicht viel plausibler, dass dieser Schemen ihrer Fantasie entsprungen ist? Ein Auto gewendet und den Schatten eines Baums durchs Fenster geworfen hat?

Ich drehe durch, ich werde verrückt.

Was auch immer sie meint, wahrgenommen zu haben: Es war bloß eine Kopfgeburt, gezeugt durch zu viel Stress und zu wenig Schlaf. Dafür spricht auch, dass Noa das ganze Drama verschlafen hat. Er ist später heruntergetapst, um sich gemütlich neben ihr auf dem Sofa einzurollen. Wäre die Gefahr real gewesen, hätte er sich doch mit Sicherheit anders verhalten. Seine Instinkte funktionieren einwandfrei, das hat er im Wald eindrucksvoll bewiesen. Er würde sie beschützen, wenn ein Einbrecher ums Haus schleicht.

Gegen sechs stieg Farah mit ihm in den fast leeren Bus, brachte Noa in die HuTa und fuhr von dort weiter nach Eppendorf. Seit sieben sitzt sie am Rechner und hadert mit sich. Farah stellt ihre Tasse weg und fasst einen Plan. Fünf Minuten. Mehr nicht. Sie wird nur rasch die Treffer überfliegen, das Fenster wieder schließen und sich an die Arbeit machen.

Eine ganz miese Idee, wie sich herausstellt.

Wäre sie doch einfach in den Sektionssaal gegangen, wo bereits der erste Tote auf seine Obduktion wartet. Die anvisierten fünf Minuten sind längst verstrichen, doch Farah kann nicht aufhören, durch die Artikel zu scrollen, die den Anschein machen, als habe Tadaeus Wagner jede freie Minute auf Spendengalas und anderen Wohltätigkeitsveranstaltungen verbracht. Fotos zeigen ihn händeschüttelnd mit dem Hamburger Oberbürgermeister, dem Innensenator und umringt von Personen, die Farah vage bekannt vorkommen. Vermutlich aus den Klatschmagazinen, die sie hin und wieder durchblättert, wenn sie ihre Zeit in Wartezimmern absitzt.

Sie klickt sich zurück auf die Startseite der Suchmaschine und auf den ersten Treffer. Die Homepage der Zahnärztlichen Gemeinschaftspraxis Wagner & De Vries. Erneut strahlt ihr Tadaeus Wagner entgegen, wie er vor dem Unfall war. Lächelnd, ein Blitzen in den Augen, das Intelligenz erkennen lässt. Seine Haare sind durchzogen von erstem Grau und teilen sich zu einem lässigen

Seitenscheitel. Farah hätte ihn auf der Straße nicht wiedererkannt. Seine Züge haben nichts gemein mit dem zerschmetterten Gesicht, das sie bis in ihre Albträume verfolgt.

Farah wendet sich dem Mann zu, der neben Wagner am Empfangstresen lehnt. Der Bildunterschrift zufolge heißt er Jon de Vries. Wagners Partner, mit dem er die Zahnarztpraxis führt. Die Adresse liegt vom Unfallort mindestens eine halbe Stunde entfernt. Harvestehude, nicht schlecht. Der Stadtteil ist einer der wohlhabendsten Hamburgs und gilt als Millionärshotspot. Die Geschäfte müssen gut laufen, wenn man sich dort Praxisräume leisten kann.

Von einem gewissen Status zeugen auch die Hobbys, die in Wagners Vita aufgelistet sind. Golf, Skifahren, Reisen. Jemand, der seinen Wohlstand so zur Schau stellt, läuft potenziell Gefahr, ins Fadenkreuz dunkler Mächte zu geraten. Wurde er am Ende entführt und in die Hütte verschleppt? Sie muss Wase unbedingt fragen, ob die Angehörigen einen Erpresserbrief und Lösegeldforderungen erhalten haben.

Um die beiden Ärzte schart sich ein Grüppchen junger Frauen, ausnahmslos blond, ausnahmslos gut aussehend, wie Farah auffällt. Zu Wagners Unfall ist auf der Webseite noch kein Vermerk zu finden. Lediglich eine Notiz, die in roter Blockschrift darauf hinweist, dass die Zahnarztpraxis Montag bis Mittwoch geschlossen bleibt und etwaige Termine zeitnah nachgeholt werden.

Farah klickt die Seite weg, erhebt sich aus ihrem Stuhl und knöpft den Kittel zu. Sie wirft einen prüfenden Blick in ihren Taschenspiegel, zieht die Lippen nach und marschiert den Flur hinunter. Ihr steht ein langer Arbeitstag bevor. Die Kopfschmerzen sind kaum mehr der Rede wert, dennoch ruft sie den Fahrstuhl, statt für die zwei Stockwerke wie sonst die Treppe zu nehmen.

Was Lars wohl sagt, wenn sie ihm gleich über den Weg läuft? Farah verspürt nicht die geringste Lust, sich vor ihm dafür zu rechtfertigen, dass sie wieder hier ist. Oder vor Wase. Seine Meinung dazu ist nicht allzu schwer zu erraten.

Fast lautlos gleiten die matt glänzenden Türen auf. In der Kabine hängt wie immer ein blinder Passagier. Eine süßliche Wolke aus Formalingeruch und Verwesung. Vertrautes Aroma der Rechtsmedizin. Farah steigt ein, die Türen schließen sich, und der Fahrstuhl fährt hinab. Ins Reich der Toten.

13. KAPITEL

Ein Schwarm Graugänse zieht dahin. Keiner der Umstehenden scheint sie zu bemerken. Niemand außer Wase Rahimi. Natürlich. Als er so dasteht, den Kopf in den Nacken gelegt, fällt ihm der Spitzname ein, den ihm seine Freunde in der Grundschule verpasst haben: Wase Wolkenkind. Er schmunzelt.

Seit damals hat sich eine Menge verändert, eigentlich alles. Aber diese Faszination ist ihm geblieben. Dieses Staunen angesichts der Unendlichkeit über ihm, es wird nie alt. Wase hat die Gabe, in den Wolken zu lesen. Sie sagen ihm, ob er einen Schirm mitnehmen muss, ob es sich einregnet oder der Schauer schnell vorüberzieht. Für immer Wase Wolkenkind.

Falls die Gänse auf dem Weg in wärmere Gefilde sind, haben sie einen guten Tag dafür gewählt. Flache kleine Quellwolken tummeln sich an einem blauen Himmel. Sehnsüchtig sieht er dem *V* aus Zugvögeln hinterher. Wie gerne würde er sich ihnen anschließen. Für das nasskalte Klima der Hansestadt ist er nicht gemacht. Obwohl er durch und durch Hamburger Jung ist, ähnelt Wase mehr einer Eidechse, die sich ihrer Umgebungstemperatur anpasst, erst ab fünfundzwanzig Grad auftaut und bei Kälte erstarrt. Die Gänse schnattern und keckern. Irgendwo hat er gelesen, dass sie monogam sind und oft ein Leben lang mit ihrem Partner zusammenbleiben. Noch ein Punkt, in dem ihm die Tiere etwas voraushaben.

Wase seufzt. Eigentlich sollte er gerade in seinem Lieblingslokal sitzen, goldene Milch schlürfen und Spinatcurry essen. Und dann hatte er geplant, endlich ein paar Bilder an die Wand zu nageln, noch eine Runde durch die Stadt zu bummeln und auf dem Rückweg bei Lennart vorbeizusehen. Stattdessen harrt er seit fast anderthalb Stunden in diesem elenden Fisselregen aus. Eine Magen-Darm-Welle hat das halbe Kommissariat dahingerafft, und weitere Fallakten bündeln Ressourcen. Mit anderen Worten: Sein Urlaub ist futsch. Wobei … Aus diesen Ermittlungen hätte er sich ohnehin nicht raushalten können.

Die Schultern bis zu den Ohren hochgezogen, die Nase versunken im Wollschal, überwacht er die Hundertschaft, die seit dem späten Morgen mit Stöberstäben durchs Unterholz pflügt. Die Polizistinnen und Polizisten sind offenbar ebenso begeistert von der Aufgabe wie er. Mürrisch trotten sie hinter den Hundeführern her, die wiederum in gemessenem Abstand zu den Leichenspürhunden durchs Gelände stapfen. Zum Glück ist der Suchradius in dem Waldstück überschaubar und ein baldiges Ende der Aktion in Sicht. Bisher war sie nicht von Erfolg gekrönt, was die Moral der Truppe nicht gerade hebt. Außer einem Taschentuch, Kaugummipapier, Zigarettenstummeln und einer kaputten Bierflasche hat die SpuSi nichts eingetütet.

Wase tritt von einem Fuß auf den anderen. Obwohl er Funktionssocken und gefütterte Stiefel trägt, spürt er seine Zehen nicht mehr. Die Mitglieder seines Teams stehen mit verschränkten Armen ein Stück abseits und lassen eine Thermoskanne Kaffee kreisen. Emma Paulsen hält unterdessen im Kommissariat die Stellung und versucht ihr Glück bei der Leitstelle sowie den umliegenden Krankenhäusern und Notfallambulanzen. Außerdem will sie die Dokumentation des Kriminaldauerdienstes vom Wochenende nach ungewöhnlichen Vorkommnissen wie Unfällen oder Anzeigen durchforsten. Ein Schuss ins Blaue.

Sein Diensttelefon klingelt, es ist Geerke Bauer.

»Wir sind hier fertig, hast du Zeit? Wenn du magst, bekommst du schon mal einen mündlichen Bericht.«

»Bin sofort da.«

Wase steckt das Handy weg, froh, endlich etwas Sinnvolles tun zu können, statt sich hier die Beine in den Bauch zu stehen. Er stapft zu seinem Auto und entriegelt es mit einem Klacken.

»Haust du etwa ohne mich ab?«

Er wendet sich um, überrascht, Kate O'Hara zu sehen, die auf dem Parkstreifen auftaucht. Er hat gar nicht bemerkt, dass sie ihm gefolgt ist. Mit verschränkten Armen baut sie sich vor ihm auf und mustert ihn prüfend.

»Wenn du willst, kannst du dich im Wagen aufwärmen, ich glaube nicht, dass wir da draußen noch gebraucht werden. Ich will …«

Schon wieder meldet sich sein Handy. Eine Festnetznummer, die er inzwischen auswendig kennt. Elf Uhr. Pünktlich wie jeden Dienstag. Dennoch hat er den Anruf vergessen.

»Ist das wieder der Vater?«, will Kate wissen.

Wase nickt still. Die Anzeige blinkt, und er muss sich überwinden, das Gespräch anzunehmen. Der Mann am anderen Ende begrüßt ihn knapp und stellt dieselbe Frage wie seit Monaten schon.

»Herr Rahimi, haben Sie meine Esra gefunden? Gibt es Neuigkeiten?«

Wase reibt sich die Nasenwurzel, weil er mal wieder nur dieselbe gottverdammte Antwort geben kann. Obwohl ihn ein unbehagliches Gefühl überkommt, als er seinen Blick über die nassen Stämme der Bäume schweifen lässt.

»Leider nicht, Herr Karakaş. Wir tun alles, was in unserer Macht steht, um sie nach Hause zu bringen.« Es gibt Tage, an denen hasst er seinen Job. »Sobald ich mehr weiß, melde ich mich bei Ihnen.«

Ein Seufzen. Resigniert. Erleichtert vielleicht.

»Danke, vielen Dank, Herr Rahimi. Ich habe die ganze Woche Spätdienst, aber mein Handy ist lautgestellt, wenn etwas ist.«

Sie verabschieden sich, Wase steckt das Handy weg und öffnet den Kofferraum.

»Was hast du vor?«

»Ich will etwas überprüfen, dauert auch nicht lange«, sagt er und holt das in Plastik verschweißte Paket heraus, das er vorhin im Baumarkt gekauft hat. »Danach machen wir uns auf den Weg.«

»Was ist das?«

»Ein Campingtisch.« Er knallt die Haube wieder zu und klemmt sich das Paket unter den Arm.

»Okay, klar, ein Campingtisch. Was sonst«, murmelt Kate, schaut demonstrativ hinter sich in den tropfnassen Wald und wieder auf ihn. Offenbar fragt sie sich, ob der Ermittlungsleiter noch ganz bei Trost ist. »Und was hast du damit vor? Bisschen chillen und das schöne Wetter genießen?«

Wase ignoriert den schnippischen Ton und drückt ihr den Autoschlüssel in die Hand. »Erzähl ich dir später, bin gleich wieder da.«

Bevor sie ihn mit weiteren Fragen behelligen kann, lässt er Kate stehen und stapft davon.

Zurück zur Hütte.

14. KAPITEL

Ohne Bewegungsenergie kühlt der Körper rasch aus. Die nackten Bretter isolieren kaum. Deine Schreie müssen weithin zu hören gewesen sein. Sofern du denn schreien konntest. So lagst du also da, als der Schnitt kam. Mit dem Rücken auf dem wuchtigen Tisch, außerstande, Beine und Arme zu bewegen, weil jemand dich fixiert hat. Du warst bei Bewusstsein. Deine letzten wachen Minuten auf dieser Erde. Gefangen in einem gottlosen Verschlag, ohne Schutz, ausgeliefert. An mehreren Stellen waren Abriebspuren zu erkennen. Furchen im Tisch, die entstanden sein müssen, als du verzweifelt an den Fesseln gerissen hast. Höchstwahrscheinlich Kunststoffseile. Das Labor konnte Fasern von Polypropylen sicherstellen, die sich ins Holz gefräst haben.

Zum Schluss war dir nicht einmal mehr ein Blick in den Himmel vergönnt. Hoch zu den Sternen, in die vorbeiwandernden Wolken, die von Wind auf der Haut erzählen, von Sonnenschein und Schnee. Ein letztes Mal. Panzertape hat das Licht ausgesperrt, nur vereinzelt brach sich ein schwaches Leuchten Bahn. Dein Leben endete im grellen Licht der Campingleuchte. Umzäunt von Brettern, die ein muffiges Aroma nach Rost verströmen.

Wie lange ist das her? Erst Tage, Wochen oder gar Monate? War es hell, oder kamst du nachts hier an? Aus eigener Kraft, auf deinen Beinen? Oder hat er dich getragen? Von dem Stellplatz aus? Zu Fuß liegt er keine zehn Minuten entfernt, beladen dauert es länger. Hat die Sonne vom Himmel gebrannt und die Hütte in eine brütend heiße Sauna verwandelt? Oder klopfte Regen an den Verschlag, als wolle er dich daran

erinnern, dass es eine Welt gibt da draußen? Eine intakte Welt, der du
entrissen wurdest.

Was geschah danach? Der einzige Zeuge ist dieser Hirschkopf, der
nicht sprechen kann. In seinen gläsernen Augen muss sich gespiegelt
haben, wie er sich neben dich stellte, wie die Waffe unerbittlich näher
rückte, sich in dein zartes Fleisch senkte.

· *Vernichtungsschmerz.*

Wase dreht den Kopf. Dunkles Holz, sonst nichts. Das Grauen
schimmert lebhaft in seiner Erinnerung, Nachhall eines Todes-
kampfes. Fast meint er, die Schreie zu hören, als wären sie noch
immer hier eingeschlossen.

Du hast dein eigenes Blut eingeatmet, gewürgt, eine Wolke feiner
Tropfen gegen das Holz direkt neben dir gehustet. Hätten wir sie direkt
untersuchen können, wären unterm Mikroskop Luftbläschen sichtbar ge-
worden, konserviert im Blut. Luft aus deinen Lungen. Was waren deine
letzten Gedanken in diesem Leben, das mit jedem Herzschlag aus dir
herausgeflossen ist? Hast du an dein Zuhause gedacht, glückliche Tage
mit Freunden? Hast du Zwiesprache gehalten mit jenen, die du lieb-
test?

Mama, bitte komm und hol mich hier raus! Bitte hilf mir doch.

Ein finales Feuern der Synapsen, ehe die Lichter für immer erloschen.
Alles Denken, alles Fühlen aussetzte, die Seele ihre weltliche Hülle ver-
ließ. Erlösendes Nichts. Kein Abschied, nur Sterben.

Ohne sofortige Hilfe hattest du nicht den Hauch einer Chance. Die
Blutmenge, die bogenförmig an die Wand klatschte, war letal. Einen
anderen Menschen auf derartige Weise zu töten, so nah, fast intim,
zeugt von heftigen Emotionen. Wer auch immer dir das angetan hat, es
war persönlich. Hast du deinen Killer gekannt und bist ihm nichts ah-
nend hierher gefolgt? Was ist danach mit dir geschehen? Wo hat er dei-
nen Leichnam versteckt?

Wahrscheinlich wird darüber erst Klarheit herrschen, wenn wir
dich gefunden haben. Geerke Bauer konnte die Antworten nicht

in den Spritzmustern lesen. Dafür haben sie ihr etwas über das Verbrechen selbst verraten. Wenige Tropfen reichen aus, um den Ablauf einer Tat zu rekonstruieren. Wo und mit welcher Waffe das Opfer angegriffen worden ist, ob es dabei stand, gekniet hat oder gelegen. Wo es starb.

Blut ist etwa vier- bis fünfmal zähflüssiger als Wasser. Es verformt sich im Flug nicht so stark, seine Bewegung folgt physikalischen Gesetzen. Geschwindigkeit, Kurs, Krafteinwirkung, all das ist berechenbar. Auch, aus welcher Quelle es stammt, lässt sich analysieren, sofern es Speichel, Nasen-, Uterusschleimhaut oder andere Körperflüssigkeiten enthält. Unter dem Mikroskop im Massenspektrometer und mittels RNA- und DNA-Methylierungsanalysen erzählt es von Toxinen, Drogen, Medikamenten und Infektionen. Davon, ob es von einem Tier oder einem Menschen, einem Mann oder einer Frau stammt. Welche Augen-, Haut- und Haarfarbe die Person hat. Und das ist noch nicht alles.

Erst neulich war der Leiter der Forensischen Molekulargenetik des rechtsmedizinischen Instituts Köln zu Besuch im LKA, um ihnen von Molecular Alibi zu erzählen. Kurz gefasst ist sein Team in der Lage, mittels RNA-Analyse die Uhrzeit einzugrenzen, zu der eine biologische Spur hinterlassen worden ist. Wase war tief beeindruckt. Die Technik ist zwar noch nicht reif für den Routineeinsatz, aber hin und wieder wird sie schon von MoKos und anderen Einheiten angefragt.

Etwas ungelenk richtet er sich auf, kommt ins Sitzen. Das unbekümmerte Lied einer Amsel dringt mit der Kälte herein. Er fühlt sich seltsam benommen, wie in Watte gepackt. Obwohl er nur kurz auf dem Campingtisch gelegen hat, ziept sein Rücken, und ihn hat ein Zittern befallen, das nichts mit den niedrigen Außentemperaturen zu tun hat. Es war eine Sache, vorhin den nüchternen Schilderungen von Geerke Bauer zu lauschen, nachdem sie ihn zur Hütte beordert hat. Eine ganz andere Sache ist es, mit diesem Wissen nachzuspüren, was die Opfer erleiden mussten. Denn eines konnte Geerke bereits sagen:

Du warst vermutlich nicht die Einzige.

15. KAPITEL

Das Fenster der 114 ist kühl an ihrer Stirn. Der Arbeitstag war frustrierend kurz, genau wie ihre Aufmerksamkeitsspanne. Schon gegen Mittag musste Farah Rosendahl einsehen, dass es keinen Zweck hat, sich weiter zu quälen. Zum Glück war ihre Chefin mal wieder außer Haus, vermutlich bei irgendeinem Pressetermin. Oder sie geht ihr aus dem Weg. Jedenfalls hat Farah noch Dutzende Überstunden. Wann wäre ein besserer Zeitpunkt als jetzt, um sie abzubummeln?

Weiden und Eichen fliegen vorüber, von denen der Wind die letzten Blätter zerrt. Durch den Bus, der um diese Uhrzeit kaum frequentiert ist, wabert eine Melange aus nassen Wachsjacken und Kaffee. Nicht die schlechteste Art, um von A nach B zu gelangen.

Farah sollte sich besser schon einmal an den Gedanken gewöhnen, künftig die Öffis zu nehmen. Zwar hat man ihr den Führerschein noch nicht abgenommen, aber das kann sich ändern, sobald das Unfallgutachten des Sachverständigen vorliegt. Ein Dokument, das darüber entscheidet, ob man sie wegen fahrlässiger Körperverletzung anklagt.

Gestern Abend rief die Werkstatt an, um ihr mitzuteilen, dass der Range Rover nicht mehr zu retten sei. »Wirtschaftlicher Totalschaden, da ist leider nix zu machen.« Man könne ihr aber auf Kosten der Versicherung ab sofort einen Mietwagen bereitstellen. Ein nützlicher Service, den Farah zu ihrer eigenen Verblüffung ausschlug. Sobald sie auch nur daran denkt, wieder zu fahren, schießt ihr Ruhepuls in den dreistelligen Bereich. Auch wenn der Gutachter zu dem Schluss kommt, dass »die Unfallfolgen weder räumlich noch zeitlich vermeidbar gewesen wären« und sie ihr kein vorwerfbares Verhalten anlasten können, steht in den Sternen, ob sie nach der schrecklichen Kollision je wieder hinter einem Steuer sitzen wird. Das ist ihr in diesem Moment klar geworden.

Farah schließt die Augen und lehnt sich zurück. Eine Minute bloß ausruhen und die Grübeleien wegschieben. Das sachte Schaukeln des Busses wiegt sie in ihrem Sitz hin und her, die Heizungsluft und das gleichmäßige Dröhnen des Motors wirken wie ein Sedativum. Sie kommt erst wieder zu sich, als jemand unsanft gegen ihr Bein stößt.

»Oh, Verzeihung! Habe ich Sie geweckt?«

Verlegen wischt sich Farah etwas Speichel aus dem Mundwinkel und starrt den Mann an, der ihr gegenüber Platz nimmt. Er legt seinen tropfenden Schirm auf dem Boden ab und lächelt unsicher.

»Da draußen regnet es junge Hunde.«

Komischer Spruch. Woher der wohl kommt? Farah will etwas sagen, zurücklächeln, aber ihre Lippen bewegen sich nicht. Stattdessen scannt sie ein auffälliges Pigmentmal an seiner rechten Schläfe. Unregelmäßig gefärbt, der Rand ausgefranst. Ein bisschen hat es die Form von Italien. Der Mann räuspert sich, und Farah dämmert, wie absonderlich ihr Gestarre auf ihn wirken muss. Sogleich verschwindet er hinter einer Ausgabe vom *Hamburger Abendblatt*, als wolle er einen Schutzwall zwischen sich und diese wunderlich anmutende Person bringen.

Noch zwei Haltestellen, bis sie aussteigen muss, verkündet eine Digitalanzeige. Zum Glück, eine Schrecksekunde lang hat Farah schon befürchtet, die Station verpasst zu haben. Erleichtert kramt sie ihren Taschenspiegel hervor und frischt den Lippenstift auf. Immerhin hat sie die Kontrolle über ihre Optik noch nicht verloren. Beiläufig überfliegt sie die Fotos und Überschriften der Zeitung ihres Sitznachbarn. Eine Schlagzeile springt ihr ins Auge.

Professorin Durant-Biedenkopf gelingt Coup – Finanzspritze in Millionenhöhe fürs UKE Hamburg-Eppendorf!

Darunter der Satz: *Die engagierte stellvertretende Institutsleiterin erweist sich erneut als echter Glücksgriff für die Rechtsmedizin der Hansestadt.*

Damit war ja zu rechnen, was für eine Farce. Unter normalen Umständen hätte Farah jetzt wutschnaubend Lars angerufen und ein »Ich hab's dir ja gesagt!« in den Hörer geschnauzt. Aber dieses »normal« gibt es nicht mehr. Der Alltag, der ihr eben noch so selbstverständlich, beinahe eintönig erschien, gehört der Vergangenheit an. In der neuen, noch fremden Realität unterlaufen Farah bei der Arbeit, die sie sonst wie im Schlaf erledigt, grobe Schnitzer. Sie hat verlernt zu schlafen, ihr Auto ist reif für die Schrottpresse, und demnächst wird ein Schreiben der Staatsanwaltschaft ins Haus flattern:

Ermittlungsverfahren.

Fahrlässige Körperverletzung.

Ihr neues »normal«.

Seltsamerweise verspürt sie keine Angst vor den möglichen Konsequenzen. Neben der Schuld verblasst alles in Bedeutungslosigkeit. Ihre bescheuerten Prinzipien! Hätte sie sie doch einmal über Bord geworfen und das Gaspedal durchgetreten! Der Mann hätte kurz nach ihr die Straße passiert und würde noch leben.

Ein jähes Quietschen. Mit einem heftigen Ruck bremst der Bus und drückt Farah in ihren Sitz. Der Mann schaut verwundert hinter der Zeitung auf, ehe er umblättert und sich wieder in seine Lektüre vertieft. Farah hält die Luft an. Von der Rückseite grinst ihr ein Gesicht entgegen, das eben noch nicht da war. Markante Wangenknochen, braunes Haar, durchzogen von erstem Grau, und ein Lächeln, das milde Fältchen wirft.

»Entschuldigen Sie? Darf ich mal?«

Ein Augenpaar taucht wieder über dem Rand der raschelnden Seiten auf, beäugt sie misstrauisch. Der Mann wendet das Blatt, studiert die Stelle, auf die Farah deutet, und reicht ihr den Teil.

Die Anzeige ist schlicht gehalten, schwarz gerahmt und mit einem kurzen Text neben dem Foto versehen.

Wagner & De Vries in Harvestehude
Ihre Privatpraxis für ein strahlendes Lächeln

Farah kann nicht aufhören, ihn zu betrachten. Diese Augen, die sie brechen sah, als er in die Finsternis der Bewusstlosigkeit geglitten ist. Wagner lächelt, dennoch ist es ihr, als würde er sie anklagend taxieren. Er liegt noch immer im Koma, es steht schlecht um ihn, das hat Farah eben von einer befreundeten Internistin erfahren, die sie zufällig in der Kantine getroffen hat. Eigentlich wollte sie sich ein Franzbrötchen zum Kaffee besorgen, doch nach der kurzen Unterhaltung in der Warteschlange ist sie ohne Verpflegung in ihr Büro zurückgekehrt.

Die Bremsen quietschen erneut, und die Häuser draußen ziehen immer langsamer vorbei. Farah rafft eilig ihre Sachen zusammen, drückt dem Mann die Zeitung in die Hand und nuschelt etwas, das nur entfernt an ein Danke erinnert. Er zieht die Beine an, lässt sie vorbei. Als sie schon im Gehen begriffen ist, überlegt sie es sich anders und dreht sich um.

»Verzeihung«, spricht sie den Mann an und tippt sich an die Schläfe, »den da sollten Sie demnächst abklären lassen.«

Einigermaßen konfus fasst er sich an die Stelle. »Okay, danke«, stammelt er. »Sind Sie Ärztin?«

Farah nickt. Der Lautsprecher sondert ein Knacken ab, eine blecherne Durchsage ertönt: »Nächste Haltestelle Fontenay.«

»Hier muss ich raus. Alles Gute!«

Eisiger Wind schlägt Farah entgegen, als sie auf den Bürgersteig tritt, und pustet auch den letzten Rest Müdigkeit davon. Gut so. Für das, was ihr nun bevorsteht, will sie klar und bei Verstand sein.

Harvestehude. Farah kennt den piekfeinen Hamburger Stadtteil mit seiner Reihenhausarchitektur im Stil der Gründerzeit noch aus ihrer Jugend, als sie sich mit Freunden zum Tretbootfahren bei Bodo's Bootssteg am Alsteranleger Alte Rabenstraße getroffen hat. Eine Institution am Westufer von Hamburgs blauem Herzen. Sie erinnert sich noch lebhaft daran, wie sie hier als lüttes Kind mit Aarian war. Und an einen Spruch, mit dem er sie einmal zum Lachen brachte: »Wer in der Außenalster ertrinkt, der ist zu blöd zum Stehen.«

Wie wunderschön es hier ist. Farah bedauert, dass sie schon so lange nicht mehr da war, obwohl sie nicht weit entfernt arbeitet. Aber Fakt ist, dass es sie nach einer Schicht am Institut meist direkt nach Hause zieht, statt Hamburg zu erkunden, in dessen Orbit sie geboren wurde und aufgewachsen ist.

Damals wie heute ist es ihr, als würde sie durch Kensington, Chelsea oder Notting Hill flanieren, was an den Alleestraßen und viktorianisch angehauchten Villen mit ihren Bossen, kunstvollen Traufgesimsen und hohen Geschossen liegt. So eingenommen von der altehrwürdigen Atmosphäre, läuft sie prompt an dem Gebäude vorbei, was sie jedoch erst realisiert, als sie bei der falschen Hausnummer angelangt ist.

Farah macht kehrt, geht die Straße hinunter und bleibt vor einem schmiedeeisernen Tor stehen. Auf einer der Steinsäulen, die es flankieren, hängen verborgen hinter Efeu zwei Tafeln. Auf der ersten steht die Hausnummer, schwarze Ziffern auf goldenem Grund. Über der anderen klebt mit Tesafilm befestigt und weit weniger schnieke ein einlaminierter DIN-A6-Bogen:

Liebe Patientinnen und Patienten, von Montag bis Mittwoch bleibt die Praxis geschlossen, Termine werden nachgeholt. Unsere Mitarbeiterinnen setzen sich mit Ihnen in Verbindung. Das Praxisteam.

Farah hebt das Blatt an. Tatsächlich. *Zahnärztliche Privatpraxis Wagner & De Vries* ist in das polierte Messingschild graviert. Darunter befindet sich eine Gegensprechanlage mit zwei Klingelknöpfen: *Familie Wagner privat* und *Praxis* steht da. Tadaeus Wagner arbeitet hier also nicht nur, er lebt hier auch.

Farah späht zwischen den Gitterstäben hindurch, folgt mit den Augen einem Sandweg, der sich eine Anhöhe hinauf über ein parkähnliches Anwesen zu einem herrschaftlichen Gebäude windet. Ihr klappt der Unterkiefer weg. Die Familie muss extrem vermögend sein, wenn sie sich einen solchen Palast leisten kann. Farah schüttelt ratlos den Kopf. Und was nun? Soll sie läuten? Wieder gehen? Sie weiß es nicht mehr, und das ist es, was sie am meisten verstört. Das neue »normal« sieht offenbar so aus, dass sie impulsiv von Aktionismus getrieben handelt. Eine Art Bewältigungsstrategie vermutlich, um der lähmenden Ohnmacht etwas entgegenzusetzen.

Ein metallisches Klappern. Erschrocken tritt Farah einen Schritt zurück, als sich das Tor in Bewegung setzt und zur Seite gleitet. Ein schwarzer Mercedes rollt langsam von der Straße über den Bürgersteig und auf sie zu. Als der Wagen auf ihrer Höhe ist, wird ein getöntes Seitenfenster herabgelassen. Der Fahrer, ein Mann um die dreißig mit Kapuzenshirt, fast schwarzem Haar und blauen Augen, lächelt ihr zu.

»Falls Sie einen Termin haben, die Praxis ist heute leider geschlossen.«

Farah ist zu perplex, um etwas zu erwidern. Sie glotzt den Mann nur an, der ihre Reaktion offenbar fehlinterpretiert. »Es tut mir leid, dass Sie umsonst gekommen sind. Die Arzthelferinnen telefonieren gerade alle Patienten ab, um neue Termine auszumachen, aber sie haben alle Hände voll zu tun.«

Farah will ihm antworten, gleichzeitig hat sie nicht die leiseste Ahnung, was sie sagen soll. Sorry, ich bin keine Patientin, sondern die Frau, die den Doktor überfahren hat? Wohl kaum.

Also nickt sie bloß und lässt die Limousine ziehen, die im Schritttempo das Tor passiert und den Hügel hinauffährt. Direkt vor dem Eingangsportal kommt der Wagen zum Stehen. Jemand steigt auf der Beifahrerseite in die Abgaswolke, die der Mercedes in die klirrend kalte Luft bläst. Eine Frau im knöchellangen Mantel. Seine Frau. Farah bleibt keine Zeit, diese Information zu verarbeiten. Die hintere Tür fliegt auf, und eine weitere Person erscheint. Ein Mädchen im roten Mantel, das der Frau kaum bis zur Hüfte reicht. Sie nimmt es bei der Hand, und gemeinsam eilen sie die Treppen hoch.

Farah presst eine Hand auf den Mund. Tadaeus Wagner hat eine Tochter. Ein kleines Kind im Grundschulalter, das jetzt womöglich ohne Vater aufwachsen muss.

Wegen ihr, Farah.

16. KAPITEL

Das darf doch wohl nicht wahr sein! Wase Rahimi verengt die Augen zu Schlitzen, als könnte er das Bild so schärfer stellen. Unfassbar. Sie ist es wirklich. Da steht unverkennbar Farah in ihrem eleganten Wollmantel. Sie hat ihm den Rücken zugewandt und späht zwischen den Gitterstäben des Tors hindurch wie eine verdammte Voyeurin! Er gibt sich keine Mühe, leise zu sein. Trotzdem hört sie ihn offenbar nicht kommen, zumindest lässt das ihre Reaktion vermuten, als er seine Stimme erhebt.

»Das glaub ich jetzt einfach nicht!«, faucht er. »Was zur Hölle machst du hier?«

Farah wirbelt herum und gibt einen erstickten Laut von sich.

»Du bist es«, stöhnt sie und legt eine Hand auf den Brustkorb, der sich heftig hebt und senkt. Wase verschränkt die Arme und betrachtet sie mit einem Ausdruck, in dem hoffentlich eine gewisse Strenge liegt.

»Spionierst du mir etwa hinterher?«

Wase rollt mit den Augen. Typisch für sie, direkt in die Offensive zu gehen. Dieses Mal wird er souverän bleiben und sich nicht darauf einlassen. Er schaut hoch zu dem Anwesen, das von Lichtsäulen illuminiert auf einer Anhöhe thront. Der Weg dorthin gleicht einer Allee, über die sich uralte Kastanienbäume lehnen.

Ein gehauchtes »Wow« fällt ihm aus dem Mund. Im Vergleich zu dieser Villa ist seine Behausung in Billstedt nicht mehr als ein zerbeulter Schuhkarton, was einmal mehr die Frage aufwirft, wo er im Leben falsch abgebogen ist?

»Wie bist du überhaupt an seine Adresse gekommen?«

Seine Freundin bietet ein Bild des Jammers. Sie ist dezent geschminkt, doch das Make-up kann die Schatten unter ihren Augen nicht kaschieren.

»Ich war so dumm, ihn zu googeln.«

Wase seufzt, hakt Farah kurzerhand unter und führt sie zum Dienstwagen, der ein Stück abseits parkt. »Meine Kollegin bringt dich jetzt nach Hause«, sagt er sanft, die Wut auf sie ist längst verflogen. Wase richtet das Wort an Kate O'Hara, die am Auto lehnt: »Hol mich danach hier ab, okay? Dürfte nicht allzu lange dauern.«

»Wir müssen aber Noa noch aus der HuTa abholen«, wendet Farah ein.

»Klar, das kriegen wir hin«, sagt Kate und fängt mit einer Hand den Autoschlüssel, den Wase ihr zuwirft.

»Ich komme später bei dir vorbei. Ach, und noch etwas.« Er legt seine Hände an ihre Wangen, hebt sanft ihr Gesicht, sodass sie ihn ansehen muss. »Ab sofort hältst du dich von den Wagners fern, hörst du? Und von Suchmaschinen!«

Farah macht etwas mit dem Kopf, das man wohlwollend als Nicken interpretieren könnte.

»Du hast es gewusst, oder?«, krächzt sie. »Dass Tadaeus Wagner eine Tochter hat.«

»Tut mir leid, das wollte ich dir ersparen.«

Wase rechnet damit, dass sie wütend wird, ihm Vorwürfe macht, doch stattdessen sagt sie »Danke« und drückt zu seiner Überraschung kurz seine Hand. »Danke, dass du mir das verschwiegen hast.«

Das Schiebetor gleitet bereits nach dem ersten Klingeln zur Seite. Kein Knistern aus der Gegensprechanlage, keine Stimme, die fragt, wer da Einlass begehrt, wie Wase es bei einem Anwesen eines solchen Kalibers erwartet hätte.

Nieselregen verschleiert die Sicht. Er zieht den Kopf ein und geht zügig die Anhöhe hinauf. Oben angekommen bleibt er stehen, um sich zu orientieren. Vor der dreigeschossigen Villa parkt eine schwarze S-Klasse. Linker Hand befindet sich ein Seiteneingang ins Souterrain. *Praxis*, verkündet ein gut sichtbar angebrachtes Schild. Wahrscheinlich kommt es trotzdem oft vor, dass neue Patientinnen und Patienten falsch abbiegen und versehentlich die Treppe nehmen, die in der Mitte des Gebäudes zu einer schwarz lackierten Flügeltür mit Klopfer führt. Ein klassisches Modell. Löwenkopf mit Ring im Maul. Darüber prangt ein Kranz aus Tannenzweigen, Ilexblättern und roten Beeren. Ganz offensichtlich der Eingang in die Privaträume von Familie Wagner.

Wase eilt die Stufen hinauf und drückt sich in den Hauseingang, um Schutz vor dem Regen zu suchen. Eine warme Melodie plätschert aus dem Inneren, als er die Klingel betätigt. »Penny Lane« von den Beatles, legt er sich nach kurzem Nachdenken fest. Passt zur britischen Optik. Während er darauf wartet, dass ihm jemand öffnet, reibt er an der Rückseite der Jeans seine Boots ab, die im fahlen Licht der Außenbeleuchtung unsagbar schäbig aussehen. Das Leder ist abgestoßen und ausgeblichen, dazu pappen Schlammkrusten als Andenken an den wenig erbaulichen Waldausflug an den Sohlen. Ein schmaler Lichtstreifen fällt auf seine Füße. In der Tür steht ein junger Mann im Hoodie, der ihn von oben bis unten scannt.

»Sie haben kein Sushi dabei«, stellt er sachlich fest.

»Wie bitte?«

Ein verschmitztes Lächeln. »Entschuldigen Sie, wir haben Essen bestellt, aber ich sehe weder ein Lieferauto noch eine Kühlbox.«

»Gut kombiniert.« Wase kramt seinen Dienstausweis hervor. »Rahimi, Kripo Hamburg.«

Schlagartig verschwindet das Schmunzeln. »Ist etwas passiert?«

»Nein, keine Sorge, es geht noch mal um den Unfall. Ist Frau Wagner zu sprechen?«

Der Mann dreht sich um und späht ins Haus, als wolle er sichergehen, dass sie ungestört sind, ehe er aus der Tür tritt und sie hinter sich anlehnt. Zerstreut klopft er die Hosentaschen ab, findet seine Zigaretten und steckt sich eine an. Er ist auf eine verwilderte Art gut aussehend mit seinen verstrubbelten Haaren, dem Siebentagebart und diesen hellwachen Augen, die Wase aufmerksam beobachten. Außerdem ist er groß, über den Daumen gepeilt sicher knapp einen Meter neunzig, zumindest überragt Wase ihn nur um einen halben Kopf.

»Agnes ist in keiner guten Verfassung.« Glut frisst sich knisternd durch den Tabak. »Der Unfall meines Onkels setzt ihr zu.«

»Das heißt, Sie sind …«

»Ihr Neffe, Konstantin Wagner.« Er klemmt die Zigarette in den Mundwinkel und schüttelt Wase die Hand. Aus der Nähe fällt ihm das Netz aus roten Äderchen auf, das das Weiß seiner Augen durchzieht. »Entschuldigen Sie, ich bin wohl auch etwas neben der Spur.«

»Verständlich, das muss ein Schock für Sie gewesen sein.«

Konstantin erwidert nichts, stiert in die Wolken, die von Wasser getränkt über der Erde hängen.

»Sie stehen Ihrem Onkel nahe«, stellt Wase fest.

Ein Nicken. Er schluckt ein paarmal, saugt gierig am Filter. »Tadaeus hat mich nach dem Tod meiner Eltern wie einen Sohn großgezogen und später auch offiziell adoptiert.«

Eine Bö zerzaust sein dunkelbraunes Haar, fegt über den Hof, treibt Blätter vor sich her und in die Beete, wo sie an struppiger Winterheide und Rosenzweigen hängen bleiben. Wase klappt seinen Mantelkragen hoch und zwängt sich enger an die Wand. Konstantin scheint die Kälte nichts auszumachen, dabei ist er auf Socken nach draußen gekommen, trägt nur Jeans und ein Kapuzenshirt.

»Haben Sie eine Ahnung, was Ihr Onkel in dem Wald gemacht hat?«

»Wenn ich das wüsste … Wir werden es wohl nie erfahren.« Er pustet aus, sieht dem Qualm hinterher. »Hören Sie, ich will nicht unhöflich sein, aber es wäre wirklich besser, wenn Sie morgen wiederkommen. Heute ist kein guter Tag.«

»Wer ist denn da?« Beim Klang der Stimme, die aus dem Inneren des Hauses dringt, zuckt Konstantin zusammen. Er drückt die Zigarette am Eisengeländer aus und wedelt hektisch mit der Hand durch die Luft. Schon wird die Tür aufgezogen, und eine hagere Frau erscheint in dem Rechteck aus Licht.

»Du hast wieder geraucht.« Sie zieht die Nase kraus.

Konstantin zuckt mit den Schultern. »Wir haben alle unsere Laster.« Er zwinkert, berührt flüchtig ihre Schulter. »Da will jemand mit dir sprechen. Ich mach mich schon mal fertig, ja?« Damit zieht er sich ins Haus zurück und überlässt Wase das Feld.

»Guten Tag, Wase Rahimi, Kripo Hamburg«, stellt er sich vor. »Sie sind Frau Wagner?«

»Die bin ich wohl«, sagt sie gedehnt, als kämen ihr die Worte nur widerwillig über die Lippen. Denkbar, dass sie Beruhigungsmittel oder Alkohol intus hat. Oder beides. Ihr Gesicht ist bleich und ausdruckslos, und sie reibt und knetet unentwegt ihren rechten Arm. Ein nervöser Tick? »Wase wie die Vase?«

Er sagt, was er immer sagt, wenn ihm jemand diese Frage stellt: »Dieselbe Aussprache, aber mit *W* geschrieben.«

»Schön«, seufzt sie, und es ist nicht ganz klar, worauf genau sich diese Äußerung bezieht. »Noch mehr Hiobsbotschaften ertrage ich aber nicht.«

»Ich habe nur ein paar Fragen wegen des Unfalls«, beeilt sich Wase, ihre Bedenken aufzulösen. »Besser, wir sprechen drinnen weiter, hier ist es doch etwas ungemütlich.«

Agnes Wagner schaut in den Himmel. »Kalt ist es geworden«, sagt sie, und das klingt, als habe sie erst just in dieser Sekunde realisiert, dass der Sommer längst vorüber ist. Wase folgt ihr ins Haus.

Das Entrée repräsentativ zu nennen, wäre die Untertreibung des Jahres. Wase gehen die Augen über. Mehrere Meter über dem Marmorboden schwebt ein Kristalllüster mit Abertausenden funkelnden Tropfen. Links und rechts an den Wänden entlang schmiegen sich Bogentreppen mit kunstvoll geschnitzten Handläufen, um die jemand mit allerlei Kugeln geschmückte Tannengirlanden und Lichterketten drapiert hat. Ein Hauch von Möbelpolitur und Kerzenwachs hängt in der Luft. Wase seufzt innerlich. Eigentlich wollte er die Urlaubstage nutzen, um ein wenig zu dekorieren. Wobei die paar Tannenzweige und Kerzen den traurigen Charakter seiner Bruchbude vermutlich noch unterstreichen würden.

»Wir sind dann weg.« Konstantin Wagner hockt auf der vorletzten Stufe und schnürt seine Winterboots, den dicken Parka mit Fellbesatz hat er bereits übergeworfen. »Ich würde gerne noch bleiben, aber ich muss arbeiten.«

Die Schuhe sitzen, er steht auf, drückt seiner Tante einen Kuss auf die Stirn und umarmt sie fest. Neben ihrem Neffen wirkt ihre ohnehin schmale Statur noch zerbrechlicher, fast wie die eines jungen Mädchens.

»Wir sehen uns, pass auf dich auf, ja?«

Agnes an seiner Schulter nickt. Schritte tönen durch die Halle, und die beiden lösen sich voneinander. Eine Frau klackert die Treppe herunter, ein ockerfarbener Kamelhaarmantel umspielt ihre schlanke Erscheinung. An jeder anderen Person hätte er schrecklich altbacken ausgesehen, ihr steht er jedoch ausgesprochen gut. Wase schätzt sie auf sein Alter, um die vierzig. Aber das kann täuschen. Erst recht hier, im schnieken Villenviertel, wo unterm Weihnachtsbaum gerne auch mal ein Botox-Abo liegt. Höflich lächelt die Frau ihm zu. Unten angelangt nimmt sie Agnes Wagner in den Arm.

»Versprich mir, dass du zumindest ein bisschen von dem Sushi isst, okay, Liebes?«

»Danke, dass Matilde bei dir übernachten darf, Elisa.«

»Papperlapapp.« Die Frau winkt ab. »Die Jungs lieben es, wenn ihre Cousine zu Besuch ist, und die Ablenkung wird ihr guttun. Von mir aus darf sie auch gerne länger bleiben.«

»Ist gut, aber wenn sie es sich anders überlegt, bringst du sie sofort heim, ja? Ich will nicht, dass sie sich abgeschoben fühlt, aber bei dir ist sie gerade einfach besser aufgehoben. Ich bringe ja nicht mal eine warme Mahlzeit zustande.«

»Das musst du auch nicht, mein Herz, wozu gibt es Lieferdienste?« Die Frau namens Elisa zwinkert Wase zu, der die Brauen hebt. Hier liegt offenbar ein Missverständnis vor. Doch er verspürt nicht den Drang, es aufzuklären und die Familie in ihrer Trauer zu stören.

»Matilde? Kommst du bitte? Ko und Tante Elisa wollen los«, ruft Agnes Wagner hoch ins erste Stockwerk. Sie schnieft und wischt sich energisch über die Augen. Elisa umfasst zärtlich ihre Wange, haucht einen Kuss auf die andere. »Ihr geht es gut bei uns, mach dir keine Sorgen um sie.«

»Das weiß ich doch. Hast du die Tasche mit ihren Schlafsachen?«

»Die haben wir doch vorhin ins Auto geräumt, erinnerst du dich?«, antwortet Elisa mit kaum verhohlener Irritation.

»Oh ja, natürlich. Richtig.«

Wase spürt die Präsenz des kleinen Mädchens, ehe er es sieht.

Es hockt am oberen Treppenabsatz und beobachtet ihn aus großen Augen. Ihre Blicke treffen sich. Ertappt guckt Matilde weg und flitzt die Treppe herunter zu ihrer Mutter, die in die Hocke geht und ihre Tochter umarmt.

»Bis morgen, mein Schatz. Und wenn du was brauchst oder nach Hause willst, ruf an, okay?« Agnes drückt Matilde ein Küsschen auf die kleine Nase, woraufhin sie das Gesicht verzieht und kichert.

»Wann kommt Papi wieder nach Hause?«

Selbst aus der Distanz kann Wase sehen, wie Agnes Wagner versteinert. Doch sie fängt sich rasch wieder und streicht Matilde den Pony aus den Augen. »Bald, mein Schatz«, sagt sie mit bemerkenswert fester Stimme. Sogar ein Lächeln kann die Frau sich abringen.

»Morgen?«, hakt Matilde nach. So leicht lässt sich die Kleine nicht abspeisen.

»Nein, ein bisschen werden wir noch warten müssen«, entgegnet Agnes. Sanft, doch ihre Hand gleitet mechanisch über Matildes Haar, dabei klemmen die Strähnen längst akkurat hinterm Ohr. »Und nun beeil dich, Tante Elisa und Ko wollen los. Ich hab dich lieb, hörst du?«

Matilde nickt, lässt sich von Konstantin in einen roten Daunenmantel helfen und ergreift seine Hand. Im Vorbeigehen verabschiedet er sich von Wase und marschiert mit Elisa im Schlepptau zu der schwarzen S-Klasse, die vor der Villa parkt.

»Das waren mein Neffe Konstantin und meine Schwester Elisa. Keine Ahnung, was ich ohne die beiden tun würde«, erklärt Agnes Wagner und winkt dem Auto nach, als die vertraute Melodie durch die Villa hallt. »Penny Lane«. »Oh, ich glaube, da kommt das Sushi.«

Agnes Wagner öffnet einen Kühlschrank mit Glastür, in dem Dutzende Weine lagern. Sie lässt die Hand über die Reihen wandern, zieht schließlich eine Flasche Moscato heraus.

»Auch einen Schluck?«

»Ich trinke nicht.«

»Natürlich, ich hab nicht nachgedacht.« Frau Wagner schüttelt den Kopf. »Sie sind ja schließlich noch im Dienst.«

»Ich trinke generell nicht.«

Diese Offenbarung scheint sie zu verblüffen.

»Trockener Alkoholiker?«

»Nein.«

»Aus religiösen Gründen?«

Atmen, die Frau hat einiges durchgemacht, sie ist nicht ganz bei sich.

»Auch das nicht.«

Frau Wagner mustert ihn, als warte sie auf eine Erklärung. Als die nicht folgt, lässt sie sich schwer seufzend an den wuchtigen Esstisch aus Treibholz sinken, der anmutet, als ob hier regelmäßig Hühner gerupft und Steckrüben geschnippelt würden. Überhaupt erscheint der ganze Raum wie aus der Zeit gefallen. Weiße Fliesen mit handbemalten Ornamenten, ein gusseiserner Küchenofen auf geschwungenen Beinen samt Teekessel und einem Fach zum Teller warmhalten sowie grobe Holzplanken erwecken den Eindruck, als sei man in eine weitläufige Schiffskombüse des 19. Jahrhunderts geraten. Eine sehr weihnachtliche dazu, denn auch hier setzt sich die opulente Deko mit Tannengirlanden, roten Kugeln und Kerzen fort. Allein die weiße Tüte vom Lieferdienst mit den japanischen Schriftzeichen darauf stört das Ambiente. Agnes Wagner hat das Sushi achtlos auf die Anrichte gestellt. Sie füllt ein Weinglas fast bis zur Kante, trinkt und setzt erst wieder ab, als es halb leer ist. Ihr Mittagessen fällt heute offenbar flüssig aus.

»Okay.« Sie atmet tief durch, als müsste sie sich erst sammeln. »Schießen Sie mal los, worum geht es?«

»Bevor der Unfall zu den Akten gelegt werden kann, müssen noch ein paar Fragen geklärt werden. Die Umstände waren ...«, er sucht nach dem passenden Wort, entscheidet sich für eins, das möglichst nah an der Wahrheit ist, »... ungewöhnlich.« Wase will der Frau nichts vormachen, sie aber auch nicht aufschrecken. Es ist noch viel zu früh, um die Pferde scheu zu machen. »Wie geht es Ihrem Mann? Gibt es Neuigkeiten?«

»Nicht gut. Er liegt im Koma, sein Gehirn hat wohl etwas abbekommen.« Das Glas ist beschlagen unter Agnes' Fingern, die sich zittrig daran klammert, als könnte sie dort Halt finden. »Wieso ist er vor das Auto gerannt? Das passt überhaupt nicht zu ihm. Tadaeus ist ein umsichtiger Mensch, um es mal diplomatisch auszudrücken, fast schon überkorrekt. Einmal waren wir spätabends spazieren, und obwohl die Straßen wie leer gefegt waren und wir nicht einer Menschenseele begegnet sind, hat er darauf bestanden, an dieser roten Ampel zu warten. Es war furchtbar albern!« Sie führt den Wein zum Mund, lässt das Glas wieder sinken. »Matilde weiß noch gar nicht, dass er ...« Sie schluckt hart, die Worte bleiben ihr im Hals stecken.

Frau Wagners Blick verliert sich in der parkähnlichen Grünanlage, die sich vor den bodentiefen Sprossenfenstern ausbreitet. Ihr Haar ist akkurat geföhnt, das Kleid gebügelt. Um ihr noch eine kurze Atempause zu verschaffen, lässt sich Wase Zeit damit, Kugelschreiber und Notizheft aus seiner Jackentasche zu holen und das Handy zwischen ihnen auf dem Tisch zu platzieren. Er aktiviert die Diktierfunktion.

»Die beiden stehen sich sehr nah«, sagt Frau Wagner nach einer Weile. »Tadaeus ist ein großartiger Vater, sehr aufmerksam, zärtlich und zugewandt. Vielleicht, weil er seinen eigenen so früh verloren hat.« Erneut erwischt Wase sie dabei, wie sie ihren rechten Arm massiert. Womöglich hat sie Schmerzen. »Ein schwerer Verkehrsunfall, Mortimer war sofort tot. Tadaeus ist erst elf gewesen, als es passierte. Er hat das nie verwunden. Als sein Bruder und dessen Frau viele Jahre später gestorben sind, haben wir Ko bei uns aufgenommen. Der Junge wäre sonst ins Heim gekommen. Nicht auszudenken. Mein Mann war selbst auf einem Internat, wissen Sie? Nicht vergleichbar, schon klar. Er hat nie über diese Zeit gesprochen, aber es muss da auch ganz furchtbar gewesen sein.«

»Wie sind Konstantins Eltern ums Leben gekommen?«

»Meine Schwägerin war sehr krank. Und mein Schwager …«, sie winkt ab. »Er war nicht so stark wie Tadaeus. Hat ihren Tod nicht verkraftet.«

Mehr sagt sie nicht, und Wase belässt es fürs Erste dabei, macht sich jedoch eine Notiz. »Dieses Waldstück, in dem der Unfall passiert ist, liegt ziemlich abgelegen«, kommt er schließlich zur Sache. »Was kann Ihr Mann um diese Uhrzeit dort gewollt haben?«

»Ich weiß es nicht, kann sein, dass er sich verlaufen hat.« Agnes Wagner zuckt mit den Schultern. »Manchmal konnte er nicht schlafen und ist durchs Haus gestreift oder hat noch eine Runde um den Block gedreht.« Sie klingt selbst wenig überzeugt. Mit einem Schwung kippt sie den Rest Wein in ihre Kehle, schenkt nach.

Wase deutet ein Nicken an, obwohl ihm eher nach Stirnrunzeln zumute ist. Eine ziemlich weite Strecke für einen Abendspaziergang, immerhin liegt der Unfallort gut dreißig Autominuten entfernt, und drum herum gibt es keinen öffentlichen Nahverkehr. Auch die Taxiunternehmen haben um die fragliche Uhrzeit keine Fahrten in der Gegend dokumentiert.

»War er denn häufiger im Warenfelswald spazieren?«

»Nicht, dass ich wüsste.«

»Sie können sich also keinen Reim darauf machen, was Ihren Mann in diese Gegend verschlagen hat?«

Ihr Schweigen genügt Wase als Antwort.

»Noch mal zu den Schlafstörungen«, kommt er zum nächsten Punkt. »Hat Ihr Mann deswegen Medikamente eingenommen?«

»Sie meinen, etwas Stärkeres als heiße Milch mit Honig oder Passionsblume?« Agnes lacht auf. »Er greift ja nicht einmal zu Schmerzmitteln, wenn er Migräne hat.«

»Verstehe.« Wase macht sich eine Notiz, geht zum nächsten Punkt. »Herr Wagner war ohne Jacke, Handy und Papiere unterwegs. Hat er die Sachen zu Hause liegen lassen?«

Ihre Augen weiten sich, diese Info scheint ihr neu zu sein. Oder sie hat sie bei der ganzen Aufregung schlicht verdrängt, hat ihr keine Bedeutung beigemessen. »Ja, bei der Garderobe«, stammelt sie. »Ich weiß noch, dass ich dachte, dass er sie vergessen haben muss, als er aufgebrochen ist. Portemonnaie und Handy lässt er schon mal da, wenn er spazieren geht, aber die gefütterte Regenjacke? Das hat mich gewundert.«

»Sie sagen also, dass er bei dem Wetter sonst eigentlich nie ohne draußen gewesen ist.«

»Nein, wie gesagt, er war sehr vernünftig.«

»Und sein Auto?«

»Was ist damit?«

»Wir konnten keins finden. Steht es in der Garage?«

Wase kann förmlich sehen, wie es hinter Frau Wagners Stirn rattert. Hat sie sich all diese Fragen nicht schon selbst gestellt? Beruhigungsmittel und Schock hin oder her, aber diese Punkte springen einen doch förmlich an.

»Wir haben drei Autos«, sagt sie. »Und die sind alle noch da.«

Mit der Kugelschreiberspitze tippt Wase schwarze Punkte aufs Papier. Eine nervige Marotte, die sich immer zeigt, wenn er ungeduldig wird, was überdurchschnittlich oft der Fall ist. »Ich frage mich, ob er an dem Abend seines Unfalls jemanden besucht hat«, wagt er einen ersten Vorstoß auf wackeligeres Terrain.

Agnes Wagner schwenkt ihr Weinglas und starrt in die Flüssigkeit, als läge darin die Antwort verborgen. »Jon«, sagt sie schließlich. »Er wohnt in Ohlsdorf. Meine Topografiekenntnisse sind nicht die besten, aber das liegt nicht so weit entfernt, oder?«

Durchaus nicht. »Jon de Vries?«

»Genau, Tadaeus' Partner, mit dem er die Praxis betreibt.« Ihr Mund verzieht sich, sie beißt sich auf die Unterlippe. »Ich war über Nacht mit einer Freundin und Matilde in einem Wellnesshotel ganz in der Nähe. Das Graf & Mücke, falls Ihnen das etwas sagt. Als wir Sonntagvormittag wiederkamen, war das Bett verwaist, das Haus leer. Erst dachte ich, dass Tadaeus spazieren gegangen ist, aber als er ein paar Stunden später noch immer nicht da war, habe ich angefangen, mir Sorgen zu machen.« Agnes Wagner stützt die Ellenbogen auf die Tischplatte und birgt ihr Gesicht in den Händen. »Hätte ich diesen blöden Trip doch abgesagt.«

Ihre Schultern beben und erzählen etwas von dem Kummer, der in ihr wütet. Er triggert etwas in Wase. Eine Erinnerung spult sich wie eine Filmsequenz auf einer imaginären Leinwand ab.

Die Beerdigung seines Onkels südlich von Masar-e Scharif. Mit kaum fünf war er zum ersten und gleichzeitig letzten Mal im Land seines Vaters. Bis heute hört er das Wehklagen der Dorfbewohner, ihre Gesänge und das Klatschen, sieht sie knien in der Friedhofserde, spürt sein eigenes Unbehagen, weil ihn diese extrovertierte Form der Trauer irritierte, ja überforderte. Sie war anders als alles, was er bis dahin aus Deutschland kannte. Als Oma Trude starb, weinte seine Mutter leise und diskret um sie und wendete sich rasch ab, sobald er den Raum betrat, als sei Trauer ansteckend oder peinlich oder beides.

»Möchten Sie noch einmal mit jemandem von der Krisenintervention sprechen?« Frau Wagners Schulterblätter zucken und stechen durch den Stoff der Strickjacke. »Ich kann sofort anrufen, wenn Sie möchten.«

Energisch schüttelt Agnes Wagner den Kopf. Die Lippen fest zusammengepresst, erhebt sie sich und verlässt den Raum. Als Wase schon aufstehen und nach ihr sehen will, taucht sie wieder auf. Ihre Nase ist gerötet.

»Entschuldigen Sie den Gefühlsausbruch, es geht schon wieder«, sagt sie, spürbar um Beherrschung bemüht. Nachdem sie sich gründlich die Hände gewaschen hat, setzt sie sich an den Tisch. »Meine Schwester hat mir ein Bad eingelassen, das oben kalt wird«, bemerkt sie. »Wie lange wird das hier noch dauern?«

»Nur noch ein paar Fragen, und Sie sind mich wieder los.« Wase macht sich einen schnellen Vermerk. Frau Wagners Züge sind unergründlich, doch er prägt sich jede Linie, jede Asymmetrie ein, um sicherzugehen, dass es ihm auffällt, wenn die Maske verrutscht. Jetzt kommt der wirklich unangenehme Teil. Der eigentliche Grund seines Kommens.

»Wir haben ganz in der Nähe der Unfallstelle einen mutmaßlichen Tatort entdeckt und müssen ausschließen, dass der Unfall irgendwie damit in Verbindung steht.« Eine kurze Pause, bevor Wase fortfährt. »Es tut mir leid, dass ich Sie das in dieser schweren Situation fragen muss, aber hat Ihr Mann in letzter Zeit Drohungen erhalten?«

Der Schock ist nicht gespielt. Ungläubig starrt Agnes Wagner ihn an. Es dauert eine Weile, bis sie die Sprache wiedergefunden hat.

»Nein, nicht, dass ich wüsste ...«

»Hat er sich anders verhalten als sonst? War er nervös?«

»Auch das nicht. Herr Rahimi, was hat das alles zu bedeuten? Von was für einem Tatort reden Sie überhaupt?« Ein neuer Ausdruck blitzt in ihren Augen auf. Wachsamkeit mit einer Prise Argwohn gemischt.

»Ich weiß, das ist sehr vage, aber näher kann ich nicht ins Detail gehen. Die Ermittlungen laufen«, erklärt Wase ruhig.

»Reden Sie von Mordermittlungen?«

»Auch dazu kann ich leider keine Auskunft geben.« Wase seufzt innerlich. Er kann nur zu gut nachvollziehen, wie sehr ihr die Fragen zusetzen. Doch auch die folgende muss er stellen. Schnell, wie ein Pflaster, das er mit einem Ruck von der Haut reißt. »Neigt Ihr Mann zu gewalttätigem Verhalten?«

»Wie bitte?« Zornig funkelt sie ihn an, reibt sich unbewusst über den Oberarm, lässt ihre Hand jedoch rasch wieder sinken, als sie seinen Blick bemerkt. »Was wollen Sie da andeuten? Steht Tadaeus etwa unter Verdacht?«

»Nein, derzeit ermitteln wir in alle Richtungen. Das sind reine Routinefragen«, beschwichtigt Wase. Er macht eine Pause, gibt ihr die Gelegenheit, die Informationen zu verarbeiten, damit sie nicht endgültig dichtmacht, bevor er seine letzte Frage stellt: »Frau Wagner, wir müssen auch überprüfen, ob Ihr Mann womöglich Opfer eines Verbrechens geworden ist. Dafür brauche ich Ihr Einverständnis, dass wir einen DNA-Abstrich machen dürfen. Zu Vergleichszwecken. Geben Sie es mir?«

»Einen Teufel werd ich tun«, erwidert Agnes Wagner, ebenso ruhig, aber mit hörbarer Anspannung. Ihre Kiefer mahlen, die Sehnen an ihrem Hals treten deutlich hervor. »Ich bin nicht dumm, ich merke, wenn mich jemand hinters Licht führen will. Sie wollen meinem Mann etwas anhängen!«

»Nein, wir wollen ihm nichts …«

»Tadaeus ist vollkommen wehrlos, Herrgott noch mal!«, fährt sie ungehalten dazwischen. »Er kämpft um sein Leben, sein Gehirn hat höchstwahrscheinlich irreversibel Schaden genommen! Er wird nie mehr der Alte sein, verstehen Sie das? Schämen Sie sich, uns in dieser Lage mit Ihren pietätlosen Unterstellungen zu belästigen! Ich werde nicht zulassen, dass Sie oder Ihre Leute in die Intensivstation marschieren und ihn vor den Augen des Klinikpersonals in Misskredit bringen.«

Damit erhebt sie sich, geht zur Tür und hält sie auf, ohne ihn eines weiteren Blickes zu würdigen. Das Gespräch ist beendet. Wase legt zwei Visitenkarten auf den Tisch und verlässt mit ihr die Küche.

»Falls Ihnen noch etwas einfällt, rufen Sie mich an.« Er zögert, Farah würde mit den Augen rollen, aber er kann sich die Bemerkung nicht verkneifen. »Vergessen Sie das Sushi nicht.«

Frau Wagner verzieht keine Miene. »Ich werde unseren Anwalt über Ihren Auftritt hier informieren«, lässt sie ihn wissen. »Einen schönen Tag noch, Herr Rahimi.«

Wase holt Luft, will noch etwas sagen und dreht sich um, doch die Tür schlägt mit einem Knall vor seiner Nase zu. Das Klackern von Absätzen auf Stein entfernt sich. Das war … aufschlussreich.

Frau Wagner schien es so gar nicht zu kümmern, was ihren Mann zu nachtschlafender Zeit in diesen Wald getrieben hat. An ihrer Stelle würde es ihn brennend interessieren, die Umstände dieses mysteriösen Unfalls aufzuklären. Erst recht, wenn die schlimme Vermutung im Raum steht, dass Tadaeus Wagner vor dem Crash etwas zugestoßen sein könnte.

Verlaufen? Eine Runde um den Block gedreht? Schwachsinn. Lahme Erklärungen allesamt. Das war auch Frau Wagner bewusst. Ihm ist nicht entgangen, dass sie ihn kaum ansehen konnte. Ihre heftige Gegenwehr in Bezug auf den Abstrich spricht Bände. Geht es ihr wirklich nur um die Reputation ihres Mannes? Oder steckt mehr hinter der Verweigerungshaltung? Ahnt sie insgeheim, dass ihn ein genetischer Abgleich womöglich in Schwierigkeiten bringen könnte?

Wase zückt sein Diensthandy und wählt eine Nummer. Mit dem Tuten des Freizeichens im Ohr schaut er an der Fassade empor. In einem Fenster im ersten Geschoss geht das Licht an, ein Schatten streift an der Wand entlang und über die Decke. Agnes Wagner. Diese Frau verbirgt etwas vor ihm. Wases Gespür als

Kriminalist sagt ihm, dass er nicht zum letzten Mal hier gewesen ist. Nach dem dritten Klingeln wird der Anruf entgegengenommen.

»Kriminalhauptkommissar Rahimi hier«, meldet er sich. »Bitte verbinden Sie mich mit dem Oberstaatsanwalt. Ja, sofort. Es ist dringend.«

17. KAPITEL

»Fick dich, Jon! Du widerst mich so an!«

Die Klinke der Praxistür knallt so heftig gegen die Hauswand, dass eine Kerbe im Putz zurückbleibt und weiße Farbe wie Schnee auf die Erde krümelt. Verdammt, eine Frau stürmt mit gesenktem Kopf direkt auf Wase zu. Er sieht den Zusammenstoß kommen, doch alles geht so schnell, dass er nicht ausweichen, nicht einmal mehr rufen kann. Ungebremst prallt sie gegen seine linke Flanke und gerät auf ihren hohen Hacken ins Straucheln.

»Pass doch auf, Mann!«, schnaubt sie, als habe er sich ihr absichtlich in den Weg gestellt. Der verlaufenen Mascara nach zu schließen, hat sie geweint. Wase hebt die Hände, will etwas sagen, aber sie läuft bereits weiter zu ihrem Mini Cooper.

Ein Mann im lachsfarbenen Polohemd und flatterndem Arztkittel rennt an ihm vorbei. Jon de Vries. Zumindest ist eine gewisse Ähnlichkeit mit dem Foto auf der Praxishomepage zu erkennen, bei dem Wase sofort eine nicht unbedingt freundliche Assoziation hatte: Typ Playboy. Für eine Sekunde verlangsamen sich seine Schritte, als er Wase bemerkt. Ein knappes Nicken. Dann beschließt er offenbar, dass die wütende Frau Vorrang hat, und trabt weiter.

»Denise! Warte doch. Herrgott noch mal!« Er greift nach dem Arm der Frau, will sie am Einsteigen hindern. »Da liegt ein Missverständnis vor, du hast was in den falschen Hals bekommen.«

Denise reißt sich los und scheuert ihm eine. »Fass. Mich.

Nicht. An«, faucht sie. »Nie wieder. Für wie naiv hältst du mich eigentlich?!«

Damit wirft sie das lange blonde Haar zurück, gleitet in den Wagen und gibt Gas. Die Hinterreifen drehen auf dem Kies durch, Steine spritzen wie kleine Geschosse durch die Luft, bis die Räder greifen. Die Hände im Nacken verschränkt, sieht Jon de Vries dem Wagen nach, der über die von Laternen beschienene Allee davonbraust.

»Das nenne ich mal einen Abgang«, versucht es Wase auf die Kumpeltour. »Ihre Freundin?«

»Nicht mehr, befürchte ich«, grummelt de Vries und schiebt die Hände in die Hosentaschen. »Falls Sie einen Termin wollen, müssen Sie es übermorgen versuchen.«

Er strafft die Schultern und stapft zurück Richtung Praxis. Ins Trockene. Zeit, die Karten auf den Tisch zu legen. Wase will ohnehin mit ihm sprechen, weshalb also nicht jetzt gleich? Er schneidet Jon de Vries den Weg ab und zückt seinen Dienstausweis. Bildet er sich das ein, oder wird der Mann tatsächlich ein paar Nuancen blasser?

»Es geht noch mal um den Unfall von Tadaeus Wagner«, tastet er sich vor.

»Aha, und wieso? Die Sache ist doch abgeschlossen, oder etwa nicht?«

»Wenn dem so wäre, wäre ich nicht hier.«

De Vries schnauft und nickt. »Da ist was dran. Na schön, gehen wir rein. Ich habe allerdings wenig Zeit.«

Schon zum zweiten Mal an diesem Tag bleibt Wase der Mund offen stehen. Die Zahnarztpraxis hat etwas von einer Kunstgalerie mit Cafébar. Am Empfang wartet eine blitzblank polierte Siebträgermaschine darauf, Cappuccino und Espresso für die Patientinnen und Patienten zuzubereiten, bevor ihnen die Beläge wieder von den Kronen geschrubbt werden. Den Flur zum Wartezimmer säumen großformatige Gemälde. Originale, keine Kunstdrucke, bemerkt Wase, als er die Farbspritzer, Kratzer und Schlieren näher betrachtet. Signalrot, Schwarz, in kräftigen Schlägen an die Leinwand gespachtelt.

»Interessieren Sie sich für Kunst?«, fragt Jon de Vries, der sich zu ihm gesellt hat.

»Schon, ja. Wer auch immer das hier gemalt hat, scheint ziemlich wütend gewesen zu sein.«

»Manche würden es ekstatisch oder leidenschaftlich nennen.« De Vries setzt ein schiefes Grinsen auf. »Aber wütend war ich eigentlich nicht.«

»Das ist Ihr Werk?« Wase ist ehrlich verblüfft.

»Werk, Stressventil, Meditation, wie man es nimmt. Ich drehe jeden Freitag in der Garage die Musik auf und pinsele drauflos. Gefällt es Ihnen?«

»Es ist … interessant.«

Der Zahnarzt lacht. »Schön gesagt. Meine Frau findet die Bilder grässlich, deshalb darf ich sie auch nur in der Praxis ausstellen. Kommen Sie, mein Büro ist gleich um die Ecke.«

Unterwegs passieren sie ein Zimmer, die Tür ist nur angelehnt. Durch den Spalt erhascht Wase einen Blick auf einen Schreibtisch, einen Becher mit Stiften, zwei Bilderrahmen, eine Grünlilie, Tastatur und Computerbildschirm. Akkurat, funktional und symmetrisch angeordnet. Vermutlich das Sprechzimmer von Tadaeus Wagner. Die Lamellen der Jalousie sind geöffnet, und über der Stuhllehne hängt sein weißer Kittel, als würde er jeden Moment zurückkommen.

Jon de Vries' Büro dagegen gleicht einem Schlachtfeld. Die Luft riecht abgestanden, überall stapeln sich Aktenberge, und der Mülleimer quillt über. Doch Wases Aufmerksamkeit gilt den Fotografien, die gerahmt an den Wänden hängen. Meer und weißer Sandstrand neben Berglandschaften, Dschungelkulisse und

Wüste. Immer im Vordergrund eine strahlende Frau, bei der es sich eindeutig nicht um die wutentbrannte Denise handelt. Hier und da grinst dem Betrachter auch Jon de Vries mit übernatürlich weißem Gebiss und in verschiedenen Stadien der Bräunung entgegen. Im Vergleich dazu wirkt er heute geradezu käsig. Der letzte Urlaub muss schon eine Weile her sein.

»Setzen Sie sich doch.« Er öffnet ein Fenster, deutet auf einen Stuhl auf der anderen Seite des Schreibtischs. »Entschuldigen Sie das Chaos, ich bin gerade dabei, mir eine Übersicht zu verschaffen. Tadaeus ist sehr beliebt und hat einen großen Patientenstamm, den ich nun entweder bei mir aufnehmen oder woanders unterbringen muss. Zumindest vorübergehend.«

Wase setzt sich, ein Stapel Dokumente versperrt ihm die Sicht, sodass lediglich das nach hinten gegelte blonde Haar seines Gegenübers zu erkennen ist. Vorsichtig hebt Wase den Packen hoch, bugsiert ihn auf einen anderen Stapel weiter rechts und zieht die Hände weg, als müsste er nur schnell genug sein, um die Statik zu überlisten. Auch Jon scheint die Luft anzuhalten. Gebannt glotzen sie beide auf die Konstruktion.

»Hält«, stellt der Zahnarzt schließlich fest.

Wase nickt und lehnt sich zurück. »Sie sind offenbar viel rumgekommen«, bemerkt er und zeigt auf die Fotos.

»Kann man so sagen. Aber in den letzten Monaten war Essig mit Reisen, die Praxis brummt. Ich will mich nicht beschweren, bald geht es nach Bali.«

»Allein?«

»Früher mit meiner Frau, seit der Scheidung meist solo, selten mit Freunden.«

»Ist sie das?«, fragt Wase stockend und merkt, wie ihm die Mimik entgleist.

De Vries bekommt es offenbar nicht mit. Er schaut aus dem Fenster, und sein Gesicht hat einen sehnsüchtigen Ausdruck angenommen. »Genau. Mit keiner Frau wird es je so sein wie mit ihr. Was wir haben ist … einmalig. Sie ist meine beste Freundin, meine Vertraute. Wir sind füreinander geschaffen, verstehen Sie?«

Präsens. Wase kann nicht verhindern, dass seine Brauen eine Etage höher rutschen. Dieses Mal entgeht de Vries seine mimische Entgleisung nicht.

»Finden Sie das seltsam?«

»Ich frage mich eher, ob Ihre Ex-Frau es nicht …«, Wase überlegt, wie er es diplomatisch ausdrücken kann, »… ungewöhnlich findet, dass hier überall noch Fotos von ihr hängen?«

»Wieso? Wir hatten eine tolle Zeit. Nur weil wir getrennt sind, muss das nicht zwangsläufig bedeuten, dass ich sie komplett aus meinem Leben streiche und alles entsorge, was an früher erinnert. Das bringe ich nicht übers Herz.« Seine Augen wandern über die Fotos aus besseren Tagen. »Manchen Frauen stößt das allerdings auf.«

»Sie sprechen von der Szene eben?«

»Das muss auf Sie ja gewirkt haben, als wären Sie in eine geschmacklose Telenovela geraten.« De Vries steht auf, schiebt eine Kapsel in den Kaffeeautomaten, der sich murrend und zischend in Betrieb setzt. »Möchten Sie auch etwas trinken?«

»Wasser, wenn Sie haben.«

»Sicher.«

»Darf ich fragen, warum Sie diese Maschine besitzen, wenn doch vorne ein High-End-Gerät steht?«

Der Zahnarzt lacht. »Erzählen Sie es nicht weiter, aber ich kann mit dem Teil nicht umgehen. Sobald die Sprechstundenhilfen im Feierabend sind, bin ich aufgeschmissen.«

Er stellt Wase ein Glas und eine Flasche Mineralwasser hin und setzt sich selbst mit seinem frisch gezapften Cappuccino ans Fenster. »Aber ich nehme an, Sie sind nicht wegen meiner mangelhaften Technikskills hier.«

»Stehen Sie der Familie Wagner nahe?«

»Tadaeus und ich sind alte Studienkumpel, er war für mich da, als Hanna …« Er stockt. »Na ja, jedenfalls greife ich seiner Familie wo ich nur kann unter die Arme. Ich kann gut nachempfinden, was Agnes, Matilde und Ko gerade durchmachen.«

»Darf ich?«

De Vries nickt, und Wase aktiviert die Diktierfunktion, legt sein Handy auf den Tisch, woraufhin der Zahnarzt auf seinem Stuhl Haltung annimmt. Ist der Mann etwa nervös? Seine Reaktion deutet darauf hin. Dabei hat er bisher eigentlich einen recht entspannten Eindruck auf Wase gemacht, was nicht gerade die Regel ist. Die meisten Menschen sind aufgeregt, wenn die Kripo auf der Matte steht, selbst wenn sie gar nichts auf dem Kerbholz haben.

»Ich war eben bei seiner Frau.« Wase schraubt die Flasche auf und schenkt sich ein. »Wussten Sie, dass Herr Wagner unter Schlafstörungen gelitten hat?«

Zwischen den Augen des Arztes bildet sich eine steile Falte. »Nein, das ist mir neu. Jedenfalls hat er mir gegenüber nie etwas Derartiges erwähnt. Andererseits …«, er runzelt die Stirn, pustet in den Dampf seiner Tasse. »In den letzten Monaten war Tadaeus öfter ein wenig zerstreut, vielleicht lag's ja daran, dass er nicht genug Schlaf bekommen hat.«

»Inwiefern zerstreut?«

»Ach, keine große Sache. Zwei- oder dreimal hat er Termine verschwitzt, kam morgens zu spät in die Praxis, obwohl er ja nun weiß Gott keinen langen Arbeitsweg hat.«

»War er Samstagabend noch bei Ihnen?«

»Bei mir in Ohlsdorf?« Jon de Vries nippt an seinem Cappuccino, denkt nach. »Nein, ich hatte Besuch von einer lieben Freundin.«

Liebe Freundin. Interessante Formulierung. Wase kann sich in etwa denken, was es damit auf sich hat. Er setzt das Glas an. Sobald das kühle Nass seine Zunge benetzt, merkt er, wie durstig er ist, und leert es in einem Zug. »Können Sie sich erklären, was Ihr Freund in dem Wald verloren hatte?«

»Ich habe nicht den blassesten Schimmer.«

»Eine mögliche Erklärung wäre, dass er vor dem Unfall irgendwo im Umkreis unterwegs gewesen ist«, hilft Wase seiner Fantasie auf die Sprünge. »Bei Freunden, im Kino, in einer Kneipe zum Beispiel. Kann doch sein, dass er zu Fuß nach Hause laufen wollte und sich verirrt hat. Oder es hat ihn jemand dort abgesetzt.«

»Hm, Sie sind der Ermittler, ich kenne mich da nicht aus. Aber so oder so wäre das ein ganz schöner Gewaltmarsch. Davon abgesehen hatte Tadaeus nur eine Handvoll Freunde, und die leben alle in Harvestehude.« Er breitet seine Arme aus. »Das ist sein Elternhaus, müssen Sie wissen. Er ist hier aufgewachsen und verwurzelt. Seine Freizeit hat er meistens mit Agnes, Matilde und Konstantin verbracht. Vor ihrem Tod war er auch sehr oft bei seiner Mutter im Seniorenheim.«

Gewaltmarsch. Die Wortwahl irritiert Wase. Ob sich de Vries ihrer Doppeldeutigkeit bewusst ist? Vermutlich nicht. Er schlürft schon wieder an seinem Cappuccino und leckt sich genüsslich die Milchschaumsichel von der Oberlippe. Ein durchdringendes Bimmeln signalisiert den Eingang eines Anrufs.

Emma Paulsen.

Wase durchfährt ein Kribbeln. Wenn sie so spät noch anruft, ist es dringend. Wie elektrisiert steht er auf.

»Da muss ich drangehen. Ich bin gleich wieder da. Emma?«, meldet er sich, sobald er außer Hörweite im Foyer der Praxis steht. »Haben die Abfragen in den umliegenden Krankenhäusern und der Leitstelle was ergeben?«

»Fehlanzeige. Keine Schnitt- oder Stichverletzungen, keine Notrufe aus der Gegend. Wobei unsere Suchanfrage auch ziemlich unkonkret war, wir wissen einfach zu wenig.« In Emmas Stimme schwingt etwas mit, das Wase aufhorchen lässt. Eine fiebrige Unruhe, die er von ihr nicht gewohnt ist. Sie ist seit vielen Jahren bei der MoKo und das Hirn der Truppe. Analytisch, abgeklärt, nüchtern, was von manchen als Kaltschnäuzigkeit oder gar fehlende Empathie gewertet wird. Dabei ist das Gegenteil der Fall.

»Was ist los?«

»Am besten, du kommst sofort ins Präsidium.«

»Nicht auflegen, ich gehe raus.«

Wase verlässt die Praxisräume, presst den Finger auf ein Ohr, um den tosenden Wind auszublenden, der über den Hof jault. »So jetzt, rück raus mit der Sprache. Du klingst, als sei etwas Schlimmes passiert.«

Die Verbindung ist schlecht, immer wieder knackt und rauscht es. Dennoch sind die folgenden Worte klar zu verstehen – und sie jagen ihm einen Schauer über den Rücken.

»Schlimmer. Die DNA-Ergebnisse sind da«, sagt Emma tonlos. »Wir haben mehrere Treffer in Vermi/Utot.«

Wase klappt der Unterkiefer weg. Er muss sich verhört haben, es ist einfach zu laut hier, das kann nicht sein. Er schiebt einen Finger ins Ohr und schmiegt sich noch enger an die Hauswand, um besser verstehen zu können.

»In der Vermisstendatenbank?«, fragt er in der Hoffnung, dass Emma das Missverständnis auflöst. Stattdessen nennt sie drei Namen, bei denen ihm das Herz schwer wird. Eine böse Vorahnung greift mit eisigen Fingern nach ihm.

»Esra Karakaş, Fabienne Rilke und Ben Janssen.«

Verdammt.

Wase löst sich aus dem mächtigen Schatten der Villa, wird von Regen umfangen. Der Sturm heult und peitscht ihm eine Salve Wasser entgegen. Nur sehr träge erreichen die Informationen eine tiefere Ebene seines Bewusstseins, als würde es sich schlicht weigern, sie aufzunehmen. Plötzlich kämpft er mit den Tränen.

Herr Karakaş, seine Esra.

Scheiße, verflucht.

Wie soll er dem armen Mann beibringen, dass sein einziges Kind höchstwahrscheinlich nicht mehr lebt? Und den anderen Angehörigen, die schon so lange schreckliche Ängste ausstehen? Wase hat nicht übel Lust, seinen Frust in den Abend zu brüllen.

Esra, Fabienne und Ben.

Keiner von ihnen älter als dreißig. Er hat sie so präsent vor sich, dass es wehtut. Drei Fotos, leicht verwackelt, aus dem Moment heraus aufgenommen. Niemand konnte ahnen, dass sie eines Tages im Besprechungsraum einer Mordkommission landen würden. Als er an Ben denkt, sein offenes Lächeln, die Sommersprossen, wühlt das schlechte Gewissen in seinen Eingeweiden. Sein Fall ist auf ihrer Prioritätenliste nach unten gerutscht, sobald sie von Freunden erfahren haben, dass Ben in der Vergangenheit öfter mal spontan verreist ist, ohne irgendwem Bescheid zu geben. Verdammt noch mal. Wäre alles anders gekommen, wenn sie sein Verschwinden mit mehr Nachdruck verfolgt hätten? Wase ist ganz zittrig auf den Beinen, und er muss sich an einer Laterne abstützen.

»Das ist noch nicht alles«, sagt Emma leise.

Sie klingt so niedergeschlagen, dass er den kindlichen Wunsch verspürt, das Gespräch wegzudrücken, sein Handy auszuschalten und in der nächsten Mülltonne zu entsorgen. Er schließt die Augen, hört sich stattdessen sagen:

»Was noch?«

»Das Labor hat zwei weitere DNA-Profile aus der Hütte isoliert, sie stammen von Spurenkomplexen, die augenscheinlich noch frisch waren.«

»Lass mich raten, keine Treffer in den Datenbanken?«

»Leider nein. Aber wir wissen schon, dass es sich um eine männliche und eine weibliche DNA handelt.«

»Wir brauchen eine erweiterte Analyse, damit wir zumindest ein paar konkrete Marker haben, auf die wir unsere Suche stützen können. Augen-, Haarfarbe, du weißt schon. Und schick die Proben bitte auch nach Köln, die sollen uns den Zeitraum eingrenzen, in dem die Spuren in der Hütte hinterlassen worden sind.«

»Längst geschehen, kann aber dauern.«

»Wie steht es um den Abgleich mit Wagner?«

»Die Kollegen waren eben mit der richterlichen Anordnung im Krankenhaus und haben eine Probe genommen. Der Abstrich ist im Labor, das Ergebnis sollte spätestens übermorgen vorliegen.«

Etwas blendet Wase. Scheinwerfer, die zwischen den Stämmen der Kastanien flackern und auf ihn zukommen. Kate ist wieder da, um ihn abzuholen. Er macht ihr ein Zeichen, zu warten, beendet das Gespräch mit Emma und flitzt in die Praxis, wo er sich kurz angebunden von einem sichtlich verdatterten Jon de Vries verabschiedet. Unsicher steht der Zahnarzt auf, will Wase offenbar zur Tür geleiten, doch dafür ist keine Zeit. Er spurtet schon wieder durchs Foyer, vorbei an den verstörenden Gemälden und hinaus in den Regen.

Er steigt in den Dienstwagen, froh, dass Kate ihm kein Gespräch aufdrängt. Offenbar ist sie bereits informiert, jedenfalls wendet sie und fährt sofort los. Im Rückspiegel wird die Villa kleiner, die Lichter verblassen. Das prunkvolle Gebäude verschwindet. Vielleicht hatte seine Mutter recht damit, was sie ihm als kleiner Junge gesagt hat: Auch unter hochherrschaftlichen Häusern fließt nur der Abwasserkanal.

Wase reibt sich die Augen. Drei Menschen, verschleppt und höchstwahrscheinlich ausgelöscht. Hat Farah die Welt am Ende von einem Serienkiller erlöst?

18. KAPITEL

Emma Paulsen hat das gesamte Team zusammengetrommelt. Außerdem entdeckt Wase ein paar neue Gesichter, die er nicht kennt und die aus anderen Einheiten für die neu gebildete *Ermittlungsgruppe Hütte* abgezogen worden sind. Wer nicht krank zu Hause über der Schüssel hängt, hat sich ins Auto, die Bahn oder aufs Fahrrad gesetzt und ist zum Bruno-Georges-Platz gefahren, wo das LKA-Gebäude liegt, in dem die Mordermittler untergebracht sind. Im Licht der Neonröhren wirken die Anwesenden allerdings nicht wesentlich vitaler als die Daheimgebliebenen.

Im Lauf der Besprechung ist den meisten von ihnen auch das letzte bisschen Farbe aus dem Gesicht gewichen. Mit Streuseln verzierte Plätzchen, die Vim Kröger spendiert hat, stehen unangetastet auf dem Tisch. Der Appetit ist fast allen gründlich vergangen. Auch der Adventskranz, den Emma selbst gesteckt und auf dem Tisch arrangiert hat, schafft es nicht, Festtagsstimmung zu verbreiten.

Offenbar streift jemand seit Monaten durch die Stadt, verschleppt und tötet Menschen. Jedenfalls sieht alles danach aus. Ein Gedanke, der derartig monströs ist, dass er Wases Vorstellungskraft übersteigt. War es Tadaeus Wagner? Hat der Unfall sein schreckliches Treiben beendet? Oder ist auch er dem Mörder zum Opfer gefallen?

»Ein Serienkiller mitten in Hamburg.« Kate O'Hara sagt es auf eine Art, die Wase befremdet. Ein bisschen zu aufgekratzt, als sei dies ein Filmset und nicht die brutale Realität. »Der nächste Fritz Honka. Der hat Gelegenheitsprostituierte in 'ner Kneipe in St. Pauli aufgegabelt und in seiner Wohnung zersägt. So krass die Geschichte, kam neulich in 'nem True-Crime-Podcast.«

»Allerdings gehört dieser Tätertyp einer extrem seltenen Spezies an«, sagt Wase. »Ich selbst hatte noch mit keinem zu tun.«

»Dito, auch wenn das in Filmen und Büchern manchmal anders rüberkommt«, seufzt Emma. »Fakt ist, dass die meisten Verbrechen gegen das Leben im Nahumfeld passieren, das heißt, dass sich Täter und Opfer kennen.«

Ob das auch hier der Fall war? Erschlagen von dem Infogewitter, das soeben über sie hereingebrochen ist, betrachten die Kolleginnen und Kollegen der Kripo die DIN-A4-Aufnahmen am Whiteboard. Großformatige Bilder der Hütte, der blaugrün schimmernden Blutspuren, des Unfallortes. Wagner im Arztkittel, daneben drei Personen, die unbeschwert in die Kamera lächeln.

Esra Karakaş, Fabienne Rilke und Ben Janssen.

Seit knapp einem halben Jahr schon geistern ihre Namen durch die Presse, werden ihre Vermisstenmeldungen auf Social Media geteilt und kommentiert. Drei junge Menschen, die alle relativ zentral in Hamburg wohnten, sozial eingebunden waren und geregelten Beschäftigungen nachgingen, bis sie verschwanden. Genau wie ihre GPS-Signale. Als seien sie von jetzt auf gleich in ein Funkloch geraten, als habe jemand ihre Handys abgeschaltet oder zerstört. Nun ist klar, dass die drei ihre Zelte nicht aus freien Stücken abgebrochen haben. Und dass die Fälle zusammenhängen.

Sie alle waren in der Hütte. Höchstwahrscheinlich hat ihre Reise auch genau dort geendet. Seit ihrem Verschwinden sind die Social-Media-Accounts tot. Keine Story, kein Post mehr. Auch nicht bei Fabienne, die den Status einer TikTok-Influencerin hat und dort eine große Followerschaft um sich schart. Unter ihren Videos, in denen sie sich schminkt, mit ihrem Kater Maurice im Arm tanzt und Pakete von Onlinehändlern unboxt, häufen sich die besorgten Kommentare ihrer Fans. Wase hat sie alle gelesen und doch nirgends einen Anhaltspunkt entdeckt, an dem sie ansetzen könnten. Nichts als Spekulationen. Niemand von ihnen hat auch nur den Hauch einer Ahnung, weshalb ihr Idol wirklich seit Monaten offline ist.

»Findet ihr nicht auch, dass sich Esra und Fabienne ziemlich ähnlich sehen?« Vim steckt sich einen Keks in den Mund und legt den Kopf schief, als könnte er die Bilder so besser abgleichen.

Wase nickt, das ist ihm auch schon aufgefallen. Schwarze kinnlange Haare, dunkle, ausdrucksstarke Augen, ein spitzes Kinn. Aber wie passt Ben in diese Reihe? Und da ist noch etwas, das ihn umtreibt. Die beiden DNA-Profile, die nicht zugeordnet werden konnten. Sind dort weitere Menschen gestorben? Oder war der Täter selbst so fahrlässig, Spuren zu hinterlassen?

Er denkt an das scheußliche Leuchten in dem Verschlag. Die Wolke aus winzigen Tröpfchen neben dem Tisch. Fabienne, die darauf liegt, sich aufbäumt und windet, das Messer, das unbarmherzig näher rückt, ihr die Halsschlagader durchtrennt. Fabienne, die kämpft, an den Fesseln reißt, ertrinkt, würgt, hustet.

Blutnebel.

»Wissen die Angehörigen schon, dass ...« Achim schluckt, kann den Satz nicht zu Ende bringen. Als erfahrener Ermittler hat er die Fälle von Anfang an begleitet. Vor allem aber hat er eine erwachsene Tochter, Samira, die etwa im gleichen Alter ist. Wase kann sich vorstellen, was gerade in ihm vorgeht. Er schüttelt den Kopf und fühlt sich mindestens so elend, wie Achim aussieht.

»Scheiße.« Er zwinkert, seine Augen glänzen verdächtig. »Ich muss kurz, ich brauch mal eben ... bisschen frische Luft«, stammelt er und fährt so abrupt hoch, dass die Stuhlbeine lautstark über den Boden schrammen. »Bin gleich wieder da.«

Damit verlässt er den Raum. Seine Schritte auf dem Flur verhallen. Zurück bleibt betretenes Schweigen. Es ist klebrig, fast mit Händen zu greifen. Schließlich spricht Karsten Oppold aus, was wohl alle denken: »Manchmal ist der Job echt zum Kotzen.«

Einhelliges Nicken und zustimmende Laute. Wase gibt der Betroffenheit Raum, lässt ihnen allen eine Minute zum Durchatmen, ehe er das Wort an Karsten richtet.

»Fahrt ihr zu Fabiennes Mutter und Bens Eltern?«

»Machen wir, oder?« Karsten sieht zu Vim, der kurz nickt. »Ich nehme an, Herrn Karakaş besuchst du selbst?«

»Direkt nach der Besprechung.« Bei der Vorstellung wird Wases Kehle eng. Hastig trinkt er von dem Ingwertee, versucht, den Kummer runterzuschlucken. »Ich schätze, unsere Suchaktion ist nicht unbemerkt geblieben. Wir müssen schneller sein als die Presse.«

Vim Kröger schaut in die Runde. Mit dem Zeigefinger pocht er auf die Tischplatte, als wolle er nicht nur verbal einen Punkt machen. »Wer auch immer da gewütet hat, das Schwein muss sich in der Gegend verdammt gut auskennen, so einsam, wie diese Hütte liegt. Wahrscheinlich hat er die Opfer von dem Parkplatz aus dorthin verschleppt. Ich hab bei der Stadt nachgehorcht, den gibt es erst seit knapp einem Jahr.«

Wase schielt zur Decke. Eine Neonröhre ist defekt, das Ding hängt natürlich direkt über ihm, zuckend und summend wie eine Mücke, die einem kamikazemäßig um die Ohren schwirrt. Doch außer ihm scheint sich niemand daran zu stören. Er stützt die Ellbogen auf, legt die Daumen an die Schläfen und faltet die Finger wie ein Dach über den Brauen, was hoffentlich so wirkt, als würde er angestrengt nachdenken, obwohl er den Verdacht hegt, dass es mehr den Vibe von Touri auf Ausflugsdampfer hat.

»Drei Sachen«, ergreift er das Wort, sobald sich das aufgeregte Tuscheln beruhigt hat. Die Gemüter sind merklich erhitzt, Zeit für ihn als Ermittlungsleiter, seine Leute einzufangen und sicherzustellen, dass sie sich nicht vorschnell auf jemanden einschießen. »Erstens wissen wir noch nicht, ob wir es mit einem Täter oder einer Täterin zu tun haben, ob es nur einer ist oder mehrere. Lasst uns da bitte keine voreiligen Schlüsse ziehen. Zweitens …«, er lässt die Hände sinken, weil er sich albern vorkommt. »Selbst wenn wir Wagners Spuren in der Hütte finden sollten, bedeutet das nicht, dass er auch unser Täter ist. In der Nacht hat es wie aus Eimern geschüttet, möglich, dass er sich verlaufen und dort Unterschlupf gesucht hat. Oder er ist dem wahren Mörder auf die Schliche gekommen. So oder so, für voreilige Schlüsse haben wir zu wenig in der Hand.«

Nicken allerseits.

»Drittens, man muss kein Fallanalytiker sein, um zu erkennen, dass die Art der Tötung auf einen hohen Grad an Emotionen schließen lässt. Wer einen Menschen auf so bestialische Weise umbringt, muss von großem Hass und Wut getrieben sein. Das war persönlich.«

»Da gebe ich dir recht«, sagt Emma in das allgemeine Raunen. »Es spricht dafür, dass sich Täter und Opfer kannten. Und das wiederum könnte bedeuten, dass Esra, Fabienne und Ben keine Zufallsopfer waren. Womöglich wurden sie gezielt ausgewählt und über längere Zeit ausgekundschaftet, bevor ihr Mörder zugeschlagen hat.«

»Wer kümmert sich eigentlich um diesen Wald?«, fragt Vim und stopft sich mit finsterer Miene ein aus der Form geratenes Tannenbäumchen in den Mund, das eines seiner Kinder unter einer großzügigen Ladung rosafarbener Zuckerperlen begraben hat. »Irgendjemand muss ja das Totholz entfernen und die Wege frei halten.«

»Frau von Warenfels hat eine Firma damit betraut«, sagt Wase. »Die sollten wir uns vorknöpfen, vielleicht haben deren Mitarbeiter was beobachtet.«

»Das kann ich übernehmen«, bietet eine rothaarige Frau an, eine Kollegin vom Betrugsdezernat, wenn sich Wase nicht täuscht.

»Alles klar.«

»Zwei Frauen und ein Mann«, kommt es aus dem Off. Alle drehen sich zu Emma um. Sie steht an der Hebelkaffeekanne, die mit einem Röcheln dampfende Brühe in ihren Becher spuckt. »Ein richtiges Bild ergibt sich noch nicht.«

»Es sei denn, Ben Janssen ist zufällig in die Sache geraten und jemand wollte einen Zeugen unschädlich machen«, sinniert Vim kauend.

»Zufällig, oder er ist diesem Jemand irgendwie auf die Schliche gekommen«, sagt Emma und setzt sich wieder an den Rechner, auf den sie sogleich eintippt. Wase hat ihr die Führung der Ermittlungs- und Spurenakte übertragen. Eine verantwortungsvolle Aufgabe, der sie offenkundig mit großem Eifer nachkommt.

»Wir müssen herausfinden, ob Ben Esra oder Fabienne kannte und sie auf eigene Faust gesucht hat. Das hat oberste Prio«, bestimmt Wase. »Mein Instinkt sagt mir, dass uns das einiges über den Täter oder die Täterin verraten könnte. Und das Motiv.«

Er hält inne. Etwas stört ihn. Mal abgesehen von der Scheißneonröhre, die im Takt zu seinem linken Augenlid zuckt. Er senkt den Blick auf seine Stiefel, versucht, es auszublenden. Genau wie die Bilder, die das Flackern heraufbeschwört. Lennarts Schrei. Weder davor noch danach hat Wase je wieder diese archaische Angst verspürt. Dieses Herzrasen, als er mit gezogener Waffe vor Bärs Haus stand, kurz davor, das Funzellicht kaputtzuschießen.

»Wase? Bist du noch bei uns?«

Sein Kopf ruckt hoch.

»Wie bitte?« Er zwinkert und sieht in fragende Mienen. »Tut mir leid, ich war in Gedanken.«

»Ich sagte, dass mir die beiden unbekannten DNA-Profile aus der Hütte keine Ruhe lassen.« Emma nimmt wieder Platz, stippt einen Schneemann in den Kaffee und beißt ihm den Schädel ab. »Zumal die Spuren augenscheinlich noch frisch waren.«

Wase nickt zerstreut. Auch ihn treibt die Frage um, zu wem die mikroskopisch kleinen Speichelspritzer und einige Tropfen Blut gehören, die die SpuSi gesichert hat. Zerknirscht schaut er hinaus in die Schwärze, die die Scheiben in Spiegel verwandelt.

»Wann kommen die erweiterte DNA-Analyse und der Abgleich mit Wagners Probe?«, fragt jemand, ein junger Kollege, den Wase nicht kennt.

»Rechne mal mit Donnerstag, das Labor läuft auf Anschlag. Ich hab ihnen aber schon Dampf gemacht«, fügt Emma rasch hinzu, ehe Wase den Mund öffnen und genau das einfordern kann. »Apropos Dampf, Agnes Wagners Anwalt hat sich gemeldet. Reizender Typ, ein gewisser …«, sie blättert in ihren Notizen, »… ah da, Jakob Hohenfels. Hat eine ziemliche Welle gemacht, um seine Duftmarke zu setzen. Viel heiße Luft, der weiß ja genau, dass wir im Rahmen der Gesetze agieren, was ich ihm auch noch mal ins Gedächtnis gerufen habe.«

»Gut«, sagt Wase, wobei ihm mehr nach einem herzlichen *Scheiße!* zumute ist. Zwei verdammte Tage! Achtundvierzig Stunden, bis Abgleich und Phänotypisierung durch sind und sie Augen-, Haut- und Haarfarbe sowie das ungefähre Alter der gesuchten Personen kennen. Eine halbe Ewigkeit, zumindest während einer Mordermittlung.

Wenn sie in der heißen Phase einen Täter jagen, herrscht eine andere Zeitrechnung, Gesetzmäßigkeiten sind außer Kraft gesetzt, von Biorhythmen ganz zu schweigen. Wie oft er aus dem Präsidium gewankt ist, in den Sonnenaufgang geblinzelt und sich verdutzt gefragt hat, ob da oben nicht noch der Mond hängen müsste. Entweder die Stunden rasen – oder sie vergehen quälend langsam. Dazwischen nichts, kein Graubereich, bloß dieses Pendeln zwischen Rasen und Schleichen.

»Was meint ihr, warum der Boden der Hütte abgedeckt worden ist?«, wirft Vim ein. Seine Frage lenkt Wases Gedanken in andere Bahnen. »Ich richte eine riesige Sauerei an, aber Hauptsache, der Boden bleibt picobello sauber?«

»In der Tat seltsam«, meldet sich Paulsen zu Wort. »Ich kann mir vorstellen, dass der Täter oder die Täterin eine Plane ausgebreitet hat, um den Leichnam später darin einzuwickeln und wegzuschaffen.«

»Das würde bedeuten, dass wir es mit einem organisierten Killer und einer von langer Hand geplanten Tat zu tun haben. Er oder sie muss das Zeug ja vorher da rausgeschafft und alles präpariert haben, bevor die Opfer verschleppt worden sind.« Wase schraubt seine Thermoskanne auf, trinkt den Rest Ingwersud, der so höllisch scharf ist, dass ihm jeder Schluck die Kehle verätzt. Perfekt. Er unterdrückt ein Husten. Als er weiterredet, klingt seine Stimme rau.

»Dafür spricht auch, dass die KT weder vor der Hütte noch in unmittelbarer Umgebung Blutspuren entdeckt hat. Die Suchaktion mit der Hundertschaft war auch ein Reinfall. In dem Matsch war kein einziger Fußabdruck mehr zu erkennen, und der Parkplatz war auch clean. Entweder wir haben das dem elenden Dauerregen zu verdanken, oder …«

»Oder unser Phantom arbeitet extrem vorsichtig und gründlich«, führt Emma seinen Gedanken zu Ende. »Wenn wir Glück haben, ist ihm trotzdem ein Fehler unterlaufen. Wie gesagt, mir bereiten die unbekannten DNA-Profile Sorge. Deshalb habe ich unsere Doku vom Wochenende noch einmal gescannt und den Radius deutlich ausgeweitet. Kann sein, dass ich dabei auf etwas gestoßen bin.«

Niemand wagt, etwas zu sagen, während Emma ihr Notebook aufklappt und einige Befehle eintippt. Wases Konzentration ist ganz auf sie gerichtet, sogar das nervige Geflacker kann er ignorieren. Paulsen ist Nordlicht durch und durch und neigt zum Understatement. Wenn sie meint, etwas gefunden zu haben, ist die Sache ernst.

»Okay, also, es war einiges los Samstagnacht«, beginnt Emma, sobald sie den entsprechenden Eintrag gefunden hat. »Kneipenschlägereien, häusliche Gewalt, mehrere Einsätze wegen Ruhestörung. Toxische Männlichkeit gepaart mit Alkohol, das Übliche. Nichts, was meinen Argwohn erregt hätte. Ganz zum Schluss ist mir aber noch ein interessanter Notruf aufgefallen.« In der gespannten Stille klingt selbst das Klappern der Tastatur, auf die sie im Zwei-Finger-Modus eintippt, unangenehm laut. »Er kam von einer gewissen Irene Fuchs. Die Leitstelle hat eine Streife zu ihr geschickt. Die hat den Anruf verifiziert und einen Vermerk für den Dauerdienst gemacht. Der ist mir bei der ersten Abfrage durchgegangen, weil der Notruf in der Innenstadt abgesetzt worden ist, und zwar um null Uhr dreiundzwanzig. Aber hört selbst.«

Ein Doppelklick, gespenstisches Rauschen dringt aus den Bluetoothboxen, die sich automatisch mit dem Computer verbunden haben. Ein nüchternes »Polizei-Notruf« ertönt.

»Ja, ähm, hallo! Ich, ach so … Irene Fuchs mein Name.« Die Frau kichert nervös, fängt sich aber schnell wieder. »Ich weiß nicht recht, ob das ein Notfall ist.«

Wase rutscht ganz vorne auf die Stuhlkante. Die Aufnahme knistert, vermutlich wegen schlechten Empfangs. Dennoch ist die Sorge deutlich zu spüren, die die Stimmbänder der Anruferin vibrieren lässt. Dem Klang nach zu urteilen, ist sie älteren Semesters.

»Ich habe eben eine Anhalterin abgesetzt und kann seitdem an nichts anderes mehr denken. Es war, als ob … wie soll ich sagen, ich befürchte, dass da etwas vorgefallen ist, aber sie wollte nicht darüber reden. Als ich ihr angeboten habe, sie zur Opferschutzstelle am UKE zu bringen, hat sie mich nur wütend angefunkelt. Aber ich hab nicht lockergelassen und vorgeschlagen, sie zu begleiten. Da ist sie richtig sauer geworden. Fast aggressiv!«

»Inwiefern aggressiv?«

»Sie hat mich nicht angegriffen oder so. Aber es kam mir trotzdem so vor, als ob sie sich auf mich stürzen wollte. Ihre Augen haben mir eine Heidenangst eingejagt«, sagt sie, abwesend, als sei sie in Gedanken weit weg. »Die waren so hart und eiskalt, dass ich bereut habe, sie überhaupt mitgenommen zu haben.«

»Gibt es noch weitere Gründe, weshalb Sie den Notruf alarmiert haben?«

»Nun ja, zunächst einmal habe ich diese Frau mitten in der Nacht an einer gottverlassenen Landstraße aufgelesen, was ja an sich schon mal seltsam ist«, beginnt Irene Fuchs zögernd, als müsste sie sich selbst vergegenwärtigen, was es konkret war, das sie so irritiert hat. »Außerdem war sie vollkommen orientierungslos und so tropfnass, dass ich eine von diesen blauen Ikea-Tüten auf dem Sitz ausbreiten musste. Mir ist auch aufgefallen, dass die Frau verletzt war.«

»Welcher Art waren die Verletzungen?«

Die Dame antwortet nicht sofort. »Ich weiß es nicht.«

»Aber Sie wissen, dass sie verletzt war. Wie das?«

Wieder eine Pause. »Weil die junge Frau leicht gehumpelt ist und sich das Handgelenk gerieben hat, als würde es wehtun. Ich mache das selbst, wissen Sie? Gicht«, erklärt sie. »Außerdem ist sie bei jedem Schlagloch zusammengezuckt. Sie hat zwar versucht, es zu verbergen, aber mir ist es sofort aufgefallen. Ich bin Hebamme, mit Schmerzen kenne ich mich aus.«

»Hat sie ihren Namen genannt? Wie sah die Frau aus?«

»Nein, ich habe mich vorgestellt, aber sie ist nicht darauf eingegangen, hat bloß aus dem Fenster gestarrt und höchstens mal genickt. Als sei sie auf der Hut, oder verstört, oder auf Drogen, ich weiß auch nicht.«

»Und ihr Aussehen?«

»Richtig, Verzeihung. Ich komme gerade von einer Geburt und bin gelinde gesagt ziemlich reif fürs Bett.« Wie zur Untermalung seufzt sie matt. »Also die Frau war schlank, so eins siebzig groß, Ende zwanzig etwa, aber sie könnte auch viel jünger gewesen sein. Oder älter. Ich bin nicht gut im Schätzen. Jedenfalls hatte sie strubbeliges dunkelbraunes Haar bis zum Kinn, einen kleinen Mund, riesige Augen und eine Narbe, die sich durch die linke Braue zog. Was die Kleidung betrifft …« Ein Klackern, als sei das Handy gegen etwas gestoßen. Einen Ohrring vielleicht. »Dunkler Steppmantel, knielang«, murmelt sie schließlich. »Dunkle Hosen und derbe Stiefel, die extrem dreckig waren, sie hat mir den kompletten Fußraum vollgeschlammt. Außerdem trug sie weder Schal noch Mütze.«

»Okay, ich brauche noch ein paar Angaben von Ihnen, Frau Fuchs«, entgegnet die Disponentin von der Rettungsleitstelle. »Wo haben Sie die Frau aufgenommen, wo abgesetzt?«

Die ersten Silben gehen in einem Knistern unter, dennoch versteht Wase, was die Anruferin sagt. So wie alle anderen im Raum auch. Blicke fliegen hin und her, suchen Bestätigung, finden sie. Das kann kein Zufall sein.

»Ich glaube aber nicht, dass sie bei der Adresse wohnt, an der ich sie rauslassen sollte«, ergänzt Irene Fuchs nach kurzem Nachdenken. »Sie ist in dem Hauseingang verschwunden, das schon, aber im Rückspiegel habe ich beobachtet, wie sie wieder auf die Straße getreten und in entgegengesetzter Richtung davongeeilt ist.«

Die Disponentin wiederholt das Gesagte und bittet die Frau, ihre Kontaktdaten durchzugeben, man werde sich bei Bedarf mit ihr in Verbindung setzen.

»Das war's.« Emma Paulsen sieht vom Bildschirm auf und schiebt einen Zettel über den Tisch zu Wase. »Hier sind Anschrift und Telefonnummer von Frau Fuchs. Ich kümmere mich darum. Wenn wir schnell sind, kann die SpuSi noch Matschspuren in ihrem Auto sichern, um sie mit den Bodenproben von der Hütte abzugleichen. Diese Anhalterin sollten wir unbedingt finden, da sind wir uns vermutlich alle einig.«

»Pack ein Notebook ein. Mit etwas Glück taugt Frau Fuchs' Gedächtnis für ein Phantombild«, wirft Wase ein.

»Gute Idee.« Emma erhebt sich von ihrem Platz und befestigt eine Stadtkarte neben dem Lageplan am Whiteboard. »Ich habe die entscheidenden Stellen markiert.« Sie tippt auf einen roten Punkt im Norden Hamburgs. »Hier hat Irene Fuchs die unbekannte Frau abgesetzt. Eine Streife hat die Gegend noch in der Nacht abgefahren und nach ihr Ausschau gehalten. Ohne Ergebnis. Es gibt auch keine Vermisstenmeldung, die auf sie passt.«

»Da hat Frau Fuchs sie eingesammelt«, raunt Wase. Er ist ebenfalls aufgestanden und studiert die Karte. »Das ist Luftlinie gut fünf Kilometer vom Unfallort entfernt. Könnte passen.«

»Seh ich auch so.« Emma schnappt sich einen Whiteboardmarker. »Nehmen wir einmal hypothetisch an, dass das unbekannte DNA-Profil aus der Hütte tatsächlich von der Anhalterin stammt und sie zum Zeitpunkt des Crashs dort war. Um circa Viertel vor elf …«, der Stift gleitet quietschend über die glatte Oberfläche, als sie die Zahlen über einem Zeitstrahl notiert, »… ist Wagner vor Farahs Auto gerannt. Wenn die Anhalterin schnell war und zwischendurch keine Pausen eingelegt hat, könnte sie die Strecke bis kurz vor zwölf geschafft haben.«

»Wie kommst du auf kurz vor zwölf?«, will Kate O'Hara nun wissen.

»Der Notruf wurde um zwölf Uhr dreiundzwanzig in Altona-Nord abgesetzt. Von Ohlsdorf aus braucht man über die B 5 rund dreißig Minuten, aber nachts wird Frau Fuchs schneller durchgekommen sein.«

»Ergo muss sie die Anhalterin gegen zwölf mitgenommen haben, das sollten wir aber unbedingt noch einmal verifizieren«, resümiert Karsten. »Immerhin hat sie ja nicht sofort zum Hörer gegriffen.«

Wase nickt, ist aber noch bei einer anderen Markierung auf dem Lageplan. »Wir müssen überprüfen, ob es in der Straße Überwachungskameras gibt, die die unbekannte Frau aufgezeichnet haben.« Er tippt auf den roten Punkt in Lokstedt. »Wenn mich nicht alles täuscht, handelt es sich bei der Buchenallee um eine Einbahnstraße. Nach Aussage von Frau Fuchs ist die Anhalterin entgegen der Fahrtrichtung weggelaufen. Das heißt, sie könnte theoretisch die Opferschutzstelle des UKE angesteuert haben, die sie ihr zuvor genannt hat.«

»Die machen vertrauliche Spurensicherung«, haucht Kate. Sie ist blass und starrt mit stumpfen Augen ins Leere, als würde in ihrem Inneren ein Film ablaufen. Und zwar keiner von der schönen Sorte. »Da können Betroffene von Gewaltverbrechen gerichtsfest Spuren asservieren lassen. Kostenlos. Als Beweismaterial. Für den Fall, dass sie später noch Anzeige erstatten wollen.« Sie zuckt mit den Schultern und errötet, als sie realisiert, dass die anderen sie neugierig mustern. »Hab ich gehört.«

Emma nickt der jungen Kollegin zu. »Ich mach auf dem Heimweg direkt mal einen Abstecher dorthin. Eine Mitarbeiterin kenn ich persönlich, die würde mir unter der Hand ein Zeichen geben, ob wir auf der richtigen Spur sind. Falls ja, kommt der schwere Part.«

Kates Brauen verschwinden unter ihrem Fransenpony. »Das heißt?«

»Richterin Conrads.« Wase muss ein Seufzen unterdrücken. Die Frau ist nicht ganz unschuldig daran, dass sein Dutt inzwischen silberfarben ist. »Dass die Anhalterin zeitlich und räumlich ins Raster passt, würde Conrads kaum genügen, um einen Beschlagnahmebeschluss für die Daten rauszurücken. Wir brauchen mehr«, sagt er, wobei er sich gerade noch so bremsen kann, den letzten Satz im Duktus der Richterin herunterzuleiern und ein scharfes *Herr Rahimi* nachzuschießen.

Unter vier Augen kommt es schon mal vor, dass er die Richterin parodiert. Oder einen speziellen Assistenten aus der Rechtsmedizin. Pete, ein blasser junger Mann, der erst seit einigen Monaten am UKE ist und dem der Job im Leichenkeller etwas zu gut gefällt, um es vorsichtig auszudrücken. Aber in großer Runde darf sich Wase keine Blöße geben, erst recht nicht vor Kate mit ihrem heißen Draht in die LKA-Spitze. Davon abgesehen hat er die junge Oberkommissaranwärterin unter seine Fittiche genommen und will ihr neben handfestem Wissen auch Werte vermitteln. Sich über Conrads aufzuregen, zählt garantiert nicht dazu.

Er schielt zu Kate, die seinen verbalen Stolperer offenbar gar nicht bemerkt hat. Überhaupt scheint sie gerade nicht viel mitzubekommen. Abwesend knabbert sie an ihrem Daumennagel herum. Mit einem Ruck setzt sich Wase auf. Ihm ist aufgegangen, was ihn unterbewusst schon die ganze Zeit beschäftigt hat. Die Erwähnung der Überwachungskamera hat die Zahnräder in Gang gesetzt.

»Wurde der Halter des Golfs schon abgefragt, der Farah bedrängt hat?«

»Bestimmt, warum?«, will Karsten wissen.

»Weil dieser Wagen die Unfallstelle kurz vor ihr passiert hat. Womöglich haben die Insassen ja etwas gesehen, was uns weiterhilft.«

»Ich kläre das«, bietet sich Emma an und tippt bereits auf ihrem Notebook herum.

Wase schaut auf die Uhr. Schon nach fünf. Die Neonröhre

glimmt erneut auf. Vehementer dieses Mal. Jetzt reicht's! So kann doch kein Mensch vernünftig arbeiten! Er fährt von seinem Stuhl hoch, stürmt am Konferenztisch vorbei auf den Lichtschalter zu und erwischt offenbar alle vier, denn von jetzt auf gleich liegt der Raum in völliger Dunkelheit da.

»Äh, was wird das denn?«, sagt jemand mit kaum verhohlener Belustigung. »Darkroom oder was?« Eindeutig Karsten.

Allgemeines Kichern und Prusten. Emma sieht Wase über das strahlende Notebook hinweg an, und obwohl es nicht sonderlich hell ist, kann er ihre Irritation deutlich lesen.

»Sorry«, murmelt er zu niemand Bestimmtem und probiert abwechselnd aus, welcher Schalter zu der defekten Röhre gehört. Nach einem epileptischen Blitzlichtgewitter hat er das Wunder vollbracht, nur die Lampen am Kopfende und an der Fensterseite des Raums zu aktivieren. Die Röhre über seinem Sitzplatz bleibt dunkel.

»Hast du's dann?«, zieht Karsten ihn auf, als Wase in den Halbschatten marschiert.

»Ich muss dem Hausmeister wegen der kaputten Neonröhre dringend Bescheid geben«, sagt er und verschränkt die Arme. So viel zum Thema Sich-keine-Blöße-Geben. Hat ja wunderbar geklappt.

»Jedenfalls sehe ich es wie du«, erlöst Vim ihn, obwohl Wase kurz nicht einordnen kann, worauf sich seine Zustimmung eigentlich bezieht. »Ich befürchte, wir müssen uns gedulden, bis sich das Labor meldet. Und hoffen, dass Irenes Fußmatte was hergibt.«

»Ah, da haben wir's«, ruft Emma aus, den Blick auf ihren Computer gerichtet. »Der Golf ist auf eine gewisse Sibylle Reinsch aus Wilhelmsburg zugelassen. Ein Kollege vom Dauerdienst war Sonntag bei ihr. Angeblich waren ihr halbwüchsiger Sohn und dessen Kumpel an dem Abend mit dem Wagen unterwegs. Wo die beiden sich rumtreiben, wusste die gute Frau allerdings nicht. Ich zitiere sie morgen direkt ins Präsidium.«

»Alles klar, hoffentlich kommen sie auch. Nächste Besprechung ist um neun.« Wase erhebt sich und schnappt sich seinen Mantel von der Lehne. »Wer zu spät kommt, muss eigenhändig die Neonröhre reparieren.«

19. KAPITEL

Der Kopf ist von Schlamm verklebt und so schwer, dass sie ihn beidhändig packen und hochwuchten muss. Mit den Fingerspitzen fährt sie über die Schwielen und Narben seiner groben Haut, sucht nach Verletzungen oder Rissen, findet keine, was erstaunlich ist. Eigentlich hätte sie ihn schon vor Wochen in den Keller schaffen müssen. Aber wie so oft waren andere Dinge wichtiger.

Farah watet durch das Beet und legt den Winterkürbis zu dem restlichen Gemüse in die Schubkarre. Aarian hat die Erntezeit geliebt, besonders, wenn die Erdbeeren reif waren. Eimerweise hat er sie aus den Hochbeeten geholt, stundenlang über dampfende Töpfe gehängt und sie mit Basilikum, Thymian und anderen Kräutern eingekocht. Zwei Weckgläser mit Marmelade stehen noch in der Vorratskammer. Konserviertes Glück, das auf einen besonderen Anlass wartet.

Farah schwitzt, ihre Kleidung ist vollkommen durchweicht, und der Himmel schießt Eisnadeln in ihr Gesicht, als wolle er sie durchlöchern wie eine lebensgroße Voodoopuppe. Es tut gut, die Kälte zu spüren, die Begrenzung der Haut, die ihren Körper ummantelt. Sogar ihre Gedanken kommen zur Ruhe, die seit dem Abstecher zur Villa durch ihren Kopf wirbeln.

Farah packt die Griffe der Schubkarre und zieht. Doch egal, wie kräftig sie auch zerrt und schiebt, das Teil bewegt sich keinen Millimeter. Der Vorderreifen hat sich im Morast festgefahren. Farah stemmt sich mit dem Körpergewicht auf die Griffe, um das

Rad freizuhebeln, und spürt dabei jedes einzelne ihrer Lebensjahre in den Gliedern. Zunächst tut sich nichts. Sie drückt und presst. Endlich löst sich der Reifen mit einem satten Schmatzen.

Farah rotiert die Karre auf trockeneren Untergrund und schafft es tatsächlich, sie vorwärts zu drücken. Raus aus dem Schlammloch, das einmal ein gepflegter Bauerngarten war. Keuchend erreicht sie den Hof. Ihre Augen haben sich an das schwindende Tageslicht gewöhnt. Erst als die Außenbeleuchtung aufflammt, realisiert Farah, wie düster es bereits ist. Sie marschiert weiter Richtung Kellerabgang, wird langsamer, bleibt stehen.

In dem Wirtschaftsweg auf der anderen Straßenseite parkt ein Auto. Das war vorhin noch nicht da. Die Scheinwerfer sind ausgeschaltet, der Innenraum liegt im Dunkeln. Dennoch meint Farah ein schwaches Glimmen auszumachen. Sitzt da jemand und raucht? Farahs Atem geht schwer, ein einzelner Schweißtropfen rinnt ihre Wirbelsäule hinab. Mit dem Handrücken wischt sie sich über Stirn und Augen. Ein Lastwagen nähert sich und donnert vorbei. Schnell, doch Farah ist sich sicher.

Da saß niemand am Steuer des Autos.

Sie ist einfach überspannt. Vor lauter Erschöpfung fängt sie schon an zu halluzinieren. Höchste Zeit, das Gemüse einzulagern und sich unter die heiße Dusche zu verziehen.

Erhitzt und müde streift sich Farah in der Diele Schuhe und Socken ab, ihre Füße sind steif gefroren, die Zehen rötlich angelaufen. Gerade will sie die stehend dreckige Jeans ausziehen und Noa in die Küche folgen, da schellt es. Die Person steht direkt vorm Türspion, weshalb die Nase einen Großteil der Linsenfläche in Beschlag nimmt. Dennoch erkennt Farah ihn sofort. Frederik.

Ein flaues Gefühl macht sich breit. Die Ahnung, etwas Wichtiges übersehen zu haben. Beinahe widerwillig öffnet sie.

»Hallo, Liebling!« Frederik haucht ihr einen Kuss auf die Wange und rauscht an ihr vorbei. Sein Parfüm hängt schwer in der Luft und verdrängt die Gerüche des Hauses. Neben seiner dynamischen Erscheinung kommt sich Farah schlagartig noch ausgelaugter und kraftloser vor, als sie sich ohnehin schon fühlt.

»Gute Nachrichten!«, verkündet er. »Unser Mandant ist aus dem Schneider, Richter Broy hat ihm zwar eine Geldstrafe aufgebrummt, aber ins Gefängnis muss er nicht.«

Freddy strahlt sie an, so gelöst und erleichtert ist sein Lächeln, dass es Farah einen Stich versetzt. Er sieht fast aus wie früher, als er noch in der piefigen – seine Formulierung, nicht ihre – Kanzlei südlich der Alster gearbeitet hat. Seit dem Wechsel zu Meininger & Storch, der »Nummer-eins-Strafrechtskanzlei Hamburgs«, wo Sechzig-Stunden-Wochen mehr Regel als Ausnahme sind, hat sie ihn nicht mehr so gelöst erlebt.

»Glückwunsch, wie habt ihr das denn angestellt?«

»Das wird Meininger dir gleich bestimmt persönlich erzählen. Bist du bereit?«

»Wofür?«, fragt Farah ehrlich verdutzt. Das flaue Gefühl schwillt zu einer Faust. Freddy lacht auf, als wolle sie ihn auf die Schippe nehmen. Sein Blick zuckt zu ihren zerzausten Haaren, die in Fransen an ihrer Stirn kleben, scannt den Rest ihrer Erscheinung, als würde er sie zum ersten Mal bewusst wahrnehmen. Die eben noch fröhliche Miene wird zur Maske.

»Sag jetzt bitte nicht, dass du es vergessen hast«, bringt er zwischen zusammengepressten Zähnen hervor, als er bei ihrer dreckigen Jeans und den nackten Füßen angelangt ist. Der anklagende Tonfall lässt Farahs Körpertemperatur schlagartig um ein paar Grad steigen. Fieberhaft kramt sie in ihrem Gedächtnis, doch da herrscht nur gähnende Leere. Der neue Normalzustand. Eine Folge der Gehirnerschütterung?

»Mann, Farah!« Frederik wirft beide Arme in die Luft und wendet sich ab. »Du weißt, wie wichtig dieser Abend für mich ist!«

Das Dinner.

»O nein«, sagt Farah zu seinem Rücken. Ihr wird abwechselnd heiß und kalt. Schon vor einer Ewigkeit hat er sie darum gebeten, ihn zur Feier seiner Kanzlei zu begleiten. Wie konnte ihr das bloß durchgehen? Alle großen Mandanten sind geladen, alle Entscheiderinnen und Entscheider und natürlich der Senior, Lorenz Meininger, der aus irgendeinem Grund einen Narren an ihr gefressen hat. Freddy spekuliert darauf, dass ebendiese Sympathiepunkte das Zünglein an der Waage sein könnten, um seiner Anwaltskarriere den nötigen Schub zu verleihen. Denn er will Partner werden. Unbedingt. Gerade wirkt er allerdings wenig hoffnungsfroh.

»Beeil dich!« Hektisch schaut er auf seine Cartier-Uhr, die er sich vor einigen Wochen gegönnt hat und seither alle fünf Minuten mit großer Geste aus dem Ärmel schüttelt. »Wenn du jetzt duschst, dich umziehst und ich ein bisschen aufs Gas trete, können wir es noch pünktlich schaffen.«

»Es geht nicht.«

»Wie bitte, was?«, stammelt er. »Was soll das heißen?«

Farah windet sich, kann seinen Blick kaum erwidern. »Es tut mir leid.«

»Ich fass es nicht!« Frederik lacht auf, doch es liegt nichts Freudiges darin. »Du lässt mich im Stich? Ernsthaft?«

»Versteh doch, bitte.« Hilfe suchend sieht Farah sich um, doch es ist niemand da, der ihr beispringt. »Ich kann nicht einfach den Schalter umlegen, lächeln, plaudern, Austern schlürfen und so tun, als wäre alles gut. Ich dachte, das wäre klar.«

Freddy schüttelt den Kopf. Langsam. »Ach, jetzt bin ich schuld?«

»Nein, ich wollte …«

»Mann, Farah!«, fährt er ihr unwirsch ins Wort. »Wir haben doch erst Samstag darüber gesprochen! Ich hab Meininger eben noch groß angekündigt, dass du kommst. Dieser Abend bedeutet alles. Alles! Heute entscheidet sich, ob sich die Schufterei endlich bezahlt macht! Das kannst du mir nicht antun.«

»Entschuldige.« Ein heiseres Flüstern, dem weitere Sätze folgen. Leise, in Gedanken nur. *Es tut mir leid, dass ich so zerstreut bin, dass ich nicht mehr funktioniere, dass ich nicht so stark bin, wie du angenommen hast.*

Frederik gibt ein zorniges Schnaufen von sich. Die Finger im Nacken verschränkt, tigert er auf und ab. Eine ganze Weile sagt er nichts, und auch Farah schweigt beklommen, sieht nur zu, wie er mit sich ringt. Schließlich unterbricht er seine ziellose Wanderung, bleibt stehen und geht auf Farah zu.

»Komm schon, nur für zwei, drei Stunden, okay?«, sagt er, sanfter jetzt, beschwörend. »Ein Gläschen Champagner, drei Gänge, Small Talk, und ich bring dich wieder heim. Bitte.«

Vorsichtig legt er einen Finger unter ihr Kinn und hebt es leicht an, sodass sie ihm in die Augen schauen muss. Wie müde er aussieht. Ausgebrannt. Doch darin blitzt noch etwas anderes auf, etwas Schelmisches, das ihn jünger wirken lässt. Ein Mundwinkel hebt sich zaghaft zu einem Lächeln, dessen Wirkung Frederik ganz genau kennt. Die letzten Wochen waren zermürbend, doch seiner Attraktivität konnten sie nichts anhaben. Symmetrische Züge, markante Wangenknochen und eine gesunde Bräune, die den Anschein macht, als würde er nicht vierzehn Stunden täglich in muffigen Konferenzräumen, sondern am Strand verbringen.

Wie einfach es wäre, sich auf die Zehenspitzen zu stellen und ihn zu küssen, ihm nachzugeben, um diese schreckliche Spannung aufzulösen. Ihr fehlt die Energie, sich zu streiten. Frederik scheint das zu spüren. Er kommt näher, und seine Lippen finden ihre. Als sie sich wieder voneinander lösen, lächelt er.

»Ich wusste, dass ich mich auf dich verlassen kann«, sagt er munter und küsst sie erneut, ehe sie die Möglichkeit hat, etwas zu erwidern. »Beeil dich, in spätestens zehn Minuten müssen wir los.«

Farah rührt sich nicht. Wie betäubt steht sie da. »Ich kann nicht«, krächzt sie. »Es geht nicht.«

Freddy blinzelt, das Lächeln erlischt, als habe es jemand ausgeknipst. Diese erneute Abfuhr hat er nicht kommen sehen. Einige schreckliche Sekunden lang sehen sie einander an, bis sie es nicht mehr erträgt und sich abwendet.

»Scheiße! Ich will ja keine Niere von dir, du sollst dich nur für diesen einen Abend zusammenreißen.« Frederik rauft sein perfekt gestyltes Haar. »Ist das zu viel verlangt?!«

Farah will etwas sagen, doch ihre Stimme versagt. Seine harschen Worte bringen etwas in ihr zum Verstummen. Das Gefühl der Nähe verfliegt, genau wie die Wärme, die seine Hände auf ihrer Haut hinterlassen haben. Es klingelt an der Tür. Das Geräusch kommt so unerwartet, dass sie erschrocken die Luft einsaugt.

»Willst du nicht aufmachen?« Freddys Stimme ist so schneidend, dass es Farah fröstelt.

»Das ist bestimmt Wase, er wollte noch etwas wegen dieser Hütte mit mir besprechen.«

Sie geht zur Tür und linst durch den Spion. Das Herz sackt ihr in die Beine, als sie den späten Gast erkennt. Ungläubig blinzelt Farah, als sei sie einer Sinnestäuschung aufgesessen. Heute hat sich aber auch wirklich alles gegen sie verschworen! Frederiks Blick bohrt sich in ihren Rücken. Er hat ihren Schreck längst bemerkt, darauf ist er trainiert. Als Strafverteidiger muss er emotionale Erschütterungen wahrnehmen wie ein Seismograf. Zumindest behauptet er das gerne. Schön, also Flucht nach vorne. Jetzt bloß kein Aufheben darum machen, das würde Freddy nur als schlechtes Gewissen auslegen. Sie öffnet die Tür.

»Lars, was machst du denn hier?« Es sollte locker klingen, eine

Spur gleichgültig. Doch die Worte geraten zu einem schrillen Kieksen, und sie ärgert sich über ihren befangenen Ton.

Ihr Kollege hat die Hände tief in den Jeanstaschen vergraben, und er lächelt, als spüre er ihre unterschwellige Nervosität. »Hi, störe ich? Ich wollte nach dir sehen.« Er lacht und fährt sich durchs Haar.

»Das ist jetzt nicht dein Ernst, oder?«

Frederik. Er zieht die Tür weit auf und stellt sich besitzergreifend neben Farah. Blass vor Zorn sieht er sie an.

»Na dann, viel Spaß euch noch.«

Damit marschiert er hinaus, gemessenen Schrittes, scheinbar gefasst, doch im Vorbeigehen touchiert er Lars unsanft an der Schulter.

»Warte, bitte, ich ...«

Sie setzt Frederik nach, der bereits bei seinem Auto angelangt ist. Mit einem Knall fällt die Wagentür zu. Der Motor röhrt, Scheinwerfer leuchten auf, und der Aston Martin rumpelt übers Kopfsteinpflaster davon. Farah findet sich allein in dem dunklen Hof wieder. Betroffen von seinem Abgang. Und wütend. Wie kann es sein, dass Frederik so gar kein Verständnis für ihre Lage aufbringt? Dazu diese elende Eifersucht. Ewigkeiten, so kommt es ihr vor, starrt sie in die Dunkelheit. Beinahe hätte sie vergessen, dass Lars da ist. Seine Stimme weckt sie auf.

»Soll ich lieber wieder gehen, oder ...«

Sein Handrücken streift leicht über ihren, verweilt wie zufällig dort, als er sich neben sie stellt, sie ansieht, so ruhig und gelassen, dass Farah mit einem Mal die Furcht überkommt, er könne geradewegs in ihren Kopf gucken. Sie will schon nicken, um sich den Ärger mit Freddy zu ersparen. Gleichzeitig regt sich ein heftiger Widerwille. Warum soll sie ständig Verständnis für Freddy aufbringen, während er nach den erschütternden Ereignissen der vergangenen Tage nicht einmal ein wenig Nachsicht zeigen kann?

Farah hält Lars' Blick stand. Es ist, als würde ihn ein unsichtbares Kraftfeld umgeben, das sie bannt, wo seine Haut ihre berührt. *Was ist das nur in letzter Zeit? Wieso bringt mich dieser Mann so aus der Fassung?*, grübelt Farah mit wachsender Verunsicherung. Ehe sie eine Antwort findet, geht der Vibrationsalarm ihres Smartphones los. Sie blinzelt wie jemand, der gerade aus einem Tagtraum geschreckt ist, zieht es aus der Gesäßtasche und entfernt sich ein paar Schritte. Ist es Freddy, der reumütig aus dem Auto anruft? Farah sieht aufs Display.

Wase.

Natürlich.

Sie seufzt eine weiße Wolke in den Abendhimmel.

»Na, wie geht's deinem Kopf?«

»So weit gut, lieb, dass du fragst. Bist du noch im Präsidium?«

»Leider. Es kann später werden, wir müssen unser Treffen noch mal verschieben.«

Farah schließt die Augen, schaltet. »Das heißt, ihr seid auf etwas gestoßen.«

Ein Zögern. Sie kann förmlich hören, dass Wase mit sich hadert, wie viel er preisgeben kann. »Du wirst es ja sowieso erfahren«, sagt er schließlich. »Ja, sind wir.«

Farah nickt gedankenverloren, realisiert, dass er es gar nicht sehen kann, und räuspert sich. Wase darf über laufende Ermittlungen nicht mit ihr reden. Ihre Neugier kann sie dennoch nicht zügeln.

»Wisst ihr schon, ob Wagner irgendwie in diese Sache verstrickt ist?«

Schuhe quietschen auf Linoleumbelag. Offenbar streift Wase gerade durch die Flure des Kommissariats.

»Ich meine, der Unfallort ist ganz in der Nähe der Hütte«, sprudelt es aus ihr hervor, als sie das Warten nicht länger erträgt. »Und erinnerst du dich, was er gesagt hat, bevor er bewusstlos geworden ist? *Gefährlich ... Sie ... kommt«*, wiederholt sie Wagners Worte. »Was, wenn ihn jemand auf die Straße gehetzt hat? Wenn er auf der Flucht vor dem Täter war? Oder vor der Täterin.« Farah schluckt. Aus eigener schmerzlicher Erfahrung weiß sie nur zu gut, dass Frauen ebenso gefährlich sein können wie ihre männlichen Artgenossen. Dass es Narzisstinnen und Psychopathinnen unter ihnen gibt, auch wenn sie sich meistens sehr gut zu tarnen wissen.

»Farah, entschuldige bitte«, unterbricht Wase ihre Gedanken. »Ich muss jetzt leider weiter. Ich melde mich, ja?«

»Wase, ich ...«

Ein Klicken, Stille. Er hat aufgelegt.

20. KAPITEL

Wie ferngesteuert bewegt sich Wase durch die Gänge. Obwohl er alles daransetzt, eine professionelle Distanz einzunehmen, geht seine Pumpe, und der Magen rumort erbärmlich. Ihm graut vor dem, was ihm jetzt bevorsteht. Nicht nachdenken, machen, den Körper die Führung übernehmen lassen. Es hilft nichts, diese Aufgabe kann er nicht delegieren. Er muss Herrn Karakaş die schlimme Nachricht persönlich überbringen. Das ist das Mindeste, was er für den armen Mann tun kann.

Kate O'Hara hastet hinter ihm her, sie ist außer Atem und ruft seinen Namen, aber Wase hat nicht die Kraft, sich umzudrehen, geschweige denn, etwas zu erwidern. Immer einen Fuß vor den anderen setzend, geht er voran, kriegt es irgendwie auf die Reihe, unterwegs zwei Anrufe zu tätigen, deren Inhalt im Moment des Auflegens aus seinem Gedächtnis gelöscht ist.

Er erreicht den Parkplatz. Frische Luft. Endlich macht Wase Kate ein Zeichen, dass sie ihm folgen soll. Mit einer Entschlossenheit, die rein gar nichts mit seinem Innenleben zu tun hat, die er aber braucht, um sich nicht auf der Stelle umzudrehen und in die andere Richtung davonzurennen, verlässt er das Polizeigelände und steuert den Treffpunkt an, den er mit Justine Krämer von der Krisenintervention ausgemacht hat. Einen Kiosk um die Ecke. Dort werden sie auf ihn und sein Taxi warten, einsteigen, die Türen schließen.

Und doch nirgends hinfahren.

Je näher das Schaufenster mit den bunten Magazinen, ausgeblichenen Postern und Stickern rückt, desto heftiger wird der Impuls, den Rückzug anzutreten. Doch Justine hat ihn bereits entdeckt und hebt die Hand zum Gruß. In ihrer neongelben, mit Reflektorstreifen besetzten Jacke ist die Psychotherapeutin ein leuchtender Farbklecks in der fortschreitenden Dunkelheit. Nachdem er sie begrüßt und mit den wichtigsten Infos versorgt hat, steckt sich Wase Kopfhörer rein und klinkt sich aus. Seine Kolleginnen kennen das schon und verziehen keine Miene, als er sich abwendet und der Stimme lauscht. Die Episode des Meditationspodcasts dauert exakt eine Viertelstunde. Genauso lange wie die Gnadenfrist, bis Esras Vater eintrifft. Sofern er denn pünktlich ist.

Das Taxi biegt aus einer Seitenstraße ein und hält auf sie zu. Wase sieht die beiden glühenden Augen zuerst, die sich durch den Starkregen kämpfen. Er ist da. Auf die Minute genau. In der fälschlichen Annahme, hier einen Fahrgast abzuholen. Wase zieht sich die Kopfhörer aus den Ohren, schließt die Podcast-App auf seinem Handy und steckt es weg. Justine Krämer und Kate O'Hara trinken eilig ihren Kaffee aus und entsorgen die Pappbecher in einem Mülleimer. Fast gleichzeitig treten sie, die Köpfe erhoben, unter der Markise des Kiosks hervor und stellen sich gut sichtbar vorne an die Straße. Ein finster dreinschauendes Empfangskomitee, das nichts Gutes verheißt.

Das Taxi wird langsamer, gleitet in die Parkbucht. Obwohl die Scheibenwischer auf höchster Stufe laufen, schaffen sie es immer nur kurz, die Wassermassen zu bändigen und das Gesicht von Kemal Karakaş hinter der Windschutzscheibe freizulegen. Ihre Blicke treffen sich, ehe seine Konturen hinter einem Vorhang aus Wasser verlaufen. Er weiß es, denkt Wase. Er weiß, was diese Delegation zu bedeuten hat, die am Bürgersteig auf ihn wartet.

Das Taxi bleibt stehen, der Motor geht aus, die Scheinwerfer erlöschen. Kate und Justine öffnen die hinteren Türen, der Beifahrersitz ist Wase vorbehalten. Er schließt die Augen, spürt die Nässe auf seiner Haut. Normalerweise fahren ihn die geführten Meditationen zuverlässig runter. Dieses Mal jedoch ist es ihm schwergefallen, seinen Geist zu beruhigen und bei der warmen Stimme zu halten. Immer wieder ist er zu Esra gewandert, zu der Hütte, dem blauen Leuchten. Auch jetzt ist er umtriebig, entzieht sich Wases Kontrolle, und er hat Sorge, nicht die richtigen Worte zu finden. Wo soll er anfangen? Wo aufhören? Die Bedenkzeit ist vorbei. Die richtigen Worte gibt es in einer solchen Situation ohnehin nicht. Ein letztes Mal atmet er durch, wird zu Stein, fährt die Mauern hoch, um seinen Kern zu schützen, und steigt ein.

Herr Karakaş sieht ihn nicht an. Den Rücken gebeugt, starrt der schmächtige Mann geradeaus in den Regen, seine Finger klammern sich ums Lenkrad. Er wirkt abwesend, aber der Eindruck täuscht. Als sich Justine Krämer vorstellt, wippt sein Kopf leicht auf und ab. Die Andeutung eines Nickens. Herr Karakaş wappnet sich. Er hat längst begriffen, weshalb Wase jemanden von der Krisenintervention mitgebracht hat, doch sie alle spüren instinktiv, dass der Mann noch nicht bereit ist. Schweigen senkt sich über sie, während der Regen ohrenbetäubend laut aufs Dach trommelt, fast aggressiv, als wolle er die Karosserie durchschlagen.

Am Rückspiegel dreht sich ein Plastikrahmen, noch angetrieben vom Schwung der Fahrt. Eine hypnotische Zeitreise, bei der zwei Gesichter miteinander verschmelzen. Auf der einen Seite ist ein Baby zu sehen, das kaum sechs Monate alt sein dürfte. Dennoch ist unverkennbar, dass es sich um Esra handelt. Sie ist einer dieser Menschen, die früh irre erwachsen und klug aussehen. Als wüssten sie bereits um die Widrigkeiten der Welt. Auf der anderen Seite des Talismans steckt ein weiteres Bild von Esra, vielleicht aus diesem Sommer, jedenfalls aktuell. Sie hat das Kinn in eine Hand gestützt und lacht, etwas blendet sie, und sie kneift die Augen zusammen, zieht die Nase kraus. Eine unscharfe Momentaufnahme, die viel über Esra erzählt und darüber, wer sie einmal war.

Der Anhänger rotiert immer langsamer, bis er schließlich ganz zum Stillstand kommt. Es wird kein neues Foto geben. Esra wird für immer diese junge, fröhliche Frau bleiben. Sie wird niemals altern. Da ist sein Instinkt als Kriminalist überdeutlich, obwohl sie noch keine endgültige Bestätigung für ihren Tod haben. Jemand wie sie haut nicht einfach ab. Das hat Wase von Anfang an gespürt. Nichts, wirklich rein gar nichts sprach dafür, dass sie die Zelte aus freien Stücken abgebrochen hat.

Esra war beliebt, hatte einen großen Freundeskreis, Ziele und Träume, stand kurz vor dem Uni-Abschluss. Germanistik und Geschichte auf Lehramt. Den Noten nach zu schließen hatte sie ihren Master so gut wie in der Tasche.

Wase hat einen Kloß im Hals. Er fixiert seine Hände und sieht zu, wie Wasser aus seinen Haaren darauf tropft. Das heisere Flüstern ist so leise, dass er es durch den tosenden Regen beinahe überhört hätte.

»Haben Sie meine Esra, Herr Rahimi?«

Diese eine Frage, die Herr Karakaş ihm so oft gestellt hat in den vergangenen Monaten. Wase schluckt. Erst jetzt merkt er, wie nah er ihn an sich herangelassen hat, diesen bescheidenen, intelligenten Mann mit seiner zugewandten Art. Bestimmt geht ihm der Fall auch deshalb stärker an die Nieren, als es für sein Seelenheil ratsam wäre.

»Nein, aber wir sind auf Spuren von ihr gestoßen. An einem mutmaßlichen Tatort«, fügt er hinzu, langsam und sanft, als könnte die Art der Betonung den Schrecken mildern, den seine Worte entfalten. Sie muten harsch an, doch er muss sich klar ausdrücken, darf nichts beschönigen und so Verwirrung stiften oder schlimmer: Hoffnung schüren, wo aller Voraussicht nach keine mehr ist.

Wase hat viele Angehörige erlebt, die diesen Schwebezustand nicht ertragen. Die sich einfach nur Gewissheit wünschen, so brutal und endgültig sie auch sein mag. Aber vor allem ist sie eins: klar. Sie schafft Sicherheit und ist die Bedingung dafür, trauern zu können. Abzuschließen. »Die Spuren deuten darauf hin, dass Esra nicht mehr lebt, Herr Karakaş.«

Der Mann presst die Lippen zusammen, sodass sie unter seinem Schnurrbart verschwinden. Er zieht seine Schiebermütze vom Kopf. Das schüttere Haar steht wirr in alle Richtungen ab, seine Hände, die die Mütze wringen, schlottern so stark, dass Wase spontan seine darauf legt. Herr Karakaş sieht ihn an. Der Kummer in seinen Augen ist derart brutal, dass er sich am liebsten abwenden möchte. Aber er macht es nicht. Das kann er diesem Vater nicht antun, der höchstwahrscheinlich sein einziges Kind verloren hat.

»Sagen Sie mir bitte, Herr Rahimi ...«, bringt er mühsam hervor. »Hat das was mit der Polizeiaktion im Wald zu tun? Von der sie die ganze Zeit im Radio berichten?«

Verdammt. Wase unterdrückt ein Seufzen. Natürlich ist ihre Suche nicht unbemerkt geblieben. Er nickt, Herr Karakaş nickt ebenfalls, als habe er es bereits geahnt und nur eine Bestätigung gebraucht.

»Wurde sie ...« Sein Kehlkopf arbeitet, er muss mehrere Anläufe nehmen, ehe ihm der Satz über die Lippen kommt. »Hat jemand meine Esra umgebracht?«

Wase atmet tief ein, bringt es hinter sich. »Wir müssen leider davon ausgehen, dass sie einem Verbrechen zum Opfer gefallen ist.« Es fühlt sich an, als hätte er dem Mann mit der flachen Hand ins Gesicht geschlagen.

Herr Karakaş reagiert gefasst. Wieder dieses Nicken, eine einzelne Träne löst sich, er wischt sie mit dem Handrücken weg, betrachtet den nassen Fleck und verfällt in Schweigen. Der Wind heult auf, sein Wehklagen übertönt sogar das Trommeln des Regens. Eine Bö erfasst das Taxi, wiegt es leicht zur Seite.

Wase späht durch die beschlagene Scheibe hinaus auf die Straße. Jemand sprintet durch den Lichtkegel einer Laterne, einen Regenschirm haltend, den Pfützen ausweichend. Der Kioskbesitzer steht unter der Markise vorm hell erleuchteten Schaufenster, raucht und starrt abwesend vor sich hin. Eine Frau schiebt gebeugt einen Buggy an ihm vorbei und flüchtet sich in einen Hauseingang. Die Szenerie scheint wie abgekoppelt zu existieren. Eine Parallelwelt, die nichts mit ihnen zu tun hat. Keiner der Passanten ahnt, was sich im Inneren des Taxis abspielt, das unauffällig am Seitenstreifen parkt. Dabei hätte es Wase nicht gewundert, wenn einer von ihnen mitten im Laufen innehalten und sich umdrehen würde, zu ihnen hereinsähe, die Augen geweitet. Aber nichts dergleichen geschieht. Der Alltag draußen geht ungerührt weiter.

»Wir sind vor siebenundzwanzig Jahren aus der Türkei hierhergekommen«, unterbricht Herr Karakaş Wases inneren Monolog. »Esra war da erst wenige Wochen alt. Ihre Mutter …« Seine Stimme bricht, lange kann er nicht weitersprechen. »Früher war ich Lehrer, wissen Sie? Ich habe sogar als Rektor an einer Schule gearbeitet.« Seine Worte klingen fester, weniger wackelig als zuvor. Er bewegt sich auf sicherem Terrain. »Aber meine Abschlüsse sind in Deutschland nichts wert. Es war nicht leicht, wir sind hier immer Fremde geblieben, egal, wie sehr wir uns bemüht haben. Zurück konnten wir auch nicht.«

»Ein Leben zwischen den Stühlen«, wirft Wase ein, der das Gefühl nur zu genau kennt.

»Ein Leben zwischen den Stühlen«, wiederholt Herr Karakaş

leise. »Nirgends gehört man wirklich dazu, aber wir haben ja uns, hat meine Esra immer gesagt.« Er lächelt gequält und schluchzt auf. »So ist sie. Mein Licht, mein liebster Schatz. Sie wäre nie freiwillig gegangen. Ich hab sofort gewusst, dass sie nicht mehr da ist. Die Verbindung ist weg.«

Er presst die Handballen gegen die Augenhöhlen und weint still, durch seinen Oberkörper geht ein Zucken, das mit jedem Mal heftiger wird. Der Mann steht kurz vor dem Zusammenbruch. Rasch wirft Wase Justine Krämer einen Blick zu, die ihn auffängt und langsam nickt. Auch wenn es ihm zuwider ist, muss er das Tempo anziehen.

»Herr Karakaş«, vorsichtig berührt Wase ihn am Oberarm, um sicherzugehen, dass er seine Aufmerksamkeit hat, »wir wollen Esra finden. Und die Person, die Ihrer Tochter das angetan hat. Sind Sie bereit, mir ein paar Fragen zu beantworten?«

Herrn Karakaş' Finger krallen sich zusammen, und er heult auf. Wieder schaut Wase nach hinten zu Justine, deren Stirn in Falten liegt. Sie hat sich leicht nach vorne gebeugt, als sei sie auf dem Sprung, doch sie interveniert nicht. Sie ist seit vielen Jahren bei der Krisenintervention und kennt die schmale Linie, hinter der es kippt. Noch scheint sie nicht erreicht zu sein.

Herr Karakaş schnaubt sich ausgiebig seine Nase. Als er fertig ist, atmet er aus und sieht Wase fest an. In seinen Augen blitzt etwas auf, das eben noch nicht da war. Entschlossenheit. Und Wut.

»Fragen Sie.«

Wase aktiviert die Diktierfunktion seines Handys und deponiert es zwischen ihnen auf der Mittelkonsole.

»Nicht wundern, manche Fragen habe ich Ihnen schon gestellt, aber es lohnt sich, sie mit zeitlicher Distanz noch einmal aufzugreifen.«

Er sieht Herrn Karakaş an, sucht nach etwas, das Verstehen signalisiert, und schlägt seinen Notizblock auf. »Hat sich Esra vor ihrem Verschwinden anders verhalten? Wirkte sie zum Beispiel abwesend? Ängstlich? Ungewöhnlich überdreht oder ruhig?«

Herrn Karakaş' Blick gleitet nach oben, ein Zeichen, dass er sich zu erinnern versucht. »Nein, ich bleibe dabei«, sagt er schließlich und nickt, als wolle er die Aussage so bekräftigen. »Wir waren nachmittags noch auf eine Tasse Tee und Dattelkekse verabredet. Esra war wie immer, etwas aufgekratzt, weil sie gerade eine wichtige Prüfung bestanden hatte.«

»Und in den Tagen und Wochen davor? Ist Ihnen aufgefallen, ob sie da nachdenklich oder schreckhaft wirkte?«

Herr Karakaş schnieft und schüttelt den Kopf. Wase wartet, ob er noch etwas ergänzt. Als das nicht geschieht, wendet er sich den drei Namen zu, die er in seinen Block gekritzelt hat. Aus keinem bestimmten Grund unterstreicht er den ersten und fixiert den Mann.

»Kennen Sie eine Fabienne Rilke?«

Herrn Karakaş' Verwunderung wirkt glaubwürdig. »Nein«, kommt es prompt. »Wer ist das?«

»Und Ben Janssen?«

Seine Stirn legt sich in Falten, und er schüttelt abermals den Kopf.

»Einen Zahnarzt namens Tadaeus Wagner?«

Jetzt ist die Irritation des Mannes komplett. Seine Brauen berühren sich auf der Nasenwurzel. Wase kann Herrn Karakaş förmlich ansehen, welche Frage er nun stellen wird.

»Sind das Verdächtige?«

Das war klar. Statt eine Antwort zu geben, pocht Wase mit der Bleistiftspitze aufs Papier.

»Kennen Sie Tadaeus Wagner?«

»Nein, nie gehört den Namen.«

»Hatte Ihre Tochter einen Freund?«

Dieses Mal zögert Herr Karakaş, ehe er antwortet. Nur ganz

minimal, Wase fällt es trotzdem auf. »Nicht, dass ich wüsste. Sie hat jedenfalls nicht erzählt, dass da jemand ist.«

»Gab es Personen in ihrem Umfeld, die ihr schaden wollten? Die wütend auf sie waren oder eifersüchtig?«

»Da ist niemand, alle mögen Esra, sie ist so ein lieber und gütiger Mensch.« Er stockt, als er seinen Fehler bemerkt. »War«, fügt er hinzu und schlägt die Hände vors Gesicht. Er stößt ein Heulen aus, das bis in Wases Herz und das Mark seiner Knochen vibriert, als wäre der Schmerz des Mannes sein eigener. Als wäre er ein Resonanzkörper ohne Schutzwall oder Filter. »O Esra, meine schöne, kluge Esra. Mein einziges Kind.«

Eine sachte Berührung an Wases Schulter. Es ist Justine, die ganz nach vorne auf die Kante ihres Sitzes gerutscht ist und ihm mit einer knappen Geste bedeutet, dass es für heute reicht. Der Kipppunkt ist überschritten. Der Versprecher war wie ein Schwall Eiswasser, der die Erkenntnis, dass Herr Karakaş seine Tochter nie wieder in die Arme schließen, nie wieder ihr Lachen hören oder mit ihr Tee trinken wird, in eine tiefere Bewusstseinsebene gespült hat.

Das Atmen fällt Wase schwer. Seine Kehle ist eng, die Luft im Taxi stickig und gesättigt von Feuchtigkeit. Er verspürt den Drang, seine Tür aufzureißen, um ein wenig Sauerstoff hereinzulassen. Doch die Wassermassen, die sich unvermindert vom Himmel ergießen, hindern ihn daran. Er holt Luft, so gut es geht, sammelt er sich.

»Ein Kollege übernimmt und fährt Ihre Schicht zu Ende«, sagt er an Herrn Karakaş gewandt, der auf seinem Sitz sacht vor und zurück wiegt. Kein Anzeichen dafür, dass ihn die Info erreicht hat. Das Schaukeln ebbt ab, als Wase sacht eine Hand zwischen seine Schulterblätter legt. »Ihre Chefin weiß Bescheid, Herr Karakaş. Sie können nach Hause gehen. Wir bleiben in Kontakt, ich bin für Sie erreichbar.«

»Wenn Sie möchten, begleite ich Sie«, klinkt sich Justine ein. »Sie sollten jetzt nicht allein sein.«

Esras Vater gibt ein zustimmendes Brummen von sich. Unvermittelt schnallt er sich ab, zieht den Schlüssel aus dem Zündschloss, öffnet die Fahrertür und steigt aus. Der Talisman dreht sich im Wind. Esras kluge Augen, ihr offenes Lachen, das Grübchen in die Wangen malt. Wase stoppt den Anhänger und nimmt ihn zwischen Daumen und Zeigefinger. Er prägt sich ihr Gesicht ein, jede Linie, jeden Knick.

Dann steigt er aus dem Taxi. Seine Kolleginnen stehen auf dem Bürgersteig, und Justine umarmt den bebenden Herrn Karakaş. Wase drückt noch einmal seinen Arm und entfernt sich von dem Grüppchen in die andere Richtung. Abstand gewinnen. Er darf sich nicht noch weiter in diesen Fall verstricken. Auch dafür ist die Krisenintervention wichtig, sie fungiert gewissermaßen als emotionaler Wellenbrecher. Ähnlich den Buhnen, die die Wucht der Wellen abbremsen, ehe sie an die Küste branden. Die Seelsorgenden übernehmen das Trösten, das Halten, deeskalieren und sprechen, damit er die Fakten sehen kann.

Wase schiebt die Hände tiefer in die Manteltaschen. Sobald er um die nächste Ecke gebogen und außer Sichtweite ist, bleibt er stehen und sieht zur Wolkendecke empor. An einer Stelle weiter hinten reißt sie auf und gibt einen Fetzen Abendhimmel und Sterne frei. Auch wenn es schrecklich kitschig ist, kommt es Wase vor wie ein Zeichen.

Hoffnung. Auch er ist nicht immun.

Ich werde dich finden und nach Hause bringen, denkt er und realisiert zugleich, dass es nicht seine Worte sind. Er hat sie sich bloß geborgt und zu eigen gemacht. Weil er sie schon viele Male gehört hat. Von Bär.

Seinem besten Freund steht noch bevor, was Herr Karakaş gerade durchleidet. Wase hat nach all der Zeit keinen Zweifel mehr daran, dass Lennarts Sohn tot ist. Er kann nur hoffen, dass er bald herausfindet, was ihm zugestoßen ist. Dass sie Paul begraben und loslassen können.

Etwas an der Vorstellung weckt ambivalente Gefühle in Wase. Die Frage nach dem *Danach*. Eigentlich gibt es nur zwei Optionen für den Ausgang dieser Tragödie. Entweder Bär schafft es, abzuschließen und nach vorne zu schauen. Oder aber das Ende seiner Suche wird gleichzeitig auch sein eigenes Ende besiegeln. Keine Suche, kein Sinn, keine Hoffnung, keine Clara mehr, was soll ihn noch halten?

Meistens gelingt es Wase, dieses Szenario von sich zu schieben, nicht groß darüber nachzugrübeln. Doch das Gespräch mit Herrn Karakaş hat ihn durchlässig gemacht. Seine Ahnung ist mehr. Sie ist Angst. Sie ist Gewissheit, dass es so kommen wird. So und nicht anders.

21. KAPITEL

Donner grollt in der Ferne. Schwarze Wolkentürme rücken näher, gleich werden sie die Sonne aussperren, die erst seit wenigen Minuten über den Rand des Horizonts blinzelt. Auffrischender Ostwind prallt gegen die Eiche, die neben dem unscheinbaren Flachbau wächst, wo die Rechtsmedizin untergebracht ist. Farah sollte sich schleunigst vor dem Regen ins Gebäude flüchten, der jede Minute losbrechen wird. Stattdessen steht sie da und betrachtet gebannt, wie die mächtige Krone des Baumes im Sturm ächzt und knarrt. Dem Umfang des Stammes nach zu urteilen, ist er mehrere Hundert Jahre alt. Er war schon hier, bevor die Uniklinik errichtet wurde.

Falls einer der tonnenschweren Äste nachgibt, würde er direkt auf den Parkplatz krachen. Ihre Kolleginnen und Kollegen haben die Buchten in seinem Schatten heute wohlweislich freigelassen. Ein Astloch klafft dunkel auf, wie das Auge eines Zyklopen. Risse, die sich durch die spröde Borke ziehen, zeugen von so mancher Widrigkeit, die der Baum überdauert hat. Am Ende des Tages wird er auch diesem Sturm trotzen. Genau wie den anderen, die noch kommen werden. Er ist stark und robust.

Ganz anders als ich.

Sie hält ihren Mantel fest, der sich flatternd in der Mitte teilt, als wolle er mit ihr abheben. Auf Mantelschwingen fliegen, frei sein, nicht die schlechteste Vorstellung. Ein Gefühl von Leichtigkeit stellt sich ein und verstärkt sich noch, als sie sein Auto sieht.

Es parkt auf seinem angestammten Platz, der ein Stück abseits liegt. Lars ist schon da. Eine Erkenntnis, bei der ihr Magen einen albernen Hüpfer vollführt. Farah zückt ihr Handy, das in der Tasche vibriert. Frederik. Seit ihrem Streit herrscht Funkstille. Er hat auf keine ihrer Nachrichten oder Anrufe reagiert. Farah kann nur hoffen, dass das Dinner gut verlaufen ist. Falls nicht, rückt eine Versöhnung in noch weitere Ferne. Mit einem mulmigen Gefühl nimmt sie das Gespräch an.

»Der Senior hat mich eben beiseitegenommen«, kommt Frederik ohne Umschweife zur Sache. »Er wollte es mir persönlich sagen, bevor es in großer Runde verkündet wird.«

»Du wirst Partner?« In Farah keimt ein leiser Hoffnungsschimmer, doch die Stille in der Leitung verheißt nichts Gutes.

»Meininger hat sich für Vega entschieden. Die Anwältin, von der ich dir neulich die Visitenkarte gegeben habe.« Er seufzt schwer. »Angeblich war es eine knappe Kiste zwischen ihr und mir. Keine Ahnung, warum der Senior das betont hat. In der Angelegenheit gibt es keinen zweiten Sieger, keinen Trostpreis.«

Betroffen schüttelt Farah den Kopf. Sie hat keine Worte, die seine Enttäuschung lindern könnten. Freddys Atemgeräusche machen den Anschein, als sei er aus der Puste.

»Bist du unterwegs?«

»Ich musste raus, brauchte frische Luft.«

»Kannst du freimachen? Meininger hätte bestimmt Verständnis, wenn du …«

»Geht nicht, die Fälle erledigen sich schließlich nicht von selbst«, fällt er ihr ins Wort, aber es klingt eher erschöpft als schroff. Eine Tür quietscht in den Angeln, gedämpfter Verkehrslärm flutet den Hintergrund. Freddy hat das gigantische Glasufo an der Alster offenbar verlassen, in dem die Kanzlei Meininger & Storch residiert.

»Es tut mir leid« ist alles, was Farah herausbringt. Der Himmel öffnet seine Schleusen. Dicke Tropfen klatschen herab und färben die hellen Steinplatten zu ihren Füßen dunkelgrau. Eilig flüchtet sie sich unter das Dach des Seiteneingangs.

»Mir auch«, seufzt Frederik. »Ich habe die letzten Monate quasi in der Kanzlei gewohnt, und was hat es genutzt? Nichts! Meininger ist ein brillanter Anwalt, aber leider auch hochgradig kränkbar. Für ihn war es ein Affront, dass du so kurzfristig abgesagt hast. Bestimmt hat das letztlich den Ausschlag für seine Entscheidung gegeben.«

Zum zweiten Mal an diesem Morgen ist Farah sprachlos. Ein Ziehen in ihrer Brust schnürt ihr die Luft ab. Schweigen, Atmen, ein kaum vernehmliches Knistern, das sie irritiert. Raucht Frederik?

»Hör zu, ich muss jetzt wieder rein. Melde dich bitte nicht, ich brauche erst mal Abstand, um mir über ein paar Sachen klar zu werden. Das mit uns …«, er stockt, setzt neu an. »Pass auf dich auf, okay?«

»Freddy? Warte, bitte, ich …«

Ein Klicken. Farah nimmt ihr Handy vom Ohr, starrt ungläubig darauf. Frederik hat tatsächlich aufgelegt. Das Bedürfnis, ihn sofort zurückzurufen, ist massiv. Doch er würde nicht ans Telefon gehen. Da ist Freddy konsequent. Oder stur, je nachdem, wie man es nimmt. Farah lehnt sich gegen die Hauswand und wartet, dass der Schwindel nachlässt, der seit dem Unfall ihr ständiger Begleiter ist. Wie soll sie diesen Tag überstehen? In den letzten drei Jahren ist sie schon öfter mit Frederik aneinandergeraten. Zuletzt richtig heftig wegen ihres Umzugs in Aarians Kate. Aber das hier fühlt sich anders an. Fundamentaler. Wie ein Bruch, der so tief geht, dass er sich nicht mehr kitten lässt.

22. KAPITEL

Seine Hände drücken fester gegen das Hemd, das er als Kompresse in die Wunde geschoben hat. Doch es nutzt nichts. Unablässig quillt Blut zwischen seinen Fingern hindurch. So furchtbar viel Blut. Wo kommt das alles her? Auf dem Boden hat sich eine dunkle Pfütze gebildet, die sekündlich mehr Raum einnimmt. Bär stirbt. Er wird draufgehen, wenn der verdammte Krankenwagen nicht bald kommt. Wase brüllt seine Angst hinaus, wieder und wieder, und es klingt wie der Schrei eines waidwunden Tieres.

Im Zimmer ist es stockfinster, doch er weiß genau, wo Drache liegt. Ganz nah. Er kann ihn hören. Die Kugel aus seiner Dienstwaffe hat ihn in den oberen Rücken getroffen, vielleicht seine Lunge zerfetzt, das Herz, die Wirbelsäule. Wase lässt es kalt. Er ist nicht empfänglich für Bodhans Wimmern und Jammern. Soll der Mistkerl draufgehen. Niemand würde ihm eine Träne nachweinen. Der Tod wäre eine gerechte Strafe für das, was er seinem besten Freund angetan hat.

Ein Klopfen holt Wase zurück. Sind das die Sanitäter? Er richtet sich auf, horcht. Warum kommen sie nicht einfach rein, er hat doch extra die Haustür offen gelassen? Oder hat der Wind sie unbemerkt zugedrückt? Wieder klopft es, lauter diesmal.

»Hallo? Hören Sie mich?«, ruft jemand. »Machen Sie auf!«

Wases Glieder sind bleischwer, er spürt sie kaum und zittert entsetzlich. Verdammt, dabei muss er doch zur Tür! Schnell, bevor Bär verblutet! Er will rufen, sich bemerkbar machen, aber aus seiner Kehle dringt kein Mucks. Mit einem Mal ist sie wie ausgedörrt, die Zunge dick und taub, als gehöre sie gar nicht in seinen Mund. Das Klopfen wird zu einem Hämmern, das in seinem Schädel dröhnt und die Schwärze zerreißt. Schlagartig ist es taghell. Wase blinzelt, kneift die Augen zusammen, aber das Bild bleibt gleich. Es ergibt überhaupt keinen Sinn.

Intuitiv hebt er den Kopf und bereut es bitter. Sein Genick schmerzt höllisch. Stöhnend sinkt er zurück und wagt nicht, die Position auch nur einen Millimeter zu verändern.

»Hey, Sie da. Sprechen Deutsch? Do you speak Germany?«

Verwirrt linst Wase in die Richtung, aus der die Stimme kam. Was zur ...

Sengender Schmerz schießt ihm in den Nacken, als er hochschreckt. Wase muss die Zähne zusammenbeißen, um nicht aufzuheulen. Scheiße, das darf nicht wahr sein! Er ist gar nicht in Bärs Haus. Er sitzt *davor*. In seinem *Wagen*.

Grundgütiger.

Mit der Erkenntnis kehrt die Erinnerung zurück. Lennart war nicht da, als er gestern nach dem Gespräch mit Esras Vater hier aufgeschlagen ist. Wase wollte im Auto auf ihn warten und muss irgendwann weggedämmert sein.

»Hallo! Was machen Sie hier?«

Die Scheiben sind beschlagen, weshalb die Person, die dahinter steht und keift, nur unscharf zu erkennen ist. Dennoch weiß Wase sofort, wer der Mann ist. Lennarts Nachbar, ein gewisser Dieter oder Dietmar, der gerne am Küchenfenster hockt, um den Verkehr zu überwachen. Er hat einmal live erlebt, wie der Mann aus dem Haus gestürmt ist und den Fahrer eines Lieferwagens zurechtgewiesen hat, dessen Heck minimal in seine Einfahrt ragte.

»Sprechen Deutsch?«, fragt der Kerl abermals und hämmert mit der Faust an die Scheibe. »Antworten, oder Polizei! Tatütata.«

Wase verdreht die Augen. Er atmet tief in den Bauch, dreht den Schlüssel ein Stück im Zündschloss und lässt das Fenster herunter. Statt dem Nachbarn alle Kraftausdrücke entgegenzuschleudern, die Wase auf der Zunge liegen, hält er ihm seine Dienstmarke unter die Nase und sieht ihn direkt an.

»Die ist schon da. Tatütata«, schiebt er hinterher, ohne eine Miene zu verziehen. Der Kerl glotzt verdattert und studiert die Marke, als sei er fähig, eine Fälschung von einem Original zu unterscheiden.

»Übernachten Sie dienstlich hier?«, will Dieter oder Dietmar schließlich wissen. »Ist das 'ne Observierung? Oder was hat das zu bedeuten?«

»Dient der Abhärtung, sollten Sie auch mal probieren. Schönen Tag noch!«

Wase lässt das Fenster wieder hoch, startet den Motor und schaltet Lüftung und Fensterheizung auf die höchste Stufe. Fröstelnd hält er eine Hand vor das Gebläse und reibt sich mit der anderen den steifen Nacken. In seinen Kleidern hat sich eine feuchte Kälte eingenistet, vor der weder sein Parka noch die dick besohlten Boots Schutz bieten.

Während die warme Luft die Scheiben freipustet, schaut Wase hinaus, wobei er Dieter oder Dietmar keine Beachtung schenkt, der in seiner Kieshölle von Vorgarten hockt und verstohlen in seine Richtung schielt. Lennarts Haus wirkt unverändert. Im Erdgeschoss sind die Jalousien heruntergelassen, die Fenster oben mit Ausnahme des Schlafzimmers fest verschlossen. Dahinter brennt kein Licht. Wo steckt Bär? War er die ganze Nacht weg? Oder hat Wase in seinem Delirium nur nicht mitbekommen, wie er heimgekehrt ist? Bestimmt war es so. Hoffentlich.

Aber was, wenn nicht? Was, wenn er …

Wase kann den Gedanken nicht zu Ende denken. Die altbekannte Angst wühlt in seinen Eingeweiden. Sie ist inzwischen mit Lennart verknüpft wie keine andere Empfindung. Sobald er auch nur an ihn denkt, pirscht sie sich an und treibt seinen Blutdruck in die Höhe. Als wäre sie ein organischer Bestandteil ihrer Freundschaft. Ihm bleibt keine Zeit, nach Bär zu sehen.

»Scheiße!«

Schon so spät. In einer Dreiviertelstunde geht die Dienstbesprechung los. Vorher muss er sich dringend noch ein paar Hände voll kaltem Wasser ins Gesicht schaufeln und von irgendwoher Kohlenhydrate organisieren. Wases Magen knurrt vorwurfsvoll. Sein Abendessen gestern hat sich auf einen Müsliriegel und drei Mandarinen beschränkt.

Endlich sind die Fenster frei. Der Nachbar gibt vor, ein paar grüne Halme zu zupfen, die sich erdreistet haben, zwischen den Hufen seiner Lichterkettenrentiere zu wachsen. Dabei reckt er den Hals und schielt zu Wase. Immer wieder lugt er hinter einem Buchsbaumgebilde hervor, das mit Drähten in eine Form gezwungen wurde, die wohl einem Schneckenhaus nachempfunden sein soll, ihn aber fatal an ein Kackhaufenemoji erinnert.

23. KAPITEL

Das Sushi schmeckt nach Leiche. Farah würgt den Avocadomaki herunter, schnuppert am Essen, an der Plastikschale, ihrer Hand, dem Ärmel, sogar eine Haarsträhne nimmt sie zwischen zwei Finger und legt sie sich unter die Nase. Der Verwesungsgeruch hat sich in jeder Pore festgesetzt. Er ist dermaßen penetrant, dass er sogar die Geschmacksrezeptoren ihrer Zunge lahmlegt. Die Toten begleiten Farah, ihr süßes Aroma wird sie nie ganz los. Selbst wenn sie frisch geduscht und umgezogen ist, bleibt es an ihr haften. Eigentlich ist sie daran gewöhnt, hat sich damit arrangiert. Heute aber verdirbt es ihr den Appetit.

Sie befestigt den Deckel auf dem Behälter und verstaut den Rest ihres Nachmittagssnacks in der Handtasche. Sei's drum. Wirklichen Hunger hatte sie ohnehin nicht. In Wirklichkeit brauchte sie bloß einen Vorwand, um frische Luft zu schnappen und sich die Beine zu vertreten, bevor die letzte Obduktion für heute ansteht.

Der Eppendorfer Park ist wegen des nasskalten Winterwetters wie ausgestorben. Natürlich hätte sie sich auch ins Bäckereicafé der Edeka-Filiale setzen können, wo es zu jeder Tageszeit vor Kolleginnen und Kollegen in blauer und grüner Krankenhauskleidung wimmelt, die sich in dem Supermarkt mit Getränken, Mikrowellengerichten oder – wie Farah – mit Take-away-Sushi eindecken. Aber nach den trubeligen Stunden steht ihr der Sinn nicht nach Small Talk und Fachgesprächen.

Freddy geht ihr nicht aus dem Sinn. Zum wohl zehnten Mal in der letzten halben Stunde greift sie nach ihrem Smartphone, um zu überprüfen, ob er sich doch noch mal gemeldet hat. Aber wie schon zuvor starrt sie auch jetzt wieder auf ein leeres Display. Keine verpassten Anrufe oder WhatsApps. Eine Wand des Schweigens. Kein Lebenszeichen. Auch von Lennart und Wase nicht.

Eine Bö fegt zwischen den Bäumen hindurch und schiebt eine dunkle Wolkendecke vor die Sonne, die das wenige Licht absorbiert. Der Park mit seinen hohen Platanen kommt Farah abweisend vor, als sei sie auch hier nicht länger erwünscht. Ein letztes Mal inhaliert sie die Eisluft, steht auf, rafft den Mantel um ihren Körper und schlendert zurück.

Nachmittags sind die Flure im zweiten Stockwerk der Rechtsmedizin für gewöhnlich wie leer gefegt. So ist es auch heute. Farah schließt ihr Büro auf, legt ihre Handtasche ab, wirft den Kittel über und macht sich auf den Weg. Ins Untergeschoss, wo Sektionssaal, Umkleiden und der neu installierte Kühlraum liegen.

Mit kräftigen Schritten huscht sie über den abgestoßenen Linoleumboden mit dem weiß-schwarzen Stracciatellamuster und steigt die Treppen hinunter. Als sie auf den Empfang im Erdgeschoss zusteuert, ruft jemand ihren Namen.

»Professorin Rosendahl, Momentchen, bitte!«

Es ist Hertha, Moniques gestrenge Sekretärin und die einzige Person am Institut, die konsequent jeden siezt und umgekehrt darauf besteht, gesiezt zu werden.

»Hallo, was gibt es denn?« Farah zieht fragend die Brauen hoch.

»Professorin Durant-Biedenkopf wünscht, Sie zu sehen.« Hertha mustert sie von oben bis unten mit einem Anflug von triumphierender Überlegenheit, der Farahs Argwohn weckt. »Jetzt sofort, sie wartet schon in ihrem Büro auf Sie.«

Farah stutzt. »Um was geht es denn?«

»Das wird sie gleich mit Ihnen persönlich besprechen. Kommen Sie, bitte.«

Demonstrativ schaut Farah auf ihre Armbanduhr, seufzt vernehmlich und folgt der Sekretärin in den Verwaltungstrakt gleich um die Ecke. Sich querzustellen hat keinen Zweck. Die stellvertretende Institutsleiterin führt ein recht straffes Regiment. Wenn sie ruft, haben ihre Untergebenen zu spuren. Hertha weist Farah einen Stuhl zu.

»Nehmen Sie kurz Platz, ich sage Bescheid, dass Sie da sind.«

Was für eine lächerlich durchsichtige Dominanzgeste, sie hier warten zu lassen.

»Danke, ich stehe lieber«, erwidert Farah und verschränkt die Arme vor der Brust.

»Wie Sie meinen«, bemerkt Hertha schmallippig und verschwindet in Moniques Büro, peinlich darauf bedacht, die Tür hinter sich zu schließen, als würden da drinnen staatstragende Geheimnisse ausgetauscht. Farah lehnt sich an die Wand, zückt ihren Taschenspiegel und zieht ihre Lippen nach, um einigermaßen präsentabel zu sein. Fast schmerzlich sehnt sie den Feierabend herbei. Ein heißes Schaumbad und ein paar Gläser Wein, um diesen verkorksten Tag aus ihrem Speicher zu löschen.

Ganze vier Minuten später erscheint Hertha im Vorzimmer. Hinter ihren Wangen lauert ein höhnisches Grinsen, das sie nur mühsam unterdrückt. Unwillkürlich runzelt Farah die Stirn. Was hat das alles zu bedeuten? Was will Monique von ihr, das nicht bis später warten kann? Diese Eile prophezeit nichts Gutes. Mit gestrafften Schultern und geradem Rücken betritt sie das Büro ihrer Vorgesetzten. Innerlich wappnet sie sich für den nächsten Tiefschlag.

Monique Durant-Biedenkopf steht von ihr abgewandt am Fenster. Die Außenjalousien sezieren das Licht zu Querstreifen, die ins Halbdunkel fallen und sich auf den zweckmäßigen Schreibtisch legen. Darauf dampft eine Tasse Kaffee. Einzahl. Für Farah steht keine bereit.

»Hallo, Monique«, sagt sie, bemüht, ihrer Stimme einen festen und selbstsicheren Klang zu verleihen, was nur semigut gelingt. »Du wolltest mich sprechen?«

Die stellvertretende Institutsleiterin dreht sich um und hebt die Brauen, als sei sie von ihrem Erscheinen überrascht. Dabei hat ihre Assistentin sie doch vor drei Sekunden angekündigt. Allmählich beschleicht Farah das Gefühl, in irgendeine abgekartete, perfide und darüber hinaus noch schlecht inszenierte Varieténummer geraten zu sein.

»Farah, setz dich, bitte.«

»Danke.« Sie rückt den Stuhl zurecht und rutscht ganz vorne an die Kante, um in eine möglichst aufrechte Haltung zu kommen. »Ich war eigentlich gerade auf dem Weg zu einer Sektion.«

Monique gleitet hinter ihren Schreibtisch. Sie stützt beide Ellenbogen auf die Platte und faltet die Hände wie zum Gebet, sagt aber nichts. Farah muss sich zwingen, nicht auf ihrem Stuhl herumzurutschen, als wäre sie zwölf und zum Rapport bei der Schuldirektorin. Endlich kommt Bewegung in ihr Gegenüber.

Professorin Durant-Biedenkopf öffnet eine Schublade und zieht raschelnd etwas heraus. Eine Ausgabe der *Hamburger Morgenpost*, wie Farah bei genauerem Hinsehen erkennt. Ihre Chefin blättert darin und schiebt ihr die Zeitung wortlos über den Tisch zu, sodass sie die Schlagzeile lesen kann, neben der ihr Zeigefinger ruht:

**Charity-Zahnarzt liegt im Koma –
fuhr eine Ärztin ihn fast tot?**

Schlagartig wird Farah speiübel. Sie reißt die Zeitung hoch und überfliegt den Artikel, der über zwei Spalten läuft. Mit jeder Zeile rast ihr Puls schneller, wird ihr Sichtfeld enger. Bei einem Satz stockt sie, muss ihn noch einmal lesen, weil der Schock ihren Verstand lähmt.

Ausgerechnet eine Ärztin soll am Steuer gesessen und den Promi-Zahnarzt aus Harvestehude, der auch gemeinnützig sehr engagiert ist, überfahren haben. Wie die Hamburger Morgenpost *von einer zuverlässigen Quelle erfahren hat, handelt es sich angeblich um eine Mitarbeiterin des UKE. Ebenjener Klinik, in der Tadaeus Wagner derzeit um sein Leben kämpft. Besonders schockierend: Bei dem Unfall soll angeblich Alkohol im Spiel gewesen sein.*

Die Buchstaben wabern, überlappen und zersetzen sich in der Reihe. Farah begegnet Moniques Blick. Ihre Chefin beobachtet sie forschend, als wolle sie ihre Reaktion studieren. Oder als warte sie auf eine Einordnung von Farah, die nicht kommt. Sie ist zu perplex, um auch nur zu blinzeln. Jeder Funke Willenskraft fließt in den Versuch, hier nicht zusammenzuklappen und zumindest einen Rest Würde zu bewahren.

»Eine Redakteurin der *Morgenpost* hat hier angerufen und deinen Namen genannt.« Monique nimmt einen Schluck von ihrem Kaffee und stellt die Tasse sorgfältig wieder ab. Das leise Klirren fühlt sich an, als würde jemand mit spitzen Fingernägeln über Farahs Nervenenden kratzen. »Hattest du vor, uns noch davon in Kenntnis zu setzen, dass die Staatsanwaltschaft Hamburg gegen dich ermittelt?«

»Das war ein Unfall.« Die Worte sollten souverän rüberkommen, doch Farah kann selbst das Krächzen hören, das leichte Zittern. »Der Mann kam aus dem Nichts, mich trifft keine Schuld«, leiert sie herunter, was Wase ihr neulich am Telefon erklärt hat. Nur, dass die Aussage bei ihm um Längen überzeugender rüberkam.

»Das Institut kann sich keine negative Publicity leisten, Farah«, entgegnet Monique in einem Ton, den man nur als belehrend bezeichnen kann. »Wenn gegen unsere leitende Rechtsmedizinerin ein offizielles Ermittlungsverfahren wegen fahrlässiger Körperverletzung läuft, im schlimmsten Fall sogar mit Todesfolge, färbt das auf uns alle ab.«

»Was willst du mir gerade sagen?«

Monique seufzt, als habe sie es mit einer aufsässigen Teenagerin zu tun.

»Das fällt mir alles andere als leicht, Farah. Wenn du uns von dir aus unterrichtet hättest, hätten wir das anders handhaben können. Aber so …« Sie seufzt abermals, als strenge sie das Sprechen über die Maßen an. Monique legt die Fingerkuppen aneinander, wobei die Daumen nach unten zeigen, sodass ihre Hände eine Art Tropfen formen. »Um es einmal ganz klar zu formulieren …«, fährt sie fort. »Dass du mir die offiziellen Ermittlungen verschwiegen hast, empfinde ich als eklatanten Vertrauensbruch. So leid mir das auch tut, aber in dieser Situation bist du für uns nicht tragbar. Auch als Gutachterin nicht. Vor Gericht musst du einen tadellosen Leumund aufweisen, um den Verteidigern keine Munition zu liefern. Diese Sache wirft Zweifel an deiner Integrität auf, so ungerechtfertigt sie auch sein mögen.« Monique hält inne, und Farah meint, ein Zucken in ihren Mundwinkeln zu sehen, das ihre Chefin hinter den Händen zu verbergen sucht. »Daher bin ich gezwungen, dich ab sofort von der Arbeit am Institut freizustellen. Und zwar so lange, bis diese unschöne Sache ein für alle Mal aus der Welt geschafft ist.«

24. KAPITEL

Der Typ ist die Achillesferse des dynamischen Duos. Damit er sich Finn persönlich zur Brust nehmen kann, hat Wase angewiesen, die jungen Männer getrennt voneinander zu befragen. Emma wirkt auf seinen Kumpel Lukasz ein, der mit trotzig verschränkten Armen nebenan sitzt und unter einer ausgeprägten Amnesie zu leiden scheint. Was ihn jedoch nicht davon abhält, seiner eigenen Mutter eins reinzuwürgen. Er hat doch tatsächlich angedeutet, dass sie sich im Tag vertan und den Golf selbst gesteuert haben könnte.

Wase steht am Fenster und atmet, um das kochende Blut, das durch seine Venen pumpt, wieder auf Normaltemperatur zu leveln. Vor den Scheiben dasselbe Bild wie jeden Tag in den letzten Wochen. Graue Wolkenpampe, fast schwarz, kaum zu unterscheiden von der voranschreitenden Nacht, die sekündlich mehr Raum einnimmt und Wase aufs Gemüt drückt. Genau wie die stockenden Ermittlungen, die heute von so viel Frust geprägt waren, dass seine Moral dringend einen kleinen Erfolg braucht.

Das Labor lässt endlos auf sich warten. Und Emmas Abfrage bei der Opferschutzstelle war ein Schuss in den Ofen. Im betreffenden Zeitraum ist dort keine Frau gewesen, die der Anhalterin ähnlich sah. Dafür hat die Überwachungskamera eines Vermögensberaters, der in der Buchenallee sein Büro hat, zur fraglichen Uhrzeit eine Person aufgezeichnet. Sie läuft recht schnell vorbei und hält den Kopf gesenkt, doch in Ansätzen ist die Frau zu erkennen, die Irene Fuchs beschrieben hat.

Leider konnte die Hebamme nicht mehr über sie sagen als das, was die Kripo ohnehin schon aus dem Notruf wusste. Auch ihr Auto war weniger ergiebig als erhofft. Die Waschstraße lässt grüßen. Boden, Fußmatte, Polster, alles war blitzblank gesaugt und abgewischt. Immerhin hat die SpuSi ein paar Haare am Beifahrersitz gesichert. Und mit Irene Fuchs' Hilfe war Achim in der Lage, ein Phantombild anzufertigen, mit dem nun mehrere Kollegen durch Lokstedt und die umliegenden Stadtteile streifen. Bisher scheint niemand die rätselhafte Frau zu kennen. Lebt sie gar nicht in Hamburg? War sie nur als Touristin da und ist längst wieder abgereist?

Die Hoffnung, dass sich die drei Vermissten womöglich kannten, dass hier das verbindende Glied liegt, der Schlüssel, um den Fall zu knacken, hat sich zerschlagen. Bens Eltern und Fabiennes Mutter waren sich sicher. Ebenso sicher, wie sie ausgesagt haben, den Namen Tadeus Wagner noch nie zuvor gehört zu haben. Mit anderen Worten: Trotz ihrer Mühen hat sich kein neuer Anhaltspunkt ergeben. Es ist zum Verzweifeln.

Immerhin sind Finn und Lukasz hier aufgetaucht, was keineswegs selbstverständlich ist. Die beiden müssen nicht aussagen, wären sie nicht gekommen, hätten die Ermittler keine Handhabe gehabt. Ob die Eltern sie auf den Pott gesetzt haben? Denkbar wäre es, die jungen Männer leben noch zu Hause. Finn knetet ein Taschentuch in seinen Händen wie einen von diesen Stressbällen. Unterm Schreibtisch wippen seine Fersen unentwegt auf und ab. Die Machofassade bröckelt. Ohne seinen Kompagnon ist er deutlich kleinlauter und zugänglicher, auch wenn er nach wie vor auf der Hut ist. Kein Wunder. Die beiden sind besoffen und vollgepumpt mit Gott weiß was durchs Hamburger Umland gebrettert. Da würde Wase vorsorglich auch in Deckung gehen.

»Hör zu, Finn.« Vertrauliches Du, persönliche Ansprache. Noch ein Anlauf. Wase zapft ein Wasser, stellt den Becher vor ihn auf den Tisch. »Wir wissen beide, dass ihr in der Nacht völlig zugedröhnt und viel zu schnell mit dem Wagen von Lukasz' Mutter unterwegs wart. Ich hatte gehofft, dass ihr vernünftig seid und beichtet. Aber da das nicht der Fall ist, muss ich etwas deutlicher werden.« Er hält kurz inne, bevor er eine Info droppt, die er bislang wohlweislich zurückgehalten hat. Sein Ass im Ärmel. »Das Auto, das ihr auf der Landstraße bedrängt habt, hatte eine Dashcam an Bord. Und diese Kamera hat alles aufgezeichnet.«

Finns Kopf ruckt hoch, die Augen weit aufgerissen starrt er ihn an, als warte er auf weitere Erklärungen. Aber den Gefallen tut Wase ihm nicht. Er schnappt sich seinen Ingwertee, lehnt sich gegen die Wand und gibt Finns Fantasie Gelegenheit, ein paar hübsche Horrorszenarien in sein Hirn zu pflanzen. Er kann förmlich dabei zusehen, wie ihn die nackte Panik durchströmt. Der Kerl kann einem fast leidtun. Betonung auf *fast*. Immer wieder öffnet er den Mund, stockt, nur um wieder in Schweigen zu verfallen. Mit Druck oder dem Bad-Cop-Gedöns wird Wase bei ihm nicht weiterkommen. Er muss Finn sanft über die Schwelle helfen.

»Zufällig hab ich heute einen guten Tag«, sagt er schließlich und nimmt einen kleinen Schluck Tee. »Ich könnte versuchen, ein Auge zuzudrücken. Aber dafür musst du jetzt kooperieren. Verstanden?«

Dass auf den Kameraaufnahmen rein gar nichts zu sehen war, was die beiden Idioten belastet, muss er Finn ja nicht direkt auf die Nase binden.

»Brauche ich einen Anwalt oder so was?« Finns Adamsapfel gleitet die Kehle rauf und runter.

»Du bist hier nur als Zeuge geladen.« Wase legt ein feines Lächeln auf, das hoffentlich liebenswürdig und nicht wahnsinnig anmutet. »Aber es steht dir natürlich frei, einen juristischen Beistand kommen zu lassen, falls du denkst, dass du einen brauchst.« Den letzten Teil hat er wie eine Frage betont.

»Nein, nein, schon gut«, beeilt sich Finn, ihm zu versichern, und hebt abwehrend die Arme. »Nicht nötig.«

Von dem großspurigen Auftreten, das er vorhin zur Schau gestellt hat, als er an Lukasz' Seite ins Präsidium stolziert ist, ist nichts mehr übrig. Seine ganze Körperhaltung zeugt von Unterwürfigkeit. Kopf und Schultern hängen schlaff herab, als versuche er, möglichst wenig Angriffsfläche zu bieten.

»Schön, überleg mal scharf. Nachdem ihr den Range Rover überholt habt und weitergefahren seid, ist dir da etwas aufgefallen?«

»Was meinen Sie?«

»Auf der Strecke«, gibt er vage zurück. »Zum Beispiel neben der Straße, oder im Wald hinter der nächsten Rechtskurve.«

»Fuck!«, braust Finn auf und beginnt, das Taschentuch in Fetzen zu reißen. »Ich hab Lukasz gesagt, dass er umdrehen soll, aber der Penner hat nicht auf mich gehört! Meinte, wir bekommen Schwierigkeiten, wenn wir der Frau helfen.«

Finn stockt, schlägt sich erschrocken eine Hand vor den Mund, als er seinen Patzer bemerkt. Bisher war immer die Rede davon gewesen, dass Finn am Steuer saß, weil Lukasz noch keinen Führerschein hat. Wase macht sich eine geistige Notiz und geht darüber hinweg, tut so, als habe er nicht geschaltet, um den jungen Mann nicht noch weiter in die Defensive zu drängen. Außerdem gibt es einen Punkt, der ihn wesentlich mehr interessiert.

»Der Frau?« Er muss seine Ungeduld zügeln, die so intensiv an ihm zerrt, dass sein Körper bis in die Haarspitzen kribbelt. »Du meinst die Fahrerin des Range Rovers?«

Finn lässt die Hand sinken und atmet aus, merklich erleichtert. Der Typ ist ein noch mieserer Schauspieler als Wase. Glaubt er ernsthaft, dass ihm sein Versprecher entgangen ist?

»Nein, nicht die.« Finn zieht die Brauen zusammen. »Das war ja nur Spaß, voll harmlos. Die andere. Darauf wollen Sie doch die ganze Zeit hinaus, oder nicht?!«

Wase wendet sich ab. Er muss den Drang niederkämpfen, diesen Kerl auf der Stelle an die Wand zu tackern. *Spaß? Harmlos?* Mit verschränkten Armen stellt er sich ans Fenster und dreht Finn den Rücken zu. Auch, damit er seinen verdatterten Ausdruck nicht sehen kann. Soll er ruhig in dem Glauben bleiben, dass er im Bilde ist und genau weiß, wovon zur Hölle er da faselt. »Sag du es mir.«

»Bitte, es tut mir leid!«, platzt es aus Finn heraus, der die Abkehr des Kriminalhauptkommissars als Missbilligung zu interpretieren scheint. »Ich hab sie ja nur kurz gesehen und nicht gerafft, dass da was nicht stimmt! Ehrlich, Mann. Ich schwöre!«

Wase erstarrt. Ein Schauer rieselt an der Wirbelsäule hinab. »Wo genau hast du diese Frau gesehen?«

»Keine Ahnung, ey. Links halt. Da sieht doch alles gleich aus!«

»War da irgendetwas in der Nähe?«, hakt Wase nach und dreht sich um, sobald er sicher ist, dass er seine Mimik wieder einigermaßen im Griff hat. »Ein Schild oder ein Kreuz zum Beispiel?«

Finn stöhnt und wirft die Hände in die Luft, als sei diese Frage eine unzumutbare Bürde. »Ne, nix. Die stand halt einfach an einem Baum.«

»Aha.« Hilfreiche Info. Wase will den Kerl schütteln. »Und wo an einem Baum?«

»Scheiße, was weiß ich denn? Wir sind rechts abgebogen, und da war sie. Ich hab mich fast zu Tode erschreckt. Die Tussi war hart spooky. Stand da, als würde sie auf jemanden warten oder so.« Er kichert nervös. »Was für ein Bullshit, oder? Ich mein, auf wen sollte sie nachts im Wald schon warten?«

Ja, auf wen schon. Wieder läuft es Wase eiskalt über den Rücken, er pendelt irgendwo zwischen Argwohn und Grauen. Ihm fällt ein Detail auf, dem er beinahe keine Beachtung geschenkt hätte.

»Nachdem ihr den Range Rover überholt habt, seid ihr abgebogen«, raunt er. »Das heißt, diese Frau stand genau hinter der Rechtskurve?«

»Sag ich doch.«

»Noch im Wald?«

»Ja, Mann.«

Angestrengt kramt Wase in seinem Gedächtnis. Er kann es nicht mit Sicherheit sagen, aber wenn er die Karte richtig vor Augen hat, gibt es auf der Strecke nur eine einzige Rechtskurve. Eben-jene Rechtskurve, hinter der der Unfall passiert ist.

»Hat sich die Frau versteckt?«, raunt er.

»Nicht wirklich, wir haben sie ja wie gesagt gesehen!«, ant-wortet Finn in einem weinerlichen Singsang, dafür aber ohne Zögern. »Also, ich würde mich ja ehrlicherweise hinter den Baum stellen, wenn ich nicht will, dass mich jemand findet.«

Ehrlicherweise. Wozu brauchen Menschen diesen Disclaimer? Weil sie gewohnheitsmäßig lügen und ankündigen müssen, wenn sie zur Abwechslung mal mit der Wahrheit herausrücken? Der Kerl rutscht auf seiner Sympathieskala schlagartig noch weiter in den Keller. Wase kann den Ausdruck und alle Varianten davon nicht ausstehen.

»Wie sah sie aus?«

»Keine Ahnung, Mann. Es war stockdunkel, und ich hab sie ja wie gesagt nur kurz gesehen.«

»Versuch es trotzdem.« Wase muss Finns Erinnerung aktivieren, solange sie frisch ist. Zwar sind Zeugenaussagen niederschmet-ternd unzuverlässig, aber immer noch besser, als völlig blank da-zustehen.

»Wie gesagt, es war dunkel«, beginnt er zögernd. Unter Finns Händen hat sich ein Häufchen Papier gebildet, auf das immer mehr Schnipsel segeln, während er angestrengt nachzudenken scheint. »Okay, also sie hatte riesige Augen, irrer Blick, sag ich Ihnen. Genau, das weiß ich noch«, beginnt er schleppend. »Deshalb hab ich sie ja überhaupt erst entdeckt. Weil die Scheinwerfer darin so geglüht haben. Unheimlich sah das aus, wie 'ne Figur in so 'nem creepy Splatter.«

Wase horcht auf. Ohne es zu wissen, hat Finn dieselben Worte benutzt wie Irene Fuchs. Emma hat sie heute in der Dienstbesprechung damit zitiert, dass die Anhalterin »große Augen« und einen »irren Blick« gehabt habe, fast manisch, auf jeden Fall beunruhigend.

»Gut, weiter«, drängelt er, weil Finn von sich aus keine Anstalten macht, seinen Bericht fortzusetzen.

»Ach so, ja, okay, klar.« Er nickt und nickt und reißt sein Taschentuch klitzeklein. »Dunkle Kleidung, dunkles Haar«, murmelt er, nur um sich sofort wieder zu unterbrechen. »Obwohl, muss auch nicht, ehrlich gesagt. Weil es war ja dunkel, da draußen gibt's keine Laternen. Auf jeden Fall war ihre Haut ganz hell, fast so nachtleuchtend wie diese Sterne, die man sich an die Decke kleben kann. Kennen Sie die? Na ja, bisschen übertrieben jetzt.« Wieder dieses Kichern. »Ihr Gesicht hatte was von 'nem Herz. Oben breit, spitzes Kinn.« Unnötigerweise formt er es mit den Händen nach. »Aber safe weiß ich es nicht mehr. Ich hab die Eule echt nur kurz gesehen.«

»Sonst noch was?«

»Äh nö, sorry, Mann.«

Wase hält ihm das Phantombild vor die Nase, das Achim nach Irene Fuchs' Schilderungen von der Anhalterin gefertigt hat. »Könnte sie das sein?«

Finns Stirn wirft Falten. Er nimmt das Foto an sich und gibt ein unbestimmtes Knurren von sich. »Das haut schon hin, denk ich. Ist die in was Illegales verwickelt? Kam mir auf jeden Fall bisschen strange vor.«

»Inwiefern?«

»Na ja, wer hängt denn nachts in der Pampa an 'nem Baum

rum? Auch noch bei so 'nem Dreckswetter! Ich jedenfalls nicht.«
Er lacht auf, mehr nervös als cool. »Ich denk mir gerade so, zum
Glück sind wir nicht zurückgefahren! Ernsthaft, mit der stimmt
was nicht, die sah wild aus, wie ein Tier, das jemandem an die
Kehle springen will.«

»Verängstigt?«

Finn lässt einen letzten einsamen Fetzen zu Boden fallen und
guckt Wase grimmig an. »Die Eule sah nicht aus, als ob sie Hilfe
brauchte, die hatte keine Angst. Die war stinkwütend.«

Erstaunlich, welche verschütteten Infos das Gedächtnis freigibt,
wenn man nur hartnäckig bohrt. Wase späht hinaus in den Abend,
versucht, sich auszumalen, was die Frau wohl empfunden haben
mag, als Farahs Range Rover den Mann erfasst hat und sein Schädel auf den Asphalt gekracht ist. Naheliegend wären Schock und
Entsetzen. Lähmende Furcht. Aber sowohl Finn als auch Irene
Fuchs haben so etwas mit keiner Silbe erwähnt. Vielmehr habe
die Frau abweisend und distanziert gewirkt, wütend, als wolle sie
»jemandem an die Kehle springen«.

Hat die Frau in Wahrheit nach Wagner Ausschau gehalten, auf
ihn gelauert? Um was zu tun? Rache zu nehmen? Hat sich ihre
Wut gegen ihn gerichtet? Hat sie so etwas wie Genugtuung, ja
sogar Freude verspürt, weil ihr das Auto abgenommen hat, was
sie selbst erledigen wollte? Oder war es umgekehrt? Ist Wagner
hinter der Frau her gewesen und deshalb ohne nachzudenken auf
die Fahrbahn gestürzt? Wase kann sich nicht entscheiden, welche
Version ihm mehr Unbehagen bereitet.

Unbehagen. Ein Gefühl, das er als Überschrift für den Fall
wählen würde, wenn er es sich recht überlegt. So viele lose Teile,
die kein Bild ergeben wollen. Hoffentlich gibt das Haar aus Irene
Fuchs' Auto etwas her und sie erfahren bald, ob es sich bei der
Anhalterin und der Frau aus der Hütte um ein und dieselbe Person handelt.

Wase richtet sich auf, bleibt wie vom Donner gerührt stehen. Etwas durchzuckt ihn. Eine Erkenntnis, die ihn zur Eile antreibt. Er marschiert zur Tür, lässt Finn einfach stehen, greift im Gehen nach seinem Handy und wählt Emmas Nummer. Nach dem ersten Klingeln ist sie am Apparat.

»Bist du noch im Präsidium?«, kommt Wase direkt zur Sache.

»Ja, bin ich.« Sie klingt alarmiert. »Was ist denn los?«

»Farahs Dashcam!«, sagt er, und es fuchst ihn, dass er nicht eher darauf gekommen ist. »Wir müssen das Material noch einmal scannen. Kann sein, dass wir etwas übersehen haben.«

25. KAPITEL

Beurlaubt. Suspendiert. Kaltgestellt. Bis eben war Farahs Organismus noch randvoll mit Adrenalin. Geladen vor Wut. Jetzt fühlt sie sich nur noch gedämpft und leer. Immer wieder rutscht ihr die Handtasche von der Schulter, als sie durchs Treppenhaus wankt. Sie geht über Bande, schrammt abwechselnd gegen das Geländer und an der Wand entlang. Unvermittelt tritt ihr Fuß ins Leere.

Einen schrecklichen Moment lang schwebt er im Nichts, ehe er so hart aufkommt, dass der Knöchel nachgibt und umknickt. Farah entfährt ein spitzer Schrei. An den Handlauf geklammert, lässt sie sich auf die unterste Stufe sinken. Das linke Fußgelenk pocht unheilvoll. So ein Mist! Wie kann ein einzelner Mensch nur so viel Pech haben?

Ihre Beziehung, ihre Reputation, ihre Karriere, alles liegt in Scherben. Der Range Rover ist schrottreif, Lennart ghostet sie, und ihr droht ein Verfahren wegen fahrlässiger Körperverletzung. Hat sie sich zu allem Überfluss auch noch den Knöchel verstaucht? Das hätte gerade noch gefehlt. Wie kann das sein? Vor nicht einmal vier Tagen war Farahs Leben doch noch im Lot. Jedenfalls im Vergleich zu diesem Schlamassel jetzt. Es ist, als wäre sie seit dem Crash von einem bösen Fluch belegt, der sie tyrannisiert und alles zugrunde richtet, was sie sich über Jahre mühsam aufgebaut hat.

Farah schluckt gegen die Enge an. Wenn sie könnte, würde sie in Tränen ausbrechen. Stattdessen kauert sie nur da, reibt sich die schmerzende Stelle und starrt die weiße Wand an.

»Farah?«

Jemand legt eine Hand auf ihre Schulter. Dieser Geruch. Sie dreht sich um, schaut hoch zu der Person, die hinter ihr aufragt. In Lars' Augen. Trotz allem gerät ihr Herz ins Trudeln. »Bist du hingefallen?« Er kommt die letzten Stufen herunter und setzt sich neben sie.

»Ich hab nicht aufgepasst«, seufzt Farah. »Was für ein ätzender Tag.«

»Willst du reden? Hab gehört, dass das helfen soll.«

Sie muss sich abwenden, um nicht zu stottern. »Monique hat mich vorübergehend aufs Abstellgleis verfrachtet«, offenbart sie. »So lange, bis die Ermittlungen gegen mich eingestellt werden.«

»Nicht dein Ernst, du wurdest suspendiert?« Lars' Brauen ziehen sich zusammen. »Das erklärt es natürlich«, murmelt er abwesend.

»Was hast du gesagt?«

»Ach, nichts weiter.«

»Was erklärt was?«

Die Brandschutztür schwingt auf, und eine Sektionsassistentin eilt auf ihr merkwürdiges Sit-in im Treppenhaus zu. Doch offenbar ist sie zu beschäftigt, sich darüber zu wundern, weshalb zwei Rechtsmediziner auf den kalten Stufen hocken. Farah und Lars grüßen die Frau knapp und machen ihr Platz, sodass sie an ihnen vorbeisteigen kann. Als ihre Schritte verhallt sind, stützt Lars die Ellenbogen auf die Knie und fährt sich durchs Haar.

»Monique hat eben so was erwähnt«, druckst er herum. »Dass es eine personelle Veränderung gibt, die sie uns gleich mitteilen will.«

Na klasse. Die Frau verliert wirklich keine Zeit. Womöglich sieht Monique Durant-Biedenkopf ja ihre Chance gekommen,

Farah endgültig loszuwerden. Das versteckte Lächeln kommt ihr wieder in den Sinn. Diese heimliche Schadenfreude. Ganz egal, wie das hier für Farah ausgeht, es wird an ihr haften bleiben. Dafür wird ihre Chefin sorgen. Bei der Vorstellung, was sie den anderen erzählen, wie sie die Geschichte verdrehen wird, um Farah in ein verdächtiges Licht zu rücken, verknotet sich ihr der Magen. Der Schaden ist angerichtet, es liegt nicht länger in ihrer Hand, Einfluss zu nehmen. Farah muss darauf vertrauen, dass ihre Kolleginnen und Kollegen sie gut genug kennen, um die Finte zu durchschauen. Und dass die Reporterin von der *Morgenpost* nicht doch noch jemanden findet, der ihr bestätigt, was sie offenbar schon vermutet: dass Farah am Steuer saß.

»Sag mal, wie hat Monique eigentlich Wind von der Sache bekommen?«, greift Lars ihre letzte Sorge mit seherischem Feingespür auf.

Farah schließt die Augen. Eigentlich hat sie nicht die geringste Lust, das alles noch einmal durchzukauen. Andererseits ist es eine Chance, ihre Version der Ereignisse zu schildern. Sie atmet durch, sieht zu Lars, der sie neugierig von der Seite mustert.

»Eine anonyme Quelle hat der Presse gesteckt, dass jemand vom UKE Wagner überfahren hat.«

»Sag jetzt bitte nicht, dass die deinen Namen herausposaunt haben.«

»Das nicht.« Farah atmet aus. »Auch wenn sie das natürlich nicht explizit so schreiben, aber der Artikel nährt den Verdacht, dass der Mann jetzt womöglich in Gefahr schwebt, weil er bei uns behandelt wird.«

»Scheiße«, entfährt es Lars. »Wirst du dagegen vorgehen?«

»Wie denn? Sie greifen mich ja nicht direkt an. Das können sie erst, wenn ich einen Anwalt einschalte und mich damit als Fahrerin zu erkennen gebe. Die Munition liefere ich denen bestimmt nicht frei Haus.«

»Ich pack's nicht, das ist dermaßen ungerecht!«, braust Lars auf. »Dieser Unfall war nicht deine Schuld, der Kerl ist einfach aus dem Wald gerannt! Und statt dich von dem Schock zu erholen, musst du dich auch noch mit so einem Mist herumschlagen.«

Farah nickt beklommen, gleichzeitig verspürt sie eine unbestimmte Freude darüber, wie vehement er Partei für sie ergreift. Obwohl ihr gar nicht danach zumute ist, verzieht sich ihr Mund zu einem Lächeln.

»Kann man denn nicht zumindest was gegen die Beurlaubung unternehmen?«

»Ich muss mich noch schlaumachen, aber wahrscheinlich hat sich Monique juristisch abgesichert.«

Und vielleicht ist es besser so, wenn ich eine Weile kaltgestellt werde, denkt sie bei sich. Immerhin steht sie seit diesem Unfall völlig neben sich. Nicht auszudenken, was passiert, wenn ihr bei der Arbeit in diesem Zustand ein Fehler unterläuft. Farah reibt sich die brennenden Augen und will sich aufrappeln, doch als sie das linke Bein belastet, zuckt ein gleißender Schmerz bis hoch in den Steiß. Sterne schießen an ihrem Sichtfeld vorbei, und sie sackt zurück auf die harte Steinstufe.

»Mist.« Farah saugt scharf die Luft zwischen den Zähnen ein. »Ich befürchte, ich habe mir den Fuß verknackst.«

Kurzerhand wirft sich Lars ihre Handtasche über die Schulter. »Komm, ich helf dir.«

Er schlingt einen Arm um ihre Mitte und zieht sie vorsichtig hoch. Auf einem Bein balancierend, hält sie sich an ihm fest und ist Lars so nah, dass sie die Bernsteinsprenkel sehen kann, die seine Iris durchsetzen wie ein Archipel kleiner Inseln. Beiläufig streicht sein Daumen über ihren Arm. Selbst durch den dicken Stoff ihres Mantels bringt er ihre Haut zum Kribbeln.

Was ist das bloß auf einmal? Sie arbeiten seit knapp drei Jahren Seite an Seite am Institut, natürlich ist Farah nicht entgangen, wie attraktiv und aufmerksam Lars ist. Aber diese Spannung zwischen ihnen ist neu. Und verwirrend. Andererseits sind sie einander vorher auch noch nie so nah gekommen. Körperlich oder emotional, wie jetzt, da er sie in einem Moment der Schwäche erwischt hat.

»Ich bringe dich rüber, um das abzuklären.« Lars' Stimme ist rau, und er mustert sie mit einem dunklen, irgendwie wilden Funkeln in den Augen. »Ben ist da, der soll sich deinen Knöchel mal ansehen.«

Farah liegt schon so etwas wie »nicht nötig, halb so schlimm« auf der Zunge, als ein neuerliches Brennen im Fuß sie unsanft daran erinnert, dass ihr Starrsinn ein grauenhafter Berater ist.

26. KAPITEL

Ich bin kein glühender Anhänger von Sigmund Freud, weiß Gott nicht. Aber gerade neige ich dazu, ihm ausnahmsweise zu glauben. Zumindest was seine Theorie der Todestriebe betrifft. Er selbst hat sie als Spekulation bezeichnet, aber ist es denn wirklich so abwegig, dass es zwei widerstreitende Kräfte gibt, die in uns wirken und unentwegt um die Oberhand kämpfen? Dass allen Menschen sowohl ein Todes- als auch ein Lebenstrieb innewohnt?

Später hat man zwei Götter aus der griechischen Mythologie bemüht, diesen Trieben Pate zu stehen. Ich mag die Vorstellung, dass Todesgott Thanatos gegen Eros in den Krieg zieht, den Gott der Liebe. Auch wenn die Metapher hinkt. Immerhin ist Thanatos der Gott des sanften Todes. Seine Schwester Ker ist diejenige, die in blutbesprengten Gewändern über die Schlachtfelder streift.

Die Göttin des gewaltsamen Todes, »… welche, der Menschen und Götter Vergehungen strenge verfolgend, Nie, die Göttinnen! ruhn vom schrecklichen Grimme des Zornes, Bis sie verderbliche Rach' an jedem geübt, der gesündigt.«

Nun ist sie erwacht. Ich kann fühlen, wie Ker in mir wütet, wie mich ihr ungezügelter Drang nach Zerstörung und Vergeltung zerfleischt. Farah Rosendahl wird dafür büßen, dass sie mit Alkohol im Blut gefahren ist. Es war erschreckend einfach, diese ehrgeizige Journalistin auf sie anzusetzen. Eine unschuldige Andeutung in einer anonymen Mail hat genügt. Sie wittert einen Skandal, einen Boost für ihre Karriere, und wird nicht eher lockerlassen, als bis sie handfeste Beweise hat, die sie gegen Professorin Rosendahl ins Feld führen kann. Ich muss mich bloß zurücklehnen und zusehen, wie sie in ihr Verderben läuft. Und dann werde ich da sein. So wie ich die ganze Zeit schon in ihrer Nähe bin. Auch wenn Farah mich nicht immer sehen kann.

27. KAPITEL

Nicht gebrochen, nur geprellt. Die erste positive Nachricht an diesem vermurksten Tag. Farah betrachtet ihre nackten Zehen, die vom Luftstrom der Heizung angenehm gewärmt werden. Ihr Fuß lagert etwas erhöht und mit einem abschwellenden Verband umwickelt auf der Mittelkonsole.

»Wir sind da«, verkündet Lars.

Überrascht sieht Farah auf, fängt seinen Blick im Rückspiegel ein. Sie war so in ihre düsteren Grübeleien versunken, dass sie die ganze Fahrt über geschwiegen und alles um sich herum ausgeblendet hat. Das Auto beschreibt einen Bogen durch den Hof und bleibt mit der Front zur Ausfahrt gerichtet stehen.

»Warte, ich helf dir mit den Krücken.«

In der nächsten Sekunde ist Lars bereits an ihrer Tür, und Farah ergreift seine Hand. Er zieht sie auf ihren gesunden Fuß und kommt fast aus dem Gleichgewicht, weil Noa hinterherspringt und ihr wie angeknipst um die Beine wuselt.

»Ich bin auch froh, wieder zu Hause zu sein«, lacht sie.

Lars schaut dem wild hechelnden Noa grinsend zu, ehe er sich ins Innere des Wagens beugt, um die Krücken herauszufischen, die Ben ihnen vorsorglich mitgegeben hat. Farah muss ihm Platz machen. Ein wenig unbeholfen humpelt sie zur Seite und sinkt gegen die Karosserie. Insgeheim ist sie froh, dass Lars sie mehr oder weniger genötigt hat, die Gehhilfen mitzunehmen. Der Weg bis zu ihrer Haustür erscheint ihr endlos weit weg, und nach dem

Tag hat sie keine Energie mehr, auch nur einen Meter zu hüpfen. Eine Fortbewegungsart, die nebenbei bemerkt wenig Esprit hat. Lars taucht wieder auf. Er kommt so dicht an ihr vorbei, dass sie den Luftzug der Bewegung auf ihrer Haut spürt.

Unvermittelt hält er inne, mustert sie so eindringlich, als würde er sie zum ersten Mal wirklich sehen und dabei jedes Detail in sich aufsaugen. Ewig stehen sie so voreinander, gucken sich an, ohne etwas zu sagen. Die Art, wie seine Augen immer wieder zu ihrem Mund wandern, wie er die Stirn runzelt, als sei er verwundert oder irritiert oder beides, bringt Farahs Herz aus dem Takt. Lars hat eine Präsenz, die ihn wie ein Kraftfeld umgibt. Ist sie intuitiv auf Distanz zu ihm geblieben? Weil ein Teil in ihr weiß, dass es klüger ist, diesem Sog fernzubleiben?

Er streicht eine verirrte Strähne hinter ihr Ohr, umfasst ihre glühende Wange. Zärtlich, fast schüchtern ist die Geste. Nur sein Blick passt nicht dazu. Darin liegt eine Entschlossenheit, die jeden Gedanken auf eine Weise kappt, die es Farah schwer macht, weiter zu atmen.

Grelles Licht flutet den Hof. Ein Wagen rollt auf sie zu. Fast zeitgleich heben sie die Arme, um ihre Augen abzuschirmen. Das darf nicht wahr sein. Über das Lenkrad hinweg starrt Frederik sie unverwandt an, blass vor Schreck. Reflexhaft weicht sie zurück, doch zu spät. Er hat die Lage längst erfasst.

Frederik parkt quer vor Lars' Auto, als wolle er ihm den Fluchtweg abschneiden, und steigt aus. Langsam, fast bedächtig umrundet er seinen Aston Martin, wie ein Raubtier, das seine Beute einkreist. Statt anzugreifen, sackt er auf die tickende Motorhaube und verschränkt die Arme vor der Brust, sagt aber nichts, ignoriert Noa, der schwanzwedelnd an ihm hochspringt und um sein Interesse buhlt. Schließlich gibt er es auf und hockt sich zwischen Farah und Lars. Offenbar hat er kapiert, dass es von Freddy heute keine Streicheleinheiten gibt.

Dieses quälende Schweigen beunruhigt Farah fast mehr, als wäre er einfach auf Lars losgegangen. Sie kann nur erahnen, was in ihm vorgeht. Die Scheinwerfer sind noch an und blenden sie. Sein Gesicht liegt im Halbschatten. Als Frederik endlich spricht, ist seine Stimme wie Eis. Genauso klingt er, wenn er bei Gericht einen Verdächtigen zerlegt, durchzuckt es Farah. Und so fühlt sie sich auch. Verdächtig. Seltsam betreten und erfüllt von Scham, als habe er sie in flagranti beim Sex erwischt.

»Komme ich ungelegen?«

»Ich bin umgeknickt.« Der Satz kam ein wenig zu schnell und spitz aus ihr heraus, um souverän zu wirken. Sie räuspert sich, setzt neu an, hofft, dass es dieses Mal weniger defensiv rüberkommt. »Lars hat mir netterweise aus dem Auto geholfen.«

»Nett, ja, so sah das für mich auch aus«, bemerkt Frederik trocken. Das Urteil gegen sie ist längst gefallen. Die Situation passt zu der Theorie, die er sich seit Monaten zurechtgelegt hat. Farah liegt eine Erklärung auf der Zunge. Wie einfach wäre es, ihm noch einmal zu versichern, dass sie ihm treu ist, dass zwischen Lars und ihr nichts läuft. Aber aus irgendeinem Grund wollen die Worte nicht aus ihr heraus, weil sie furchtbar klischeehaft und heuchlerisch klingen und weil es ihr vor Lars peinlich ist, sie auszusprechen. Also schweigt sie nur.

»Eigentlich wollte ich mich bei dir entschuldigen. Es war nicht fair, dir die Schuld wegen der verpassten Beförderung zu geben«, fährt Frederik schließlich fort, stößt sich von der Haube ab und geht einen Schritt auf Farah zu, sodass sie ihn sehen kann. »Aber ich konnte dich nicht auf dem Handy erreichen, und am Institut sagte man mir, dass sie dich suspendiert haben?«

»Das stimmt«, flüstert Farah.

»Ich hab mir Sorgen gemacht, weißt du? Auch wenn es zwischen uns gerade schwierig ist …« Er stockt, bringt den Satz nicht zu Ende. Das ist keine Kunstpause, wie er sie vor Gericht einlegen würde, um seinen Worten Nachdruck zu verleihen. Sie kann es in seinen Zügen lesen. Ihnen fehlt jene Härte, die er im Kreuzverhör an den Tag legt. Er senkt den Kopf, schüttelt ihn hin und her. »Aber wie ich sehe, bist du hier in guten Händen.«

»Frederik, ich …«

»Lass gut sein«, unterbricht er sie. Nicht barsch, eher resigniert. Viel zu ruhig. »Ich hab schon die ganze Zeit geahnt, dass da was läuft. Ich wollte es nur nicht wahrhaben.«

Unangenehm berührt schielt Farah zu Lars, der sich in den Hintergrund drückt. Er hat die Hände tief in den Hosentaschen vergraben und zeichnet mit der Schuhspitze die Kontur eines Pflastersteins nach. Abwesend, darauf bedacht, sich möglichst unsichtbar zu machen. Wie soll sie ihm je wieder unter die Augen treten?

»Das war's wohl«, murmelt Freddy. Er fährt sich durchs Haar und schleicht zur Wagentür, öffnet sie. »Lasst euch nicht weiter stören.«

Es klingt so niedergeschlagen, dass Farah der heftige Drang überkommt, ihm hinterherzuspringen, ihn aufzuhalten, irgendetwas zu sagen, um die Situation zu retten. Doch der Befehl scheint irgendwo auf dem Weg zu ihren Muskeln und dem Sprachzentrum zu versickern. Farah ist außerstande, auch nur den kleinen Zeh zu rühren. Sie kann nur hilflos zusehen, wie Frederik ins Auto steigt und langsam auf die Straße zurücksetzt.

28. KAPITEL

Kurz bevor der Mann aus dem Wald rennt und die Welt zerspringt, hebt Wase die Hand.

»Stopp!«

Die Sequenz hält an. Wenn das im wahren Leben doch auch funktionieren würde. Einfach Pause drücken und spulen. Vor oder zurück, beides gut. Er nippt an seinem Ingwertee.

»Geh noch mal rückwärts, aber diesmal langsamer, bitte.«

Im Korridor, den das Fernlicht bildet, hat die Kamera die Straße erstaunlich gut eingefangen. Die Aufmerksamkeit sämtlicher Anwesenden ist jedoch auf den krisseligen Randbereich geheftet. Auf die verwackelten Schemen, die im Halbdunkel grobkörniger Pixel vorüberfliegen. Immerhin kennen sie nun die Stelle, auf die sie achten müssen – vorausgesetzt natürlich, die Frau ist dort stehen geblieben, nachdem Finn und Lukasz sie passiert haben. Emma lässt den Ausschnitt zurücklaufen, bis die rot-weißen Richtungstafeln auftauchen.

»Nichts«, stellt sie fest.

Kollektives Seufzen, als hätten sie alle unbewusst die Luft angehalten. *Das kann nicht sein!* Mit einem Knall landet Wases Becher auf dem Tisch, und er eilt zur Fensterfront. Die Sonne ist längst untergegangen, Hamburg ergießt sich als funkelnder Teppich in die Nacht. Eigentlich steht er gerne hier und hängt seinen Gedanken nach. Aber heute hat er keinen Sinn für die Schönheit seiner Heimatstadt. Ratternd fahren die Rollladen herunter, sperren den Lichtsmog der Straßenlaternen und der Neonreklame aus. Nachdem Wase die Leuchtröhren ausgeknipst hat, setzt er sich wieder zu den anderen an den Rechner und fährt die Helligkeit des Screens auf Maximum.

»Okay, jetzt noch mal vorwärts. Frame für Frame.«

Emma nickt und tippt auf das Plus-Zeichen. Das nächste Bild öffnet sich. Und das nächste. Sie tippt weiter, eine Weile ist es still. Jedenfalls so still, wie es sein kann, wenn sich sämtliche Kolleginnen und Kollegen dicht hinter einen drängen, um auf einen Siebenundzwanzig-Zoll-Monitor zu starren. Die Framerate der Dashcam liegt bei dreißig pro Sekunde. Weiter, weiter, weiter.

»Halt, warte mal.«

»Da«, haucht Emma. Sie hat es ebenfalls gesehen. »Da steht jemand, oder?«

Ein Knarzen und Scharren, als sich die zweite Reihe simultan nach vorne beugt. Köpfe schieben sich über Schultern in Richtung des grellen Bildschirms.

»Wo?«, fragt jemand von weiter hinten.

»Na da!«

Karsten zeigt auf einen gräulichen Umriss, der neben der Lichtlinie der Scheinwerfer aufgetaucht ist. Fast unsichtbar für jene, die nicht wissen, wonach sie suchen müssen.

»Geh noch ein paar Frames weiter, bitte«, fordert Wase Emma auf.

Das Bild springt vor. Noch mal. Bleibt stehen. Emma verbalisiert etwas, noch während er es denkt.

»Das ist eine Hand, oder was meint ihr?«

»Fuck, wie konnten wir die beim ersten Mal übersehen?«

»Weil wir nur auf die andere Seite geachtet haben. Auf Wagner«, murmelt Wase, der wie sie alle den Schattenriss fixiert. Die Hand, die sich in den hellen Bereich reckt und am Stamm ruht. Zunächst hat er die Fingerspitzen für eine Verwachsung in der

Rinde gehalten. Einen verkümmerten Ast oder Schlingen einer Kletterpflanze, die den Stamm emporkriecht.

Nur das *Tap, Tap, Tap* der Tastatur ist zu hören, als die Sequenz wie in einem makabren Daumenkino weiterspringt und das Schimmern zweier Sicheln freilegt. Unscheinbar erst, weil sie fast im Schwarz versinken, das die Schlaglichter umgibt. Das Klappern setzt aus. Emma markiert die Halbmonde mit der Maus, zieht sie ein wenig größer.

»Augen«, flüstert Achim, so leise, dass es die unheimliche Stimmung noch verstärkt, die sie wohl alle befallen hat. Keine Frage. Da steht sie. Die Frau, von der Finn gesprochen hat. Ihre Augäpfel fluoreszieren. Man hätte es für eine Reflexion auf feuchtem Laub halten können.

»Die Hand«, haucht Kate.

Wase, der sich voll auf den Bereich konzentriert hat, in dem er das Gesicht vermutet, schaut runter. Stutzt. Es macht den Anschein, als würde die Frau ihre Nägel in die Borke krallen. Drei Frames weiter, und die Hand verschwindet abseits der Kameralinse im toten Winkel.

Der Moment ist vorbei.

Flackernd und zuckend erwachen die Neonröhren zum Leben. Wase blinzelt in die Helligkeit. Er fühlt sich benommen, als sei er aus einem Fiebertraum erwacht. Den anderen scheint es ähnlich zu gehen. Emma reibt sich die Augen, ein paar Kollegen strecken sich ausgiebig.

»Da muss die IT-Forensik ran«, bemerkt Vim Kröger. »Mit ihren Tools können die bestimmt was aus dem Gekrissel filtern.«

»Meinst du, diese Frau hat etwas mit der Hütte zu tun?«, spricht Kate aus, was wohl allen durch den Kopf spukt.

Karsten blinzelt nickend in die Runde. »Was, wenn sie entkommen konnte und dieser Zahnarzt hinter ihr her war? Der ist ja quasi gegenüber auf die Straße gestolpert!«

»Angenommen, es war so«, greift Emma den Gedanken auf und massiert sich die Schläfen. »Warum hat sie kein Auto angehalten? Oder die Flucht ergriffen?«

»Vielleicht war sie erschöpft oder verletzt, was weiß ich«, entgegnet Karsten schulterzuckend.

»Oder es war umgekehrt«, gibt Emma zu bedenken.

»Wie jetzt? Du meinst, *sie* hat *ihn* gejagt?«

»Kann doch sein.«

»Ja, genau.« Karsten lacht auf, als habe sie einen guten Witz gerissen, und auch ein paar Kollegen – alle männlich, wie Wase auffällt – schnauben amüsiert oder schütteln die Köpfe.

»Ausgeschlossen ist es nicht. Ich hab auch schon darüber nachgedacht«, springt er der Oberkommissarin bei.

»Was hat Farah noch gesagt, waren Wagners letzte Worte, bevor er sein Bewusstsein verloren hat?«, fragt Emma ihn.

»Gefährlich … Sie … kommt.«

Schlagartig ist es mucksmäuschenstill im Raum. Der Reihe nach sieht Wase sein Team an, hält jeden Augenkontakt kurz fest, ehe er zum nächsten geht. »Wir stehen noch ganz am Anfang und müssen für alles offen bleiben. Wenn wir jetzt schon einen Tunnelblick entwickeln, entgeht uns das entscheidende Detail. So wie eben bei den Dashcam-Aufnahmen.«

»Apropos, die Kolleginnen und Kollegen, die mit dem Phantombild der Anhalterin unterwegs sind, sollten den Suchradius ausweiten«, schlägt Emma vor. »Diese Frau scheint einige Sicherheitsmaßnahmen ergriffen zu haben, um nicht gefunden zu werden. Mein Gefühl sagt mir, dass sie weiter entfernt von der Uniklinik wohnt.«

Wase leert seinen Becher. Der Ingwertee ist längst kalt geworden. »Eins ist hoffentlich allen klar: Wir müssen diese Frau finden. Und zwar so schnell wie möglich.«

29. KAPITEL

Der Mond lugt hinter einer Wolke hervor und schickt seinen milchigen Glanz in die Nacht. Farah kann es kaum erwarten, in ihrer Kate zu verschwinden und die Tür hinter sich und all diesen Problemen zu verschließen.

»O Mann, ich weiß nicht, was …« Lars hält inne. »Was für ein Mist, das tut mir so leid.«

Sie nickt zerstreut, hört aber nur mit halbem Ohr hin. Wo ist bloß der dämliche Schlüssel? Hat sie ihn im Büro liegen lassen? Wortlos nimmt Lars ihr eine Krücke ab, sodass sie eine Hand frei hat, um in ihrer Tasche zu wühlen.

Achtlos wirft Farah Portemonnaie, eine Packung Taschentücher und das Etui mit der Sonnenbrille auf die Bank vorm Haus. Endlich ertastet sie in den Untiefen ihres Shoppers den geflochtenen Schlüsselanhänger.

Auf einem Bein balancierend, visiert sie das Schloss an und will aufsperren, schafft es nicht. Ihre Finger sind vor Kälte ganz steif. Nach drei Fehlversuchen öffnet sich die Tür. Noa huscht sofort durch den Spalt, das Klicken seiner Krallen auf den Holzdielen entfernt sich. Dann ertönt das charakteristische Schlabbern, als er sich in der Küche über seinen Wassernapf hermacht.

Farah harrt mit dem Rücken zu Lars aus. Sie atmet tief durch, ehe sie den Mut aufbringt, sich umzudrehen. Der zerknirschte Ausdruck in seinem Gesicht ist zu viel. Wie soll sie sich nach der Sache verhalten, was soll sie sagen, außer, wie entsetzlich peinlich ihr das alles ist? Eine Befangenheit greift Raum, die es ihr fast unmöglich macht, ihn anzusehen.

»Brauchst du noch was? Kann ich irgendetwas für dich tun?«

Sie verneint knapp und knetet nervös den Schlüsselbund.

»Okay, ich mach mich mal auf den Weg.« Lars ringt sich ein Lächeln ab. »Schlaf gut. Und sag bitte, wenn ich dir helfen kann.«

»Okay«, krächzt Farah, sie muss sich räuspern. »Du auch.«

Etwas legt sich um ihr Herz, zieht sich mit jedem Meter, den er sich von ihr entfernt, fester zu. Ehe sie es ergründen kann, reißt sie ein Klingeln aus der Konfusion. Erschrocken zieht Farah ihr Handy aus der Hosentasche. Wase ruft an.

»Er ist verschwunden«, meldet er sich, nachdem sie das Gespräch angenommen hat. Er spricht ruhig, aber sie kann hören, dass er sich dazu zwingen muss.

»Bist du bei ihm?«

»Ja.« Stille, Atmen, schnelle Schritte auf Kies. »Farah, ich kann ihn seit Tagen nicht erreichen, der Briefkasten quillt über, die Jalousien sind runtergelassen, alles ist dunkel!« Seine Stimme schnappt über, nimmt einen schrillen Klang an, der auch Farah in Alarmbereitschaft versetzt. »Irgendwas stimmt da nicht. Was, wenn er … wenn er sich …«

»Ich komme zu dir, okay? Warte auf mich. Alles wird gut.«

Dasselbe leere Versprechen, das sie erst wenige Tage zuvor gegeben hat. Nach dem Unfall, während sie Tadaeus Wagner reanimiert hat. Es hat sich als glatte Lüge entpuppt. Für ihn und seine Familie wird sehr wahrscheinlich nichts mehr gut. Nie mehr.

»Wohin soll ich dich fahren?« Zögernd kommt Lars auf sie zu.

»Das war Wase, er kann Lennart nicht finden.«

»Bär?«

Farah nickt. »Es geht ihm nicht gut, seit dieser Sache.«

»Ich weiß.«

Natürlich. Alle wissen es.

Lars' Auto leuchtet auf, als er es mit dem Schlüssel öffnet.

»Sollen wir Noa mitnehmen?«

»Lieber nicht.« Farah schaut kurz in den Flur und zurück zu ihm. »Wir können ihn zu meiner Nachbarin bringen, die passt gerne auf ihn auf.«

»Okay«, sagt er. Und ruhiger, beschwörend: »Wir finden Bär, Farah. Wir finden ihn.«

30. KAPITEL

»Hast du seinen Zweitschlüssel nicht mehr?«

»Nein, den hat er mir abgenommen.« Wase zögert, sagt schließlich: »Nach dem Vorfall.«

Dem Vorfall. Ein Code, den nur Eingeweihte verstehen. Er meint Drache, den Anschlag. Den Tag, an dem Bär fast gestorben wäre.

»Ich verstehe nicht.« Farah runzelt die Stirn. »Wenn du den Schlüssel nicht gehabt hättest, hätte dieser Kerl Lennart doch kaltgemacht.«

»Eben.«

Sie braucht eine Weile, um zu begreifen. Ihr wird eiskalt.

»Du meinst, er hat es darauf angelegt?«

Statt zu antworten, klettert Wase an einem Fallrohr hoch, das bedenklich quietscht. Die Schrauben, die es im Mauerwerk verankern, wirken wenig vertrauenerweckend.

»Was machst du denn da?«, zischt Farah ihm hinterher und packt die Krücken fester.

»Das Schlafzimmerfenster ist offen«, flüstert Wase, den Blick apathisch nach oben gerichtet. »Vielleicht kommen wir da rein. Der Rest des Hauses ist abgeschottet.«

Lars steht neben Farah. Leicht versetzt, sie spürt ihn mehr, als dass sie ihn sieht. Wie zufällig streift sein Handrücken über ihren Arm. Seit sie ausgestiegen sind, hat sie bewusst Abstand zu ihm gehalten. Die Autofahrt und die Sorge um Bär waren ernüch-

ternd. Fast hätte Farah selbst geglaubt, dass sie sich wieder eingekriegt hat. Ein Irrtum, wie sich jetzt herausstellt.

Verstohlen sieht sie zu Lars, der den Nacken in den Kopf gelegt hat und Wases Kletteraktion mit gerunzelter Stirn verfolgt.
Er ist inzwischen im ersten Stockwerk angelangt und lehnt sich
gefährlich weit zur Seite, um das gekippte Fenster zu erreichen.
Farah presst eine Hand auf den Mund, will noch etwas rufen,
bringt nichts hervor, weil mehrere Dinge gleichzeitig geschehen.

Lars' Arme schnellen vor, er macht unvermittelt einen Satz
nach vorne, das Fallrohr biegt sich grell quietschend von der
Hauswand. Eine Schraube muss sich gelöst haben. Wase verliert
den Halt. Er rutscht ab, stürzt. Ein dumpfer Laut, ein ersticktes
Stöhnen, als er Lars unter sich begräbt.

»Scheiße! O Mann, Lars«, japst Wase. Er rollt sich von ihm,
rappelt sich auf und kniet sich neben Lars, der reglos daliegt und
sich die Rippen hält.

»Ist alles okay bei dir?«

Wase nickt, sein Gesicht ist schmerzverzerrt. »Wirklich, es geht
schon. Aber Lars hat es erwischt.«

»Nicht bewegen«, befiehlt Farah. Sie wirft die Krücken beiseite, stützt sich mit einer Hand auf Wases Schulter ab und kommt
ebenfalls in die Hocke. Vorsichtig zieht sie den Reißverschluss
von Lars' Jacke auf, schiebt seinen Pullover hoch, betrachtet seinen entblößten Brustkorb. Eine Spur zu lang und zu intensiv.
Rasch starrt sie auf ihre Hände, um wieder in den richtigen
Modus zu kommen.

»Tut das weh?«, fragt sie immer wieder, während sie seinen
Thorax nach Frakturen abtastet.

»Nein«, raunt er. Lars' Stimme klingt mindestens so belegt wie
ihre eigene. Farah schluckt, versucht zu ignorieren, dass er sie
unverwandt anschaut. Mit den Fingern fährt sie an den Rippen-
bögen entlang.

»Hast du Schmerzen beim Atmen?«

»Nein.«

»Und dein Rücken?«

»Dem geht's gut, ehrlich, Farah. Ich hab mich nur erschreckt.« Er lacht auf. »Der Kerl wiegt mindestens einen Zentner.«

»Okay.« Behutsam schiebt sie den Pulli wieder runter. »Das fühlt sich alles gut an. Kannst du aufstehen?«

»Ich schon, du denn?« Lars' Lippen verziehen sich zu einem amüsierten Grinsen, das Farah mehr zu schaffen macht, als ihr lieb ist. Er setzt sich auf, kommt auf die Beine und reicht ihr eine Hand. Nach der unbequemen Sitzposition fühlen sich Farahs Knie an, als wären sie aus Gummi. Sie geben nach, doch Lars hält sie fest.

Knirschende Schritte nähern sich über den Kiesweg. Wie auf ein stilles Kommando hin lösen sie sich voneinander, gucken erst sich und dann Wase ungläubig an, der geradewegs auf sie zusteuert. Er muss an der Straße bei seinem Auto gewesen sein. Wortlos reicht er ihnen zwei Taschenlampen und stiert zur Haustür.

»Dieses verdammte Funzellicht!«

Er stapft ums Haus und in den Garten, weg von der flackernden Außenbeleuchtung. Lars und Farah werfen sich einen kurzen Blick zu und folgen ihm. Lars ist der Erste, der die Sprache wiederfindet.

»Können wir die Tür vorne aufbrechen?«

»Hab ich versucht, keine Chance.«

»Was ist mit den Nachbarn? Ist da ein Schlüssel hinterlegt?«

»Zu denen hat Bär keinen Kontakt.«

»Aber die könnten wissen, wo er abgeblieben ist.«

»Hab schon die halbe Straße wachgeklingelt, niemand hat ihn gesehen. Viel zu lange nicht mehr!« Wase fährt sich so heftig durchs Haar, dass sich einzelne Strähnen aus dem Dutt lösen. Sein letztes Telefonat mit Bär war am Montagabend. Wieder plagt ihn das schlechte Gewissen. »Ich hab sogar im Hospiz angerufen, der letzte Besuch bei Clara liegt wohl fast eine Woche zurück, dabei ist er sonst ständig bei ihr.«

Er rüttelt an der Außenjalousie, schlägt dagegen, als wäre sie schuld an der Misere, und wirft die Arme in die Luft. »Scheiße, das ist doch scheiße!«, brüllt er. »Tausendmal wollte ich zu ihm fahren, immer ist was dazwischengekommen.«

»Du warst doch bei ihm! Mehrmals«

»Aber er hat nie aufgemacht, keine Ahnung, ob er da längst weg war.«

»Bestimmt ist er wieder auf der Suche«, beruhigt Farah ihn und ihr eigenes Gewissen. Dabei wird ihr selbst immer mulmiger zumute, je mehr sie das ganze Ausmaß der Situation erfasst. »Kann doch sein, dass er einen Hinweis auf Pauls Verbleib bekommen hat und dem nachgeht«, sagt sie mit gesenkter Stimme, weil im Obergeschoss des Nachbarhauses just ein Licht angegangen ist. Wenn sie so weitermachen, steht in ein paar Minuten die Polizei auf der Matte.

»Stimmt, er hat ja gerade erst diesen Aufruf bei Facebook gepostet«, murmelt Lars. Er läuft an der Jalousie entlang und schiebt hier und da mit dem Fuß das Laub beiseite, das der Wind davorgepustet hat.

»Er hat was?«, fragen Farah und Wase wie aus einem Mund.

»Na, bei Facebook.« Lars dreht sich zu ihnen um und zieht die Brauen hoch. »Habt ihr die Fotos nicht gesehen?«

»Hab meinen Account schon vor Ewigkeiten gelöscht«, bekennt Wase.

»Und ich war lange nicht mehr eingeloggt.« Farah sieht an der Fassade empor, die abweisend wirkt wie eine Trutzburg. »Eigentlich wollte Lennart doch nicht mehr über Social Media gehen.«

»Zu viele Spinner, die sich wichtigmachen, zu viel Frust«, zitiert Wase ihren Freund. »Hast du dein Handy dabei?«

Lars kramt es hervor, klickt eine Weile darauf herum, reicht es ihm. Dem Datumstempel zufolge wurde die Anzeige vor knapp einer Woche gepostet. Der Text ist fast derselbe wie früher, nur leicht abgewandelt und um ein paar Infos ergänzt.

»Das Foto ist neu«, stellt Farah fest. Paul wirkt deutlich reifer, die Züge kantiger. Bär muss das Bild durch eine Alterungssoftware gejagt haben. Wobei ... wahrscheinlicher ist es, dass er jemanden damit beauftragt hat. Er selbst ist ein technischer Noob und stößt schon bei der Formatierung eines Word-Dokuments an seine nervliche Belastungsgrenze.

Unter dem Post häufen sich weinende Emojis, gebrochene Herzen und Rosen. Immer wieder auch Drachen. Eine Referenz auf den Schwerverbrecher Bodhan Drache, dem Bär quasi im Alleingang das Handwerk gelegt hat. Zumindest ist es das, was alle glauben wollen und was die Presse kolportiert.

So ist das mit Lügen. Wenn man sie nur oft genug wiederholt, halten die Menschen sie irgendwann für wahr. Das gilt erst recht für fabelhafte Heldengeschichten, wie die von Lennart eine ist. Besonders, weil er zu dem Mythos um seine Person nie ein offizielles Statement abgegeben hat. Trotz hartnäckiger Anfragen seitens der Medien. Aus Bescheidenheit, vermuten die einen. Aus ermittlungstaktischen Gründen, die anderen. Für nicht wenige kommt seine Zurückhaltung einer Bestätigung der Spekulationen gleich. Konkludentes Schweigen im juristischen Sinne. Vermutlich wäre Farah ebenfalls darauf hereingefallen, wüsste sie durch Wase nicht, wie sich der Einbruch in Wirklichkeit abgespielt hat. Dass Bär ihn bei dieser Pressekonferenz bewusst provozierte, um ihn zu sich nach Hause zu locken. Und zu sterben. Suicide by Killer. Die Nacht verfolgt ihn, genau wie der unsägliche Spitzname, den ihm die Presse verpasst hat.

Drachenfänger.

»Schau dir mal die Reichweite an.« Wase zeigt auf die Zahl der Follower, die sich im niedrigen fünfstelligen Bereich bewegt.

Farah pfeift anerkennend. »Offenbar sind seit dem Vorfall mit Drache ein paar Fans dazugekommen. Kein Wunder, die Story war ja auch überall, sogar die *FAZ* hat berichtet.«

»Wahrscheinlich hat er es deshalb noch mal auf diesem Weg probiert.«

»Er muss sehr verzweifelt sein, wenn er sich das antut«, flüstert Farah. Sie hat Bär nie zuversichtlicher erlebt als nach seinem ersten Aufruf auf Social Media. Doch die Spuren, die anfangs so hoffnungsvoll erschienen, entpuppten sich als Sackgassen. Gelinde gesagt. Manche angebliche Zeugen führten ihn mutwillig in die Irre, machten sich über seine Not lustig, versuchten sogar, Profit daraus zu schlagen, wie die Seherin aus Niederbayern, die behauptete, dass Paul noch lebe. Er sei ihr im Traum erschienen, sie wisse, wo er sei. Wase konnte Bär damals nur mit viel gutem Zureden davon abbringen, eine hohe dreistellige Summe an die Frau zu überweisen.

»Leute, kommt mal her!« Lars ist vor der Terrassentür in die Hocke gegangen. Den Absatz hat er vom Laub befreit. »Seht ihr das? Die Jalousie ist nicht ganz runtergelassen. Sind die gesichert?«

»Wenn wir Glück haben, hat Bär vergessen, den Riegel vorzulegen.« Wase gibt Lars das Handy zurück, und sie knien sich neben ihn, wobei Farah aufstöhnt, als sich ihr verletzter Fuß bemerkbar macht.

»Geht's?«

Die beiden Männer mustern sie besorgt von der Seite.

»Nicht wirklich, aber ab morgen kann ich mich ja schonen.«

Das kam bitterer raus als geplant. Farah überspielt es, indem sie ihren Fokus auf die Unterkante der Jalousie richtet. Tatsächlich, da ist ein schmaler Spalt, höchstens einen Zentimeter breit.

»Auf drei«, bestimmt Lars, woraufhin sie ihre Finger in die Lücke schieben. »Eins, zwei, drei!«

Mit vereinten Kräften reißen sie am Rollladen. Das Metall

schneidet Farah ins Fleisch, doch sie lässt nicht nach, zieht unbeirrt weiter gegen den Schmerz, stemmt sich auf den gesunden Fuß, auch wenn das in dem einbeinigen Stand kaum einen Hebel erzeugt. Zunächst tut sich nichts, das Teil rührt sich keinen Millimeter.

»Fester!«, ruft Lars.

Es knackt und quietscht höllisch laut, und die Jalousie bewegt sich ein Stück.

»Ja!«, triumphiert Wase zwischen zusammengebissenen Zähnen. »Weiter, gleich haben wir es!«

Ein Ruck geht durch die Jalousie, als sei etwas im Rahmen zersprungen, und sie rattert nach oben. So schnell, dass die drei fast hintenüberkippen. Schwer atmend sehen Farah und Lars zu, wie Wase im Garten verschwindet und kurz darauf mit einem dicken Stein zurückkehrt. Er wickelt seinen Schal einmal lose darum.

»Geht ein Stück zur Seite, ich schlage die Scheibe ein.«

»Gibt's eine Alarmanlage?«

»Ja.«

Wase holt aus. Farah hält sich die Ohren zu. Der Stein kracht gegen Glas, das kreischend springt. Ein paarmal noch haut Wase auf die kaputte Stelle, bis ein faustgroßes Loch entstanden ist, durch das er seine Hand schieben kann.

»Drückt die Daumen, dass Bär nicht abgeschlossen hat.«

Und dass wir noch genug Zeit haben, das herauszufinden. Das Nachbarhaus ist inzwischen hell erleuchtet. In einem Fenster ist eine Silhouette aufgetaucht. Jemand beobachtet sie. Farah stupst Lars mit dem Ellenbogen an, macht eine kleine Bewegung mit dem Kinn in die Richtung. Er folgt ihrem Blick, nickt.

»Geschafft!«

Wase drückt die Terrassentür auf. Knarzend schwingt sie in den Raum und fächert ihnen einen abgestandenen Geruch entgegen. Doch es ist nicht das süßliche Aroma des Todes, auf das sich

Farah insgeheim eingestellt hat. Vielmehr nehmen ihre Rezeptoren eine Mischung aus verschüttetem Bier, Essensresten, Schweiß und Bratenfett wahr, die ihr Übelkeit verursacht. Sie inhaliert ein letztes Mal die frische Luft. Nacheinander betreten sie das Wohnzimmer.

»Das Licht muss ausbleiben«, sagt Farah. »Wir haben schon genug Aufmerksamkeit erregt.«

Es ist vergleichsweise kühl im Haus. Jemand hat das Heizungsthermometer in den Sparmodus gestellt. Sie lässt den Strahl der Taschenlampe über den Boden, Tisch und das Sofa wandern. Alles ist von Pappkartons, alten Zeitungen und irgendwelchen Tüten mit undefinierbarem Inhalt übersät. Abgesehen von einer Lichterkette, die sich seit letztem Dezember unter einer dicken Staubschicht auf der Fensterbank kringelt, gibt es keine weihnachtliche Deko. Die offene Wohnküche ist in einem noch jämmerlicheren Zustand. In der Spüle stapeln sich verkrustete Teller und Gläser, aus dem Mülleimer quellen Aluminiumschalen vom Imbiss, benutzte Servietten und zerbeulte Dosen.

»Bär?«, ruft Wase, und es klingt heiser, ängstlich. »Bist du da?«

Wie versteinert bleiben sie stehen und lauschen ins Haus.

Nichts. Keine Antwort.

Farah atmet zitternd aus und folgt den anderen in den Flur, wo sie über Schuhe steigen müssen, die kreuz und quer verstreut liegen. Das Gästebad ist leer. Die Klobrille steht offen, im Waschbecken klebt vertrocknete Zahnpasta, die Keramik ist an mehreren Stellen geplatzt. Farah schließt die Tür hinter sich und dreht sich zu Wase um, der am Treppenabsatz steht und in die erste Etage leuchtet. Sie liegt in vollkommener Dunkelheit, nichts rührt sich.

In Farahs Innerem rumort es. Dabei hat sie noch nichts gewittert, das das mulmige Gefühl rechtfertigt. Der charakteristische Verwesungsgeruch fehlt. Ein gutes Zeichen. Mit den geschlossenen Fenstern hätte er sich inzwischen längst im ganzen Haus breitgemacht. Auch das Summen der geflügelten Totengräber fehlt, die Fäulnis kilometerweit wittern, herbeikriechen und -flattern, sobald irgendwo ein Leben zu Ende gegangen ist. Schmeiß- und Käsefliegen, Aaskäfer, Wespen und anderes Getier, das sich am Leichnam weidet, ihn zur Brutstätte für seine Nachkommen macht.

»Sollen wir?«

Sie stehen im Kreis, schauen einander an. Verhaltenes Nicken. Keiner von ihnen sieht so aus, als sei er wirklich bereit für das, was ihnen bevorsteht. Aber wann ist man das je? Wase geht voran, die Stufen knarzen und ächzen unter seinem Gewicht. Mit jedem Schritt wird die Luft schneidender, als habe die moderate Heizungswärme bei ihrem Aufstieg sämtliche Sauerstoffmoleküle ins Erdgeschoss gedrückt.

Farah knöpft ihren Mantel auf, lockert den Schal, der unangenehm eng um ihren Hals liegt. Im Dunkeln spürt sie jemanden neben sich. Lars. Er tastet nach ihrer Hand, drückt sie kurz, als wolle er sichergehen, dass es ihr gut geht. Farah erwidert den Druck, hält ihn fest, bis sie oben angelangt sind, weil seine Ruhe sie gleichmäßiger atmen lässt.

Ein leiser Windhauch streift ihre nasse Stirn. Er kommt aus dem Schlafzimmer, wo das Fenster ein Stück offen steht. Die Tür ist nur angelehnt. Ohne zu zögern, geht Wase voran. Farah erkennt sofort, dass seine Unerschrockenheit nur Fassade ist. Er hält den Griff der Taschenlampe fest gepackt, doch der Strahl zittert kaum merklich, als er über den Flurteppich in den Raum gleitet.

Als würde er Atem schöpfen, blähen sich die Gardinen im Wind, fallen zusammen und erschlaffen. Eine Straßenlaterne wirft ein helles Dreieck aufs Bett. Auf die gekrümmte Kontur, die sich deutlich unter der Decke abzeichnet. Langsam und mit hämmerndem Herzen tritt Farah näher. Ein Reflex, keine bewusste Entscheidung.

Als Rechtsmedizinerin sie ist darauf trainiert, genauer hinzuschauen. Besonders, wenn sich andere angewidert abwenden. Sie packt die Decke, und mit derselben Entschlossenheit, mit der sie einen Leichensack öffnet, schlägt sie sie zurück.

Die Information der Sehzellen braucht quälend lange, um ihr Bewusstsein zu erreichen.

»Er ist nicht hier«, flüstert Farah und stimmt in das allgemeine Seufzen ein, das bei Wase zu einem Stöhnen entgleist. Er hat sich nach vorne gebeugt und die Hände in die Knie gestützt, als habe ihm jemand mit Vollspann in die Magengrube getreten. Seine Schultern heben und senken sich unter schnellen Atemzügen. Lars legt eine Hand auf seinen Rücken, murmelt etwas, das Farah nicht versteht, weil es in ihren Ohren saust, das ihn aber zu beruhigen scheint. Wase richtet sich auf, nickt und fährt sich mit beiden Händen übers Gesicht.

Farah knipst die Nachttischlampe an, rümpft die Nase. Von der Matratze steigt ein säuerlicher Geruch auf. Laken und Kissen sind speckig, sicher schon ewig nicht mehr gewaschen worden. Die andere Seite des Bettes, Claras Seite, ist ordentlich gemacht und makellos sauber. Bär hat mit der Handkante sogar einen Knick ins aufgeschüttelte Kissen gedrückt. Im restlichen Zimmer herrscht die Verwahrlosung.

Überall liegen Kleider herum, und der Schrank steht offen. Bis auf ein paar Shirts und Hosen ist er leer. Eine Schnapsflasche rollt übers Parkett, als Farah aus Versehen dagegen tritt.

»Ich checke das Bad«, bietet Wase an.

»Okay, dann gehe ich ins Büro.«

»Ich komme mit«, sagt Lars. Farah nickt. Auch wenn nichts den Anschein macht, dass irgendwo eine böse Überraschung auf sie wartet, ist sie doch froh, nicht allein durch Bärs Haus streifen zu müssen. Es fühlt sich falsch an, verboten, wie eine unverzeihliche Verletzung seiner Privatsphäre, die er so penibel unter Verschluss hält.

Das kleine Büro liegt am Ende des Flurs. Genau wie Lennarts Schlafzimmer hat sie es noch nie zuvor betreten. Die Türklinke ist aus Messing und kühl an ihrer Hand. Aus irgendeinem Grund kann sich Farah nicht überwinden, sie herunterzudrücken. Warum ist es nur so fürchterlich heiß hier oben? Sie streift den Mantel ab, wirft ihn auf den Boden.

»Alles okay?«

»Ich weiß nicht«, entgegnet Farah wahrheitsgemäß. Dennoch schließen sich ihre Finger energischer um die Klinke, und sie drückt zu.

Das Zimmer ist drei Ausfallschritte breit und tief. Die Jalousien sind geöffnet, die Konturen der Möbel zeichnen sich schwach ab. Sie erkennt einen kleinen Sekretär, auf dem ein stationärer Rechner steht, mehrere Regale gefüllt mit Fachliteratur. Der erste Raum bisher, in dem so etwas wie Ordnung herrscht.

Farahs Blick wandert über die Buchrücken. Da sind Standardwerke zu kriminalistischer Spurensicherung, Polizei- und Ordnungsrecht, Toxikologie, Ermittlungsverfahren und Polizeipraxis. Ein Buch erkennt sie wieder, ein Klassiker, sie hat ihn selbst zu Hause stehen: *Rechtsmedizin – Befunderhebung, Rekonstruktion, Begutachtung* von Burkhard Madea.

»Farah.«

Sie fährt herum, braucht eine Weile, um sich im Halbdunkel zu orientieren. Lars steht mit dem Rücken zu ihr, halb von der geöffneten Tür verborgen. Sein Körper schirmt das Licht der Taschenlampe ab, das auf etwas vor ihm gerichtet ist. Als Farah sieht, was es ist, ist ihr trotz der drückenden Hitze hier oben auf einen Schlag eiskalt. Sie leuchtet die Utensilien an, die Bär sorgsam auf einem Sideboard arrangiert hat. Kerzen, ein Bouquet

Trockenblumen, gerahmte Fotos von Paul, ein Seidenband, das eine blonde Haarlocke rafft.

»Ein Schrein«, murmelt sie. »Ein Altar für seinen Sohn.«

»Was ist das denn?« Lars und Farah wenden die Köpfe. Wase steht hinter ihnen und sieht so fassungslos aus, wie Farah sich fühlt. Doch der Strahl seiner Taschenlampe ist nicht auf die Kommode gerichtet, sondern auf einen Punkt darüber. Farahs Augen folgen dem Licht.

»O mein Gott«, haucht sie.

Eine riesige Europakarte tapeziert die Wand. Sie ist von roten Reißzwecken übersät, die sich flächig in Deutschland bündeln. Einige versprengte Nadelköpfe stecken auch in den Nachbarländern.

»Da ist auch eine grüne«, stellt Lars fest, der mit offenem Mund den Plan studiert. »Im Raum Köln. Vielleicht hat er eine frische Spur aufgetan, der er gerade folgt.«

Farah nickt abwesend, sie kann nicht sprechen. Etwas schneidet ihr die Luftzufuhr ab und droht, sie zu ersticken. Lennart muss über zweihundert Städte abgeklappert haben. Das sollte sie nicht überraschen, er hat nie einen Hehl daraus gemacht, dass er Paul sucht, selbst nach all den Jahren noch, die seit seinem Verschwinden verstrichen sind. Im Präsidium wissen alle davon, weil Bär wegen seiner Alleingänge schon öfter mit hohen Tieren der Kripo aneinandergeraten ist.

Doch hier vor dieser Karte zu stehen, auf der er seine privaten Ermittlungen dokumentiert, erschüttert sie auf eine Weise, die sie nicht kommen sah. Es ist nicht nur die Karte. Es ist auch das Haus, das ihr an die Nieren geht. Man muss sich nur umsehen, um eine Ahnung davon zu bekommen, wie es um Lennarts Zustand bestellt ist. Dieser Ort ist ein Spiegel seiner Seele.

Früher, als Clara noch hier gelebt hat, war es hier warm und hell. Nun ist ihr einstiges Heim dem Verfall preisgegeben. Ein

Verfall, der davon erzählt, wie egal Bär sich selbst geworden ist. Jeder Cent geht für Benzin, billige Unterkünfte und Recherchen drauf. Für die Instandhaltung des Hauses oder ein neues Paar Schuhe bleibt nichts übrig. Im Gegenteil. Als sie sich noch miteinander getroffen haben, hat Farah durch Zufall das Schreiben seiner Hausbank gesehen. Es lag offen auf dem Küchentisch. Eine Bestätigung für die Hypothek, die Bär aufnehmen musste, um sich die unbezahlten Urlaubstage und Reisen leisten zu können.

Ein Klappern holt Farah aus ihrer Schwermut. Lars macht sich an den Türen der Kommode zu schaffen und zieht drei Ordner hervor. Farah leuchtet die Etiketten an. Darauf sind mit Edding Jahreszahlen und das Wort *Paul* notiert.

»Er hat Fallakten angelegt«, sagt Wase und schnappt sich die oberste vom Stapel, blättert darin. »Unfassbar, da drinnen ist alles akribisch festgehalten.«

»Er hat jeden Hinweis abgeheftet, jede Mail ausgedruckt«, raunt Farah. Sie fasst sich an den Hals, reißt sich den Schal herunter, wird das Gefühl, das ihr etwas die Luftzufuhr abschnürt, trotzdem nicht los.

»Verdammt, Bär hat sogar Berichte von seinen Obervierungen verfasst und Gespräche mit angeblichen Zeugen protokolliert. Alles mit Datum und Seitenzahlen versehen.«

»Ermittler durch und durch«, flüstert Lars.

Ein blauer Lichtschein streift durch den Raum. Gleichzeitig drehen Wase, Farah und Lars die Köpfe zum Fenster. Das Schlagen zufallender Türen ertönt, knackende Funkgeräte.

»Na klasse.«

»Das war abzusehen«, stöhnt Farah, die die Silhouette im Nachbarfenster noch deutlich vor Augen hat. Sie stellt die Ordner zurück, verschließt die Kommode und schleicht mit den anderen zurück ins Erdgeschoss. Wieder hallt das Knallen von Türen durch die Straße, draußen werden Stimmen laut. Haben die Streifenbeamten Verstärkung angefordert?

Für eine Flucht ist es zu spät. Ein Klackern und Klicken an der Haustür. Jemand schließt auf. Ehe sich Farah darüber wundern kann, dass die Polizei einen Schlüssel hat, öffnet sich die Tür, und das Deckenlicht geht an. Ein Moment ungläubigen Staunens, bevor sich alles überschlägt und Chaos ausbricht. Fragen schießen wie Pfeile quer durch den Flur.

»Ihr?«

»Du?«

»Brennt euch der Kittel, oder was?«

»Wo zur Hölle hast du gesteckt?«

»Okay, halt, stopp.« Bedächtig lässt Lennart Bär die Reisetasche zu Boden gleiten. Sein Gesicht ist fahl und hohlwangig, der schwarze Mantel am Saum zerschlissen. Lose schlackert er über knochigen Schultern. Früher hat er ihm wie angegossen gepasst. »Ich bin hier nicht derjenige, der irgendwas erklären muss! Das sehen die Kollegen draußen übrigens ähnlich.« Bär lässt ihnen eine Sekunde, um die subtile Drohung sacken zu lassen. »Ihr seid verdammt noch mal in mein Haus eingebrochen!«

»Du warst wie von der Bildfläche verschwunden, niemand wusste, wo du steckst!«, hält Wase dagegen, doch sein Protest klingt schwach. Farah kann sehen, dass er mit den Tränen kämpft.

»Seit wann bin ich dazu verpflichtet, mich bei euch abzumelden?« Lennart knöpft den Mantel auf, hängt ihn an die Garderobe. Er rutscht vom Haken und fällt hinunter. Bär lässt ihn auf dem Boden liegen. »Was kommt als Nächstes? Wollt ihr mich entmündigen lassen? Mir eine Fußfessel anlegen? Mein Handy tracken?«

»Bär, wir haben uns einfach Sorgen um dich gemacht«, versucht Farah, die Lage zu deeskalieren. »Wir sind deine Freunde! Wäre es dir lieber, du wärst uns egal?«

»Mir wäre es am liebsten, wenn ihr jetzt geht«, sagt Bär und hält die Tür auf.

Wie vom Donner gerührt starrt Wase ihn an. »Du schmeißt uns raus?«

»Nenn es, wie du willst. Ich hab einen beschissenen Tag und eine lange Autofahrt hinter mir und würde jetzt gerne meine Ruhe haben.«

»Die Terrassentür ist kaputt«, räumt Farah zerknirscht ein.

»Warum überrascht mich das nicht.« Lennart funkelt sie der Reihe nach an, wie ein Vater, der seine Kinder zur Räson ruft. »Ich schicke euch die Rechnung. Und jetzt raus!«

Farah zieht die Schultern hoch, rechnet damit, dass er die Tür hinter ihnen zuschmeißt, um seiner Wut Ausdruck zu verleihen. Doch zu ihrer Überraschung drückt er sie leise zu. Ein Klacken ertönt, noch eins, dann ein Klimpern und metallisches Ratschen, als er die Kette vorlegt, sie ausschließt. Es fühlt sich endgültig an. Bär verbunkert sich in seinem Haus. Er sondert sich ab.

Von ihnen, von seinem Leben, von dieser Welt.

31. KAPITEL

Nebel schmiegt sich an die Scheiben. Er ist so dicht, als habe jemand Farahs Haus nachts unbemerkt in die Wolken gehoben. Ein Raum hinter Mauern, geborgen im milchigen Dunst, der alles umhüllt. Ein stiller Morgen, sogar die Vögel schweigen noch. Die Sonne steigt bereits über die Felder, streckt ihre langen Finger in den Nebel und reißt ihn auf. Eine Vorstellung, bei der Wase ein unbestimmtes Grauen überfällt.

Was hält sich hinter den Schleiern verborgen? Er fährt schon lange auf Sicht. Mit der Zeit hat sich Wase an das ungewisse Leben gewöhnt, an das innere Keuchen, das ihn begleitet. An die Wachsamkeit, die es erfordert, um die Spur zu halten. Doch das ist nur der gefällige Teil der Wahrheit, wie ihm jetzt dämmert. Ein anderer Teil *will* nicht klarsehen. Genau wie Bär. Solange er nicht sieht, was andere längst erkannt haben, hat er einen Grund, weiterzuleben.

Nebel.

Leben.

Ein Palindrom.

Wase verengt die Stimmritzen, bremst den Luftstrom, der gepresst in seine Lungen fließt und entweicht. Ujjayi-Atmung. Auf fünf Zeiten ein, auf acht Zeiten aus. Das vegetative Nervensystem fährt runter. Sorgfältig richtet er seine Knie auf den Ellenbogen aus, kommt auf die Zehenspitzen und verlagert den Schwerpunkt allmählich nach vorne. Die Zehen lösen sich vom Boden und heben ab, bis sie schweben und mit den Unterschenkeln und seinem Nacken eine parallele Linie über dem Boden bilden. Wases Rücken neigt sich abschüssig, die Handflächen pressen ins Holz und stemmen das gesamte Körpergewicht. Wenn sie nachgeben oder er aus dem Gleichgewicht gerät, knallt er auf sein Gesicht.

Bakasana.

Nach einer Serie von Sonnengrüßen und anderen Asanas bildet die Krähe wie immer den Abschluss seiner morgendlichen Ashtanga-Yoga-Praxis. Doch Wase sitzt der Schlafentzug in den Knochen, macht ihn wackelig und trübt seine Sinne ein. Er sieht sich selbst als schummrige Reflexion in den polierten Dielen. Ein Schweißtropfen zerplatzt darauf zu einem eigentümlichen Stern. Die Muskeln in seinen Armen fangen an zu zittern. Die Anstrengung und die eiskalte Dusche im Anschluss sind sein Antidepressivum. Seine Medizin gegen den akuten Serotoninmangel.

»Wow, du siehst ja verwegen aus.«

Wase gähnt herzhaft und gesellt sich zu Farah ans Küchenfenster.

»Gewöhn dich lieber nicht daran«, sagt er lächelnd und bindet sein noch feuchtes Haar hoch.

»Ich hab dir Ingwertee gekocht.« Farah deutet auf seine Thermosflasche, die bereits fest verschraubt auf der Anrichte wartet.

»Extrastark und mit Minze?«

Sie nickt und drückt Wase eine Papiertüte in die Hand. »Und ein Käsesandwich. Du fährst doch bestimmt direkt los, oder?«

»Leider, ich muss Kate abholen. Wir wollen vor der Dienstbesprechung bei der Frau vorbeifahren, der der Wald gehört.«

»So früh?«

»Ihr Vorschlag, nicht unserer. Ich wäre gerne noch ein bisschen liegen geblieben.«

Gestern saßen sie bis in die frühen Morgenstunden hier unten am Tisch, sprachen über Monique, die Beurlaubung, den Unfall. Nur das Thema Bär sparten sie aus. Es gibt ohnehin nichts mehr zu sagen. Dennoch klafft eine Lücke, die Wases Fantasie mit Albträumen füllte. Auch Farah scheint nicht viel geschlafen zu haben. Als Wase gegen fünf zum Bad schlich, sah er Licht unter ihrer Tür brennen. Der graue Nebeltag malt Schatten unter ihre Augen.

Im Radio dudelt gedämpft »Last Christmas« von Wham!. Farah schaltet es aus. Zum Glück verkneift sie es sich, nach dem Stand der Ermittlungen zu fragen, auch wenn es sie sicherlich brennend interessiert. Wase kann sowieso nichts preisgeben, sie stochern im Nebel. Hoffentlich lichtet er sich heute. Wenn es nicht mit dem Teufel zugeht, sollten die Ergebnisse aus Köln und dem kriminaltechnischen Labor eintrudeln. Waren Wagner und die Anhalterin in der Hütte? Und wenn ja, wann? Was wird die Phänotypisierung ihnen über die Menschen erzählen, deren Blut dort vergossen wurde?

»Trinkst du ausnahmsweise Espresso mit mir?« Farah nimmt ihre Bialetti vom Herd, die auf den blauen Flammen zischt und blubbert, schenkt sich ein. »Du siehst aus, als könntest du einen vertragen.«

»Gleichfalls.« Wase lacht, obwohl er kurz versucht ist, sich einen Shot Koffein zu genehmigen.

»Was machst du heute?«

»Keine Ahnung«, bekennt Farah und gibt einen Löffel braunen Zucker in ihre Tasse. »Ich fremdele noch mit dieser ungeplanten Freiheit.«

»Vielleicht kommt Lars ja später vorbei«, sagt Wase betont beiläufig und registriert, wie Farah leicht errötet. »Ich mag ihn.«

»Ich weiß.«

»Freddy dagegen …«

»Ich weiß!«, schneidet Farah ihm das Wort ab. »Auch wenn du

dich mit deiner Meinung immer sehr zurückhältst, was ich dir übrigens hoch anrechne.«

»Verstanden.« Wase schnappt sich die Thermoskanne und sein Frühstück. Farah begleitet ihn zur Tür, und gemeinsam treten sie in die klamme Luft.

»Schau nicht direkt in den Nebel«, sagt sie und mustert ihn ernst, »sondern nach schräg rechts unten zur Straßenmarkierung, hörst du? Kein Fernlicht, das reflektiert nur. Und lass das Fenster einen Spaltbreit auf.«

»Um einen klaren Kopf zu behalten?«

»Damit du hörst, was um dich herum geschieht. Die Wassertröpfchen bremsen Schallwellen ab oder leiten sie um. Ist dir noch nicht aufgefallen, wie leise es heute Morgen ist?«

Sie horchen in den Nebel, der sich inzwischen etwas verzogen hat. Dennoch ist es geradezu unheimlich still.

»Das Radio lasse ich wohl auch besser aus, oder?«

Zu seiner Überraschung umarmt Farah ihn noch einmal, lehnt sogar den Kopf an seine Brust, was sie sonst nie tut. In Wase wallt jähe Dankbarkeit auf. Er ist froh um ihre Freundschaft und dass sie seine Verbündete ist in diesem aussichtslosen Kampf. Mag sein, dass sie auf verlorenem Posten stehen, aber immerhin nicht allein. Er legt die Arme um sie, drückt Farah an sich – und spürt, wie sich alle Muskeln in ihr verhärten.

»Da«, haucht sie und starrt in Richtung Straße. »Das Auto.«

Wase lässt Farah los, ohne den Blick von den Umrissen des dunklen Kastenwagens abzuwenden. Wenn er ihn richtig verortet, steht er in dem Wirtschaftsweg, der auf die angrenzenden Felder führt.

»Was ist damit?«

»Kann sein, dass ich durchdrehe, aber ich habe es früher nie in der Straße gesehen, in letzter Zeit aber andauernd. Ob das diese Reporterin ist, die Monique erwähnt hat?«

»Ich kann mir kaum vorstellen, dass die sich tagelang auf die Lauer legen würde, ohne zumindest einmal zu klingeln. Wann ist dir das Auto zum ersten Mal hier aufgefallen?«

»Dienstag. Gestern war es auch da.«

Wase legt Thermoskanne und Tüte auf dem Boden ab, richtet sich auf und trabt los, auf den Kastenwagen zu. Gemächlich erst. Als der Motor mit einem Brummen aufwacht, rennt er los. Er ist noch zwanzig Meter entfernt, da macht das Auto einen Satz nach vorne auf die Straße.

»Stopp!«, brüllt Wase.

Er setzt zum Sprint an. Der Fahrer beschleunigt. Ohne die Scheinwerfer zu aktivieren, verschwindet das Auto im Nebel.

32. KAPITEL

Wase bleibt der Mund offen stehen. Das muss der Himmel sein, der Himmel in Form eines Antiquitätengeschäfts. Constanze von Warenfels hat ihn und Kate O'Hara in die Bibliothek ihrer großzügigen Altbauwohnung geführt, deren Wände von vier Meter hohen Regalen verdeckt sind, in denen sich unzählige Buchrücken aneinanderdrängen. Mahagonimöbel und Fischgrätparkett komplettieren das Ensemble, alles vom Feinsten. Es gibt sogar einen von diesen Barwagen in Form eines Globus. Und der herrliche Perserteppich! In den Kontoren der Speicherstadt geht der locker für einen fünfstelligen Betrag über die Ladentheke. Mindestens. Erst bei näherem Hinsehen fallen Wase die Schleifspuren und Kratzer in den Dielen auf. Die Tür des Büfettschranks hängt schräg im Scharnier und schließt nicht mehr richtig.

Constanze von Warenfels hat auf einem abgewetzten Samtsessel Platz genommen, ein Gehstock lehnt neben ihr am Fenster. Mit stumpfem Blick, die welken Hände gefaltet, späht die alte Dame in den Garten, über dem sich ein schiefergrauer Himmel spannt. Mascarakrümel haben sich in den feinen Fältchen unter ihren Augen eingenistet, und die Frisur, die von vorne betrachtet adrett wirkt, ist am Hinterkopf platt gedrückt, als habe sie sich erst kurz vor der Ankunft ihrer Besucher aus dem Bett gequält.

Etwas an ihrem Gesicht irritiert Wase. Es dauert eine Weile, bis er den Finger darauf legen kann. Frau von Warenfels sieht aus, als würde sie ein Gähnen unterdrücken. Zunächst hat er eine gewisse Hochnäsigkeit darin gelesen. Nun aber fragt er sich, ob ein Schlaganfall ihre Mimik verzerrt hat.

Ein Vermögen verschlinge die mobile Pflege, hat sie vorhin geklagt, aber sie habe keine Wahl, ihre Söhne würden weit weg leben, seien zu beschäftigt, um ihrer Mutter zu helfen. Die Hütte? Die habe ihr lieber Ludwig – Gott hab ihn selig – vor einigen Jahren errichtet. Wann genau? Das müsse im Winter gewesen sein. Nach seinem ersten Herzinfarkt vor drei Jahren. Sie habe darauf bestanden, damit er bei Jagdausflügen einen Unterschlupf hat. Ansonsten: keinerlei Vorkommnisse. Zumindest habe die Firma, die mit der Forstpflege betraut ist, sich diesbezüglich nie bei ihr gemeldet.

»Wann waren Sie zuletzt dort?«

»Ich bin schon sehr lange an dieses Haus gefesselt.« Die alte Dame wringt die Hände im Schoß, als versuche sie, unsichtbare Stricke zu lösen, die sich um ihre Gelenke winden. »Wenn mich nicht alles täuscht, sind Ludwig und ich letztes Jahr im Sommer noch einmal im Knochenwald gewesen.«

Wase horcht auf. »Knochenwald?«

»So hat er ihn immer genannt. Wegen der mageren weißen Birken. Er war der Ansicht, dass sie aussehen wie Skelette. Ich finde auch, dass sie etwas Unheimliches an sich haben.« Sie hebt einen Finger, der Wase mit den knotigen Gelenken an Bambusstangen erinnert. »Hexen stehen immer zwischen Birken.«

»Wie bitte?«

»Walter Moers!« Sie lächelt, runzelt die Stirn. »Die Zamonien-Romane? Das *Blutige Buch*? Ach, nicht wichtig, ich denke nur laut. Jedenfalls bevorzuge ich Warenfelswald. Das klingt netter, finden Sie nicht auch?«

»Wie stark frequentiert ist der Wald? Sind Ihnen öfter Spaziergänger über den Weg gelaufen, wenn Sie dort waren?«

»Selten, aber verdächtig kamen die mir nie vor, falls Sie das meinen. Der Birkenteil steht unter Naturschutz, da darf und will niemand rein, glauben Sie mir. Das Areal ist sehr sumpfig, unwegsam und dicht bewachsen.«

Wase nickt. Er hat das dschungelartige Gelände noch lebhaft in Erinnerung.

»Sie sagten eben, Ihr Mann war Jäger. Hat er in der Hütte Wild zerlegt?«

»Nein«, kommt es prompt zurück. »Die Tiere gingen an einen Händler, der das übernommen hat. Er beliefert Feinkostläden und Restaurants im Umland.«

Wase notiert sich Namen und Anschrift der Firma.

»Können Sie sich daran erinnern, ob die Hütte verschlossen war?«

»Nein, warum sollte sie?« Frau von Warenfels wirkt ehrlich verwundert. »Ludi hat nichts von Wert dort gelagert, außerdem hat sich sowieso niemand da draußen herumgetrieben.«

Mit den knorrigen Fingern umfasst sie ein Goldkreuz an ihrer Halskette, als suche sie himmlischen Beistand. »Sagen Sie mir bitte, Herr Rami, ist in der Hütte ein Verbrechen geschehen? Auf meinem Grund und Boden?«

»Das versuchen wir gerade herauszufinden«, entgegnet Wase unverbindlich.

Die alte Dame wirkt nicht beruhigt. Zögernd lächelt sie ihnen zu und wird jäh von einem heftigen Hustenanfall geschüttelt. Kate ist sofort bei ihr und stützt sie.

»Ich hole etwas zu trinken.«

Wase spurtet in die Küche, die gleich neben dem Eingang liegt. Er muss einige Schranktüren öffnen und schließen, bis er ein Glas findet. Es kommt ihm ungeheuerlich vor, ihre Habseligkeiten zu durchwühlen. Er dreht den Wasserhahn auf, fixiert stoisch das Glas, um die Pillenpackungen, den Inhalator und andere medizinische Apparaturen auszublenden, die auf der Spüle bereitstehen. Dennoch nimmt er im Augenwinkel ein vertrautes Muster wahr.

»Ach nee.«

An der Kühlschranktür hängt ein kleiner Terminzettel, das Logo mit dem *W*, das auf einem umgekehrten *V* sitzt, hat Wase noch vor Kurzem auf der Homepage der Zahnarztpraxis von Tadaeus Wagner und Jon de Vries gesehen. Ein Kribbeln breitet sich vom Magen her aus. Das könnte die fehlende Verbindung sein, nach der sie suchen.

»Wase? Kommst du?«

Kate.

Mist, über seiner Entdeckung hat er ganz vergessen, dass sie auf ihn warten. Mit dem Glas in der Hand hastet er zurück. Frau von Warenfels kauert zusammengesunken in ihrem Sessel. Unentwegt betupft sie ihre Augen mit einem bestickten Stofftaschentuch und hält eine Hand auf die Brust gepresst. Wase reicht ihr das Wasser.

»Danke, Herr Rami«, bringt sie mühsam hervor, trinkt in kleinen Schlucken. Die bedenkliche Röte klingt ab. »Dieses Wetter macht meinen Bronchien zu schaffen.«

»Geht es wieder?« Kate streichelt der Dame über den Rücken und betrachtet sie mit gerunzelter Stirn. »Sollen wir lieber einen Arzt rufen?«

O'Haras Fürsorge rührt Wase an. Zum ersten Mal lässt sie so etwas wie Empathie erkennen, und er fragt sich, ob sie doch nicht ganz verkehrt in seiner Truppe ist.

»Sehr lieb von Ihnen, aber das wird nicht nötig sein.« Frau von Warenfels tätschelt Kates Hand, als sei ihr die Zuwendung unangenehm. »Wie heißt es so schön, Unkraut vergeht nicht.«

Wase hockt sich hin, sodass er auf Augenhöhe mit ihr ist.

»Darf ich Ihnen noch eine Frage stellen?«

»Sicher.«

»Kennen Sie Tadaeus Wagner?«

Damit hat Constanze von Warenfels offensichtlich nicht gerechnet. Wieder greift sie unbewusst an das Goldkreuz, und ihre

Lippen formen ein *O*, wodurch sie mindestens genauso verblüfft aussieht wie Kate, die sich zu seiner Erleichterung mit einer Bemerkung zurückhält.

»Ja, wieso? Hat er etwas mit dem Fall zu tun?«

»Herr Wagner hatte einen schweren Autounfall.«

»Jesses, Maria und Josef.« Die Frau bekreuzigt sich. »Grauenhaft, einfach scheußlich. Er ist so ein netter Mann. Aber, weshalb ...«

»Hatten Sie auch privat miteinander zu tun?«

»Mit Tadaeus? Ja nun, wie man's nimmt. Ludwig hat ihn manchmal mit auf die Jagd genommen, wenn die Wildschweinpopulation aus dem Ruder gelaufen ist. Aber sie waren mehr Bekannte als Freunde.«

»Das heißt, die beiden waren im Warenfelswald jagen?«

Die alte Dame nickt zögernd. »Sie müssen wissen, dass uns die Bauern, denen die angrenzenden Felder gehören, verklagen können, wenn das Wild ihre Ernte beschädigt. Absurd, nicht wahr?«

»Wann zuletzt?«

Constanze von Warenfels' Irritation schlägt zunehmend in etwas anderes um. Besorgnis. Die Falten furchen sich mit jeder Frage tiefer.

»Mein Mann ist letztes Jahr im September verstorben. Den zweiten Herzinfarkt hat er nicht überlebt«, fügt sie hinzu. Ihr Kummer ist so greifbar, dass Wase spontan ihre Hand nimmt, die von Altersflecken und Blutergüssen übersät ist. Vermutlich das Resultat schlecht gesetzter Infusionsnadeln. Sie ist gerade aus dem Krankenhaus entlassen worden, daher sprechen sie erst jetzt mit ihr.

»Einige Tage vor seinem Tod waren er und Tadaeus noch draußen, das erinnere ich gut, weil es Ludwig danach gar nicht gut ging. Er war kurzatmig, einsilbig und blass, hat sich zurückgezogen. Wollte einfach nicht einsehen, dass er keine zwanzig mehr ist und stundenlang da draußen umherstreunen kann. So war er, stur bis zum Gehtnichtmehr.«

In ihren Worten schwingt keine Bitterkeit mit, stattdessen kräuselt ein liebevolles Lächeln ihre Lippen, das erahnen lässt, wie sie aussah, bevor Trauer und Krankheit jeden wachen Moment beherrschten.

»Haben Sie diese Frau schon einmal gesehen?« Wase hält ihr das Phantombild von der Anhalterin hin.

»Nein, wer ist das?«

»Kennen Sie eine Esra Karakaş?«

»Ich denke nicht.«

»Fabienne Rilke?«

Die Frau schüttelt langsam den Kopf.

»Ben Janssen?«

»Um Gottes willen«, haucht sie. »Doch, ich kenne sie!«

Das altbekannte Kribbeln stellt sich ein, wie immer, wenn ein Fall unverhofft Fahrt aufnimmt. Wase beugt sich vor.

»Woher?«

Frau von Warenfels lässt die Hand sinken, das Blau um ihre Pupillen ist matt. »Na, aus der Zeitung. Ich kann mich noch genau an die Vermisstenanzeigen erinnern. Schreckliche Geschichte. So junge Menschen, einfach aus dem Leben gerissen.«

Wase atmet aus. Verdammt, das wäre ja auch zu schön gewesen.

»Das heißt, Sie kennen die drei nicht persönlich?«, hakt Kate nach.

»Nein, natürlich nicht«, sagt Constanze von Warenfels rasch. Offenbar ist ihr aufgegangen, wie missverständlich ihre Reaktion auf die Ermittler gewirkt haben muss. Und noch etwas scheint sie zu realisieren. Ihre Augen weiten sich. Wieder bekreuzigt sie sich, führt sogar das Goldkreuz zu den Lippen. »Jesses, Maria und Josef! Haben die Fälle etwas mit Ludwigs Hütte zu tun?«

Wase kann die Furcht der alten Dame nur zu gut verstehen,

würde gerne etwas sagen oder tun, um sie zu lindern. Doch ihm sind die Hände gebunden.

»Es tut mir leid«, leiert er die ätzende Standardfloskel runter. »Zum Stand laufender Ermittlungen kann ich grundsätzlich keine Auskünfte geben.«

Vor dem Fenster hat ein feiner Nieselregen eingesetzt, der in sanften Wogen vom Wind über die Wiese gescheucht wird. Für die Nacht sind Minusgrade angesagt. Eine Kaltfront aus dem Polarkreis soll über die Region ziehen. Wase spürt es in den Gliedern. Bald wird es ungemütlich.

33. KAPITEL

»Und das soll eine Abkürzung sein?«

Wase Rahimi biegt in den Floot ein. Eine Einbahnstraße, die auf der linken Seite von parkenden Autos verengt wird. Mannshohe Buchenhecken schirmen Backsteinhäuschen vor neugierigen Blicken ab.

»Schleichweg. Bei dem Wetter sind die Hauptverkehrsstraßen verstopft. Hier lang geht's schneller.«

»Wenn du meinst.« Kate zuckt mit den Schultern.

Er muss das Auto leicht über den Bordstein lenken, damit der Außenspiegel eines Sprinters nicht in Mitleidenschaft gezogen wird, der aufreizend weit rechts steht und die halbe Fahrbahn blockiert. Gerade will er wieder einscheren, da tritt eine vermummte Gestalt mit flatterndem Cape zwischen den Autos auf die Fahrbahn.

»Fuck!«

Aquaplaning, nasses Laub, der Bremsweg.

Ich werde sie umnieten.

Die Gedanken blitzen schnell. Wase steigt auf die Bremse. Mit voller Kraft presst er das Pedal bis auf die Fußmatte und tritt gleichzeitig die Kupplung durch. Kates Schrei wird abgewürgt, als es sie heftig in die Gurte reißt und das Auto mit einem Ruck zum Stillstand kommt. Knapp vor der Frau, die mitten auf der Straße steht und mit weit aufgerissenen Augen zu ihnen hereinglotzt.

Ihr gigantischer Regenponcho bläht sich im Wind und erinnert an einen schwarzen Müllsack mit Kapuze. Er reicht ihr bis über die Knie. Die Frau blinzelt ein paarmal. Ihr Ausdruck verändert sich, die Brauen ziehen sich angriffslustig zusammen.

»Hast du keine Augen, Mann?« Sie hebt ihre Handtasche und wedelt damit herum. »Das ist ja lebensgefährlich hier!«

»Spinnt die?«, schnappt Kate, die leichenblass geworden ist.

Wase schnauft und bedeutet der Dame mit einer zackigen Handbewegung, weiterzulaufen. Die schüttelt den Kopf und latscht davon.

»Scheiße, war das knapp«, keucht Kate und klaubt die Einzelteile ihres belegten Brötchens vom Boden auf, das ihr aus der Hand und in den Fußraum geflogen ist. »Du könntest hier ruhig mal wieder saugen.« Mit spitzen Fingern steckt sie eine Scheibe Tomate, Käse, ein Salatblatt und die Brötchenhälften zurück in die Bäckertüte. »Na klasse, alles paniert«, seufzt sie.

Wase nickt geistesabwesend, er atmet schwer. Zuletzt hat er beim Fahrsicherheitstraining der Polizei eine Vollbremsung absolviert. Und das liegt über ein Jahr zurück. Damals ist ihm allerdings kein Mensch vors Auto gelaufen. Kaum auszudenken, wie die Situation ohne den Sprinter ausgegangen wäre. Wegen der Schikane musste Wase das Tempo auf zwanzig Stundenkilometer drosseln, eher weiter. Wie verdammt schnell das gehen kann. Ein unachtsamer Augenblick – und peng! Alles vorbei. Was Farah passiert ist, hätte jeden treffen können. Ein Gedanke, der ihm nicht zum ersten Mal kommt, der ihn jedoch hier, mit hämmerndem Herzen am Steuer sitzend, noch einmal ganz anders trifft.

Die Ader an seinem Hals pulsiert noch immer, als sie den Besprechungsraum der Mordkommission betreten. Ein paar Kollegen haben sich um einen Beistelltisch versammelt, auf dem jemand Kaffee, Milch, eine Zuckerdose und sogar ein Tablett mit Sandwiches und Lebkuchenherzen bereitgestellt hat. Eine eigenwillige Kombination. Bestimmt hat Vim Kröger den Süßkram angekarrt. In der Adventszeit trifft man den Kerl selten ohne etwas zum Naschen an. Wie zum Beweis stopft er sich einen Rest Lebkuchen in den Mund. Seine Tasse ist übersät von braunen Fingerabdrücken. Karsten Oppold bemerkt Wase als Erster. Er rammt Vim den Ellenbogen in die Seite.

»Bischu bscheuert, man?«, bringt Kröger zwischen Hustern hervor. Er verpasst Oppold einen unsanften Klaps in den Nacken.

»Hey! Meine Haare!«

»Tsss, eitler Gockel.« Mit tränenden Augen trollt sich Vim zu seinem Platz, Karsten trottet hinterher, und die illustre Kaffeerunde löst sich auf. Kate O'Hara, die gerade noch in ihr Handy quasselte, drückt das Gespräch weg. Und auch Wase setzt sich an den Tischkreis. Einige Stühle bleiben leer, die Krankheitswelle hält das Kommissariat im Würgegriff.

»Wo ist Emma?«, fragt Wase, nachdem er sich einen Überblick über die bestürzend dünne Personaldecke verschafft hat.

»Müsste gleich da sein«, sagt Vim und wischt sich mit einer Papierserviette die Schokolade vom Mund. »Sie wollte noch schnell ins Labor.«

»Hoffen wir mal, dass sie gleich mit guten Nachrichten hier auftaucht. Und was ist mit Achim?«

»Den hat's erwischt. Keramikaltar.«

Zur Veranschaulichung steckt sich Karsten einen Finger in den Hals und erntet verhaltenes Gelächter. Den meisten jedoch, Wase eingeschlossen, ist bei der desaströsen Ausfallquote nicht zum Lachen zumute.

Fragende Blicke sind auf ihn gerichtet, in denen sich trotz der bescheidenen Umstände Neugier und konzentrierte Entschlossenheit spiegeln. Sehr gut. Das ist genau das Mindset, das sein Team für diese Ermittlungen braucht.

»Lasst uns keine Zeit verlieren«, eröffnet er das Meeting. »Führst du Protokoll, bis Emma wieder da ist?«

»Klar«, sagt Vim, wischt sich die Finger an einer Serviette ab und loggt sich in die digitale Fallakte ein.

In knappen Worten umreißt Wase, was sie eben bei Frau von Warenfels erfahren haben. Als er erwähnt, dass sie eine Patientin von Tadaeus Wagner war und wo der mit ihrem Mann gejagt hat, erhebt sich aufgeregtes Gemurmel im Raum. Es ebbt erst ab, als Wase demonstrativ die Arme verschränkt und finster in die Runde funkelt.

»Reicht das für 'nen Durchsuchungsbeschluss?« Die Frage kam von Kate. Sie sitzt über den Tisch gebeugt da. Ein Sandwich, das vor ihr auf dem Teller liegt, ist noch unberührt. »Ich meine, das ist doch die Verbindung, oder?«

»Die wird dem Staatsanwalt kaum reichen«, entgegnet Vim an Wases Stelle.

»Falls wir ein Match vom Labor bekommen und beweisen können, dass Wagner in der Hütte war, sehen wir weiter.« Wase schraubt seine Thermoskanne auf und gießt sich einen Becher Ingwerwasser ein. »Was hat denn die Abfrage bei der Forstfirma ergeben?«, richtet er sich an die Kollegin vom Betrugsdezernat.

Die führt gerade einen Kaffeebecher an die Lippen, lässt ihn jedoch unverrichteter Dinge wieder sinken, als ihr Stichwort fällt. »Die hat zuletzt Mitte Januar Leute in den Warenfelswald geschickt, um die Wege frei zu machen, Bäume zu überprüfen, das Übliche halt.«

»Also weit bevor unsere Vermisstenserie begonnen hat«, übersetzt Karsten.

»Richtig. Außerdem waren sie auch gar nicht in dem zugewucherten Teil unterwegs. Ich habe mit den beiden Arbeitern gesprochen, die im Einsatz waren. Keinem von ihnen ist etwas aufgefallen, angeblich haben sie niemanden gesehen, was mich nicht wundert. Laut Wetterbericht herrschten in der Zeit maximal fünf Grad und Regen. Wer hat da schon Lust auf einen Waldspaziergang?«, schließt sie ihren Bericht.

Wase tippt mit der Kugelschreiberspitze ein Schneegestöber auf seinen Notizblock. »Kennen sie die Hütte?«

»Nur einer von ihnen, er hat sie einmal bei einem Erkundungsgang gesehen«, sie blättert in ihren Aufzeichnungen. »Andreas Graf, diplomierter Forstwirt. Allerdings sagte er mir, dass sie in dem Teil sonst nie aktiv sind.«

»Und der andere?«

»Der arbeitet erst seit etwas über einem Jahr als Aushilfe in der Firma. Er heißt Bente Kramer, studiert Forstwirtschaft.«

»Hast du die Alibis überprüft?«

Wase kennt die Antwort, ehe die Frau sie ausspricht. Sie läuft bis zum Haaransatz signalrot an. »Hätte ich das tun sollen?«

»Die Hütte liegt extrem abgelegen, nur wenige wissen überhaupt von ihrer Existenz, insofern …«

»Verstehe, ich hol das sofort nach.«

Na klasse. Das kommt dabei heraus, wenn die Hälfte der Belegschaft daheim über der Schüssel hängt. Wase trinkt einen Schluck. »Haben die Kolleginnen und Kollegen mit dem Phantombild schon etwas erreicht?«

»Nicht wirklich. Ein paar Leute wollen die Anhalterin erkannt haben, aber das ließ sich nicht verifizieren«, sagt Vim und beißt von einem Käsesandwich ab. Remoulade tropft auf die Tischplatte, er wischt sie mit der Serviette weg.

»Einmal anschnallen, bitte. Es gibt Neuigkeiten.«

Emma. Mit wehendem Mantel eilt sie herein, ihre Aktentasche hat sie sich unter den Arm geklemmt.

»Schieß los.«

»Zweierlei«, sagt sie, während sie sich einen Kaffee zapft. »Die Phänotypisierung ist durch. Die eine Spur stammt, wie wir bereits wissen, von einer Frau, heller Hauttyp, etwa Mitte bis Ende zwanzig, höchstwahrscheinlich braune Augen, dunkles Haar.«

»Ziemlich generisch, aber passt zu der Anhalterin«, raunt Wase. »Und die andere Spur?«

»Da ist eine forensische DNA-Phänotypisierung hinfällig. Wir wissen jetzt, wem sie gehört.«

Gespannte Stille senkt sich über den Raum.

Emma lässt sich auf den freien Stuhl neben Vim sinken und zieht den Laptop zu sich. »Das männliche Spurenprofil, das wir bisher nicht zuordnen konnten, stammt von Tadaeus Wagner. Er war in der Hütte.«

»Yes!«, ruft Kate in das aufgeregte Raunen. »Wer ruft den Staatsanwalt an?«

»Nicht so schnell«, muss Wase nun die aufkeimende Euphorie seiner Truppe dämpfen. »Wagner war nachweislich im Warenfelswald, er hat dort mit dem Besitzer gejagt. Möglich also, dass er bei einer früheren Gelegenheit seine DNA in der Hütte hinterlassen hat.« Er wendet sich an Emma. »Konnte unser Professor aus Köln schon sagen, wann die Spur dort hinterlassen worden ist?«

»Von dem habe ich noch nichts gehört.«

Sofort ist Wase am Handy. Als der Leiter der Abteilung für Forensische Molekulargenetik der Uni Köln im LKA Hamburg zu Gast war, um sie über neue Methoden der RNA-Analytik zu informieren, hat er Wase seine private Nummer zugesteckt. Der Professor meldet sich und kommt nach den üblichen Höflichkeitsbekundungen selbst zur Sache.

»Du rufst bestimmt wegen der Spur aus eurer Hütte an.«

»Genau, kannst du mir schon etwas zur Altersbestimmung sagen?«

»Das Gutachten wird noch dauern, aber wenn du eine Minute hast, fasse ich das Wichtigste mündlich zusammen.«

Wase läuft im Besprechungsraum auf und ab, während der

Experte ihn mit Fachbegriffen traktiert. Biologische Marker, mRNA, und cDNA, differenzielle Degradation, zirkadiane Genexpressionsoszillation, Real-Time-PCR und RER-Mittelwerte.

Sosehr sich Wase auch bemüht, den begeisterten Ausführungen des Professors zu folgen, er versteht nur Bahnhof. Der Mann hätte ebenso gut einen Vortrag auf Maori halten können. Trotzdem unterbricht er seinen Redeschwall nicht, auch weil er sich vor seinen Leuten, die dem Gespräch aufmerksam folgen, keine Blöße geben will.

»Wie gesagt, die Altersbestimmung von biologischen Spuren mittels RNA-Expressionsanalyse ist noch in der Erforschung und nicht routinereif, wir können keine Garantie übernehmen«, schließt der Mann seinen Bericht. Anscheinend kommt er nun zur Sache. Wase reißt ein Fenster auf und lässt sich die eisige Luft um die Nase wehen, um seinen Verstand zu klären. »Aber aus den vorliegenden Daten geht hervor, dass nur eine kurze Zeitspanne vergangen ist, seit die Zellen ihren ursprünglichen Körperzusammenhang verlassen haben.«

»Okay.« Wase kratzt sich etwas ratlos an der Schläfe, obwohl sich ein zurückhaltendes Kribbeln in ihm breitmacht. »Und das bedeutet?«

»Also, wie eben schon erklärt, haben wir die Degradation der RNA-Moleküle gemessen, und …«

»Degradation?«

»Sorry, Fachchinesisch. Das ist die fortschreitende Zerstörung der Moleküle. Die folgt einem regelmäßigen Prozess, anhand dessen wir ableiten können, wann die Spur dort hinterlassen worden ist. Je frischer das Material, desto exakter das Ergebnis. In eurem Fall war die Spur sehr frisch, sodass ich das sogar tagesgenau eingrenzen konnte.« Ein Rascheln. Offenbar blättert der Professor in irgendwelchen Unterlagen. »Fünf bis sieben Tage, länger lag sie noch nicht in dieser Hütte.«

Okay, das hat sogar in Wases überfordertem Hirn Sinn ergeben.

»Danke, ich bin dir was schuldig.«

»Lad mich auf ein Malzbier ein, wenn du mal hier bist, und wir sind quitt.«

»Dafür bekommst du ein Sixpack. Oder zwei.«

Der Professor lacht, und sie verabschieden sich. Wases Kopfhaut prickelt, als er auflegt und durch seine Anruferliste scrollt. Schließlich findet er den Eintrag, tippt auf Wählen.

»Böger«, meldet sich der Staatsanwalt in gewohnt abwesendem Ton, als meine er gar nicht den Anrufenden, sondern irgendjemanden im Raum. Oder sich selbst.

»Rahimi hier, wir brauchen einen Durchsuchungsbeschluss für das Anwesen von Tadaeus Wagner«, kommt Wase ohne Vorgeplänkel zur Sache. »Es eilt.«

34. KAPITEL

Dinge, die Farah Rosendahl das Gefühl geben, ihr Leben im Griff zu haben:

Ein gemachtes Bett.

Ein blitzblank sauberes Spülbecken.

Akkurat geschminkte Lippen.

Glänzend polierte Schuhe.

Ihr aufgeräumter Schreibtisch.

Ein voller Kühlschrank.

Makellos lackierte Fingernägel.

Heute reicht das alles nicht. Sie ist dabei, die Kontrolle zu verlieren. Nicht einmal in ihrem Haus fühlt sie sich sicher, das seit jeher ihr Safe Space ist, ihr Zufluchtsort, an den sie sich nach einem Tag mit Mord, Totschlag und Elend zurückziehen kann. Dabei sieht alles aus wie immer. Das Licht, der wuchtige Esstisch aus Akazie, der Strauß Trockenblumen darauf.

Trotzdem hat sie fest abgeschlossen und den Riegel vorgelegt, nachdem Noa und sie von ihrer späten Gassirunde heimgekehrt sind. Lange vor Anbruch der Dämmerung, was sonst nie vorkommt. Falls es ihn später noch mal raustreibt, muss er wohl oder übel mit dem Garten vorliebnehmen.

Neu ist auch der Streifenwagen, der in dieser Sekunde um die Ecke biegt und auf ihr Grundstück zuhält. Als er auf Höhe von Herrn Hansen ist, der gerade Farahs Hofeinfahrt passiert, wird er langsamer. Farah muss schmunzeln. Die Reaktion von Hansen, der drei Höfe weiter wohnt, ist zu ulkig. Den Blick auf den Gehsteig geheftet, versucht er, sich seine offensichtliche Verunsicherung darüber, dass ihn zwei Uniformierte neugierig beäugen, nicht anmerken zu lassen, was dem armen Mann nur semigut gelingt. Seine Schritte wirken hölzern, als habe er vergessen, wie man normal läuft. Er verzichtet sogar darauf, ein paar Blätter von Farahs Lavendel zu zupfen und daran zu schnuppern, wie er es sonst bei seinem Spaziergang zu tun pflegt, wenn er sich unbeobachtet fühlt. Sie schiebt die Gardine beiseite und erlöst ihren Nachbarn mit einem Handzeichen.

Alles okay.

Die Beamten erwidern ihren Gruß und geben Gas. Sie drehen ihre Schleife und werden in einer Stunde wieder hier aufkreuzen. Wase hat die Schutzpolizei angewiesen, in regelmäßigen Abständen nach dem Rechten zu sehen, was Farah gleichermaßen beruhigt wie aufwühlt. Bisher konnte sie das diffuse Gefühl der Bedrohung leicht als Einbildung abtun, doch die Polizeipräsenz macht die Gefahr sichtbar. Irgendwie realer.

Wase nimmt die filmreife Flucht des Autos sehr ernst. So ernst, dass er es sogar für nötig erachtet hat, den Zweitschlüssel einzustecken, um später bei ihr zu übernachten. Farah ist heilfroh darum. Auch ihr gibt der fremde Wagen zu denken.

Bei den Nachbarn sind keine Besucher untergekommen, denen er gehört. Das hat sie bereits in Erfahrung gebracht. Und selbst wenn dem so wäre, würde es noch lange nicht erklären, weshalb einer von ihnen bei Farahs Haus rumlungern und vor Wase davonrasen sollte. Das ergibt überhaupt keinen Sinn. Wird sie beschattet? Warum? Hat das etwas mit dem Unfall zu tun? Mit der Hütte und den grauenhaften Taten, die darin verübt worden sind? Oder sieht sie Gespenster? Wundern würde es Farah nicht. Ihr Leben wackelt, verändert sich, da kann man schon mal halluzinieren.

Alles, was ihr Halt gegeben hat, bricht weg. Aarian, ihr Job mit seinen tröstlichen Routinen, und nun steht auch noch ihre Beziehung auf der Kippe. Es ist nicht ihre erste Krise, das nicht. Im Lauf der letzten drei Jahre ist Farah ein paarmal mit Frederik aneinandergeraten. Zuletzt, nachdem sie sich für den Umzug nach Bergstedt entschieden hat. Doch das hier ist anders. Endgültiger. Als wäre etwas beschädigt worden, das nicht mehr zu kitten ist. Es fühlt sich nach Abschied an.

Das Gefühl drohenden Verlusts schwebt wie eine dunkle Wolke über ihr. Spätestens, seit Bär sie aus seinem Haus geschmissen hat. Auch er verabschiedet sich. Es hat schon früher begonnen, nur dass sie die Zeichen damals nicht deuten konnte. Gestern erst, vor seinem Haus, hat sie begriffen, wie weit weg er inzwischen ist. Er lässt niemanden mehr an sich ran, löst sich vor ihren Augen auf. Und es gibt nichts, was Farah oder Wase dagegen unternehmen können. Lennart ist erwachsen – wenn er nicht mehr will, wird ihn niemand aufhalten können.

Gedankenverloren stellt sie einen Teller mit Baumkuchen auf den Wohnzimmertisch und setzt sich zu Noa aufs Sofa. Er hat sich zwischen den Kissen zusammengerollt und schnarcht erbarmungswürdig, als hätte sie ihn stundenlang durch die Wildnis gescheucht. Dabei war ihre Runde heute vergleichsweise kurz und unspektakulär. Statt wie gewohnt über die Felder und durchs Wäldchen ging es auf betonierten Wegen an der Landstraße entlang, stets in Sichtweite zu den Höfen, und über eine Stichstraße wieder zurück. Noa war sichtlich irritiert, als sie ihn an der Gabelung zurückpfiff. Wegen ihres Fußes, der noch immer leicht geschwollen ist und ziept, redete sie sich ein. Als könnte ihre trotzige Ignoranz die Furcht verscheuchen, die ihr im Nacken sitzt.

Das Smartphone in der Manteltasche umklammert, erwischte sich Farah andauernd dabei, wie sie sich nervös umsah und über die Wipfel der Bäume gen Süden schielte. Richtung Hütte. Allein der Gedanke daran, was sich dort, nur ein paar Kilometer Luftlinie von ihrem Zuhause, abgespielt haben mag, trieb sie schneller vorwärts. Nur einmal blieb sie wie angewurzelt stehen, als aus der Ferne ein Mann näher kam. Bei genauerem Hinsehen entpuppte er sich als der erwachsene Sohn ihrer Nachbarin. Volker, ein harmloser Typ, wenn auch etwas sonderbar. Wie immer hatte er seine Fliegerbrille auf der Nase und den Kopf nach hinten gebogen, als müsste er unter den getönten Gläsern hindurchgucken. Farah kam es reichlich dämlich vor, dass ihr wegen ihm der kalte Angstschweiß ausgebrochen ist.

Mit der Fingerspitze fährt sie über die weichen Pölsterchen an Noas Pfoten, die im Schlaf zucken. Ohne ihn hätte sie nach dem Schock heute Morgen vermutlich keinen Fuß mehr vor die Tür gesetzt. Überhaupt lernte sie ihn in den letzten Tagen noch mal anders schätzen und entdeckte Seiten an ihm, die ihr zuvor verschlossen geblieben waren. Seine ausgeprägten Beschützerqualitäten vorneweg. Aber auch seine Loyalität. Wie sich dieser liebe Kerl, der ihr kaum bis zum Knie reicht, bei der Hütte mit schlotternden Beinchen vor sie stellte, statt davonzulaufen, lässt Farah nicht los.

Sie knipst die Schirmlampe auf dem Beistelltisch an, beißt ein Stück Baumkuchen ab und kaut darauf herum, ohne etwas zu schmecken. Sie kann förmlich dabei zusehen, wie das Tageslicht vor ihrem Fenster schwindet, während in ihr eine rastlose Unruhe aufsteigt. Wieder ändert sie ihre Sitzposition. Ihr lädierter Fuß liegt ruhig auf dem Tisch, während der andere daneben wie der Arm eines Metronoms im Viervierteltakt mit hundertfünfzig Schlägen pro Minute hin- und herschwingt. Kurz vor vier. Wann Wase wohl kommt?

Farah zieht ihr Handy aus der Hosentasche. Die rote Zahl an ihrer Messenger-App zeigt den Eingang einer neuen Nachricht an. Sie ist nicht von Wase, sondern von Lars. Sofort wird Farah ganz flau im Magen. Diese unerwartete Nähe gestern zwischen ihnen, ein Kurzschluss überreizter Synapsen. Objektiv betrachtet ist nichts geschehen und doch … Da war eine Linie, die sie überschritten haben. Was bedeutet dieser Aussetzer für ihre Freundschaft? Hat Lars ihr deshalb geschrieben? Sie kommt nicht dazu, es herauszufinden. Ein eingehender Anruf verschafft ihr ein wenig Bedenkzeit.

»Wase, bist du gleich da?«

»Nein, bei mir wird's später, ich wollte dir nur …«, der Rest des Satzes geht in einem hektischen Stimmengewirr unter, das klingt, als sei er zur Stoßzeit in einem Kaufhaus unterwegs. »Ich geh mal ein Stück.«

Farah hört etwas, das an das Schlagen einer zufallenden Tür erinnert. Schritte auf Kies, als er sich von der Geräuschquelle wegbewegt. »Okay, besser. Bist du noch da?«

»Ja, wo treibst du dich rum? Auf dem Weihnachtsmarkt?«

»Schön wär's«, seufzt Wase. »Hausdurchsuchung, läuft schon seit ein paar Stunden, sieht aber leider nach 'nem ziemlichen Desaster aus. Ich will noch abwarten, ob die Hunde anschlagen. Die sind eben erst gekommen. Danach packen wir ein.«

»Okay«, sagt Farah, obwohl ihr die Vorstellung, noch länger auf ihn warten zu müssen, überhaupt nicht behagt.

»Ich wollte dir Bescheid geben, dass sich die Streife jetzt vor deinem Haus positioniert, bis ich da bin. Zur Sicherheit.«

»Danke«, haucht Farah, etwas zu schnell, um so relaxt zu wirken, wie sie sich gerne geben möchte.

»Nich' dafür. Schaust du mal nach, ob sie schon da sind?«

Zum Glück kann er nicht sehen, dass Farah längst zum Küchenfenster humpelt. Der Streifenwagen parkt auf der gegenüberliegenden Straßenseite, die Besatzung scheint eine andere zu sein. Offenbar war Schichtwechsel.

»Alles gut, ich sehe sie.«

»Okay.«

»Sag mal, diese Hausdurchsuchung«, sie zögert, fasst sich ein Herz, »die ist nicht zufällig bei Wagner?«

Eine vielsagende Pause tritt ein, und das ist alles, was Farah wissen muss. Sie stützt sich auf der Arbeitsfläche ab und atmet gegen die Übelkeit, die sich einen Weg nach oben bahnt. Sie schwillt an, als das vielstimmige Gebell von Hunden durch die Leitung schallt. Weit weg und doch so alarmierend, dass sie die Luft anhält.

Farah schließt die Gardinen, humpelt ins Wohnzimmer und zieht auch die anderen Vorhänge zu, während gedämpftes Flüstern an ihr Ohr dringt. Offenbar hat Wase die Hand vors Mikro gelegt, um ungestört mit jemandem reden zu können. Knappe Sätze werden ausgetauscht, die sie nicht versteht. Zuletzt bleibt Farah vor dem riesigen bogenförmigen Sprossenfenster stehen. Die Dämmerung ist bereits weit fortgeschritten. Zwei Meter weit fällt das Licht in den Bauerngarten und vermischt sich mit der Nacht. Fast nichts mehr zu sehen. *Dafür bin ich umso besser zu erkennen.* Mit einem Ruck zieht sie an den Stores, versteckt sich dahinter und ist sich zugleich sehr bewusst, dass sie keinen Schutz bieten.

»Farah?«

»Bin noch da.«

»Ich muss los, hier geht's weiter.«

»Okay, pass auf dich auf.«

»Mach ich. Bis später, ja? Schließ die Tür ab.«

In der Leitung ist es still. Die Stimmen schweigen, genau wie das aufgepeitschte Kläffen der Mantrailer. Wie betäubt plumpst Farah neben Noa aufs Sofa. Sie friert und zieht eine Decke über die Schultern, starrt auf den hellen Stoff der Gardine, die ihr die Sicht versperrt. Da draußen braut sich etwas zusammen. Farah kann es spüren. Wie ein fernes Beben, dessen Ausläufer bis zu ihr reichen und Haarrisse in die Fassade ihrer heilen Welt brechen. Noch ist sie hinter diesen Mauern sicher, das Grollen weit weg. Aber die Erschütterungen rücken näher. Das Gefühl der Bedrohung, das sie seit dem Unfall begleitet, lässt sie nicht los. Es ist real, sie bildet sich das nicht nur ein. Sie weiß, wie es sich anhört, wenn Leichenhunde anschlagen.

35. KAPITEL

Von hier oben betrachtet wirkt die Szenerie beinahe feierlich. Als seien die stecknadelgroßen Figuren, die sich um den hell erleuchteten Pavillon drängen, Teil einer Festgesellschaft. Dabei könnte der Anlass, aus dem sich die Menschen auf dem Grund der Villa eingefunden haben, kaum gegensätzlicher sein.

Stundenlang nahmen die Einsatzkräfte das Gebäude auseinander. Wase drängte darauf, die Durchsuchung schnellstmöglich durchzuführen. Wegen akuter Verdunklungsgefahr. Agnes Wagner würde alles tun, um ihren Mann zu schützen. Und damit auch sich selbst, ihr Kind und ihre Existenz. Das penibel aufgeräumte Haus und die halb leeren Regale im Arbeitszimmer von Tadaeus Wagner deuten darauf hin, dass Wase mit seiner Befürchtung richtiglag.

Alles war sauber, fast etwas zu klinisch für seinen Geschmack. Die Autos wirkten, als seien sie erst kürzlich gereinigt worden. Nirgends fand sich auch nur der leiseste Hinweis darauf, dass Wagner in die Vermisstenfälle verstrickt ist. Mit jeder Stunde, die verstrich, wurde der Druck auf die gesamte Ermittlungsgruppe höher. Zumal die Presse an der Straße bereits ihre Zelte aufgeschlagen hatte, weiß der Teufel, wie die so schnell Wind von der Sache bekamen. Wase tippt auf Social Media, wo sich derartige Gerüchte wie ein Lauffeuer verbreiten.

Zu allem Überfluss stieg ihm auch noch Wagners Anwalt aufs Dach, der ihm auf seine unnachahmlich arrogante Art einschärfte, dass man einem einflussreichen und allseits geachteten Mann wie seinem Mandanten nicht ungestraft ans Bein pisst. Es sei denn, die »werten Herren von der Staatsgewalt legen gesteigerten Wert darauf, es sich mit mächtigen Kräften zu verscherzen«. Eine kaum verhohlene Drohung, mit der Jakob Hohenfels leider nicht ganz falsch liegt.

Die Wagners sind seit Generationen Teil der Hamburger Upperclass, Tadaeus Wagner selbst verkehrt in höchsten gesellschaftlichen Kreisen und tummelt sich neuerdings auch auf dem politischen Parkett, wie der Presse zu entnehmen ist. Hätten die Ermittler ihn und seine durch den schrecklichen Unfall ohnehin schon gebeutelte Familie umsonst aufgemischt, wäre das einem Fiasko gleichgekommen. Quälend lange sah alles genau danach aus. Bis die Leichenhunde anschlugen. Wase schämt sich dafür, dass es nicht Betroffenheit war, die er bei ihrem wilden Kläffen empfand, sondern grenzenlose Erleichterung.

Ihm war sofort klar, was das Kläffen zu bedeuten hatte, das übers Areal hallte. Die Pressevertreter rochen den Braten spätestens, als der erste Leichenwagen durch das schmiedeeiserne Tor aufs Gelände rollte. Ein TV-Sender berichtete bereits regelmäßig zur vollen Stunde mit Liveschalte. Wase konnte das Fernsehteam aus der Ferne sehen, und er verwettet seinen Arsch darauf, das weitere nachrücken werden. Er hat auch eine Gerichtsreporterin ausgemacht, die dafür berüchtigt ist, immer genau dann aufzutauchen, wenn es so richtig brisant wird.

Diese Story ist ein Quotengarant. Sie hat alles, was der Boulevard liebt. Mord in der High Society! Erste Reihe Alsterufer, hört, hört! Für sich genommen schon ein Knaller. Dazu noch die Bilder der protzigen Villa, von Leichenwagen, die im Blitzlichtgewitter vorfahren, von Uniformierten, die Schaulustige und übereifrige Journalisten in Schach halten. Wenn herauskommt, dass der Einsatz heute mit den Vermisstenfällen dreier junger

Menschen aus der Stadt zusammenhängt, dass der ach so wohltätige Wagner selbst unter dringendem Tatverdacht steht, sie entführt und getötet zu haben, dürfte das die ohnehin schon aufgeheizte Gemengelage zum Überkochen bringen.

Wase ist die nach Skandalen heischende Berichterstattung zuwider. So gut es geht, versucht er die herannahende mediale Aufmerksamkeit auszublenden, die unweigerlich kommen wird. Er muss sich auf das Wesentliche konzentrieren.

Verdammt, sie haben Esra, Fabienne und Ben gefunden.

Die längliche Verwesungsinsel war mit bloßem Auge sichtbar. Vorausgesetzt natürlich, man ist in der Lage, die Zeichen zu lesen, die der Tod hinter den haushohen Rhododendren auf einer Fläche von etwa sechs mal zwei Metern hinterlassen hat.

Wenn sich der Körper eines durchschnittlich schweren erwachsenen Menschen auflöst, werden rund zwei Kilogramm Stickstoff frei und gelangen in die Erde. Bakterien und Pilze wandeln ihn zu Ammonium und Nitrat um. Reinster Dünger, den die Wurzeln der Pflanzen begierig aufsaugen. Sie wachsen üppiger, bilden mehr Chlorophyll aus, das die Blätter sattgrün einfärbt. So wie hier. Zudem war der Boden auf der linken Seite bereits merklich abgesackt, wo auch der Bewuchs am stärksten ausgeprägt war.

Dass die Mantrailer schon so kurz nach ihrer Ankunft anschlugen, war pures Glück. Wenn man in diesem Zusammenhang denn ein Wort wie *Glück* in den Mund nehmen mag. Sie müssen wohl den Ratten danken, die bis tief in die Erde einen Tunnel gebuddelt haben, dem ein beißender Geruch entwich. Ansonsten hätten die Leichenspürhunde auf dem rund tausend Quadratmeter großen Areal deutlich länger gebraucht. Die Tiere sind nur fünfzehn Minuten einsatzfähig, bevor sich ihre feinen Nasen wieder ausruhen müssen.

Bettina »Betty« Jordis hatte spontan Zeit, vorbeizukommen und mit dem Georadar, das Wase in Format und Handhabung an einen Rasenmäher erinnert, über die Stelle zu fahren. Tatsächlich hat die Archäologin in den Tiefen Unregelmäßigkeiten registriert. Wase war wie jedes Mal erstaunt, was sie aus dem abstrakten Gemälde mit schwarzem Striche-Wirrwarr auf weißem Grund ableiten kann, das die Maschine ausspuckt. Die Linien lenken mal schwächer, mal stärker aus, wo der Boden gestört wurde oder Fremdkörper liegen, die das Radar reflektieren.

Nachdem ein Rhododendronbusch entfernt worden ist, um Platz zu schaffen, haben je zwei Rechtsmediziner und ein Team der SpuSi den Boden Zentimeter um Zentimeter auf einer abgesteckten Fläche entfernt. Nicht mithilfe eines Baggers oder anderem schweren Gerät, wie es manchmal in Serien dargestellt wird. Sondern ganz altmodisch, mit bloßen Händen, Schaufeln und Pinseln, um die Leichen nicht zu beschädigen oder Spuren kaputt zu machen. Sie mussten nicht lange suchen. Schon nach knapp einem Meter wurden sie fündig.

Immer wieder sieht Wase aus dem Augenwinkel das Aufflammen von Blitzlicht. Park Ju-hee und die anderen fotografieren in situ die Lage der Gebeine und jedes auch noch so kleine Detail. Unter einem Zelt, das sie über der Grube errichtet haben. Als Schutz vor den Teleobjektiven der Presse, vor einem möglichen Regenguss, obwohl der Wetterbericht keinen angekündigt hat, aber auch vor Drohnen. Eine neuzeitliche Plage, mit der sich die Polizei und andere Rettungskräfte immer häufiger an Tatorten und Unfallstellen herumschlagen müssen.

Die Nacht ist klar, nicht mal ein Wölkchen verstellt die Sicht auf den abnehmenden Mond und Abertausende Sterne, die verschwenderisch am Firmament funkeln, als wollten sie ihnen leuchten und die schwere Arbeit, die zu verrichten ist, ein wenig leichter machen.

Die Toten wurden dem ersten Eindruck nach mit etwas Abstand nebeneinander in der Grube abgelegt.

Hier wart ihr also, während eure Freunde und Familien nach euch ge-
sucht haben. Während Fotos von euch in den sozialen Netzwerken ge-
teilt worden sind. Ihr wart hier. In der nassen Erde habt ihr gewartet. Ein
bisschen Geduld müsst ihr noch haben. Wir sind da. Wir holen euch da
raus. Wir bringen euch heim.

Wase wischt sich eine verirrte Träne vom Kinn, wendet sich
ab und schlendert weiter. Allein über die weitläufigen Wiesen,
um das Expertenteam in Ruhe arbeiten zu lassen. Und weil er
Ruhe braucht. Dringend. Seine Augen brennen und sind vom
vielen Reiben knallrot unterlaufen. Der Schlafmangel setzt ihm
zu. Der Fall sowieso.

Nach dem jüngsten Fund hat die Richterin grünes Licht gegeben und den Durchsuchungsbeschluss ausgeweitet, der ihnen
Zugriff auf den Praxisrechner und die Patientendaten verschafft.
Womöglich war eines der Opfer bei Wagner in Behandlung.
Irgendwo in den Kisten, die die Kriminaltechnik aus der Praxis
geschleppt hat, liegt die Antwort verborgen. In den Akten, auf
der Festplatte des Computers, im digitalen Terminkalender.

Im Erdgeschoss der Villa brennt ein Licht, Ruhe ist einge-
kehrt. Nichts deutet darauf hin, dass dort bis vor einer Stunde
noch reges Treiben herrschte. Agnes und Matilde sind nicht mehr
da. Konstantin Wagner hat sie abgeholt und weggebracht. Weg
von dem Trubel, irgendwohin, wo sie sich von dem Schock erholen können.

Alles deutet darauf hin, dass Tadaeus Wagner gar nicht der hei-
lige Philanthrop ist, als den er sich der Welt präsentierte. Sollte
sich der Verdacht gegen ihn erhärten, wären er und seine Angehörigen gesellschaftlich ruiniert. Und das ist Agnes Wagner sehr
bewusst. Für sie steht alles auf dem Spiel.

Hat sie die Abnahme einer DNA-Probe verweigert, weil sie in
das düstere Geheimnis, dass auf ihrem Grundstück drei Menschen
liegen, eingeweiht war? Wusste sie, dass Matilde beim Spielen wo-

möglich nichts ahnend über ihre Gräber geflitzt ist? Widerwillig marschiert Wase zurück zur Grabungsstelle. Als er das von Lichtmasten erhellte Zelt betritt, heben der Rechtsmediziner Professor Dr. Lothar Nagel und Park Ju-hee gerade den ersten Körper im Transportsack aus der Erde und übergeben ihn in wartende Hände, die den Toten behutsam in einen Zinksarg betten.

Mehrere Leichenwagen parken kreuz und quer auf der manikürten Rasenfläche und warten darauf, ihre abendlichen Fahrgäste abzuholen. Der Sarg verschwindet im Inneren einer der schwarzen Limousinen, die sich gleich auf den Weg machen wird. Ihr werden weitere folgen.

Ein Todeskorso.

Sein Ziel ist die Rechtsmedizin, wo die Leichen gewogen, vermessen und noch in der Nacht obduziert werden. Oberstaatsanwalt Hannes Böger hat Eilsektionen erwirkt. Es gibt keine Zeit mehr zu verlieren, zumal er wegen des großen Medieninteresses unter immensem Druck steht. Für morgen Nachmittag hat er eine Pressekonferenz anberaumt, bei der er verständlicherweise nicht mit leeren Händen aufkreuzen will.

Schon kurz nach halb sieben. Vor zwei wird er es sicher nicht zu Farah schaffen. Das FLZ weiß Bescheid. Sie halten die Schutzmaßnahme vor ihrem Haus aufrecht, bis er dort eintrifft. Trotzdem ist ihm nicht wohl dabei, dass sie so lange allein in der Kate aushalten muss. Er denkt an die Anhalterin, an das fremde Auto und wie es davongebraust, ja regelrecht vor ihm geflüchtet ist. Ein Flüstern unterbricht seinen Gedankenstrom.

Professor Nagel murmelt gedankenverloren vor sich hin. Er kauert unten in der Grube neben etwas, wiegt den Kopf hin und her. Wase erstarrt. Aus der Erde lugt ein Gesicht. Ein junger Mann. Ist das ... Sein Sichtfeld engt sich ein. Nein, das kann nicht sein. Das darf nicht sein! Aber was, wenn doch?

Er blinzelt, nimmt doch alles nur verzerrt wahr. Das Gesicht verrutscht, weil ihn ein heftiger Schwindel überkommt. Er spürt, wie sein Herz davongaloppiert. Ist das Paul, der aus seinem Grab ins Nichts starrt? Haben sie Bärs verschollenen Sohn gefunden?

Wase atmet, schließt für einen Moment die Augen, bis sich nicht mehr alles dreht, dann sieht er genauer hin. Trotzdem braucht sein Verstand ewig lange, um die Details zu erfassen. Die Nase ist breit und gebogen, die Ohren liegen eng an, kräftige Brauen, die Haare sind fast schwarz. Wase legt eine Hand auf die Brust, atmet so heftig aus, dass sein Oberkörper leicht vornübersackt.

Nicht Paul.

Ben.

Der Rechtsmediziner schaut zu Wase hoch, ihre Blicke treffen sich. Hat er ihn etwas gefragt? Falls ja, hat er es nicht mitbekommen.

»Wie bitte?« Wase hockt sich an den Rand der Grabungsstätte. Seine Beine sind noch immer ganz weich und zittrig. Als er den Ausdruck in Nagels Augen bemerkt, überläuft es ihn eiskalt. Der Professor seufzt schwer und kommt ächzend ins Stehen, sodass sie auf Augenhöhe sind.

»Ich habe gesagt, dass es vier sind.«

»Was vier?«, fragt Wase, weil er es wirklich nicht versteht.

»In dieser Grube liegen insgesamt vier Leichen.«

Vier. Nicht drei.

»Drei Frauen und ein Mann. Herr Rahimi? Geht es Ihnen gut?«

Wase springt auf. Zu schnell. Wieder beginnt sich alles zu drehen. Reglos, den Kopf gesenkt, wartet er, bis sich sein Kreislauf beruhigt hat. Dann rennt er fast aus dem Pavillon.

36. KAPITEL

»Das ist nicht dein Ernst!« Farah späht aus dem Küchenfenster. Im Hof ist alles ruhig. »Du hast Lars zu mir geschickt?«

»Wäre es dir lieber gewesen, wenn ich Frederik gebeten hätte? Eigentlich wollte ich Bär fragen, aber ...« Wase stockt. Farah kann sich denken, wie Bärs Reaktion ausgefallen wäre. Falls er sich überhaupt zu einer hätte hinreißen lassen.

»Reicht es nicht, dass da seit Stunden ein Polizeiauto vorm Haus Wache hält?«

»Wenn es reichen würde, würden wir dieses Gespräch nicht führen«, seufzt Wase. »Hör zu, mag sein, dass ich übertreibe, aber diesen Fall begleitet ein Störgeräusch, das ich nicht zu greifen bekomme. Mir ist einfach wohler dabei, wenn ich weiß, dass jemand bei dir ist.«

»Da kommt er schon«, haucht Farah und registriert das flaue Gefühl in ihrem Magen, das sich zu einem Kribbeln auswächst, als Lars aus seinem Auto steigt. Unter einem Wollmantel trägt er schwarze Jeans und ein hellblaues Hemd. Er sieht gut aus. Zu gut. Schicker als sonst und sowieso ganz anders als bei der Arbeit. Rasch lässt Farah die Gardine los und dreht sich mit klopfendem Herzen zur Seite. Er soll nicht denken, dass sie hier auf ihn gewartet hat.

»Außerdem ist es bestimmt gut, wenn ihr euch mal aussprecht«, ertönt Wases Stimme an ihrem Ohr.

»Wieso aussprechen?«, zischt Farah pampig. »Wir müssen uns nicht aussprechen.«

»Also hab ich mir die Spannung zwischen euch nur eingebildet?«

»Hast du«, beharrt sie und muss an Lars' Nachricht denken, die ungelesen im Posteingang wartet. Es klingelt an der Tür.

»Wann löst du ihn ab?«

»Keine Sorge, bei mir wird's spät.« Farah kann hören, dass Wase grinst. »Ihr habt also viel ungestörte Zeit zu zweit.«

Aus irgendeinem Grund schießt ihr bei der Bemerkung die Hitze in die Wangen und bis in die Ohrläppchen.

»Das ist so albern«, schnappt sie, weil ihr keine schlagfertigere Antwort in den Sinn kommt.

»Viel Spaß.« Damit legt Wase auf.

Farah starrt ungläubig auf ihr Handy, starrt an sich runter auf die Jogginghose mit dem Kaffeefleck und ihre Füße, die in fadenscheinigen Stricksocken stecken. Na klasse. Eilig betätigt sie die Handykamera. Ihr Gesicht ist riesig und erschreckend blass. Farah hält es ein Stück weiter weg, was es nicht wesentlich besser macht. Notdürftig wischt sie den Mascaraschatten unter ihren Augen weg und kämmt sich mit den Fingern durchs zerzauste Haar. Sie schnappt sich einen Lippenstift, der zufällig auf der Arbeitsplatte rumfliegt, und malt sich den Mund rot an. Immerhin. Für umfangreichere Restaurierungsarbeiten fehlt ihr die Zeit.

»Farah? Bist du da?«

Er klingelt erneut, woraufhin Noa aus seinem Schlaf der Gerechten erwacht und hechelnd zur Tür flitzt. Farah folgt ihm auf weichen Beinen, öffnet.

»Wase hat mich gebeten, bei dir vorbeizuschauen.«

Lars wuschelt Noa über das Köpfchen und lehnt sich an den Türrahmen. Die Art, wie er lächelt, leicht schief, ein bisschen angespannt, bringt Farah aus der Fassung. Sie räuspert sich, legt unauffällig eine Hand auf den Oberschenkel, um den braunen Fleck zu verdecken.

»Hat er dich aus dem Theater geklingelt?«

Lars hebt fragend die Brauen.

Automatisch mustert sie seine elegante Erscheinung. »Dein Outfit«, bringt sie heiser hervor. »Du siehst so schick aus, als ob du etwas vorhättest.«

Was man von mir nicht gerade behaupten kann.

»Ach so, verstehe. Im Theater nicht, aber so was in der Art.«

Sie seufzt. »Das tut mir leid.«

»Mir nicht.«

Wieder dieses Lächeln. Dieses Mal amüsiert, eine Spur herausfordernd. Oder bildet sie sich das nur ein? Er tritt einen Schritt vor, sie weicht instinktiv zurück und ärgert sich sofort über den defensiven Reflex. Lars hat es ebenfalls bemerkt. Er stutzt und fährt sich durchs Haar.

»Wir können auch hier draußen warten, bis Wase da ist.« Er hebt einen Beutel, den sie zuvor gar nicht wahrgenommen hat. »Dann müssen wir nur leider darauf verzichten.«

»Und was ist das?«

»Ich war schnell im Supermarkt. Wase meinte, dass du wahrscheinlich noch nichts gegessen hast und dein Kühlschrank meistens leer ist.«

»Meinte er das, ja?«, bringt Farah zwischen zusammengepressten Zähnen hervor. Sie muss sich zwingen, die Augen nicht zu verdrehen. Was hat der Kerl ihm wohl noch alles gesteckt? Mit sorgenvoll rumorendem Unbehagen im Bauch zieht Farah die Tür weit auf und lässt ihn herein. Er geht an ihr vorbei, einen Tick näher, als es in dem breiten Flur nötig gewesen wäre, und sie fängt den dezenten Duft seines Parfüms ein. Herb, markant, männlich. Lars streift Schuhe und Mantel ab und krempelt die Hemdsärmel bis knapp unter die Ellenbogen hoch.

»Magst du Pilze?«

»Hm?« Farah sieht auf, wird sich gewahr, dass sie entrückt auf seine erstaunlich kräftigen Unterarme geglotzt hat. »Ja, sicher«, sagt sie und gibt vor, die Türkette zu kontrollieren.

»Super, dann kann ich ja loslegen.«

»Wie jetzt? Du willst kochen?« Sie fährt herum und sieht Lars an. Ihr Ausdruck wirkt offenbar komisch, womöglich beunruhigt, jedenfalls deutet sie sein Lachen so.

»Wart's ab, ich bin ein begnadeter Koch«, sagt Lars, packt seine Tüte und geht damit in die Küche. »Ich räum hinterher auch wieder auf.«

Normalerweise stört es Farah, wenn jemand in ihren Schubladen und Schränken wühlt. Doch als sie zusieht, wie selbstverständlich sich Lars in ihrem Refugium bewegt, die Pfanne schwenkt und Pfifferlinge in der Spüle putzt, summend, ein Geschirrhandtuch lässig über die Schulter geworfen, spürt sie ein heimliches Glück in sich, über das sie lieber nicht allzu genau nachdenken will. Wüsste Frederik, dass ihr Kollege hier ist, es würde das Ende besiegeln.

Einbeinig und nicht besonders anmutig hüpft sie zur Fensterbank, wo sie sich niederlässt und den Fuß auf einem der vielen Kissen lagert. Sie knipst die Terrassenbeleuchtung an und zieht den Store beiseite, um den Blick auf etwas weniger Verfängliches als Lars' Rückansicht lenken zu können. Raus, in den Bauerngarten, der sich in der Nacht verliert. Aarians Reich.

Wann immer sie früher hinausgesehen hat, kauerte er zwischen den Buchsbaumhecken, lüpfte die Krempe seines Strohhutes und lächelte ihr über die Stachelbeersträucher, Zuckererbsen und blauen Stangenbohnen zu. Nun sind die Büsche kahl, die schmalen Wege zwischen den Beeten verwaist, bedeckt vom Laub zurückliegender Herbsttage.

Aus dem Radio dudelt »Bridge over Troubled Water«. Ausgerechnet. Wie passend. Die Trauer kommt mit ungeahnter Wucht.

Farah legt eine Hand aufs Sternum, muss sich zwingen, nicht daran zu denken, wie gerne sie jetzt mit Aarian reden würde. Ihn um Rat bitten, Trost suchen, seine lieben Augen sehen, die ihr versprechen, dass alles gut wird. Nur noch ein allerletztes Mal. Der Garten verschwimmt, Konturen verwischen und fließen ineinander zu einem Aquarell aus Grün, Weiß und Braun, und sie ist wieder da. Bei ihm. An einem klirrend kalten Morgen vor einem Jahr.

Die Straßen waren in ganz Hamburg spiegelglatt, und es hatte Hunderte Unfälle gegeben. Feuerwehr und Polizei appellierten an die Anwohner, drinnen zu bleiben. Eine unwirkliche Zeit, in der es keinen Tag- und Nachtrhythmus mehr gab, der Ofen in der Küche fast unentwegt bollerte und das Essen vom Lieferservice des Supermarktes kam. Zweimal standen RTW und Notarztwagen mit Blaulicht auf dem Hof. Zweimal fuhren sie ohne Aarian wieder ab. Beim dritten Mal nahm ihn der Wagen des Bestatters mit.

Farahs Großvater war ein zäher Kerl, wild entschlossen, daheim und nicht in einem anonymen Krankenhausbett zu sterben. Es passierte an einem Montag, fünf Tage vor Heiligabend. Wase war oft bei ihnen. An diesem Abend jedoch, als Aarians Schreie erneut durchs Haus hallten und sich sein ausgemergelter Körper unter der Decke aufbäumte, war sie ganz allein mit ihm.

Sie wollte gerade zum Hörer greifen, den Notruf alarmieren, als sie das Flehen in seinen Augen davon abhielt. Den gehetzten Ausdruck würde sie niemals vergessen. Darin lag keineswegs ein Ruf nach Hilfe, wie sie bisher angenommen hatte. Es war die Bitte um Erlösung.

Ihr Großvater war bereit zu gehen. Schon lange.

Farah war es nicht.

Ohne es zu merken, hatte sie die Belastungsgrenzen seines Körpers bis ins Unerträgliche verschoben. Hatte ihn gezwungen weiterzumachen, um dem Tod ein paar Stunden abzutrotzen. Gestohlene Zeit mit ihm. Auf Aarians Kosten, auch wenn er ihr nie Vorwürfe machte, dass sie ihn nicht loslassen konnte. Ihren herzlichen, ewig lächelnden Aarian, der selbst im Winter gebräunt war von den vielen Stunden im Garten.

Wie grau er am Ende war. Fast durchscheinend, die Wangen hohl. Seine Augen lagen in schwarzen Höhlen, als zögen sie sich in sein Innerstes zurück. Um kurz vor elf suchten sie ein letztes Mal die von Farah. Heute weiß sie nicht mehr genau, ob es bloß Einbildung oder Wunschdenken war, doch es kam ihr so vor, als wäre ein feines Lächeln über seine Lippen gehuscht, ehe der Druck seiner Hand erschlaffte und sein Kopf in das Kissen mit den aufgestickten Veilchenblüten sank. Mit einem letzten Ausatmen, das fast wie ein zufriedenes Seufzen klang.

»Farah?« Lars steht neben ihr. »Weinst du?«

»Hab bloß gegähnt.«

»Aha.« Er kauft ihr die Lüge nicht ab, lässt es jedoch dabei bewenden. »Ich hab gefragt, ob du Pfeffer in der Soße magst?«

»Wie? Ja, klar«, sagt sie. »Was kochst du eigentlich?«

»Nichts Besonderes. Nur Knödel mit Pilzrahmsoße.«

»Ich glaube, das ist die aufwendigste Mahlzeit, die seit Monaten in meiner Küche zubereitet wurde.«

Lars grinst verschmitzt. »Ein Becher Glühwein dazu?«

»Könnte interessant werden mit den Schmerzmitteln.« Obwohl Farah vor fünf Sekunden noch zum Heulen zumute war, kann sie nicht anders, als sein Lächeln kurz zu erwidern.

»Schön hast du es hier.« Er stemmt die Hände in die Hüften und schaut hinaus in den Garten.

»Das ist das Werk meines Großvaters.«

»Sieht nach viel Arbeit aus.«

»Aarian hat es geliebt, mit den Händen in der Erde zu wühlen, neue Stauden anzupflanzen, Nistkästen zu bauen und Hecken zu schneiden.« Sie seufzt, spürt, wie gut es tut, diese hellen warmen Erinnerungen an ihn zurückzurufen, die unter den letzten Eindrücken verschüttet liegen. »Er konnte stundenlang dasitzen und seine Insektenhotels beobachten, wenn im Frühling die Wildbienen eingezogen sind. Das hat uns verbunden, diese Liebe zur Natur. Er fehlt mir.«

Farah ist selbst erstaunt über dieses Bekenntnis. Sofort bereut sie ihre Offenheit, doch einmal in der Welt kann sie die Worte nicht einfach wieder zurücknehmen, die ihr so unbedacht über die Lippen gekommen sind. Lars scheint das als Aufforderung zu einem tiefgründigeren Gespräch zu verstehen. Jedenfalls zieht er sich einen Stuhl vom Esstisch ran und setzt sich.

»Er hat dich aufgezogen, oder?«

Farah nickt, mit einem Mal befangen.

»Brennt da nichts an?« Sie deutet zum Herd, in der Hoffnung, seinen Fragen zu entkommen, für die sie sich gerade viel zu wackelig fühlt.

»Keine Sorge. Die Soße reduziert auf kleinster Stufe, und der Wecker klingelt, wenn die Knödel gar sind.« Lars lehnt sich zurück und verschränkt die Hände lässig hinterm Kopf. »Bei mir und meiner Oma war es ähnlich«, sinniert er. »Als Kind habe ich jede freie Minute bei Hilde verbracht, bin immer direkt nach der Schule zu ihr.«

»Und deine Eltern?«

Lars antwortet nicht. Ist sie ihm zu nahegetreten? Hat ihre Frage einen wunden Punkt bei ihm erwischt? Der Schatten verschwindet, und er räuspert sich.

»Die kamen meist erst spätabends nach Hause. Außerdem waren sie ganz grauenhafte Köche.« Er verzieht demonstrativ das Gesicht und entlockt Farah ein Schmunzeln, obwohl ihr sein betroffenes Schweigen noch nachhängt. »Aber bei Hilde stand immer etwas Leckeres für mich auf dem Herd. Königsberger

Klopse, Grießbrei mit roter Grütze, im Winter Grünkohl und Pinkel. Himmlisch. Konnte Aarian kochen?«

»Noch viel mieser als ich, und das muss man erst mal fertigbringen.«

»Komm schon, du übertreibst doch.«

Lars lacht gelöst auf, und seine entspannte Haltung bewirkt, dass auch Farah zur Ruhe kommt.

»Niemals, du sprichst hier immerhin mit einer waschechten Hanseatin. Neulich ist hier der Feuermelder losgegangen, weil mir die Spiegeleier angebrannt sind.« Sie lässt ihre Schultern ein wenig sinken, die fast an den Ohren hingen, wie immer, wenn sie gestresst ist. »Aber immerhin hat Aarian mir handwerklich alles Mögliche beigebracht.«

»Zum Beispiel?«

»Trockenmauern bauen.«

»Du machst Witze.« Lars zieht perplex die Brauen hoch. »Trockenmauern?«

»Ach, das ist ganz leicht«, winkt Farah ab, obwohl sie sich insgeheim über seine Bewunderung freut. »Hast du die Mauer aus Findlingen gesehen, die um den Hof führt?«

»Sag bloß, das warst du?«

»Aarian und ich. War eine ganz schöne Schlepperei.«

»Glaub ich sofort, ich mein, die ist doch bestimmt …«, er grübelt nach, »… wie lang? Hundert Meter?«

»So ungefähr.« Lars pfeift anerkennend durch die Zähne. »Da kann ich nicht mithalten. Aber dafür hab ich von Hilde gelernt, wie man strickt.« Seine Lippen kräuseln sich zu einem Lächeln. Nur kurz. Er wird wieder ernst und sieht Farah an. »Vor drei Jahren ist sie gestorben. Sie fehlt mir noch immer.«

Kurz schweigen sie, doch es ist durchaus nicht unangenehm.

»Hast du einen Tipp dagegen?«, fragt sie leise.

»Gegen das Vermissen? Schön wär's. An schlechten Tagen

stelle ich mich in die Küche und bereite eines ihrer alten Rezepte zu.«

»Knödel mit Rahmsoße.«

»Das reinste Comfort Food.«

Farah nickt, unfähig, sich von ihm abzuwenden. »Du kannst stricken?«

»Oh ja.« Lars' Lachen ist so unbeschwert, dass sich unweigerlich auch ihre eigene Stimmung hebt. »Und nicht nur das. Halt dich fest, ich kann häkeln, töpfern, sticken, und an der Nähmaschine habe ich auch ganz passable Skills, wobei ich ewig nicht mehr an einer saß. Ich schätze, als Teenager fand ich irgendwann andere Sachen interessanter.«

Beim letzten Satz wirft er ihr einen langen Blick zu, der Farah viel zu nahgeht. Sie schluckt, weil ihr Mund mit einem Mal ganz trocken ist. Die Befangenheit kehrt zurück und wird noch verstärkt, als ihr eine Frage durch den Kopf schießt. Ob es da jemanden gibt? War er mit seiner Freundin aus, als Wase ihn angerufen hat? Es ist das erste Mal, dass sie über Lars' Beziehungsstatus nachdenkt.

»Ich schaffe es nicht einmal, einen Knopf wieder einigermaßen sauber anzunähen«, stammelt sie in dem Versuch, die peinliche Redepause zu beenden und ihre Verlegenheit zu überspielen. Sie dreht sich weg, schaut wieder hinaus in den Garten, um ihr pochendes Herz zu beruhigen. Dennoch spürt sie Lars' Präsenz ganz nah bei sich, seinen Duft, der sie einhüllt wie eine flüchtige Umarmung.

»Die sieht aber ziemlich gebrechlich aus.« Lars deutet auf eine junge Birke, die etwas abseits steht. Nur mit Not trotzen der bucklige Stamm und die mageren Ästchen dem Wind.

»Die habe ich vor zwei Jahren vom Sperrmüll gerettet«, sagt Farah, erleichtert über den Themenwechsel. »Jemand hat sie einfach neben dem Altkleidercontainer entsorgt, sie war schon ziemlich hinüber, der Topf so klein, dass die Wurzeln fast die ganze Erde verdrängt haben und aus dem Loch am Boden gequollen sind.«

»Meinst du, die berappelt sich noch?«

»Ich weiß nicht.« Farah zuckt mit den Schultern. »Die Birke hat Platz, Sonne, ausreichend Wasser, fruchtbare Muttererde, Schutz vor Wildfraß, und trotzdem gedeiht sie kaum. Wahrscheinlich sind ihre Wurzeln irreparabel geschädigt.«

Genau wie meine, denkt Farah. *Auch ich habe mich nie von der Enge meiner Herkunft erholt. Von Verwahrlosung und Mangel.*

»Dabei sind Sandbirken Pionierpflanzen.«

»Was meinst du?«, fragt Lars, und ihr geht auf, dass sie die Worte aus Versehen laut ausgesprochen hat. Er beugt sich näher zu ihr, wohl, um besser verstehen zu können. Hat er gemerkt, dass sie unwillkürlich ein kleines Stück abgerückt ist? Falls ja, muss er glauben, dass ihr seine Gegenwart unangenehm ist.

»Diese Bäume sind resilient und unprätentiös«, beginnt Farah. Dabei gibt sie vor, es sich auf dem Gesims bequem zu machen, und rutscht in ihre angestammte Position zurück. »Sie sind mit die Ersten, die den Boden nach einem Waldbrand, Erdrutschen oder Vulkanausbrüchen neu bevölkern. Birken, aber zum Beispiel auch Salweiden, Nachtkerzen und Natternkopf sind in der Lage, sich anzupassen und zu gedeihen, wo andere Triebe kläglich verkümmern.«

Die Vorstellung hat sie schon immer gemocht. Dass es Organismen gibt, die so unverwüstlich sind, dass sie allen Widrigkeiten trotzen.

»Ich bin mir sicher, sie erholt sich wieder«, sagt Lars, und es kommt ihr so vor, als würde er über sie sprechen und gar nicht die Birke meinen. »Bestimmt braucht sie nur ein bisschen Zeit.«

37. KAPITEL

Vier Leichen, verschiedene Stadien der Verwesung. Fast exemplarisch in ihrer Art, als habe man die Toten zu Studienzwecken nebeneinander auf einer Bodyfarm ausgelegt, um den Zerfallsprozess zu dokumentieren. In chronologischer Reihenfolge, absteigend von links nach rechts, mehr als einen Meter unter der Erdoberfläche. Einigermaßen gut erhalten, dank des lehmhaltigen Bodens. Anhand von Bildern, Kleidung und Papieren, die sie teilweise in den Taschen gefunden haben, konnten die Identitäten von Fabienne, Esra und Ben bestätigt werden. Die vierte Tote jedoch, eine Frau, gibt Rätsel auf.

Park Ju-hee durchsuchte ihre Sachen akribisch, dokumentierte und verpackte sie in Tüten, entnahm Abdrücke sowie Abriebe der Fingernagelränder und klebte die Haut mit Folie auf Faserspuren ab. Derweil übernahm Alf, der Sektionsassistent, das Vermessen und Wiegen und schob sie in den Computertomografen. Zum Nachweis von Frakturen, aber auch, um bei der Obduktion keine bösen Überraschungen zu erleben. Projektile etwa, die im Fleisch stecken geblieben sind.

Wase Rahimi hoffte auf Prothesen oder Implantate, deren Seriennummern ihnen bei der Identifizierung weitergeholfen hätten. Doch leider waren auf den CT-Bildern keine zu erkennen. Die Ermittlungsgruppe muss auf den DNA-Abgleich warten und die Daumen drücken, dass die Fremde in einer ihrer Datenbanken auftaucht. Ansonsten wird es verdammt schwer.

Sie liegt bereits vor ihnen, auf dem Rücken. Vollständig entkleidet, jeder Würde beraubt. Im grellen Licht der LED-Panels, das alle Makel·brutal exponiert, scheint ihr Zustand schlechter zu sein, als es Wase vorhin in der Grube vorgekommen ist. Ein grober Holzblock zwischen den Schultern hebt ihren Torso an, sodass der nach hinten gesunkene Kopf über dem Metalltisch hängt. Der Körper ist zum größten Teil grünfaul. Weder auffällige Tattoos noch eine Blinddarmnarbe oder sonstige markante Merkmale lassen Rückschlüsse auf die Herkunft der Frau zu. Was sie getötet hat, liegt dagegen auf der Hand. In ihrer Kehle klafft ein Schnitt. Wie ein roter Mund, der sich an ihrem überstreckten Hals öffnet.

Unruhig tritt Wase von einem Fuß auf den anderen. Der Geruch nach kaltem Fleisch, Blut und Fäulnis ist überwältigend und verursacht ihm heftige Übelkeit. Mit den Geräuschen und Bildern in seinem Job kommt er meistens gut klar. Wenn nur nicht dieser Gestank wäre! Sein Magen ist seit jeher seine Schwachstelle. Und damit verbunden ein recht ausgeprägter Würgereiz, der überdurchschnittlich schnell anspringt und ihn schon in so manch peinliche Situation gebracht hat. Wase ist froh, seit dem Mittag nichts mehr zu sich genommen zu haben. Von den paar Crackern auf dem Weg hierher mal abgesehen.

Um sich abzulenken, schaut er auf sein Handy. Vor gut einer halben Stunde ging eine SMS von Böger ein, die zwar keine Satzzeichen enthält, dafür aber vor Rechtschreibfehlern wimmelt. Offenbar sitzt er noch im Auto und hat sie per Spracherkennung diktiert, um ihnen mitzuteilen, dass er im Stau festhängt.

Hi Vase fangt schon ohne mich an ich beheile mich Gruß Burger

Wase muss sich ein Grinsen verkneifen.

»Dann wollen wir mal loslegen!«

Wie aufs Stichwort. In hohen Gummistiefeln umrundet Professor Lothar Nagel den Sektionstisch, tritt ans Kopfende. »Ist die stumme Schwester bereit?« *Stumme Schwester*, eine altbackene und zudem politisch inkorrekte Bezeichnung für ein Tablett auf Stelzen, das sich durch den Saal rollen lässt.

»Bereit.« Alf schiebt ihm den Wagen hin, auf dem allerhand Utensilien bereitliegen, wie man sie auch in einer gut sortierten Küche findet. Nur dass die frisch geschärften Messer und Schöpfkellen in verschiedenen Größen hier ganz anderen, weniger appetitlichen Zwecken dienen.

Nagel und Professorin Vella Mink werden die Eilsektionen leiten. Die beiden haben sich in zwei Teams mit jeweils einem Präparator und einem Facharzt aufgeteilt – Oberärztin Dr. Pia Albrecht assistiert Mink, Dr. Justus Ruhland geht Nagel zur Hand. Die Arbeit zu splitten, hat rein pragmatische Gründe. Andernfalls hätten sie sich nach einem ohnehin schon langen Tag am Institut und bei der Grabungsstätte die Nacht um die Ohren schlagen müssen.

»Entschuldigt die Verspätung, habe ich etwas verpasst?« Der Oberstaatsanwalt. Seine Wangen sind gerötet. Er joggt fast aus dem Umkleideraum, was in den hohen Gummistiefeln wenig dynamisch wirkt.

»Guten Abend, Herr Böger«, begrüßt Nagel ihn in frostigem Ton. »Wir wollten gerade beginnen. Wie ich den anderen schon berichtet habe, stoßen Professorin Mink und Dr. Albrecht gleich dazu, die fangen einen Tick später an. Wir arbeiten zeitversetzt, sodass Sie zwischen den Tischen pendeln können.«

Böger nickt und grüßt Wase, Park Ju-hee und eine junge Medizinstudentin, die den Obduktionen beiwohnen darf. Verstohlen schmiert sich der Oberstaatsanwalt Tiger Balm unter die Nase, um die Verwesungsgerüche zumindest ein wenig zu übertünchen. Er sieht aus, als ob es ihm gleich hochkäme. Wortlos hält er Wase die Dose hin, doch der lehnt das Angebot mit einem knappen Kopfschütteln ab. Böger zuckt mit den Schultern, steckt das Zeug weg und zieht sich den Mundschutz über.

Als er wieder aufschaut, begegnet er dem breiten Grinsen von Alf. »Na, das war jetzt aber keine gute Idee. Wer die Nase am Adaptieren hindert, hat die nächsten zwei Stunden was von dem Gestank. Herzlichen Glückwunsch«, feixt er und widmet sich mit einem spöttischen Kichern wieder seiner Arbeit.

»Danke, ich werd's mir merken.«

Ein Schmunzeln hat es schon halb in Wases Mundwinkel geschafft, erlischt jedoch wieder, als sein Blick auf die unbekannte Frau fällt. Nagels Schätzung zufolge ist sie Ende zwanzig bis Anfang dreißig und zwischen sieben und zehn Monate tot, enger lässt sich das nach der langen Liegezeit nicht mehr eingrenzen. Damit ist sie das mutmaßlich erste Opfer von Wagner.

»Ende August haben wir eine Frau gefunden, die lag deutlich kürzer, war aber schon halb skelettiert«, denkt Wase laut nach.

»Ich gehe davon aus, dass sich der Leichnam an der frischen Luft befand?«

Wase nickt.

»Verstehe. Im Freien schreitet die Verwesung deutlich schneller voran. Im Hochsommer kann eine Leiche nach sechs bis acht Wochen skelettiert sein, nach wenigen Monaten sind nur noch blanke Knochen übrig. In einem Erdgrab dauert der Vorgang Jahre bis Jahrzehnte. Da kommen die meisten Insekten, die sich an der Zersetzung beteiligen, nicht dran, was den Prozess natürlich enorm verlangsamt.«

»Aber unter der Erde gibt es doch auch Totengräber«, wendet Böger ein. »Würmer zum Beispiel.«

»Das ist ein Mythos«, sagt nun Park Ju-hee, deren Fachgebiet unter anderem die forensische Entomologie umfasst. »Der brave Regenwurm will mit Toten nichts zu tun haben. Und die meisten Krebstiere, Tausendfüßer und Spinnentiere, die wir an Leichen finden, arbeiten nicht unter der Erde – ein paar Aaskäfer und andere ausgenommen.«

»Und Insektenlarven?«, hakt Böger nach.

»Die können zwar tief im Boden sein, wühlen sich aber nicht zu der Leiche durch.« Ju-hee verschränkt die Arme vor der Brust. »Wenn schon Fliegeneier auf der Leiche waren, würden die unter der Erde schlüpfen, aber weil die Besiedlung mit dem Begraben gestoppt wird, sind das eben nicht Hunderte bis Tausende Maden, sondern deutlich weniger.«

»Was die Zersetzung unter der Erde vorantreibt, sind vor allem die Autolyse der Zellen und Bakterien«, sagt Professor Nagel an die Studentin gerichtet. »Solche aus dem Darm der Leiche, aber auch ein paar, die in der Erde siedeln.«

Er setzt eine ulkig anmutende Brillenlupe auf und hält ein Lineal an die Wunde. Im Gegensatz zu seinen Kolleginnen und Kollegen, die aus Infektionsschutzgründen Atemschutzmasken tragen, verzichtet der alte Haudegen des Instituts nach der Spurensicherung für gewöhnlich darauf. Und auch an diesem Abend hat er offenbar nicht vor, eine anzulegen. »Justus, einmal messen, bitte.«

Dr. Ruhland schiebt einen Holzspatel in die Wunde, zieht ihn wieder heraus. »Fünfeinhalb Zentimeter tief.«

»Die Halshaut wurde auf einer Länge von zwanzig Zentimetern von rechts unterhalb des Warzenfortsatzes nach links scharf durchtrennt. Der Schnittkanal ist fünfeinhalb Zentimeter tief und führt schräg nach oben Richtung Halswirbelsäule«, leiert Nagel die Fakten in ein Mikrofon, das um seinen Hals hängt. »In der Tiefe wurden Drosselvenen, Halsschlagadern sowie Schildknorpel, Speise- und Luftröhre zerschnitten.« Er pausiert die Aufnahme. »Sie haben eine Frage, Herr Rahimi?«

Überrascht blickt Wase auf. Erstaunlich. Er hat Nagel nicht einmal angesehen. Dem Mann entgeht wirklich nichts.

»Mir sind gerade nur diese flachen Schnitte um den Anfang der Wunde herum aufgefallen.«

»Probeschnitte«, erwidert der Rechtsmediziner. »Wer auch

immer das angerichtet hat, zögerte offenbar und musste mehrfach neu ansetzen.«

Ein Martyrium, bei dem sich die unbekannte Frau heftig wehrte. Davon zeugen Furchen an Hand- und Fußgelenken, wo Stricke oder Bänder einschnitten. Beide Hände sind schwarz verfärbt, sodass sie Handschuhen gleichen.

»Hat es … lange gedauert?«, kommt es stockend von Böger. Er ist merklich blasser geworden und starrt etwas apathisch auf die Tote.

»Bei Durchtrennen der größeren Gefäße am Hals kommt es binnen Sekunden zur Bewusstlosigkeit, weil das Hirn keinen Sauerstoff mehr bekommt. In wenigen Minuten ist man tot«, sagt Nagel. »Bei den Drosselvenen ist das anders. Durch die fließt das Blut vom Hirn zurück zum Herzen – und zwar deutlich langsamer. Es spritzt nicht, sondern läuft einfach raus und kann in Luft- und Speiseröhre sickern.«

Der Professor richtet sich ein Stück auf und stemmt eine Hand in den unteren Rücken, der ihm anscheinend Schmerzen bereitet.

»Oh, hallo, Pia«, grüßt er Dr. Albrecht, die im grünen OP-Kittel, durchsichtiger Plastikschürze, Kapuze, Maske und Handschuhen raschelnd den Obduktionssaal durchquert. Schweigend nickt sie in die Runde. »Vella«, fügt Nagel an Professorin Mink gerichtet hinzu, die identisch gekleidet in Pias Windschatten folgt.

Wase muss zweimal hinsehen. So vermummt hätte er die Rechtsmedizinerin beinahe nicht erkannt. Mink ist erst seit wenigen Monaten am Institut beschäftigt, doch sie sind sich schon ein paar Mal über den Weg gelaufen und inzwischen per Du. Irgendwie hat sie es fertiggebracht, den Wust von Locken, der ihrem Vornamen alle Ehre macht, unter eine Haube zu stopfen, wodurch ihr Kopf unnatürlich groß wirkt. Eine Maske verdeckt ihr halbes Gesicht, nur die Augen liegen frei. Hellblau und klar. Sie streifen Wase, bleiben an ihm hängen.

»Guten Abend«, sagt sie, als würde sie nur ihn meinen.

»Hi, Vella.«

Wase merkt, dass er die Hand gehoben hat, was auf die kurze Distanz einigermaßen albern wirken dürfte. Rasch lässt er sie wieder sinken und verschränkt die Finger hinterm Rücken. Zu spät. Vellas Blick ruht noch immer auf ihm, und für einen Sekundenbruchteil breiten sich um ihre Augen kleine Fächer aus Fältchen aus. So flüchtig, dass er sich hinterher fragt, ob er sich ihr Lächeln eingebildet hat. Vielleicht hat sie bloß gegähnt.

»Wir fangen dann auch langsam an«, verkündet Mink. »Wenn es etwas Interessantes zu sehen gibt, geben wir euch Bescheid.«

Ohne weiteren Small Talk widmet sie sich zusammen mit Dr. Albrecht der Toten, die bereits auf dem Seziertisch nebenan wartet. Fabienne. Ein Abgleich des Zahnstatus belegt es zweifelsfrei.

»Was haben Sie gesagt?«

Wase dreht sich wieder zu Professor Nagel, der seinerseits den Oberstaatsanwalt mustert. Der starrt unverändert auf die unbekannte Tote, als habe er die Neuankömmlinge gar nicht bemerkt.

»Ich sagte, wenn Blut in Speise- und Lüftröhre gelaufen ist«, Böger räuspert sich, »dann ist die Frau hier nicht nur verblutet, sondern sozusagen auch noch in ihrem eigenen Blut ertrunken?«

»Na ja, für ein Ertrinken im eigentlichen Sinne hat der Körper schlicht zu wenig Blut.« Nagel zieht die Untersuchungslampe runter, sodass sie direkt über dem geöffneten Hals hängt. »Ertrinken bedeutet, dass größere Mengen Flüssigkeit das Atmen von Luft quasi unmöglich machen. Beim Eintauchen in Wasser zum Beispiel würde man irgendwann reflexhaft atmen und statt Luft eben Wasser in die Lungen ziehen, ganz tief, sodass es bis in die kleinsten Gefäße vordringt. Diese Menge an Flüssigkeit lag hier nicht vor, weil immer auch Luft mit eingeatmet wird, was dann einen Hustenreiz auslösen kann. Wenn der sehr lange und heftig ausfällt, würden wir ähnliche Zeichen finden wie beim Ersticken. Klassisch etwa in Form von Petechien, so punktförmige Einblutungen, die sich durch den Druck in Schleimhäuten, Lippen, den Augenbindehäuten bilden. Nach der langen Liegezeit kann ich das hier allerdings beim besten Willen nicht mehr beurteilen.«

»Das gilt vermutlich auch für die Frage, ob Blut bis in die feinen Lungenverästelungen eingeatmet worden ist«, tippt Wase.

»Das lässt sich nur gut nachweisen, wenn die Lunge noch in halbwegs erkennbarem Zustand ist. Dann kann man die Flüssigkeit fast wie bei einem Schwamm herausdrücken. Bei den Leichen von der Wagner-Villa habe ich allerdings wenig Hoffnung. Das Gewebe zerlegt sich sehr schnell.« Der Rechtsmediziner tupft und schneidet. Die steile Falte zwischen seinen Brauen furcht sich tiefer. »Gucken Sie sich das einmal an«, sagt er schließlich, woraufhin sich sämtliche Anwesenden vorbeugen, um besser sehen zu können, auf was er mit seinem Skalpell deutet.

»Meinen Sie die winzige Kerbe im Knochen?« Wase kneift die Augen zusammen.

»Streng genommen am Wirbelknochen des fünften Halswirbels. Laura, wissen Sie, was es damit auf sich haben könnte?«

Die Medizinstudentin schüttelt langsam den Kopf. »Tut mir leid, so etwas habe ich noch nie gesehen.«

»Das bekommt man auch selten zu sehen«, sagt Nagel mit einem milden, fast versonnenen Lächeln, das nicht zu den grausigen Fakten passt. »Der Täter hat das Messer mit einer solchen Kraft geführt, dass es gegen den Knochen gestoßen ist und eine Scharte hinterlassen hat. Die Klinge muss verdammt scharf gewesen sein.«

Wase schluckt. Bei der bloßen Vorstellung zieht sich alles in seiner Kehle zusammen. »Ein Skalpell?«

»Das wäre zwar scharf genug, aber eher zu kurz«, erwidert Nagel. »Damit so viel Kraft auszuüben, dass man in einem Schnitt bis zum Knochen kommt, ist meiner Einschätzung nach nicht machbar. Der Täter hätte mehrfach ansetzen müssen. Und das würde man sehen.«

»Ein Küchenmesser, so um den Dreh zwanzig Zentimeter Klingenlänge«, mutmaßt Ju-hee.

»Schon eher. Aber das nur unter uns, off the record. Nagelt mich nicht drauf fest, ja?«, fügt der Rechtsmediziner hinzu und schmunzelt über seinen eigenen Wortwitz. So langsam kommt der Mann in Schwung, während das Team von Professorin Mink gerade erst mit der äußeren Leichenschau begonnen hat.

»Kommt ihr mal rüber?«, ruft die Rechtsmedizinerin und hebt die Hand.

»Na los«, Nagel nickt Wase zu. »Falls wir noch etwas Spannendes finden, melde ich mich.«

Sobald sie sich um den Nachbartisch versammelt haben, kommt Mink direkt zur Sache: »Die Verwesung ist deutlich fortgeschritten, aber unregelmäßig ausgeprägt. Liegt am Mikroklima im Boden, das teilweise extrem schwankt«, fasst sie ihre Beobachtungen zusammen. »Das kann man hier gut erkennen. Während die Beine verfault sind, ist ihr Oberkörper gut erhalten. Dort, wo die Arme anlagen, wirkt das Gewebe geradezu frisch, die Pilze haben es weitgehend verschont. Anders steht es um ihren Kopf. Zwar ist der Schädel intakt, jedoch schwärzlich vertrocknet. Ihr Haar lässt sich leicht herausziehen. Die Augäpfel sind komplett eingefallen, und in den Höhlen sprießt ein Schimmelpilzrasen, der sich bis in die Ohrmuscheln zieht.«

»Kannst du schon etwas zum Todeszeitpunkt sagen?«

»Den würde ich auf etwa fünf bis sechs Monate zurückdatieren. Plus minus.«

Wase nickt, das deckt sich mit dem Zeitfenster von Fabiennes Verschwinden. An ihrem Hals gähnt dasselbe Maul wie bei der unbekannten Frau. Weit aufgerissen, eingefroren in einem letzten Schrei. Mink richtet die Untersuchungslampe aus, leuchtet hinein.

»Der Schnittkanal ist schmutzig grünfaul und hochgradig erweicht, deshalb ist es etwas schwer zu beurteilen, aber«, sie runzelt die Stirn, wischt die Wunde mit einem Schwamm aus, »die Klinge wurde vom Opfer aus gesehen an der rechten Halsseite unterm Ohr angesetzt und nach links gezogen.«

Automatisch denkt Wase an Geerke Bauers Auswertung der Blutmuster. Die Details sind ihm noch sehr präsent. Er gleicht sie mit den Befunden von Nagel und Mink ab, schlüpft in die Haut des Täters, um sich die Szene aus seiner Perspektive vorzustellen. Den Verschlag, das verklebte Fenster, den Spritzschatten an der Bretterwand.

Geerke zufolge stand der Täter neben dem Tisch, etwa auf Höhe der linken Schulter des Opfers. Er packte den Kopf mit der Rechten, riss ihn zurück, fixierte ihn, damit die Kehle bloßlag und er freie Sicht hatte. Er setzte das Messer auf der abgewandten Halsseite an und zog es auf sich zu.

Geerke hat recht behalten. Der Täter ist höchstwahrscheinlich Linkshänder. Ein Rechtshänder hätte sich anders positioniert, anders geschnitten. Wase blinzelt, als ihn Vellas sonore Stimme zurückholt.

»Keine Probeschnitte«, diktiert sie. »Ein einzelner sauberer Schnitt, fünf Zentimeter tief und ohne weitere Hautverletzungen. Drosselvenen, Halsschlagadern, Schildknorpel, Speise- und Luftröhre sind durchtrennt.«

Er hat seine Technik verbessert. Kein Zögern mehr, nur noch Gewalt. Die restliche Obduktion nimmt Wase wie durch einen Schleier wahr. Seltsam unbeteiligt und wie aus weiter Ferne beobachtet er, wie die Rechtsmedizinerin und Dr. Albrecht dem strengen Protokoll folgen, nach dem Obduktionen ablaufen. Sie sezieren die Leiche vollständig, eröffnen jede Körperhöhle. Besondere Aufmerksamkeit widmen sie auch der Sektion der Extremitäten und des Rückens, bevor sie zur inneren Besichtigung schreiten. Als Mink den Magen öffnet, findet sich darin eine dunkle, krümelige Masse.

»Sieht aus wie Kaffeesatz«, sagt Wase über das Präparat gebeugt.

»Ist aber Blut, das verschluckt wurde und in der Magensäure geronnen ist«, entgegnet sie.

»Genau wie bei meiner unbekannten Toten hier«, klinkt sich Professor Nagel ein. »Im Dünn- und Dickdarm war übrigens keins.«

»Und ... was bedeutet das?«, will Böger nun wissen, auch wenn ihm anzusehen ist, dass es ihm vor der Antwort graut.

»Der Tod ist rasch eingetreten«, sagt Nagel. »Ich hatte mal einen Fall von Suizid mit Gewehr. Der arme Teufel hat sich aus Versehen das Rückenmark durchschossen, statt sich die Kugel ins Hirn zu jagen. Bei der Obduktion fand sich später verdautes Blut im Darm, weil er ein, zwei Tage dagelegen hat und sich nicht rühren konnte, bis er schließlich verblutet ist.«

»Himmel«, keucht Böger und beugt sich vor, als habe es ihm den Magen umgestülpt.

Nicht einmal eine Stunde später sind sämtliche Organe untersucht, gewogen und lose wieder in den Bauchraum gelegt. Wie von Nagel prophezeit, ließ sich nach den langen Liegezeiten nicht mehr nachweisen, ob die Frauen Blut eingeatmet haben. Die Sektionsgutachten weisen identische Todesursachen aus: Fabienne und die unbekannte Frau sind verblutet.

Wases Augen brennen, der Stundenzeiger der Wanduhr hat gerade das große X erreicht. Zweiundzwanzig Uhr. Nach Adam Riese ist er seit sechzehn Stunden auf den Beinen. Sehnsüchtig schaut er Mink und Dr. Albrecht hinterher, als sie den Obduktionssaal verlassen, um für eine Verschnaufpause vor die Tür zu gehen. Wie gerne er sich ihnen anschließen würde. Ein paar Minuten bloß frische Luft schnappen. Doch diese Auszeit ist ihm nicht vergönnt.

Professor Nagel und sein Team stehen schon gewaschen und in frischer Schutzkleidung für die nächste Obduktion parat. Als der Sektionsassistent die Tote auf einer Bahre zu ihnen rollt, wappnet sich Wase innerlich. Sie gehen chronologisch aufsteigend vor, und entsprechend weiß er, welches der Opfer als Nächstes an der Reihe ist. Routiniert zieht Alf den Reißverschluss auf, das Plastik teilt sich in der Mitte, und ihr vertrautes Gesicht kommt darunter zum Vorschein.

Esra.

Heftige Trauer wallt auf, überrumpelt Wase und entweicht in einem Keuchen.

»Alles okay?« Dr. Ruhland mustert ihn über seine Maske.

Wase nickt, weil er nicht sprechen kann. Sein Mund ist staubtrocken. Verdammt, er ist zu nah dran, zu tief verstrickt in ihren Fall, das wird ihm jetzt noch einmal bewusst. Er räuspert sich, versucht, Abstand zu gewinnen, sich auf die Fakten zu konzentrieren, während Ruhland und Alf Esra aus ihrem Kokon aus Plastik heben.

Sie ist wenige Wochen vor Ben verschwunden. Knapp zweieinhalb Monate ist das her. Ihr Körper befindet sich in einem recht frühen Stadium der Verwesung. Was Wase zurückweichen lässt, sind die drastischen Verletzungen am Hals. Hätte der Leichnam über der Erde gelegen, hätten Fliegenmaden und anderes Getier die Wunden und Körperöffnungen zerfressen. Im Lehmboden jedoch waren sie weitgehend geschützt.

»Die Klinge muss wieder recht lang, einschneidig, scharf und glatt gewesen sein. Gerade Schnittkante, sehr präzise«, sagt Professor Nagel und schiebt die Lupenbrille vom Kopf auf die Nase. »Ich sehe keinerlei Risse oder Auszackungen im Gewebe. Der

Breite und Tiefe nach zu urteilen, könnte es sich um dasselbe Tatwerkzeug handeln wie bei dem vorherigen Opfer.«

Der Rechtsmediziner stutzt. Er beugt sich weit über die Wunde, setzt die Brille wieder ab und tupft sich mit einem Papiertuch über die Stirn. »Etwas ist doch anders. Die Halsschlagader ist nicht ganz durchtrennt. Sie wird nur noch an der Außenwand zusammengehalten, ansonsten wäre sie nach oben und unten zurückgeschnellt. Diese Gefäße stehen unter immenser Spannung, müssen Sie wissen.«

Ein Klacken hinter Wase.

Er fährt herum. Alf hat den letzten Toten aus der Kühlung geholt und die Bremse der Bahre festgestellt. Der Leichensack steht offen. Beherzt greift der Sektionsassistent unter Bens Arme und rotiert ihn auf den Metalltisch. Der Leichnam ist schlüpfrig, von einem dünnen Schmierfilm überzogen, der im Licht glänzt. Das Venennetz schlägt bläulich durch. Ab dem Rumpf hat sich die Oberhaut abgeschält, jedoch unwesentlich. Insekten kamen in der Erde nicht an ihn heran, wo er vor ihrem Zugriff geschützt war. Und wegen der dichten Rhododendren auch weitgehend vor Nässe. Dem Schimmelpilzbefall jedoch war er ausgeliefert. Und den Ratten.

Sie haben einen Tunnel gegraben und sich bis zu seiner rechten Hand vorgearbeitet. Zeige- und Mittelfinger sind bis zum zweiten Gelenk abgenagt, die Knochen liegen frei. Aus unerfindlichen Gründen haben die Viecher die anderen Finger nicht angerührt. Immerhin etwas, das Ben erspart blieb.

»Herr Rahimi, hören Sie noch zu?«

Professor Nagel. Seine Worte dringen gedämpft in Wases Bewusstsein. Er atmet tief durch, bevor er sich zu ihm umdreht. »Verzeihung, bin wieder da.«

Doch das stimmt nur halb. Physisch mag er anwesend sein, sein Geist aber klinkt sich immer wieder aus, als habe er für einen Tag schon genug Leid ertragen müssen. Wase schafft es nur mit Mühe, der Untersuchung zu folgen.

»Wie makroskopisch erkennbar, ist das Gewebe am Wundrand eingeblutet. Ein Anzeichen dafür, dass die Verletzung auch in diesem Fall zu Lebzeiten beigebracht worden ist«, hört er Nagel noch in sein Mikro sprechen, ehe die Zeit verschwimmt, Stunden zu Minuten schrumpfen, Minuten zu Sekunden. Nur die wichtigsten Fakten bleiben hängen.

Organe blutleer, die Milz entspeichert, klein und schlapp. Hinweise auf einen massiven Blutverlust. Auch sonst kommt die Leichenschau zu den gleichen Ergebnissen wie bei den anderen Frauen. Das Lungengewebe war zerfallen, ob es sich bei der Flüssigkeit, die sich darin fand, um Blut handelt oder aber um Fäulnisflüssigkeit, die sich postmortal gebildet hat, muss das Labor klären. Keine Verletzungen im Anal- oder Vaginalbereich, die auf eine Vergewaltigung hindeuten. Die Abstriche haben vorläufig keinen Nachweis auf Sperma erbracht, wobei damit längst nicht ausgeschlossen ist, dass sich der Täter sexuell an den Opfern vergangen hat. Die Auswertung der Drogenscreenings wird noch ein paar Tage dauern.

»Bei der Obduktion fanden sich keine akuten krankhaften Veränderungen der Organe, beispielsweise im Sinne eines Herzinfarktes, eines Schlaganfalls oder einer Lungenembolie, die einen akuten Tod aus innerer Ursache erklären würden«, diktiert Nagel zum Schluss, während Dr. Ruhland den Y-Schnitt mit groben Stichen zunäht. »Nach Ausschluss konkurrierender Todesursachen und nach Art der Verletzung ist von einem Tod durch Verbluten auszugehen.«

Als Alf die Bahre zurück in die Kühlkammer schiebt, sehen Böger und Wase ihm einen Moment nach. Dabei kreuzen sich ihre Blicke. Rasch fixieren sie den Boden, als schämten sie sich ihrer offenkundigen Betroffenheit. Doch drei Obduktionen in einer Nacht sind selbst für erfahrene Profis kein Pappenstiel. Und eine läuft noch. Die vierte und letzte an diesem späten Abend.

Mit einem hoch konzentrierten Ausdruck im Gesicht beugt sich Professorin Mink über Bens Leichnam. Wase geht zu ihr, obwohl alles in ihm zur Flucht drängt. Raus. Ins Freie. Weg von hier. Böger, der ihm gegenüber Posten bezieht, sieht aus, als würde es ihm ähnlich gehen. Offenbar hat er großzügig Tiger Balm nachgelegt. Oder er müsste sich mal die Nase schnauben. Jedenfalls hängt in seinem linken Nasenloch ein weißes Klümpchen. Wase macht ihm ein diskretes Zeichen, woraufhin der Oberstaatsanwalt eine Hand vors Gesicht hält und schweigend zum Papierhandtuchspender marschiert.

Wase muss sich überwinden, Bens Kopf zu betrachten. Noch verdecken blutverkrustetes Haar und Haut die Male, die die Gewalt in seinen Schädelknochen hinterlassen hat. Verletzungen, die den Frauen nicht zugefügt worden sind. Und das ist nur einer von vielen Punkten, in denen sich Bens Tod von dem der anderen Opfer unterscheidet.

Zum einen holte Vella mehrere Esslöffel Erde aus Mund- und Rachenraum. Zum anderen fehlen der tödliche Schnitt durch die Kehle und die Fesselspuren, die sich bei der unbekannten Frau, Fabienne und Esra in die Gelenke gegraben haben.

Noch einmal betastet die Rechtsmedizinerin Bens Kopf. Er gibt an der Rückseite nach. Sie klopft, lauscht, aktiviert das Aufnahmegerät. »Hirnschädel klingt auf Beklopfen schachtelartig hohl«, diktiert Mink in nüchternem Ton. »Schneidest du?«

Dr. Albrecht greift nach einem Skalpell und ritzt die Haut mit gezielten Schnitten ein. Dieses Mal schafft es Wase nicht, sich schnell genug abzuwenden. Oder aber die Oberärztin arbeitet einfach zu flink. Sie zieht die Schwarte nach vorne bis über Bens Nase. Sein Gesicht fällt zusammen wie eine Gummimaske. Wases Lippen werden taub. Eingehend begutachtet er seine Schuhe, während er dem Klappern des Bestecks lauscht, dem steten Strom der Belüftungsanlage und dem Plätschern des Wasserhahns.

»Am Hinterkopf, oberhalb der Hutkrempenlinie, ist das Unterhautfettgewebe auf einer Fläche von etwa sechs mal drei Zentimetern dunkelrot und sulzig verfärbt«, spricht Mink in ihr Mikro.

Wase gibt sich einen Ruck und sieht wieder hin, weil er als Ermittler genau das tun muss. Hinsehen, so grausam die Szenerie auch sein mag. Der Schädel liegt frei, zwei Bruchsysteme vorne und hinten. Ein charakteristisches Muster, erst der Schlag, dann der Sturz. An der Rückseite ist der Knochen eingedrückt, durchzogen von einem Netz aus Rissen, die sich bis zu den Schläfen verästeln. Die Befunde decken sich mit den CT-Aufnahmen, dennoch ist es ein Schock, die massiven Verletzungen so unmittelbar zu sehen. Bevor Wase den Anblick verarbeitet hat, heult erneut die Knochensäge auf.

Dr. Albrecht setzt sie an der Stirn an und öffnet den Kopf rings um die Krone. Ein Geräusch, aus dem Albträume gemacht sind. Wase inspiziert die Fliesen, während die Säge zum letzten Mal in dieser Nacht singt und ihren klagenden Hall an die Wände wirft.

Das Todeslied endet.

In die aufkommende Ruhe setzt Mink ihren unheimlichen Sermon fort: »Das Gehirn ist eine graubraune Masse, die ihren anatomischen Zustand noch erkennen lässt. Die weiche Hirnhaut ist spiegelnd, massive Einblutung zwischen harter Hirnhaut und Schädeltafel an der Basis. In der Hirnmasse sind Hinweise für eine Blutung sichtbar, außerdem einzelne Knochensplitter.«

Wase lauscht ihrer nüchternen Doku. Sie bringt einen Film in seiner Fantasie zum Laufen. Er sieht Ben vor sich, sieht, wie ihm jemand von hinten den Schädel einschlägt. Wie er ungebremst auf die Stirn knallt. Einfach liegen bleibt in der Pfütze aus Blut, die sich um seinen Kopf ausbreitet.

Er hatte keine Chance.

Mink zufolge wurde der Schlag mit einem stumpfen, flachen Gegenstand ausgeführt, einem Spatenblatt zum Beispiel. Aber die Verletzung war nicht allein ursächlich für seinen Tod. Getötet hat ihn etwas anderes. Die Besichtigung der inneren Organe fördert es zutage.

Als die Rechtsmedizinerin Lunge und Luftröhre entnimmt und für alle gut sichtbar auf ein Metalltablett legt, zeigt Laura auf schwarze Partikel, die das Gewebe verkleben.

»Ist das Erde?«

»Sieht danach aus.« Neugierig beugt sich Nagel über die Präparate. Er hat sich inzwischen umgezogen und sich mit der Studentin zu ihnen gesellt. »Und was bedeutet das?«

»Dass er die Erde eingeatmet hat«, murmelt Laura. Als sie weiterspricht, ist ihre Stimme ein heiseres Flüstern: »Der Mann wurde lebendig begraben.«

38. KAPITEL

Schüsse. Gewehrsalven peitschen im Stakkato. Farah zuckt heftig zusammen, blinzelt zum Fernseher, auf dem irgendein Actionfilm flimmert. *Stirb langsam.* Sie muss eingedöst sein. Glühwein und Schmerzmittel sind tatsächlich eine tückische Kombination. Vor allem gepaart mit dem Stress der letzten Tage. Ihr Sichtfeld weitet sich. Nach und nach nimmt ihr verquollener Verstand die Umgebung wahr. Nimmt *ihn* wahr. Lars sitzt neben ihr, sein Oberarm berührt ihren.

»Gut geschlafen?« Er dreht den Kopf und schmunzelt.

»Was? Ja, ich … klar.«

Farah richtet sich auf, schielt zur Uhr und blinzelt, weil sie meint, sich verguckt zu haben. Die Anzeige bleibt unverändert. Es ist Viertel vor eins. Wann ist sie eingeschlafen? Mit offenem Mund? Hat sie geschnarcht, gesabbert? Und woher kommt eigentlich das Kissen, das auf einmal unter ihrem Fuß auf dem Tisch liegt?

»Willst du was trinken?«

Farah nickt. Von dem salzigen Essen und dem Alkohol ist ihre Kehle wie ausgedörrt. Lars schenkt ihr ein Glas Wasser ein, das sie in kleinen Schlucken trinkt.

»War ich lange weg?«

»Keine Sorge, nur ein paar Minuten.« Lars lacht. »An meinen Entertainerqualitäten muss ich offenbar noch feilen.«

»Gar nicht, der Abend war wunderschön.« Das ist Farah herausgerutscht. Sie beißt sich auf die Zunge und starrt verlegen zu

Bruce Willis, der auf dem Dach eines Hochhauses wild um sich ballert. Tatsächlich kann sich Farah nicht daran erinnern, wann sie sich zuletzt so gelöst und frei gefühlt hat. Ihre Bauchmuskeln schmerzen vom vielen Lachen. Sie sind von einem Thema zum nächsten gesprungen, haben rumgealbert und sind irgendwann mit ihren Eisbechern zur Couch umgezogen. Die Tatsache, dass sie neben ihm eingeschlafen ist, gibt Farah zu denken. Sogar bei Freddy fällt es ihr schwer, loszulassen, weshalb sie zu seinem Missfallen nach fast jedem Date heimfährt. Völlig egal, wie spät es geworden ist.

»Hast du was Schönes geträumt?«

Farah zuckt mit den Schultern. »Ich habe nie schöne Träume«, bekennt sie.

»Wie jetzt? Nie?«

»Nie.«

»Stopp, wart mal kurz.« Lars zieht ein Bein auf die Couch, dreht sich zu ihr. »Willst du mir gerade erzählen, dass du ausschließlich Albträume hast?«

»Meine Fantasie ist offenbar auf Morbides geeicht.«

»Scheint so. Wäre luzides Träumen was für dich?«

»Davon hab ich mal gehört, aber ich kann mich nicht mehr genau erinnern.«

»Es bedeutet, dass man sich quasi bewusst darüber wird, wenn man gerade schläft.«

»Ach so.«

»Ach so? Farah, das ist fantastisch! Du kannst eingreifen und aktiv steuern, was passieren soll.«

»Aha. Und was zum Beispiel?«

»Einfach alles«, sagt er, und zwar mit einem so kindlichen Enthusiasmus, dass sie unweigerlich grinsen muss. »Fliegen, unfassbar schnell rennen, ein Auto hochheben, dich an die schönsten Orte beamen, Tiefseetauchen, auf Wolken gehen. Alles!«

»Okay, okay, ich hab's verstanden.« Farah lacht. »Und das klappt?«

»Wenn du dich drauf einlässt, ja. Ich hab's ein paarmal erlebt, und es war ziemlich toll.«

»Glaub ich sofort.« Sie schiebt die Strickdecke von sich, weil ihr unglaublich warm geworden ist. Und das liegt nur zum Teil am Ofen, der in der Küche vor sich hin knackt. »Das wäre mal eine nette Abwechslung zu den Horrorstorys, die mein Hirn produziert.«

»O Mann, wenn ich wüsste, dass mich so ein Schrott erwartet, hätte ich gar keine Lust mehr, einzuschlafen«, scherzt Lars. Er ahnt ja nicht, wie nah er der Wahrheit ist. »Sind das bei dir eigentlich immer ähnliche Szenen?«

»Schon, ja. Und zwar ziemlich realistisch.«

»Was denn so?«

»Dass mich jemand verfolgt, ich mich aber nur in Zeitlupe fortbewegen kann, dass ich aus einem brennenden Haus entkommen muss oder auf der Spitze vom Empire State Building festhänge.«

»Wow, das klingt … heftig«, sagt Lars. »Also, in meinen Albträumen geht's seltsamerweise meistens darum, dass ich auf dem Weg zum Flughafen merke, dass ich meinen Pass, meine Badehose, alles vergessen habe, am Ende zum Gate hetze und den Flieger verpasse.«

»Entspringt das einer wahren Begebenheit?«

»Leider ja. Das war damals offenbar ein sehr traumatischer Tag für mich.«

Sie lachen, Lars hebt feierlich sein Glas. »Auf die Macht der Träume.«

»Cheers.«

Farah nippt am Wasser, lässt es nachdenklich kreisen, sodass in der Mitte ein winziger Strudel entsteht.

»Ich frage mich, woher das mit deinen Albträumen kommt«, nimmt Lars den Gesprächsfaden wieder auf. »Am Job kann's nicht liegen, oder? Dann hätte ich ja dasselbe Problem.«

Farah kennt die Antwort, sie weiß, was ihr Unterbewusstsein Nacht für Nacht so verzweifelt verarbeiten will. Weshalb sie mit rasendem Herzen aufschreckt, nass vor kaltem Schweiß, keuchend, das Grauen so lebhaft, dass ihr Verstand ewig braucht, um es von der Realität zu trennen. Aber das ist nichts, mit dem sie jetzt die fröhliche Stimmung ruinieren wird.

»Vielleicht vergesse ich die schönen Träume ja bloß, und die gruseligen bleiben hängen.« Sie probiert ein Lächeln. »Gibt es noch Glühwein?«

Lars füllt ihren Becher in der Küche auf, reicht ihn Farah. Sie pustet in den Dampf und muss husten, weil der Alkohol in ihrer Lunge brennt.

»Puh, hast du den mit Wodka gestreckt?«

»Amaretto.«

»Na dann, Prost.«

Sie trinkt, um die Bilder zu verscheuchen, die an die Oberfläche getrieben sind. Aber einmal heraufbeschworen, lassen sie sich nicht so leicht wieder abschütteln. Farah rutscht auf die Sofakante und stellt den Becher auf den Tisch. Sie will aufstehen, ein bisschen herumlaufen, etwas mit den Händen machen. Die Spülmaschine einräumen zum Beispiel. Ein wenig Abstand zu Lars bringen, in dessen Gegenwart sie verglüht. Die Schwerkraft hat andere Pläne.

Schon halb in der Hocke, verliert sie das Gleichgewicht und plumpst zurück in die weichen Polster. Dabei begräbt sie Lars unter sich, der sie lachend auffängt. Farah prustet ebenfalls los. Sie kann nicht anders, als lauthals über ihre kleine Showeinlage zu lachen. Es ist befreiend und löst etwas in ihrer Brust.

»Das sah bestimmt wahnsinnig elegant aus«, japst sie, sobald sie sich einigermaßen eingekriegt hat. Farah wischt sich eine Träne aus dem Augenwinkel, sieht zu Lars, der grinst und sie mit einem seltsamen Ausdruck mustert. Belustigt und irgendwie … verträumt?

Mit einem Mal wird ihr bewusst, dass er sie im Arm hält. Und wie nah sie ihm durch den Sturz gekommen ist. Das Herz klopft Farah bis zum Hals. Schneller noch, als Lars sanft ihre Wange berührt und eine Strähne hinters Ohr schiebt. Intuitiv legt sie ihre Hand auf seine, als wolle sie sichergehen, dass er sie nicht wieder wegzieht. Sie lehnt sich vor, ihre Lippen finden seine. Hektisch und unbeholfen, ehe sie zurückschreckt und benommen den Kopf schüttelt.

»Es tut mir leid«, stottert Farah. O Gott, sie kann ihn kaum ansehen. Das eben muss ihm ja vorgekommen sein, als ob sie nie zuvor ein anderes menschliches Wesen geküsst hätte. »Ich weiß nicht, was ich mir gedacht habe, ich …«

Weiter kommt sie nicht.

Lars fährt mit dem Daumen die Kontur ihrer Unterlippe nach und mustert sie ernst. Er lehnt die Stirn an ihre, sodass sich ihre Nasenspitzen berühren.

»Nicht denken.«

Sein Mund ist warm und weich, der Kuss so unerträglich zärtlich, dass Farah kurz der Atem stockt. Als sie ihn erwidert, zieht Lars sie enger an sich. Seine Hand gleitet über ihre Hüfte zum Oberschenkel und zeichnet unsichtbare Spuren auf ihre Haut, als würde eine geringe Ladung Strom aus seinen Fingerspitzen fließen. Die ganze Zeit hat sie sich nicht erlaubt, daran zu denken, wie es wohl wäre, ihm so nah zu sein, ihn zu spüren, zu schmecken. Das hier fühlt sich so viel besser an, als sie es sich hätte ausmalen können.

Farah schmiegt sich an ihn, vergräbt ihre Finger mit wild klopfendem Herzen in seinem Haar. Seine Zunge entlockt ihr ein wohliges Schaudern, das jeden weiteren Gedanken auslöscht. Sie kommt erst wieder zu sich, als das Schrillen der Türklingel es in ihr Bewusstsein schafft.

Widerwillig löst sie sich von Lars. Irritiert gucken sie einander an, als wüssten sie nicht, was der jeweils andere da zu suchen hat.

»Wase«, krächzt sie.

Lars nickt. »Der Mann hat ein Händchen für Timing.«

Er ist schon im Begriff aufzustehen, als er innehält und sie noch einmal auf Mund und Stirn küsst, bevor er zur Tür geht.

»Ihr habt's ja richtig besinnlich hier«, kommentiert Wase die finale *Stirb-langsam*-Szene, in der Sergeant Powell gerade einen blutüberströmten Geiselnehmer erschießt. Lars grinst nur und sieht Farah an. In seinem Blick liegt etwas Sehnsüchtiges, von dem sie hofft, dass Wase es nicht mitbekommt. Was zwischen Lars und ihr ist, soll erst mal nur ihnen beiden gehören. Sie hat das Bedürfnis, es zu hüten, als sei es fragil oder kostbar oder beides. Zumindest so lange, bis sie weiß, was es zu bedeuten hat. Wie es jetzt weitergeht.

»Wir sehen uns«, sagt er lächelnd, und das klingt verheißungsvoll, wie ein Versprechen.

»Ja, bis bald.«

»Danke, dass du so spontan Zeit hattest.« Wase legt Lars einen Arm um die Schulter und führt ihn hinaus. Als er wiederkommt, baut er sich neben Farah auf und sieht sie auf eine Art an, die ihr gar nicht behagt.

»Okay, erzähl«, fordert er sie auf und trinkt ihr Wasserglas in einem Zug leer.

»Hm?«

»Komm schon, was hast du mit ihm angestellt? Der arme Kerl war ja komplett daneben.«

»Ach ja? Mir kam er vor wie immer.«

»Dir ist schon bewusst, dass Lars einen Dreitagebart hat.«

»Sicher, worauf willst du hinaus? Wird das hier ein Quiz oder so was?«

Wase deutet auf ihr Kinn. »Das ist knallrot. Und jetzt behaupte bitte nicht, dass das vom Glühwein kommt, dafür war mein Tag eindeutig zu beschissen.«

»Oh« ist alles, was Farah herausbringt. Tatsächlich brennt die Haut um ihren Mund ganz leicht, wie nach einem chemischen Peeling. Sie will gar nicht wissen, wie sie gerade aussieht. Farah kann nicht anders. Sie grinst Wase dämlich an, der das Grinsen erwidert.

»I rest my case!«, sagt er.

Ein Satz, bei dem ihr Lächeln einfriert. Ihr ist flau zumute, sie muss sich wegdrehen. Das Hochgefühl, das sie durchströmt hat, verpufft. Stattdessen fühlt sie sich ernüchtert und hohl. Wie nach einer durchfeierten Nacht, wenn sich die Sequenzen zusammensetzen und einem das, was man in betrunkenem Zustand noch so witzig, originell oder geistreich fand, bei Tageslicht betrachtet nur noch peinlich ist.

Der Kuss eben ging von ihr aus. Sie war es, die den ersten Schritt machte, die die Grenze überschritt und ihn küsste, wenn auch leicht verunglückt. Daran gibt es nichts zu deuteln.

»Schlechtes Gewissen?«

Farah sieht Wase an. Er beobachtet sie aufmerksam von der Seite. Natürlich hat er längst bemerkt, dass sie schlingert.

»Ich weiß nicht, nein, eigentlich nicht«, hört sie sich sagen und merkt gleichzeitig, dass es die Wahrheit ist. Auch wenn sie nicht begreift, wie etwas, das moralisch derart verwerflich ist, sich so richtig anfühlen kann.

Wase lächelt, und damit scheint das Thema für ihn erledigt zu sein. »Ist noch was Essbares im Haus?«, fragt er auf dem Weg in die Küche. »Ich verhungere.«

»Auf dem Herd. Knödel mit Pilzsoße.«

»Du hast gekocht?« Er hebt den Deckel an.

»Glaubst du das wirklich?«

»Lars scheint sich hier schon richtig heimisch zu fühlen«, gibt Wase trocken zurück, schaufelt sich die Reste auf einen Teller und stellt ihn in die Mikrowelle.

»Jemand hat ihm verraten, dass ich da gewisse Defizite habe.«

»Ihr ergänzt euch perfekt. Der Mann kann offenbar kochen, das riecht jedenfalls lecker.«

»Schmeckt auch so.«

»Hast du noch mal mit Bär gesprochen?«

»Nein. Du?«

Wase schüttelt den Kopf.

Ping!

Das Essen ist fertig. Er balanciert seinen Teller und eine neue Flasche Wasser zum Wohnzimmertisch, schenkt Farah nach und setzt sich zu ihr. Fasziniert sieht sie zu, wie er Soße und Knödel in rekordverdächtigem Tempo vertilgt. Bestimmt hat er seit dem Mittagessen nichts Vernünftiges mehr gehabt. Der Schlafmangel hat Spuren hinterlassen. Seine Augen sind ganz klein, die Haut darum wirkt zerknautscht.

»Und dein Tag war nicht gut?«

»Menschlich ein Desaster, aus Ermittlersicht allerdings ein Erfolg«, sagt Wase und spült das Essen mit einem großen Schluck aus Farahs Glas runter. »Bizarr wie immer.«

»Das heißt, ihr seid vorangekommen.«

Statt zu antworten, kramt er etwas aus seiner Hosentasche. Ein Blatt Papier. Wase faltet es auseinander und reicht es ihr.

»Hast du die schon mal gesehen?«

Eingehend mustert Farah die Frau auf dem Phantombild. Riesige Augen verleihen der Frau einen Ausdruck permanenten Staunens.

»Nein. Sollte ich denn?«

»Diese Frau war in der Nacht an der Unfallstelle, sie taucht in den Aufnahmen deiner Dashcam auf.«

»Was sagst du da?«

Instinktiv legt Farah eine Hand auf die Brust, spürt, wie ihr Herz aufgeregt dagegenwummert.

»Du hast sie also nicht gesehen?« Wase schiebt sich eine Gabel aufgespießter Pfifferlinge in den Mund, ohne sie aus den Augen zu lassen.

»Nein! Glaube ich. Das heißt …« Sie schüttelt den Kopf. »Wo hat sie denn gestanden?«

»Direkt auf der linken Seite hinter der Kurve.«

»Am Straßenrand?« Farah kramt in ihrem Gedächtnis, sieht die Richtungstafeln vor sich, Bäume, die vorüberziehen, Wagner, seinen schockierten Ausdruck. Nirgends eine Frau. Wieder schüttelt sie den Kopf, kann kaum aufhören damit, als sei die physische Bewegung vonnöten, damit ihre Gedanken an die richtigen Plätze fallen können. »Ich begreife das nicht, was hatte sie da verloren?«

»Genau das müssen wir herausfinden.«

»War diese Frau auch in der Hütte? Hängt das alles zusammen?«

Wase antwortet nicht.

»Ihr wart bei Wagner, richtig? Ihr habt seine Villa durchsucht. Warum?«

Wieder keine Reaktion. Er kaut nur und tut so, als würde er hoch konzentriert die Fernsehnachrichten verfolgen. Farahs Hand schnellt vor, greift nach der Fernbedienung und schaltet das nervtötende Gebrabbel ab.

»Habt ihr etwas bei ihm gefunden? Ich muss es wissen!«, fährt sie Wase mit einer Stimme an, die ihr fremd ist. Verzerrt und flehend. Farah atmet durch, versucht, sich wieder zu fangen. »Bitte«, fährt sie fort, sanfter jetzt. »Irgendjemand beobachtet mich, stellt mir nach, eine Streife steht vor meinem Haus, bitte sag mir, was los ist.«

Sie rechnet schon mit seiner Standardfloskel. *Farah, du weißt, dass ich nicht über die Ermittlungen sprechen darf.* Doch es kommt anders.

»Ich verstehe, dass du Angst hast.« Wase seufzt und stellt den leeren Teller weg. »Vielleicht kannst du umgekehrt auch nachvollziehen, warum ich mich bisher mit Infos zurückgehalten habe. Du hast schon genug Mist durchgemacht, da wollte ich dich nicht noch zusätzlich beunruhigen.«

»Wollte?«

Er nickt. »Wir ermitteln wegen mehrfachen Mordes. Derzeit sieht alles danach aus, als ob Wagner in der Hütte gewütet hat. Auf seinem Anwesen haben wir jedenfalls eindeutige«, eine winzige Pause, »Hinweise gefunden, die dafürsprechen, dass er in der Nacht nicht zufällig durch den Wald geirrt ist.«

Hinweise. Das Wort kam viel zu zögerlich über seine Lippen, als dass es das erste sein kann, an das er gedacht hat.

»Wenn dem so wäre«, setzt Farah vorsichtig an, um seine Auskunftsbereitschaft nicht über Gebühr zu strapazieren, »ist die Situation doch gebannt, oder nicht? Wagner liegt im Koma, er kann keinen Schaden mehr anrichten.«

»Sollte man meinen, ja.«

»Du denkst an die Frau.«

»Hmmmhmmm«, raunt er, und es klingt skeptisch, wie ein lautmalerisches Schulterzucken. Doch Farah weiß, dass es nicht so ist, dass er dieses Geräusch macht, wenn er grübelt und sich die nächsten Sätze schon formen.

»Geht ihr davon aus, dass sie ein weiteres Opfer ist, oder ...«, sie muss sich räuspern, »... oder könnte sie womöglich gefährlich sein?«

Statt sofort zu antworten, steht Wase auf und trägt sein Geschirr in die Küche, wo er es klappernd in der Spülmaschine verstaut. Farah starrt auf das gespenstische Gesicht in ihren Händen, faltet das Papier zusammen, schiebt es zwischen die Polster. Die Vorstellung, dass diese Person mit den riesigen Augen irgendwo da draußen hockt, sie womöglich seit Tagen beschattet, weiß der Himmel warum, droht sie zu überwältigen. Sie kippt den Rest Glühwein hinunter, der inzwischen kalt geworden ist, und hält Wase den Becher hin.

»Nix mehr da«, reagiert er auf ihre pantomimische Bitte, nachzufüllen.

»Auch das noch.« Sie seufzt und stellt den Becher weg. »Was ist nun mit ihr?«

Wase hockt vor dem Küchenofen und stochert mit dem Schürhaken nachdenklich in der Glut herum. »Vor allem ist sie eine wichtige Zeugin, deshalb haben wir die Suche nach ihr intensiviert, Suchmeldung und Phantombild an TV-Sender und Radiostationen gegeben. Wir müssen sie dringend finden und befragen. Noch wissen wir nicht einmal, ob sie überhaupt etwas mit unseren Ermittlungen zu tun hat. Aber ich glaube nicht an Zufälle. Ich glaube, dass sie der Schlüssel ist.«

»Der Schlüssel wozu?« Farah flüstert fast, und das verstärkt ihr eigenes Unbehagen.

Wase legt ein Scheit in den Ofen, noch eines, verriegelt die Klappe und sieht sie an. Flammen lecken am Holz, teilen sein Gesicht in zwei Hälften. Die eine liegt im Schatten, auf der anderen zuckt der Widerschein des Feuers, taucht es in leuchtendes Orange.

»Es ist besser, wenn du für ein paar Tage woanders unterkommst.«

Farah blinzelt verdattert. Darauf also ist es die ganze Zeit hinausgelaufen. Er hat nur den richtigen Zeitpunkt abgepasst.

»Warum jetzt auf einmal?«, stottert sie. Lähmende Furcht infiltriert jede Zelle wie ein schleichendes Gift. »Wo soll ich denn hin?«

Wase schiebt sich an ihr vorbei und späht aus dem Bogenfenster, hinaus in den Bauerngarten, als sondiere er die Lage. »Zu mir, du kannst vorerst in meiner Wohnung schlafen«, sagt er, schließt den Store und dreht sich um. »Bis wir klarer sehen können.«

»Wase! Kannst du jetzt bitte mal auf den Punkt kommen und diese kryptischen Andeutungen weglassen? Das Rumgeeiere macht mich ganz kirre.«

»Tut mir leid. Wenn ich konkreter werden könnte, würde ich es tun.« Er setzt sich zu ihr. »Der Fall scheint abgeschlossen, ja, aber irgendwas stimmt nicht.«

»Und was?«

»Keine Ahnung, es ist mehr ein Bauchgefühl, oder nenn es Instinkt, Intuition, wie du willst. Das Auto heute Morgen und diese Frau am Unfallort geben mir zu denken. Außerdem lief das alles viel zu glatt.«

»Ist das nicht wieder nur deine Paranoia? Dass du immer einen Haken wittern musst, wenn dir ausnahmsweise mal niemand Stöcke zwischen die Beine wirft?«

Wase schmunzelt. »Sagt man das so?«

»Du weißt, was ich meine.«

»Kann sein. Aber vorhin ist etwas passiert, was mir gezeigt hat, dass ich die Sache nicht im Griff habe. Im Grunde genommen war es vermessen, das überhaupt anzunehmen.« Er reibt sich mit Daumen und Zeigefinger die Nasenwurzel, geht jedoch nicht näher darauf ein. »Das hat mich kalt erwischt, dabei hätte ich es ahnen können, wenn ich mal fünf Sekunden länger nachgedacht hätte.« Wase schnaubt, zwischen seinen Brauen bildet sich eine steile Falte.

»Das ist doch menschlich, der Druck ist enorm hoch, und ihr seid chronisch unterbesetzt.«

»Das ist es nicht«, sagt Wase. »Ich war abgelenkt, nicht bei der Sache.«

Bär. Farah legt ihre Hand auf seine, woraufhin er überrascht den Blick hebt. Ein verzagtes Lächeln stiehlt sich auf seine Lippen, erlischt wieder.

»Der Fall ist nicht abgeschlossen, auch wenn alles danach aussieht. Ich hab zwar keine Beweise, aber mein Bauchgefühl sagt mir, dass es in dieser Gleichung noch zu viele unbekannte Variablen gibt, als dass ich ihn ad acta legen könnte.«

Farah zieht sich die Decke über die Schultern, starrt auf den Fernsehbildschirm, ohne dass die Bilder irgendeinen Sinn ergeben.

»Ich war noch nie bei dir«, murmelt sie. »In deiner neuen Wohnung, meine ich.«

»Da hast du auch nichts verpasst, häng deine Erwartungen nicht zu hoch. Bisher bin ich nicht einmal dazu gekommen, Gardinen aufzuhängen.«

Farah hebt die Brauen. »Du wohnst da seit fast einem halben Jahr.«

»Ist mir bewusst. Und wenn ich schon zehn Jahre dort leben würde, mit deiner Kate kann die Bude trotzdem nicht mithalten.« Wase sieht sie an. »Hunde erlaubt der Vermieter übrigens nicht.«

»Ich frage Irma, ob sie Noa für ein paar Tage betreuen kann.« Und damit ist es entschieden. »Also morgen, ja?«

Wase nickt. »Gleich morgen früh verschwinden wir von hier.«

39. KAPITEL

»Hier wohnst du also.«

»Mh-hm.«

»Ich kann nicht glauben, dass ich noch nie hier war.«

»Mh-hm.«

»Wo darf ich denn schlafen?«

»Du kannst mein Bett haben. Ich beziehe es dir schnell frisch.«

Bevor Farah etwas erwidern kann, ist Wase bereits nach nebenan verschwunden. Farah linst durch den Türspalt, sieht Kartons und eine Matratze auf nacktem Boden, kein Bettgestell. Seltsam verlegen wendet sie sich ab, eilt in die Küche und setzt Espresso auf. Wase hat keinen Ton dazu gesagt, als Farah die Kanne samt einer Packung Espressobohnen und Mühle in ihre Handtasche gepackt hat. Bevor kein Koffein durch ihre Venen pumpt, ist mit ihr wenig anzufangen. Es ist ihr schleierhaft, wie Wase ohne Doping durch den Tag kommt. Vor allem bei den Strapazen, die sein Job mit sich bringt.

Während der Kaffee kocht, schlendert sie durch die Wohnung. Hätte Wase sie nicht selbst hierhergeführt, sie hätte geglaubt, sich in der Tür vertan zu haben, was weniger an der Lage oder dem heruntergerockten Ambiente der Zweizimmerwohnung liegt. Vielmehr irritiert sie, dass nichts auf den Menschen schließen lässt, der hier lebt. Selbst der Geruch ist fremd. In den Räumen hängt ein Muff aus Nikotin und Teer und noch etwas. Schimmel, wie er manchmal in die Jahre gekommenen Schwimmbädern anhaftet. Keine Fotos, Zettel am Kühlschrank oder schrullige Dekostücke, stattdessen Umzugskartons und versiegelte Farbeimer, begraben unter Staub. Es macht den Anschein, als sei dieser Ort verwaist, ein Lost Place in einem Hochhausbunker. In etwa so behaglich und einladend wie die Sanitärabteilung eines Baumarktes.

Immerhin ein paar Möbelstücke erkennt sie wieder, auch wenn sie irgendwie verändert aussehen. Blasser und kleiner. Wie Menschen, die man aus einem bestimmten Kontext kennt und woanders nicht zuordnen kann. Farah erinnert sich noch gut daran, wie edel ihr der Apothekerschrank und das Vintagesofa in dem lichtdurchfluteten, vier Meter hohen Wohnzimmer in Altona vorgekommen sind. Mondäne Designerstücke vor der nackten Backsteinwand auf der einen und der Wendeltreppe auf der anderen Seite. Hier aber wirken sie deplatziert, zu ausladend für den gedrungenen Raum, als dass sie ihre volle Strahlkraft entfalten könnten. Ein bisschen wie Wase.

Nebenan brüllt jemand. Die Wände scheinen aus Pappmaché zu bestehen, jedenfalls versteht sie jedes einzelne Wort. Obwohl Farah nicht zart besaitet ist, werden ihre Ohren rot bei den deftigen Flüchen, die die Frau von sich gibt. Einfallsreich ist sie ja, das muss Farah ihr lassen.

»Das Bett ist bereit.« Wase drückt ihr den Ersatzschlüssel in die Hand. »Fühl dich wie zu Hause, okay? Im Kühlschrank ist was zu trinken, daneben liegen ein paar Flyer von Lieferdiensten, falls du Hunger bekommst.«

»Musst du schon los?« Farah sieht auf die Uhr, es ist gerade mal halb acht.

»Die Suche auf dem Wagner-Anwesen geht gleich weiter, da muss ich dabei sein.« Schon ist Wase auf dem Weg zur Tür. Seit sie hier sind, scheint er es eilig zu haben, wieder wegzukommen. »Nicht wundern, wenn es ab und an mal klingelt. Das sind die

Schutzpolizisten. Ich habe sie angewiesen, nach dem Rechten zu sehen. Bis später!«

Ein letztes Mal hebt er die Hand. Die Tür fällt hinter ihm ins Schloss, und seine Schritte entfernen sich im Treppenhaus. Etwas bedröppelt steht Farah da, bis das Pfeifen der Bialetti sie zurück in die Küche lockt. Sie nimmt die Kanne vom Herd, schenkt sich ein, verschüttet ein wenig auf dem abgestoßenen Resopal der quietschgelben Einbauküche. Mit einem Lappen wischt sie die Pfütze weg und geht zum Fenster. Sie zieht es weit auf, lässt die Morgenluft herein. Der 1. Dezember schon, das Jahr ist verflogen. Mit der Tasse in der Hand genießt sie die kühle Brise und atmet das herrliche Kaffeearoma. Die Aussicht ist grandios. Wenn man einmal über den zugemüllten Parkplatz und die verbrannte Rasenfläche hinwegsieht, auf der eine einsame Schaukel wie von Geisterhand betrieben hin und her quietscht. Ein paar Autos stehen verstreut herum, winzig klein wie Spielzeug. Farah scannt Nummernschilder und Modelle, atmet auf.

Er ist nicht da.

Sie würde den Wagen wiedererkennen, der seit Neuestem in ihrer Straße steht. Jedenfalls redet sie sich das ein. Gedankenverloren führt sie die Tasse an ihre Unterlippe, zuckt sofort wieder zurück und stößt einen spitzen Schrei aus. Der Espresso ist mindestens genauso brühend heiß wie die Steinguttasse. Sie legt zwei Finger auf die brennende Haut, pustet vorsichtig in den Espressodampf. Kaum ein paar Stunden hier, und schon vermisst sie Noa und die Abgeschiedenheit ihrer Kate, wo morgens nur das Zwitschern der Vögel von den Pappeln schallt, wenn sie mit dem ersten Kaffee durch ihren Garten spaziert. Ein geliebtes Ritual, mit dem Farah jeden Tag begeht. Wie lange sie wohl auf all das verzichten muss? Was muss geschehen, damit Wase sie beruhigt ziehen lassen kann? Damit sie sich wieder sicher fühlt in ihrer Kate?

Sie greift nach dem Handy, wählt zum dritten Mal an diesem

Morgen Frederiks Nummer, doch er nimmt nicht ab, als würde er ahnen, dass ihr Anruf nichts Gutes verheißt. Farah drückt die Computerstimme weg. Der Kuss mit Lars hat etwas in ihr losgetreten. Die halbe Nacht hat sie sich das Hirn zermartert, unentwegt die vergangenen Monate hin und her gewälzt. Welche Zeichen hat sie übersehen? Ist sie nicht zu Freddy gezogen, weil sich die Entfremdung schon damals zwischen ihnen eingenistet hat? Hat er deshalb so empfindlich auf die Abfuhr reagiert? Weil er da längst wusste, was ihr erst jetzt dämmert? Eine Flut von Fragen, kein einziger Funke Schuldgefühl dazwischen, und das ist die größte Frage von allen. Müsste sie nicht eigentlich das schlechte Gewissen plagen? In Sachen Verdrängung spielen Wase und sie offenbar in derselben Liga.

Ihr Löffel klimpert in der Tasse. Sie trinkt, betrachtet die Krater im PVC, die das einfallende Sonnenlicht nicht reflektieren. Eine Mondlandschaft aus Erdöl.

Farah stellt die leere Tasse in die Spüle und fasst einen Entschluss. Von Enthusiasmus angespornt, geht sie ins Wohnzimmer. Sie rückt sämtliche Möbel von der Wand ab, stemmt die Hände in die Hüften und begutachtet ihr Werk. Es steht alles bereit für die nächsten Arbeitsschritte. Eimer, Folie, Krepp. Wase muss die Sachen dort vor Monaten hingestellt und seither nicht mehr angerührt haben. Ein Stillleben mit dem Titel *Ignoranz*. Farah bindet ihr Haar zurück und krempelt die Ärmel ihres Pullovers hoch. Wenn sie es schon nicht fertigbringt klarzusehen, kann sie es doch zumindest Wase ein bisschen schwerer machen, sein neues Leben auszublenden.

40. KAPITEL

Eine Handvoll Blumenkohlröschen, angerichtet auf einem dünnen grauen Teller. Das wunderlich anmutende Wolkenband treibt tief unter einem azurblauen Himmel dahin. Der erste helle Tag seit Wochen. Normalerweise hätte er Wase in Hochstimmung versetzt. Heute jedoch kommt er ihm unangemessen, beinahe obszön vor, als würde die Sonne sie mit ihrem verschwenderischen Strahlen verspotten.

Eigentlich hätte es regnen sollen, in Strömen, ohne Unterlass. Blitze müssten über ihre Köpfe zucken, untermalt von Donnergrollen. Dazu faustgroße Hagelkörner, die auf Autodächer einprügeln, umstürzende Bäume, vollgelaufene Keller. Alles, nur nicht dieses friedliche Idyll, das so hart von den Bildern abweicht, die er einfach nicht mehr loswird. Die Gesichter der Toten. Und Herrn Karakaş' Schluchzen, das bis unten im Hausflur zu hören war.

Wase telefonierte vorhin mit der Notfallseelsorgerin. Sie ist noch bei Esras Vater, und inzwischen war auch eine Notärztin vor Ort, die ihm ein Beruhigungsmittel verabreichte. Der Mann hat keine Angehörigen, und jetzt, da sie die Leiche seines einzigen Kindes gefunden haben, da es keine Hoffnung mehr gibt, sollte er bis auf Weiteres nicht allein sein.

Ein schneidender Wind fegt über freies Feld. Den Leichengeruch aus der Rechtsmedizin kann er nicht vertreiben. Er verfolgt Wase. Genau wie die kalte Wut auf die Person, die Ben, Fabienne, Esra und die Unbekannte auf dem Gewissen hat. Bei den inneren

Besichtigungen von Brust- und Bauchhöhle stellten die beiden Rechtsmediziner keine Gefäßverschlüsse oder Anzeichen für chronische und entzündliche Veränderungen fest. Die Organe waren, sofern noch zu beurteilen, unauffällig. Alle vier waren kerngesund und hätten ein langes Leben vor sich gehabt. Doch jemand hat es ihnen genommen. Und zwar auf eine so bestialische Art und Weise, dass es Wase innerlich schüttelt.

Er schaut auf die Uhr, blinzelt verdutzt. Das kann nicht sein! Er sieht erneut hin, checkt zur Sicherheit auch sein Handy. Tatsächlich. Schon Viertel nach zwölf. Nicht mehr lange, und sie treffen sich zu einer letzten Besprechung, bevor die Pressekonferenz beginnt. Es haben sich eine Vielzahl Reporterinnen und Reporter und gleich mehrere Fernsehteams angekündigt. Nachdem am Morgen von unbekannter Quelle die Info durchgesickert ist, dass sie Esra, Fabienne, Ben und eine weitere, nicht identifizierte Tote auf dem Anwesen von Familie Wagner geborgen haben, sind weitere Akkreditierungen dazugekommen, sodass sie auf einen größeren Konferenzraum ausweichen mussten.

Die Nachricht machte rasend schnell die Runde. Inzwischen scheint es, als würden Gaffer gezielt hierherpilgern. Getrieben von einem pietätlosen Voyeurismus. Auf dem Bürgersteig vor der Villa ist kaum noch ein Durchkommen. Bereits mehrere Anwohner haben sich deswegen beschwert. Auch, weil ein bestimmter Journalist bei ihnen Klinken geputzt hat und auf brisante Details geifert. Eine Gerichtsreporterin, die er von früheren Fällen kennt, hat Wase allen Ernstes ihre Visitenkarte in die Manteltasche geschmuggelt, als er sich vorhin an ihr vorbeigeschoben hat, um aufs Gelände zu gelangen. Diese Aasgeier sind sich wirklich für nichts zu schade.

Wase hält auf die Feldküche zu, der bereits ein würziger Duft entströmt. Bevor es losgeht, braucht er dringend etwas zu futtern. Das Essen, mit dem das Suchteam verköstigt wird, ist einfach, aber gut. Meistens servieren sie Cremesuppen oder Erbseneintopf, manchmal gibt es auch Fresspakete mit Brot und Aufschnitt. Eine sättigende Mahlzeit, damit die Einsatzkräfte bei den oft sehr langen und beschwerlichen Schichten nicht vom Fleisch fallen.

Rechtsmediziner, Anthropologen, Hunde- und Baggerführer und technischer Zug sind schon im frühen Morgengrauen angerückt. Genau wie die Bereitschaftspolizei, die das Areal absichert, um es vor neugierigen Blicken zu schützen. Bisher sind sie auf keine weiteren Gräber gestoßen, und Wase bezweifelt, dass es noch dazu kommen wird.

Das Handy vibriert in seiner Hand. Es ist Emma Paulsen, die gerade mit den Nerds von der IT-Forensik das Material aus Wagners Anwesen sichtet. Sie begrüßen einander, die Oberkommissarin erkundigt sich nach dem Stand der Suche.

»Ein Herr mit Drohne hat einen Platzverweis kassiert, weil er nicht eingesehen hat, dass er das Teil nicht über dem Grundstück fliegen lassen darf. Abgesehen davon gab's bisher keine besonderen Vorkommnisse«, fasst Wase die ernüchternd magere Bilanz zusammen. »Außer einem Haufen Bauschutt haben wir nichts gefunden. Wart ihr bei Wagners Rechner erfolgreicher?«

»Die Nerds sind drin, das war kein Problem. Aber ich muss noch mal los, um etwas abzuklären. Hoffentlich klappt das vor dem Briefing«, gibt sie sich geheimnisvoll. Wase hakt nicht nach. Emma rückt ungern mit Infos heraus, solange sie nicht verifiziert sind. Eine Qualität, die er an ihr schätzt.

»Wie kann ich helfen?«

»Wir haben einen Hinweis auf die Anhalterin bekommen.« Sofort wird Wase hellhörig. Endlich! »Kannst du mit Kate zu der Adresse fahren? Sie könnte dich gleich bei der Villa abholen.«

Er runzelt die Stirn, weil das eigentlich ein Job für die Kollegen der Bereitschaftspolizei ist. »Hat denn schon jemand den ersten Angriff gemacht?«

»Nein, ich glaube, es wäre besser, wenn du das persönlich übernimmst«, erwidert Emma. Er hört ihre Absätze klappern, offenbar hat sie sich bereits auf den Weg gemacht. Wohin auch immer. »Sie könnte tatsächlich die gesuchte Frau sein.«

»Okay, Kate soll am Tor auf mich warten.«

»Schon unterwegs! Hast du was zu schreiben?«

Wase grinst, weil er den Stift bereits gezückt und seinen Fuß auf ein Mäuerchen gestellt hat, sodass er das Knie als Ablage für seinen Notizblock nutzen kann. Einer dieser Momente, in denen ihm klar wird, was für ein eingespieltes Team sie nach all den Jahren sind.

»Schieß los.«

»Der Hinweis kam über die eigens für die Anhalterin eingerichtete Hotline. Ein Mann will die Frau erkannt haben. Ihm zufolge heißt sie Mia Kaspari, ist Schreinerin, neunundzwanzig Jahre alt und betreibt zusammen mit ihrer Schwester einen Concept-Store namens *Tisch & Torte*. Die beiden leben in einer angeschlossenen Einliegerwohnung. Coole Idee übrigens«, schiebt sie ein. »Der Laden ist ein Hybrid aus veganem Café und Ausstellungsfläche mit gläserner Werkstatt, in der nebenher alte Möbelstücke restauriert und verkauft werden. Ich kannte den gar nicht. Vermutlich ein Insidertipp, jedenfalls liegt er ziemlich ab vom Schuss und hat wohl eher keine Laufkundschaft, die da zufällig vorbeikommt. Auf der Homepage habe ich ein Foto von Mia Kaspari entdeckt. Die Haare sind anders, aber sie sieht dem Phantombild der Anhalterin trotzdem verblüffend ähnlich. Ich schick's dir gleich mal aufs Handy.«

Nachdem Emma die Adresse durchgegeben hat, verabschiedet sich Wase eilig, um sich Vim Kröger zu krallen, der gerade schnurstracks an ihm vorbeigetrabt ist und nun auf die Feldküche zusteuert. Vermutlich, um etwas zu essen abzustauben.

»Vim, hey, warte mal! Ich hab gerade mit Emma telefoniert«,

beginnt Wase, als er ihn eingeholt hat. »Es gibt eine heiße Spur zu der Anhalterin. Kannst du hier die Stellung halten? Ich muss noch mal weg.«

»Klar, hau ab. Betty ist fast durch mit dem Radar, und mein Bauch sagt mir, dass das Teil nicht mehr anschlägt.« Vim zwinkert und reibt sich seine Mitte, die vernehmlich grummelt, als würde sie auf die Berührung reagieren. »Außerdem will er mir wohl mitteilen, dass dieses Vakuum dringend gefüllt werden muss.«

»Na dann, hau mal rein«, grinst Wase. »Aber lass mir was übrig! Falls es nicht zu lange dauert, komm ich später wieder.«

»Roger! Sonst sehen wir uns beim Briefing.« Er klopft Wase kollegial auf die Schulter. »Viel Erfolg.«

»Kann ich gebrauchen. Ruf an, wenn was ist.«

Vim setzt seinen Weg fort und verschwindet hinter dem Vorzelt der Feldküche, das wegen des schneidenden Windes errichtet worden ist. Eine dunstige Wolke weht zu Wase, bei deren Duft ihm das Wasser im Mund zusammenläuft. Am liebsten würde er sich jetzt zu Vim setzen, die Beine hochlegen und sich einen Teller mit Essen gönnen. Doch nichts zu machen. Bis er wieder etwas zwischen die Zähne bekommt, wird es wohl noch ein Weilchen dauern.

41. KAPITEL

Der Eingang zum *Tisch & Torte* hat etwas von einem romantischen Stillleben. Einem Gemälde, das jemand in warmen Goldtönen an die Wand gepinselt hat. Den Rahmen bildet ein bogenförmiges Tor mit weißen Sprossen, eingefasst von immergrünem wildem Wein. Hinter dem Glas, stummgeschaltet und von Kerzenschein und Lichterkettenfunkeln umhüllt, steht eine Frau mit gestärkter Schürze. Ihre Lippen bewegen sich lautlos, sie lehnt am Tresen und plaudert mit jemandem, der sich außerhalb von Wases Sichtfeld befindet. Ihre roten Haare türmen sich zu einem fransigen Etwas auf, das entfernt an ein Vogelnest erinnert. Eindeutig nicht Mia Kaspari. Wase tippt, dass die Frau im Rahmen ihre Schwester Tekla ist.

Unter anderen Umständen hätte er jetzt ein wenig in dem Geschäft gestöbert und wäre auf ein Franzbrötchen geblieben. Doch er ist in dienstlicher Mission unterwegs, und sein Jagdinstinkt ist nicht empfänglich für die anheimelnde Atmosphäre. Der Kriminalist in ihm wird von finsteren Gedanken getrieben.

Wenn Mia Kaspari tatsächlich die Frau ist, nach der sie seit Tagen suchen, wirft ihr Verhalten Fragen auf. Ihre Schreinerei liegt ziemlich abgelegen in einem Gewerbegebiet, weit entfernt also von der Stelle, an der Irene Fuchs die Anhalterin rausgelassen hat. Hat sie die Nacht nach dem Unfall woanders verbracht? Irgendwo einen Zwischenstopp eingelegt? Oder war das eine Sicherheitsmaßnahme, die sie ergriffen hat, um ihre Identität zu verschleiern? Falls ja, war Mia gründlich. Zu Fuß braucht eine fitte Person locker eine Dreiviertelstunde.

Im Sommer ist es hier draußen sicherlich herrlich. Eine alte Kastanie reckt ihre Äste in alle Himmelsrichtungen. Jetzt ist sie kahl, in den heißen Monaten beschattet die ausladende Krone fast den gesamten mit Granitsteinen gepflasterten Innenhof. Es muss wirken, als spaziere man durch den Backsteinbogen in eine grüne Kapelle.

Heute haben sich die Gäste bei der zugigen Kälte ins Ladenlokal verzogen. Wases Blick fällt auf ein Rondell aus etwa zehn festlich geschmückten Holzhäuschen. Sie sind verrammelt, die Lichterketten aus. Ein verlassener Weihnachtsmarkt. Der Boden ist von Laub und Rindenmulch bedeckt, überall stehen kleine Tannenbäumchen, wodurch es wirkt, als befinde man sich in einer Schonung.

»Das gibt mir so richtige *Gilmore-Girls*-Vibes«, kommt es von Kate O'Hara, die neben ihm steht und sich mit offenem Mund umsieht.

»Mir auch«, erwidert Wase, woraufhin Kate ihn perplex anstarrt und die Stirn runzelt.

»*Du* schaust *Gilmore Girls*?« Sie fragt es in einem Ton, als habe er ihr soeben offenbart, dass er in seiner Freizeit gerne Penisskulpturen töpfert und auf Basaren verkauft, um sich ein kleines Zubrot zu verdienen.

»Klar! Wieso überrascht dich das?«

»Du siehst einfach nicht aus wie jemand, der …« Kate stockt, an ihrem Hals bilden sich hektische Flecken. »Ach vergiss es, ich hab nicht nachgedacht.«

»Ne, das interessiert mich jetzt.« Wase verschränkt die Arme. »Wie seh ich denn aus?«

Er muss sich ein Grinsen verkneifen. Aus irgendeinem Grund genießt er es, wie sehr sie sich windet.

»Männlich!«, entfährt es Kate, und die Rötungen am Hals breiten sich schlagartig über ihr gesamtes Gesicht aus. Wase kann förmlich dabei zusehen, wie es in allen Rotschattierungen leuchtet. »Ich meine, *gut*. Also, jedenfalls nicht *alt*, oder so. Gar nicht. Ach Mann, du weißt schon, du gehörst jetzt nicht gerade zur Zielgruppe!«

Wase lacht und erlöst sie von ihren Qualen. »Nichts für ungut. Komm, lass uns reingehen.«

Er hätte ihr auch einfach erzählen können, dass er früher auf seine zwei jüngeren Schwestern aufgepasst und mit ihnen stundenlang die Serie gebingewatched hat. Aber so ist es interessanter. Es gefällt ihm, dass sie ihn nicht einsortieren kann, dass diese Info ihre Vorstellungen von ihm sprengt.

Kate O'Hara nuschelt etwas und geht mit gesenktem Kopf voran. Sie drückt die Tür auf und betritt das Café, in dem eine muckelige Wolke aus Zimt- und Kaffeeduft hängt. Überall verstreut haben es sich Gäste gemütlich gemacht, Tische und Stühle sind wild zusammengewürfelt, an manchen entdeckt Wase Sticker mit einem roten *V*. Offenbar stehen hier buchstäblich alle Möbel zum Verkauf. Die Vitrine ist gefüllt mit Torten und Kuchen, darauf ragen vier riesige Bonbonnieren mit Weihnachtsplätzchen fast bis unter drei Glühbirnen, die an Schiffstauen von der Decke baumeln. Vanillekipferl, schokolierte Lebkuchen, Makronen und Engelsaugen. Alle vegan und glutenfrei. Dem Füllstand nach zu urteilen, sind die Kipferl besonders beliebt. Wase knurrt der Magen.

»Hallo ihr, was darf's denn sein?« Die Frau mit dem Vogelnest. Sie schließt eine Tür hinter sich, an der jemand eine Plakette mit dem Wort *Backstube* angebracht hat. Darunter eine weitere mit der griffigen Message: *Foods before Dudes.* Wase schmunzelt.

»Ich kann unseren Mittagstisch empfehlen, heute gibt's Quiche oder Möhren-Ingwer-Suppe, dazu ein Getränk nach Wahl für acht Euro.« Ihre Wangen sind gerötet, die Hände in die Hüften gestemmt. »Wenn ihr ein paar mehr Kalorien vertragen könnt, wäre die Spekulatiustorte zum Nachtisch etwas.«

»Tekla Kaspari?«, übernimmt Wase das Gespräch, obwohl er ihr kulinarisches Angebot nur ungern ausschlägt.

»Die bin ich!« Ein Lächeln erscheint auf ihrem freundlichen Gesicht. »Und du bist …«

Wase und Kate umrunden die Vitrine und halten ihr diskret die Dienstausweise hin.

»Kriminalpolizei?« Teklas Mund klappt auf. »Was ist denn passiert? Hat Mia etwas angestellt?«

Wase horcht auf. Interessant, dass sie die Kripo sofort mit ihrer Schwester in Verbindung bringt. Und dann auf diese Art. Andere Menschen hätten angenommen, Mia sei etwas zugestoßen. Diese Sorge scheint Tekla nicht zu teilen. Er macht sich eine geistige Notiz.

»Wir würden gerne mit ihr sprechen. Ist sie da?«

»Nein.« Tekla tritt einen Schritt weg, geht auf Distanz. »Worum geht es denn überhaupt?«

»Sie sieht einer wichtigen Zeugin ähnlich, nach der wir suchen«, sagt er. »Wo ist sie?«

»Das weiß ich nicht.«

Er stutzt. »Wann kommt sie denn wieder?«

Tekla reibt ihre Handflächen an der Schürze auf und ab. Eine nervöse Geste. Sie bemerkt es selbst und schiebt sie in die Taschen, wohl, um sie zu ruhigzustellen. Ihre innere Unruhe jedoch kann sie nicht verbergen. Immer wieder linst sie rüber zu den Gästen, als befürchte sie, einer von ihnen könnte die Unterhaltung belauschen.

»Warten Sie bitte, ja? Ich will nur kurz … Martha?«, ruft sie, woraufhin eine junge, volltätowierte Frau den Blick hebt. Sie trägt ebenfalls eine Schürze, hockt aber neben einem Mann, die Lippen wie Blutegel in seine Halsbeuge gedrückt, als habe sie bereits Feierabend. »Du musst bitte den Tresen übernehmen, ich bin gleich wieder da.«

»Klar!« Die Frau haucht dem Mann einen flüchtigen Kuss auf die Wange und erhebt sich. »Was ist denn lo…?«

»Kommen Sie«, sagt Tekla an Wase und Emma gewandt und schneidet ihrer Angestellten das Wort ab, die etwas ratlos wirkt. »Wir reden besser draußen weiter. Auch einen Kaffee?«

»Nein, danke« und »gerne« kommt es gleichzeitig von Wase und Kate.

Tekla nickt, schenkt zwei Filterkaffee ein und kippt einen Rest Milchschaum und klebrigen Sirup dazu.

»Spekulatiusflavour, sehr lecker.« Sie drückt Kate die beiden Becher in die Hand, wirft sich einen Poncho über, der an der Garderobe hängt, stopft sich eine Tüte Vanillekipferl in die Tasche und stößt die Tür zum Hof auf. Nach der molligen Wärme im Café erscheint der Wind draußen noch schneidender. Tekla nimmt auf einer Bank am Tisch Platz und bedeutet ihnen, sich dazuzusetzen. Wase schaut auf die Uhr, das Briefing für die Pressekonferenz beginnt in einer Stunde.

»Wir haben es leider eilig.« Er klappt einen Stuhl auf und lässt sich darauf nieder, während Kate einen Becher vor Tekla abstellt und sich mit ihrem Kaffee neben ihr positioniert. »Bitte rufen Sie Ihre Schwester an, damit sie herkommt.«

»Keine Chance, ich will sie selbst schon die ganze Zeit erreichen. Wahrscheinlich hat Mia ihr Handy mal wieder zu Hause liegen gelassen. Ich kann Ihnen die Nummer aufschreiben, oder Sie kommen einfach später noch mal vorbei.« Eine Zigarette wippt bei jeder Silbe zwischen Teklas Lippen. Sie probiert, sie anzustecken, doch ihre Finger zittern, und sie rutscht immer wieder von dem Rädchen ab, sodass das Feuerzeug nur Funkenstacheln absondert. »Ich weiß wirklich nicht, wo sie sich rumtreibt. Und das, wo doch morgen unser Weihnachtsmarkt eröffnet.«

»Lohnt sich das denn? Ich meine, der Hof liegt ja doch ein bisschen ab vom Schuss …«

»Sie würden sich wundern.« Tekla schüttelt das Feuerzeug. Ratsch, ratsch, nichts. »Letztes Jahr haben sich die Leute hier totgetreten, nachdem die *Morgenpost* berichtet hat. Ach verflucht!«

Sie knallt das Feuerzeug auf den Tisch, verschränkt die Arme und lehnt sich zurück. Ihre Augen weiten sich vor Schreck, als keine Lehne kommt, die die Rückwärtsbewegung aufhält. Die Bierbank kippt, ihre Beine fliegen hoch. Tekla wäre mit Sicherheit gestürzt, wäre Kate ihr nicht beigesprungen. Energisch stemmt sie sich gegen Teklas Rücken samt Bank und schiebt sie wieder nach vorne.

»Scheiße, mein Herz«, japst die und fasst sich an die Brust. »Danke, ich hab mich schon am Boden liegen sehen.«

Kate lächelt nur und zieht zu Wases Verblüffung ein Zippo aus der Jackentasche. Dabei raucht seine Kollegin gar nicht. Zumindest dachte er das bisher. Mit ruhiger Hand gibt sie Tekla Feuer.

»Verzeihung, nach diesem Tag sollte ich wohl besser keinen Kaffee mehr trinken.« Sie schirmt die Flamme gegen den Wind ab, inhaliert seufzend den Rauch, als sei er eine Erlösung. »Mia hat noch unzählige Aufträge auf dem Zettel. Ein paar Stammkundinnen wollten ihre Stücke abholen und waren logischerweise ziemlich sauer, weil ich sie vertrösten musste. Nervennahrung?«

Die Kekstüte landet auf dem Tisch, und Tekla steckt sich mit grimmiger Miene ein Kipferl in den Mund. Genau wie Kate, die hingerissen die Augen verdreht.

»Boah, sind die gut.«

»Altes Familienrezept, bisschen aufgepeppt«, entgegnet Tekla schulterzuckend, doch Wase sieht, dass sie mit der Tasse ein schmales Lächeln verbirgt.

Nun kann auch er sich nicht mehr beherrschen, beißt in einen

Keks und – verdammt!, er muss einen wohligen Laut zurückhalten, weil das Zeug wirklich himmlisch schmeckt.

»Passiert es denn öfter, dass sich Ihre Schwester nicht an Absprachen hält?«, fragt er kauend und schiebt Tekla Notizblock und Stift zu. »Für die Handynummer.«

»Klar, sicher.« Sie kritzelt winzig krumme Ziffern aufs Papier und schiebt es zurück. »Eigentlich ist Mia *immer* hier. Und wenn ich *immer* sage, ist das wortwörtlich gemeint. Mia ist besessen!« Sie saugt so heftig an der Zigarette, dass sich eine lange Aschenase bildet, abbricht und auf die Tischplatte fällt. Tekla fegt sie mit der Handkante weg. »Manchmal muss ich sie regelrecht an den Haaren aus der Werkstatt schleifen, damit sie ein paar Stunden Schlaf abbekommt.«

Selbstvergessen knabbert sie an der Nagelhaut ihres linken Daumens. Wase wird den Eindruck nicht los, als wären sie gar nicht bei einer polizeilichen Vernehmung, sondern hätten sich nach der Arbeit unverbindlich auf einen Absacker getroffen, so vertraulich, wie sie hier abhängen, rauchen, Kaffee trinken und Kekse futtern. Dass jemand in Gegenwart eines Kripobeamten dermaßen relaxt ist, ist auch für ihn eine Premiere. Die meisten Menschen weichen instinktiv zurück oder fangen an zu stottern, sobald er seinen Dienstausweis zückt. Selbst wenn sie rein gar nichts verbrochen haben. Dass ihr Besuch bei Tekla offenkundig keine abschreckende Wirkung entfaltet, kann für Wase von Vorteil sein.

»Und gerade verhält sie sich anders?«, bohrt er nach.

»Wie ausgewechselt. Mia ist ständig unterwegs, lässt mich während der krassesten Stoßzeit einfach hängen, ohne irgendjemandem Bescheid zu geben, kommt zu spät oder gar nicht, bleibt die ganze Nacht weg, ist abwesend und bockig.« Der Zigarettenstummel zischt, als sie die Spitze in eine Wasserlache taucht. »Dienstag hat sie mich richtig angepflaumt. Tolle Art, mir dafür zu danken, dass ich ihr den Rücken freihalte.«

»Wie lange geht das schon so?«, fragt Wase, während er Mias Nummer vom Zettel abliest und in die Tastatur tippt.

»Dass sie so unzuverlässig ist? Eigentlich zieht sich das schon die ganze Woche.« Gedankenverloren schielt Tekla der kleinen Rauchsäule nach, die sich an ihrer Nasenspitze emporkringelt. »Für ihre schroffe Art gilt das übrigens nicht, so ist sie immer. Tekla, die harmoniesüchtige People Pleaserin, und Mia, die grantige Kratzbürste. Meine Therapeutin nennt das eine toxische Geschwisterdynamik, ich fand's ganz nützlich, wenn mir auf dem Schulhof jemand quergekommen ist. Heute trage ich meine Kämpfe lieber selbst aus.«

Es klingelt, zum siebenten, achten Mal. Die Mailbox geht dran, und eine kurze, tatsächlich ziemlich barsche Ansage ertönt.

»Bin nicht zu erreichen, Nachrichten nach dem …«

Ein durchdringendes Piepen schneidet den Satz ab. Wase legt auf. Einigermaßen perplex spürt er dem Klang ihrer Worte nach.

Ein dunkles Grollen, das so gar nicht mit dem Foto auf der Homepage zusammengehen will, das Mia als zierliche, wenn auch durchaus trainierte Erscheinung zeigt. Darüber können die grobe Arbeitshose mit den aufgesetzten Taschen und das karierte Schlabberhemd nicht hinwegtäuschen.

»Wann haben Sie sie zuletzt gesehen?«, fragt Wase schließlich und steckt das Handy weg.

»Heute Morgen bin ich von ihrem Gepolter aufgewacht, aber als ich in Mias Zimmer bin, um sie zur Rede zu stellen, war sie schon weg. Gegen halb elf ist sie in den Laden geschneit und direkt wieder abgehauen. Hat mir Martha erzählt, mir hat sie nicht mal Hallo gesagt.« Sie nippt an ihrem Kaffee, leckt sich den Schaum von der Oberlippe. »Kann sein, dass sie verknallt ist und im Hormonrausch alles ausblendet. Wobei das keine Erklärung für ihre Laune ist. Die ist sogar für Mias Verhältnisse echt unterirdisch«, fügt sie etwas leiser hinzu und schüttelt den Kopf, als würde sie die Theorie wieder verwerfen.

Wase wickelt seinen Schal noch einmal um den Hals und zieht den Reißverschluss des Parkas fester zu. Der Verkäufer pries ihn damals als idealen Wintermantel an. »Vier von vier Schneeflocken«, meinte er. »Optimal isoliert und gefüttert. Damit könnten Sie eine Polarexpedition unternehmen.«

Von wegen, Polarexpedition am Arsch. Das Teil hat ihn ein Vermögen gekostet und trotzt nicht einmal der norddeutschen Zugluft, die Wase aus allen Richtungen gleichzeitig auf die Pelle rückt. Es ist, als würde der Wind von oben in den Vierkanthof fallen und darin wie in einer Zentrifuge wirbeln. Wase fröstelt. Sein Hals kratzt. Womöglich brütet er ja etwas aus. Eine Erkältung? Grippe? Er schiebt den Gedanken schleunigst weg, als könnte er den aufkeimenden Infekt auf diese Weise abwenden. Noch einen Ausfall kann sich die *EG Hütte* nicht leisten. Wenn er wegbricht, büßt der kümmerliche Haufen auch das letzte bisschen seiner ohnehin überschaubaren Schlagkraft ein.

»Wo war Ihre Schwester Samstagnacht?«

»In 'ner Kneipe, glaube ich.« Tekla zupft die Knötchen von ihrem Poncho, sie scheint nachzudenken. »Sicher weiß ich es natürlich nicht, sie muss sich nicht bei mir abmelden, wenn sie ausgeht. Außerdem trägt sie ihren privaten Kram meist nicht in unserem gemeinsamen Kalender ein.«

»Hat sie denn hinterher etwas von dem Abend erzählt?«

»Nein, Sonntag haben wir uns gar nicht gesehen. Ich war mit meiner Freundin brunchen, und danach …«, ein versonnener Ausdruck schleicht sich auf ihr Gesicht, und sie rupft die Fusseln einen Tick dynamischer aus der verfilzten Wolle, »… waren wir den ganzen Tag bei ihr zu Hause. Die Sache ist noch ziemlich frisch, wir hatten sturmfrei, und na ja, ich war echt lange Single, also …«

Dem breiten Grinsen nach zu urteilen, ist ihr Sonntag deutlich angenehmer verlaufen als der von Wase. Kate kichert, kaut und schnappt sich den nächsten Keks. Die Tüte ist schon halb leer.

»Ist Ihre Schwester zu Fuß unterwegs?«

»Nein, sie nimmt meistens unseren Sprinter, der steht zumindest nicht mehr auf dem Hof.«

»Welches Modell?«

»Ein nachtblauer VW Caddy.«

Wase richtet sich auf, weil ihm ein jäher Schauer über den Rücken rieselt. Er hat den Kastenwagen zwar nur schematisch und im Nebel gesehen, doch der Fahrzeugtyp passt. Ist es Mia, die Farah beobachtet? Weshalb? Tekla scheint seine Beunruhigung zu bemerken. Ihre Brauen ziehen sich über der Nasenwurzel zusammen. »Was ist denn mit Mia? Steckt sie in Schwierigkeiten?«

»Wie gesagt, wir suchen eine Frau, der ihre Schwester ähnlich sieht. Gut möglich, dass wir total auf dem Holzweg sind.« Wase zuckt mit den Schultern und nimmt sich noch ein Kipferl. »Kennen Sie einen Tadaeus Wagner?«

»Nie gehört, den Namen. Aber Mia stellt mir auch nicht alle ihre Bekannten vor. Wir betreiben das Geschäft zusammen, abgesehen davon führt jede ihr eigenes Leben.«

»Esra Karakaş?«

Kopfschütteln.

»Ben Janssen?«

»Auch nicht.«

»Fabienne Rilke?«

»Nope. Fehlanzeige«, kommt es ohne Zögern. Offenbar verfolgt die Frau keine Nachrichten, sonst wäre der Groschen längst gefallen. Ihr Glück.

»Kann ich mal Ihren Kalender haben, um etwas zu überprüfen?«

Wase hat die Frage ganz nebenbei gestellt, als sei es das Normalste von der Welt. Zu seiner Verblüffung geht die Strategie auf. Tekla wirkt skeptisch, ihr Blick sagt Nein. Dennoch zieht sie ihr Handy aus der Hosentasche, klickt darauf herum und reicht es ihm.

Noch immer eine People Pleaserin.

Die Kalender-App ist bereits offen. Drei Daten. Rasch checkt Wase die Tage. Als er beim dritten angelangt ist, ist das Rumoren in seinem Bauch so intensiv, dass man es eigentlich hören müsste.

»Und? Konnten Sie daraus was ableiten?«

Wase gibt Tekla das Telefon zurück. »Danke, das war hilfreich«, sagt er mit einem Lächeln, das sie beruhigen soll, und schaut auf die Uhr. Verdammt, schon so spät. Bevor Tekla weitere Fragen stellen kann, steht Wase auf, schnappt sich noch einen Keks und verabschiedet sich.

42. KAPITEL

Ein letztes Mal taucht die Walze in die blassblaue Suppe. Tropfend rollt sie erst am Gitter entlang und über den Streifen vergilbter Raufasertapete. Einmal, zweimal, noch mal zur Sicherheit, fertig. Farah legt die Rolle auf den Eimerdeckel, wischt sich mit einem Handtuch die Schweißperlen von der Stirn und knipst das Deckenlicht an. In der Zwischenzeit ist es draußen merklich dunkler geworden.

Zufrieden betrachtet sie ihr Werk. Die Streichaktion war kräftezehrend und hat viel länger gedauert als gedacht. Allein das Abkleben der Fußleisten und Ränder mit Krepp und Malerfolie hat Farah eine geschlagene Stunde gekostet, was vor allem daran lag, dass ihr Knöchel nach wie vor Probleme macht und sie wahlweise einbeinig oder mit dem Knie auf einen Stuhl gestützt ihre Bahnen ziehen musste. Aber die Mühe hat sich gelohnt, das Ergebnis kann sich sehen lassen. Außerdem war die Arbeit überraschend befriedigend.

Weil sie monoton ist, gleichförmig, weil man sie mit den eigenen Händen verrichten kann, ohne groß darüber nachdenken zu müssen. Und weil das Ergebnis konkret und sichtbar ist. Farah war so vollkommen in ihr Tun versunken, dass sie tatsächlich für ein paar Stunden aus dem quälenden Gedankenkarussell aussteigen konnte.

Sie wischt etwas Farbe vom Finger an ihrer alten Jeans ab und schnappt sich das letzte Stück Pizza mit Büffelmozzarella aus dem

Karton. Ihr Mittagessen von heute. Inzwischen ist es längst kalt geworden, doch dem Geschmack tut das keinen Abbruch. Genüsslich kauend zieht sie ihr Handy aus der Gesäßtasche.

Mist. Der Akku ist fast leer. Und das Ladekabel liegt natürlich zu Hause. Typisch für sie. Alles vergessen, aber Hauptsache, die Koffeinversorgung ist sichergestellt. Seufzend entsperrt sie das Smartphone, das zwei Anrufe in Abwesenheit anzeigt. Der letzte ist erst vor wenigen Minuten ins Leere gelaufen. Ihr Herz krampft sich zusammen, als sie den Namen sieht. Bevor das Gefühl überhandnehmen kann, steckt sie sich den letzten Happen Pizza in den Mund, wischt sich die Finger an einer Papierserviette ab und ruft zurück.

»Hi.«

»Hi.«

Unsicheres Schweigen, das in Farahs Ohren schmerzt.

»Du hast angerufen?«

»Ja, genau.« Sie stottert, fühlt sich seltsam unvorbereitet, dabei war sie es doch, die das Gespräch gesucht hat. »Ich würde gerne mit dir reden, hast du heute Zeit? Ich könnte zu dir kommen. Oder du zu mir? Wie du magst.«

»Nicht wirklich. Lässt sich das nicht auch jetzt am Telefon klären?« Frederik seufzt. »Mein Terminplaner platzt aus allen Nähten.«

Farah windet sich, sucht nach der richtigen Formulierung.

»Lieber persönlich. Wie sieht es denn heute Abend aus?«

Eine Pause, er scheint darüber nachzudenken. »Bist du zu Hause?«

»Bei Wase.«

»In seiner neuen Wohnung?«

»Lange Geschichte. Kommst du vorbei?«

»Ich bin noch bei Gericht und später verabredet«, sagt Frederik schließlich, und sie wissen beide, dass es eine Lüge ist. Seine höfliche Art, Nein zu sagen.

»Okay.«

»In den nächsten Tagen sieht es auch schlecht aus.«

»Verstehe.«

»Sag mal, hast du meinen E-Reader eigentlich noch? Ich kann ihn nirgends finden.«

Der Themenschwenk bringt Farah aus dem Konzept.

»Ähm, ja«, stammelt sie und kramt in ihrem Gedächtnis, weil ihr nicht sofort einfällt, wo sie das Lesegerät zuletzt gesehen hat. »Er liegt noch im Büro, ich hab mir neulich ein Paper draufgeladen, weil ich es so besser lesen kann als auf dem Rechner.« Sie bremst sich, weil das nun wirklich nichts zur Sache tut. Reine Schwafelei, wie immer, wenn sie versucht, ihre Unsicherheit zu überspielen. »Ich kann ihn dir vorbeibringen oder schicken. Brauchst du ihn dringend?«

»Leider ja, da sind ein paar Dokumente drauf, die ich durchgehen muss.«

»Gut, ich fahre gleich los und hole ihn dir.«

»Nur, wenn es dir keine Umstände …«

»Nein, nein«, wiegelt Farah ab. »Ich wollte eh noch mal ins Büro, weil da ein Ladekabel rumfliegt.« Sie reibt sich die Stelle zwischen den Augenbrauen. »Ich hab meins zu Hause liegen gelassen, und der Handyakku ist fast leer.«

»Okay«, sagt Frederik. »Wenn das so ist, legen wir wohl besser auf.«

»Das wollte ich damit nicht andeuten.«

»Ich weiß.«

»Gut. Meld dich, wenn du Zeit hast, zu reden.«

»Mach ich. Pass auf dich auf, Farah.«

»Du auch.«

Farah legt auf, starrt die Wand an. Frederik weiß genau, um was es geht. Er hat sie absichtlich abgewimmelt, die Arbeit vorgeschoben, weil er nicht bereit ist, Abschied zu nehmen. Farah kann ihn verstehen, sie war es bis gestern ja selbst noch nicht. Und Wase? Ihr Blick streift über die leeren Eimer, vollgeschmierte Pinsel und Rollen. Am liebsten würde sie die Farbe mit bloßen Händen von der Tapete kratzen.

Ihr Herz krümmt sich in ihrer Brust. Farah geht in die Hocke, legt die Handflächen flach auf den Boden, um sich zu erden, oder auch nur, um nicht vornüberzukippen. Die ganze Aktion kommt ihr anmaßend, ignorant und übergriffig vor, und zu dem Verlustschmerz gesellt sich bohrende Scham. Was hat sie sich bloß dabei gedacht, ungefragt sein Wohnzimmer zu renovieren?

Farah kann sich in etwa ausmalen, wie viel Überwindung es Wase gekostet haben mag, sie hierherzuführen. Es hat Gründe, weshalb er bislang niemanden eingeladen hat, weshalb er lieber bei ihr, im Büro oder seinem Auto schläft als hier. Er schämt sich. Für das Zwischenlager, das kein Zuhause ist. Dafür, dass er es nicht über sich bringt, es zu einem zu machen. Als würde es seinen Verlust zementieren, Kartons auszupacken, Bilder an den Wänden aufzuhängen, sich zumindest ein kleines bisschen gemütlicher in seinem neuen Leben einzurichten. Als würde die Realität auf magische Weise verschwinden, wenn er nur die Augen davor verschließt. So kann er sich zumindest einbilden, bloß auf dem Sprung zu sein. Zurück in sein altes Leben. Wer ist Farah, diese Schutzstrategie seiner Psyche infrage zu stellen? Ausgerechnet sie, die doch offensichtlich selbst monatelang nicht wahrhaben wollte, dass ihre Beziehung am Ende ist. Was Wase angeht, ist sie froh, dass er die Reißleine gezogen hat.

Sie würde es ihm nie ungefragt sagen, aber er und seine Ex hatten eine extrem schwierige Dynamik. Sie, die von einer Katastrophe in die nächste schlitterte, ohne je Verantwortung zu übernehmen, und er, der Kümmerer mit dem Helfersyndrom, der für sie als Troubleshooter fungieren musste. Farah hätte an seiner Stelle schon viel früher das Handtuch geschmissen. Obwohl …

wenn sie an sich und Freddy denkt, ist sie sich da plötzlich gar nicht mehr so sicher.

Einige Minuten hockt sie auf dem Boden. Warum, weiß Farah selbst nicht so genau. Wahrscheinlich ist das etwas Urmenschliches, eine Art primitiver Reflex, sich bei Gefahr möglichst klein zu machen und auf die Erde zu ducken, weil es hier unten sicherer ist. Erst als ihr linker Fuß einschläft und taub wird, stemmt sich Farah hoch.

Sie humpelt ins Badezimmer, schrubbt ihre Hände und kratzt sich die Farbspritzer von der Haut, wäscht Pinsel und Rollen aus. Mit einem Kamm bändigt sie den Mopp auf ihrem Kopf und zieht sich sorgfältig die Lippen nach. Sie wirft den Mantel über, schnappt sich den Ersatzschlüssel und ihre Handtasche und macht sich auf den Weg, um mit dem Taxi ins Büro zu fahren, den E-Reader und das Ladekabel zu holen und danach noch einen Abstecher in den Baumarkt zu machen. Neue Farbe besorgen. Der Trip wird sie vermutlich ein kleines Vermögen kosten, aber um ihren unbedachten Fehler wiedergutzumachen, würde sie weit mehr geben als das. Sie kann nur hoffen, dass Wase nicht vor ihr nach Hause kommt.

43. KAPITEL

Hinter ihm füllt sich der Besprechungsraum, während Wase Rahimi sehnsüchtig einer Herde Schäfchen zuschaut. Sie ziehen über die Stadt, plüschige Wesen, dicht gedrängt, die runden Bäuche von der untergehenden Sonne in zartes Rosé getaucht. Symmetrisch, wie mit Korken ins Fell getupft. Bald schlägt das Wetter um. Altokumulus-Wolken sind Regenboten.

Immer mehr Menschen tropfen herein, irgendjemand klopft ihm auf die Schulter. Wase quittiert es mit einem Knurren, das nur mit viel gutem Willen als Begrüßung durchgeht. Die Stimmung im Team ist gelöst. Er kann es an ihrem entspannten Geplauder hören, dem Klirren von Löffeln in Kaffeebechern. Kein Wunder, die *EG Hütte* hat drei Vermisstenfälle aufgeklärt, der mutmaßliche Mörder liegt im Koma und kann niemandem etwas zuleide tun. Vielleicht nie mehr. Ein Grund, zu feiern. Oberstaatsanwalt Hannes Böger hat ihm gestern eine WhatsApp geschickt, die im Wesentlichen aus gereckten Daumen bestand. Der Fall scheint gelöst, und doch …

Wase fröstelt. Er wird dieses Unbehagen nicht los, das die Ermittlungen schon von Anfang an begleitet. Etwas stimmt nicht. Sie übersehen ein entscheidendes Detail. Es ist zu früh, um die Hände in den Schoß zu legen. Sobald das Zischen der Kaffeekanne und die Gespräche verebben, dreht er sich um, nickt Böger und der Pressesprecherin, Polizeioberrätin Linda Weber, zu, die sein Nicken erwidern.

»Okay, dann lasst uns loslegen, die PK startet gleich.« Wase setzt sich, sieht in Gesichter, die sich in seine Richtung gedreht haben, wie Sonnenblumen zum Licht. Gespannte Ruhe senkt sich über den Raum. Sie erwarten eine Art Ansprache von ihrem Ermittlungsleiter. Ein verbales Schulterklopfen, Lob, Anerkennung. Wase kommt sich vor wie ein verdammter Spielverderber.

»Ich möchte euch danken, euch allen. Was ihr die letzten Tage abgerissen habt, war nicht selbstverständlich. Ihr seid an eure Grenzen gekommen, manche darüber hinaus. Die Grippewelle hat ihren Peak gerade erst überschritten, und wir laufen auf Anschlag. Aber die harte Arbeit hat sich ausgezahlt, Leute. Wir haben Esra, Fabienne, Ben und eine weitere Frau gefunden.«

Karsten prostet mit seinem Kaffeebecher in die Runde. Aufgeregtes Tuscheln allerseits, das verhaltener wird, als den Ersten Wases ernste Miene auffällt, die so gar nicht zu der gelassenen Atmosphäre passt.

»Das heißt nicht, dass der Fall damit abgeschlossen ist«, fährt er fort, sobald es wieder ruhig ist. »Wagner liegt im Koma, ja. Aber ist die Gefahr damit wirklich gebannt? Wir dürfen jetzt nicht nachlassen. Nicht, bevor wir zweifelsfrei wissen, dass der Mann auch unser Täter ist.« Wase sieht jeden Einzelnen an, vergewissert sich, dass er niemanden verliert, dass sie alle mitziehen. »Ich weiß, ihr seid durch und sehnt euch nach einer Verschnaufpause. Ein bisschen Adventsstimmung, einen Grog auf dem Weihnachtsmarkt, Zeit mit der Familie. Glaubt mir, ich bin auch am Arsch.« Ein paar Kollegen erwidern sein freimütiges Geständnis mit einem Lächeln. »Die Anhalterin, die unbekannten Tote aus dem Grab, Wagners Motiv – es gibt zu viele offene Fragen. Deshalb will ich, dass wir alle Kräfte mobilisieren und diese Ermittlungen sauber zu Ende führen. Einverstanden?«

Noch einmal guckt er durch die Reihen. Müde Augen, unter denen tiefe Schatten liegen, gucken zurück. Dennoch nicken die meisten, Emma lächelt ihm aufmunternd zu, keiner protestiert, sogar Karsten hält sich ausnahmsweise zurück. Begeisterung sieht anders aus, aber gut. Das muss fürs Erste reichen.

»Danke, ich weiß das sehr zu schätzen.« Damit zückt Wase seinen Notizblock, blättert ihn auf. »Ein paar Worte von mir zu der Suche auf dem Anwesen der Wagners. Wenn es gut läuft, sind sie heute Abend durch. Bislang sieht es so aus, als seien die Leichname tatsächlich nur an der einen Stelle vergraben worden. Professor Na…«

Ein Niesen scheppert durch den Raum. Alle drehen sich zu einem Kollegen um, der sich an der Thermoskanne Kaffee zapft. Er hebt einen Arm.

»Sorry.«

»Gesundheit.« Wase braucht eine Sekunde, um wieder anzusetzen. »Professor Nagel und Professorin Mink konnten keinerlei Spuren und Verletzungen nachweisen, die von einer Vergewaltigung herrühren. Auffällig ist, dass den Frauen die Kehle durchtrennt wurde, Ben Janssen hingegen von hinten mit einem stumpfen Gegenstand erschlagen worden ist, was …«

Hatschiii!

»Was noch mal die Frage aufwirft, wie er in diese Opferreihe passt. Am naheliegendsten wäre, dass er Esra, Fabienne oder die unbekannte Tote gekannt und auf eigene Faust Nachforschungen angestellt …«

Hahhatschiii!

»… hat«, beendet Wase den Satz und schaut seufzend von seinen Notizen auf. »Nachforschungen, die ihm möglicherweise zum Verhängnis geworden sind. Aber noch haben wir keine Verbindung zwischen den Opfern festgestellt.«

Hatschiii!

Das klang gewalttätig, als wären im Kopf des Kollegen lebenswichtige Gefäße geplatzt. Auf dem Weg zu seinem Platz musste er seinen Becher mehrfach abstellen, um sich die heiße Brühe bei seinen Niesattacken nicht ins Gesicht zu kippen. Außerdem produziert der Kerl einen Sprühregen, den er mehr schlecht als recht mit der freien Hand abschirmt.

»Wie heißt du?« Wase fixiert die wandelnde Virenschleuder. Der Kollege sieht sich um, zeigt fragend auf sich, als er merkt, dass ihn alle anstarren.

»Pascal Courtes«, beeilt er sich. Seine Augen glänzen fiebrig, Wangen und Nase glühen. »Vom Drogendezernat.«

»Okay, Pascal.« Wase wirft ihm Taschentücher zu, die der Kollege leicht ungelenk aus der Luft angelt. Kaffee schwappt aus seinem Becher und klatscht auf den Boden. »Du fährst jetzt zum Arzt, klar? Kurier dich aus, inhalier 'ne Runde, und melde dich bei mir, sobald es dir wieder besser geht.«

»Arzt?« Pascal, der sich hingehockt hat, um die Sauerei aufzuwischen, schüttelt verständnislos den Kopf. »Auf keinen Fall! Ich lass die Truppe doch jetzt nicht hängen, wir pfeifen eh schon aus dem letzten Loch.«

»Na, das sagt ja der Richtige«, kommt es von Karsten Oppold, woraufhin ein paar andere gackern. Das Rot auf Pascals Wangen verdunkelt sich.

»Deine Einsatzbereitschaft in allen Ehren«, sagt Wase. »Aber das war keine Bitte, sondern eine dienstliche Anordnung.«

Pascal glotzt ihn an, ohne zu blinzeln. Wie eingefroren. Ein seltsamer Ausdruck umwölkt seine Züge. Die Lider flattern, sein Blick verliert sich, der Mund klappt auf.

»In die Armbeuge!«, kann Wase noch rufen, bevor es Pascal zerreißt. Emma, die genau im Einzugsgebiet der Aerosolwolke sitzt, stößt einen spitzen Laut aus, springt von ihrem Platz auf und duckt sich weg.

»Alter, man kann's auch übertreiben«, schnauzt Oppold.

Emma bedenkt Karsten mit einem kalten Blick und steuert

auf die Fensterfront zu. »Wase hat recht, Pascal. Du gehörst ins Bett.« Sie stellt ein Fenster nach dem anderen auf Kipp. »Damit ist dem Team am meisten geholfen. Weitere Ausfälle können wir uns nicht leisten.«

Auch Böger nickt. »Gute Besserung.«

»Danke«, murmelt Pascal, den der letzte Nieser offenbar bekehrt hat. »Ich bin schon weg.«

Sichtlich beschämt stellt er den Becher auf ein Tablett für schmutziges Geschirr und schmeißt seinen Kram eilig in einen Rucksack. »Hoffentlich hab ich euch nicht angesteckt.«

»Soll ich dir ein Taxi rufen?«, bietet Wase an.

»Danke, die Praxis ist gleich um die Ecke. Das schaff ich zu Fuß.«

Er nuschelt noch eine Verabschiedung, wirft sich den Rucksack über die Schulter und trollt sich mit gesenktem Kopf davon. Die Tür fällt hinter ihm ins Schloss, noch lange hallt sein Niesen durch die Gänge. Wase schnappt sich die Notizen, steht auf und geht ein paar Schritte, um sich wieder zu fokussieren. Knapp eine Dreiviertelstunde, bis sie sich der Presse stellen müssen.

»Zurück zum Text. Seine Familie hat Ben erst vor wenigen Wochen vermisst gemeldet. Angeblich kam es wohl öfter vor, dass er abtauchte und länger Funkstille herrschte.« Er blättert weiter, bleibt an einem Eintrag hängen. »Übrigens hat die Abfrage bei Vermi/Utot in Bezug auf das unbekannte Opfer keinen Treffer ergeben. Die Einträge, die infrage kommen, passen nicht auf sie.«

Wase spürt dieselbe Beklommenheit, die ihn schon beim ersten Mal ergriffen hat, als er das Ergebnis schwarz auf weiß vor Augen hatte. Menschen wie sie umgibt eine ganz eigene Tragik, dicht und schwer. Menschen, die unbemerkt von der Bildfläche verschwinden, die niemand vermisst, deren mumifizierte Körper erst nach Wochen entdeckt werden, weil die Nachbarn den Gestank nicht mehr ertragen und sich bei der Hausverwaltung beschweren. Anonym leben, anonym sterben, beinahe täglich, besonders in Großstädten wie Hamburg. Jeder Fünfte lebt allein. Über sechzehn Millionen in Deutschland. Bär ist einer von ihnen.

Wase muss sich zwingen, nicht an ihn zu denken. An die Panik, die ihn in seinem Schlafzimmer befallen hat, als es tatsächlich so schien, als liege er tot unter der Decke. Er schüttelt den Gedanken ab, besinnt sich auf die Fakten.

»Wir haben auch einen Suchlauf gemacht, um Fälle mit ähnlichem Muster in der Datenbank ausfindig zu machen. Ohne Erfolg.« In knappen Sätzen rekapituliert er die Obduktionsbefunde sowie den Besuch bei Tekla Kaspari.

»Was ist mit dem Praxisrechner?«, schaltet sich schließlich Böger ein. Bisher hat er ruhig zugehört und sich diskret im Hintergrund gehalten. »Haben wir da schon Infos?«

Sämtliche Köpfe drehen sich zu Emma, die wieder am Platz sitzt und ohne Unterlass auf ihr Notebook eintippt.

»Die ITler haben sich Zugriff verschafft, die Auswertung ist schon weit fortgeschritten«, gibt sie etwas vage zurück. »Ich warte gerade auf einen Rückruf, danach kann ich mehr sagen. Aber da ist noch eine andere wichtige Info, die ich euch …«

Wie aufs Stichwort gibt ihr Handy einen Ton von sich. Emma steht ruckartig auf, als habe jemand ihren Stuhl unter Strom gesetzt. »Sorry, da muss ich rangehen.«

Sie drückt sich ein Ohr zu, hält sich das Telefon ans andere und eilt im Stechschritt aus dem Konfi. Die Zurückgebliebenen sehen ihr nach, Wase inklusive. Na schön. Dann müssen sie diesen Punkt auf der Liste eben vertagen und zum nächsten übergehen. Die Kolleginnen und Kollegen berichten, bringen das Team auf Stand. Je mehr Wase hört, desto schlechter ist es um seine ohnehin schon miese Laune bestellt.

Zwar arbeitet das kriminaltechnische Labor unter Hochdruck, dennoch liegt der Abgleich der Haare aus Irene Fuchs' Auto mit der weiblichen DNA aus der Hütte noch immer nicht vor. Von der toxikologischen Analyse der Proben, die SpuSi und Rechtsmedizin von den Leichen genommen haben, mal ganz zu schweigen. Auch den Arbeitern der Forstfirma, die im Warenfelswald eingesetzt waren, konnten sie nicht beikommen. An ihren Alibis ist nicht zu rütteln. Fazit: ein enormer Einsatz von Ressourcen, ohne dass sie auch nur einen Millimeter vorangekommen wären. Entsprechend grimmig wirkt der Oberstaatsanwalt. Seit gestern wird er von Presseanfragen bedrängt, das Interesse an diesem Fall ist hoch.

»Aber es gibt auch eine gute Nachricht«, sagt Böger nun. »Der Kriminalpsychologe, den wir angefordert haben, kann bald in die Ermittlungen einsteigen. Er ist noch woanders im Einsatz, sonst wäre er heute schon hier gewesen.«

»Dr. Freising?«

»Freising.«

»Sehr gut«, sagt Wase.

»Leute, wir haben ein Problem.«

Emma kommt herein, steckt ihr Handy weg und lässt sich zurück auf ihren Platz sinken.

»Eins?«, schnauft Karsten Oppold. »Na, da bin ich aber froh, dass wir sonst keine haben, oder, Leute?«

Verhaltenes Gelächter. »Der war gut«, kommt es von irgendwoher. Ein anderer Kollege zischelt: »*Ein* Problem, schön wär's, Mann.«

»Was hast du herausgefunden«, lenkt Wase die Unterhaltung in weniger zynische Bahnen. Ironie, Sarkasmus, Galgenhumor, all das sind Strategien, um irgendwie mit dem hohen Druck klarzukommen, der unweigerlich während einer Mordermittlung entsteht. Emma ist da weniger verständnisvoll. Sie wirft einen strengen Blick in die Runde, der niemanden kaltlässt. Nicht einmal Karsten, obwohl er die Augen verdreht.

»Wie ihr wisst, haben wir uns die Patientendaten sowie Wagners privaten und seinen beruflichen Kalender vorgeknöpft«, sagt Emma, sobald sie die Aufmerksamkeit aller Anwesenden hat. »Was die Praxis angeht, sieht alles sauber aus, ein florierendes Unternehmen, das schwarze Zahlen schreibt. Oder, um Flo von der IT zu zitieren: *Dieser Laden ist die reinste Gelddruckmaschine.*« Sie blättert durch ihre Notizen, pausiert an einer Stelle, legt den Finger darauf. »Hier, jetzt wird es interessant. Wir haben herausgefunden, dass Fabienne Rilke dort einen Termin hatte. Und zwar bei Tadaeus Wagner persönlich.«

Die Info verfehlt ihre Wirkung nicht. Aufgeregtes Getuschel erhebt sich, und es dauert eine ganze Weile, ehe sich die Erregung zumindest so weit gelegt hat, dass Emma ihren Bericht fortsetzen kann.

»Es war ein Beratungsgespräch, ihrer Akte zufolge ging es um Veneers, die sich Fabienne aus Keramik anfertigen lassen wollte.«

Vim Kröger sieht sich um, die Stirn in Falten gelegt. »Bin ich der Einzige, der keinen Schimmer hat, was Veneers sind?«

»Warte, ich hab extra einen Prospekt besorgt, weil ich es auch nicht wusste«, sagt Emma, klappt ihn auf und liest. »... Blablabla, *handelt es sich um dünne Schalen aus Keramik oder Kunststoff, die mit Spezialkleber auf den Zähnen befestigt werden, um Verfärbungen, Lücken oder abgebrochene Ecken zu verblenden.*« Emma schiebt Vim den Flyer hin, der ihn eingehend studiert. »Sieht erstaunlich gut aus«, sagt sie. »Hier, die Vorher-Nachher-Bilder.«

»Nicht schlecht«, raunt er. »Und was kostet so was?«

»Bei Fabienne ging es um Keramikveneers für acht Schneidezähne, Kostenpunkt knapp zwölftausend Euro. Die Krankenkasse übernimmt das inzwischen in bestimmen Einzelfällen, hab ich mir sagen lassen. Nach Unfällen zum Beispiel, wenn Zähne beschädigt worden sind. Fabienne hätte die Rechnung allerdings aus eigener Tasche begleichen müssen. Ihr ging es nur um die Optik.«

Karsten stößt ein Pfeifen aus.

»Alter Falter. Hatte sie denn so viel Kohle?«

»Durchaus. Als TikTok-Influencerin hat sie diverse Kooperationen mit namhaften Kosmetikunternehmen an Land gezogen. Die blättern zum Teil vierstellige Summen dafür hin, dass Creators ihre Wimperntuschen, Foundations und künstlichen Wimpern vor der Handykamera testen.«

»Pro Monat, oder ...«

»Pro Video«, korrigiert Emma ihn. »Unter Fabiennes Kunden war auch ein Start-up für BARF, biologisch artgerechtes rohes Futter. Ihr erinnert euch bestimmt, dass sie einen Kater namens Maurice hatte.«

»Dieses Viech frisst feineres Zeug als ich«, echauffiert sich Karsten. »Hab ja schon immer geahnt, dass ich irgendwo falsch abgebogen bin.«

»Nicht nur einmal, würde ich meinen«, kommentiert jemand. Ein paar Kollegen glucksen.

Emma verzieht keine Miene. »Habt ihr's dann? Rafft euch mal«, fährt sie ungehalten dazwischen. »Jedenfalls war Fabienne Rilke am 30. Mai um zehn Uhr bei Wagner in der Praxis. Zum ersten und zum letzten Mal. Knapp zwei Wochen darauf hat ihre Mutter sie als vermisst gemeldet.«

Betretene Stille. Sie gibt den Kolleginnen und Kollegen einen Moment, die Info zu verarbeiten. Unterdessen blättert sie in ihrem Block und klappt ihn an einer Stelle auf.

»Das ist leider noch nicht alles. Hört zu«, sagt sie. »Am Tag der Party, bei der Fabienne zuletzt lebend gesehen wurde, befand Wagner sich nicht in der Stadt. Er war als Redner auf einer Veranstaltung von *Zahnärzte ohne Grenzen* eingeladen und ist erst in der Nacht zurückgekehrt.«

»Haben wir das gesichert?«

»Ja, die Bestätigung kam eben per Telefon.«

Niemand sagt etwas, während jeder für sich versucht, die Bedeutung der neuen Sachlage zu erfassen.

»Mit anderen Worten: Wagner hat ein Alibi«, spricht Wase die unbequeme Wahrheit schließlich laut aus. »Was ist mit den anderen Fällen? Wo hat sich Wagner herumgetrieben, als Esra verschwunden ist?«

»Am 7. Oktober waren er und seine Frau am Neuen Jungfernstieg japanisch essen, das haben wir überprüft. Gegen halb elf sind die beiden nachweislich in ein Taxi gestiegen, das sie um 22.43 Uhr zu Hause abgesetzt hat. Die Zeit danach liegt im Nebel. Agnes Wagners Aussage zufolge waren sie die ganze Nacht zusammen. Sie habe einen sehr leichten Schlaf, es wäre ihr aufgefallen, wenn ihr Mann das Bett verlassen hätte, und so weiter und so fort. Am anderen Morgen sei er wie immer um halb sieben aufgestanden und habe Frühstück gemacht.«

»So weit, so wackelig«, kommentiert Wase. »Und Ben?«

»Da steht Wagner blank da. Seine Frau war zwischen dem 2. und 5. November mit Matilde und Freundinnen auf Sylt, sodass sie ihm alibitechnisch leider nicht beispringen konnte. Auch wenn sie das versucht hat.«

»Wie das?« Böger lehnt sich interessiert nach vorne und verschränkt die Hände auf dem Tisch.

»Sie hat behauptet, ihr Mann sei mit ihnen verreist. Zu ihrem Missfallen konnten wir nachweisen, dass er *nicht* in dem Privatflieger saß und auch nicht in dem Hotel war. In seinen Kalendern gab es ebenfalls keine Einträge, die ihn entlasten.«

»Wie hat Frau Wagner darauf reagiert?«

»Gar nicht. Sie hat über ihren Anwalt Jakob Hohenfels ausrichten lassen, seine Mandantin nehme starke Beruhigungsmittel, die ihr Gedächtnis womöglich beeinträchtigt haben.«

»Eineinhalb Alibis«, flüstert Wase, in seinem Hirn rattert es, genau wie bei den übrigen Teammitgliedern. Allen hat es die

Sprache verschlagen, Achim schaut so verkniffen, dass seine Augen fast komplett in zwei Faltentaschen versacken. »Ich denke, wir alle wissen, was das bedeutet.«

Emma nickt langsam. »Falls Wagner tatsächlich der Täter ist, wovon ich jetzt einfach mal ausgehe, kann er nicht allein gehandelt haben.«

»Richtig. Es muss einen Komplizen geben. Einen Handlanger, der die Opfer verschleppt hat, was erstaunlich ist. Die überwältigende Mehrheit der Serienmörder agiert allein. Das Risiko, jemanden einzuweihen, ist hoch.«

»Aber es passiert. Denk an die Hillside Stranglers in Los Angeles oder das Paar aus Höxter.« Emma sieht Wase an, und das geht ihm aus irgendeinem Grund durch und durch. »Was wäre, wenn …«, sie atmet ein, »… wenn Wagner eine Komplizin hat?«

Unweigerlich driften seine Gedanken zu dem Auto vor Farahs Haus, zu der Anhalterin mit den großen Augen und dem irren Blick, der wirkte, als wolle sie *jemandem an die Kehle springen.*

»Ich werde gleich nach der PK noch mal zu Mia Kaspari fahren«, sagt Wase. »Außerdem werden wir alle Menschen aus Wagners Umfeld ein zweites Mal gründlich unter die Lupe nehmen. Seinen Neffen, die Ehefrau und auch diesen Praxispartner, Jon de Vries. Sie alle hatten Zugang zu dem Grundstück und standen ihm nah genug, um als Helfer infrage zu kommen.«

»Wer auch immer an Tadaeus Wagners Seite war, er oder sie ist noch irgendwo da draußen.« Böger erhebt sich aus seinem Stuhl, sieht auf die Armbanduhr und wirft Wase, der ebenfalls aufgestanden ist, einen Blick zu. »Die Pressekonferenz fängt an, wir müssen rüber.«

Er nickt, steht auf, presst die Hände auf die Tischplatte und blinzelt in die Sonne, deren goldenes Licht in den Besprechungsraum fällt. Sie hat ihren Zenit längst überschritten und neigt sich gen Horizont.

»Eins noch«, unterbricht Wase die allgemeine Aufbruchstimmung. »Mir ist klar, dass ihr es alle wisst, aber für die Sensibilisierung wiederhole ich es. In der Kommunikation mit der Öffentlichkeit ist es wichtig, dass wir den oder die Täter nicht dämonisieren. Wenn wir das tun, halten die Menschen nach einem Monster Ausschau und übersehen den netten Nachbarn, der sie immer über den Gartenzaun grüßt. Los geht's.«

Stühlerücken, leise Gespräche erheben sich, die Sitzung löst sich auf. Wase rafft seine Sachen zusammen und folgt dem Staatsanwalt und der Pressesprecherin, obwohl es ihn mit jeder Faser woanders hinzieht.

»Wase, warte mal.« Emma ruft ihn. »Die Spurensicherung hat in der Wagner-Villa ein Foto sichergestellt. Ich habe dem zunächst nicht viel Bedeutung beigemessen, aber die Sachlage hat sich geändert.«

Sie reicht es Wase. Ein Gruppenbild, fast ausschließlich Männer, die meisten weißhaarig. Eine Person sticht ihm sofort ins Auge, weil sie aus voller Kehle lacht und die Arme raumgreifend um zwei andere Männer gelegt hat.

»Tadaeus Wagner.«

»Exakt. Das war auf einer Tagung für forensische Zahnmedizin vor knapp einem Jahr in Tromsö. Steht zumindest handschriftlich hinten drauf.«

Wase wendet das Foto, und tatsächlich: Jemand hat mit Kugelschreiber fein säuberlich Ort, Datum und Anlass der Zusammenkunft notiert. »Und was soll mir das sagen? Du musst mir weiterhelfen, ich steh auf dem Schlauch.«

»Da ist noch jemand zu sehen, der dir vertraut sein dürfte«, hilft ihm Emma auf die Sprünge. »Guck mal genauer hin.«

Erneut studiert Wase die Aufnahme, geht die Reihen einzeln durch, bleibt an jemandem hängen. »Ist das … Lars Kerkhoff?«

Eine Feststellung, keine Frage. Kein Zweifel. Schräg rechts

hinter Wagner grinst Lars in die Kamera. Was hat das zu bedeuten?

»Lars ist Rechtsmediziner, Wagner Zahnarzt, und Hamburg ist klein. Es muss nichts bedeuten, dass die beiden dort zu sehen sind, aber es ist doch zumindest ein … interessantes Detail, findest du nicht auch?«

Wase nickt bloß, weil es ihm die Sprache verschlagen hat. Dieser Fall wird immer verworrener, allmählich verliert er den Überblick. Zerstreut bedankt er sich bei Emma, dann sprintet er los.

44. KAPITEL

Ich kann nicht schlafen, kann kaum die Augen offen halten. Ich zittere unaufhörlich, obwohl ich schwitze. Bekomme nichts runter, dabei knurrt mir der Magen. Lichter ziehen vorbei wie Kometen mit langem Schweif, ab und zu kommen sie mir entgegen. Ein Ruck am Lenkrad, und es wäre vorbei. Die Vorstellung hat etwas Beruhigendes an sich.

Es wäre vorbei.

Ich starre geradeaus, spüre mein rasendes Herz, die klammen Hände am Steuer. Zeige- und Mittelfinger sind gewohnheitsmäßig abgespreizt. Ein Victory-Zeichen, dazwischen nur Luft. Wie gerne ich jetzt eine rauchen würde, aber die Schachtel ist leer. Ganz sicher. Ich habe sie eben sogar umgedreht und geschüttelt, als könnte doch noch eine aus einem verborgenen Winkel fallen. Absurd, ich weiß. Aber Zigaretten beruhigen mich, und gerade bin ich nervös, wie elektrisch aufgeladen. Der genaue Gegenentwurf zu einem Wasserbüffel.

Neulich haben sie in einer Doku behauptet, dass diese Wesen keine Stresshormone produzieren. Sie sind körperlich schlicht nicht in der Lage, sich aufzuregen oder Angst zu empfinden. *Fight, Flight, Freeze* sind ihnen fremd. Mir nicht.

Nach dem Unfall war ich wie gelähmt, außerstande zu denken, zu fühlen, ja sogar das Atmen fiel mir schwer. Bis sich etwas in mir gelöst hat. Es war wie Aufwachen. Von nackter Verzweiflung getrieben, habe ich mich aufgerafft und bin in den Kampf gezogen. Es gibt zwei Szenarien, wie das Ganze hier ausgehen kann.

Wenn ich siege, ist die Gefahr gebannt, alles gut. Und wenn ich scheitere …

Automatisch schiele ich neben mich und überprüfe, ob die Reisetasche noch da ist, als könnte sie jemand in den letzten fünf Minuten aus dem fahrenden Wagen geklaut haben. Fühlt es sich so an, wenn man wahnsinnig wird? Die Tasche scheint zu leuchten und sich auf dem Beifahrersitz zu bewegen. Sie windet sich, wie ein lebendiger Organismus. Ich lege eine Hand darauf, erwarte fast, ein Zucken zu spüren oder dass sie nach mir schnappt. Doch da ist nur der raue, feste Stoff an meiner Haut. Beständig und robust. Ich streiche darüber, zärtlich, empfinde beinahe so etwas wie Zuneigung für dieses Ding. Wenn alles schiefgeht und der Notfallplan greift, werden wir gemeinsam abhauen.

Dokumente, Bargeld, Medikamente, Perücke.

Genau wie wir es besprochen haben. Tja, und falls das missglückt – ich packe das Lenkrad fester –, bleibt mir immer noch das hier.

Ein entschlossener Ruck nach links, ein Knall, vorbei.

Mein One-Way-Ticket ins Jenseits.

Lieber sterbe ich, als im Gefängnis alt und knittrig zu werden. Die Waffe habe ich herausgenommen und im Handschuhfach verstaut. Keine Ahnung, wo er die aufgetrieben hat. Offen gestanden ist es mir auch egal. Nichts zählt mehr. Abgesehen natürlich von dieser einen Sache. Ich habe Scheuklappen auf, sehe nur noch sie im Fadenkreuz. Ich lege an, ziele, drücke ab.

PENG!

In der Stille des Wagens spreche ich ihren Namen laut aus, um ihn auf der Zunge zu schmecken.

»Farah Rosendahl.«

Wie immer, wenn ich an sie denke, wallt Hass in mir auf. So

kalt, dass es mich schüttelt. Neben mir taucht der Krankenhaus-komplex auf. Ich blinzele verdattert. Das kann nur bedeuten, dass ich in eine Art Wurmloch geraten bin. Eben erst habe ich ihr Haus im Rückspiegel verschwinden sehen. Nun bin ich hier.

Die Klinik erinnert mich immer an einen gefallenen Schmetterling. Zu groß und schwerfällig, um sich aus eigener Kraft wieder in die Lüfte schwingen zu können, kauert er am Boden. Ich fahre an der Kreatur vorbei, biege rechts ab, noch mal rechts, gleich habe ich mein Ziel erreicht. Es duckt sich hinter Hecken und einen schwarzen Eisenzaun. Ganz unscheinbar. Wer den Flachbau nicht kennt, kann ihn leicht übersehen. Zwei Schilder verraten, dass er das Institut für Rechtsmedizin beheimatet.

Es ist Freitagabend, der Parkplatz wie ausgestorben. Nur am Empfang brennt noch Licht. Ich parke am Straßenrand und steige aus, obwohl ich nicht damit rechne, sie hier anzutreffen. Schließlich habe ich selbst dafür gesorgt, dass sie diesem Ort fernbleiben muss. Aber meine Pläne haben sich geändert, die Zeit rennt mir davon, und ich muss jetzt handeln.

Die Nacht ist eiskalt und sternenklar, tote Lichter, schon lange verglüht. Die Jalousien in ihrem Büro sind ein Stück herunter-gelassen. Fenster wie müde Augen. Die Lider halb geschlossen, wachen sie über die leeren Reihen. Instinktiv greife ich mir an den Hals, ziehe das filigrane Amulett hervor. Das Metall ist seltsam heiß, es fühlt sich an, als würde es glühen und sich in mein zartes Fleisch brennen. Ich halte es fest, so fest, dass die Kante einen ovalen Abdruck in meine Hand schneidet. Entrückt spüre ich dem Schmerz nach. Er schärft meine Sinne, belebt den Verstand. Dann stecke ich die Kette wieder in den Kragen und mache mich auf den Weg.

45. KAPITEL

Das zackige Klackern von Bögers Ledersohlen entfernt sich. Wase fällt zurück, das Freizeichen bohrt sich in seinen Schädel. Es klingelt und klingelt.

»Ich laufe lieber«, sagt die Pressesprecherin und verschwindet im Treppenhaus. Wase nimmt es nur am Rande wahr, schaut gar nicht richtig hin.

Geh ran, geh ran, geh ran! Komm schon, geh ran!

Wieder schaltet sich die Mailbox ein. Fluchend legt er auf, versucht es erneut. Dieses Mal landet er sofort bei der Bandansage. Entweder der Akku ist leer, oder Farah ist in ein Funkloch geraten. Über die dritte Möglichkeit will er lieber nicht nachdenken.

»Rahimi!«

Wase rennt los. Der Oberstaatsanwalt ist nirgends mehr auszumachen. Wie schnell kann der Mann gehen? Hinter der nächsten Ecke nimmt er wieder Sichtkontakt auf. Böger steht am Fahrstuhl und hämmert ungeduldig auf die Ruf-Taste ein, als würde er so zügiger kommen.

»Böger!«

Er wendet kurz den Kopf, treibt ihn mit einer energischen Armbewegung zur Eile an und steigt in den Lift, der soeben ihre Etage erreicht hat. Wase setzt zum Sprint an, schlüpft zwischen den sich schließenden Türen hindurch. Der Staatsanwalt sieht nicht einmal auf, starrt bloß fokussiert auf sein Handy.

»Die PK findet ohne mich statt, ich muss dringend noch mal weg.«

Jetzt hat er Bögers Aufmerksamkeit. Seine Augen sind hinter der schwarzen Schildpattbrille winzig klein.

»Was?«

Wase lehnt sich mit dem Rücken an die Wand, schöpft Atem. »Sie sind gebrieft, und Oberkommissarin Emma Paulsen ist mit den Fallakten mindestens so gut vertraut wie ich.«

Den Ausdruck, der sich auf Bögers Gesicht legt, als fassungslos zu bezeichnen, wäre maßlos untertrieben. Er lässt das Handy sinken, langsam, und steckt es in die Innentasche seines Sakkos. Neonzahlen laufen rückwärts. Noch zwei Stockwerke.

»Wovon reden Sie denn da?« Böger sieht Wase an, als habe der den Verstand verloren. »Sie können so kurzfristig keinen Rückzieher machen und mich hängen lassen! Nicht bei einem Fall dieser Größenordnung! Das Fernsehen ist da, haben Sie die Ü-Wagen und SNGs nicht gesehen, die unten parken? Die senden live! Und zwar überregional. Wie sieht das denn aus, wenn ich ohne meinen Ermittlungsleiter aufkreuze?«

»Ich kann Farah Rosendahl nicht erreichen.«

Böger schaltet sofort. Die Linien auf seiner Stirn glätten sich, das zornige Funkeln in seinen Augen erlischt.

»Ich habe sie heute Morgen zur Sicherheit ausquartiert und in meiner Wohnung untergebracht. Aber sie reagiert nicht auf meine Anrufe, ich hab es mehrfach bei ihr versucht.«

Die Türen gleiten auf, sie sind da. Im Rausgehen dreht sich Böger um, stellt sich auf die Führungsschienen und blockiert die Lichtschranke.

»Kommen Sie?«

Wase rührt sich nicht.

»Wie wäre das, ich fahre schnell rüber, Sie und Emma fangen schon mal an, und wenn alles gut ist, stoße ich zum Fragenteil wieder dazu«, redet er beschwörend auf Böger ein. »Falls ich es nicht schaffe, müssen Sie die Lorbeeren nicht teilen, das Rampenlicht gehört Ihnen.«

Es ist ihre Art von augenzwinkerndem Humor, die sie über die Jahre kultiviert haben. Heute zündet er nicht. Der Oberstaatsanwalt zieht die Brauen hoch. »Darum ist es mir nie gegangen, und das wissen Sie auch ganz genau.«

»War ein blöder Witz.« Wase nickt betreten. Wenn er eins weiß und an Böger schätzt, dann das. Er drückt eine Hand auf den Spalt, um die Tür in Schach zu halten, die Anstalten macht, gegen seine Seite zu donnern. Der Oberstaatsanwalt schnauft und fährt sich gedankenverloren durch seine Betonfrisur.

»Mist!«, zischt er und beugt sich in den Lift, um das Desaster in der blanken Fahrstuhlwand zu betrachten. Ein paar Strähnen stehen ihm wirr vom Kopf ab. Wie Drähte oder Antennen. Notdürftig drückt er sie mit der flachen Hand platt. Aufgepeitschte Rufe branden auf, Blitzlichter. Die Pressevertreter haben Böger entdeckt. Sie lungern im Flur herum, in der Hoffnung, vorab Bilder und exklusive O-Töne abzugreifen. Wase beugt sich dicht an sein Ohr, sagt etwas, so leise, dass es nur der Oberstaatsanwalt verstehen kann.

»Wie Sie wissen, wird Frau Rosendahl seit geraumer Zeit von jemandem beobachtet. Was, wenn es dieser Komplize ist? Was, wenn der es auf sie abgesehen hat, weil er ihr die Schuld an Wagners Unfall gibt?«

Unvermittelt und mit überraschender Kraft schiebt Böger ihn rückwärts in den Lift und drückt die Schließen-Taste. Mit seinem Körper blockiert er den Eingang und verhindert so, dass sich eine Reporterin zu ihnen in die Kabine quetscht. Die Türen gleiten zu. Es ist, als habe jemand Wase Noise-Cancelling-Kopfhörer aufgesetzt. Das Stimmengewirr dringt nur noch gedämpft zu ihnen herein, auch Böger schweigt. Einen Herzschlag lang fixiert er ihn prüfend.

»Ich brauche Sie bei der PK, Rahimi. Schicken Sie Kröger oder Oppold zu Frau Rosendahl. Oder einen Streifenwagen«, sagt er. »Die sollen nach dem Rechten sehen, wahrscheinlich liegt sie nur in der Wanne und hat ihr Telefon stummgeschaltet.«

»Und was, wenn nicht?« Wase drückt auf EG. Der Fahrstuhl setzt sich in Bewegung.

»Was zur …« Ungläubig reißt Böger die Augen auf, doch ehe er protestieren kann, spricht Wase weiter.

»Irgendwo da draußen läuft jemand herum, der Menschen verschleppt. Wollen Sie es verantworten, wenn Farah die Nächste ist? Ich jedenfalls könnte mir das nicht verzeihen. Sie ist meine älteste Freundin.« Bei den letzten Silben klingt seine Stimme rau. Er schluckt gegen die Enge an, ergänzt in Gedanken:

Meine Verbündete.

Älteste Vertraute.

»Außerdem habe ich den Wohnungsschlüssel«, setzt er nach, was Böger ein widerwilliges Schmunzeln entlockt, das schnell wieder verschwindet. Er seufzt tief. Die Türen öffnen sich und geben den Blick auf das Foyer des Landeskriminalamts frei. Für gewöhnlich herrscht hier geschäftiges Treiben. An diesem Freitagnachmittag jedoch tummeln sich dort nur vereinzelte Gestalten, niemand wartet vor dem Lift.

»Bitte.« Wase stellt sich in die Tür, wie Böger es zuvor getan hat. »Ich habe ein ganz blödes Bauchgefühl. Mein Instinkt sagt mir, dass etwas nicht stimmt. Ich muss zu ihr. Und zwar jetzt.«

Zu seinem Erstaunen nickt der Staatsanwalt. Er nimmt seine Brille ab und massiert sich die Stirn.

»Sie wissen, dass ich Sie für einen herausragenden Ermittler halte, Rahimi.«

Der Oberstaatsanwalt hat es zwar noch nie explizit ausgesprochen, dennoch gab es für Wase keinen Zweifel an seiner Hochachtung. Die Freiheiten, die Böger ihm lässt, und das Vertrauen, das er in ihn setzt, bezeugen sie mehr, als es Worte vermocht hätten.

»Das weiß ich.«

»Also schön«, murmelt Böger schließlich und setzt die Brille wieder auf. »Sehen Sie nach dem Rechten. Aber beeilen Sie sich, klar?«

46. KAPITEL

Wie laut doch ein Körper ist, der sich fortbewegt. Sosehr sie sich auch bemüht, Farah schafft es nicht, geräuschlos durch die Gänge zu schleichen, die an diesem Freitagabend wie ausgestorben sind. Es ist ein hoffnungsloses Unterfangen. Ihr Mantel bauscht sich und raschelt bei jedem Schritt, die Tasche schlägt aus Versehen gegen das Geländer, als sie es umrundet, das Klackern ihrer Absätze hallt von den Wänden wider. Sogar wenn Farah das Gewicht weiter nach vorne auf den Mittelfuß verlagert, quasi auf Zehenspitzen humpelt, bleiben die feuchten Gummisohlen am Linoleum kleben und produzieren ein flüsterndes Tappen und Schmatzen.

Immer wieder sieht sie sich hektisch um, wie eine Spionin, die illegal ins Gebäude eingedrungen ist, um sensible Datensätze zu entwenden. Das Neonlabyrinth verströmt einen Geruch nach Lauge. Offenbar war der Putztrupp schon da, die Kolleginnen und Kollegen haben sich vermutlich längst ins wohlverdiente Wochenende verabschiedet. Besser so. Das Letzte, was Farah will, ist, unnötiges Aufsehen zu erregen und am Ende womöglich noch jemandem in die Arme zu rennen. Ihrer Vorgesetzten zum Beispiel. Oder Lars.

Der Gedanke, ihn hier zu sehen, bereitet ihr fast noch größere Magenschmerzen als die Vorstellung, sich vor Professorin Durant-Biedenkopf rechtfertigen zu müssen. Gut möglich, dass er gerade in seinem Büro sitzt und über irgendwelchen Obduktionsberichten brütet. Er hat es sich zur Gewohnheit gemacht, freitags den Papierkram aufzuarbeiten, der unter der Woche liegen geblieben ist.

Gedankenverloren biegt sie um die Ecke, als keine zwei Meter vor ihr eine krumme Gestalt erscheint. Farah zuckt dermaßen heftig zusammen, dass ihr die Tasche mit einem Ruck in die Armbeuge rutscht. Beim nächsten Herzschlag realisiert sie, dass sie sich vor ihrer eigenen Reflexion in der schwarzen Fensterscheibe erschreckt hat. Ihr Nervenkostüm ist noch zerschlissener, als sie angenommen hat. Die Glasfrau sieht aus wie ihr böser Zwilling. Das Gesicht aschfahl, gehetzt, Augen und Mund weit aufgerissen, der Körper gebeugt. Die Physiognomie einer Greisin. Unwillkürlich berührt Farah ihre Wange.

Bin das wirklich ich?

Sie schiebt die Schultern zurück, hebt das Kinn und drückt den Rücken durch. Wenn sie hier schon jemandem über den Weg läuft, dann wenigstens erhobenen Hauptes und in einer halbwegs aufrechten Körperhaltung. Langsam geht sie weiter und kramt dabei nach ihrem Schlüssel. Ihr Büro kommt in Sicht, automatisch schielt sie zu der geschlossenen Tür neben ihrer. Zu ihrer Bestürzung öffnet sie sich. Lars kommt aus seinem Büro, schließt hinter sich ab. Noch hat er Farah nicht entdeckt.

Hektisch sieht sie sich um, doch da ist kein Fluchtweg, keine Nische, in die sie sich ducken kann. Als sie sich wieder umdreht, schaut er sie geradewegs an. Das Hemd hängt ihm halb aus der Hose, er trägt seine schwarz gerahmte Lesebrille, das Haar ist zerzaust und steht wirr in alle Richtungen ab. Drei sichere Anzeichen dafür, dass er bis gerade über einem Stapel Akten gegangen hat. Zu Farahs Leidwesen gefällt ihr der Look an ihm.

Der Flur kommt ihr eigenartig lang vor. Ein schier endloser Marsch unter seinem wachsamen Blick. Auf Lars' Höhe wird Farah langsamer, bleibt schließlich stehen und schielt unbehaglich zu ihrer Bürotür, die nur drei Meter entfernt liegt.

»Wolltest du etwa gerade vor mir weglaufen?« Er lacht auf, hebt die Brauen und klemmt sich seine lederne Aktentasche unter den Arm. »Also, mir ist ja echt schon einiges passiert, aber dass eine Frau wegen mir die Flucht ergreift, ist neu.«

Als Farah nicht darauf eingeht, wird er wieder ernst. Zärtlich streicht er ihr eine Strähne hinters Ohr. Eine ganz beiläufige, unschuldige Berührung. Doch sie schickt eine elektrische Woge durch ihren Körper. Reflexhaft weicht sie einen Schritt zurück, kann ihm kaum in die Augen sehen.

»Bereust du es? Den Kuss, meine ich?«

»Ich weiß nicht«, stammelt sie heiser. »Wir sind Kollegen.«

»Ist mir nicht entgangen.«

Farah kann seine Nähe nicht mehr ertragen. Was hat der Mann bloß an sich, dass seine Gegenwart diesen Fluchtreflex in ihr auslöst? Rasch wendet sie sich ab und geht auf ihr Büro zu.

»Ich bin noch mit Freddy zusammen.« Unbeholfen versucht sie, die Tür aufzuschließen, doch der Schlüssel rutscht ihr immer wieder aus den schlüpfrigen Fingern.

»Noch?«

Das ist ihr so rausgerutscht. Sie beißt sich auf die Zunge.

»Es ist kompliziert«, bekennt sie, bringt irgendwie das Wunder zustande, aufzuschließen.

»Ich bin verliebt in dich.«

Farah erstarrt. Die Klinke in der Hand, schnellt sie herum. Der Satz kam Lars ganz leicht über die Lippen. Als wolle er ihr zeigen, dass es auch einfach sein kann.

»Was?«

Sie muss sich aktiv daran erinnern, den Mund wieder zu schließen. Lars schlendert entspannt auf sie zu und lehnt sich mit der Schulter an den Türrahmen, als seien sie bloß Kollegen, die über das Wetter plaudern.

»Schockiert dich das?«

»Ja.«

Farah hat offenbar jede Kontrolle über ihr Sprachzentrum verloren. Noch so ein Geständnis. Die Worte fallen einfach aus ihr heraus. Was ist nur los mit ihr?

»Lass uns bitte ein andermal reden, okay?« Sie öffnet die Tür und zieht sich rückwärts in den Raum zurück, wo es muffig riecht, nach alten Akten und Putzmittel. Lars folgt ihr.

»Unten wartet ein Taxi auf mich«, sagt Farah stockend, ohne die Augen von Lars zu lösen, der immer weiter auf sie zugeht. »Ich muss mich wirklich beeilen und ...«

Sie schreckt auf, als ihr Po gegen den Schreibtisch stößt. Offenbar ist sie unwillkürlich zurückgewichen. Lars schließt die Tür hinter sich. Sie stehen sich allein in ihrem dunklen Büro gegenüber. Nur eine Armlänge voneinander entfernt.

»Schick es weg«, flüstert er, und Farah versteht erst gar nicht, was er meint. »Ich kann dich nach Hause bringen.«

Noch ein Schritt, und Lars ist bei ihr. Ganz nah, sie kann seine Wärme spüren. Seine Hand, die sich an ihren unteren Rücken schmiegt, sie an sich zieht. Es ist, als würde ein Kreislauf geschlossen, durch den zu viel Strom geleitet wird. Farah atmet zitternd aus. Das Bild vor ihr verengt sich, bis da nur noch Lars ist. Sein hübsches Gesicht und dieser hungrige Blick, der unverwandt auf ihr ruht. *Hilfe, das ist so falsch!* Seine Mundwinkel zucken und verziehen sich zu einem belustigten Grinsen.

»Findest du?«

O nein. Erschrocken reißt Farah die Augen auf, ihre Ohren brennen vor Scham. *Habe ich das etwa laut ausgesprochen?*

»Also für mich fühlt sich das ziemlich richtig an.« Das Lächeln verschwindet, und seine Augen wandern zu ihren Lippen. »Ich muss seit gestern ständig an dich denken.«

Ernst und forschend betrachtet er sie, sein Mund ist leicht geöffnet. *Er wartet auf ein Zeichen von mir. Dass ich das Kinn hoch-*

nehme, mich auf die Zehenspitzen stelle, mich ihm entgegenrecke, irgend-
etwas tue, was ihm signalisiert, dass ich es auch will.

»Woran denkst du gerade?«, raunt Lars.

Dass ich dich will, denkt Farah. *Ich will dich so sehr, dass es mir Angst einjagt.*

Ein letzter Funke Impulskontrolle hindert sie daran, es ihm genauso zu sagen, ihn zu küssen, gleich hier und jetzt über Lars herzufallen. Immerhin hat sie vor, auch die nächsten Jahre am Institut zu arbeiten. Wie soll das gehen, wenn das zwischen ihnen schiefläuft?

»Du hast Angst«, stellt Lars fest.

»Wir sind Kollegen«, flüstert sie heiser. »Es könnte sich negativ auf die Arbeit auswirken, wenn wir hier …«

»Das meinte ich nicht.«

Farah mustert ihn ehrlich verwundert. »Was denn dann?«

Sie befürchtet, dass er ihr Herz durch den Stoff an seiner Brust spüren kann. Lars kommt näher, bis seine Nasenspitze ihre streift.

»Jemanden zu lieben.«

Farah will ihn empört von sich schieben, aufbegehren, doch stattdessen bleibt sie stocksteif stehen.

»Ich war drei Jahre mit Frederik zusammen.«

»War?«

»Bin. Noch.«

»Liebst du ihn?«

»Nein«, sagt ihr Mund, ehe sie ihn davon abhalten kann. Selbst erschrocken über dieses Bekenntnis, löst sie sich von Lars. Farah umrundet den Schreibtisch, sodass er wie ein Hindernis zwischen ihnen steht. »Bitte, lass uns ein andermal reden, okay?« Sie schüttelt den Kopf. »Mein Leben ist ein einziges Chaos! Ich bin gerade nicht zurechnungsfähig und hab einfach Angst, in diesem Zustand einen Fehler zu machen, den ich mir nicht verzeihen kann.«

»Okay«, sagt Lars, und es wirkt weder enttäuscht noch ge-kränkt. »Ruf mich an, wenn du so weit bist.«

»Mach ich. Versprochen.«

Selbst im Halbdunkel sieht Farah, dass er lächelt. Als sich die Tür leise hinter ihm schließt und seine Schritte im Flur verhallen, ist sie versucht, ihm nachzurennen. Doch dann kommt ihr das wartende Taxi wieder in den Sinn. Farah schaut runter zur Straße, atmet auf. Es ist noch da. Der Fahrer lehnt rauchend mit dem Rücken am Heck. Eilig reißt sie die oberste Schublade auf. Das Taxameter läuft. Außerdem hat der Mann sicher Besseres zu tun, als sich am zugigen Bordstein eine Lungenentzündung zu holen.

Sie schiebt eine Dose Salbeibonbons und eine Schachtel Tackermunition beiseite, hebt einen Schwung Druckerpapier hoch. Nichts. Die Lade ist leer. Farah knallt sie wieder zu und hält die Handflächen auf das Holz der Arbeitsplatte gedrückt.

Ich bin verliebt in dich.

Hat er das eben wirklich gesagt? Sie gestattet sich, den Wor-ten nachzuspüren, dem freudigen Kribbeln, das sie wachrufen, als würde in ihr etwas überlaufen. Manchmal ist es so leicht. Farah ertappt sich dabei, wie sie in den dunklen Raum grinst.

Nach einer gefühlten Ewigkeit ertastet sie endlich das Kabel zwischen einigen Fachzeitschriften. Sie zieht es heraus, stopft es in die Handtasche, findet in der untersten Schublade auch den E-Reader neben ein paar Geldscheinen und packt beides ein. Sie richtet sich auf, will gerade den Rückweg antreten, als ihr Unter-bewusstsein ein Detail erfasst, das ihren Puls in die Höhe treibt.

Farah tritt näher ans Fenster, kneift die Augen zusammen, stellt das Bild scharf. Das darf nicht wahr sein. Er ist wieder da! Obwohl die Allee nur schwach beleuchtet ist, ist sie sich sicher, dass es sich um dasselbe Modell handelt, das sie seit geraumer Zeit beschattet. Der Kastenwagen parkt ein ganzes Stück vor dem Taxi, scheinbar verlassen. Instinktiv weicht sie zur Seite, sucht Deckung hinter der Wand, schickt ein kurzes Stoßgebet gen Himmel, dankt wem auch immer dafür, dass sie so geistesgegenwärtig war, das Licht auszulassen. Andernfalls wäre sie hier oben exponiert gewesen wie in einer Leuchtvitrine. Weithin sichtbar für alle, die draußen durch die Finsternis wandeln und zu ihr hereinspähen.

Das Schlagen einer zufallenden Tür erschallt und weckt Farah aus ihrer Schockstarre. Jetzt oder nie. Vorsichtig späht sie um die Ecke. Ihr Atem geht flach und legt sich als weißer Schleier aufs Glas. Wie ein unruhiger Geist wabert er, plustert sich auf und schrumpelt wieder zusammen. Jemand ist in den Wagen gestiegen. Farah kann die Person nicht erkennen. Sie sitzt im Dunkeln, das Innenlicht ist bereits erloschen, doch da sind eindeutig Bewegungen. Schattierungen von Schwarz, die eben noch nicht da waren.

Farah ballt die Hände zu Fäusten. Die Wut kommt unvermittelt. Eine zerstörerische Energie, in der all der Frust, alle Verzweiflung liegt, die sich in den letzten Tagen angestaut hat. Sie findet sich im Flur wieder, weiß selbst nicht, wie sie so schnell dort hingelangt ist. Füße, die über Treppenstufen fliegen. Adrenalin im Schuss. Es betäubt das Pochen in ihrem Knöchel. War sie vorhin noch peinlich darauf bedacht, bloß nicht aufzufallen, hat sie nun jede Vorsicht fahren lassen. Wer auch immer da unten hockt und sie verfolgt, er hat sich mit der Falschen angelegt.

47. KAPITEL

Das ist nur Farbe, ermahnt sich Wase, wischt sich energisch übers Gesicht und atmet die Enge weg, die sich um sein Herz gelegt hat. *Kein Grund, sentimental zu werden. Erst recht nicht jetzt.* Er wendet sich von der frisch gestrichenen Wand ab, geht in die Küche und überprüft, ob sie irgendwo eine Nachricht für ihn hinterlassen hat. Am Kühlschrank oder eilig auf den Block geschmiert, der neben der Spüle liegt. Doch nichts. Farah ist fort, kein Hinweis auf ihren Verbleib.

Sie hat Pinsel und Farbrolle sorgfältig sauber gespült, zum Trocknen im Bad auf Zeitungspapier ausgelegt, überall das Licht gelöscht und die Wohnung verlassen. Mantel, Schal und Mütze hängen nicht mehr an der Garderobe, auch die Handtasche fehlt. Ein Indiz dafür, dass sie nicht bloß kurz runtergegangen ist, um den leeren Farbeimer im Restmüll zu entsorgen.

Davon zeugt auch die Tatsache, dass sie zweimal hinter sich abgeschlossen hat. Wann ist das gewesen? Und wieso haben die Streifenbeamten nichts bemerkt? Kann es sein, dass Wase sie knapp verpasst hat? Dass Farah eben erst aufgebrochen ist? Er taucht einen Finger in die Kanne, die auf der Herdplatte steht. Lange kann sie jedenfalls nicht weg sein. Der Espresso ist noch warm.

In der nächsten Sekunde wetzt Wase durchs Treppenhaus. Er nimmt immer zwei Stufen auf einmal, bis er auf dem Parkplatz angelangt ist, dreht sich um die eigene Achse und späht in alle Richtungen, doch er kann sie nirgends ausmachen.

Verdammt! Aber da vorne. Bei den Schaukeln lungern ein paar Jugendliche rum, rauchen und lassen eine Flasche kalten Glühwein rumgehen. Ob sie etwas mitbekommen haben? Einer von ihnen, der größte, springt sofort auf die Beine, als er Wase auf sich zustürmen sieht. Die anderen erheben sich und öffnen den Kreis. Ein junger Typ mit vernarbten Wangen und orangefarbenem Haar stellt die Flasche auf dem Boden ab. Er hebt die Fäuste, als mache er sich bereit, einen Angriff abzuwehren.

»Habt ihr eine Frau hier rauskommen sehen?«, ruft Wase, noch bevor er die Gruppe erreicht hat, die ihm halb feindselig, halb ängstlich entgegenstarrt. »Etwa eins siebzig groß, rote Mütze, Mantel bis zu den Knien, schwarze Stiefel, riesige Handtasche?«

Leicht verunsichert sehen die Jungs einander an und schütteln einträchtig die Köpfe. Scheiße. Wase klopft seine Taschen nach dem Handy ab, um ihnen ein Foto von Farah zu zeigen, doch es ist nicht da. Er muss es bei der Aufregung im Auto liegen gelassen haben. Der Große, dem Auftritt nach zu urteilen der Anführer der Gruppe, tritt selbstbewusst einen Schritt auf ihn zu.

»Sind Sie 'n Bulle, oder so?«

Trotz des beträchtlichen Größengefälles funkelt er streitlustig zu ihm auf und verschränkt die Arme vor der Brust. *Auch das noch.* Für solche kindischen Machtdemonstrationen ist seine Zündschnur gerade eindeutig zu kurz. Im Hintergrund prustet der Rotschopf los und haut einem anderen auf die Schulter, der jedoch kaum reagiert, weil er zu sehr damit beschäftigt ist, Wase mit offenem Mund anzuglotzen.

Da haben wir sie ja, die Sollbruchstelle.

»Was ist mit dir?« Er schiebt den Anführer so mühelos beiseite wie einen Pappaufsteller und baut sich vor dem Jungen auf, der es noch immer nicht fertiggebracht hat, die Kinnlade wieder einzuklappen. »Warst du aufmerksamer als deine Kumpel und hast eine Frau aus dem Haus kommen sehen?«

Er nickt wie hypnotisiert, sagt aber nichts. Seine Pupillen sind riesig, wie schwarze Seen. Der Unterkiefer hängt unverändert durch.

»Wann?«

»I' weiß nich', eben halt«, lallt er. Seine Backen blähen sich, als er einen Rülpser zurückhält. »Is' schon 'ne Weile her.«

O Mann, dieses Kind ist höchstes vierzehn, maximal fünfzehn Jahre alt und komplett hacke.

»Wo ist sie hingegangen?«

Der Junge deutet hinter sich, zur Straße.

»Richtung Taxistand?«

Ein Nicken.

»Wie heißt du?«

»Jaron.«

»Wohnst du hier?«

»Mh-hm.«

Jemand tippt Wase auf die Schulter. Langsam dreht er sich um, weiß schon, bevor er ihn sieht, dass es der Anführer ist, der die Hosen gestrichen voll hat, die Demütigung vor seinen Kumpels aber auch nicht auf sich sitzen lassen kann.

»Ich hab dich was gefragt, Mann«, spuckt er aus. Ein Kieksen. Die Stimme ist brüchig. Gedanklich korrigiert Wase das Alter des Jungen deutlich nach unten. Er tänzelt von einem Fuß auf den anderen, wie ein Boxer, der in Bewegung bleibt, um seine Reaktionsbereitschaft zu erhöhen. »Wer bist du?«

Ungerührt sieht Wase ihn an, guckt auf den Boden, wo ein Handtuch und eine Deoflasche verstreut liegen, seufzt.

»Ihr wisst schon, dass euch von dem Treibgas das Herz stehen bleiben kann?«

»Wer bist du?!« Der Anführer bleckt die Zähne, tut aggressiv, rückt aber keinen Millimeter näher an Wase heran.

»Rahimi, Drogendezernat Hamburg. Und du?«

»Scheiße«, entfährt es einem der Jungs. »Los, weg hier!«

Bevor Wase noch einmal blinzeln kann, haben sich die Kids auch schon in alle Winde verstreut. Wie ein Schwarm Stare, in den ein Wanderfalke stößt, treiben sie auseinander. Der Große funkelt Wase noch einmal kurz an, als würde er seine Optionen abwägen. Er scheint zu dem Schluss zu kommen, dass es besser ist, Leine zu ziehen, und setzt seiner Clique nach. Nur Jaron kann nicht. Wase hält ihn an der Kapuze fest.

»Du bleibst hier«, sagt er. »Ich bringe dich jetzt nach Hause.«

Schon aus der Ferne nimmt er ein Blinken an der Windschutzscheibe wahr. Jemand ruft ihn an. Das Handy steckt tatsächlich noch in der Halterung. Als er nur noch wenige Schritte entfernt ist, wird das Display dunkel. Fluchend entriegelt Wase das Auto, schmeißt sich auf den Sitz und will gerade das Smartphone aus dem Klammergriff der Vorrichtung befreien, als es erneut zum Leben erwacht.

»Hi, Emma«, meldet er sich. »Ist die PK schon vorbei?«

»Hast du Farah gefunden?«, kommt direkt die Gegenfrage. Wase hält den Gurt fest, der Anschnaller schwebt über dem Gurtschloss. Einen Atemzug lang, zwei. Dann steckt er ihn mit einem satten Klick hinein.

»Nein.« Das Wort rutscht wie ein Wackerstein in seinen Magen. »Sie war nicht mehr bei mir.«

»Okay, hör gut zu, ich muss gleich wieder rein. Das Labor hat angerufen«, rattert sie in einem irren Tempo herunter. »Zwei neue Infos, die wichtigste zuerst. Die Anhalterin war tatsächlich in der Hütte. Die Spuren, die wir dort sichergestellt haben und das Haar aus Irene Fuchs' Auto stimmen überein. Zweite Info.« Sie holt kurz Luft, Wase tut es ihr gleich. Obwohl er es geahnt hat, muss er die Nachricht erst einmal sacken lassen. »Die Kollegen haben daraufhin schnell Mia Kasparis Polizeiakte gecheckt«, fährt Emma fort. »Weiße Weste geht anders, die Frau ist schon mehrfach mit dem Gesetz in Konflikt geraten. Leichte Körperverletzung, Nötigung, Beleidigung, you name it.«

Wase wird speiübel. Er kann nicht antworten, muss er auch nicht.

»Das war's, ich geh wieder rein, hol dir Verstärkung, falls du welche brauchst, ja?«, mahnt Emma. »Keine Alleingänge!«

48. KAPITEL

Keuchend drückt sich Farah in die Schatten, klammert sich an dem Henkel ihrer Tasche fest und denkt fieberhaft nach. Was nun? Soll sie den Notruf wählen? Wase anrufen? Oder Lars? Zum Kastenwagen rennen, die Autotür aufreißen und den Typen zur Rede stellen? Kurzerhand zieht sie ihr Handy hervor, der Akku steht bei drei Prozent, der Empfang ist schlecht. Mist.

Zögerlich bewegt sich Farah auf die Pforte zu, die vom Gelände führt. Sie stapft durch die matschige Erde neben den Gehwegplatten und hofft, dass man sie von der Straße aus nicht sehen kann. Im Durchgang hält sie inne. Um das Taxi zu erreichen, muss Farah den Bürgersteig passieren. Was, wenn die Person im Kastenwagen sie dabei entdeckt und abhaut? Sie hadert mit sich, überlegt hin und her, doch es hilft nichts.

Farah bringt sich in Stellung, saugt Sauerstoff tief in die Bronchien und stößt sich ab. Drei federnde Schritte, als nehme sie Anlauf für einen Hochsprung, bis sie den Stamm einer massiven Eiche erreicht, in deren Schatten das Taxi wartet. Der Fahrer fährt erschrocken herum, packt sich an die Brust.

»Was zur …«

»Haben Sie gesehen, wer da eben eingestiegen ist?«, japst Farah. Es klingt schrill, hysterisch.

Der Taxifahrer zieht die Brauen hoch und beäugt sie, als versuche er einzuschätzen, ob es sich hier womöglich um einen medizinischen Notfall handelt.

»Wo eingestiegen?«, fragt er ruhig, vermutlich, um sie nicht weiter aufzuregen.

»Na, in den dunklen Kastenwagen da vorne!«

Sie lehnt sich hinter dem Stamm hervor und fuchtelt ungeduldig mit einer Hand in die Richtung. Als habe er die Bewegung registriert, gehen die Scheinwerfer des Kastenwagens an. Ohne Eile schiebt er sich aus der Lücke.

»Schnell, hinterher!«

Farah stürzt zum Taxi und schmeißt sich auf die Rückbank, als sei sie Protagonistin eines Low-Budget-Actionfilms. Der Fahrer rührt sich nicht. Verdattert glotzt er zu ihr herein und hält die Tür fest.

»Kommen Sie schon, bitte!«, drängt Farah. Sie packt den Sicherheitsgurt und reißt so heftig daran, dass er blockiert. »Gleich ist er weg!«

»Ist das Ihr Ernst? Alles okay bei Ihnen?«

»Sehe ich aus, als würde ich Scherze machen?«

Farah funkelt den Mann an, ohne den Kampf gegen den Gurt einzustellen, der sich hartnäckig weigert, sich ihrem Willen zu beugen. Einen Moment nur zögert der Fahrer. Dann knallt er die Tür zu, trabt los und setzt sich ans Steuer.

»Das kostet aber extra.« Er dreht sich zu ihr um, taxiert sie. Unangenehm. Tastend, viel zu intim. Wie unsichtbare Hände, die über ihren Körper gleiten und klebriges Unbehagen auf der Haut hinterlassen. War der eben schon so? Auf der Fahrt von Wase zum UKE? Falls ja, ist es ihr nicht aufgefallen.

»Fünfzig Euro. Pauschal. Plus das, was auf der Uhr steht.«

Halsabschneider.

Am liebsten würde Farah auf der Stelle aussteigen und ein anderes Taxi nehmen. Aber bis dahin wäre der Kastenwagen längst über alle Berge. Sie hält den Kragen ihres Mantels zu, sodass er das Dreieck aus Haut unterhalb ihres Halses bedeckt, und nickt widerwillig.

»Abgemacht.«

Die Augen des Fahrers blitzen auf. Triumphierend. »Bar und im Voraus.«

Mist, Mist, Mist! Wenn das so weitergeht, brauchen sie gar nicht mehr loszufahren. Hastig kramt Farah ihr Portemonnaie hervor und drückt ihm einen Schein in die ausgestreckte Pranke, den er verstaut, bevor er den Motor startet und auf die Straße setzt. Der andere Wagen hat bereits ein gutes Stück Vorsprung. Weit hinten, an der übernächsten Kreuzung etwa, leuchten rote Bremslichter auf. Der Blinker pulsiert gelb und verschwindet in einer Seitenstraße.

»Schneller«, treibt sie den Fahrer an und beugt sich vor, als könnte sie dem Taxi so mehr Schub verleihen. Sie erwischt sich sogar dabei, wie sie den rechten Fuß auf den Boden presst, als würde sie ein imaginäres Gaspedal treten. »Wir verlieren ihn!«

Ein Satz, der Farah zuletzt während ihrer Assistenzarztzeit im Krankenhaus über die Lippen gekommen ist. Der Taxifahrer grinst, und zwar auf eine Art, die in ihr den Wunsch weckt, sich aus dem fahrenden Auto zu werfen. Stattdessen schleudert der Zug der jähen Beschleunigung sie zurück. Sie wird so heftig ins Polster gedrückt, dass sich ihre inneren Organe im Bauchraum ein Stück zu heben scheinen, ehe sie wieder absacken, als der Mann bremst und sich das Taxi hart in die Kurve legt. Sie schafft es gerade noch, den Haltegriff zu packen. Der Gurt blockiert und schneidet Farah in den Hals und zwischen die Brüste. Im Rückspiegel fängt sie den Blick des Fahrers ein. Etwas an ihm geht ihr durch und durch, lässt sie frieren bis ins Mark. Und mit einem Mal kapiert sie, was es ist.

Er lechzt nach einer Reaktion von ihr, weidet sich an dem Schock. Der Kerl ist mit voller Absicht so abrupt aufs Gas getreten.

»Langsamer«, bringt Farah zwischen zusammengepressten Zähnen hervor. »Oder wollen Sie jemanden totrasen?«

In den Augen des Fahrers blitzt Wut auf. Doch er passt die Geschwindigkeit an und rollt auf eine rote Ampel zu, vor der der Kastenwagen und fünf oder sechs weitere Autos warten. In der Hoffnung, die Person am Steuer auszumachen, lehnt sich Farah so weit vor, wie es der Gurt zulässt, kann sie dennoch nicht erkennen. Das Kennzeichen ist vollkommen verdreckt.

HH-V? Irgendwas, irgendwas, irgendwas.

Farah seufzt. Ob die Buchstaben und Ziffern absichtlich unkenntlich gemacht worden sind? Etwas Warmes streift über ihre Wange, es riecht nach saurem Kaffee und Schweiß.

»Na? Willst du zu mir nach vorne kommen?«, raunt der Taxifahrer. »Hab auch Sitzheizung.«

Er beäugt Farah unverhohlen von der Seite, entblößt eine Reihe gelber Stumpen und schnauft ihr ins Gesicht. Mit Schaudern realisiert sie, wie nah sie ihm gekommen ist, dass sie halb auf der Mittelkonsole hängt. Angewidert schnellt sie zurück, kann sich seiner körperlichen Dominanz hier, in der Enge des Taxis, trotzdem nicht entziehen. Er lacht. Ein mechanisches Lachen. Monoton, falsch. Es kommt nicht vom Zwerchfell, wird allein von den Stimmbändern produziert, wodurch es klingt wie vom Band oder von einer schlecht programmierten KI generiert.

Atmen, cool bleiben, er soll nicht denken, dass ich Angst vor ihm habe. Das würde ihm sicher gefallen.

Farah nimmt sich vor, sich bei der Zentrale über ihn zu beschweren. Sobald sie dieses Auto verlassen hat, was hoffentlich sehr bald der Fall sein wird. Der Gedanke verschafft ihr zumindest ein wenig Genugtuung und richtet sie innerlich auf. Sie betätigt den elektrischen Fensterheber, um etwas frische Luft hereinzulassen. Der Knopf reagiert nicht.

»Kaputt«, kommentiert der Fahrer, der jede ihrer Bewegungen zu verfolgen scheint.

»Um noch mal auf meine Frage von vorhin zurückzukommen«, hakt sie betont förmlich nach. Ihre Stimme wackelt nicht, doch sie hält die Finger ineinander verschränkt, um sie ruhig zu stellen. »Haben Sie nun gesehen, wer in das Auto gestiegen ist?«

Das feine Lächeln verschwindet. »Nein.«

»Auch nicht, ob es ein Mann oder eine Frau war? Groß, klein, dick, dünn, alt, jung?«

Der Fahrer schüttelt den Kopf, mustert Farah wieder im Spiegel und aktiviert die Scheibenwischer auf kleinster Stufe, weil ein leichter Nieselregen eingesetzt hat.

»Du stellst verdammt viele Fragen.« Er leckt sich mit der Zungenspitze über die geplatzten Lippen. »Wer ist der Typ? Ein Ex-Lover von dir?«

»Es geht weiter!«, mahnt Farah, als die Ampel auf Grün schaltet und der Verkehr träge anrollt.

Eine Lawine aus Blech. Der Fahrer hängt sich wieder an den Kastenwagen, achtet aber darauf, dass immer mindestens zwei Autos zwischen ihnen sind. Der Typ mag ein schmieriger Mistkerl sein, aber er scheint Erfahrung mit Verfolgungsjagden zu haben.

»Kann ich mein Handy da laden?« Farah deutet auf einen USB-Anschluss, der im Zigarettenanzünder steckt.

»Nein.«

Mehr sagt er nicht, nur das. Farah presst die Kiefer zusammen. »Wieso nicht?«

»Das Teil ist Schrott.«

Eine Lüge, da ist sie sich sicher. Farah zuckt mit den Schultern, als sei es ihr gleichgültig, und kramt ihr Handy hervor, um sich abzulenken und den Ärger wegzudrücken. Wase hat mehrfach versucht, sie zu erreichen. Mit einem bangen Gefühl wählt sie seine Nummer, kommt nicht durch und spricht ihm spontan eine Sprachnachricht auf.

»Hi, Wase, der Wagen war wieder da, er stand vorm UKE, aber ich hab den Spieß umgedreht. Ich sitze gerade im Taxi und fahre ihm hinterher.« Nach kurzem Nachdenken gibt sie die vierstellige Ordnungsnummer des Taxis durch, die als Sticker an der Heckscheibe klebt. Laut und deutlich, um dem Fahrer klarzumachen, dass jemand weiß, wo sie ist. Dass man im Zweifel nachvollziehen kann, bei wem sie zuletzt war. »Mein Akku ist fast leer, ich melde mich.«

Ehe ihr Handy den Geist aufgeben kann, schickt Farah die Audio ab und lehnt sich mit einem Seufzen zurück. Ihr Kiefer schmerzt, das Herz wummert in einem bedenklichen Frequenzbereich, die Schultern hängen fast an ihren Ohrläppchen. Um einer Migräne vorzubeugen, lässt Farah sie kreisen, zieht sie bis zum Anschlag hoch und lässt sie fallen. Mit dem Daumen massiert sie eine stechende Stelle im Nacken, was in etwa so ist, als versuche man, einen massiven Marmorblock weich zu kneten.

Ihr Körper ist wie versteinert. Er lässt sich nicht davon täuschen, dass ihr Hirn verzweifelt darum bemüht ist, die Angst wegzurationalisieren, die sie befallen hat. Farahs Kindheit hat sie gelehrt, dass sie ihren Instinkten trauen kann. Und wie sie Gefühle deckelt, sodass nichts nach außen dringt. Sie zwingt sich, ruhiger zu atmen. Allmählich klärt sich ihr Verstand, und während sie mit ungewissem Ziel durch das nächtliche Hamburg fahren, produziert er eine einzelne Frage:

In was zur Hölle bin ich da nur reingeraten?

Das Taxameter steht bei knapp dreißig Euro. Sie sind schon mindestens fünfzehn Minuten unterwegs. Farah schaut aus dem Fenster. Das Bild dahinter hat sich verändert. Die für Eppendorf typischen Rotklinkerbauten und großbürgerlichen Etagenhäuser mit Erkern, Türmchen und blendend weißer Stuckatur sind verschwunden. Stattdessen fahren sie auf einer dreispurigen Straße durch einen Teil Hamburgs, der Farah fremd ist. Vereinzelte Wohnhäuser zwischen barackenartigen Fabrikhallen, die sich hinter Maschendraht verschanzen.

»Wo sind wir?«

»Keine Ahnung«, nuschelt der Fahrer abwesend. »Hab nicht auf die Schilder geachtet.«

»Das Auto biegt ab!«

Die Einmündung, in die der Kastenwagen gerade fährt, rückt unaufhaltsam näher. Gleich rasen sie daran vorbei, und alles war umsonst. Bremsscheiben quietschen. Ohne zu blinken, zieht der Fahrer über die mittlere auf die rechte Spur, schneidet dabei einen Golf und einen Sattelschlepper, der ein donnerndes Hupkonzert anstimmt. Farah hört schon, wie er ihnen ins Heck knallt, spürt die Erschütterung bis ins Rückenmark. Alles ist wieder da. Augen und Mund, drei perfekte Kreise, der Aufprall, der Schock. Wagner unter ihren Händen, sein Röcheln, sein Blut.

Als Farah wieder zu sich kommt, sind sie in einem ruhigen Nebenarm der Hauptverkehrsschlagader angelangt. Weit und breit kein Kastenwagen, bloß Industriebauten, dunkle Verwaltungsklötze in Wellblechoptik, Lagerhallen aus Backstein mit Laderampen, ein Co-Working-Space, tote Hochbeete, schwarze Fenster. Hier ist niemand mehr unterwegs, während nur ein paar Kilometer entfernt Tausende von Menschen in Bars, Kinos und auf Weihnachtsmärkte strömen, die Arbeitswoche mit Feuerzangenbowle, Grünkohleintopf und Schmalzkuchen beschließen. Farah sehnt sich mit jeder Faser in die Sicherheit des Trubels, bloß weg aus diesem Taxi, in dem es nach alten Socken, kaltem Rauch und verschüttetem Bier stinkt.

»Anhalten.« Sie wird keine Sekunde länger als nötig bei dem Irren ausharren. Erst recht nicht in diesem gottverlassenen Gewerbegebiet. Noch kann sie aussteigen, zur Straße zurücklaufen und den Bus nehmen oder ein anderes Taxi ranwinken.

»Was?«

Wahllos zieht sie ein Bündel Scheine aus dem Portemonnaie,

beugt sich vor und wirft es auf den Beifahrersitz. »Ich sagte An-hal-ten.«

Der Fahrer reagiert nicht. Stoisch starrt er geradeaus, das Kunstleder knarzt, als er das Steuer fester umschließt. Immer tiefer rollt der Wagen in den Businesspark. Was soll das? Was hat der Kerl vor? Farah wühlt in ihrer Handtasche, zieht die kleine Metalldose hervor und richtet die Düse mit festem Griff an der Schläfe des Fahrers aus.

»Ich hab Pfefferspray und kein Problem damit, es auch einzusetzen«, presst sie hervor. »Also halten! Sie! Gefälligst! An!«

»Sie haben ja nicht mehr alle Tassen im Schrank!«, brüllt er. Mit einem Ruck kommt das Taxi zum Stehen. Der Fahrer rotiert herum, das Gesicht zu einer Fratze entstellt. »Erst nötigen Sie mich zu einer Verfolgungsjagd, und jetzt bedrohen Sie mich auch noch? Nicht zu fassen, ich …«

Was danach kommt, hört Farah schon nicht mehr. Sie knallt die Tür zu, sperrt sein Geschrei im Taxi ein. Nur weg, weg, weg. Aufrecht, entschlossen, seltsam hölzern, weil ihre Beine kaum gehorchen wollen. Die Handtasche wie einen Schutzschild vor die Brust gepresst, stakst sie in die falsche Richtung. Um keinen Preis will sie riskieren, dass er noch einmal an ihr vorbeimuss, wenn er den Businesspark verlässt. Mit jedem Meter, den sie zwischen sich und das Auto bringt, kann sie freier atmen.

Scheinwerferlicht streift über die Speicherhäuser. Das Taxi wendet, um zur Straße zurückzufahren, das Motorengeräusch verklingt. Es wird still. Es ist vorbei. Farah bleibt stehen. Sie ist noch mal davongekommen. Bebend atmet sie aus und lässt das Pfefferspray sinken, sieht in das Geflecht aus Gassen und asphaltierten Straßen, das sich vor ihr erstreckt, und dreht sich um. Alles Blut sackt ihr in die Beine. Das Taxi, es ist gar nicht weg.

Es parkt auf der anderen Straßenseite, die Vordertür steht offen, die Innenbeleuchtung brennt. Farah taumelt rückwärts. Es ist leer.

Da sitzt niemand mehr am Steuer! Jemand ruft nach ihr. Der Ausschnitt weitet sich, wie bei einer Kamera, die auf Weitwinkel schaltet. Jetzt sieht sie ihn. Der Fahrer ist ausgestiegen. Und er kommt geradewegs auf sie zu.

Die Arme in einem merkwürdigen Winkel abgespreizt, o-beinig, viel größer und bulliger, als sie ihn in Erinnerung hat. Er brüllt etwas, doch der Wind hält auf ihn zu und pustet die Worte davon. Farah wird abwechselnd heiß und kalt. Der Typ mag ihr physisch überlegen sein, aber sie ist schneller als er.

49. KAPITEL

Farahs Füße scheinen den Asphalt nicht zu berühren. Sie fliegt beinahe durch den pudrigen Nieselregen, ist so verdammt schnell, wie sie erst ein einziges Mal in ihrem Leben rennen musste und danach nie wieder. Es ist viele Jahre her, dreißig etwa, doch ihr Organismus erinnert sich noch an die archaische Todesangst. Sie ist tief in Farah abgespeichert, eingekapselt wie Narbengewebe.

Muscle Memory.

Ihr Blick schießt zurück, fällt auf ihn, die dunkle Silhouette, rudernde Arme. Sie hatte gehofft, dass er inzwischen von ihr abgelassen hat, wieder umgekehrt ist, doch das Gegenteil ist der Fall. Er holt auf. Sie kann sein Schnaufen hören, vage Schreie.

O Gott, was will dieser Kerl von mir?

Wahllos spurtet Farah in die schmale Gasse zwischen zwei Lagerhallen. Wieder und wieder knallt ihre sperrige Handtasche gegen die Flanke, hindert ihren linken Arm daran, richtig Schwung zu holen. Immer tiefer rennt sie in das Gewirr aus Schluchten. Ihre Kräfte lassen bereits wieder nach. Farah spürt, wie die Leistungskurve in den roten Bereich rauscht. Die Energie, die die Zellen kurzfristig bereitgestellt haben, ist aufgebraucht. Ihre Waden krampfen höllisch, doch die Furcht treibt sie noch ein paar Meter weiter, über die Schmerzgrenze hinaus, bis sie es nicht mehr aushält.

Halb im Delirium sackt Farah gegen eine Hauswand, die zumindest ein wenig Deckung bietet. Japsend beugt sie sich vor, ringt nach Luft. Jeder Atemzug fühlt sich an, als würde sie Feuer spucken. Wenn der Taxifahrer sie jetzt aufspürt, ist sie geliefert.

Keuchend späht Farah zurück zu der Gabelung, die von einer einzelnen Laterne erleuchtet wird. Wie in Zeitlupe rieseln funkelnde Tröpfchen durch den Lichtkegel in totes Laub. Abgesehen von ihren Atemgeräuschen ist es beinahe gespenstisch still. Sollte der Typ noch irgendwo da draußen sein, muss er nur dem Schnaufen folgen, das unnatürlich laut durch die Straße hallt.

Der feine Regen ist durch den Wollfilz ihres Mantels gekrochen. Farah nimmt die klamme Kälte kaum wahr, das Adrenalin betäubt alles, auch ihren Knöchel, denn obwohl sie ihn bei dem Sprint voll belasten musste, tut er nicht wesentlich mehr weh als kurz nach dem Sturz. Mühsam erhebt sie sich und schiebt ihre zitternde Hand in die Manteltasche.

»Da bist du ja!«, begrüßt sie ihr Handy und tippt darauf herum. Nichts passiert. Das Teil geht nicht an! Selbst als sie den Einschaltknopf mit dem Fingernagel ins Gehäuse drückt, bleibt das Display schwarz.

Na klasse, das hat gerade noch gefehlt.

Sie kann es nicht ändern. Der Akku ist leer, Farah ist auf sich gestellt. Ungehalten stopft sie das Handy in die Manteltasche, hievt sich hoch, schielt etwas benommen zur Kreuzung. Sie hat sie keine Minute aus den Augen gelassen. Es kommt ihr vor wie eine Ewigkeit. Die Straße ist leer. Vermutlich hat der Taxifahrer längst aufgegeben. Hoffentlich. Einfach darauf zu vertrauen, ist Farah zu heikel.

Sie beißt die Zähne zusammen und schleppt sich weiter. Die Waden sind steinhart und scheinen mit den Knien verwachsen zu sein. Sie schafft es nicht einmal, die Sohlen anzuheben. Schwerfällig schlurft sie durch den Matsch, dicht an der Backsteinwand einer riesigen Anlage entlang, die von außen die Optik eines norddeutschen Bauernhofes hat. Die dunkelgrün lackierten

Sprossenfenster sind staubblind, dahinter brennt kein Licht. Niemand zu Hause. So wie überall hier.

Farah biegt um die nächste Ecke, bleibt stehen. Ein inneres Hüpfen in der Magengegend. Keine hundert Meter entfernt von ihr ist eine Ausfahrt aufgetaucht! Das Gewerbegebiet ist viel kleiner als angenommen. In der Ferne meint sie sogar, eine Straße zu erahnen, Verkehrslärm und Wohnhäuser, die Sicherheit verheißen. Von neuer Energie beflügelt, beschleunigt Farah ihre Schritte und fixiert dabei stoisch die Schranke, die ihr vorkommt wie das Einlaufband an einer Ziellinie. Sie wird erst wieder langsamer, als sie aus dem Augenwinkel ein Blitzen wahrnimmt.

Zwei Scheinwerfer biegen aus einer Seitenstraße, halten direkt auf sie zu. Das Taxi! Ohne zu zögern, hechtet Farah hinter einen Mauervorsprung. Rasch geht sie in die Hocke, schlingt ihre Arme um die Beine und schnürt sich zu einem winzigen Paket. Sie muss den Drang unterdrücken, die Augen zusammenzukneifen. Es nutzt nichts. Die Dunkelheit hinter ihren Lidern bietet keinen Schutz. Sie sorgt lediglich dafür, dass sie die Gefahr nicht kommen sieht. Das musste Farah schon früh im Leben lernen. Und zwar auf die harte Tour.

Das Taxi ist fast bei ihr angelangt. Alles in einem Umkreis von einigen Metern wird mit Licht geflutet. Reifen knirschen so laut, als würden sie geradewegs an ihrem Kopf vorbeifahren. Sie drückt sich tiefer in ihre kleine Nische. Das Schattendreieck schrumpft immer weiter, je näher das Auto rückt. Dann ist es schlagartig stockdunkel. Farah lehnt sich vor, sieht gerade noch, wie der Wagen knapp vor ihr in einen riesigen Torbogen fährt, der offenbar in die Anlage führt. Sie blinzelt verdattert, traut ihren Augen nicht. Das ist gar nicht das Taxi!

Schlussleuchten und Heck des Kastenwagens verschwinden in der Einfahrt. Ein Windhauch streicht Farah über den schweißnassen Nacken wie eisige Fingerspitzen. Wird sie nun doch noch erfahren, wer sie seit Tagen verfolgt? Ein Triumphgefühl durchfährt Farah und mischt sich mit der nagenden Ahnung, dass hier etwas nicht stimmt.

Behutsam reibt sie das Pfefferspray an der Jeanshose ab. Beim Rennen ist die Dose ordentlich durchgeschüttelt worden, gut möglich, dass sie unter erhöhtem Druck steht und bei der leisesten Bewegung losgeht. Farah platziert den Zeigefinger knapp über dem Abzug und verlässt den Schutz ihres Verstecks.

Der Torbogen ist ein Stück vorgelagert. Als Farah ihn umrundet hat, findet sie sich vor einem ungefähr zweieinhalb Meter breiten Gewölbegang wieder, der durch das Mauerwerk in einen Hof führt. Zwei Feuerkörbe flankieren das Portal, im Widerschein der Flammen sind weitere Sprossenfenster und lose Bretter auszumachen. Was sich links und rechts des Tors befindet, liegt in toten Winkeln.

Farah tritt einen Schritt zurück und sucht die Umgebung nach etwaigen Hinweisen ab, die ihr etwas über die Bewohner dieses Anwesens verraten. Auf der rechten Seite des Torbogens wird sie fündig. Das grob behauene Schild wurde aus zwei länglichen Planken zusammengezimmert. Jemand hat mit dem Lötkolben rußig schwarze Lettern ins Holz gebrannt:

Tisch & Torte
Concept-Store

50. KAPITEL

Der Fliegenmensch mustert mich aus monströsen Facettenaugen. Mein Blick bleibt an dem langen Gesicht, dem schwarzen Rüssel und dem deformierten Schädel hängen. Die Umrisse sind verwischt, weil die Silberschicht des Spiegels oxidiert und stumpf geworden ist. Ich nicke, der Fliegenmensch nickt zurück. Das wird eine elende Sauerei.

Irgendein Hobbyrestaurator hat den Bauernschrank aus massiver Eiche mit zuckergussdickem Schiffslack verschandelt. Lustlos schmeiße ich die Maschine an. Ihr durchdringendes Heulen kratzt an meinen Nervenenden. Zentimeter für Zentimeter nagt sie sich durch die weiße Schicht und wirft feine Partikel aus wie Pulverschnee. Ein Mikroblizzard in meiner Werkstatt. Das Zeug bleibt überall kleben. Vermutlich werde ich es nächste Woche noch unter den Nägeln hervorpulen. Vielleicht sogar aus den Ohrmuscheln, obwohl ich einen Gehörschutz trage.

Ich stöhne, lenke das Gerät weiter über die Fläche, verfluche, dass ich stattdessen nicht etwas mit niedriger Feinstaub- und Dezibelbelastung machen kann. Aber die Schleifarbeiten gehen nur nach Ladenschluss und dulden keinen Aufschub mehr. Ich bin jetzt schon haltlos in Verzug.

Eigentlich beruhigt mich das Handwerk, die vertrauten Abläufe haben etwas Tröstliches an sich. Heute kann ich mich kaum darauf konzentrieren. Mein Geist ist rastlos. Ein Getriebener, genau wie ich. Eben erst bin ich heimgekehrt, und schon zieht es mich wieder fort von hier. Zurück auf die Suche. Hinaus in die Nacht.

Du musst in Bewegung bleiben, wispert es unentwegt. *Nicht rasten, weitermachen, etwas tun. Irgendetwas, um diesen Wahnsinn zu beenden, in den du dich manövriert hast.*

Das Kreischen verebbt. Die Ruhe ist Erlösung und Qual zugleich. Ich zerre mir die Kopfhörer von den Ohren und schalte den Fernseher ein. Willkürlich zappe ich mich durchs Programm und lasse einen Sender laufen, der laut genug ist, um meine Gedanken zu übertönen. Anschließend reiße ich der Schmeißfliege im Spiegel den Rüssel ab.

Die Maske darunter ist noch verstörender. Ich bin kreidebleich, verhärmt, verzerrt von dieser Scheißwut, die in Schüben kommt wie Fieber. Ich kenne den Zorn, er ist seit jeher mein treuster Begleiter und hat mich schon in manch brenzlige Situation gebracht. Aber so ungezügelt wie jetzt war er noch nie. Er ist außer Kontrolle geraten, hat ein Eigenleben entwickelt, das sich meinem Einfluss entzieht.

Mit einem Knall landet die schwarze Vollmaske auf der Werkbank. Der Filter platzt ab und rollt zu Boden. Achtlos steige ich darüber hinweg, entferne mich von den Möbeln, die nicht mir gehören und die ich davor bewahren muss, sie als Ventil für meine rasende Energie zu missbrauchen.

Nicht rasten, weitermachen, in Bewegung bleiben.

Es ist düster im Café. Nur die Vitrine spendet Licht und gibt ein Sirren von sich, das lauter wird, als ich die Glastür beiseiteschiebe und ein Achtel Pumpkin Pie herausnehme. Ich verschlinge es im Stehen, kaue mechanisch, schlucke, merke, wie hungrig ich bin, und greife mir ein weiteres Stück, noch bevor der letzte Bissen meine Zunge berührt hat. Schmatzend umrunde ich den Tresen und starre hinaus auf den Hof. Stockfinster liegt er da, die Stände weiter hinten kann ich schon nicht mehr erkennen.

Ich sehe dem Funkenregen nach, den die beiden Feuerkörbe in den Nachthimmel pusten. Unzählige glühende Sterne taumeln am Tor empor und verlieren sich in der Dunkelheit. Bares Geld, das in Flammen aufgeht. Was für eine Verschwendung! Wer ist bloß auf die hirnrissige Idee gekommen, vor Ladenschluss noch Holz aufzulegen? Ich würde meinen linken Arm darauf verwetten, dass es die neue Aushilfe war. Die geht mir eh auf den Zeiger.

Sie erscheint nur in Ausnahmefällen pünktlich zur Schicht, füttert ihren Schmarotzerfreund auf unsere Kosten durch, der sich hier reingezeckt hat und sie permanent von der Arbeit ablenkt, sodass sie Bestellungen durcheinanderbringt oder gleich ganz verbaselt. Ich habe mir nicht einmal die Mühe gemacht, mir den Namen dieser wandelnden Vollkatastrophe zu merken. Wenn sie so weitermacht, werde ich das auch nicht mehr müssen.

Grimmig stopfe ich mir den letzten Rest Kuchen in den Mund und marschiere durch die Seitentür in den hinteren Gebäudeteil, um sicherzugehen, dass Tekla nicht da ist. Ich kann es nur hoffen. Bei meiner Laune würde eine Begegnung mit ihr übel ausgehen. Für uns beide. Außerdem hasst sie laute Musik, und ich will die Idles auf Anschlag ballern, mich abreagieren, um wieder klar denken zu können. Einen Plan fassen, Entscheidungen treffen.

Zum Glück finde ich ihr Schlafzimmer, Küche, Bad und Stube leer vor. Sturmfreie Bude, die Luft ist rein für »Danny Nedelko«. Als ich zurück durch den Flur haste, komme ich an dem Beistelltisch vorbei, auf dem mein Handy liegt. Aus einem unerklärlichen Reflex heraus greife ich danach und bereue es sofort. Vom Display springen mich diverse Push-Meldungen an.

Zwei neue WhatsApp-Nachrichten, fünf Memos meines Kalenders, die mich an all die Termine erinnern, die ich heute verschwitzt habe, sechs Anrufe in Abwesenheit und ein Sicherheitsupdate, das ich gefälligst auch noch einspielen soll. Ach, und der Akku könnte übrigens auch mal wieder geladen werden. Sonst noch etwas?! Ich stöhne auf, scrolle zähneknirschend durch die Anruferliste.

Tekla hat es ein paarmal versucht, die beiden anderen Mobilfunknummern sagen mir nichts. Pech gehabt, ich rufe ganz sicher niemanden zurück, der noch nicht einmal in der Lage ist, eine Nachricht auf die Mailbox zu quatschen. Mit etwas mehr Schwung, als es dem Gehäuse guttut, befördere ich das Handy dahin zurück, wo ich es von Anfang an hätte liegen lassen sollen, und trotte missmutig in den Store.

Der Klangteppich des Fernsehers wird dichter, je näher ich der Werkstatt komme, wo auf einer Regalborte der Schallplattenspieler und diverse Vinyls aufgereiht sind. Ich wähle ein Album aus, ziehe die LP aus der Hülle und platziere sie auf dem Teller. Gerade hebe ich den Tonarm mit der Nadel, als mich eine dunkle Stimme innehalten lässt. Ich richte mich aus wie eine Satellitenschüssel auf der Suche nach einem Signal und begreife, was mein Unterbewusstes alarmiert hat.

Es muss etwas mit dem zu tun haben, was der Nachrichtensprecher eben aus dem Off gesagt hat. Bilder einer Pressekonferenz laufen über den Fernsehbildschirm. Leichenbittermienen vor Mikrofonen, auf denen die Logos der einschlägigen TV-Sender prangen.

»… im Warenfelswald, der im Nordosten Hamburgs liegt. Wir können derzeit nicht ausschließen, dass ein Opfer entkommen konnte«, sagt ein müde wirkender Mittvierziger im maßgeschneiderten Anzug und fährt sich durch die nach hinten gestriegelte Tolle. Sein Name wird am unteren Bildrand eingeblendet: *Hannes Böger, Staatsanwaltschaft Hamburg*. Hektik bricht im Saal vor ihm aus, was der geleckte Rechtsverdreher mit einem vernehmlichen Räuspern quittiert.

»Außerdem«, spricht er laut in den Tumult, woraufhin wieder etwas Ruhe einkehrt, »müssen wir leider davon ausgehen, dass der Täter nicht allein gehandelt hat. Daher möchten wir die Bevölkerung an dieser Stelle der Ermittlungen um Hinweise bitten.«

Mein Magen zieht sich zu einem festen Knoten zusammen. *Scheiße. Das darf nicht wahr sein!* Ich lasse den Tonarm fallen, sinke wie paralysiert auf einen Stuhl, kann mich nicht abwenden von der Slideshow, die nun eingespielt wird. Bilder von einer Hütte im Wald, Nahaufnahmen von außen und innen. Ein Tisch, ein Hirschgeweih. Dann eine Türklinke. Eine nackte Glühbirne. Braune Flecken an der Wand. Eindeutig Blut.

Ich spüre, wie sich meine Hülle langsam erhebt, wie sie zur Garderobe wandelt, nach meiner Jacke greift. Wie sie noch einmal zurückschaut und am Spiegel kleben bleibt. Der Fliegenmensch ist fort. Da bin nur ich.

… müssen davon ausgehen, dass der Täter nicht allein gehandelt hat.

Nicht allein gehandelt.

Nicht allein.

Die Worte des Oberstaatsanwalts hallen endlos nach. Mir schwirrt der Kopf, meine Glieder aber fühlen sich merkwürdig taub an. Wie totes Fleisch baumeln die Arme an mir herab, als gehörten sie nicht länger zu meinem Körper.

Ich muss etwas unternehmen, bevor sie mich kriegen! Verflucht, warum hat das bloß so lange gedauert. Ich könnte mich ohrfeigen.

Es klopft zweimal sacht an der Glastür, die in den Hof führt. Wie ferngesteuert öffne ich. Ein fataler Kurzschluss. Ich sehe den Angriff nicht kommen. Etwas schießt aus der Dunkelheit auf mich zu. Geduckt und wendig rammt es gegen meinen Unterleib. Ich stoße einen erstickten Laut aus, als meine Wirbelsäule ungebremst in den Tresen kracht.

Mein Rücken, o Gott. Er bricht auseinander.

Schlaff sacke ich zu Boden, klappe vornüber und wäre sicherlich einfach zur Seite gefallen, hätte mich der festgeschraubte Barhocker nicht gehalten. *Hilfe! Was, wenn das Rückenmark verletzt ist? Wenn ich gelähmt bin?*

Fahrig betaste ich meine Beine, fühle nichts, gerate in Panik. *Nein, nein, nein, bitte nicht!* Ich boxe mit der Faust auf die Oberschenkel ein, und tatsächlich: Die Nervenenden feuern. Zwar nur gedämpft, aber sie reagieren auf die Stöße. Ein gutes Zeichen. Die Erleichterung hält nur einen Atemzug lang. Etwas schafft es durch den Nebel der Qualen. Ein Knistern und Schleifen, Schlurfen und Tappen. Schritte auf nacktem Estrich. Jemand kommt auf mich zu. Und er zieht etwas Schweres hinter sich her.

Mein Körper zittert unkontrolliert, kalter Schweiß bricht aus jeder Pore. Etwas schiebt sich vors Licht und wirft einen finsteren Schatten auf mich. Ich schluchze, will mich zumindest ein bisschen aufrichten, um sehen zu können, was vor mir geschieht, doch als ich mich rege, durchfährt mich ein so brutaler Schmerz, dass mein Magen krampft und sich nach außen stülpt. Ein Schwall Galle und süßer Kürbis klatscht mir zwischen die Beine. Schwer atmend verharre ich, betrachte seltsam entrückt einen Speichelfaden, der aus meinem Mundwinkel baumelt. Das Bewusstsein verrutscht.

Alles wird schwarz, eng, Sterne fliegen vorüber. Ich sehne die erlösende Ohnmacht herbei, will nichts mehr, als mich betäuben, mich retten in dieses Nichts, auch wenn ein Teil von mir begreift, dass es endgültig wäre. Eine Reise ohne Wiederkehr. Wenn ich mich in die Schwere fallen lasse, bin ich so gut wie tot. Wobei … bin ich das nicht ohnehin?

Zwei Schuhspitzen tauchen in meinem Sichtfeld auf. Sie bleiben direkt vor der Lache aus Erbrochenem stehen. Sneaker, die in etwas stecken, das aussieht wie Müllsäcke. Improvisierte Überschuhe, um keine Spuren zu hinterlassen. Ich blinzele den Tränenschleier weg und hebe den Kopf, so weit es geht.

Meine Sinne sind auf Anschlag geschärft, ich bin jetzt hellwach. Die Details stechen überdeutlich hervor. Ob es trotz oder gerade wegen der Qualen ist, kann ich nicht sagen. Jedenfalls erscheinen die Farben greller, Konturen ausgeprägter, als habe sie jemand mit groben Wachsmalstiften hingeworfen.

Dreckspritzer ziehen sich wie Nadelrisse über das weiße Vlies einer Hose. Kräftige Hände, die sich auf den Knien abstützen. Trauerränder unter eingerissenen Nägeln. Durch den Hautlappen zwischen Daumen und Zeigefinger läuft ein geklammerter Schnitt. Ich stocke, starre auf die Wunde, die aussieht wie ein zugenähter Mund. Auf die Gummihandschuhe, die er sich nun darüberstreift. In aller Seelenruhe, genau vor meinem Gesicht. Und dann begreife ich.

Ich soll es sehen. Ich soll sehen, was mir blüht.

Mit einem Schnalzen zuppelt er sie hoch bis über die Ärmel. Sie sind aus demselben weißen Vlies gefertigt wie die Hose. Nein, das ist gar keine Hose. Der Kerl trägt einen Einwegoverall!

Ein dünnes Wimmern erhebt sich, kaum wahrnehmbar. Zeitverzögert begreife ich, dass es aus mir herausrinnt, gespeist von einer archaischen Urangst, die so viel größer ist als ich. Dann mache ich etwas, das ich seit meiner Kindheit nicht mehr getan habe. Beten. Lautlos flehe ich einen Gott an, an den ich doch eigentlich gar nicht mehr glaube. Bettele, dass ich hier heil rauskomme. Dass dieser Mann mir nicht noch einmal wehtut.

O Gott, bitte hab Erbarmen. Verschone mich, ich will nicht sterben.

Ein Knacken lässt mich zusammenzucken. Die Person vor mir geht in die Hocke. Und mein Herz bleibt stehen. Einfach stehen. Versteinert. Ich kenne diese Augen. Zwischen Haarnetz und Mundschutz mustern sie mich wie durch trübes Wasser. Ich schluchze auf, spüre, wie es mir heiß an den Beinen herunterläuft, meine Hose am Po und den Unterseiten der Schenkel durchtränkt. Urin mischt sich mit Kotze, und die letzten Teile fallen an ihren Platz. Verschüttete Erinnerungssplitter eitern aus der dünnen Kruste, die sich darüber gebildet hat.

Ich bin wieder in der Hütte, liege auf dem Tisch, und er steht über mir mit diesem Blick, in dem keine menschliche Wärme liegt. Er ist genauso tot wie der Hirschkopf, der aus Glasmurmelaugen ins Leere starrt.

Du hast mir das angetan, jetzt weiß ich es wieder. Du hast mir etwas in den Drink gemischt, mich hierher verschleppt.

Ein letztes Aufbäumen. Ich schreie auf, schlage um mich, versuche verzweifelt, den Lappen wegzureißen, den er mir auf Mund und Nase presst. Der Stoff ist feucht und riecht süßlich. Ich kralle mich in den Gummi der Handschuhe, will sie von mir ziehen, atmen. Aber seine Finger umschließen meine Kiefer wie ein Maulkorb aus Stahl. Tränen versickern in dem Tuch, das mein Brüllen erstickt. Meine Beine zucken, die Sohlen schrammen über den Boden, finden keinen Halt. Ich würge trocken, winsele, meine Stimmbänder erschlaffen. Der Rest von mir auch. Ich falle.

Bevor mich die Dunkelheit umfängt, blitzt ein letzter Gedanke durch meine Hirnwindungen wie Wetterleuchten.

Das Monster, es hat mich gefunden.

51. KAPITEL

Ein bewusstloser Körper ist ähnlich schwer händelbar wie ein nasser Sandsack. Obwohl die Frau recht schmal gebaut ist, zittern meine Arme, als ich unter ihre Achseln greife und sie hochhieve. Ächzend rotiere ich sie aus der Lücke zwischen den Hockern und schleife sie an der Pfütze vorbei auf die Plane, die ich mit einem Fuß am Boden fixiere, damit sie sich nicht wieder einrollt.

Ich erlaube mir gerade eine kurze Pause, als ich ein leises Wimmern vernehme. Es kommt von ihr. Ihre Lider flattern, die Lippen bewegen sich lautlos, als würde sie etwas sagen wollen. Was auch immer es ist, ich will es nicht hören.

Erneut drücke ich den Lappen auf Mund und Nase, verpasse ihr die doppelte Dosis Chloroform und noch ein bisschen mehr. Zur Sicherheit. Hätte ich Samstagnacht auch einen Schuss mehr von den K.-o.-Tropfen in ihren Drink getan, würde Tadaeus jetzt nicht im Koma liegen. Bandagiert bis zum kleinen Zeh wie eine Mumie, angeschlossen an piepende Geräte, die elementarste Körperfunktionen übernehmen.

Atmen, essen, scheißen.

Habe ich die Tropfen falsch dosiert? Hat sie den Drink nicht ganz ausgetrunken? Oder insgesamt weniger Alk intus gehabt? Diese Gedanken quälen mich nicht zum ersten Mal. Auf jeden Fall ist sie viel früher wieder zu sich gekommen als all die anderen.

Das war ihre Rettung.

Und unser Verhängnis.

Tadaeus hat den Tritt nicht kommen sehen. Er war unge-schützt, auf einen Angriff nicht gefasst. Eigentlich hätte sie noch mindestens eine halbe Stunde weg sein sollen. Eher länger. Doch diese hinterlistige Schlange war hellwach. Sie hat sich nur be-wusstlos gestellt und auf eine günstige Gelegenheit gewartet, um zuzuschlagen. Aus der Rückenlage heraus, beide Fersen voran, mitten in die Weichteile. Wie ein Rammbock.

Tadaeus ist ohne einen Mucks zu Boden gegangen. Mich hat er mitgerissen. Ich lag unter ihm begraben, konnte nur brüllen und hilflos zusehen, wie die Frau zur Tür raus ist. Zähes Biest! Doch der Filmriss hat sie dann immerhin doch noch erwischt. Das nehme ich zumindest an, sonst wäre sie längst bei den Bul-len gewesen.

Verdammt, wir hätten die Hütte abfackeln sollen. Tadaeus hat sich getäuscht, in seiner Hybris hat er sich unantastbar gefühlt, hat nicht auf mich hören wollen. Das rächt sich jetzt. Es gibt weitere Punkte, die ich inzwischen mit an Sicherheit grenzender Wahr-scheinlichkeit weiß.

Wir hätten sie in dieser Nacht wieder eingefangen, aber der SUV hat die Jagd beendet.

Farah Rosendahl muss viel zu schnell aus der Kurve geschos-sen sein.

Tadaeus hat ihre Geschwindigkeit unterschätzt, niemals wäre er einfach auf die Straße gerannt. So tickt er einfach nicht. Er ist ein extrem umsichtiger Mensch.

Und ich, ich bin nachtragend.

Das ist meine wohl größte Schwäche. Worin ich gut bin, ist warten, geduldig sein. Es war alles andere als vernünftig, nach dem Crash um Farah Rosendahl zu kreisen, mich an ihrer Angst zu ergötzen. Auf eine Gelegenheit zu warten, die nie kam. Stän-dig war irgendwer bei ihr. Eigentlich wollte ich sie heute Nacht beide holen. Farah und Mia. Zwei auf einen Streich. Doch der

Hüne hat sie mitgenommen und nicht zurückgebracht. Halb so wild, dann muss es so gehen. Er kann nicht ewig auf Farah aufpassen. Irgendwann ist sie allein, und wenn es so weit ist, werde ich ihren Schuldschein einlösen.

Das Wimmern hat aufgehört. Ich werfe den Lappen beiseite und ertappe mich dabei, wie ich die Frau zum ersten Mal richtig betrachte. Es hat ewig gedauert, sie aufzuspüren. Tagelang war ich auf der Pirsch. Wie ein verirrter Hund, der immer größere Kreise zieht, bis er auf Vertrautes stößt. Heute habe ich sie gefunden. Ihr Haar ist kürzer, verschnitten, als ob sie selbst Hand angelegt hätte. Obwohl sie im Gegensatz zu unserer ersten Begegnung in der Bar komplett ungeschminkt ist, wusste ich sofort, dass sie es ist.

Mia.

Ich erinnere mich noch genau an den Moment, in dem ich dich gefunden habe. Lässig an die Theke gelehnt, eine Bügelflasche Bier in der Hand. Hast einen auf tough gemacht, aber mir war sofort klar, dass das nur Fassade ist. Ich weiß, wenn ich ein Opfer vor mir habe. Und du warst eines.

Das letzte.

Fünfzehn Sekunden, länger brauche ich nicht, um sie auszuwählen. Um ihre Körpersprache zu entschlüsseln und die feinen Mikroexpressionen zu erfassen, die sie von den anderen unterscheiden. Bei dir ging es schneller. Dein unruhiger Blick, der pausenlos über die Menge huschte, ohne wirklich etwas zu sehen, hat dich verraten. Dazu dieses nervöse Blinzeln. Immer wieder hast du dir an die Nase und ans Kinn gefasst, hektisch an der Flasche genippt und das Etikett abgepiddelt. Die Unsicherheit in Person.

Jetzt siehst du ganz friedlich aus. Entspannt. Irgendwie unschuldig, wie du so daliegst. In deinen Arbeitshosen mit den vielen Taschen und dem Pullover aus grob gestrickter Wolle. Man könnte fast meinen, dass du nur schläfst. Wäre da nicht der Streifen Panzertape über deinem Mund.

Benommen löse ich mich von ihr. Das war ein Fehler. Es ist schwieriger, jemanden zu töten, dem man nahegekommen ist. Tadaeus' Worte, nicht meine. Schließlich ist er der Killer. Nicht ich.

Er war es auch, der ständig von Thanatos und Ker gefaselt hat, bis ich den Mist irgendwann selbst geglaubt habe. Auf einer theoretischen Ebene wohlgemerkt. Am eigenen Leib habe ich diese alles verzehrende Zerstörungswut erst erfahren, nachdem Tadaeus ins Koma gefallen ist. Trotzdem. Ich bleibe dabei.

Ich bin nur ein Opfer der Umstände. Das ist ein Unterschied. Noch nie habe ich einen anderen Menschen getötet. Die Aussicht darauf, es nun doch tun zu müssen, bereitet mir kein Vergnügen. Ich bin gezwungen, in Tadaeus' Fußstapfen zu treten. Es ist ein notwendiges Übel. Eine Art Kollateralschaden. Noch denkt die Kripo, dass er allein gehandelt hat, noch kann ich meinen Kopf aus der Schlinge ziehen. Wenn ihr Gedächtnis erst zurückkehrt und sie bei der Polizei aussagt, dass da zwei Männer in der Hütte waren, wenn sie mich identifiziert, bin ich geliefert.

Diese Frau ist eine gefährliche Zeugin, eine tickende Zeitbombe, die jederzeit hochgehen kann. Lange wird es nicht mehr dauern. Ich habe es in ihren Augen gesehen. Sie ist schon dabei, sich zu erinnern.

Mit neu erwachter Entschlossenheit komme ich auf die Füße. Ich rolle sie in die Plane ein, klebe sie straff mit Panzertape zu, wuchte das Gebinde hoch und trete in den dunklen Hof. Hier draußen liegt der Hund begraben. Dennoch sehe ich mich nach allen Seiten um, bevor ich das Paket zu meinem Wagen trage, die Hecktüren aufreiße, es hineinwerfe und die Türen wieder zuknalle. Eigentlich unnötig, selbst wenn der Wagen sperrangelweit offen stünde, würde es der Frau nichts nützen. Sie ist bewegungsunfähig, fest verschnürt in ihrem Kokon aus Plastik. Trotzdem ist es besser so. Was, wenn sich doch ein später Gast hierher verirrt und die Rolle auf der Ladefläche sieht?

Ich kehre zurück, um Phase zwei zu starten. Den ätzenden Teil dieser Mission. Bevor ich den Raum betrete, ziehe ich frische Überschuhe an. Das Equipment steht schon bereit. Kanister, Mülltüten und Küchenkrepp. Vorsorglich reiße ich gleich mehrere Beutel ab. Wenn ich mir diese Schweinerei so angucke, wird sich der Umweg zur Müllverbrennungsanlage heute richtig lohnen. Ein saurer Gestank nach Kotze und Pisse steigt auf, und obwohl ich durch den Mund atme und die Maske einen Teil filtert, muss ich mehrfach würgen, während ich ihre Ausscheidungen beseitige. Am Ende sind drei Zwanzig-Liter-Beutel voll. Ich stopfe meine Handschuhe in den letzten Sack, binde ihn fest zu und werfe die drei Säcke in einen größeren Sack. Elende Drecksarbeit. Ich schwitze wie ein Schwein in der Kluft aus Plastikfasern, unter der sich die Körperwärme staut wie in einem Kochbeutel. Wenn das hier vorbei ist, will ich mit dem ganzen Scheiß nichts mehr zu tun haben. Ein Schwur, den ich nicht zum ersten Mal leiste. Und den ich schon mehr als einmal brechen musste. Doch dieses Mal bin ich mir sicher.

Mir kommt ein Satz in den Sinn, den ich mal in einem Jeffery-Deaver-Thriller in Bezug auf Spurensicherung aufgeschnappt habe: Ein Tatort ist dreidimensional. Wer hätte gedacht, dass sich mir *Der Knochenjäger* einmal auf diese Weise als nützlich erweisen würde. Zentimeter um Zentimeter scanne ich den Raum und zeichne im Geiste die Flugbahnen der Spritzer nach. Als sich in meinem Kopf eine imaginäre Karte geformt hat, streife ich ein neues Paar Handschuhe über. Die teuren mit hohem Nitrilanteil, die keine Fingerabdrücke hinterlassen. Ich schraube den Kanister auf. Ein Schwall Chlorbleiche klatscht auf blanken Estrich. Das scharfe Zeug wird alles wegätzen, jeden Hinweis darauf tilgen, dass ihr Sterben hier begonnen hat. Ausgerechnet hier, wo es jetzt nach Sommer und Freibad riecht.

In Windeseile verteile ich den Reiniger auf dem Boden, an

den Beinen der Hocker und der Tresenfront. Wenn ich gleich abhaue, lasse ich die Tür angelehnt, damit die Dämpfe über Nacht abziehen können. Ihre Schwester kommt erst morgen früh. In einer giftigen WhatsApp hat sie Mia knapp und ohne ein einziges Satzzeichen zu benutzen mitgeteilt, dass sie woanders übernachtet. Ich war so frei und habe an Mias Stelle geantwortet. Ein Hoch auf den biometrischen Scan zum Entsperren von Handys.

Tekla, ich hab mir ein Hotel am Meer gebucht, um mir über ein paar Sachen klar zu werden. Mir wird das alles zu viel mit dem Store. Sorry. Ich meld mich. Eine Antwort, die sie ihrem Postausgang nach zu schließen so auch formuliert hätte. *Zisch*, geht sie raus in den Äther des Internets.

Die Reaktion lässt nicht lange auf sich warten.

Tekla ruft an, blinkt es auf dem Display. Das Handy vibriert in meiner Hand, der Anruf läuft ins Leere. Zwei Sekunden später geht der Vibrationsalarm erneut los. Nachdem ich auch den dritten Versuch nicht angenommen habe, empfängt es eine WhatsApp-Nachricht, die lediglich aus einem einzelnen Satz besteht. Oder vielmehr einem Wunsch, von dem Tekla nicht weiß, dass er schon sehr bald in Erfüllung gehen wird:

Scher dich zum Teufel, Mia!

52. KAPITEL

Drei Gedanken schaffen es gleichzeitig in Farahs Bewusstsein. *Die Person, die mich verfolgt, ist ein Mann! Jetzt kommt er wieder, o Gott, er steuert genau auf mich zu! Und er trägt irgendetwas über der Schulter.* Ihr bleibt keine Zeit, den seltsamen Gegenstand genauer zu studieren. Der Typ ist schon fast am Auto vorbei, gleich wird er sie entdecken!

Mit hämmerndem Herzen weicht sie zurück und drückt sich gegen die Tunnelwand. In den toten Winkel, den er von seiner Position aus nicht einsehen kann. Zumindest hofft sie das. Der Kastenwagen steht quer im Hof, links von der Durchfahrt, aber so, dass nur ein kleiner Teil des Hecks von hier aus zu sehen ist. Wenn ein anderes Auto den Torbogen passieren müsste, würde es problemlos daran vorbeikommen.

Das Rascheln ihrer bauschigen Kapuze an den Ohren überdeckt alle anderen Geräusche und macht Farah seltsam orientierungslos. Vorsichtig zieht sie sie ab und nimmt ihren feuchten Schal vor den Mund, damit er die verräterischen Atemwolken auffängt, die ihr stoßweise entweichen. Ein Rumpeln. Offenbar hat der Mann seine Fracht auf der Ladefläche verstaut. Türen knallen, gefolgt von Schritten, die sich entfernen. Vermutlich geht er zurück zu der Glastür, aus der er eben gekommen ist. Was in Gottes Namen war das eben? Ein Teppich? Ein in Luftpolster eingeschlagenes Möbelstück? Aber welches Möbelstück sieht denn bitte so aus? Was auch immer der Mann geschleppt hat,

Farah kann das Gefühl nicht abschütteln, das sie vorhin überkommen hat. Irgendetwas stimmt hier ganz und gar nicht.

Sie schiebt die böse Vorahnung von sich. Darüber kann sie sich später noch den Kopf zerbrechen. Die viel realere Gefahr ist, dass der Kerl gleich vom Hof fahren wird. Und wenn es so weit ist, sollte Farah besser nicht im Weg stehen.

Schlotternd setzen sich ihre Beine in Bewegung. Richtung Heck. Sie kann nicht einfach abhauen, ohne wenigstens einmal überprüft zu haben, was der Mann da eben abgeladen hat. Er ist im Haus verschwunden und scheint etwas zu suchen. Jedenfalls sieht Farah, wie er auf allen vieren über den Boden kriecht. Aber was ... Merkwürdig, er trägt einen Ganzkörperoverall. Und er sucht auch nichts, wie ihr mit einem Mal klar wird. Er hält einen Lappen in der Hand und wischt! Ob er Mitarbeiter einer Reinigungsfirma ist, die das Café beauftragt hat, nach Ladenschluss klar Schiff zu machen?

Das ergibt überhaupt keinen Sinn! Als ob die hier in so einer Montur aufkreuzen, zischt eine Fistelstimme, bei der es Farah eiskalt überläuft.

Außerdem würden die wohl kaum ihre Kennzeichen abnehmen, denkt sie bei sich. Der Mann muss sie entfernt haben, nachdem er in den Businesspark gefahren ist. Wahrscheinlich wegen der Überwachungskameras, die die ansässigen Firmen an ihren Lagerhallen montiert haben, um Einbrecher abzuschrecken.

Hau ab! Solange du noch kannst, faucht es erneut in Farahs Kopf. *Hier geht etwas nicht mit rechten Dingen zu. Und du solltest auf keinen Fall herausfinden, was das ist. Sonst wirst du noch mit hineingezogen.*

Auch ihr Körper wittert Gefahr. Als sie den Griff packt und ihn langsam herunterdrückt, um nur ja kein Quietschen zu produzieren, schrillen unentwegt ihre Alarmglocken. Sie wird bloß schnell nach dem Rechten sehen und dann den Rückzug antreten. Keine Zeit, nachzudenken. Zu ihrer Überraschung schwingt die Tür auf. Der Mann hat sie vorhin nicht wieder verriegelt.

Mit weit aufgerissenen Augen späht Farah ins Innere und sieht doch nichts. Still verflucht sie die Tatsache, dass ihr Handy tot ist. Nicht nur, weil sie keine Hilfe rufen kann, sondern auch, weil die Taschenlampenfunktion jetzt extrem hilfreich gewesen wäre. Farah erkennt rein gar nichts.

Nur wenn der Wind auffrischt und die Glut im Feuerkorb hinter ihr anfacht, fällt ein goldenes Glimmen in den Laderaum, das Umrisse sichtbar macht. Die Plastikrolle befindet sich direkt vor ihr, eng geschnürt. Von Nahem wirkt sie viel größer. Sie ist sicher einen halben Meter breit und zwei Meter lang. Daneben auf dem Boden liegt ein Spaten, und an der Rückwand hat jemand Dutzende Säcke Erde aufgeschichtet. Außerdem riecht es nach …

Farah reckt die Nase in die Luft und schnuppert. Dieser Geruch ist ihr aus der Rechtsmedizin vertraut. Urin. Und noch etwas anderes. Erbrochenes. Hat irgendwer den Teppich im Café besudelt? Womöglich ist der Typ ja doch von einer Spezialreinigung, die ihn abholen sollte. Das wäre jedenfalls realistischer, als anzunehmen, dass es sich bei ihm um einen irren Killer handelt, der …

Stocksteif hält Farah inne.

Die Rolle hat sich bewegt. Sie fixiert das Plastik, wartet, ob sie es noch einmal sieht. Doch nichts. Das Ding rührt sich nicht. Hat sie sich das eben nur eingebildet? Zitternd atmet sie aus und hätte beinahe aufgeschrien, als es wieder zuckt. Ganz leicht nur, aber dieses Mal ohne jeden Zweifel.

Verdammt, da ist jemand drin!

Farah löst das Panzertape, das das obere Ende lose verschließt, sodass nur ein schmaler Schlitz offen bleibt. Sie klappt die Plane auseinander, presst eine Hand auf den Mund, um nicht laut aufzuschreien. In der Röhre steckt ein Mensch.

Eine Frau.

Ihre Augen sind geschlossen, der Mund mit Panzertape zugeklebt, sie scheint bewusstlos zu sein. Ihr Gesicht ist nach oben gewendet, zur Luft. Ob dieser Mistkerl es so gedreht hat? Um ihr eine letzte Gnadenfrist zu verschaffen? Damit sie auf dem Weg zum Galgen nicht erstickt?

Ich muss Hilfe holen! Wenn er mit ihr wegfährt, ist die Frau geliefert.

Die Straße ist nicht weit entfernt. Wenn sie sich beeilt, könnte sie in wenigen Minuten dort sein, Sturm klingeln, irgendwo da muss es schließlich Häuser geben und …

Himmel, bitte nicht. Das Licht im Café ist erloschen. Nun hört Farah auch das Quietschen einer Tür, ein hohles Klappern, als leere Behälter aneinanderschlagen. Schritte.

Die Erkenntnis durchfährt sie wie ein Stromschlag.

Der Mann. Er kommt zurück.

53. KAPITEL

Es ist bitterkalt, die Temperaturen sind schon wieder unter den Gefrierpunkt gerutscht. Minus drei Grad zeigt die Anzeige am Armaturenbrett an. Ich lasse den Motor laufen, drehe die Heizung voll auf und halte meine Hände vor die Lüftungsschlitze, während ich mich gedanklich sortiere.

Die Tür steht einen winzigen Spalt offen, Fernseher und Licht sind aus, die Jalousien wieder oben, die Klinken habe ich abgewischt. Ihr Backpacker-Rucksack liegt im Fußraum des Beifahrersitzes. Ich habe ihn eilig mit Kleidung vollgestopft, damit es so aussieht, als sei Mia überstürzt abgereist. Sogar an Proviant habe ich gedacht und ein paar Leckereien aus der Vitrine geklaut.

Doch, das müsste alles gewesen sein.

Rückwärts setze ich durch den schmalen Tunnel zurück und biege auf die Straße. Vor Erleichterung ist mir ganz schwindelig zumute. Geschafft, ich habe es tatsächlich geschafft. Zumindest den ersten Teil des Plans. Über dem Asphalt hängt ein leichter Nebeldunst. Ich biege ab, mache gewohnheitsmäßig einen Schulterblick – und sehe sie. Eine Gestalt. Sie steht bei der Hofanlage, aus der ich gerade gekommen bin.

Der Wagen rollt in die Seitenstraße. Mir ist kotzschlecht. Hat mich diese Person etwa beobachtet? Das wäre mir doch aufgefallen! Oder nicht …? Ich steige in die Bremsen.

Fuck!

Der verfluchte Rückwärtsgang klemmt. Ich muss ihn mit

Gewalt reinhauen und rase zurück. Bei dem Manöver wird die Fracht in meinem Wagen ordentlich durchgerüttelt, aber ich kann nicht zimperlich sein. Als ich auf der Kreuzung angelangt bin, bleibe ich stehen und spähe rüber zu der Stelle, an der ich eben noch jemanden vermutet habe. Seltsam, keiner da.

Lediglich ein kümmerliches Bäumchen reckt seine dürren Äste in den Nebel. Kann es sein, dass ich es vor lauter Stress mit einem Menschen verwechselt habe? Ich warte, denke nach, presse die Kiefer so fest aufeinander, dass sie schmerzen. Der Hof bleibt dunkel, keiner kommt aus dem Tunnel, und auch sonst rührt sich nichts.

Okay, lass dich nicht von deiner Panik verarschen, Junge! Ich habe fast schon zwanghaft die Lage gescannt, es ist extrem unwahrscheinlich, dass ich dabei jemanden übersehen habe! Außerdem war im Handykalender der Frau nichts vermerkt, woraus hervorgeht, dass sie noch jemanden erwartet hat. Na schön, durchatmen und weiter. Alles ist gut.

Bevor ich mich ein paar Minuten später in den fließenden Verkehr einfädele, bringe ich rasch die Kennzeichen wieder an, damit ich nicht rausgewunken werde. Die Handys sind ganz aus, Flugmodus reicht nicht, die GPS-Dienste würden weiterlaufen und mich verraten. Bei Mias habe ich den Fingerabdrucksensor deaktiviert, eine neue PIN eingerichtet und es mitgenommen. Samt Ladekabel. Man weiß ja nie, wozu es noch mal gut ist. Die Frau hat fast all ihre Passwörter in einer App gespeichert, sogar die Sicherheits-PIN fürs Onlinebanking. Außerdem: Wer würde schon ohne sein Handy verreisen? Niemand. Ihre Schwester hätte mit Sicherheit Verdacht geschöpft, wenn sie es zu Hause gefunden hätte.

Auch das Navi muss ausbleiben, aber das brauche ich ohnehin nicht. Die Strecke, die vor mir liegt, kenne ich im Schlaf. Als ich jünger war, bin ich fast jedes Wochenende dort gewesen. Wie in

Trance steuere ich den Wagen durch die Stadt und bin schon nach kurzer Zeit in Grübeleien versunken.

Ich kann nicht fassen, zu was für einer Shitshow mein Leben verkommen ist. Es war arglose Neugier, die mich in den Knochenwald geführt hat. Ich konnte ja nicht ahnen, was mich dort erwarten würde. Als ich die Tür zur Hütte aufgezogen habe, habe ich mit vielem gerechnet. Dass Tadaeus sich da mit einer Affäre trifft, einen heimlichen Kink auslebt, was weiß ich. Was dort tatsächlich abgegangen ist, hat jede Vorstellungskraft gesprengt.

Alles danach verschwimmt in meiner Erinnerung. Ab und zu tauchen einzelne Sequenzen aus der Tiefe auf. Wie ich sie mit ihm getragen habe, wie ich die Grube ausgehoben, sie hineingelegt, begraben, unsere dunkle Allianz mit meinen Händen besiegelt habe. Und mit meinem Schweigen.

Kein Zurück mehr.

Denn das war kein Ausrutscher. Kein Unfall. Es passierte wieder. Und wieder. Mit dem Unterschied, dass ich jetzt sein Komplize war. Sein Mitwisser, Späher, Handlanger. Ständig mit einem Bein im Knast.

Du und ich.

Wir gegen den Rest der Welt.

Auf Gedeih und Verderb.

Ein Pakt, geschmiedet aus drei der stärksten Bänder, die die menschliche Natur kennt. Schuld, Angst und Loyalität. Ich hatte keine Wahl, schließlich habe ich diesem Mann alles zu verdanken. Und wenn ich *alles* sage, ist das nicht pathetisch gemeint, sondern im wortwörtlichen Sinne. Ich wäre gestorben ohne Tadaeus. Nun kann ich ihm beweisen, dass ich seine Güte verdient habe. Dass er mich nicht umsonst gerettet hat. Ich werde Abbitte leisten und meine Fehler wiedergutmachen. Und wenn das vorbei ist, wenn ich irgendwie doch noch glimpflich aus dieser Nummer herauskomme, schaue ich nie wieder zurück.

Ein blaues Autobahnschild kommt in Sicht, und ich ordne mich rechts ein, um auf die A 7 Richtung Bremen/Hannover zu gelangen. Eigentlich ist die Strecke nicht lang, knapp zwei Stunden, wenn ich gut durchkomme. Aber allein auf den ersten zehn Kilometern meiner Fahrt bleibe ich an vier Baustellen hängen, sodass ich statt fünfzehn Minuten fast eine geschlagene Stunde brauche, bis ich endlich auf die B 73 einbiege.

Mir platzt fast die Blase. Auf dem nächsten Wanderparkplatz halte ich an. Er liegt direkt an den Harburger Bergen, einem beliebten Ausflugsziel mit Wald und Heidelandschaft. Im Sommer treten sich die Leute hier tot, jetzt aber parkt weit und breit kein anderes Auto, was mir sehr gelegen kommt.

Nach der bollernden Heizungswärme ist der Nordostwind ein Schock. Als würde man einen Eisschrank betreten. Fröstelnd ziehe ich die Schultern hoch und flüchte mich zum Pinkeln neben den Wagen, der einen Sichtschutz zur Straße bildet. Außerdem ist es hier ein bisschen weniger zugig.

Ich erleichtere mich. Normalerweise hätte ich im Anschluss noch schnell eine geraucht, aber ich bin noch immer nicht dazu gekommen, an einem Automaten oder an der Tanke zu halten, um mir welche zu kaufen. Besser so. Ich habe keine Zeit zu vertrödeln.

Ich beeile mich, schnell wieder in den Schutz des Wagens zu kommen. Als ich an der Hecktür vorbeihaste, werde ich mit einem Mal langsamer und bleibe schließlich ganz stehen. Ich zögere. Ein Anflug von Fürsorge überkommt mich, was einigermaßen bizarr ist. In wenigen Stunden muss ich Mia töten. Trotzdem verspüre ich das Bedürfnis, kurz nach ihr zu sehen, bevor wir unsere Reise fortsetzen. Ich reiße die Tür auf – und vor mir explodiert ein gleißend heller Blitz.

Ich sehe Sterne, verliere das Gleichgewicht und stürze hintenüber. Mein Rücken knallt so hart auf den gefrorenen Boden, dass mir die Luft wegbleibt. Japsend rolle ich mich zur Seite, etwas läuft mir warm in die Augen, ich wische es weg, betrachte entsetzt meine Finger. Alles rot. Blut. Ich blute! Ich blicke auf, sehe sie.

Meine Nemesis.

Sie steht direkt über mir. Ihr Gesicht ist wutverzerrt, und sie hat einen Spaten in der Hand, dessen Griff sie gepackt hält wie einen Baseballschläger.

»Farah Rosendahl«, stammele ich, zu perplex, um irgendetwas zu begreifen.

Mir dröhnt der Schädel, die Bilder driften auseinander, wieder zusammen, auseinander. Plötzlich sind da zwei von ihr. Drei. Mehrere Spaten, die sich über mich heben. Ich sehe den Schlag kommen. Doppelt, dreifach, aus allen Richtungen rasen sie auf mich zu. Doch ich bin zu verstört, um schützend die Arme hochzureißen. Das Edelstahlblatt trifft mich mit voller Wucht am Schädel. Etwas darin bricht, es knirscht in meinem Kopf. Mein Hirn setzt aus, und ich entgleite.

54. KAPITEL

O Gott, ist er tot? Farah lässt den Spaten sinken. Nein, der Mann hat einen Cut am Haaransatz, aus dem Blut quillt. Sein Herz schlägt also noch. Der Mann kommt ihr vage vertraut vor, als sei sie ihm schon einmal begegnet. Bei einer Veranstaltung oder in der Schlange beim Bäcker? Farah kommt nicht drauf, und es spielt jetzt auch keine Rolle. Was, wenn der Kerl wieder zu sich kommt und auf sie losgeht?

Sie knallt die Hecktür zu und rennt mit dem Spaten in der Hand nach vorne. Bloß weg von hier! Sie muss sich und diese Frau in Sicherheit bringen, Hilfe rufen. Einen Krankenwagen! Sie rüttelt an der Fahrertür, doller, weil sie erst glaubt, die Dichtung sei festgefroren. Aber sosehr Farah auch zieht und reißt, es tut sich einfach nichts. Mit den Händen schirmt sie das spärliche Licht ab und späht ins Innere. Der Schlüssel steckt nicht. Die Tür ist abgeschlossen.

Frustriert atmet sie aus und stapft langsam zurück, den Blick fest auf ihn gerichtet, damit ihr ja kein Zucken, keine noch so leise Veränderung entgeht. Er liegt in derselben Position da, in der er eben zusammengebrochen ist. Seine Brust hebt und senkt sich schwach.

Farah packt die Schaufel mit der Rechten wie einen Dolch, kurz oberhalb des Blattes, und hält sie über ihn, damit sie im Fall der Fälle zustoßen kann. *Was, wenn er die Bewusstlosigkeit nur vortäuscht?*, wispert die Stimme. *Wenn er nur darauf wartet, dich zu packen und zu der Frau auf die Ladefläche zu schleudern?* Starr vor Angst mustert sie seine geschlossenen Augen, während sie die Jackentaschen abklopft. Sie sind leer. Langsam, ganz langsam zieht sie den Reißverschluss runter, um an die Innentasche zu gelangen, lässt die Hand unter den Stoff gleiten, spürt seine Wärme.

Wieder nichts.

»Mist!«, zischt sie leise, fasst sich schnell wieder und schiebt die Jacke hoch. Vor Erleichterung hätte sie beinahe laut aufgelacht. Die linke Jeanstasche ist sichtbar ausgebeult. Und tatsächlich: Darin steckt der Autoschlüssel! Farah durchströmt ein heftiges Hochgefühl, als sie ihn mit spitzen Fingern herauszieht und sich aufrichtet. Wie eine Betrunkene torkelt sie vorwärts, entsperrt schon im Gehen den Kastenwagen. Er leuchtet zweimal, und es kommt ihr so vor, als habe sie nie etwas Schöneres gesehen als dieses Licht, das ihr den Weg weist.

Sie stolpert weiter zur Tür, will sie öffnen. Aber ihre Finger zittern so sehr, dass ihr der Schlüssel entgleitet und mit einem Klirren zu Boden fällt. Aus einem Reflex heraus macht Farah einen Schritt nach vorne und kickt ihn dabei versehentlich weg. Sie hört das metallische Schrammen auf Kies, das irgendwo unter dem Wagen verebbt.

Nein, nein, nein, bitte nicht!

Panisch fährt sie herum, vergewissert sich, dass der Mann noch immer reglos daliegt. Dann gibt sie sich einen Ruck, geht auf die Knie und späht in den dunklen Schacht. Die Angst droht Farah zu überwältigen, sie kann absolut nichts erkennen!

Ohne lange zu fackeln, legt sie sich flach hin. Ihr Herz hämmert wild gegen den Boden, als sie sich ein Stück unter das Auto schiebt. Falls der Irre jetzt zu sich kommt, ist sie ihm hilflos ausgeliefert. Unwillkürlich hält sie die Schaufel fester. Sie liegen zu lassen war keine Option. Zusammen mit dem Pfefferspray, das in Farahs Manteltasche steckt, ist sie ihre einzige Waffe. Außerdem muss sie verhindern, dass der Mann den Spaten zu fassen bekommt. Denn das würde ihr Ende bedeuten.

Ohne etwas zu sehen, fährt sie mit der freien Hand die Erde ab, findet neben unzähligen Steinchen, die ihr spitz in Knie und Unterarme bohren, Zigarettenstummel, einen Zweig und Papierschnipsel. Sonst nichts. Immerhin kein benutztes Kondom, denkt ein fatalistischer Teil ihres Hirns, als die Lichter eines vorbeifahrenden Autos den Parkplatz erhellen. Eine Sekunde nur, doch es reicht aus.

Farah hat das helle Funkeln neben dem Hinterreifen erfasst und greift danach. Kühles Metall, der Schlüssel! Sein Gewicht fühlt sich herrlich an in ihrer Hand. So schnell, wie es mit einem Spaten eben geht, robbt Farah unter dem Auto hervor. Während sie sich aufrappelt und die Tür öffnet, schnellt ihr Blick zur Seite. An jene Stelle, wo eigentlich der Mann sein müsste. Aber er ist nicht da.

Er ist nicht … nicht … da. Nicht da.

Die Platte in Farahs Kopf springt.

Aber, wie kann das … wo …

»Kuckuck.«

Farah gefriert zu Eis. Jetzt hört sie sein Schnaufen, kann ihn auch spüren. Seine Präsenz, direkt hinter ihr. Brutal reißt der Mann ihr den Spaten aus der Hand. Was nun geschieht, ist keine bewusste Entscheidung. Farahs Körper übernimmt das Kommando, Urinstinkte, die einmal das Überleben ihrer Vorfahren gesichert haben. In einer fließenden Bewegung duckt sie sich und wirbelt zur Seite weg. Glas splittert, als der Spaten gegen die Scheibe kracht und sie in tausend Scherben zerschlägt. Genau da, wo sie eben noch gestanden hat. Um ein Haar hätte ihr der Mistkerl den Schädel gespalten!

Von wildem Zorn erfasst, zerrt Farah die Dose aus ihrer Manteltasche, sprüht ihm eine Ladung Pfefferspray in seine verblüffte

Visage. Wie ein Oktopus, der auf der Flucht Tinte absondert, um seine Feinde abzuschütteln. Das Brüllen des Mannes folgt ihr quer durch einen schmalen Ausläufer des Waldes, der den Parkplatz von der Straße trennt. Zwischen den Stämmen kann sie das Licht der Straße erahnen, doch der Boden ist unsichtbar. Farah hastet weiter, stößt gegen Geröllbrocken und Äste.

Sie hat fast die Hälfte des Weges hinter sich gebracht, da verhakt sich ihr Fuß an einem Ast oder einer Wurzelschlinge, die aus dem Erdreich ragt. Farah entfährt ein spitzer Schrei, der jäh abgeschnitten wird, als es sie der Länge nach niederstreckt.

Ihre Rippen schmerzen, dornenbewehrte Äste haben Striemen in die Wange und das rechte Augenlid gerissen. Schlimmer hat es ihren Knöchel erwischt, weil sie ausgerechnet mit dem kaputten Fuß hängen geblieben ist. Bebend kommt Farah auf die Knie, will ihn belasten, aber er gibt einfach nach und knickt zur Seite. Der Schmerz ist überwältigend. Ihr wird schwarz vor Augen.

Hilfe, ich brauche Hilfe. Nur noch ein paar Meter, fünf, sechs oder sieben, und ich habe es geschafft. Da vorne ist die Straße, Autos, Menschen. Rettung.

Sie verlagert das Gewicht aufs Knie, hebt den verletzten Fuß in die Luft und krabbelt weiter. Ein Knacken, ganz nah. Ein Stöhnen und Ächzen. Tränen schießen Farah in die Augen, laufen heiß über ihre Wangen. Zum ersten Mal seit Jahren weint sie, weint haltlos wie ein Kind. Es gibt keinen Grund mehr, still zu sein. Er hat sie gefunden.

Sie dreht sich um und landet hart auf dem Rücken. Die Bestie hat sich brutal auf sie gestürzt und schlägt ihr mit einem tierischen Schrei das Pfefferspray aus der Hand. Keuchend bleibt er auf ihr hocken, taxiert sie aus einer zerschmetterten Fratze. Farah saugt die Luft ein. Sein Anblick ist selbst für sie, die in der Rechtsmedizin viel Leid gesehen hat, ein Schock.

Sein Jochbein scheint gebrochen zu sein, die linke Gesichtshälfte ist stark deformiert und aufgedunsen, ein Auge zuge-schwollen. Sein Blut mischt sich mit ihren Tränen, als es warm auf Farah tropft.

»Bitte, lassen Sie mich gehen«, fleht sie unter ihm. »Damit kommen Sie nicht durch, die Polizei wird …«

»Sei still«, herrscht er sie an. Die Stimme schneidend, eisig und beherrscht, trotz der Qualen, die er ohne Frage hat. Er atmet schwer, schnauft durch die Nase und blinzelt heftig, als könnte er nicht richtig sehen. Auf seiner Stirn stehen Schweißperlen. Immer wieder sackt er nach vorne, als kämpfe er gegen eine Ohnmacht an. Vielleicht ist das ihre einzige Chance.

Unauffällig sucht sie den Waldboden ab und greift das Erstbeste, das sie zu packen bekommt. Einen dicken Ast, leicht morsch, aber viel besser wird es nicht. Sie visiert das verletzte Jochbein an, muss es beim ersten Schlag treffen, und zwar so hart wie nur irgend möglich, bevor er wieder bei Sinnen ist. Farah atmet aus und schwingt den Arm durch die Luft. Der Ast kommt nicht weit.

Er zerbricht am Arm des Mannes in zwei Stücke, den er geis-tesgegenwärtig hochgerissen hat. Er jault auf. In seinen Augen lodert ungezügelter Hass. Der Schaft des Spatens senkt sich auf Farahs Hals. Sie kann gerade noch ihre Hände dazwischenschie-ben, als sich der Typ auch schon auf sie stemmt und ihn unerbitt-lich nach unten drückt.

Farah hält dagegen, doch sie hat keinen Hebel. Dieses Monster ist so viel stärker als sie. Und die Schwerkraft tut ihr Übriges. Trä-nen laufen ihr über die Wangen, als das spröde Holz in ihre Haut presst. Ihre Hände zittern, geben nach. Der Stiel schneidet ihr die Sauerstoffzufuhr ab. Farah würgt und röchelt, die Beine zucken unkontrolliert, ihr Körper sträubt sich, biegt sich durch, als habe er noch nicht akzeptiert, was ihr Verstand längst begriffen hat. Sie kommt nicht an gegen ihn. Sie wird hier sterben.

Das Zucken lässt allmählich nach, und Farah wird innerlich

ganz ruhig. Ein großer Frieden überkommt sie, hüllt sie ein wie eine weiche Daunendecke. Und in diesem Frieden trifft sie eine letzte bewusste Entscheidung.

Sie sieht an dem Monster vorbei und in den Himmel, hoch zu den Sternen, die ihn in dieser Frostnacht bevölkern. Sie sollen das Letzte sein, was sie im Leben sieht. Nicht der Hass in seinen Augen.

Ein Stern leuchtet besonders hell.

Aarian.

Sie hält sich an seinem Leuchten fest.

Gleich sehen wir uns wieder.

Farahs Bewusstsein schwindet, ihre Arme knicken weg, und der Spatenstiel sackt vollends auf ihre Luftröhre. Farah lässt es geschehen. Da ist kein Funke Kraft mehr in ihr, um sich zu wehren und das Unvermeidliche hinauszuzögern. Ihr Hirn spielt eine letzte Diashow ab. Noch ein finales Feuern der Synapsen, bevor sie für immer erlöschen.

Aarian, sein Lächeln über alle Köpfe hinweg, das ihr am ersten Schultag in der Aula entgegenstrahlt.

Farahs Hand, die in seiner liegt, winzig klein und geborgen.

Seine lieben Augen, ein Kranz feiner Fältchen darum, wie Sonnenstrahlen.

Wie sie sich in seine Arme wirft und jauchzt und er sie herumwirbelt und sie anschließend ganz fest hält.

Wie sie in einträchtigem Schweigen nebeneinander vor dem Insektenhotel hocken, Kaffee trinken und das emsige Treiben der Wildbienen beobachten.

Seine eingefallene Gestalt in der Bettwäsche mit den aufgestickten lilafarbenen Veilchen.

Ein letztes Lächeln, nur für sie.

Farah lächelt zurück.

Und fällt.

Der Sturz währt nur kurz, sie erreicht den Boden nicht. Etwas holt sie zurück. Der Druck auf ihre Kehle lässt unvermittelt nach, und sie kann wieder atmen, atmen, atmen. Farah japst und hustet, schnappt nach Luft wie eine Ertrinkende, saugt den köstlichen Sauerstoff durch ihre gestauchten Atemwege. Der Mann über ihr schwankt, kippt mit dem Spaten in der Hand zur Seite und bleibt dort liegen.

Jetzt erst wird eine Person sichtbar, die er zuvor mit seinem Körper verdeckt hat. Sie ist es! Die Frau, die er im Kastenwagen verschleppt hat! Gekrümmt lehnt sie mit der Schulter an einem Baumstamm, als könnte sie sich nicht selbstständig aufrecht halten. Ihr Blick ruht unverwandt auf ihrem Peiniger, der sich stöhnend auf der Erde windet. Sie hält eine Pistole in der ausgestreckten rechten Hand.

Farahs Augen weiten sich. Sie will schreien, ihr sagen, dass sie nicht schießen soll, dass das alles nur schlimmer macht, doch ihre wunde Kehle bringt nur ein Krächzen hervor. Die Frau zittert heftig. Einen Herzschlag lang befürchtet Farah, dass sie abdrückt. Doch sie lässt die Waffe sinken und sieht sie an.

»Es ist vorbei«, sagt sie mit einer angenehm tiefen Stimme. »Er kann Ihnen nichts mehr tun. Und auch niemandem sonst.«

55. KAPITEL

»Aus dem Weg! Macht Platz, Kripo Hamburg, sofort Platz machen!«

Wase Rahimi schiebt sich durch die Menschen, zeigt einem Uniformierten seinen Dienstausweis, taucht unter dem Absperrband hindurch, rennt los, durch den Matsch. Wase hält geradewegs auf die rotierenden Blaulichter zu. Mehrere Krankenwagen stehen auf dem Parkplatz. In einem von ihnen sieht er sie. Vor Erleichterung sacken ihm fast die Beine weg.

Ein Notarzt ist gerade dabei, Farahs Wunden zu versorgen. Als sie ihn kommen sieht, verzieht sich ihr Gesicht, und sie streckt beide Arme nach ihm aus. Mit einem Satz ist Wase im RTW. Sobald er sie an sich zieht, beginnen ihre Schultern zu beben, und sie schluchzt, herzzerreißend wie ein Kind. Noch nie hat sie vor ihm geweint, und es überfordert und rührt ihn gleichermaßen, sie so zu erleben. Wase schließt sie fester in seine Arme, möglichst behutsam, weil er nicht weiß, wo sie überall Verletzungen davongetragen hat.

»Was hat dieses Arschloch bloß mit dir gemacht?«, flüstert er heiser in ihr Haar. Nachdem sie sich wieder voneinander gelöst haben, berührt er sacht eine Strieme, die mit einer Reihe von Wundschlussstreifen getapt wurde. Der Kratzer reicht von Farahs Braue schräg bis zum Unterkiefer.

»Mir geht's gut, ganz ehrlich.« Ihre Stimme klingt rau, gepresst, als strenge sie jedes Wort an. »Ich bin nur furchtbar müde und erschöpft.«

»Und was ist mit der Frau? Ist sie schwer verletzt?«

»Den Umständen entsprechend«, kommt es nun vom Notarzt, der gerade eine transparente Flüssigkeit in eine Spritze zieht. »Ihren Rücken hat es ziemlich erwischt, aber sie kommt durch. Mehr kann ich leider nicht sagen.«

»Gott sei Dank.« Farah seufzt auf. »Wase, das ist übrigens Rafael Safaryan, ein Kollege vom UKE.«

Die beiden Männer nicken einander kurz zu. »Freut mich, schicke Mütze.«

»Danke, irgendwie muss man ja in Weihnachtsstimmung kommen«, sagt er und wirft den Bommel seiner roten Zipfelmütze zurück.

»Und die hilft?«

»Nicht wirklich.«

»Wie steht es um den Mann?«

»Dem hat's Farah ganz schön gegeben.«

»Glaub ich sofort.«

»Aber es ist nicht so schlimm, wie er aussieht«, sagt der Arzt. »Achtung, das piekst jetzt kurz.«

Farah guckt weg und drückt Wases Hand, als er ihr etwas in den Knöchel injiziert, der auf die doppelte Breite angeschwollen ist.

»Das Sprunggelenk?«

»Sie müssen den Fuß gleich im Krankenhaus noch röntgen, aber ich befürchte ja.« Farah atmet aus, der Druck an seiner Hand löst sich. »Wase, ich muss dir etwas sagen.«

»Mh-hm?«

»Ich hab deine Wand gestrichen.«

»Hab ich gesehen.«

»Es tut mir so leid, ich weiß nicht, was mich da geritten hat.«

»Ernsthaft, Farah? Darüber machst du dir gerade einen Kopf? Jetzt? Hier?« Er setzt sich zu ihr auf die Krankentrage, während der Arzt Farahs Fuß schient und verbindet. »Erzähl mir lieber, was genau passiert ist.«

»Okay, gut«, seufzt sie und erzählt von Anfang an. Von der Verfolgungsjagd im Taxi, wie sie in den Kastenwagen gesprungen ist, fast ohnmächtig vor Angst hinter Säcke geduckt ausharrte, wie sie unterwegs das Panzertape entfernte, die Plane aufriss und versuchte, die Frau irgendwie wach zu rütteln. Wie der Motor ausging und ihr bewusst wurde, dass sie es allein mit ihm aufnehmen muss. Dass es nur einen Versuch geben würde, ihn zu überwältigen.

»Diese Frau hat mich gerettet«, schließt Farah und schüttelt unentwegt den Kopf, als könnte sie selbst nicht fassen, dass das alles ihr widerfahren sein soll. »Sie hat auf ihn geschossen, dreimal wohl insgesamt. Ich habe keinen einzigen Schuss gehört, weil ich fast …« Sie schluckt hart. »Ich glaube, es hat nicht mehr viel gefehlt, Wase. Ich habe Aarian gesehen. Er hat auf mich gewartet.«

Wases Kehle ist wie ausgedörrt.

»Mein Gott, Farah«, haucht er und kneift sich mit Daumen und Zeigefinger in die Nasenwurzel, als könnte er so die Tränen zurückdrängen. »Das hätte heute Nacht richtig schiefgehen können.«

»Er hat diese Frau entführt, Wase!«, sagt sie, und es klingt, als wolle sie sich rechtfertigen. »Ich musste ihr doch helfen.«

Er nickt. Natürlich musste sie das. Mit einem Mal spürt er eine so große Zuneigung für diese imponierende, völlig verrückte Person, dass er keine Worte dafür findet. Mehrmals muss er sich räuspern, ehe er sicher ist, dass seine Stimme wieder trägt. »Wir müssen uns bei dem Concept-Store knapp verpasst haben.«

»Du warst dort?«

Er nickt. »Aber zu spät.«

»Woher wusstest du, dass ich …« Sie stockt, als ihr die Antwort selbst kommt. »Die Taxinummer.«

»Als der Fahrer mir verraten hat, wo du ausgestiegen bist, bin ich sofort los«, sagt Wase. »Übrigens behauptet er, du schuldest ihm noch Geld.«

»Wie?«

»Zehn Euro und ein paar Zerquetschte. Du hast ihm bei deinem Abgang wohl zu wenig auf den Beifahrersitz geworfen«, sagt er schmunzelnd. »Auch sonst hast du offenbar ziemlich Eindruck hinterlassen.«

Farah scheint nicht nach Lachen zumute zu sein. »Wase, dieser Typ ist gefahren wie ein Berserker«, beginnt sie stockend. »Er hat mich belästigt und wollte mich in seinem Taxi festhalten! In dem Gewerbegebiet ist er auch noch brüllend hinter mir hergerannt. Wegen zehn Euro?! Ich hatte Todesangst!« Den letzten Satz hat sie so laut ausgesprochen, dass ein Polizist den Kopf zur Tür hereinsteckt und fragend in die Runde blickt.

»Was stimmt denn nicht mit dem?«, faucht Farah, die den Neuankömmling nicht bemerkt hat.

»Offenbar so einiges«, entgegnet Wase trocken und bedeutet dem Polizisten mit einer knappen Geste, dass alles gut ist, woraufhin er wieder abzieht.

»Lass mich raten, bei ihm klang es vermutlich mehr nach: Übergeschnappte Frau dreht durch und prellt rechtschaffenen Bürger um sein sauer verdientes Geld.«

»So in der Art«, sagt Wase, obwohl sie den Nagel damit ziemlich auf den Kopf getroffen hat. Der Typ hat sich, ohne mit der Wimper zu zucken, als armes Opfer inszeniert, dem übel mitgespielt worden ist. Von wegen.

»Dann kann ich ja froh sein, dass er mich nicht wegen Belästigung angezeigt hat.«

»Das hat er auch gemeint.« Dem Kerl wird er bei Gelegenheit Manieren beibringen. »Sag mal, woher hatte Mia Kaspari überhaupt diese Waffe?«

»Die lag wohl im Handschuhfach.«

»Hier steckst du also, hätte ich mir ja denken können.« Emma Paulsen schaut herein und zwinkert Farah kurz zu. »Was macht der Fuß?«

»Besser, das Schmerzmittel wirkt Wunder.«

»War nur ein ganz schwaches, die Frau ist einfach tough«, sagt der Notarzt und salutiert mit Zeige- und Mittelfinger vor ihr.

»Kann man wohl sagen«, sagt Emma nun und wendet sich an Wase. »Der Krankenwagen muss jetzt los, ich fahre mit. Kommst du hinterher? Wagner ist bei Bewusstsein.«

»Wagner?«

Vollkommen irritiert sieht Farah zwischen den beiden hin und her.

»Konstantin Wagner«, bestätigt Wase. »Tadaeus Wagners Neffe.«

»Das ist … o Gott.« Farah legt eine Hand auf den Mund. »Ich hatte sofort das Gefühl, ihn schon mal gesehen zu haben. Unglaublich.«

»Aber wahr«, seufzt Wase. »Deshalb hingen Regenjacke, Mütze und Schal wohl auch bei Tadaeus Wagner zu Hause an der Garderobe. Konstantin muss die Sachen nach dem Unfall aus der Hütte geschafft und dort deponiert haben.«

»Also haben die beiden gemeinsam gewütet?«

»Davon gehen wir aus.«

»Gefährlich … sie … kommt«, murmelt Farah abwesend.

»Damit hat Tadaeus Wagner wohl Mia gemeint. Er war hinter ihr her in dieser Nacht. Du hast sie schon einmal gerettet.«

Eine Pause tritt ein, in der die Erkenntnis zu Farah vordringt. Sie schluckt, ringt mit sich.

»Ich frage mich die ganze Zeit, was dieses Schwein mit ihr vorhatte?«

»So genau wissen wir das natürlich noch nicht, aber wenn ihr mich fragt …« Emma wickelt sich den Schal fester um den Hals und sieht hoch in den Himmel, aus dem jetzt dicke Tropfen klatschen. »Wir haben einen Bootsführerschein bei ihm gefunden. Und mehrere Bleiwesten. Die muss er aus der Praxis entwendet haben, wo sie als Strahlenschutz für Röntgenaufnahmen des Kiefers gebraucht werden.«

»Du glaubst, er wollte sie damit beschweren und im Meer versenken?«

»Na ja, ich wüsste nicht, warum er die Dinger sonst hätte mitschleppen sollen.«

»Hat er denn ein Boot?«, schaltet sich nun auch Wase ein. »Sein Onkel besitzt jedenfalls keins, das hätten wir sonst auch hochgenommen.«

»Offiziell registriert ist keins, aber Sportboote unter fünfzehn Metern Rumpflänge, die nur privat genutzt werden, sind auch nicht meldepflichtig.«

»Woher weißt du das alles?«

»Mein Mann, der ist in der Midlife-Crisis«, sagt sie und zuckt mit den Schultern.

»Ohne Mia wäre ich heute als Fischfutter geendet.« Farah ist ganz fahl geworden, aus ihren Lippen ist auch der letzte Hauch Farbe gewichen.

»Ihr habt euch gegenseitig davor bewahrt«, merkt Emma an.

Farah nickt. Ihr Gesichtsausdruck verändert sich, Wase kann ihn nicht deuten. Sie starrt an ihm vorbei, hinaus aus den weit geöffneten Flügeltüren des Krankenwagens.

»Du?«, murmelt sie, will aufstehen, sackt aber sofort wieder auf die Liege zurück.

»Hallo.«

Die Stimme ist Wase vertraut wie keine andere. Er wirbelt herum, kann kaum glauben, wer da draußen im Regen aufgetaucht ist und nun in den RTW klettert.

»Bär.«

56. KAPITEL

Farah beißt fest in den Kulturbeutel. Gerade als sie aus dem Bad humpelt, fliegt die Tür auf, und Wase steht vor ihr.

»Schmeckt's?«

Sie gibt ein Brummen von sich, humpelt weiter und lässt den Beutel aufs Bett fallen.

»Die Dinger nerven mich jetzt schon«, stöhnt sie, stellt die Krücken weg und plumpst wenig elegant auf die Matratze. »Oh, hallo, Emma!«, begrüßt Farah die Oberkommissarin, die sich gerade an Wase vorbeischiebt und in den Raum tritt.

»Sag bloß, du bist schon entlassen?«, fragt sie und deutet auf die fast fertig gepackte Tasche, die Wase ihr gestern Abend noch vorbeigebracht hat.

»Nicht direkt, ich habe mich selbst entlassen.«

Wase schnauft. »Du bist echt das Klischee einer Ärztin, weißt du das?«

»Mag sein, ich bin eben nicht gerne auf der anderen Seite«, sagt Farah und verstaut die Kulturtasche in ihrem Rucksack.

»Dein Sprunggelenk ist gebrochen! Du warst unterkühlt, dehydriert, vollkommen geschwächt. Wäre es nicht vernünftiger, zumindest noch ein paar Tage hierzubleiben?«

»Wozu? Mir geht's prima, der Bruch ist sauber, ich muss nur die nächsten sechs Wochen diesen Gips tragen, und das kann ich genauso gut zu Hause.«

»Wie du meinst«, sagt Wase. »War Bär eigentlich noch mal hier?«

»Nach seinem kurzen Auftritt gestern im Krankenwagen hat er sich nicht mehr blicken lassen. Hat er sich bei dir gemeldet?«

»Nein. Ich hab's ein paarmal bei ihm versucht, aber er reagiert wieder nicht.« Wase presst die Lippen zusammen.

»Bär hat es nicht leicht.«

Er funkelt Farah an, wirft die Hände in die Luft. »Denkst du, das weiß ich nicht?«

»Tut mir leid, ich hab nicht nachgedacht.«

»Schon gut, mir tut es leid.« Wase atmet aus. »Das ist so frustrierend! Nach gestern hab ich gehofft, dass er irgendwie … geläutert ist, dass sich was ändert. Aber da hab ich mich offenbar gründlich getäuscht.«

»Gib ihm Zeit«, sagt Farah sanft. »Sieh's mal so, ihm ist noch nicht alles gleichgültig, und das ist ein verdammt gutes Zeichen.«

»Er war höchstens zehn Minuten da, bevor er wieder abgerauscht ist!«

»Es hat ihn bestimmt Überwindung gekostet, überhaupt zu kommen.«

»Um direkt wieder in der Versenkung zu verschwinden, klasse«, schnauft Wase.

Farah kann seine Verzweiflung verstehen. Sie weiß sich ja selbst keinen Rat mehr. Emma nimmt ihren Mantel vom Garderobenhaken und hilft Farah hinein. Sie deutet auf das Gipsbein, das bis zum Knie reicht.

»Soll ich unterschreiben? Oder was malen?«, sagt sie in dem durchschaubaren Versuch, die Stimmung aufzulockern. »Ich kann ein Monster, das sieht gar nicht mal übel aus.«

»Nein, danke«, sagt Farah lächelnd. »Von Monstern habe ich erst mal genug.«

Sie greift in ihre Manteltasche, findet tatsächlich einen Lippenstift darin und malt sich die Lippen nach. Es klopft an der Tür. Wase öffnet.

»Da ist jemand, der sich gerne mit dir unterhalten würde«, sagt er und gibt den Weg für Mia Kaspari frei. Sie sitzt in einem Rollstuhl und lächelt unsicher. »Frau Rosendahl, ich hoffe, es ist in Ordnung, dass ich Sie einfach so überfalle.«

»Mehr als in Ordnung.« Farah kommen schon wieder die Tränen. Eine neue Angewohnheit, wie ihr scheint. Seit gestern die Dämme gebrochen sind, musste sie mehrmals weinen.

»Ihr habt sicher einiges zu bereden.« Wase sieht auf seine Armbanduhr. »Sollen wir Wagner noch kurz einen Besuch abstatten?«

Emmas Brauen rutschen ein Stück näher zusammen. »Wozu? Meinst du, er hat es sich über Nacht anders überlegt und will jetzt doch aussagen?«

»Wer weiß.« Er zuckt mit den Schultern. »Ich hatte gestern den Eindruck, dass er ziemlich mit sich gerungen hat, als Richterin Conrads mit dem Haftbefehl hier war. Er *wollte* reden, als sie ihn gefragt hat. Aber sein Anwalt hat ihn eingenordet. Vielleicht kann er sich jetzt, wo er nicht mehr da ist, dazu durchringen, den Mund aufzumachen.«

»Na schön, schaden kann es nicht«, sagt Emma. »Danach holen wir dich ab und bringen dich nach Hause, okay?«

Farah nickt, und die beiden Ermittler verschwinden. Im Zimmer wird es still. Eine ganze Weile sagt niemand etwas, bis Mia Kaspari das Wort ergreift.

»Frau Rosendahl …«

»Farah.«

»Farah.« Die beiden Frauen lächeln einander zu, weil sie beide das unsichtbare Band spüren, das zwischen ihnen entstanden ist. »Ich weiß nicht, wie ich dir danken soll. Wärst du nicht in den Kastenwagen gestiegen und hättest mich aus dieser Plane befreit …« Mia beißt sich auf die Unterlippe, ihre Augen schwimmen in Tränen und hindern sie daran, weiterzusprechen.

Farah rutscht so weit es geht ans Fußende und streckt die Hand nach ihr aus. Mia starrt darauf, als sei sie nicht sicher, was sie damit anfangen soll. Schließlich ergreift sie sie.

»Hätte ich gewusst, dass du mich besuchst, hätte ich die wasserfeste Mascara benutzt.« Farah lacht auf und tupft sich mit einem Taschentuch über die Augen.

Mia erwidert das Lächeln, aber nur kurz. »Du hast mir das Leben gerettet«, raunt sie heiser.

»Und du meines«, sagt Farah. »Dieser Kerl hätte mich fast umgebracht. Ich war schon weg, als du geschossen hast.«

Mia drückt ihre Hand fester.

»Dieses Schwein.«

»Konntest du die Männer identifizieren?«

»Ja«, sagt Mia, ohne zu zögern. »Herr Rahimi hat mir vorhin Bilder von ihnen gezeigt, und ich habe sie sofort wiedererkannt. Sie waren in der Hütte. Beide.«

Obwohl der Raum überheizt ist und sie in ihrem Mantel schwitzt, überkommt Farah bei Mias Worten ein eisiges Grauen.

»An was erinnerst du dich?«, hakt sie behutsam nach.

»Seit ich diese Pressekonferenz gesehen habe, kommen die Erinnerungen zurück. Keine zusammenhängenden Sequenzen, oder so. Eher bruchstückhafte Fetzen ohne Kontext. Dass ich in dieser Bar war, in der überall Weihnachtskugeln von der Decke baumelten. Dass er auf einmal neben mir stand.«

Sie stockt.

»Konstantin Wagner?«

Mia zuckt zusammen, als würde es Unheil heraufbeschwören, den Namen auszusprechen.

»Ja«, haucht sie. »Ich weiß noch, dass er richtig sauer geworden ist, keine Ahnung wieso.«

»Hast du ihm einen Korb gegeben?«

»Kann sein. Danach kommt jedenfalls lange nichts.«

»Mit Sicherheit hat er dir GHB in den Drink getan.«

Mia nickt beklommen. »Das hat die Ärztin eben auch gesagt, es würde die Gedächtnislücken erklären. Wobei die auch daher rühren könnten, dass ich auf der Flucht gestürzt bin. Als ich am nächsten Tag wach geworden bin, hatte ich eine ziemliche Beule am Hinterkopf.«

Sie unterbricht sich. Ihr Blick trübt sich ein, geht ins Leere, als ihr Geist an jenen Morgen zurückkehrt. »Ich war total durcheinander, hatte überall blaue Flecken, und mein Schädel hat gedröhnt, als hätte ich eine Flasche Whiskey geext. Erst hab ich es auf den Alkohol geschoben, klar, aber das war keine Erklärung für die Flashbacks, die ich seitdem immer öfter hatte.«

»Du bist nicht zur Polizei gegangen«, stellt Farah sachlich fest.

»Ich war ziemlich wild. Früher«, gibt Mia kryptisch zurück. »Außerdem, was hätte ich denen sagen sollen? Die Zeit zwischen Bar und Aufwachen war wie ausradiert.«

»Hast du dich untersuchen lassen?«

»Später am nächsten Tag, ja.« Mia atmet zitternd ein. Zusammengesunken sitzt sie da und wirkt so unendlich zerbrechlich, dass Farah sie an sich ziehen und festhalten will. Die Ungewissheit, mit der sie gelebt hat, muss zermürbend gewesen sein. »Ich war bei meiner Gynäkologin. Es gab keine Spuren einer Vergewaltigung«, flüstert sie schließlich. »Die Pille danach hab ich trotzdem genommen.«

»O Gott, Mia.« Farah lehnt sich ein Stück vor und legt auch die andere Hand auf ihre, sodass sie darin geborgen ist. »Tut mir leid, ich sollte nicht so viele Fragen stellen, das muss dir ja so vorkommen, als würde ich dich hier noch mal vernehmen.«

»Schon okay«, sagt Mia leise. »Ehrlich. Es tut gut, endlich mit jemandem reden zu können. Endlich zu wissen, dass ich nicht irre oder paranoid bin und mir das nur eingebildet habe. Zwischendurch dachte ich echt, dass mit mir etwas nicht stimmt. Ich stand vollkommen neben mir, bin ziellos durch die Stadt gefahren, weil ein Teil von mir gehofft hat, dass es irgendwo klick macht. Aber das ist nicht geschehen.« Eine Hand ballt sich zur Faust, und ihre Kiefer arbeiten. »Ich war unglaublich wütend, ich wollte kein Opfer sein. Nie wieder wollte ich das. Mich so ohnmächtig fühlen, so ausgeliefert und …«

Sie stockt und sieht erschrocken auf, als habe sie zu viel preisgegeben.

»Du bist vieles, Mia Kaspari«, sagt Farah mit fester Stimme. »Aber du bist ganz bestimmt kein Opfer. Obwohl du sediert warst, hast du es irgendwie fertiggebracht, diesen Monstern zu entkommen, und am Ende hast du sogar mich vor einem von ihnen gerettet.«

»Hätte ich mich doch früher erinnert.« Mia schüttelt den Kopf. Tränen lösen sich aus ihren Wimpern, laufen ihr über die Wangen und tropfen in den Schoß. »Wenn ich direkt Anzeige gegen unbekannt erstattet hätte, wäre es gar nicht so weit gekommen.«

»Nein, stopp«, sagt Farah bestimmt. »Das lässt du sofort sein. Du hast nichts falsch gemacht!«

»Doch, doch, ich habe alles falsch gemacht!« Mia schluchzt auf. »Nur, weil ich wieder zu stolz war, um Hilfe zu bitten, mich jemandem anzuvertrauen, bist du in Lebensgefahr geraten! Wenigstens Tekla hätte ich davon erzählen müssen. O Gott, du hättest sterben können wegen mir!«

Sie birgt das Gesicht in den Händen, ihr gebeugter Rücken zuckt.

»Mia, bitte sieh mich an«, redet Farah beschwörend auf sie ein und rutscht so weit an die Bettkante, dass sie nicht abrutscht. »Tadaeus Wagner und sein verkommener Neffe sind Mörder und Schwerverbrecher, sie haben dich betäubt und verschleppt. Es war allein meine Entscheidung, in diesen Wagen zu steigen. Dir macht niemand einen Vorwurf, am wenigsten ich. Dich trifft keine Schuld. Red dir das nicht ein, klar?«

Mia nickt, aber der Kummer in ihren Augen bleibt.

»Mach es dieses Mal anders, okay? Such dir Hilfe.«

»Eine Therapie?«

Farah nickt. »Was dir zugestoßen ist, war zutiefst traumatisierend. Das solltest du aufarbeiten.«

»Als wäre ich vorher nicht schon verkorkst genug gewesen.«

»Sind wir das nicht alle?«

Mia lacht auf, und auch Farah kann sich ein Grinsen nicht verkneifen. Im Grunde ist es grotesk, dass ausgerechnet sie, die seit Jahrzehnten vor ihren Dämonen davonläuft, jemandem rät, sich in psychologische Behandlung zu begeben. Unweigerlich denkt sie an ihre Mutter. Die Frau, die sie neun Monate unterm Herzen getragen hat, aber nie darin.

Mia fährt ein Stück vor, schließt die Lücke zwischen ihnen und nimmt Farah in den Arm. Kurz ist da ein innerer Widerstand, wie immer, wenn ihr jemand nahe kommt. Doch ihre Schutzmauern sind durchlässiger geworden, sie geben nach. Farah erwidert die Umarmung, schließt sogar die Augen und lässt sich von Mias Wärme einfangen.

»Hat hier jemand Cappuccino bestellt?«

»Lars!« Verdutzt mustert sie ihren Kollegen über Mias Schulter. Er hält eine Pappe mit zwei Bechern in die Höhe und schließt die Tür hinter sich. Als er sich umdreht, entdeckt er ihre Besucherin.

»Oh, soll ich später wiederkommen?«

»Ich wollte gerade gehen«, sagt Mia. »Besuchst du mich mal im Laden?«

»Ist der Papst katholisch?«

Sie lachen und verabschieden sich voneinander. Lars hält Mia die Tür auf.

»Hat sich ja schnell rumgesprochen, dass ich hier bin«, sagt Farah, als sie fort ist. »Wer hat mich verpetzt?«

»Rate mal.« Langsam kommt er auf sie zu. Seinen Wollmantel hat er locker über den Arztkittel geworfen. Kein Schal, keine Mütze, als sei er überhastet aufgebrochen.

»Wase ist unmöglich.« Farah seufzt. Das wird sie ihm bei Gelegenheit heimzahlen.

»Hier.« Lars drückt ihr einen Becher in die Hand. »Der Gute vom Barista. Ist bestimmt schon trinkbar, da draußen ist es arschkalt.«

»Danke.« Farah nimmt einen Schluck. Kein Vergleich zu dem aromatisierten Kaffeewasser, das ihr der Pfleger heute zum Frühstück vorgesetzt hat. »Schmeckt himmlisch.«

Das Bett sackt ab, als Lars neben ihr Platz nimmt. Ganz nah. Sein Atem streicht warm über ihre Haut, und er mustert sie mit einem verklärten Ausdruck.

»Tust du mir einen Gefallen?«

»Kommt drauf an.« Farah wollte es lässig klingen lassen, doch ihre heisere Stimme verrät sie. Dieser Mann bringt sie jedes Mal aus dem Konzept. »Welchen denn?«

»Versuch, dich in nächster Zeit nicht in Lebensgefahr zu begeben, ja? Das macht mein Herz nämlich nicht mehr mit.«

»Okay.«

»Okay? Wie jetzt, einfach so? Keine Diskussion?«

Farahs Mundwinkel verziehen sich zu einem Lächeln, und in ihr löst sich etwas. Es schmilzt und bricht, und sein Dreitagebart ist rau an ihren Fingerspitzen, als sie sie an seinem Ohr entlang und hinunter zum Kiefer fahren lässt.

»Es kann auch einfach sein.«

57. KAPITEL

»Wo sind denn die beiden Schutzpolizisten abgeblieben?«

»Vorhin waren sie noch da.«

Wases Schritte beschleunigen sich, er öffnet die Tür zu Zimmer 324. Das Licht ist gedimmt, die orangefarbenen Gardinen zugezogen. Im Fernseher läuft irgendeine Nachrichtensendung, doch niemand schaut zu. Das einzige Bett ist verwaist.

»Er ist weg.«

»Sekunde, ich frage kurz im Schwesternzimmer nach, er hat sicher nur eine Untersuchung«, sagt Emma und verschwindet im Flur.

Wase geht nervös durch den Raum, sieht sich um, sieht sogar im Kleiderschrank nach, in dem sich nur die Reisetasche befindet, die Konstantins Tante ihm gebracht hat. Zahnbürste, Wechselsachen, Rasierzeug. Auf einem Rolltisch steht eine Flasche, die noch zugeschraubt neben einem umgedrehten Plastikbecher steht. Viel zu weit weg, als dass Konstantin Wagner ihn vom Bett aus erreichen könnte. Zumal er Fußfesseln trägt. Eine Schikane des Pflegepersonals? Hat sich bereits herumgesprochen, um wen es sich bei dem neuen Patienten handelt?

Wases Blick fällt auf eine Nierenschale, in der eine filigrane Kette liegt. Das Amulett, das daran hängt, pendelt und dreht sich ein paarmal, als er das Schmuckstück aufhebt. Aus dem Silberoval lächeln ihn vergilbte Gesichter an. Konstantin, seinen Onkel und Agnes erkennt er sofort wieder, doch eines ist ihm vollkommen fremd. Als er es betrachtet, stellt sich ein Prickeln ein, das von den Zehenspitzen bis zu seiner Kopfhaut reicht. Das kann kein Zufall sein.

»Er ist beim Röntgen.«

Wase fährt herum. Er hat Emma gar nicht kommen hören.

»Was ist los? Du siehst aus, als hättest du ein Gespenst gesehen«, feixt sie.

»Hab ich auch.«

Ihr Lächeln verschwindet. Wase reicht Emma das Medaillon. Sie runzelt die Stirn, studiert die beiden Fotos, guckt ihn an.

»Komm, lass uns keine Zeit verlieren.«

Die Kette landet mit einem Klimpern in der Schale. Schweigend eilen sie aus dem Zimmer, zurück zu Farah. Wase klopft und öffnet gleichzeitig die Tür, was überhaupt keinen Sinn ergibt. Farah und Lars wirken jedenfalls einigermaßen verdattert, als er ins Zimmer poltert. Sie sitzen nebeneinander auf dem Bett, kein Körperkontakt, nicht einmal die Schultern berühren sich. Dennoch beschleicht ihn das Gefühl, in einem sehr ungünstigen Moment hereingeplatzt zu sein.

»Oh, sorry«, sagt Wase. »Stören wir?«

»Warum habt ihr es denn so eilig?« Farah greift nach den Krücken und erhebt sich. »Ist was passiert?«

»Wir müssen dringend noch mal wohin. Lars, könntest du wohl …«

»Kein Problem, ich fahre dich.«

»Noa ist noch bei Irma«, sagt Farah.

»Den holen wir unterwegs ab.« Lars grinst sie an, und Farah grinst zurück, und die beiden wirken so absurd verknallt, dass Wase beinahe laut aufgelacht hätte.

»Perfekt, wir sehen uns später. Ich klopf auch an, versprochen.« Er zwinkert ihnen zu und macht sich zusammen mit Emma auf den Weg zum Parkplatz.

»Weißt du den Namen eigentlich noch?«

Er hebt den Schlüssel in die Luft und drückt den Knopf in der Hoffnung, irgendwo das Blinken des sich entriegelnden Autos auszumachen, weil er sich ums Verrecken nicht mehr daran erinnern kann, wo er es abgestellt hat.

»Nein, aber fahr schon mal Richtung Blankenese, da muss es sein. Ich finde das unterwegs raus«, sagt sie und fügt mit einem Lächeln hinzu: »Wir haben übrigens um die Ecke geparkt.«

»Das wusste ich.«

»Sicher.«

»Kannst du fahren? Ich will 'ne Runde …«

»Meditieren, schon klar. Mach ich gerne.«

Eine halbe Stunde später erreichen sie die Adresse. Die Einfahrt mündet in einen Kreisel, in dessen Mitte eine majestätische und üppig geschmückte Nordmanntanne thront. Ein von Säulen flankierter Eingang führt in den weiß getünchten Gebäudekomplex mit Türmchen und Giebeln. Die Schiebetüren teilen sich lautlos, als Wase und Emma das Foyer betreten, das es optisch mit jedem Hotel der gehobeneren Kategorie aufnehmen könnte. Lichterketten und geschmackvolle Adventsgestecke überall, gedämpfte Saxofonmusik. Der hochflorige rote Teppichboden schluckt die Geräusche ihrer Schritte.

»Guten Tag, wünschen Sie jemanden zu besuchen?«

Die Acrylfingernägel der Frau hinterm Tresen fliegen klappernd über die Tastatur, sie hoch konzentriert fixiert, anstatt den Neuankömmlingen Beachtung zu schenken. Ein goldenes Namensschild weist sie als Loreen Wildeck aus. Wase und Emma ziehen ihre Dienstausweise hervor und halten sie ihr unter die Nase. Das Klappern hört auf.

»Kriminalpolizei?« Nervös sieht sie sich um und senkt die Stimme. »Was hat das zu bedeuten?«

»Wir sind wegen einer ehemaligen Bewohnerin hier«, sagt Emma und steckt den Ausweis wieder weg. »Sie ist vor acht Monaten verstorben, ihr Name war Hermine Wagner.«

»Natürlich, Frau Wagner.« Wieder irrlichtern Loreen Wildecks Augen durch die kleine Halle. Wase kann sich denken, was in ihr vorgeht. Kripo-Ermittler machen sich nicht sonderlich gut im Foyer einer Seniorenresidenz wie dieser, in der die Bewohnerinnen und Bewohner für Apartment, Pflege und einen schnieken Wellnessbereich monatlich ein halbes Vermögen hinblättern. »Lassen Sie uns doch in mein Büro gehen, da können wir uns in Ruhe unterhalten.«

Ohne eine Antwort abzuwarten, kommt sie hinter dem Empfang hervor und führt sie in einen zweckmäßig, aber durchaus gemütlich eingerichteten Raum mit antikem Schreibtisch und Blick ins Grüne.

»Kann ich Ihnen einen Kaffee anbieten?«

»Nein, danke«, sagen Wase und Emma gleichzeitig und setzen sich auf die angebotenen Stühle.

»Sie sind die Leiterin dieser Einrichtung?«

»Was?« Die Frau keckert amüsiert. »O nein, nein, ich befürchte, da liegt ein Missverständnis vor. Ich bin hier nur im Service, nehme Anrufe an, koordiniere Termine, Wünsche unserer Bewohner, Feierlichkeiten im Hause, solche Sachen. Die gute Seele, wenn Sie so wollen.«

»Verstehe«, sagt Emma. »Auf Ihrer Internetseite gibt es kein Organigramm.«

»Das wurde schon häufiger beanstandet. Deshalb sind wir gerade dabei, sie umfangreich zu überarbeiten.«

»Kannten Sie Frau Wagner?«, kommt Wase nun zum eigentlichen Grund ihres Besuches.

»Sicher, wir legen Wert auf einen familiären Umgang. Die Bewohner haben in der Regel zu allen hier einen persönlichen

Bezug. Frau Wagner war eine ganz reizende Dame, sehr aufmerksam. Zu Weihnachten hat sie allen im Team kleine Tüten mit Süßigkeiten geschenkt, manchmal war auch etwas Größeres dabei. Einmal habe ich Kinogutscheine bekommen, weil ich nebenbei erwähnt hatte, dass ich schon ewig keinen Film mehr gesehen habe.« Die Frau lächelt bei der Erinnerung. »Als wir ihre Wohnung räumen mussten, haben wir kistenweise Bücher hier rausgeschleppt, die sie der Wohlfahrt vermacht hat. Hochliteratur, Klassiker, Thriller, Liebesschmöker, Sachen von Tolkien, alles querbeet.«

»Woran ist sie gestorben?«

»Das Herz«, seufzt sie. »Sie hatte schon lange Probleme damit und wusste, dass ihr nicht mehr viel Zeit bleibt. Dennoch hat es uns alle schwer getroffen, als es Ende März so weit war. Besonders ihren Sohn.«

»Tadaeus Wagner?«

»Genau.« Sie winkt dem Gärtner zu, der gerade zufällig mit einer Schubkarre am Fenster vorbeifährt und ebenfalls die Hand hebt. »Herr Wagner war bei ihr, als es geschah. Der Arme war richtig außer sich. Ist heulend rausgestürmt, so habe ich ihn zuvor noch nie erlebt. Die beiden standen einander sehr nah, ihr Verlust hat ihn hart getroffen. Er ist danach nie wieder hier gewesen, seine Frau hat sich um alles gekümmert, weil er so erschüttert war.«

Oder aber, Tadaeus Wagner war anderweitig beschäftigt. Professor Nagel hat den Todeszeitraum der unbekannten Frau auf sechs bis zwölf Monate eingegrenzt, wobei er ihnen nach der Obduktion unter der Hand gesagt hat, dass er auf sieben oder acht Monate gehen würde. Sollte er richtigliegen, hat die Mordserie nach Hermines Tod begonnen.

»Die beiden hatten also eine gute Beziehung?«

»Oh ja! Ich arbeite schon eine ganze Weile in der Residenz,

und Herr Wagner hält den inoffiziellen Besucherrekord. Nicht, dass wir eine Strichliste oder so führen, aber er war fast täglich da, gelegentlich auch mit seiner Frau und der Kleinen. Er hat sich aufopfernd um seine Mutter gekümmert, Ausflüge mit ihr gemacht und Blumen oder auch mal eine bestimmte Sorte Trüffelpralinen mitgebracht, die sie sehr mochte. Dabei hat er ja selbst viel um die Ohren mit der Praxis und seinem ehrenamtlichen Engagement.« Sie seufzt, und ein schwärmerischer Ausdruck legt sich auf ihr Gesicht, der Wase aufhorchen lässt. Ist der Skandal um den Mann denn bisher komplett an ihr vorbeigegangen? Es scheint so. »Wegen der Herzschwäche hat er Himmel und Hölle in Bewegung gesetzt und ihr Termine bei namhaften Kardiologen besorgt. Sogar in der Schweiz und Belgien!«, setzt Frau Wildeck ihren Lobgesang fort. »Richtige Koryphäen waren das, die sonst auf Monate ausgebucht sind. Wenn ich dagegen sehe, wie selten sich andere hierherbequemen … Aber lassen wir das, ich will mir gar kein Urteil anmaßen.«

Ob das auch im Pausenraum gilt, wenn keine Kripobeamten anwesend sind? Wase ist da skeptisch.

»Wie ging es Frau Wagner vor ihrem Tod?«

»Gesundheitlich natürlich schlecht, das hat sich auch auf die Psyche geschlagen. Sie war oft deprimiert, hat sich merklich zurückgezogen.«

»Hatte sie jemanden hier, mit dem sie sich gut verstanden hat?«

»Polly Lüken«, kommt es sofort. »Die beiden waren ein Herz und eine Seele.«

»Ist sie da?«

Frau Wildeck zögert. Mit Hingabe rubbelt sie einen imaginären Fleck von der Tischplatte, ehe sie antwortet: »Sicher. Worum geht es denn eigentlich, wenn ich mir die Frage erlauben darf?«

Emma und Wase wechseln einen raschen Blick. Offenbar hat sie tatsächlich nichts davon mitbekommen, was die Presse seit

Tagen rauf- und runternudelt. »Sie haben sicher Verständnis dafür, dass wir keine Infos aus laufenden Ermittlungen preisgeben dürfen«, bringt Emma das Totschlagargument. Es verfehlt seine Wirkung auch dieses Mal nicht.

»Selbstverständlich!« Frau Wildeck hebt beide Hände in die Höhe. »Ich wäre Ihnen allerdings verbunden, wenn Sie diese Befragung«, sie denkt kurz über ihr Wording nach, »möglichst *diskret* durchführen könnten, um die anderen Bewohner nicht unnötig zu beunruhigen. Dies ist eine sehr exklusive Einrichtung, und so etwas spricht sich ja leider schnell herum.«

58. KAPITEL

An Pauline »Polly« Lüken ist rein gar nichts so, wie man es bei einer Frau Ende siebzig erwarten würde. Wase hat mit einer dieser hutzeligen Großmütter mit Dauerwelle und Perlenkette gerechnet, stattdessen öffnet ihnen eine drahtige Frau im sportlichen Sweatshirt, Momjeans und weißen Sneakern die Tür. Auch die Begrüßung fällt anders aus, als er angenommen hat. Polly ist nicht im Geringsten überrascht vom Besuch der beiden Mordermittler. Es macht vielmehr den Anschein, als habe sie bereits auf sie gewartet.

»Es ist also wahr«, sagt sie nur, nachdem sich Emma und Wase ausgewiesen haben, und mustert sie abwechselnd. »Kommen Sie rein!«

Polly bewohnt eines der bescheideneren Apartments der Anlage. Wase fühlt sich in ein skandinavisches Einrichtungshaus versetzt. Kuckucksuhren, Eiche rustikal und Tinnef sucht man hier jedenfalls vergeblich. Neunzig Prozent der Möbel und Dekoteile würde er genauso übernehmen, was ihm zu denken gibt. Hat er etwa den Geschmack einer Rentnerin? Oder ist es umgekehrt?

Sie setzen sich aufs Sofa, und während Polly Tee aufbrüht, bestaunt er ihren Adventskranz, einen wuchtigen Metallring, um den sich Eukalyptusblätter und eine Lichterkette ranken. In den Halterungen stehen vier Dip-Dye-Kerzen, oben salbeigrün, unten goldfarben.

»Grüner Tee, gut für die grauen Zellen«, sagt Frau Lüken und stellt eine Kanne und drei Tassen mit überdimensionierten Henkeln vor ihnen auf dem Tisch ab. »Bitte, bedienen Sie sich!«

»Sie haben uns erwartet«, stellt Wase fest, was ohnehin offensichtlich ist, und schenkt ihnen ein.

»Ich habe gestern in den Abendnachrichten gesehen, was Tadaeus verbrochen hat. Da war mir klar, dass Sie früher oder später hier auftauchen würden.«

Er nickt und hält sein Handy in die Höhe. »Sind Sie einverstanden, wenn ich ...«

»Natürlich.«

»Danke.« Er aktiviert die Diktierfunktion und legt es auf den Tisch, während Emma den Notizblock zückt. Doppelt hält besser. »Man hat uns gesagt, dass Sie sehr gut mit seiner Mutter befreundet waren.«

»Das ist richtig.« Polly nimmt ihnen gegenüber Platz und schlägt die Beine elegant übereinander. »Mine war eine liebe Seele, nicht so dröge wie die meisten hier. Mit ihr konnte man lachen, aber auch tiefschürfende Gespräche führen.«

»Wie haben Sie ihren Sohn erlebt?«

»Korrekt, fast schon pedantisch, leicht überspannt«, kommt es wie aus der Pistole geschossen. »Er wollte es jedem recht machen, allen gefallen. Besonders an seiner Mutter hat er sich in der Hinsicht abgearbeitet. Hing an ihrem Rockzipfel wie nur was.«

Aus ihrem Mund bekommt das, was bei Frau Wildeck eben noch nach hingebungsvoller Fürsorge geklungen hat, einen anderen, einen ungesunden Charakter.

»Und Konstantin Wagner? Kennen Sie ihn?«

»Klar, ein netter junger Mann. Mine und er mochten sich sehr.«

»Was ist seinen Eltern eigentlich zugestoßen?«, fragt Wase. »Wir haben nur gehört, dass sie gestorben sind, als er noch klein war.«

»Mine zufolge hatte seine Mutter Bauchspeicheldrüsenkrebs. Als es vorbei war, hat ihr Mann sich zu Hause mit der Schrotflinte erschossen. Ko war damals erst acht und gerade bei Mine zu Besuch.«

»Himmel.« Emma leert ihren Becher und schenkt sich nach. »Diese Familie scheint vom Unglück verfolgt zu sein, dabei macht es von außen den Eindruck, als würde sie auf der Sonnenseite des Lebens stehen.«

»Auch hinter den schönsten Fassaden geschehen schlimme Dinge«, sagt Polly. »Für Mine war sofort klar, dass sie den Jungen bei sich aufnehmen. Vor drei Jahren hat sie das Haus vollständig an Tadaeus überschrieben und ist ins Heim gezogen. Er wollte das nicht. Wenn es nach ihm gegangen wäre, hätte er sie daheim pflegen lassen, aber sie hat sich durchgesetzt.«

»Wie ging es Hermine vor ihrem Tod?«

Polly bedenkt ihn mit einem langen, prüfenden Blick, als müsste sie zuerst abwägen, ob ihm zu trauen ist. Der Test scheint zu seinen Gunsten auszufallen.

»Nicht gut.« Sie schnappt sich einen Becher und pustet in den Dampf. »Körperlich, aber auch psychisch. Je näher es aufs Ende zuging, desto stärker wurde ihr schlechtes Gewissen. Wegen Mortimer.«

Der Mann war nicht auf den Fotos im Amulett zu sehen, aber sein Gesicht ist Wase trotzdem vertraut. Bei der Hausdurchsuchung ist es ihm überall begegnet. In jedem Raum der Villa fanden sich gerahmte Bilder von ihm, sogar im Bad hing eines. Ganz offensichtlich hat Tadaeus seinen Vater verehrt. Die Mutter dagegen … Von ihr gab es keine einzige Aufnahme, als habe er Hermine systematisch aus seinem Leben verbannt. Wie passt das zu dem vermeintlich guten Verhältnis der beiden? Und überhaupt, weshalb sollten Hermine wegen ihres Mannes noch Schuldgefühle plagen?

»Mortimer Wagner ist vor über vierzig Jahren bei einem Unfall gestorben«, sagt Wase und lässt den Satz im Raum hängen, um Polly etwas zu liefern, an das sie anknüpfen kann.

»Er ist unter einen Sattelschlepper gerast und war sofort tot. Einen Tag vor Tadaeus' elftem Geburtstag.« Sie nimmt einen Schluck Tee. »Er saß auf dem Beifahrersitz und musste alles mitansehen.«

Wase schluckt. Ihm hat es die Sprache verschlagen, und auch Emma bleibt der Mund offen stehen. Die Info war ihnen neu, die Ermittlungsakte von damals ist längst vernichtet worden. Selbst bei schweren Verkehrsunfällen mit tödlichem Ausgang werden sie per Gesetz nur fünfzehn, maximal zwanzig Jahre archiviert.

»Ich weiß, grauenhaft, aber so hat es Mine erzählt«, seufzt Polly, der ihre Betroffenheit nicht entgangen ist. »Sein Vater hat den Lenker wohl in letzter Sekunde nach rechts verrissen, sonst wäre Tadaeus auch unter den Auflieger geraten.«

»Wie war die Beziehung zwischen den beiden?«

»Tadaeus hat diesen Mann über alles geliebt. Seine Zuneigung hat sich Mine zufolge posthum in eine Art Heldenkult verklärt. Er war überzeugt, dass sein Vater ihn gerettet hat – und dass er umgekehrt nur wegen ihm sterben musste.«

Wase horcht auf. »Weshalb? Weil er nach rechts und nicht nach links ausgewichen ist?«

Frau Lüken, die gerade dabei war, den Becher zu den Lippen zu führen, hält auf halber Strecke inne und lässt ihn wieder sinken. »Weil Mortimer eigentlich gar nicht mehr loswollte«, raunt sie. »Tadaeus hat wohl so lange gequengelt, bis er doch mit ihm zum Spielwarenladen gefahren ist, um noch ein Geschenk zu besorgen.«

Wase senkt den Kopf, versucht, sich auszumalen, was in einem Kind vorgehen muss, das seinen Vater auf so grausame Art hat sterben sehen. Und das auch noch in der tiefen Überzeugung, selbst daran schuld zu sein. Es übersteigt seine Fantasie.

»War er in Therapie?«

»Die konnte ihm auch nicht helfen. Niemand konnte das«, sagt

Polly und sieht ihn an. »Seine schulischen Leistungen sind eingebrochen, er hat sich mit Mitschülern geprügelt, geschwänzt, wieder eingenässt. Hermine war überfordert, am Ende mit den Nerven, zumal sie sich ja auch noch um Tadaeus' jüngeren Bruder kümmern musste. Am Ende hat sie ihn ins Internat gegeben.«

»Wie ist es da für ihn gewesen? Hat Hermine Wagner mal davon erzählt?«

»Sie hat nur erwähnt, dass er wie ausgewechselt war, wenn er in den Ferien und an den Wochenenden nach Hause kam. Strebsam, anhänglich, lieb und brav. Sie hat das damals als Erfolg gewertet, als Bestätigung dafür, dass es richtig war, ihn dorthin zu geben. Ich war anderer Ansicht, und das habe ich ihr auch gesagt.«

»Können Sie das näher ausführen?«

»Ich bin nur eine einfache Küchenpsychologin«, wiegelt sie ab, »aber ich denke, dass der Unfalltod des Vaters und die Zeit im Internat massive Verlustängste in ihm getriggert haben. Und den tiefen Wunsch, Abbitte zu leisten. Vermutlich war er deshalb später ehrenamtlich so engagiert, hat Mine jeden Wunsch erfüllt, alles dafür getan, sie nicht zu enttäuschen.«

»Wie hat Hermine auf diese Einschätzung reagiert?«

»Sie hat das erst nicht wahrhaben wollen, auf ihren Jungen ließ sie nichts kommen. Und warum hätte sie auch? Von außen betrachtet hat sich alles ganz prächtig gefügt. Ihr Sohn ist in Mortimers Fußstapfen getreten, hat promoviert, die Praxis gegründet, geheiratet, den Sohn seines verstorbenen Bruders adoptiert und spät im Leben noch eine leibliche, entzückende Tochter bekommen. Natürlich hat sie geglaubt, er habe mit dem Unfall abgeschlossen, seinen Frieden gemacht. Aber je öfter wir darüber gesprochen haben, desto mehr kam sie ins Grübeln.«

»Tadaeus muss es damals wie eine Strafe vorgekommen sein, so kurz nach dem Tod des Vaters ins Internat zu müssen«, denkt Emma laut nach. »Als habe ihn seine Mutter abgeschoben, weil sie ihm insgeheim die Schuld gab, ihn in Wahrheit nicht mehr um sich haben wollte.«

»Die Wahrheit, ja«, murmelt Pauline Lüken gedankenverloren und stellt ihren Tee weg. »Die Wahrheit sah ganz anders aus.«

Für eine Frau ihres Alters erhebt sie sich äußerst behände vom Sofa und geht zu einem Regal, in dem ein Foto steht, das sie zusammen mit Hermine zeigt. Lächelnd im Schatten sitzend, Weingläser in den Händen. Sie nimmt es an sich, flüstert etwas, das wie »Verzeih mir« klingt, und drückt es an die Brust. Ihre Augen glänzen, als sie sich wieder zu Wase und Emma umdreht.

»Hermine hat mir einige Monate vor ihrem Tod gestanden, dass sie ihrem Mann Beruhigungsmittel ins Essen gemischt hat«, sagt Pauline Lüken und stellt den Rahmen zurück. »Nur deshalb hat Mortimer die Kontrolle über sein Auto verloren.«

Wase hält es nicht länger auf dem Sofa. Er springt auf, läuft im Zimmer auf und ab, fährt sich durchs Haar, bleibt abrupt stehen und taxiert Frau Lüken.

»Wollen Sie uns gerade sagen, dass Hermine Wagner ihren Mann und ihren Sohn töten wollte?«

»Nein! Um Gottes willen!«, ruft Frau Lüken, legt die Hände an die Wangen und sieht ein bisschen aus wie das Männchen aus Edvard Munchs Gemälde *Der Schrei*. »Bitte, lassen Sie mich erklären. Himmel, wo fange ich bloß an?«

»Am besten ganz am Anfang«, sagt Emma. Sie ist ebenfalls aufgestanden und führt die sichtlich aufgewühlte Frau zurück zum Sofa. »Setzen Sie sich. Soll ich Ihnen etwas Kaltes zu trinken holen?«

»Nein, es geht schon.« Polly streicht mit den Handflächen unablässig über den Stoff des Sofas. »Mortimer Wagner war nicht der Held, als den ihn sein Sohn idealisiert hat. Mine hat mir erzählt, dass er sie regelmäßig verprügelt hat, wenn die Jungs im Bett waren. Mehrfach musste sie sich im Krankenhaus behandeln

lassen, einmal hat er ihr sogar den Arm gebrochen. In ein Frauen-
haus zu gehen war keine Option, das hätte einen riesigen Skandal heraufbeschworen. Außerdem war sie finanziell vollkommen
von Mortimer abhängig. Es waren andere, schlechtere Zeiten. Das
sieht man schon daran, dass Vergewaltigung in der Ehe erst Jahre
später als Verbrechen anerkannt worden ist.«

»1997, um genau zu sein«, sagt Emma.

»Ist das zu fassen?« Pauline schüttelt den Kopf. »Jedenfalls hat
sie Mortimer abends, wenn er aus der Praxis kam, etwas ins Essen
gemischt, um ihn ruhigzustellen und sich vor seinen gewalttätigen
Übergriffen zu schützen.«

»Woher hatte sie das Zeug?«

»Angeblich von einer Freundin, die es wiederum ganz regu-
lär von ihrem Hausarzt verschrieben bekommen hat.« Polly verschränkt die Hände im Schoß. »Sie hat nicht mitbekommen, dass
Mortimer und Tadaeus nach dem Essen noch einmal aufgebrochen sind. Als sie aus der Dusche kam und nach unten gegangen
ist, waren die beiden schon weg.«

Emma entweicht ein Stöhnen. »O Gott.«

»So hat sie es mir erzählt. Und dann habe ich einen riesigen
Fehler gemacht, befürchte ich.«

Weder Wase noch Emma haken nach. Sie lassen der Frau Zeit,
um sich zu sammeln. Ein paarmal atmet sie tief durch, ehe sie
sich ein Herz fasst.

»Ich habe auf sie eingeredet, reinen Tisch zu machen. Es Tadaeus zu sagen, statt dieses schreckliche Geheimnis mit ins Grab
zu nehmen. Anfangs war sie vehement dagegen. Sie wollte ihm
das heile Bild lassen, das er von seinem Vater hatte. Aber vor allem
hatte sie Angst, ihre Beziehung zu Tadaeus zu gefährden. *Polly, er
wird mich hassen!*, hat sie immer wieder gesagt. *Er wird mich hassen.*« Mit einem Mal wirkt Frau Lüken um Jahre gealtert. »Sie hat
recht behalten.«

Wase streift ziellos durch den Raum, kann sich aber auch nicht dazu bringen, stehen zu bleiben. »Mit anderen Worten: Sie hat ihrem Sohn tatsächlich gebeichtet, dass sie ihm sein ganzes Leben lang die Wahrheit verschwiegen hat? Dass sie ihn in dem Glauben gelassen hat, er trage die Schuld am Tod seines Vaters, obwohl sie genau wusste, wie sehr er darunter litt?«

»Sie war wild entschlossen, ihr Gewissen zu erleichtern. Das hat ihr schwaches Herz offenbar nicht mitgemacht.«

»Sie meinen, das war am Tag ihres Todes?«

Polly nickt. Emmas Miene wirkt skeptisch, und auch Wase wird das Gefühl nicht los, dass womöglich mehr hinter Hermine Wagners Ableben steckt. War sie in Wahrheit das erste Opfer ihres Sohnes?

»Frau Wildeck sagte uns, dass Tadaeus Wagner danach nie wieder hier war.«

»Er war rasend vor Wut. Nein, vor Hass. Hätte ich mich doch nicht eingemischt und nur einmal meinen vorlauten Mund gehalten! Dann wären die Menschen, die Tadaeus umgebracht hat, womöglich noch am Leben.«

Wase hört kaum zu, seine Gedanken sind so laut, dass sie alles andere übertönen. Etwas drängt an die Oberfläche seines Bewusstseins, doch je verbissener er danach greifen will, desto mehr entzieht sich die Erinnerung. Wie ferngesteuert geht er zum Regal und nimmt das Bild von Hermine in die Hand. Darauf ist sie deutlich älter als auf dem Foto in dem Medaillon, auf dem sie zusammen mit ihrem Enkelsohn Konstantin abgelichtet ist. Das andere Bild auf der Außenseite zeigte Familie Wagner in jungen Jahren. Tadaeus und Agnes, den kleinen Konstantin in ihrer Mitte, alle drei grinsen, weil sie noch nicht ahnen, was die Zukunft für sie bereithält.

Agnes. Endlich bekommt er den Gedanken zu fassen. Seit seinem ersten Besuch bei ihr hat Wase nicht mehr daran gedacht, dafür sieht er jetzt umso klarer vor sich, wie sie sich den Oberarm gerieben hat, als hätte sie Schmerzen. Hat Tadaeus sie geschlagen? Hat er fortgesetzt, was schon sein Vater der Mutter angetan hat? Sind Gewalt und ungezügelte Herrschsucht vererbbar? Kann es sein, dass Hermines Geständnis und der Hass, den es zweifellos entfesselt hat, diese Neigung zum Entgleisen gebracht haben?

Was in Tadaeus' Elternhaus seinen Anfang genommen hat, das Leid, das seine Mutter erdulden musste, wirkt bis heute nach. Und wenn ihn nicht alles täuscht, hat es sich am Ende gegen vier unschuldige Menschen gerichtet. Noch einmal betrachtet er Hermine. Die junge Frau von damals ist noch zu erkennen. Ihre großen dunklen Augen blicken ihn durch die Jahrzehnte hinweg an. Er fröstelt.

Die Ähnlichkeit zwischen ihr und Esra, Fabienne und auch Mia ist unverkennbar.

EPILOG

Nimbuswolken, regenschwer, düster wie Granit. Ein Heer schwarzer Schirme trotzt dem Regen, der unentwegt gen Erde strömt. Die durchsichtigen Plastikcapes der vier Leichenträger flattern aufgeregt im Wind, als sie um eine Gruft auf den islamischen Teil des Ohlsdorfer Friedhofs biegen. Die Schirme folgen, genau wie Wase und Emma, die ein ganzes Stück hinterhertrotten, darauf bedacht, diskret Abstand zu halten. Es ist ein langsamer, bedächtiger Gang. Der letzte im Leben von Esra Karakaş. Er soll ihren Angehörigen und Freunden vorbehalten sein.

Wase ist zum zweiten Mal bei einer islamischen Beerdigung. Der Zahl der Trauergäste nach zu urteilen, die sich heute hier eingefunden haben, hatten viele Menschen Esra gern. Wer würde zu seiner eigenen Beerdigung kommen? Wases Mutter und Schwestern, Lennart, Farah, ein paar Kolleginnen und Kollegen vielleicht. Böger. Das war's. Weitere Verwandte gibt es nicht, genauso wenig wie Kinder oder Enkel. Dieses Glück ist ihm bisher verwehrt geblieben.

Vor ihnen kommt der Trauerzug zum Stehen. Esras Leichnam, in Tücher gewickelt und von Schirmen geschützt, hat seinen letzten Bestimmungsort erreicht. Manche Gäste halten sich bei den Händen, eine Frau presst sich ein Taschentuch auf den Mund, als müsste sie einen Schrei zurückhalten. Die vier Männer, die sie auf ihren Schultern getragen haben, lassen Esra herab und betten ihren schmalen Körper ins Erdgrab gen Mekka.

»Bismillahi wa ala millati Rasulullah«, rufen sie wieder und wieder. »Bismillahi wa ala millati Rasulullah.«

Wase erkennt Esras Vater Kemal Karakaş unter ihnen. Er ist ganz blass und zittert so stark, dass jemand ihm aufhelfen muss, weil er aus eigener Kraft nicht mehr aus der Hocke kommt. Vorhin bei der Moschee schloss er Wase und Emma lange in die Arme.

»Danke, dass Sie gekommen sind. Danke, dass Sie mein Mädchen gefunden haben«, schluchzte er an seiner Schulter. Und immer wieder die Frage: »Warum Esra? Warum haben diese Monster mir mein einziges Kind genommen?«

Wase hat einen deutlichen Verdacht. Aber den kann er nicht äußern. Nicht in einer laufenden Ermittlung, nicht, bevor Anklage erhoben und der Prozess abgeschlossen ist. Erst recht nicht gegenüber dem Vater eines Mordopfers. Zumal noch so viele Fragen offen sind. Allen voran die nach der Herkunft der unbekannten Toten, die den Ermittlern Rätsel aufgibt. War sie eine Obdachlose, die niemand vermisst? Menschliches Treibgut, vom Leben weggespült? Und was ist mit Ben? Weshalb musste er sterben? Auch hier tappen sie im Dunkeln. Womöglich kannte er eines der Opfer, hat sich auf eigene Faust auf die Suche begeben. Doch das sind nur Spekulationen, nichts weiter als Mutmaßungen, für die sie noch keine handfesten Beweise haben.

Doch Herr Karakaş hat Wase dermaßen flehend angesehen, dass er es nicht über sich brachte, zu schweigen. Also hat er sich für eine Formulierung entschieden, die vage ist und diesem Mann doch Hoffnung darauf gibt, dass sich die quälende Ungewissheit bald auflöst.

»Herr Karakaş, ich bin sicher, dass Sie eine Antwort erhalten werden. Haben Sie noch ein bisschen Geduld.«

Als sich Wase später von Emma verabschiedet und über den zugigen Parkplatz läuft, hat er noch immer Kemals Stimme im Ohr.

Er kann nicht aufhören, über etwas nachzudenken, das Esras Vater zum Schluss sagte. Über Trauerarbeit. Einen Begriff, den Justine Krämer ihm gegenüber wohl einmal erwähnt hat.

»Das klingt, als müsste ich nur hart arbeiten. Als ob es irgendwann nicht mehr wehtut. Als würde dieser Schmerz jemals enden, wenn ich mich genug anstrenge. Aber das tut er nicht, oder? Niemals.« Seine Stimme brach, er konnte kaum weitersprechen, tat es dann aber doch: »Wer sein Kind verliert, Herr Rahimi, der verliert sich selbst.«

Wase biegt um die Kurve, stutzt. Jemand lehnt an seinem Auto. Bär. Er scheint geschrumpft zu sein. Der schwarze Stoff seines Mantels ist ausgebeult und schlackert um seine dürre Gestalt. Ganz grau ist er geworden, als habe die Trauer alle Farben aus ihm gesogen.

Wer sein Kind verliert, verliert sich selbst.

Wase muss gerannt sein, jedenfalls ist er in der nächsten Sekunde bei ihm, und sie liegen einander in den Armen, und er kann hören, dass sein bester Freund weint.

»Ich bin da«, sagt er und hält ihn fest. »Ich bin immer da. Ich lasse dich nicht im Stich.«

ENDE

DANKSAGUNG

Zuallererst möchte ich Ihnen danken, liebe Leserinnen und Leser, die Sie gerade meinen ersten Roman in Händen halten und viele Stunden mit Wase Rahimi, Farah Rosendahl und Lennart Bär verbracht haben. Ohne Ihre Begeisterung könnte ich diesen Beruf nicht ausüben, und die Reihe hätte wohl nie das Licht der Welt erblickt. Dass es nach mehr als elf Jahren Arbeit nun so weit ist, ist wie ein Fiebertraum, aus dem ich nach Möglichkeit nie wieder aufwachen will!

Schreiben ist über weite Strecken recht einsam. Doch es braucht viele Menschen, damit aus der Word-Datei ein gedrucktes Buch wird. Daher gebührt mein größter Dank dem gesamten Team des Penguin Verlags und meiner fantastischen Lektorin Duygu Maus. Du hast mein Debüt aus einem Berg von Einsendungen gezogen und es mit Deinen Ideen auf den nächsten Level gehoben. Was für ein Geschenk es ist, dass wir dieselbe Vision teilen und dermaßen auf einer Wellenlänge schwingen, dass es mir manchmal unheimlich ist.

Dasselbe kann ich von meiner großartigen Literaturagentin Monika Kempf behaupten. Moni, ich danke Dir von Herzen für Deine unschlagbare Kompetenz, Deinen herrlichen Humor und diese Prise Gelassenheit, mit der Du mich einfängst, wann immer Jürgen (so nenne ich meinen inneren Kritiker) eskaliert. Was würde ich nur ohne Dich machen?

Manchmal frage ich mich auch, ob diese Geschichte bei Dir

gelandet wäre, wenn mich Romy Fölck nicht dazu ermutigt hätte. Ein Stupser mit Butterfly-Effekt. Liebe Romy, Du hast bereits in einem sehr frühen Stadium an mich geglaubt, hast als allererste Person abseits von Agentur und Verlag das vollständige Manuskript gelesen und mir ein wundervolles Quote geschenkt, das nun diesen Buchrücken ziert. Vollkommen surreal! Ich bin und bleibe ein riesiger Fan und werde Dir immer dankbar sein.

Kennengelernt haben wir uns übrigens in Farnese, einem Bergdörfchen in Italien, wo Georg Simader einen Ort für Kreative erschaffen hat. Auf einer ruckeligen Autofahrt von Rom in die Toskana sagtest Du mir als erster Profi im Brustton der Überzeugung: »Du wirst veröffentlicht, Chris. Ganz sicher.« Vermutlich hätte ich losgeweint, wäre mir von den vielen Schlaglöchern nicht so übel gewesen. Danke, lieber Georg. Dein Zuspruch war enorm wichtig für mich.

Ich danke auch meiner klugen Außenlektorin Lisa Wolf, deren Vorschläge diesen Text zwar zwei Kapitel kürzer, aber auch so viel gehaltvoller und spannender gemacht haben.

Für den Roman durfte ich viele schlaue Menschen mit meinen Fragen löchern. Da wäre zunächst Oliver Krebs, seines Zeichens Experte für Molekulargenetik und Anthropologie am Institut für Rechtsmedizin (IfR) der Uniklinik Hamburg. Olli, was soll ich sagen … Danke für Deine Zeit, Deine Geduld mit meinen mitunter doch recht ausschweifenden Mails und die Führung durch Eure heiligen Hallen. Ich bin froh, dass Du mich berätst. Genau wie Kriminalhauptkommissar Matthias. Du hast auf dem kurzen Dienstweg Dein Know-how mit mir geteilt, und dafür danke ich Dir sehr. Außerdem danke ich Professor Cornelius Courts, dem Leiter der Forensischen Molekulargenetik am IfR Köln. Mit seinem Team forscht er an neuen RNA-Analysemethoden, die die Welt der Spurensicherung aus den Angeln heben werden. Ganz bestimmt! Ein Dankeschön für freundliche und prompte Realitätschecks geht zudem an Dr. Thomas Kamphausen, Leiter der Prosektur und Forensischen Bildgebung am IfR Köln.

Zu guter Letzt sind da noch ein paar Menschen, denen ich für den mentalen Support und ihre Freundschaft danken möchte. Julja, Ellen, Anna, Yvi, Leon und Kati: Mit Euch an meiner Seite ist diese Reise so viel schöner.

Der wichtigste Dank kommt jedoch zum Schluss und geht an meinen Mann und unsere wundervollen, wilden Töchter. Ich liebe Euch mehr, als es Worte ausdrücken könnten. Ohne Euch wäre das alles nichts. Mathis, danke, dass Du mich auf jede erdenkliche Weise unterstützt und meine miesen Launen erträgst, wenn ich schreibtechnisch mal wieder durch ein Tal der Tränen wandele (Und von denen gab und gibt es einige*).

Widmen möchte ich dieses Debüt meiner Oma Gretchen Bontjer. Ich wünschte, Du wärst noch da, um Buchgeburtstag mit mir zu feiern. Immer in meinem Herzen. Danke. Für alles.

Köln, den 29. August 2024

---

* Falls Sie die Entstehung dieser Thrillerreihe näher interessiert: Hören Sie gerne in meinen Podcast *Kreativdate* rein. Mein digitales Tagebuch, in dem ich seit über drei Jahren den Weg von der Idee zum Buch dokumentiere und mit tollen Menschen aus der Buchbranche spreche.